HET MES

JO NESBØ BIJ UITGEVERIJ CARGO

De roodborst
Nemesis
Dodelijk patroon
De verlosser
De sneeuwman
De vleermuisman
Headhunters
Het pantserhart
De schim
De kakkerlak
Politie
De zoon
Bloed op sneeuw
Middernachtzon
De dorst

Jo Nesbø

Het mes

Vertaald door Annelies de Vroom

CARGO

2020

AMSTERDAM

De vertaling van dit boek is mede tot stand gekomen door een subsidie van NORLA

Cargo is een imprint van Uitgeverij De Bezige Bij, Amsterdam

Eerste druk juni 2019
Tweede druk augustus 2019
Derde druk oktober 2019
Vierde druk april 2020
Vijfde druk juni 2020
Zesde druk augustus 2020
Zevende druk november 2020
Oorspronkelijke titel *Kniv*
Oorspronkelijke uitgever Aschehoug, Oslo
Omslagontwerp Wil Immink Design
Omslagbeeld © Mark Owen/Trevillion Images en © Getty Images
Foto auteur © Stian Broch
Vormgeving binnenwerk Peter Verwey, Heemstede
Druk Bariet ten Brink, Meppel
ISBN 978 94 031 9810 1
NUR 305

uitgeverijcargo.nl

MIX
Papier van verantwoorde herkomst
FSC® C004472
FSC www.fsc.org

Bij de productie van dit boek is gebruikgemaakt van papier dat het keurmerk van de Forest Stewardship Council (FSC®) mag dragen. Bij dit papier is het zeker dat de productie niet tot bosvernietiging heeft geleid.

DEEL 1

HOOFDSTUK 1

Een rafelige jurk danste aan een tak van een verrotte den. Het deed de oude man denken aan een liedje uit zijn jeugd, over een jurk aan een waslijn. Maar deze jurk danste niet in de zuidenwind, maar in het ijskoude smeltwater van de rivier. Op de rivierbodem was het helemaal stil, en hoewel het vijf uur in de middag was, maart en de hemel boven het wateroppervlak volgens het weerbericht wolkeloos, bleef er niet veel over van het zonlicht dat gefilterd werd door de ijslaag en vier meter water. Daarom bevonden de den en de jurk zich in een wonderlijk groen schemerdonker. Het was een zomerjurk, had hij vastgesteld, vaalblauw. Misschien had de jurk ooit een heldere kleur gehad, hij wist het niet, het hing er vanaf hoelang de jurk al gevangen werd gehouden door de tak. En nu wapperde de jurk in de stroom die nooit stopte, hij werd gewassen, gestreken als het water langzaam stroomde en er werd aan gesjord als de stroming sterk was. Maar uiteindelijk zou de jurk aan stukken worden getrokken. Zo bekeken was de rafelige jurk net als hij, dacht de oude man. Ooit was de jurk iets geweest voor iemand, voor een meisje of een vrouw, voor de blik van een andere man of voor kinderarmen. Maar nu was de jurk, net als hij, verloren, zoek, zonder functie, gevangen, tegengehouden, stom. Het zou slechts een kwestie van tijd zijn voor de stroom het laatste stukje van wat ooit was geweest stukgetrokken zou hebben.

'Waar kijkt u naar?' hoorde hij een stem achter zijn stoel zeggen. Hij negeerde de pijn in zijn spieren, draaide zijn hoofd en keek op. En stelde vast dat het een nieuwe klant was. De oude man vergat meer dan vroeger, maar nooit het gezicht van iemand die bij Simensen Jacht & Hengelsport binnen was geweest. Deze klant wilde geen wapen of munitie. Met een beetje training kon je aan de blikken zien of ze bij dat deel van de mensheid hoorden bij wie het moordinstinct was verdwenen, de groep planteneters die niet het geheim van de andere groep deelde, namelijk dat niets een man meer het gevoel gaf intens te leven dan een kogel in een groot, warm zoogdier te jagen. De oude man gokte dat deze klant kunstaas of een van de hengels wilde kopen die boven en rondom het grote televisiescherm hingen. Of misschien een van de wildcamera's die aan de andere kant van de winkel te vinden waren.

'Hij kijkt naar de Haglebuelv,' antwoordde Alf. Zijn schoonzoon was naar hen toe gekomen. Hij stond op en neer te wippen op zijn hakken terwijl zijn handen in de zakken zaten van het lange, leren jachtvest dat hij altijd droeg op zijn werk. 'We hebben vorig jaar samen met de cameraproducent een onderwatercamera geïnstalleerd. Nu hebben we vierentwintig uur een live-uitzending van de zalmtrap bij Norafossen en op die manier kunnen we zien wanneer de vis tegen de rivier op gaat zwemmen.'

'En wanneer is dat?'

'In april en mei komen de eerste, maar de grootste invasie begint niet eerder dan juni. Forel schiet eerder kuit dan zalm.'

De klant glimlachte naar de oude man. 'Dan bent u er een beetje te vroeg bij, of niet? Of hebt u al vis gezien?'

De oude man opende zijn mond, hij dacht de woorden, hij was ze niet vergeten. Maar er kwam niets. Hij sloot zijn mond weer.

'Afasie,' zei Alf.

'Wat?'

'Een beroerte, hij kan niet praten. Bent u op zoek naar visgereedschap?'

'Een wildcamera,' zei de klant.

'Dus u bent een jager?'

'Een jager? Nou nee. Ik heb vlak bij mijn zomerhuis in Sørkedalen uitwerpselen gevonden en die leken niet op wat ik eerder heb gezien. Dus ik heb er een foto van gemaakt, die op Facebook gezet en gevraagd of iemand wist van welk beest ze afkomstig waren. Ik kreeg vrijwel onmiddellijk van verscheidene wildkenners antwoord. Beer,

beer! Een halfuur rijden van het centrum van Oslo en twintig minuten door het bos.'

'Dat is geweldig.'

'Het is maar wat je geweldig noemt. Zoals gezegd is het vlak bij mijn vakantiehuisje. Ik kom daar met mijn gezin. Ik wil dat iemand dat beest afschiet.'

'Ik ben zelf jager, dus ik begrijp wat u bedoelt, maar u weet zelf vast ook dat in de laatste honderd jaar, in de tijd dat er nog veel beren waren in Noorwegen, er zelden iemand werd aangevallen.'

Elf, dacht de oude man. Elf mensen sinds 1800. De laatste in 1906. Hij mocht dan zijn spraakvermogen zijn kwijtgeraakt en in een rolstoel zitten, maar hij kon over het algemeen nog helder nadenken. Af en toe was hij wat in de war en soms zag hij zijn schoonzoon en dochter Mette een blik wisselen en dan begreep hij dat hij ernaast zat. Nadat zij de winkel hadden overgenomen, die de oude man was begonnen en vijftig jaar had gerund, had hij flink kunnen meehelpen. Maar nu, na de laatste beroerte, zat hij hier alleen maar. Niet dat dat zo erg was. Nee, nadat Olivia was overleden stelde hij niet meer zulke hoge eisen aan het leven. Het was voor hem voldoende om in de buurt van zijn familie te zijn, elke dag een warme maaltijd te krijgen, in deze stoel in de winkel te zitten en naar het televisiescherm te kijken. Naar het eeuwigdurende programma zonder geluid en waar alles in een eigen tempo ging, waar het tijdstip waarop de eerste vis de zalmtrap op zwom om kuit te schieten het enige dramatische hoogtepunt was.

'Aan de andere kant betekent dat niet dat het niet een keer kan gebeuren.' De oude man hoorde de stem van Alf die de klant naar de kast met wildcamera's had meegenomen. 'Als dat beest er niet uit had gezien als een teddybeer dan zouden alle vleeseters hem allang hebben uitgeroeid. Dus logisch dat je een wildcamera aanschaft, zodat je erachter kunt komen of de beer in de buurt van je vakantiehuisje zit of alleen toevallig voorbij is gelopen. De bruine beer komt op het moment trouwens uit zijn winterslaap en dan hebben ze honger. Dus installeer je camera in de buurt van die uitwerpselen of bij je huisje.'

'De camera zit in dat nestkastje?'

'Dat nestkastje, zoals jij het noemt, beschermt de camera tegen weer en wind en vernielzuchtige beesten. Dit is een simpele en vrij goede camera met een fresnellens die infrarode stralen, zoals warmte afgegeven door een beest of mens, en andere dingen registreert. Wanneer de warmte afwijkt van de omgeving, wordt het filmen automatisch gestart.'

De oude man luisterde met een half oor naar het gesprek, want iets op het televisiescherm had zijn aandacht gevangen. Hij kon niet zien waardoor het kwam, maar het groene halfdonker had een lichtere kleur gekregen.

'De film wordt op de USB-stick in de camera opgeslagen, later kun je die afspelen op je pc.'

'Dát is geweldig.'

'Ja, maar je moet zelf naar de camera toe om te kijken of er beelden zijn. Als je voor een wat duurder model gaat, krijg je elke keer dat er is gefilmd een tekstbericht op je mobiel. En dan is er nog het topmodel dat ook een USB-stick heeft, maar bovendien de opname direct naar je mobiel of e-mailadres stuurt. Dan kun je lekker in huis blijven zitten en hoef je alleen af en toe de accu te vervangen.'

'En wat nu als de beer 's nachts komt?'

'De camera's hebben allemaal Black LED Light of White. Onzichtbaar licht dat het dier niet weg zal jagen.'

Licht. De oude man zag het nu. Het was een lichtbundel die van rechts stroomopwaarts kwam en die zich door het groene water boorde, op de jurk scheen en een akelig moment dacht hij dat het meisje eindelijk tot leven was gewekt en nu danste van blijdschap.

'Dat is toch pure sciencefiction!'

De oude man opende zijn mond toen hij een ruimtevaartuig in beeld zag verschijnen. Het was van binnen verlicht en zweefde anderhalve meter boven de rivierbodem. Het stootte tegen een grote steen in de rivier en in slow motion draaide het om terwijl de koplampen over de bodem schenen en de oude man een ogenblik verblindden omdat het licht de lens trof. Toen werd het zwevende vaartuig gevangen door dikke takken en kwam het tot stilstand. De oude man voelde zijn hart in zijn borst bonzen. Het was een auto. De binnenverlichting was aan en hij kon zien dat de auto bijna tot aan het dak was gevuld met water. En er zat iemand in. Een persoon die half zat en half stond op de bestuurdersstoel terwijl hij wanhopig tegen het dak duwde, kennelijk om lucht te happen. Een van de verrotte takken die de auto tegenhield brak af en dreef weg met de stroom.

'Je krijgt niet zulke scherpe en heldere beelden als overdag en ze zijn in zwart-wit, maar als er geen dauw op de lens zit of iets anders, dan kun je de beer goed zien.'

De oude man stampte op de vloer in een poging Alfs aandacht te trekken. De persoon in de auto leek diep adem te halen en naar beneden te duiken. Het korte haar golfde en zijn wangen waren bol. Hij sloeg met beide handen tegen het zijraam waarop de camera was gericht, maar het water in de auto maakte de klappen krachteloos. De oude man had zijn handen op de armleuningen gezet en probeerde zich op te duwen uit de stoel, maar zijn spieren wilden niet doen wat hij ze vroeg. Hij zag dat de middelvinger van de ene hand van de man grijskleurig was. De man was gestopt met slaan en stootte met zijn hoofd tegen de voorruit. Het leek wel of hij het opgaf. Er brak een tak af en de stroom rukte en trok om de auto los te krijgen, maar de den wilde nog niet loslaten. De oude man staarde naar het getekende gezicht tegen de ruit. Blauwe, uitpuilende ogen. Een litteken dat een leverkleurige boog tekende van zijn mondhoek naar het ene oor. De oude man was uit de stoel gestapt en zette twee wankele stappen in de richting van de wildcamera's.

'Neem me niet kwalijk,' zei Alf zacht tegen de klant. 'Wat is er, vader?'

De oude man gebaarde naar de televisie achter hem.

'Echt?' zei Alf vol ongeloof en hij liep met snelle passen langs de oude man om naar de beelden te kijken. 'Vis?'

De oude man schudde zijn hoofd en draaide zich om naar het scherm. De auto was weg. Alles was weer zoals eerst. De rivierbodem, de dode dennenboom, de jurk, het groene licht door het ijs. Alsof er niets was gebeurd. De oude man stampte weer op de grond en wees naar het scherm.

'Rustig maar, vader,' zei Alf en hij klopte hem vriendelijk op zijn schouder. 'Het is te vroeg om kuit te schieten, dat weet je.' Hij liep terug naar de klant en de wildcamera's.

De oude man keek naar de twee mannen die met hun rug naar hem toe stonden en hij voelde de wanhoop en razernij door zich heen spoelen. Hoe moest hij uitleggen wat hij zojuist had gezien? De dokter had gezegd dat bij schade aan het voorste en achterste deel van de linkerhersenhelft niet alleen het spraakvermogen getroffen werd, maar ook alle andere manieren van communiceren. Niet meer kunnen schrijven. Hij strompelde weer terug naar zijn stoel en ging zitten. Keek naar de rivier die onverstoorbaar, gestadig en onveranderlijk stroomde. En na een paar minuten voelde hij dat zijn hart weer rustiger werd. Wie weet, misschien was het niet gebeurd. Misschien was het slechts de volgende stap in de totale duisternis van de ouderdom geweest. Of, in dit geval, de kleurrijke wereld van hallucinaties. Hij keek naar de jurk. Een ogenblik, toen die werd verlicht door de koplampen, had het geleken of Olivia erin danste. En het gezicht dat hij in de auto achter de ruit had gezien, had hij herkend. En de enige gezichten die hij zich nog kon herinneren waren van mensen die in de winkel waren geweest. Deze man had hij hier twee keer gezien. De blauwe ogen, het leverkleurige litteken. Beide keren had hij een wildcamera gekocht. De politie was hier onlangs geweest en had vragen over hem gesteld. De oude man had aangegeven dat het een lange man was. En hij had die blik gehad. De blik dat hij het geheim kende en dat betekende dat hij geen planteneter was.

HOOFDSTUK 2

Svein Finne boog zich over de vrouw en legde een hand op haar voorhoofd. Het was nat van het zweet. De ogen die hem aanstaarden stonden wijd open van de pijn. Of van de schrik. Vooral schrik, vermoedde hij.

'Ben je bang voor me?' fluisterde hij.

Ze knikte en slikte. Hij had haar altijd al knap gevonden. Wanneer hij haar van en naar huis zag lopen, als ze in het fitnesscentrum was, als hij in de metro een paar plaatsen van haar vandaan zat en zich door haar liet bekijken. Zodat ze het wist. Maar nu was ze op haar allermooist terwijl ze daar zo hulpeloos lag, zo totaal aan hem overgeleverd.

'Ik beloof je dat het snel zal gaan, lieveling,' fluisterde hij.

Ze slikte. Zo bang. Hij overwoog haar te kussen.

'Een mes in je buik,' fluisterde hij. 'Dan is het klaar.'

Ze kneep haar ogen dicht en twee heldere tranen werden tussen de wimpers door geperst.

Svein Finne lachte zacht. 'Je wist dat ik zou komen, je wist dat ik je niet zou laten gaan. Dat had ik beloofd.'

Hij ging met zijn wijsvinger door het zweet en de tranen op haar wang. Ze keek met haar ene oog door het grote, gapende gat in zijn hand, in de vleugels van de adelaar. Dat gat kwam door de kogel van een jonge politieman. Svein Finne had twintig jaar gekregen voor achttien zedendelicten en hij had zich niet verzet tegen de veroordeling op zich, maar wel tegen het woord 'delict' en dat een man gestraft wordt voor zulke daden. De rechter en de jury waren echter van mening dat de Noorse wet boven de wetten van de natuur stond. Haar oog staarde door de krater.

'Ben je er klaar voor, lieveling?'

'Noem me niet zo,' zei ze jammerend. Ze smeekte meer dan ze hem iets opdroeg. 'En alsjeblieft geen mes...'

Svein Finne zuchtte. Waarom waren mensen zo bang voor messen? Het mes was het eerste gereedschap van de mens, ze hadden al tweeënhalf miljoen jaar de tijd om eraan te wennen en toch zagen ze er nog steeds niet de schoonheid van. Het mes had het mogelijk gemaakt dat de mens uit de bomen kwam. Jacht, landbouw, voedselbereiding, verdediging. Het mes nam levens, maar gaf die ook. Je kon het een niet hebben zonder het ander. Alleen de mensen die dat begrepen, die de consequenties aanvaardden van hun mens-zijn, hun herkomst, konden van het mes houden. Vrezen en houden van. Dat waren opnieuw twee kanten van dezelfde medaille.

Svein Finne keek op, naar de messen op het tafeltje naast hem. Klaar voor gebruik, klaar om uit te kiezen. De keus van het juiste mes voor de juiste klus was belangrijk. Deze messen waren goed, geschikt voor hun doel, van uitstekende kwaliteit. Maar het ontbrak ze wel aan wat Svein Finne in een mes wilde zien. Persoonlijkheid, karakter, magie. Voordat de lange, jonge politieman met zijn korte, borstelige haren alles kapot had gemaakt, had Svein Finne een mooie verzameling van zesentwintig messen gehad. Het mooiste was een Javaans mes. Lang, dun en asymmetrisch, als een kronkelende slang met een heft. Pure schoonheid, een vrouw. Misschien was het niet het effectiefst in gebruik, maar het had de hypnotiserende werking van zowel een slang als van een knappe vrouw. En met dat mes deden mensen wat je van hen verlangde. Het effectiefste moordwapen uit de verzameling was echter een rampuri, de favoriet van de Indiase maffia. Het straalde een kou uit alsof het van ijs was en het was zo lelijk dat het fascinerend was. Bij de karambit, die de vorm had van een tijgerklauw, waren effectiviteit en schoonheid verenigd. Maar de schoonheid was misschien iets te berekend, als een hoer met te veel make-up, een te strak jurkje en een te diep decolleté. Daar had Svein Finne nooit van gehouden. Hij hield van onschuldige vrouwen. Maagdelijke. Het liefst eenvoudig. Net als zijn favoriet in de verzameling. Een Fins puukkomes. Het heft was van bruin notenhout, het lemmet was kort met een groef en het scherpe snijvlak eindigde in een punt. Hij had de puukko in Turku gekocht en twee dagen later had hij het gebruikt om de situatie uit te leggen aan een mollig, achttien jaar oud meisje dat moederziel alleen in een Neste-benzinestation buiten Helsinki werkte. Ook was hij, als altijd wanneer hij seksueel opgewonden raakte, licht gaan stotteren. Dat was geen teken dat hij geen controle had, eerder het tegendeel, het kwam door de dopamine. En de bevestiging dat hij na zeventig jaar in dit leven nog net zo sterk was. Het had hem precies tweeënhalve minuut gekost vanaf het moment dat hij binnen was gelopen, haar tegen de toonbank had geduwd, haar broek had opengesneden, haar had bevrucht, de ID-kaart had gepakt en Maalins naam en adres had genoteerd tot hij weer buiten stond. Tweeënhalve minuut. Hoeveel seconden had de feitelijke bevruchting geduurd? Bij chimpansees duurde dat gemiddeld acht seconden, acht seconden waarin beide apen weerloos waren in een wereld van roofdieren die altijd een bedreiging vormden. Een gorilla, die minder natuurlijke vijanden had, kon de daad tot een minuut uitrekken. Maar een gedisciplineerd man in een vijandig kamp moest het genot offeren voor een hoger doel: voortplanting. Net als een bankoverval nooit langer dan vier minuten moest duren, moest bevruchting op een openbare plek nooit meer dan tweeënhalve minuut duren. De evolutie gaf hem gelijk, het was een kwestie van tijd.

Maar nu, op deze plek, bevonden ze zich in een veilige omgeving. Bovendien kon er geen bevruchting plaatsvinden. Niet dat hij geen zin had, dat had hij wel. Maar nu zou ze in plaats daarvan gepenetreerd worden door een mes: het had geen enkele zin een vrouw te bevruchten wanneer dat niet resulteerde in een nakomeling. Dan moest de gedisciplineerde man zijn kostbare zaad sparen.

'Ik mag je lieveling noemen omdat we verloofd zijn,' fluisterde Svein Finne.

Ze staarde hem aan met ogen die zwart waren van angst. Zwart alsof ze al gedoofd waren. Alsof er geen licht meer buiten gehouden hoefde te worden.

'Ja, we zijn verloofd,' zei hij en lachte zacht. Hij drukte zijn dikke lippen op die van haar. Hij veegde automatisch haar lippen schoon met de mouw van zijn flanellen overhemd zodat er geen speeksel achterbleef.

'En dit is wat ik je heb beloofd...' zei hij, en hij streelde met zijn hand tussen haar borsten en liet die naar haar buik glijden.

HOOFDSTUK 3

Harry werd wakker. Er was iets mis. Hij wist dat hij zich snel zou herinneren wat het was, dat deze zeldzame seconden van onwetendheid alles waren wat hij wilde voor de realiteit hem met een mokerslag trof. Hij deed zijn ogen open en had onmiddellijk spijt. Het leek wel of het daglicht dat door het streperige, vuile raam naar binnen viel en de lege, kleine kamer verlichtte, nog steeds ongehinderd het pijnlijke punt achter zijn ogen wist te bereiken. Hij zocht achter zijn oogleden de bescherming van het donker en kon zich nog herinneren dat hij had gedroomd. Over Rakel uiteraard. En die droom was op dezelfde manier gestart als vele keren daarvoor: met de ochtend vele jaren geleden, niet lang nadat ze elkaar hadden ontmoet. Ze had met haar hoofd op zijn borst gelegen en hij had gevraagd of het waar was wat ze zeiden, dat hij geen hart had. En Rakel had de lach gelachen waarvan hij zo hield. Hij kon de idiootste dingen uithalen om die lach maar tevoorschijn te toveren. Toen had ze haar hoofd opgetild, hem met de bruine, warme ogen die ze geërfd had van haar Oostenrijkse moeder aangekeken en gezegd dat ze gelijk hadden, maar dat ze hem de helft van haar hart zou geven. En dat had ze gedaan. En Rakels hart was zo groot, het had het bloed in zijn lichaam rondgepompt, hem opgewarmd en hem weer een echt mens gemaakt. En een echtgenoot. En een vader voor Oleg, de introverte, ernstige jongen van wie Harry langzaam ging houden als was hij zijn eigen zoon. Harry was gelukkig geweest en doodsbang. Gelukkig onwetend van wat er zou gebeuren, maar ongelukkig wetend dat er iets was, dat hij niet geboren was voor dit geluk. En doodsbang om Rakel kwijt te raken. Want dat die ene harthelft niet kon slaan zonder de andere, dat wist hij en dat wist

Rakel. Dus als hij niet kon leven zonder haar helft, waarom was hij vannacht dan in zijn droom bij haar weggegaan?

Hij wist het niet, hij herinnerde het zich niet, maar Rakel had de helft teruggeëist, had geluisterd naar het hart dat al zwakker klopte, had ontdekt waar hij nu woonde en bij hem aangebeld.

Eindelijk trof de mokerslag hem die al naar hem op weg was. De realiteit. Dat hij haar al kwijt was. En dat hij niet was vertrokken, maar dat zij hem de deur uit had gegooid.

Harry hapte naar adem. Een geluid boorde zich door zijn gehoorgang en hij begreep dat het niet alleen achter zijn ogen zat, maar dat zijn hele brein één groot pijncentrum was. En dat dit geluid in zijn droom was gekomen nog voordat hij wakker werd. Er belde waarachtig iemand aan. Die idiote, plaagzieke, hardnekkige hoop stak opnieuw de kop op.

Zonder zijn ogen te openen strekte Harry zijn hand uit naar de vloer naast de slaapbank, op zoek naar de whiskyfles die omviel. En hij hoorde aan het rollende geluid over het versleten parket dat de fles al leeg was. Hij dwong zichzelf zijn ogen te openen. Hij staarde naar de hand op de vloer die eruitzag als een gulzige klauw en naar de grijze middelvinger van titaan. Zijn hand was bebloed. Verdomme. Hij rook aan zijn vingers terwijl hij zich het einde van de dag daarvoor probeerde te herinneren. Of er vrouwen bij betrokken waren. Hij rukte het dekbed opzij en wierp een blik op zijn één meter drieënnegentig lange, naakte en magere lichaam. Het was nog te vroeg om er de fysieke sporen van te zien, maar als het ging zoals altijd, dan zou de spiermassa week na week minder worden en zou de huid, die nu al asgrauw was, de kleur van een wit laken krijgen. Hij zou veranderen in een spook en uiteindelijk helemaal verdwijnen. En dat was de bedoeling van het drinken, of niet?

Kreunend duwde hij zich tot zitstand en keek rond. Hij was terug bij waar hij was voordat hij weer mens werd. Alleen een tree lager. Of dit de ironie van het lot was, wist hij niet, maar dit tweekamerappartement dat hij van een jongere collega mocht gebruiken en later kon huren, lag een verdieping onder het appartement waar hij had gewoond voordat hij bij Rakel in haar houten villa in Holmenkollen was ingetrokken. Toen hij hier ging wonen, had Harry een slaapbank bij IKEA gekocht. Die vormde samen met de boekenkast met vinylplaten achter de bank, een salontafel, een spiegel die nog steeds tegen de muur van de woonkamer leunde en een ladekast in de gang het enige meubilair. Harry wist niet of dat kwam door gebrek aan initiatief of dat hij zichzelf ervan probeerde te overtuigen dat dit maar tijdelijk was en dat ze hem, als ze gewoon goed nadacht, weer terug zou willen hebben.

Hij ging na of hij de behoefte voelde om over te geven. Tja, kennelijk kon hij dat zelf beslissen. Het leek of het lichaam na een paar weken aan het gif gewend raakte, de doses tolereerde. En eiste dat die werden opgevoerd. Hij staarde naar de lege whiskyfles die tot rust was gekomen tussen zijn voeten. Peter Dawson Special. Niet omdat die bijzonder goed was, Jim Beam was goed en kwam uit vierkante flessen die niet over de vloer rolden. Maar Dawson was bijzonder goedkoop en een dorstige alcoholist met een agentensalaris en een lege bankrekening kon niet te kieskeurig zijn. Hij keek op zijn horloge. Tien voor vier. Hij had nog twee uur en tien minuten voor de drankwinkel dichtging.

Hij haalde diep adem en stond op. Zijn hoofd spatte bijna uit elkaar. Hij zwaaide op zijn benen, maar bleef staan. Hij keek naar zichzelf in de spiegel. Hij was een platvis die zo snel omhoog was getrokken uit de diepte dat zijn ogen en ingewanden naar buiten wilden, de haak had zijn kin kapotgescheurd en een sikkelvormig, roze litteken achtergelaten dat van zijn mondhoek tot aan zijn oor liep. Hij zocht onder het dekbed, maar kon zijn onderbroek niet vinden, trok de spijkerbroek die op de grond lag aan en liep de gang in. Er tekende zich een donker silhouet af tegen het gewapende glas van de voordeur. Zij was het, ze was teruggekomen. Maar dat had hij de laatste keer dat er was aangebeld ook gedacht. Toen was het een man geweest van Hafslund Strøm die een nieuwe, moderne energiemeter wilde installeren zodat de gebruikers hun stroomgebruik van uur tot uur konden meten, tot op het kleinste wattage. Hij zei dat al zijn klanten die nu hadden en precies konden zien wanneer ze het fornuis hadden gebruikt of wanneer ze het laatste leeslampje hadden uitgedaan.

Harry had uitgelegd dat hij geen fornuis had en als hij dat wel had, hij niet eens zou willen weten wanneer hij het gebruikte en wanneer niet. Toen had hij de deur dichtgedaan.

Maar dit silhouet was een vrouw. Van Rakels lengte en gestalte. Hoe was ze het trappenhuis binnengekomen?

Ze waren met hun tweeën. De vrouw had hij nooit gezien en het meisje was zo klein dat ze niet tot de ruit in de deur kwam. Toen hij de collectebus zag die het meisje vasthield, begreep hij dat ze eerst bij de toegangsdeur hadden aangebeld en dat een van de buren hen binnen had gelaten.

'Inzamelingsactie,' zei de vrouw. Over hun jassen hadden ze beiden een oranje vest met het Rode Kruis-embleem.

'Ik dacht dat dat in de herfst was,' zei Harry.

De vrouw en het meisje keken hem zwijgend aan. Eerst interpreteerde hij hun blikken als vijandig alsof hij hen van bedrog had beschuldigd, maar toen begreep hij dat het misprijzen was omdat hij half naakt was en naar alcohol stonk. En omdat het vier uur 's middags was. En waarschijnlijk ook omdat het om een landelijke actie ging met veel media-aandacht.

Harry vroeg zich af of hij zich schaamde. Ja, een beetje. Hij stopte zijn hand in zijn zak waarin hij wat contant geld had zitten voor als hij op kroegentocht was, omdat hij uit ervaring wist dat het niet verstandig was een bankpas mee te nemen.

Hij glimlachte naar het meisje dat met grote ogen naar zijn bebloede hand keek terwijl hij een opgerold bankbiljet in de gleuf van de verzegelde bus stopte. Hij zag nog net een glimp van een snor voor het biljet verdween. De snor van Edvard Munch.

'Verdomme,' zei Harry en hij stak zijn hand weer in zijn zak. Leeg. Net als zijn bankrekening.

'Ik dacht dat ik tweehonderd kronen gaf, maar ik gaf jullie Munch. Mijn duizendje.'

'O, jeetje.'

'Kan ik... eh, het terugkrijgen?'

Het meisje en de vrouw staarden hem zwijgend aan. Het meisje tilde de bus aarzelend een beetje op zodat hij duidelijk de verzegeling met daarop het logo van de inzamelactie kon zien.

'Ik begrijp het,' fluisterde Harry. 'Wisselgeld dan?'

De vrouw glimlachte alsof hij geprobeerd had grappig te zijn en hij glimlachte snel terug om haar ervan te verzekeren dat ze gelijk had, maar zijn hersenen zochten wanhopig naar een oplossing voor het probleem. Tweehonderdnegenennegentig kronen en negentig øre voor zes uur. Eventueel honderdnegenenzestig kronen negentig voor een halve fles.

'Troost u met de gedachte dat het geld naar mensen gaat die het nodig hebben,' zei de vrouw en ze trok het kind mee naar de trap, naar de volgende deur.

Harry deed de voordeur dicht, liep de keuken in, waste het bloed van zijn hand en voelde een stekende pijn. Terug in de woonkamer keek hij rond en constateerde dat er op de dekbedhoes ook bloedvlekken zaten. Hij ging op handen en knieën zitten en vond zijn mobiel onder de bank. Geen sms'jes, slechts drie gemiste oproepen van gisteravond. Eentje van Bjørn Holm, technisch rechercheur en afkomstig uit Toten, en twee van Alexandra van het gerechtelijk laboratorium. Harry en zij hadden elkaar onlangs intiem leren kennen, nadat hij Rakels huis uit was gegooid, en te oordelen naar wat hij van haar wist en zich herinnerde, was Alexandra niet het type dat menstruatie als een reden voor weigering zag. De eerste nacht, toen hij zwaar op haar leunend thuis was gekomen en ze beiden zonder succes in zijn zakken hadden gezocht naar de sleutels, had zij verontrustend snel kans gezien het slot open te breken. Ze had hem op de slaapbank gelegd en was zelf naast hem gaan liggen. Toen hij weer wakker werd, was ze weg en lag er een briefje met een bedankje voor bewezen diensten. Dus het kon haar bloed zijn.

Harry sloot zijn ogen en probeerde zich te concentreren. De gebeurtenissen van de laatste weken en de chronologie waren vaag, maar wat betreft gisteravond en vannacht was zijn geheugen blanco. Echt helemaal blanco. Hij opende zijn ogen en bekeek de pijnlijke rechterhand. Drie kapotte knokkels zonder huid en met geronnen bloed langs de randen. Hij moest iemand hebben geslagen. En drie knokkels betekenden meerdere klappen. Nu pas zag hij dat er ook bloed op zijn broek zat. Te veel om alleen van de knokkels afkomstig te zijn. En dat kon geen menstruatiebloed zijn.

Harry trok het dekbed uit de hoes terwijl hij de gemiste oproep van Bjørn Holm beantwoordde. Hij hoorde het gezoem aan de andere kant en wist dat nu ergens een song van Hank Williams als ringtoon klonk. Volgens Bjørn ging het liedje over een technisch rechercheur zoals hij.

'Hoe gaat het?' zei Bjørn in zijn vriendelijke dialect van Toten.

'Dat hangt ervan af,' zei Harry, de badkamer inlopend. 'Kun je me driehonderd kronen lenen?'

'Het is zondag, Harry. De drankwinkel is dicht.'

'Zondag?' Harry trok zijn broek uit en stopte die samen met het dekbedovertrek in de overvolle wasmand. 'Dat is verdomme ook wat.'

'Wilde je verder nog iets vragen?'

'Ik zag dat je me gisteravond om negen uur hebt gebeld.'

'Ja, maar je nam niet op.'

'Nee, het lijkt erop dat mijn telefoon al een dag onder de bank ligt. Ik zat in Jealousy.'

'Dat had ik al gedacht, dus toen heb ik Øystein gebeld en die zei dat je daar was.'

'Dus?'

'Dus toen ben ik daarheen gegaan. Herinner je je echt niets?'

Verdomme, verdomme. Wat is er gebeurd?

Harry hoorde de zucht van zijn collega en hij zag voor zich hoe de licht uitpuilende vissenogen ten hemel werden geslagen in het bleke vollemaansgezicht met bakkebaarden die de grootste en roodste koteletten van het hoofdbureau van politie waren. En op zijn hoofd stond een platte pet.

'Wat wil je weten?'

'Alleen waarvan jij vindt dat ik het moet weten,' zei Harry en hij ontdekte iets in de wasmand. Een flessenhals die omhoogstak tussen de vuile onderbroeken en T-shirts. Hij pakte de fles. Jim Beam. Leeg. Of toch niet helemaal? Hij draaide de dop eraf, zette de fles aan zijn lippen en legde zijn hoofd in zijn nek.

‘Oké, hier komt een kort verslag,’ zei Bjørn. ‘Toen ik om kwart over negen in de Jealousy Bar kwam, was jij dronken en toen ik om halfelf weer naar huis ging, had je het onophoudelijk over één onderwerp gehad. Over één persoon. Raad maar wie.’

Harry gaf geen antwoord, hij hield de fles schuin en volgde de druppel die aan de binnenkant naar beneden liep.

‘Rakel,’ antwoordde Bjørn zelf. ‘Je strompelde naar de auto en ik heb je naar je appartement gebracht en dat was dat.’

Harry zag aan de snelheid van de druppel dat hij nog genoeg tijd had en haalde de fles van zijn lippen. ‘Hm, dat is het?’

‘Dat is de korte versie.’

‘Hebben we gevochten?’

‘“Wé”?’

‘Door die nadruk klinkt het in elk geval alsof ik wel heb gevochten. Met wie?’

‘De nieuwe eigenaar van Jealousy heeft een klap gekregen.’

‘Eén klap? Ik werd wakker met drie bebloede knokkels en er zit bloed op mijn broek.’

‘Je hebt hem vol op zijn neus geraakt en het bloed spoot eruit. Maar daarna dook hij weg en raakte jij de muur achter hem. En niet een keer. Ik geloof dat de bloedspatten nog steeds op de muur zitten.’

‘Maar Ringdal heeft niet teruggeslagen?’

‘Je was eerlijk gezegd zo bezopen dat het verder niet veel voorstelde, Harry. Øystein en ik hebben je tegengehouden voor je jezelf nog meer verwondde.’

‘Wel verdomme, dan was ik echt ver weg.’

‘O, die ene klap verdiende Ringdal wel. Hij had de hele plaat van White Ladder gedraaid en wilde beginnen aan ronde twee. Maar toen begon jij te schreeuwen dat hij de goede naam van de bar die Øystein, Rakel en jij hadden opgebouwd, bezoedelde.’

‘Maar dat was ook zo! Die bar was een goudmijn, Bjørn. Hij heeft de hele santenkraam voor een appel en een ei kunnen overnemen en ik heb slechts één ding geëist: dat hij de rotzooi buiten de deur zou houden, dat hij fatsoenlijke muziek zou draaien.’

‘Jouw muziek?’

'Onze muziek, Bjørn! Van jou, mij, Øystein, Mehmet... Niet die verrekte David Gray!'

'Misschien had je een definitie moeten... Oeps, de baby huilt, Harry.'

'O, ja, sorry. En bedankt. En sorry voor gisteren. Verdomme, nu klink ik als een idioot. We hangen op. Doe Katrine de groeten.'

'Ze is aan het werk.'

Ze verbraken de verbinding. En op hetzelfde moment, als in een bliksemflits, zag Harry iets. Het gebeurde zo snel dat hij niet kon zien wat het was, maar zijn hart klopte ineens zo snel dat hij happend naar adem moest gaan zitten.

Harry keek naar de fles die hij nog steeds omhooghield. De druppel was eruit gevallen. Hij keek op de grond. Daar fonkelde een bruine druppel op een witte, vuile vloertegel.

Hij zuchtte. Naakt zakte hij op zijn knieën, voelde de koude tegels. Hij stak zijn tong uit, haalde adem en boog zich verder voorover, met zijn voorhoofd op de grond. Als in een gebed.

Harry liep met lange passen over Pilestredet. De Dr. Martens-laarzen drukten donkere sporen in het dunne laagje sneeuw dat de afgelopen nacht was gevallen en de lage lentezon deed, voordat die achter de oude gevels met vier verdiepingen zakte, verwoede pogingen om de sneeuw weg te smelten. Terwijl hij de hogere, moderne gebouwen passeerde, luisterde hij naar het ritmische geschraap van het asfalt tegen de kiezeltjes die vastzaten in het grove profiel van zijn schoenzolen. Dit was het oude terrein van het Rikshospital waar hij bijna vijftig jaar geleden was geboren. Hij keek naar de nieuwste straatkunst op de gevel van Blitz, ooit een gekraakt pand en de vesting van de punkers waar Harry meerdere obscure concerten had bijgewoond zonder zichzelf ooit bij de groep te hebben thuis gevoeld. Hij liep langs Rex Pub waar hij dronken was geworden toen de bar nog een andere naam had, toen de halve liters goedkoper waren, de uitsmijters gemakkelijker en er meer jazzliefhebbers waren. Maar hij had ook niet bij die groep gehoord. En al helemaal niet bij de mensen van de Filadelfia-gemeente aan de overkant van de straat, die zo zwaar op de hand waren ondanks hun claim dat ze verlost waren. Hij passeerde het Tinghus. Hoeveel moordenaars waren in deze rechtbank veroordeeld? Veel, maar niet genoeg. Want het waren niet de moordenaars die je gepakt had die je in je nachtmerries bezochten, nee, het waren degenen die nog vrij rondliepen en hun slachtoffers. Toch had hij er voldoende gepakt om een naam te krijgen, een reputatie. Zowel goed als slecht. Dat hij direct of indirect ervoor had gezorgd dat collega's vertrokken, was een deel van die reputatie. Hij kwam bij Grønlandsleiret, waar het mono-etnische Oslo ergens in de jaren zeventig eindelijk de wereld had ontmoet, of omgekeerd. Restaurants met Arabische namen, winkels met geïmporteerde groenten en kruiden uit Karachi, Somalische vrouwen in hidjab achter de kinderwagen tijdens de zondagswandelingen en de mannen, druk in gesprek, drie stappen erachter. Maar Harry herkende ook een paar pubs uit de tijd dat Oslo nog een witte arbeidersklasse had en dit hun wijk was. Hij kwam langs de Grønlandkerk en liep door het park omhoog naar het hoofdbureau. Voor hij de zware metalen toegangsdeur met het ronde raampje openduwde, draaide hij zich om. Hij keek naar Oslo. Lelijk en mooi. Koud en warm. Op sommige dagen hield hij van deze stad, op andere dagen haatte hij hem. Maar hij kon de stad nooit verlaten. Ja, hij kon er een pauze van nemen, een poos weggaan, maar niet voorgoed verlaten. Niet zoals zij hem had verlaten.

De bewaker hielp hem door de sluis en terwijl hij voor de lift stond, deed hij zijn jas open. Toch voelde hij dat het zweet hem al uitbrak. En dat hij begon te beven toen de liftdeuren opengleden. Hij begreep dat het vandaag niet ging, draaide zich om en begon de trappen naar de zesde verdieping op te lopen.

'Op zondag aan het werk?' vroeg Katrine Bratt, opkijkend van haar pc toen Harry onaangekondigd haar kantoor binnenstapte.

'Van hetzelfde.' Harry ging onderuitgezakt op de stoel voor haar bureau zitten.

Hun blikken kruisten elkaar.

Harry sloot zijn ogen, legde zijn hoofd achterover en strekte zijn lange benen die helemaal onder het bureau verdwenen. Het bureau was gekomen samen met de functie die ze van Gunnar Hagen had overgenomen. Ze had de muren in een lichtere kleur laten verven en het parket was geschuurd, verder was het kantoor van de afdelingsleider nog hetzelfde. En hoewel Katrine Bratt de nieuwe afdelingsleider en moeder was geworden, zag Harry nog steeds het wilde meisje met haar donkere ogen voor zich dat uit Bergen was gekomen met een plan, een mentale bagage, zwart haar en een dito leren jas die een lichaam omhulde dat bewees dat er ook in Bergen prachtige vrouwen zijn. De mannelijke collega's keken haar met belangstelling na, maar ze had alleen oog voor Harry en dat was om de gebruikelijke paradoxale redenen. Zijn slechte reputatie, het feit dat hij al bezet was en dat hij haar alleen als een collega zag.

'Misschien vergis ik me,' zei Harry en hij gaapte. 'Maar aan de telefoon klonk het alsof jouw man uit Toten geniet van zijn vaderschapsverlof.'

'Dat doet hij,' zei Katrine en ze ging door met typen. 'Hoe gaat het met jou? Geniet jij van...'

'Echtgenote-verlof?'

'Ik was van plan te zeggen: "je terugkeer op de afdeling Geweld".'

Harry opende een oog. 'Met werkopdrachten voor een agent op niveau 1?'

Katrine zuchtte. 'Dat was het beste wat Gunnar en ik in deze situatie voor elkaar konden krijgen, Harry. Wat had je dan verwacht?'

Harry liet zijn eenogige blik door het kantoor gaan terwijl hij nadacht over wat hij eigenlijk had verwacht. Dat het kantoor van Katrine een vrouwelijker touch zou hebben gekregen? Dat ze Harry dezelfde armslag zou hebben gegeven voordat hij gestopt was als moordonderzoeker, docent was geworden aan de politieacademie, was getrouwd met Rakel en een poging had gedaan om een rustig en nuchter leven te leiden? Natuurlijk konden ze dat niet. Katrine had hem met de goedkeuring van Gunnar Hagen en Bjørns hulp uit de goot getrokken en hem dit aangeboden, een reden om op te staan, een reden om aan iets anders te denken dan aan Rakel, een excuus om zich niet naar de verdommenis te drinken. Dat hij deze baan had geaccepteerd en nu veroordeeld was tot het sorteren van papieren en het doornemen van cold cases, toonde alleen maar aan dat hij nog dieper was gezonken dan hij voor mogelijk had gehouden. Hoewel, ervaring leerde dat het mogelijk was om nog verder te zinken. Dus schraapte Harry zijn keel en vroeg: 'Kun je me vijfhonderd kronen lenen?'

'Verdomme, Harry.' Katrine keek hem vertwijfeld aan. 'Ben je daarom hierheen gekomen? Heb je gisteren nog niet genoeg gehad?'

'Zo werkt het niet,' zei Harry. 'Heb jij Bjørn eropuit gestuurd om me weg te slepen?'

'Nee.'

'Hoe heeft hij me dan gevonden?'

'Iedereen weet waar jij 's avonds zit, Harry. Veel mensen zouden zeggen dat het vreemd is dat je de bar kiest die je net hebt verkocht.'

'Daar zullen ze niet zo snel de vorige eigenaar een drankje weigeren.'

'Tot gisteren misschien. Volgens Bjørn was de laatste boodschap van de huidige eigenaar dat jij voor de rest van je leven niet meer welkom bent.'

'Echt? Ik herinner me er geen bal van.'

'Laat ik je even helpen. Je hebt geprobeerd Bjørn over te halen Jealousy bij de politie aan te geven vanwege de muziek die daar wordt gedraaid, daarna moest hij Rakel bellen om haar om te praten. Met zijn eigen telefoon omdat jij de jouwe thuis had laten liggen en bovendien betwijfelde je het of ze op zou nemen als ze zag dat jij belde.'

'Mijn god,' zei Harry kreunend en hij verborg zijn gezicht in zijn handen terwijl hij zijn voorhoofd masseerde.

'Ik zeg dit niet om je te pesten, maar om je uit te leggen wat er gebeurt als jij drinkt, Harry.'

'Dank je wel.' Harry legde zijn gevouwen handen op zijn buik en zag dat er een biljet van tweehonderd kronen op het bureau voor hem lag.

'Te weinig om straalbezopen te worden,' zei Katrine. 'Maar genoeg om te kunnen slapen, want dat heb je nodig. Slaap.'

Hij keek haar aan. Haar blik was met de jaren milder geworden, ze was niet langer dat boze meisje dat wraak wilde op de hele wereld. Misschien kwam het door de verantwoordelijkheid voor andere mensen, voor de mensen op de afdeling en haar zoontje van anderhalf. Ja, zoiets kon het zorginstinct wekken en mensen milder stemmen. Tijdens de Vampier-zaak, toen Rakel in het ziekenhuis belandde en hij weer was begonnen te drinken, had Katrine hem meegenomen naar haar appartement. Ze had hem laten overgeven in haar smetteloze wc en hem een paar uur diepe slaap in haar en Bjørns bed geboden.

'Nee,' zei Harry. 'Ik heb geen slaap nodig, ik wil een zaak hebben.'

'Je hebt een zaak gekregen…'

'Ik moet de Finne-zaak hebben.'

Katrine zuchtte. 'De moorden waar jij het over hebt, horen niet bij de Finne-zaak. Er is niets wat daarop wijst. Zoals gezegd werken daar de juiste mensen aan.'

'Drie moorden. Drie onopgeloste moorden. En jij vindt dat je niet iemand nodig hebt die kan bewijzen wat jij en ik al weten, namelijk dat Finne het heeft gedaan?'

'Jij hebt je zaak, Harry. Los die op en laat mij deze toko besturen.'

'Mijn zaak is geen zaak, het is een moord binnen het huwelijk en de echtgenoot heeft al bekend. En we hebben zowel het motief als de technische bewijzen.'

'Hij kan de bekentenis ineens intrekken en dan hebben we meer vlees op de botten nodig.'

'Het is een zaak die je aan Wyller of Skarre had kunnen geven. Finne is een seksmaniak en een seriemoordenaar en ik ben verdomme de enige rechercheur met speciale competentie daarvoor.'

'Nee, Harry! En dit is mijn definitieve besluit.'

'Maar waarom?'

'Waarom? Kijk naar jezelf! Als jij leiding gaf aan de afdeling Geweld zou jij dan een dronken, labiele rechercheur naar onze toch al sceptische collega's in Kopenhagen en Stockholm sturen terwijl zij ervan overtuigd zijn dat het niet dezelfde man is die achter de moorden in hun stad zit? Jij ziet overal seriemoordenaars omdat je hersenen zo gefixeerd zijn op seriemoordenaars.'

'Kan kloppen, maar het ís Finne. Het heeft alle kenmerken van…'

'Stop! Je moet van deze dwanggedachten af, Harry.'

'Dwanggedachten?'

'Bjørn vertelde me dat je tijdens je dronkenschap voortdurend over Finne sprak, dat je hem moet pakken voordat hij jou pakt.'

'Dronkenschap, wat is dat voor een woord? Ik was zat.' Harry griste de tweehonderd kronen van het bureau en propte het briefje in zijn broekzak. 'Nog een fijne zondag.'

'Waar ga je heen?'

'Een plek waar de zondagsrust heilig is.'

'Er zitten kiezeltjes in je schoenzolen dus til je voeten hoog op als je over mijn parket loopt.'

Harry liep gehaast door Grønlandsleiret in de richting van Olympen en Pigalle. Niet zijn eerste keus wat betreft cafés, maar deze waren dichtbij. Er was zo weinig verkeer in de hoofdstraat dat hij door rood kon oversteken en ondertussen zijn mobiel kon checken. Hij overwoog om het telefoontje van Alexandra te beantwoorden, maar verwierp de gedachte weer. Hij had de fut niet. Hij zag in de lijst dat hij gisteren tussen zes en acht uur zes keer had geprobeerd Rakel te bellen. Hij huiverde. Onbeantwoorde oproep, stond er. Soms was de technologietaal onnodig precies.

En dat zou niet de ergste afgang zijn. Steken in zijn borst, op zijn knieën, hoofd op het asfalt. The End. Nog een paar dagen in dit tempo doorgaan met drinken, dan was ook dat niet meer zo onrealistisch. Harry liep door. En daar was weer een glimp van iets wat was gebeurd. Hij zag meer dan vanmorgen, maar toch was het direct weg als in een droom waaruit je wakker wordt. Harry bleef voor de deur van Olympen staan en keek naar binnen. Ze hadden het bruine café een paar jaar geleden grondig aangepakt, zo grondig dat Harry aarzelde. Hij nam de nieuwe clientèle op. Een mix van hipsters en goedgeklede stellen, maar ook gezinnen met kleine kinderen met een strak tijdschema en voldoende geld om op zondagmiddag te gaan lunchen.

Hij stak zijn hand in zijn zak en vond de tweehonderd kronen, maar ook iets anders. Een sleutel. Niet van zijn huis, maar van de plaats delict van de gezinsmoord. De Borggate in Tøyen. Hij wist niet precies waarom hij had gevraagd naar de sleutel in deze opgeloste zaak. Maar hij zou de plaats delict in elk geval voor zich alleen hebben. Helemaal voor zich alleen, aangezien de andere zogenaamd technisch rechercheur, Truls Berntsen, geen klap zou doen. Truls Berntsen had zijn plaats binnen Geweld niet gekregen op grond van zijn merites, om het mild uit te drukken, maar vanwege het feit dat zijn jeugdvriend en voormalige hoofdcommissaris, Mikael Bellman, nu minister van Justitie was. Truls Berntsen was volkomen nutteloos en er bestond een stilzwijgende afspraak tussen Katrine en Truls dat hij zich verre zou houden van onderzoekstechnische zaken en zich slechts zou concentreren op het zetten van koffie en andere huishoudelijke karweitjes. Wat er in de praktijk op neerkwam dat hij patience en tetris speelde. De koffie smaakte niet beter dan vroeger, maar de laatste tijd kwam het voor dat Truls Harry versloeg met tetris. Feitelijk waren ze een triest stel aan het eind van de kantoortuin met tussen hen in een donkere scheidingswand op wielen van anderhalve meter. Harry keek weer naar binnen. Hij zag een lege plek naast een van de gezinnen vlak bij het raam. Op hetzelfde moment zag het jongetje aan tafel hem, hij lachte en wees. Zijn vader, die met zijn rug naar Harry toe zat, draaide zich om en Harry deed automatisch een stap naar achteren, in het donker. Toen zag hij zijn eigen bleke, gerimpelde gezicht in de ruit dat samensmolt met het gezicht van de jongen binnen. Er kwam een herinnering boven. Grootvader en hij als jongen. Zomervakantie en familiedag in Romsdalen. Hij moest lachen om grootvader. Zijn ouders zagen er bezorgd uit. Grootvader was dronken.

Harry voelde weer aan de sleutel. Borggate. Dat was nu zes minuten lopen. Hij pakte zijn mobiel, keek naar de oproepen en belde. Hij wachtte terwijl hij de knokkels op zijn vrije rechterhand bestudeerde. De pijn nam af dus hij kon onmogelijk erg hard hebben geslagen. Maar het was duidelijk, die onschuldige neus van de David Gray-fan verdroeg kennelijk niet veel voordat het bloed eruit spoot.

'Ja, Harry?'

'"Ja, Harry?"'

'Ik zit te eten.'

'Oké, ik zal het kort houden. Kun je na het eten met me komen praten?'

'Nee.'

'Fout antwoord, probeer opnieuw.'

'Ja?'

'Dat is beter. Borggate 5. Bel me als je er bent, dan zal ik voor je opendoen.'

Harry hoorde een diepe zucht van Ståle Aune, de vaste psycholoog bij moordzaken en al jarenlang zijn vriend. 'Betekent dit dat het geen uitnodiging in een bar is waar ik moet betalen en dat je dus nuchter bent?'

'Heb ik je ooit laten betalen?' Harry trok het pakje Camel uit zijn zak.

'Vroeger betaalde je de rekening en wist je dat ook. Maar de alcohol is bezig zowel je financiën als je geheugen op te eten, weet je dat wel?'

'Ja. Het gaat om de moord van een echtgenoot op zijn vrouw. Met mes en...'

'Ja ja, ik heb daarover gelezen.'

Harry stak een sigaret tussen zijn lippen. 'Kom je?'

Hij hoorde opnieuw een diepe zucht. 'Als je een paar uur van de fles af kunt blijven.'

'Heel fijn,' zei Harry, hij verbrak de verbinding en liet de telefoon in zijn jaszak glijden, stak de sigaret aan en inhaleerde diep. Hij stond met zijn rug naar de ingang. Hij kon nog een pilsje drinken en toch voor Aune in de Borggate zijn. Er zweefde muziek naar buiten. Een liefdesverklaring met autotunes. Verontschuldigend stak hij zijn hand op naar een remmende auto toen hij overstak.

Achter de oude arbeidersbuurtgevels in de Borggate zaten moderne appartementen met lichte kamers, open keukens, moderne badkamers en balkons die uitkeken op een tuin. Harry besefte dat het een waarschuwing was dat het met Tøyen ook zo zou gaan: de wijk zou worden opgeknapt, de vierkantemeterprijs zou opgeschroefd worden, er kwamen andere bewoners en de sociale status van de buurt ging omhoog. De kruidenierswinkels van de immigranten en de kleine cafeetjes zouden plaats moeten maken voor fitnesscentra en hippe restaurants.

De psycholoog leek niet comfortabel te zitten op een van de twee smalle houten stoelen die Harry midden in de kamer op het lichte parket had gezet. Harry nam aan dat het kwam door de foute verhouding tussen de stoel en het omvangrijke lichaam van Ståle Aune. Bovendien waren de ronde brillenglazen nog steeds beslagen omdat Aune uit vrije wil niet de lift had genomen en tegelijk met Harry de trap naar de derde verdieping was opgelopen. Of door de plas bloed die als een opgedroogde, donkere lakzegel tussen hen in lag. Tijdens een zomervakantie, toen Harry nog klein was, had grootvader gezegd dat je geld niet kon eten. Toen Harry later weer op zijn kamer was, had hij het vijfkronenmuntstuk dat grootvader hem had gegeven gepakt om het te proberen. Hij herinnerde zich het gekras van zijn tanden, de metalige geur en de zoete smaak. Net als wanneer hij het bloed van zijn wonden likte. Of de geur op de plaatsten delict waar hij later kwam, zelfs als het bloed al oud was. De geur in de kamer waarin ze nu zaten. Munt. Bloedgeld.

'Mes,' zei Ståle Aune en hij duwde zijn handen in zijn oksels alsof hij bang was dat iemand ze zou afpakken. 'De gedachte aan een mes *freaks me out*, om die uitdrukking van de jeugd maar even te gebruiken.'

Harry gaf geen antwoord. De afdeling Geweld en hij hadden Aune al zoveel jaren als deskundige geraadpleegd dat hij niet meer precies kon zeggen wanneer hij de tien jaar oudere psycholoog als vriend was gaan zien. Maar hij kende Aune in elk geval goed genoeg om te weten dat het koketterie van hem was om te doen alsof hij niet wist dat de term *to freak out* ouder was dan hij. Aune vond het leuk te doen alsof hij een oude, conservatieve ziel had, dat hij niet net als zijn collega's bezeten op jacht was naar de tijdgeest omdat ze 'relevant' gevonden wilden worden. Aunes uitspraken in vakkringen en de media waren duidelijk: 'Psychologie en religie hebben gemeen dat ze over het algemeen de mensen de antwoorden geven die ze willen hebben. In het donker, waar het licht van de wetenschap nog niet is doorgedrongen, hebben psychologie en religie vrije speelruimte. Als wij verplicht worden ons te houden aan wat we weten, dan zou er niet veel werk zijn voor psychologen en dominees.'

'Dus de vader van het gezin heeft de vrouw... hoeveel keer gestoken?'

'Dertien keer,' zei Harry en hij keek rond. Op de muur voor hem hing een grote zwart-witfoto van de skyline van Manhattan. Het Chrysler Building in het midden. Misschien wel gekocht bij IKEA, maar wat zou dat? Het was een mooie foto. Als je er geen last van had dat veel mensen dezelfde foto hadden en dat sommige gasten er daarom misprijzend naar zouden kijken, niet omdat het geen goede foto was maar omdat die bij IKEA was gekocht, dan moest je daar lak aan hebben. Die argumenten had hij Rakel voorgehouden toen zij liever een genummerde foto van Torbjørn Rødland wilde hebben – een foto van een witte stretchlimo die een haarspeldbocht probeert te nemen in Hollywoods Hills – en die tachtigduizend kronen moest kosten. Rakel had Harry zonder protesteren gelijk gegeven. Iets waarvan hij zo blij was geworden dat hij de stretchlimofoto voor haar had gekocht. Niet omdat hij niet doorhad dat ze hem voor de gek hield, maar omdat hij diep vanbinnen moest toegeven dat het inderdaad een coolere foto was.

'Hij was kwaad,' zei Aune en hij deed het bovenste knoopje van zijn overhemd open waar op werkdagen een vlinderstrik zat met meestal een motief of patroon dat balanceerde op de rand van ernst en humor. Bijvoorbeeld de strik met de blauwe EU-vlag met de gele sterren.

Bij een van de buren begon een kind te huilen.

Harry tikte de as van zijn sigaret. 'Hij kan zich de details van de moord niet meer herinneren, zegt hij.'

'Verdrongen herinneringen. Ze hadden hem door mij moeten laten hypnotiseren.'

'Ik wist niet dat jij zoiets deed.'

'Hypnose? Hoe denk je anders dat ik getrouwd ben?'

'Nou, hier was het niet nodig. De technische vondsten tonen aan dat ze in de woonkamer van hem wegliep en dat hij achter haar aan ging en haar in de rug heeft gestoken. Het mes verdween laag in haar rug en raakte de nieren. Dat is waarschijnlijk de reden dat de buren geen schreeuw hebben gehoord.'

'O?'

'Het is zo'n gevoelige plek om gestoken te worden dat het slachtoffer verlamd raakt, vrijwel onmiddellijk het bewustzijn verliest en sterft. Toevallig is het ook de aangewezen methode onder militaire professionals voor de zogenaamde *silent killing*.'

'Is dat zo? Hoe zit het met die goeie, ouwe methode waarbij het slachtoffer van achteren wordt gegrepen, er een hand op zijn mond wordt gelegd en de andere hand zijn strot doorsnijdt?'

'Die is achterhaald en was ook nooit zo goed. Het vergt te veel coördinatie en trefzekerheid. En het gebeurde verbazend vaak dat soldaten zichzelf in de hand sneden die ze op de mond hielden.'

Aune grijnsde. 'Ik ga ervan uit dat de echtgenoot geen voormalige commando was of zoiets?'

'Waarschijnlijk heeft hij puur toevallig die plek geraakt. Niets wijst erop dat hij van plan was de moord geheim te houden.'

'Van plan? Je bedoelt dat de moord gepland was en niet in een opwelling is gepleegd?'

Harry knikte langzaam. 'De dochter was aan het joggen buiten. Hij heeft, voordat ze thuiskwam, de politie gebeld waardoor we al ter plaatse waren en haar konden opvangen voordat ze naar binnen ging en haar moeder zou zien.'

'Zorgzaam.'

'Dat zeggen ze. Dat hij een zorgzame man is.' Harry tikte weer as van zijn sigaret die op het opgedroogde bloed viel.

'Moet je geen asbak pakken, Harry?'

'De technische recherche is klaar en alles klopt.'

'Ik bedoel sowieso.'

'Je hebt niet naar het motief gevraagd.'

'Oké. Het motief?'

'Klassiek. Zijn telefoon was een paar weken geleden leeg en zonder dat ze het wist had hij die van zijn vrouw geleend. Hij had een tekstbericht gezien dat hem achterdochtig had gemaakt, dus hij had de berichtenthread doorgenomen. Die ging tot een halfjaar terug en het was duidelijk dat het om een minnaar ging.'

'Heeft hij de minnaar opgezocht?'

'Nee, maar volgens de rapporten is de telefoon gecheckt, zijn de berichten gevonden en heeft de echtgenoot contact opgenomen met de minnaar. Een jongeman halverwege de twintig, vijftien jaar jonger dan zij. Hij heeft de verhouding bevestigd.'

'Nog meer dat ik moet weten?'

'De echtgenoot was een goedopgeleide man met een prima baan en dito inkomen en hij heeft nooit problemen gehad met de politie. Familie, collega's, vrienden en buren omschrijven hem als extravert, vrolijk en de stabiliteit zelve. En, zoals je al zei, zorgzaam. "Een man die bereid is alles te geven voor zijn gezin", stond er in een van de rapporten.' Harry zoog stevig aan de sigaret.

'Vraag je me omdat je vindt dat de zaak niet is opgelost?'

Harry liet de rook via zijn neusgaten ontsnappen. 'De zaak is een no-brainer, de bewijzen veiliggesteld en het is onmogelijk om de boel nog te verprutsen. Dat is de reden dat Katrine hem aan mij heeft overgelaten. En aan Truls Berntsen.' Harry vertrok zijn mondhoeken tot wat een glimlach zou kunnen zijn. Het gezin had geld, maar ze hadden er dus voor gekozen in Tøyen te wonen, de goedkopere immigrantenbuurt, en ze hadden IKEA-kunst gekocht. Misschien vonden ze het hier gewoon prettig. Harry vond het prettig in Tøyen. En misschien was de foto aan de muur wel het origineel en nu een vermogen waard.

'Dus je vraagt me omdat...'

'Omdat ik het wil begrijpen,' antwoordde Harry.

'Jij wilt begrijpen waarom een man zijn vrouw doodt omdat ze achter zijn rug een verhouding had?'

'Meestal vermoordt de echtgenoot zijn vrouw als hij beseft dat hij in bijzijn van anderen gekrenkt zal worden. Volgens de verhoren met de minnaar hadden ze de affaire streng geheim gehouden en was die zo goed als beëindigd.'

'Heeft ze dan geen tijd gehad om haar man dat te vertellen voordat hij stak?'

'Jawel, maar hij zei dat hij haar niet geloofde en dat ze hoe dan ook het gezin had verraden.'

'Daar heb je het. Want voor een man die alles overheeft voor zijn gezin, is het verraad uiteraard extra zwaarwegend. Hij is gekrenkt en als de krenking diep genoeg gaat, dan kan die ieder van ons aanzetten tot moorden.'

'Iedereen?'

Aune tuurde naar de boekenkast naast de Manhattan-foto. 'Ze hebben literatuur.'

'Dat heb ik gezien, ja,' zei Harry. Aune had een theorie dat moordenaars niet lezen, in elk geval geen literatuur.

'Ken je Paul Mattiuzzi?' vroeg Aune.

'Hm.'

'Hij is psycholoog en expert op het gebied van moord en geweld. Hij gaat uit van acht categorieën moordenaars. Jij en ik horen niet thuis bij de eerste zeven. Maar in de achtste, die hij "de getraumatiseerde" noemt, is er plaats voor iedereen. We worden moordenaar door een enkele, maar massieve aanval op onze identiteit. We ervaren de aanval als beledigend, ja, onverdraaglijk. Die maakt ons hulpeloos, machteloos en we blijven achter zonder bestaansrecht of mannelijkheid als we niet reageren. Bedrogen worden kan uiteraard zo worden opgevat.'

'Maar iedereen?'

'De getraumatiseerde moordenaar heeft geen duidelijke persoonlijkheidskenmerken zoals bij de zeven andere categorieën wel het geval is. In deze groep, en alleen in deze, vind je moordenaars die Dickens en Balzac lezen.' Aune haalde diep adem en trok aan de mouwen van zijn tweedjas. 'Wat vroeg jij je eigenlijk af?'

'Eigenlijk?'

'Jij weet meer van moordenaars dan iedereen die ik ken, niets van wat ik je nu vertel over krenking of categorieën is nieuw voor je.'

Harry haalde zijn schouders op. 'Misschien heb ik het alleen maar nodig dat iemand dat nog een keer hardop zegt zodat ik het kan geloven.'

'Wat geloof je dan niet?'

Harry krabde in zijn korte, weerbarstige haar dat al een vleugje grijs kreeg in het blond. Rakel had gezegd dat hij op een egel ging lijken. 'Ik weet het niet.'

'Misschien is het alleen maar jouw echo.'

'Hoe bedoel je?'

'Is dat niet duidelijk? Je hebt deze zaak gekregen nadat iemand anders die had opgelost. Nu wil je graag iets vinden wat twijfel zaait. Iets wat aantoont dat Harry dingen ziet die anderen niet zien.'

'En als dat inderdaad ook zo is?' zei Harry en hij keek naar de gloeiende as. 'Wat nu als ik geboren ben met een grandioos onderzoekerstalent en instincten heb ontwikkeld die ik zelf niet eens kan analyseren?'

'Ik hoop dat je een grapje maakt.'

'Min of meer. Ik heb de verslagen van de verhoren gelezen. De echtgenoot lijkt inderdaad getraumatiseerd, afgaand op wat hij antwoordde. Maar toen heb ik de opnames afgespeeld.' Harry staarde voor zich uit.

'Ja?'

'Hij klonk eerder bang dan berustend. Een bekentenis is een vorm van berusting. Dan hoef je niet meer bang te zijn.'

'Je krijgt toch straf.'

'De straf ligt achter hem. De vernedering, de pijn, je geliefde zien sterven, gevangen in isolement, stilte, routine, vrede. Dat moet een opluchting zijn geweest. Misschien gaat het om de dochter, de zorgen hoe het verder met haar gaat.'

'En hij zal branden in de hel.'

'Hij brandt al.'

Aune zuchtte. 'Dus laat ik het nog een keer zeggen: wat wil je eigenlijk?'

'Ik wil dat je Rakel belt en haar uitlegt dat ze bij me terug moet komen.'

Ståle Aune sperde zijn ogen open.

'Dat was een grapje,' zei Harry. 'Ik heb hartkloppingen, paniekaanvallen. Nee, dat niet. Ik heb... iets gedroomd. Iets wat ik niet kan zien, maar wat steeds terugkomt.'

'Eindelijk een makkelijke vraag,' zei Aune. 'Roes. Psychologie is een wetenschap zonder vaststaande feiten, maar de correlatie tussen het innemen van verdovende middelen en mentale schade is wel grondig gedocumenteerd. Hoelang is dat al aan de hand?'

Harry keek op zijn horloge. 'Tweeënhalf uur.'

Ståle Aune lachte hol. 'Dus jij wilde met me praten zodat je jezelf kunt wijs maken dat je externe medische hulp hebt gezocht voordat je terug moest grijpen naar je zelfmedicatie?'

'Het gaat niet om de gewone zaken,' zei Harry. 'Het zijn geen geesten.'

'Want die komen 's nachts?'

'Ja, en die verstoppen zich niet. Ik zie ze en ik herken ze. Slachtoffers, dode collega's, moordenaars. Dit is iets anders.'

'Enig idee wat het wel is?'

Harry schudde zijn hoofd. 'Een persoon is opgesloten. Hij lijkt op...' Harry leunde voorover en drukte de peuk uit in het geronnen bloed.

'Op Svein "de Verloofde" Finne,' zei Aune.

Harry keek met een opgetrokken wenkbrauw op. 'Waarom denk je dat?'

'Er wordt gezegd dat jij denkt dat hij achter jou aan zit.'

'Je hebt met Katrine gesproken.'

'Ze maakt zich zorgen om je. Ze wilde deskundig advies.'

'En jij hebt ja gezegd?'

'Ik zei dat ik als psycholoog niet de noodzakelijke afstand tot je heb, maar dat het bekend is dat paranoia gecorreleerd is met alcoholmisbruik.'

'Ik heb hem uiteindelijk achter de tralies gekregen, Ståle. Hij was mijn eerste zaak. Hij werd tot twintig jaar veroordeeld voor seksuele misdrijven en moord.'

'Je hebt het werk alleen gedaan, geen reden dat Finne dat als persoonlijke aanval heeft opgevat.'

'Hij heeft de zedendelicten bekend, maar meende dat hij niet schuldig was aan de moordaanklacht. Hij zei dat we bewijs hadden gemanipuleerd. Ik heb hem twee jaar geleden in de gevangenis opgezocht om te kijken of hij ons kon helpen in de Vampier-zaak. Het laatste wat hij deed voor ik vertrok, was me vertellen wanneer hij precies zou worden vrijgelaten en vragen of mijn gezin en ik veilig wonen.'

'Wist Rakel daarvan?'

'Ja, op nieuwjaarsdag vond ik een laarsafdruk in de sneeuw bij de bosjes voor de keuken, dus heb ik een wildcamera geïnstalleerd.'

'Kan toch iedereen zijn geweest, Harry. Iemand die zich vergist had.'

'Binnen de hekken van een privé-eigendom en vijftig meter over een steile, gladde oprit?'

'Wacht even, ben jij niet rond de kerstdagen verhuisd?'

'Grotendeels.' Harry gooide de peuk weg.

'Maar daarna was je nog bij de villa? In de bosjes? Wist Rakel dat?'

'Nee, maar relax, ik ben geen stalker geworden. Rakel was al bang genoeg en ik wilde alleen checken of alles oké was. En dat was dus niet het geval.'

'Dus ze weet ook niet dat jij de wildcamera hebt geplaatst?'

Harry haalde zijn schouders op.

'Harry?'

'Hm?'

'Weet je heel zeker dat je de wildcamera hebt geplaatst voor Finne?'

'Je bedoelt dat ik wilde zien of mijn ex-geliefde bezoek kreeg van minnaars?'

'Wilde je dat?'

'Nee,' zei Harry beslist. 'Als Rakel mij niet wil hebben, dan gun ik haar een ander.'

'Geloof je dat zelf?'

Harry zuchtte.

'Goed, terug naar je vraag, je zei dat je een glimp van iemand zag die leek op Finne?'

'Nee, jij zei dat. Het was Finne niet.'

'Niet?'

'Nee, het ging om... mij.'

Ståle Aune ging met zijn hand door zijn dunne haar. 'En nu wil jij een diagnose?'

'Vooruit, is het angst?'

'Ik geloof dat je hersenen op zoek zijn naar redenen dat Rakel je nodig heeft. Bijvoorbeeld om haar te beschermen tegen vijanden van buitenaf. Maar je bent niet opgesloten, Harry. Je bent buitengesloten. Accepteer dat en ga verder.'

'Afgezien van dat accepteer-gezeur, heb je geen medicijnen die je kunt voorschrijven?'

'Slaap, sporten. En misschien met iemand afspreken om de gedachten aan Rakel wat naar de achtergrond te laten gaan?'

Harry stak een nieuwe sigaret op en verplaatste die naar een mondhoek. Hij hield een gebalde vuist met opgestoken duim in de lucht.

'Slapen, ik drink me elke avond bewusteloos. Check.' Een wijsvinger schoot omhoog. 'Sporten, ik vecht met mensen in bars. Check.' De grijze titaanvinger ging omhoog. 'Afspreken met iemand, ik neuk vrouwen, lelijke en mooie, en daarna heb ik met sommigen goede gesprekken. Check.'

Aune keek Harry aan, toen zuchtte hij diep, stond op en knoopte zijn tweedjas dicht. 'Nou, dan gaat het toch goed.'

Nadat Aune was vertrokken bleef Harry zitten en staarde uit het raam. Hij stond op en liep door alle kamers van het appartement. De slaapkamer van het echtpaar was opgeruimd en schoon en het bed was opgemaakt. Hij keek in de kledingkasten. De garderobe van de vrouw hing in vier kasten en kreeg voldoende ruimte. De kleding van de man was in een kast gepropt. Zorgzame man. Het behang in de slaapkamer van de dochter had vierkante vlakken waarvan de kleuren feller waren. Harry gokte dat ze negentien jaar moest zijn, gelet op het feit dat ze de tienerposters had weggehaald. Er hing nog wel een kleine foto. Een jongen met een Rickenbacker elektrische gitaar.

Harry bekeek de kleine muziekverzameling in de spiegelkast. Propagandhi, Into It. Over It, My Heart To Joy, Panic! at the Disco. Emospul.

Daarom werd hij verrast toen hij de vinylplaat op de platenspeler legde en de uitdagende, zachte tonen hoorde van iets wat op de vroege Byrds leek. Maar ondanks deze Roger McGuinn-achtige twaalfsnarige gitaar begreep hij al snel dat deze productie van latere datum was. Het maakt niet uit hoeveel buizenversterkers en oude Neumann-microfoons je gebruikt, retroproducties hebben nooit iemand voor de gek kunnen houden. Bovendien had de zanger een duidelijk Noors accent en het leek erop dat hij meer naar Thom Yorke en Radiohead anno 1995 had geluisterd dan naar Gene Clark en David Crosby anno 1965. Hij liet zijn blik over de platenhoes glijden die naast de platenspeler lag met de achterkant boven en constateerde dat de namen inderdaad heel Noors klonken. Harry's blik ging verder en stopte bij een paar Adidas-loopschoenen voor de klerenkast. Ze waren van hetzelfde model als die van hem en een paar jaar geleden had hij een nieuw paar willen kopen, maar toen waren ze al uit de productie genomen. Hij meende zich uit de verhoren te herinneren dat zowel de dochter als de vader had verklaard dat zij om kwart over acht het appartement had verlaten en dat ze veertig minuten later was teruggekomen van een joggingtocht naar de top van het beeldenpark op Ekeberg en weer terug via het Ekebergrestaurant. Haar sportkleding lag op bed en hij zag voor zich hoe de politie onder begeleiding het arme meisje had toegestaan zich om te kleden en een tas met kleren in te pakken. Harry ging op zijn hurken zitten en tilde de loopschoenen op. Het bovenleer was zacht, de zolen schoon en glad, de schoenen waren niet veel gebruikt. Negentien jaar. Een ongebruikt leven. Zijn eigen schoenen waren versleten. Hij kon natuurlijk nieuwe kopen, een ander model, maar dat wilde hij niet. Hij had dit model gevonden en dat wilde hij hebben. Voor nu en altijd. Nu en altijd. Misschien konden ze nog steeds gerepareerd worden.

Harry liep terug naar de woonkamer. Veegde de as van de vloer, checkte zijn telefoon. Geen berichten. Hij stak zijn hand in zijn broekzak. Tweehonderd kronen.

HOOFDSTUK 4

'Laatste ronde, dan gaan we sluiten.'

Harry staarde naar zijn drankje. Het was hem gelukt om het te rekken. Gewoonlijk goot hij ze naar binnen omdat hij niet van de smaak hield, maar van het resultaat. Hoewel, 'ervan hield' was niet de juiste term. Nodig hebben. Nee, niet 'nodig hebben'. Móést hebben, niet zonder kunnen leven. Kunstmatige ademhaling wanneer je halve hart gestopt was met kloppen.

De loopschoenen moesten toch gerepareerd kunnen worden.

Hij pakte zijn mobiel weer. Harry had slechts zeven personen in zijn contactenlijst staan en aangezien hun namen allemaal met een andere letter begonnen, waren ze met slechts één letter opgeslagen, voor- en achternaam. Hij toetste R in en keek naar haar profielfoto. Een bruine, milde blik die erom vroeg haar te ontmoeten. Warme, gloeiende huid die erom vroeg gestreeld te worden. Rode lippen die erom vroegen gekust te worden. Al die vrouwen die zich hadden uitgekleed en met wie hij de laatste maanden in bed had gelegen – was er ook maar een seconde geweest dat hij niet aan Rakel had gedacht, niet had gedacht dat ze haar waren? Hadden ze het doorgehad, had hij hun zelfs verteld dat hij hen bedroog met zijn vrouw terwijl hij hen neukte? Was hij zo ongevoelig geweest? Vast. Want zijn halve hart sloeg elke nacht zwakker en hij was teruggekeerd van zijn tijdelijke leven als echt mens. Hij staarde naar zijn telefoon.

En hij dacht hetzelfde als wat hij elke dag had gedacht toen hij vele jaren geleden in Hongkong langs een telefooncel was gelopen. Dat zij daar was. Zij en Oleg waren daar. In de telefooncel. Twaalf cijfers verderop.

Maar dat was lang nadat Rakel en Harry elkaar voor het eerst hadden ontmoet.

Dat gebeurde vijftien jaar geleden. Harry was de steile, kronkelige weg naar haar houten villa in Holmenkollen opgereden. De auto had staan uitpuffen toen hij parkeerde en er was een vrouw uit het huis gekomen. Harry had gevraagd naar Sindre Fauke terwijl ze de voordeur op slot draaide. En pas toen ze zich omdraaide en dichterbij kwam, had hij gezien hoe knap ze was. Zwart haar, duidelijke en markante wenkbrauwen boven bruine ogen en hoge, aristocratische jukbeenderen. Rond de dertig, had hij gegokt. Ze droeg een eenvoudige, elegante mantel. Met een stem die zwaarder was dan haar uiterlijk had doen vermoeden, had ze verteld dat Sindre Fauke haar vader was, dat ze het huis had geërfd en dat hij hier niet meer woonde. Rakel Fauke sprak zelfverzekerd en ontspannen met een overdreven, haast theatrale dictie en ze had hem in zijn ogen gekeken. En toen ze verder liep leek het alsof ze als een balletdanseres op een lijn liep. Hij had haar tegengehouden en gevraagd of ze kon helpen met het aanduwen van de auto. Daarna had hij haar ergens naartoe gebracht. Ze hadden ontdekt dat ze tegelijkertijd rechten hadden gestudeerd. Dat ze naar hetzelfde concert van Raga Rockers waren geweest. Hij had genoten van het geluid van haar lach, die niet zo zwaar was als haar stem, maar juist licht en helder als het kabbelen van een beek. Ze wilde naar Majorstua.

'Het is de vraag of de auto het zo lang volhoudt,' had hij gezegd. En ze had gezegd dat ze het daarmee eens was. Alsof ze toen al hadden begrepen dat wat nu nog niet eens was begonnen, niet eeuwig kon duren. Toen ze uit wilde stappen, had hij over haar heen moeten reiken om het kapotte portier open te duwen en hij had haar geur opgesnoven. Dertig minuten geleden had hij haar voor het eerst ontmoet en hij vroeg zich af wat er in hemelsnaam was gebeurd. Het enige wat hij wilde, was haar kussen.

'Misschien zien we elkaar nog een keer,' had ze gezegd.

'Misschien,' had hij geantwoord en hij had gekeken hoe ze met balletpasjes de Sporveisgate afliep.

De volgende ontmoeting vond plaats tijdens een feest op het hoofdbureau. Rakel Fauke bleek op de buitenlandafdeling van de veiligheidsdienst van de politie te werken. Ze had een rode jurk gedragen. Ze hadden samen staan praten en lachen. En toen nog meer gepraat. Hij over zijn jeugd, zijn zus Søs die een beetje het syndroom van Down had, zoals Søs het zelf uitdrukte, over zijn moeder die overleden was toen Harry nog jong was en dat hij nu voor zijn vader moest zorgen. Rakel had verteld over haar Rusland-studie bij Defensie, haar tijd op de Noorse ambassade in Moskou, de Russische man die ze had ontmoet en die de vader van haar zoon Oleg was. Toen ze vertrok uit Moskou had ze een echtgenoot met alcoholproblemen achtergelaten. Harry had verteld dat hij zelf alcoholist was, iets wat ze mogelijk al vermoedde omdat hij cola dronk op een personeelsfeest. Hij had haar niet verteld dat haar lach die avond zijn alcohol was. Die heldere, spontane, lichte lach waarvoor hij de idiootste, meest zelfkritische dingen zou zeggen om die maar te horen. En toen, aan het eind van de avond, hadden ze gedanst. Harry had gedanst! Op een trage panfluitversie van 'Let It Be'. Dat was het bewijs: hij was hopeloos verliefd.

Een paar dagen later had hij op zondag een wandeling gemaakt met Rakel en Oleg. Op een gegeven moment had Harry Rakels hand gepakt omdat het natuurlijk voelde. Ze had een beetje geaarzeld voor ze zijn hand accepteerde. En toen Oleg tetris had gespeeld met de nieuwe vriend van zijn moeder had hij Rakels donkere blik op hem gevoeld en hij begreep wat ze dacht. Dat een alcoholist, misschien wel net zo'n type als de man die ze net had verlaten, in haar huis samen met haar zoon speelde. En Harry had begrepen dat hij veel te bewijzen had voor ze hem toe wilde laten.

Het was hem gelukt. God mocht het weten hoe, misschien waren het Rakel en Oleg wel die hem ervoor hadden behoed zich kapot te drinken. Uiteraard was het vanaf dat punt geen triomftocht geweest, hij was meerdere keren op zijn gezicht gegaan, er waren pauzes en breuken geweest, maar ze hadden elkaar altijd weer gevonden. Omdat ze de schat bij elkaar hadden gevonden. De liefde. Met een grote L en die was zo exclusief dat je verdomme blij mocht zijn wanneer je die één keer in je leven meemaakte. En de laatste jaren waren ze elke ochtend in harmonie ontwaakt en dat geluk was zo sterk en zo kwetsbaar dat hij er doodsbang van was geworden. Hij had steeds het gevoel gehad dat hij op dun ijs liep. Waarom was het toch gebroken? Omdat hij was wie hij was natuurlijk. Harry fucking Hole. Of *the demolition man*, zoals Øystein hem altijd noemde.

Zou hij het nog een keer over mogen doen? Die steile, kronkelige, lastige weg oprijden naar Rakel en zich opnieuw voorstellen. De man zijn die ze nog niet eerder had ontmoet. Hij kon het natuurlijk proberen. Ja, dat kon hij. En nu was net zo'n goed tijdstip als elk ander. Eigenlijk was dit het perfecte tijdstip. Er waren echter twee problemen. Eén: hij had geen geld voor een taxi, maar dat kon hij oplossen, in tien minuten was hij thuis en daar stond zijn derde Ford Escort ingesneeuwd op een parkeerplaats op de binnenplaats.

Twee: de stem die zei dat het een slecht idee was. Maar die kon tot zwijgen worden gebracht. Harry goot de rest van zijn drankje naar binnen. Zo. Hij stond op en liep naar de deur.

'Tot ziens, vriend,' riep de barman achter hem.

Tien minuten later stond Harry op de binnenplaats aan de Sofies gate bedenkelijk te kijken naar de auto die in de eeuwige schaduw tussen de sneeuwranden stond. De auto was niet zo ingesneeuwd als hij had gedacht, dus het was slechts een kwestie van naar boven gaan, de autosleutels ophalen, de contactsleutel omdraaien en gas geven. Vijftien minuten later zou hij bij haar zijn. Dan zou hij de voordeur openen naar de grote, open hal, die samen met de woonkamer en de keuken de gehele benedenverdieping besloeg. Zij zou dan bij het aanrecht staan voor het raam dat uitzicht bood op de voortuin. Ze zou een scheef lachje rond haar mond hebben, knikken naar de waterkoker en vragen of hij nog steeds liever poederkoffie wilde dan espresso.

Harry hapte naar adem toen er een flits voorbijkwam. En daar was het weer, de klauw in zijn borst.

Harry was aan het hardlopen. Zondag na middernacht in Oslo, dat betekende dat hij de straten voor zichzelf had. De kapotte loopschoenen werden door ducttape bij elkaar gehouden. Hij rende dezelfde weg die de dochter uit de Borggate volgens het rapport had genomen. Over verlichte paden en grindwegen omhoog naar het beeldenpark, dat tegen de heuvel lag, het geschenk van Christian Ringnes aan de stad en een ode aan vrouwen. Het was helemaal stil, alleen Harry's ademhaling en het grind dat kraakte onder de zolen waren te horen. Hij rende tot het punt waar het park vlakker werd en keek naar beneden. Hij bleef staan bij Damien Hirsts *Anatomy of an Angel.* Een beeld van wit marmer dat volgens Rakel carraramarmer was. De bekoorlijke, zittende vrouw deed Harry denken aan de zeemeermin in Kopenhagen, maar Rakel, die zich zoals gewoonlijk had ingelezen voordat ze iets ging bekijken, had uitgelegd dat de kunstenaar geïnspireerd was geweest door Alfred Bouchers *L'Hirondelle* uit 1920. Kon zijn, maar het verschil was dat de engel van Hirst opengesneden was met mes en scalpel zodat de ingewanden, spieren, botten en het hart te zien waren. Wilde de kunstenaar laten zien dat engelen vanbinnen ook mensen zijn? Of dat sommige mensen eigenlijk engelen zijn? Harry hield zijn hoofd scheef. Met dat laatste kon hij het eens zijn. Zelfs na al die jaren en alles wat Rakel en hij samen hadden doorgemaakt, zelfs nadat hij haar had gefileerd zoals zij hem had gefileerd, kon hij alleen maar vaststellen dat ze een engel was. Een engel en een mens, van top tot teen. Haar vermogen om te vergeven, wat uiteraard een voorwaarde was voor het samenwonen met een man als Harry, was bijna grenzeloos. Bijna. Maar uiteraard was het hem gelukt die grens te vinden en eroverheen te gaan.

Harry keek op zijn sporthorloge en rende verder. Ging sneller lopen. Voelde dat zijn hart harder werkte. Voerde de snelheid nog iets meer op. Voelde het melkzuur komen. Nog wat harder. Voelde het bloed rondpompen in zijn lichaam, de afvalstoffen wegwerken. De slechte dagen afvoeren. Het gif wegwassen. Waarom beeldde hij zich in dat hardlopen het tegenovergestelde was van drinken? Dat het een tegengif was terwijl het slechts een ander soort roes was? Nou ja, een betere roes. Voor het Ekebergrestaurant kwam hij uit het bos. Het was het restaurant dat ooit een bouwval was geweest en waar Harry, Øystein en Tresko hun eerste pilsje hadden gedronken en een zeventienjarige Harry door een vrouw was opgepikt die in zijn herinnering stokoud was, maar waarschijnlijk niet ouder dan dertig was geweest. Ze had hem hoe dan ook een ongecompliceerd debuut gegeven, iets waarin hij duidelijk niet de enige was geweest gezien haar deskundige regie. Af en toe vroeg hij zich af of de investeerder die het restaurant had gerenoveerd misschien een van hen was geweest en dat het een vorm van dankbaarheid tonen was. Harry kon zich niet meer voor de geest halen hoe ze eruitzag, hij kon slechts haar koerende gefluister naderhand in zijn oor horen: 'Helemaal niet slecht, jongen. Je zult zien dat je vrouwen gelukkig gaat maken. En sommige ongelukkig.' En eentje dus allebei.

Harry ging op de trap van het gesloten, donkere restaurant staan.

Met zijn handen op zijn knieën en zijn hoofd naar beneden hangend voelde hij de braakneigingen in zijn keel en hoorde hij zijn raspende ademhaling. Hij telde tot twintig terwijl hij haar naam fluisterde. Rakel, Rakel. Toen richtte hij zich op en keek naar de stad onder zich. Oslo, een herfststad. Nu in de lente zag die eruit als een chagrijnige vrouw die tegenstribbelend was opgestaan en inderdaad make-up nodig had. Maar Harry had geen oog voor wat er in de diepte lag, want ondanks alle lichten en hectische menselijke activiteit was het toch slechts een dode vulkaankrater, koud steen en hard geworden klei. Hij keek naar de andere kant van de stad, naar haar villa. Opnieuw wierp hij een blik op zijn horloge en begon weer te rennen. En hij stopte pas toen hij in de Borggate was.

Daar zette hij het horloge stil en bestudeerde de getallen.

De rest van de weg naar huis rende hij in een kalm tempo. Terwijl hij het appartement binnenging, hoorde hij het geluid van kiezeltjes op het parket en dacht hij aan wat Katrine had gezegd over het optillen van zijn voeten. Hij gebruikte zijn telefoon om zijn Spotify-lijst verder af te spelen. Het geluid van The Hellacopters dreunde uit de Sonos-box die hij voor zijn verjaardag van Oleg had gekregen, waarmee zijn platenverzameling in de kast achter de bank overbodig was geworden. Een dood monument van dertig jaar moeizaam opbouwen van een verzameling waarbij platen die de tand des tijds niet hadden doorstaan onherroepelijk in de vuilnisbak verdwenen. De chaotische gitaar- en drumintro van 'Carry Me Home' deed de box trillen en hij pulkte het grind van het beeldenpark uit de zolen, dacht aan hoe het negentienjarige meisje met de oude lp's uit vrije wil terugging naar het verleden terwijl Harry met tegenzin verderging in de toekomst. Hij zette de schoenen weg, zocht The Byrds op, die niet in een van zijn speellijsten stonden, de muziek uit de jaren zestig en begin jaren zeventig was meer iets van Bjørn Holm en zijn pogingen om Harry te verleiden met Glen Campbell waren tevergeefs geweest. Hij vond 'Turn! Turn! Turn!', en het volgende moment klonk de Rickenbacker-gitaar van Roger McGuinn door de kamer. Maar het meisje was wel verleid. Ze was verliefd geworden hoewel dit niet haar muziek was. Want er was iets met meisjes en gitaren. Vier snaren waren genoeg en deze vent had twaalf snaren. Harry bedacht dat hij zich natuurlijk kon vergissen, maar zijn nekharen vergisten zich zelden en ze waren overeind gekomen toen hij een van de namen op de platenhoes herkende uit de verslagen van de verhoren. En die was gelinkt aan de jongen met de Rickenbacker-gitaar. Harry stak een sigaret op en luisterde naar de dubbele gitaarsolo aan het eind van 'Rainy Days Revisited'. Hij vroeg zich af hoelang het zou duren voor hij sliep. Hoelang het hem zou lukken niet zijn telefoon te checken of Rakel al had geantwoord.

HOOFDSTUK 5

'We weten dat je eerder antwoord hebt gegeven op deze vragen, Sara,' zei Harry en hij keek naar het negentienjarig meisje dat tegenover hem zat in het benauwde poppenhuiskamertje. In de controlekamer zat Truls Berntsen met zijn armen over elkaar geslagen te gapen. Het was twee uur, ze waren al een uur bezig en Sara vertoonde tekenen van ongeduld gedurende het opnieuw doornemen van de gebeurtenissen, maar ze toonde geen emoties. Ook niet toen Harry hardop voorlas welke verwondingen haar moeder had na die dertien messteken. 'Maar zoals gezegd hebben agent Berntsen en ik het onderzoek overgenomen en we willen alles graag helder hebben. Dus: had je vader de gewoonte mee te helpen met het klaarmaken van het eten? Ik vraag het omdat hij wel heel snel wist welk keukenmes het scherpst was en in welke la het moest liggen.'

'Nee, hij hielp niet,' zei Sara en haar ergernis was onmiskenbaar. 'Hij maakte het klaar en de enige die hem hielp, was ik. Mama was er niet.'

'Weg?'

'Bij vriendinnen. Sporten. Dat zei ze.'

'Ik heb foto's van haar gezien, ze zag er zeer getraind uit. Jong ook.'

'Whatever. Ze is jong gestorven.'

Harry wachtte. De vraag liet hij in de lucht hangen. Sara trok een grimas. Harry had het in andere zaken gezien, hoe de achterblijvers in gevecht waren met hun verdriet alsof het een vijand was, een irritante plaaggeest die voor de gek gehouden moest worden. En het naar beneden halen van degene die men was kwijtgeraakt, was een manier om de dode in diskrediet brengen. Maar hij had het vermoeden dat

dat hier niet het geval was. Toen Harry had voorgesteld dat Sara een advocaat zou meenemen, had ze dat afgewimpeld. Ze wilde het snel achter de rug hebben, zei ze, ze had nog andere afspraken. Begrijpelijk, ze was negentien en alleen, maar had zich aangepast aan haar nieuwe situatie en het leven ging verder. En de zaak was opgelost, dus maakte ze kennelijk om die reden een ontspannen indruk. Liet haar ware gevoelens zien, of het gebrek aan gevoelens.

'Jij sport niet zoveel als je moeder deed,' zei Harry. 'Hardlopen in elk geval niet.'

'Is dat zo?' antwoordde ze met een klein lachje en kijkend naar Harry. De zelfbewuste lach van een jongere die zich onderscheidde van haar leeftijdsgenoten omdat ze een lichaam had dat nu mager werd genoemd, maar in Harry's jonge jaren als normaal werd gezien.

'Ik heb je loopschoenen gezien,' zei Harry. 'Ze zijn bijna niet gebruikt. Niet omdat ze nieuw zijn, want ze zijn twee jaar geleden al uit de productie genomen. Ik heb namelijk hetzelfde type.'

Sara haalde haar schouders op. 'Ik heb nu meer tijd om hard te lopen.'

'Ja, jouw vader zit twaalf jaar in de gevangenis, dus je hoeft hem niet meer te helpen met koken.'

Harry keek haar aan en hij zag dat hij raak had geschoten. Haar mond was opengezakt en haar zwartgeverfde wimpers wapperden op en neer door het intense knipperen van haar ogen.

'Waarom heb je gelogen?' vroeg Harry.

'W... wat?'

'Je zei dat je in dertig minuten tot de top van het beeldenpark was gerend, toen naar het Ekebergrestaurant en vervolgens weer naar huis. Ik heb vannacht dezelfde afstand gelopen. Het heeft me bijna vijfenveertig minuten gekost en ik ben een goede hardloper. Ik heb met de agent gesproken die je voor het huis heeft opgevangen toen je terugkwam. Hij zei dat je niet bezweet was en ook niet buiten adem.'

Sara was aan de andere kant van het poppenhuistafeltje rechtop gaan zitten en staarde onbewust naar het rode lampje van de microfoon dat aangaf dat de opnameapparatuur aanstond. Toen zei ze: 'Oké, ik ben niet helemaal naar de top gegaan.'

'Hoe ver wel?'

'Tot het beeld van Marilyn Monroe.'

'Dan heb je net als ik door het grind gerend. Toen ik thuiskwam moest ik kiezeltjes uit de zolen pulken, Sara. Acht stuks. Maar jouw zolen waren schoon.'

Harry had geen idee of het acht of drie steentjes waren geweest. Maar hoe preciezer hij was, des te onweerlegbaarder zijn bewering zou zijn. En hij zag aan Sara dat dat het geval was.

'Je bent helemaal niet gaan hardlopen, Sara. Je bent op het tijdstip dat jullie zeiden, om kwart over acht, vertrokken uit het appartement terwijl je vader de politie belde om te beweren dat hij je moeder had vermoord. Misschien heb je een stukje in de wijk gerend, lang genoeg om ervoor te zorgen dat de politie ter plaatse was, en toen ben je weer terug gerend. Zoals je vader je gezegd had te doen, of niet?'

Sara gaf geen antwoord, ze knipperde heftig met haar ogen. Harry stelde vast dat haar pupillen groter waren geworden.

'Ik heb met de minnaar van je moeder gesproken. Met Andreas, artiestennaam Bom-Bom. Hij zingt misschien niet zo mooi als hij op de twaalfsnarige gitaar speelt.'

'Andreas zingt...' De woede in haar blik verdween en ze zweeg.

'Hij gaf toe dat jij en hij een paar keer met elkaar hadden afgesproken en dat hij op die manier je moeder had ontmoet.' Harry keek naar zijn notitieblok. Niet omdat hij niet wist wat er stond, want dat was niets, maar om de heftigheid even te laten zakken, haar even een adempauze te geven.

'Andreas en ik hadden een relatie.' Sara's stem trilde een beetje.

'Volgens hem niet. Hij zei dat het een nietszeggend groupie-avontuurtje was geweest.'

Sara schokte op haar stoel.

'Maar je kon hem niet met rust laten, zei hij. En dat de weg van groupie naar stalker kort was, was zijn ervaring. En dat het met een volwassen, getrouwde vrouw die de zaken nam zoals ze kwamen, simpeler was. Een beetje spanning in de sleur van alledag, wat meer peper in de gehaktballen. Zo verwoordde hij het. Gehaktballen.'

Harry keek haar aan.

'Jij hebt de telefoon van je moeder geleend, niet je vader. En jij ontdekte dat Andreas en zij een verhouding hadden.'

Harry voelde wat dit met zijn geweten deed. Een negentienjarige zonder advocaat op deze manier overvallen, een verliefde tiener die verraden was door haar moeder en een vent van wie ze dacht dat hij de hare was.

'Jouw vader offert zich niet alleen op, Sara, hij is slim. Hij weet dat de beste leugen zo dicht mogelijk bij de waarheid moet liggen. De leugen is dat je vader in de plaatselijke supermarkt was om een paar dingen voor het eten te kopen, vervolgens naar huis is gegaan, de berichten op de telefoon zag en je moeder heeft vermoord. De waarheid is dat terwijl hij in de supermarkt was, jij de berichten hebt gelezen en vanaf dat punt moeten we in het rapport, gok ik, jouw vader veranderen in jou en dan krijgen we een tamelijk nauwkeurig beeld van wat er in de keuken is gebeurd. Jullie hebben ruzie gehad, ze heeft je de rug toegekeerd en wilde weglopen, jij wist waar het mes lag en de rest ging vanzelf. Toen kwam je vader thuis, ontdekte wat er was gebeurd en samen hebben jullie dit plan gemaakt.'

Harry vond geen reactie in haar blik. Alleen een permanente, verstikkende, zwarte haat. En hij voelde dat zijn geweten dit verdroeg. De overheid geeft negentienjarigen een geweer en geeft hun opdracht om te doden. En deze negentienjarige had haar moeder gedood en liet haar onschuldige vader daarvoor opdraaien. Sara zou zich niet aansluiten bij de personen die Harry in zijn nachtmerries bezocht.

'Andreas houdt van me,' fluisterde ze. Het leek wel of haar mond vol zand zat. 'Maar mama heeft hem op andere gedachten gebracht. Ze heeft hem alleen verleid zodat ik hem niet zou krijgen. Ik haat haar. Ik...' De tranen waren onderweg. Harry hield zijn adem in. Ze waren er bijna, de lawine kwam al naar beneden, hij had alleen een paar woorden nodig voor de opname, maar als ze ging huilen zou er een pauze worden ingelast en in de pauze zou de lawine stoppen. Sara verhief haar stem. De razernij nam het over. '... haat die verrekte hoer! Ik had nog vaker moeten steken, ik had dat gezicht waar ze zo verdomde trots op was aan stukken moeten snijden!'

‘Hm.’ Harry leunde achterover. ‘Je zou willen dat je haar langzamer had vermoord, is dat wat je zegt?’

‘Ja!’

Bevestiging van de moord. Touchdown. Harry wierp een snelle blik op het poppenhuisraampje en zag dat Truls Berntsen wakker was en een duim opstak. Maar Harry voelde geen blijdschap. Integendeel, de opwinding die hij een paar seconden geleden had gevoeld had plaatsgemaakt voor een trieste matheid en teleurstelling. Die kwam vaak na een lange jacht waarbij de hoop op een resultaat met als verlossende climax een arrestatie, een idee dat er iets zou veranderen, de wereld een iets betere plek zou worden totaal verdween. Maar in plaats daarvan volgde vaak een post-resultaatdepressie met de bijbehorende alcoholpiek en dagen, zo niet weken van dronkenschap. Harry beeldde zich in dat het leek op de frustratie van een seriemoordenaar wanneer een moord niet die diepe tevredenheid opleverde, maar slechts een gevoel van anticlimax dat hem dwong opnieuw op jacht te gaan. Misschien was het daarom dat Harry, opnieuw in een flits, een bittere vertwijfeling voelde alsof hij aan de andere kant van de tafel zat, op haar stoel.

‘Dat hebben we goed gedaan,’ zei Truls Berntsen in de lift omhoog naar de afdeling Geweld op de zesde etage.

‘Wé?’ zei Harry droog.

‘Ik heb op de opnameknop gedrukt, toch?’

‘Dat hoop ik tenminste. Heb je gecheckt of het is opgenomen?’

‘Of ik het heb gecheckt?’ Truls Berntsen trok een wenkbrauw vragend op. Toen grijnsde hij. ‘Relax.’

Harry’s blik ging van de oplichtende getallen naar Berntsen. En hij voelde dat hij jaloers was op zijn collega met zijn onderbeet, vooruitgestoken voorhoofd, grommende lach en de bijnaam Beavis die niemand hardop durfde uit te spreken omdat de passief-agressieve uitstraling van Truls Berntsen iets had waardoor je hem in een kritieke situatie niet in een hoek wilde drukken. Truls was waarschijnlijk nog minder geliefd dan Harry Hole op de afdeling, maar daar was Harry niet jaloers op. Hij was jaloers op het talent van Truls

Berntsen dat het hem allemaal geen bal kon schelen. Niet wat zijn collega's van hem vonden, dat kon Harry trouwens ook niet, maar zijn talent om alle verantwoordelijkheid als politieman, zowel praktisch als moreel, weg te wimpelen. Je kon veel zeggen over Harry, en hij wist dat men dat ook deed, maar niemand kon beweren dat hij geen echte politieman was. Dat was een van zijn weinige zegeningen en tegelijkertijd ook zijn grootste vloek. Hoewel Harry als individu op drift was, dat was hij sinds Rakel hem uit huis had gezet, kon de politieman in hem niet loslaten. Die heerlijke vrije val naar anarchisme en nihilisme zoals Truls Berntsen die had gemaakt, was voor Harry niet weggelegd. Niemand zou Harry daarvoor komen bedanken, maar dat was prima, hij was er niet op uit om bedankt te worden en hij zocht ook geen verlossing via goede daden. Zijn onvermoeibare, bijna dwangmatige jacht op de grootste misdadigers in de samenleving was, tot hij Rakel ontmoette, de enige drijfveer geweest om 's morgens op te staan, dus deze zendingsdrang, of wat het ook was, was voor hem het anker geweest. Maar een deel van hem verlangde ook naar totale, vernietigende vrijheid, de ankerketting verbreken en tegen de golven ingaan of gewoon verdwijnen op de grote, donkere oceaan.

Ze stapten uit de lift en liepen door de gang met de roodgeverfde muren, die bevestigden dat ze op de juiste verdieping zaten, langs de afzonderlijke kantoren naar de kantoortuin.

'Hallo, Hole!' riep Skarre door een openstaande deur. Uiteindelijk was hij inspecteur geworden en had hij Harry's oude kantoor gekregen. 'De draak is naar je op zoek.'

'Jouw vrouw?' vroeg Harry en hij ging niet langzamer lopen om Skarres kwade en waarschijnlijk mislukte poging op een weerwoord te kunnen horen.

'*Nice*,' gromde Berntsen lachend. 'Skarre is een idioot.'

Harry wist niet of dit een uitgestoken hand was, maar hij gaf geen antwoord. Hij was niet van plan nog meer foute vrienden te maken.

Hij sloeg linksaf zonder nog een woord te zeggen en liep het kantoor binnen van de afdelingsleider. Een man stond met zijn rug naar hem toe, geleund over Katrine Bratts bureau, maar hij was makkelijk te herkennen aan zijn glimmende, kale schedel met een lauwerkrans van zwart, wonderbaarlijk dik haar.

'Ik hoop dat ik niet stoor, maar ik hoor dat er naar me is gevraagd?'

Katrine Bratt keek op en hoofdcommissaris Gunnar Hagen draaide zich met een ruk om alsof hij op heterdaad was betrapt op iets. Zwijgend keken ze hem aan.

Harry trok een wenkbrauw op. 'Wat is er? Hebben jullie het al gehoord?'

Katrine en Gunnar wisselden een blik. Hagen schraapte zijn keel. 'Jij wel?'

'Wat bedoel je?' zei Harry. 'Ik heb haar verhoord.'

Harry's hersenen zochten en hij bedacht dat de officier van justitie die Harry na het verhoor had gesproken over het vrijlaten van de vader kennelijk al Katrine Bratt had geïnformeerd. Maar wat deed de hoofdcommissaris hier?

'Ik had de dochter aangeraden een advocaat mee te nemen, maar dat sloeg ze af,' zei Harry. 'En dat heb ik voor het begin van het verhoor herhaald, maar dat heeft ze weer afgeslagen en dat staat op de tape. Nee, niet op tape, op de harddisk.'

Ze lachten niet en Harry zag het nu: er was iets fout. Helemaal fout.

'Gaat het om de vader?' vroeg Harry. 'Heeft hij... iets gedaan?'

'Nee, Harry,' zei Katrine. 'Nee verdomme, het is niet de vader, Harry.'

Harry's hersenen registreerden onbewust alle details, dat Hagen het overliet aan Katrine, die lager in rang was. Dat ze zijn voornaam te overvloedig gebruikte. Stootkussens. In de stilte die volgde voelde hij de klauw in zijn borst weer. En hoewel Harry niet echt geloofde in telepathie en helderziendheid was het alsof de klauw en de flitsen al de hele tijd probeerden te vertellen wat er nu zou komen.

'Het gaat om Rakel,' zei Katrine.

HOOFDSTUK 6

Harry hield zijn adem in. Hij had gelezen dat het mogelijk was om je adem zo lang in te houden dat je doodging. Dat je niet doodgaat door een gebrek aan zuurstof, maar aan te veel kooldioxide. Dat een mens normaal gesproken geen kans zag om langer dan anderhalve minuut zijn adem in te houden en dat een Deense duiker dat eenentwintig minuten kon.

Harry was gelukkig geweest, maar geluk is als heroïne: heb je er eenmaal van geproefd, heb je eenmaal ervaren dat er geluk bestaat, dan kun je nooit meer wennen aan het gewone, geluksarme leven. Want geluk is iets anders dan tevredenheid. Geluk is niet natuurlijk. Geluk is een zinderende, uitzonderlijke situatie. Het zijn seconden, minuten, dagen waarvan je weet dat die niet zullen voortduren. En het gemis komt niet daarna, maar tegelijk met het geluk. Want met het geluk komt het vreselijke inzicht dat niets hetzelfde kan blijven en je mist al wat je hebt, je ziet op tegen de afwezigheid, het verdriet van het verlies, vervloekt de eigenschap dat je in staat bent te voelen.

Rakel las altijd in bed. Af en toe las ze hem voor als het iets was waarvan hij hield. De novelles van Kjell Askildsen. Die maakten hem gelukkig. Op een avond had ze een zin gelezen die hem was bijgebleven. Het verhaal ging over een jong meisje dat haar hele leven met haar ouders in een vuurtoren had gewoond totdat de getrouwde man Krafft kwam en zij verliefd werd. En ze dacht bij zichzelf: Waarom moest je komen om me zo eenzaam te maken?

Katrine schraapte haar keel, maar haar stem kraakte toch. ‘Ze hebben Rakel gevonden, Harry.’

Hij had zin om te vragen hoe je iemand kon vinden die niet zoek was, maar om te praten moest hij ademhalen. Hij haalde adem. 'En... dat betekent?'

Katrine vocht om controle te houden over haar gezicht, maar moest het opgeven en sloeg een hand voor haar mond die in een grimas was vertrokken.

Gunnar Hagen nam het over. 'Het ergste, Harry.'

'Nee,' hoorde Harry zichzelf zeggen. Toen smekend. 'Nee.'

'Ze...'

'Wacht!' Harry stak afwerend zijn handen op. 'Zeg het niet, Gunnar. Nog niet. Laat me... wacht even.'

Gunnar Hagen wachtte. Katrine had haar gezicht in haar handen gelegd. Ze huilde geluidloos, maar de schokkende schouders verraadden haar. Zijn blik vond het raam. Er lagen nog steeds grijswitte eilanden en kleine continenten van sneeuw in de bruine zee die Botspark was. Maar de bomen van de lindenallee die naar de gevangenis liep kregen de laatste dagen knoppen. Over anderhalve maand zouden de knoppen plotseling uitkomen en Harry zou wakker worden en zien dat Oslo in de loop van de nacht was overgenomen door de lente. En dat zou volkomen zinloos zijn. Hij was het grootste deel van zijn leven alleen geweest. Dat was goed gegaan. Nu ging het niet goed. Hij haalde geen adem. Hij zat vol kooldioxide. En hij hoopte dat het minder dan eenentwintig minuten zou duren.

'Oké,' zei hij. 'Zeg het maar.'

'Ze is dood, Harry.'

HOOFDSTUK 7

Harry woog zijn mobiel in zijn hand.

Acht toetsen verwijderd.

Vier minder dan toen hij in Chungking Mansions in Hongkong had gewoond, die vier grijze woonblokken die samen een kleine gemeenschap op zich vormden. Met pensions voor gastarbeiders uit Afrika en de Filippijnen, restaurants, gebedsruimten, kleermakers, geldwisselaars, verloskamer en begrafenisonderneming. Harry's kamer was op de eerste verdieping van het C-blok geweest. Vier vierkante meter kaal beton met plaats voor een vuile matras en een asbak, waar een druppelende airconditioning de seconden had geteld, terwijl hijzelf de dagen en weken dat hij in en uit zijn opiumroes gleed niet meer kon tellen. Ten slotte was ene Kaja Solness van de afdeling Geweld gekomen en had hem mee naar huis genomen. Maar voor die tijd had hij een ritme gevonden. Elke dag, nadat hij glasnoedels had gegeten op Li Yuan of naar Nathan Road en Melden Row was gelopen om daar een klont opium in een zuigfles te kopen, weer terug was gegaan naar zijn kamer en voor de liftdeuren van Chungking Mansions had gestaan, had hij de telefoon aan de muur gezien.

Hij was gevlucht voor alles. Voor het werk als moordonderzoeker omdat het zijn ziel verteerde, voor zichzelf omdat hij een destructieve kracht was geworden die alles om zich heen doodde. Maar vooral voor Rakel en Oleg omdat hij ze niet ook schade wilde berokkenen. Niet nog meer dan wat hij al had gedaan. En elke dag terwijl hij wachtte op de lift, had hij daar staan staren naar de telefoon en de munten in zijn zak gevoeld.

Twaalf keer een toets indrukken en hij zou haar stem horen. Zekerheid krijgen dat het met haar en Oleg goed ging.

Maar om er zeker van te zijn moest hij eerst bellen.

Het was een chaos in hun leven en er kon van alles zijn gebeurd sinds hij was vertrokken. Het kon zijn dat Rakel en Oleg na de Sneeuwman werden meegevoerd in de maalstroom. Rakel was sterk, maar Harry had in andere moordzaken gezien dat ook de overlevenden slachtoffer werden. Maar zolang hij niet belde, waren ze er. In zijn hoofd, in de telefoon, ergens op de wereld. Zolang hij niet beter – of slechter – wist kon hij ze nog steeds voor zich zien. In oktober tijdens een wandeltocht in Nordmarka. Waar Rakel, Oleg en hij naartoe waren gegaan. De jongen had voor hen uit gerend en had juichend de vallende bladeren gevangen. Rakels warme, droge hand in die van Harry. Haar stem die lachend vroeg waarom hij lachte en hij had zijn hoofd geschud toen hij doorhad dat hij dat inderdaad deed. Dus hij had de telefoon nooit aangeraakt. Want zolang Harry die twaalf cijfers niet intoetste, kon hij zich altijd inbeelden dat het weer zo zou worden.

Harry toetste de laatste van de acht cijfers in.

De telefoon ging drie keer over voor hij opnam.

'Harry?' De eerste twee uitgesproken letters bevatten verbazing en blijdschap, de laatste letters nog steeds verbazing, maar nu vermengd met bezorgdheid. De zeldzame keren dat Harry en Oleg elkaar belden was dat altijd 's avonds, nooit onder werktijd. En dan ging het om het afspreken van praktische zaken. Natuurlijk kwam het wel voor dat het praktische excuus mager was, maar zowel Oleg als Harry hielden niet van telefoneren, dus zelfs als ze belden om te checken hoe het ging waren de gesprekken maar kort. Dat was niet anders geworden toen Oleg en zijn vriendin naar het noorden, naar Lakselv in Finnmarken waren verhuisd waar Oleg een praktijkjaar had voordat zijn laatste jaar aan de politieacademie begon.

'Oleg,' zei Harry en hij hoorde dat zijn keel al dichtsnoerde. Omdat hij op het punt stond kokend water over Oleg te gooien en Oleg zou de littekens van de brandwonden voor de rest van zijn leven houden. Harry wist dat omdat hij zelf ook zoveel littekens had.

'Is er iets aan de hand?' vroeg Oleg.

'Het gaat over je moeder,' zei Harry en hij pauzeerde weer omdat hij gewoon niet verder kon.

'Gaan jullie weer samenwonen?' Olegs stem klonk hoopvol.

Harry sloot zijn ogen.

Oleg was kwaad geworden toen hij hoorde dat zijn moeder Harry had verlaten. En aangezien Oleg de reden bespaard was gebleven, was de woede naar Rakel gegaan, niet naar Harry. Harry begreep dat hij vader genoeg was geweest dat hij het verdiende dat Oleg partij voor hem koos. Toen Harry indertijd in hun leven was gekomen had hij zich echter afzijdig van Oleg gehouden, hij was geen opvoeder en geen troostende schouder, want het was duidelijk dat de jongen geen reservepapa nodig had. En Harry had absoluut geen zoon nodig. Maar het probleem – als je dat zo mocht noemen – was dat Harry van dat ernstige, zwijgzame jochie was gaan houden. En na een poos, als de jongen erg moe was of niet oplette, dan kwam het wel voor dat hij 'papa' zei, in plaats van 'Harry', wat ze hadden afgesproken.

'Nee,' zei Harry. 'We gaan niet samenwonen. Oleg, het is slecht nieuws.'

Stilte. Harry begreep dat Oleg zijn adem inhield. Harry goot het water over hem heen.

'Ze is dood gevonden, Oleg.'

Er verstreken twee seconden.

'Kun je dat nog een keer zeggen?' zei Oleg.

Harry wist niet of hij dat kon, maar hij deed het.

'Hoezo dood?' zei Oleg en Harry hoorde de metalen wanhoop in zijn stem.

'Ze is vanmorgen dood aangetroffen in haar huis. Het lijkt erop dat ze is vermoord.'

'Lijkt erop?'

'Ik heb het zelf ook net gehoord. De recherche is er nu en ik ga daar ook heen.'

'Hoe...?'

'Ik weet het nog niet.'

'Maar...'

Oleg kwam niet verder en Harry wist dat er geen voortzetting mogelijk was op dit alles omvattende 'maar'. Het was slechts een instinctieve tegenwerping, een zelfvertragend protest, een afwijzing van dat het echt zo was als het was. Een echo van zijn eigen 'maar' vijfentwintig minuten geleden in Katrine Bratts kantoor.

Harry wachtte terwijl Oleg vocht tegen de tranen. De volgende vijf vragen beantwoordde hij met hetzelfde 'Ik weet het niet, Oleg'.

Hij hoorde de snikken van de jongen en dacht: zolang hij huilt, doe ik het niet.

Oleg had geen vragen meer en het werd stil.

'Ik heb mijn telefoon bij me en ik bel zodra ik meer weet,' zei Harry. 'Gaat er een vliegtuig...'

'Om één uur gaat er eentje via Tromsø.' Olegs zware, hijgende ademhaling blies in de telefoon.

'Goed.'

'Bel zo snel je kunt, oké?'

'Ja.'

'Papa?'

'Ja?'

'Ze mogen niet...'

'Nee, hoor,' zei Harry. Hij wist niet hoe hij wist waaraan Oleg dacht, het was geen rationele gedachte, gewoon... het was er. Hij kuchte. 'Ik beloof je dat niemand op de plaats delict meer van haar zal zien dan er nodig is om het onderzoek te doen. Oké?'

'Oké.'

'Oké.'

Stilte.

Harry zocht naar troostende woorden, maar vond er geen die niet betekenisloos klonken.

'Ik bel,' zei hij.

'Ja.'

Ze verbraken de verbinding.

HOOFDSTUK 8

In het schijnsel van het blauwe zwaailicht van de politiewagens die geparkeerd stonden op het erf liep Harry langzaam de helling op naar de zwarte houten villa. De oranje met witte afzetlinten waren al beneden bij het hek gespannen. Collega's die niet wisten wat ze moesten doen of zeggen, staarden hem aan toen hij langs hen liep. Hij had het gevoel onder water te zijn. Als in een droom waaruit hij snel hoopte te ontwaken. Of misschien liever niet ontwaken, want dit was een verdoofdheid, een merkwaardige afwezigheid van gevoelens en geluid, alleen een omfloerst licht en het gedempte geluid van zijn eigen voetstappen. Alsof hij een spuit met het een of ander goedje had gekregen

Harry liep de drie traptreden op naar de openstaande deur van het huis dat Rakel, Oleg en hij hadden gedeeld. Binnen hoorde hij het gekraak van de politieradio's en Bjørn Holms korte commando's tegen de anderen van de technische recherche. Harry haalde bevend adem.

Toen stapte hij over de drempel en automatisch slalomde hij omzichtig rond de witte vlaggetjes die de rechercheurs hadden geplaatst.

Onderzoek, dacht hij. Dit is een onderzoek. Ik droom, maar ik kan slapend onderzoeken. Gewoon het juiste doen, alles doorlopen, dan word ik niet wakker. Zolang ik niet wakker ben, is het niet waar. Dus Harry deed wat juist was, richtte zijn blik niet op de zon, niet op het lijk waarvan hij wist dat het op de grond lag tussen de keuken en de kamer. De zon, zelfs als het Rakel niet was geweest, zou hem verblinden als hij daar recht in keek. De aanblik van een lijk doet iets met de zintuigen van zelfs ervaren moordonderzoekers, het overweldigt hen in meer of mindere mate, verdooft hen en maakt hen minder ontvankelijk voor de niet zo heftige indrukken, al die kleine details op een plaats delict die je iets kunnen vertellen. Die een samenhangende en logische geschiedenis kunnen construeren. Of het tegenovergestelde, als er iets schuurt, iets wat er niet thuishoort. Hij liet zijn blik over de muren gaan. Een eenzame rode mantel hing op een van de klerenhangers onder de hoedenplank. Daar hing ze altijd de jas op die ze het laatst had gedragen, tenzij ze al wist dat ze die de volgende keer niet zou gebruiken, dan hing ze die in de kast bij de andere jassen. Hij moest zich beheersen niet de jas te pakken, die tegen zijn gezicht te drukken en haar geur op te snuiven. De geur van bos. Want welk parfum ze ook gebruikte, de geursymfonie had altijd een ondertoon van een Noors gemengd bos opgewarmd door de zon. Hij zag de rode zijden sjaal niet die ze er altijd bij droeg, maar de zwarte laarsjes stonden er recht onder op het schoenenrek. Harry liet zijn blik verder door de kamer gaan, maar ook daar zag hij niets nieuws. De kamer zag er net zo uit als twee maanden, vijftien dagen en twintig uur geleden. Geen enkel schilderij hing scheef, er waren geen meubels verplaatst, geen tapijten verschoven. De blik ging door de keuken. Daar. Er ontbrak een mes in het piramidevormige houten messenblok op het aanrecht. Zijn blik cirkelde rond het lijk.

Hij voelde een hand op zijn schouder.

'Hoi, Bjørn,' zei Harry zonder zich om te draaien, zonder het systematisch fotograferen van zijn blik te stoppen.

'Harry,' zei Bjørn. 'Ik weet niet wat ik moet zeggen.'

'Je zou moeten zeggen dat ik hier niet hoor te zijn,' zei Harry. 'Je moet zeggen dat ik ongeschikt ben, dat dit niet mijn onderzoek is en dat ik net als iedereen moet wachten om haar te kunnen zien tot ik word gevraagd haar te identificeren.'

'Je weet dat ik dat niet zal zeggen.'

'Als jij het niet doet, dan zal iemand anders dat komen zeggen,' zei Harry en hij observeerde de bloedspatten onder aan de boekenkast, op de rug van Hamsuns verzamelde werken en een oude encyclopedie waar Oleg zo graag in had gekeken terwijl Harry uitlegde hoe de wereld sinds deze dikke encyclopedie was veranderd en waarom. 'En ik zou het prettig vinden als jij het was.' Pas nu keek Harry Bjørn Holm aan. Zijn ogen waren nat en puilden nog iets meer dan gewoonlijk uit zijn bleke gezicht dat omgeven werd door knalrode bakkebaarden à la Elvis in de jaren zeventig, hier en daar wat baardplukken op zijn kin terwijl een nieuwe platte pet de rastamuts had vervangen.

'Ik kan het zeggen als je dat wilt, Harry.'

Harry's blik naderde de zon, trof de buitenrand van de bloedplas op de houten vloer. De vorm verraadde dat de plas groot was. Hij had tegen Oleg gezegd 'dood aangetroffen'. Alsof hij het niet helemaal zelf geloofde voordat hij haar zag. Harry schraapte zijn keel. 'Vertel me eerst wat jullie hebben.'

'Een mes,' zei Bjørn. 'De forensisch arts is onderweg, maar het lijkt erop dat het drie steken zijn geweest, niet meer. En de ene zit in haar nek, recht onder haar schedel. Dat betekent dat de dood...'

'Snel en pijnloos is geweest,' zei Harry. 'Dank voor je uitleg, Bjørn.'

Bjørn knikte kort en Harry bedacht dat de technische rechercheur het niet alleen voor Harry had gezegd, maar ook voor zichzelf.

Zijn blik ging weer naar het messenblok op het aanrecht. De vlijmscherpe Tojiro-messen die hij in Hongkong had gekocht waren in traditionele santoku-stijl met een heft van eikenhout, maar deze hadden bovendien een bolster van witte waterbuffelhoorn. Rakel had ze prachtig gevonden. Het leek erop dat de kleinste ontbrak, een universeel mes met een lemmet van tussen de tien en vijftien centimeter.

'En geen tekenen van seksueel geweld,' zei Bjørn. 'Al haar kleding is nog heel.'

Harry's blik was bij de zon gekomen.

Hij moest niet wakker worden.

Rakel lag in een foetushouding met haar rug naar hem toe en haar gezicht naar de keuken. Meer in elkaar gekropen dan als ze sliep. Ze had geen zichtbare sporen van messteken in haar rug en haar lange, zwarte haar verborg haar nek. De brullende stemmen in zijn hoofd probeerden elkaar te overstemmen. Eén schreeuwde dat ze haar IJslandse vest droeg dat hij voor haar in Reykjavik had gekocht. Een ander dat ze dit niet was, dat ze dit niet kon zijn. Een derde zei dat als het zo was, dat ze eerst van voren was gestoken en als de moordenaar niet tussen haar en de voordeur had gestaan, dat ze geen poging had gedaan om te vluchten. De vierde dat ze elk moment kon opstaan, lachend op hem af kon komen lopen en zou wijzen naar een verborgen camera.

Een verborgen camera.

Harry hoorde iemand zacht kuchen en draaide zich om.

De man die in de deuropening stond was groot en vierkant met een hoofd dat wel uit graniet gehouwen leek en getekend was met een liniaal. Een haarloze schedel met een rechte kin, rechte mond, rechte neus en rechte, smalle ogen onder een stel rechte wenkbrauwen. Spijkerbroek, colbert en overhemd zonder stropdas. De grijze ogen drukten niets uit, maar de stem en de manier waarop hij de woorden langzaam uitsprak, alsof hij ervan genoot en erop had gewacht ze uit te mogen spreken, drukten uit wat zijn ogen verborgen: 'Sorry voor je verlies, maar ik moet je vragen de plaats delict te verlaten, Hole.'

Harry keek Ole Winter aan, stelde vast dat de hoofdinspecteur van Kripos een anglicisme had gebruikt. Alsof het Noors geen adequate woorden van medegevoel had. En dat hij niet eens de tijd had genomen om een punt te zetten achter het anglicisme voordat hij hem eruit gooide, slechts een komma. Harry gaf geen antwoord, hij draaide zich slechts om en keek weer naar Rakel.

'Dat betekent nu, Hole.'

'Hm, voor zover ik weet is het de opdracht van Kripos om het politiedistrict Oslo bij te staan, niet om commando's...'

'En op dit moment is het Kripos' opdracht om het politiedistrict Oslo bij te staan in het weghouden van de echtgenoot bij het slachtoffer. Je kunt een prof zijn en instemmen of ik kan een van de geüniformeerde jongens vragen je naar buiten te helpen.'

Harry wist dat Ole Winter er geen moeite mee had om hem tussen twee agenten in en in bijzijn van zijn collega's, buren en de gieren van de media, die bij de weg alles stonden te fotograferen, af te laten voeren in een politieauto. Ole Winter was een paar jaar ouder dan Harry en ze werkten al vijfentwintig jaar elk aan een kant van het hek als moordonderzoeker. Harry in het politiedistrict Oslo en Winter in de nationale, gespecialiseerde eenheid Kripos, die plaatselijke politieafdelingen bijstond tijdens ernstige geweldsdelicten zoals moord. Af en toe, vanwege hun grotere competentie en betere middelen nam Kripos de zaak helemaal over. Harry vermoedde dat zijn eigen hoofdcommissaris, Gunnar Hagen, het besluit had genomen Kripos te bellen. Een volkomen juist besluit, aangezien de echtgenoot van het slachtoffer op het hoofdbureau werkzaam was bij de afdeling Geweld. Maar ook een beetje kwetsend omdat er altijd sprake was van een onuitgesproken competitie tussen de twee grootste moordonderzoeksgroepen van het land. Wat onder andere niet was uitgesproken was het feit dat Ole Winter vond dat Harry Hole sterk overgewaardeerd werd, dat zijn sterrenstatus eerder kwam doordat de zaken zo spectaculair waren dan door het vakkundige politiewerk van Harry. En dat Ole Winter zelf, ondanks dat hij de onbetwiste ster binnen Kripos was, werd ondergewaardeerd, in elk geval buiten zijn eigen kring. En dat kwam doordat zijn triomfen nooit dezelfde media-aandacht kregen als die van Hole, omdat serieus politiewerk die zelden kreeg terwijl een ongeleid projectiel en een alcoholist met slechts af en toe een helder geïnspireerd moment die altijd wel kreeg.

Harry trok zijn pakje Camel uit zijn zak, stak een sigaret tussen zijn lippen en pakte zijn aansteker. 'Ik ga nu, Winter.'

Hij liep langs de man, liep de trap af en pas op het grind wankelde hij. Hij bleef staan, wilde de sigaret opsteken, maar werd zo verblind door tranen dat hij de sigaret en de aansteker niet zag.

'Hier.'

Harry hoorde Bjørns stem, knipperde snel een paar keer en zoog de vlam van de aansteker in die Bjørn hem voorhield. Harry inhaleerde flink. Hij hoestte en inhaleerde weer. 'Bedankt, ben jij er ook uit gegooid?'

'Nee hoor, ik werk zowel voor Kripos als voor het politiedistrict Oslo.'

'Heb jij trouwens geen vaderschapsverlof?'

'Katrine belde. De baby zit waarschijnlijk op de schoot van de chef en geeft nu leiding aan de afdeling Geweld.' Bjørn Holms scheve lach verdween net zo snel als die gekomen was. 'Sorry Harry, ik babbel maar wat.'

'Hm.' De wind blies de rook van Harry weg. 'Dus jullie zijn klaar op het erf?' Geen onderzoeksmodus, geen narcose.

‘Ja,’ zei Bjørn. ‘Het heeft gevroren de nacht van zaterdag op zondag dus het grind was compacter. Als hier mensen of auto’s waren, dan hebben ze niet veel sporen achtergelaten.’

‘De nacht van zaterdag op zondag? Je bedoelt dat het toen is gebeurd?’

‘Ze is koud en toen ik haar arm probeerde te buigen, voelde ik dat de rigor mortis al een beetje bezig was te verdwijnen.’

‘Minstens vierentwintig uur dus.’

‘Ja, maar de arts komt nu zo. Gaat het, Harry?’

Harry moest overgeven, maar hij knikte en slikte de brandende gal in. Hij kon het wel, hij kon het wel. Hij sliep nog steeds.

‘Die messteken, kon je zien wat voor mes er was gebruikt?’

‘Ik gok een klein tot middelgroot mes. Er zitten geen blauwe plekken rond de wonden, dus of hij stak niet zo diep of het lemmet was erg lang.’

‘Het bloed, hij stak diep.’

‘Ja.’

Harry zoog wanhopig aan zijn sigaret die al bijna tot aan het filter was opgerookt. Een lange, jonge man met een Burberry-jas en in pak kwam in hun richting gelopen.

‘Katrine zei dat iemand van Rakels werk aan de bel heeft getrokken,’ zei Harry. ‘Weet je iets meer?’

‘Alleen dat het haar chef was,’ zei Bjørn. ‘Rakel verscheen niet op een belangrijke vergadering en ze kregen haar niet te pakken. Hij vermoedde dat er iets aan de hand was.’

‘Hm, is het gebruikelijk dat je de politie belt als een van je medewerkers niet op een vergadering verschijnt?’

‘Dat weet ik niet, Harry. Hij zei dat het niets voor Rakel was niet te komen of in elk geval niets te laten horen. En ze wisten immers dat ze alleen woonde.’

Harry knikte langzaam. Ze wisten meer dan dat. Ze wisten dat ze haar echtgenoot de deur uit had gegooid. Een man met de reputatie instabiel te zijn. Hij liet de sigaret vallen en hoorde het grind jammeren toen hij zijn hak erop zette.

De jonge man was nu bij hen. Hij was in de dertig, slank, rechte rug met Aziatische trekken. Zijn pak leek op maat gemaakt, zijn overhemd was krijtwit en pas gestreken en zijn stropdasknoop was onberispelijk. Zijn dikke, zwarte haar was kortgeknipt in een klassiek model. Kripos-rechercheur Sung-min Larsen rook vaag naar iets wat volgens Harry wel duur moest zijn. Bij Kripos noemden ze hem Nikkei-index, ondanks dat zijn voornaam Sung-min, een naam die Harry in zijn tijd in Hongkong regelmatig was tegengekomen, Koreaans was en niet Japans. Hij deed examen aan de politieacademie toen Harry daar als docent startte, maar Harry kon zich hem nog goed herinneren, vooral vanwege zijn smetteloos witte overhemden en zwijgende voorkomen en de scheve lachjes als Harry als pas begonnen docent zich vakmatig wat onzeker voelde. De examenresultaten van Sung-min waren overigens de hoogste ooit behaald op de politieacademie.

'Gecondoleerd, Hole,' zei Sung-min Larsen. 'Mijn diepe medeleven.' Hij was bijna net zo lang als Harry.

'Bedankt, Larsen.' Harry knikte naar het notitieblok dat de Kripos-onderzoeker in zijn hand hield. 'Heb je de buren ondervraagd?'

'Ja, inderdaad.'

'Nog iets interessants?' Harry keek rond. Er was in het chique Holmenkollen veel ruimte tussen de villa's. Hoge hekken en sparrenbomen in het gelid.

Sung-min Larsen leek een ogenblik te aarzelen of hij deze informatie moest delen met het politiedistrict Oslo. Of misschien was het probleem dat Harry de echtgenoot was van de overledene.

'Jouw buurvrouw, Wenche Angondora Syvertsen, zegt dat ze zaterdagavond niets bijzonders gehoord of gezien heeft. Ik heb gevraagd of ze met haar raam open slaapt en dat heeft ze bevestigd. Maar ze zei ook dat ze dat kan omdat ze niet wakker wordt van bekende geluiden. De auto van haar man bijvoorbeeld, de auto's van de buren of de vuilniswagen. En ze wees erop dat de villa van Rakel dikke, houten wanden heeft.'

Hij zei het zonder naar zijn notities te hoeven kijken en Harry kreeg het gevoel dat Larsen deze kleine substantiële inlichtingen verstrekte om te kijken of ze een reactie opriepen.

'Hm,' zei Harry, een soort grommend geluid dat betekende dat hij gehoord had wat de ander zei.

'Klopt dat?' vroeg Larsen. 'Haar huis? En niet het jouwe?'

'Op huwelijkse voorwaarden,' zei Harry. 'Ik stond daarop. Ik wilde niet dat mensen zouden denken dat ik haar om het geld trouwde.'

'Was ze rijk?'

'Nee, dat was een grapje.' Harry knikte naar het huis. 'Je moet die informatie aan je chef rapporteren, Larsen.'

'Winter al gearriveerd?'

'Het werd binnen in elk geval koud genoeg.'

Sung-min Larsen liet een beleefd lachje zien. 'Formeel gezien geeft Winter leiding aan het onderzoek, maar het lijkt erop dat ik in deze zaak veel verantwoordelijkheid krijg. Ik ben niet van jouw kaliber, Hole, maar ik beloof je dat ik mijn uiterste best zal doen om degene die jouw vrouw heeft vermoord te pakken.'

'Bedankt,' zei Harry. Hij had het gevoel dat de jonge onderzoeker elk woord dat hij zei meende. Afgezien van hetzelfde kaliber. Hij keek Larsen na die langs de politiewagens naar het huis liep.

'Verborgen camera,' zei Harry.

'Hè?' zei Bjørn.

'Ik heb op de middelste spar daar een wildcamera gemonteerd.' Harry knikte naar het groepje struiken en bomen, een klein stukje Noors bos voor het hek met de buren. 'Ik moet Winter daarvan even op de hoogte stellen.'

'Nee,' zei Bjørn met nadruk.

Harry keek hem aan. Het was niet vaak dat deze man uit Toten zo resoluut klonk.

Bjørn Holm haalde zijn schouders op. 'Als er een opname op staat die de zaak kan oplossen, vind ik niet dat Winter de eer moet hebben.'

'Oké?'

'Aan de andere kant moet jij nu niets aanraken.'

'Omdat ik word verdacht,' zei Harry.

Bjørn gaf geen antwoord.

'Het is niet erg,' zei Harry. 'De echtgenoot is altijd de eerste verdachte.'

'Totdat jij uit de zaak geschrapt bent. Ik zal me bekommeren om de opnames van de camera. De middelste spar, zei je?'

'Het is moeilijk te zien,' zei Harry. 'De camera zit in een doos die dezelfde kleur heeft als de stam. Hij hangt op een hoogte van tweeënhalve meter.'

Bjørn keek Harry met een vreemde blik aan. Toen sjokte de mollige technisch rechercheur verrassend stil, maar extreem langzaam naar de bomen. De mobiel van Harry ging. De eerste vier cijfers op de display vertelden hem dat het de vaste lijn van VG was. De gieren van de krant roken aas. En aangezien ze hem belden, hadden ze waarschijnlijk de naam van het slachtoffer en kwamen ze nu bij hem. Hij weigerde de oproep en stopte de mobiel weer in zijn zak.

Bjørn zat op zijn hurken bij de sparren. Hij keek omhoog en wenkte Harry. 'Kom niet dichterbij,' zei Bjørn, die zijn witte latexhandschoenen weer had aangetrokken. 'Iemand is ons voor geweest.'

'Wel verdomme...' fluisterde Harry. De doos was van de stam gerukt en lag opengebroken op de grond. Daarnaast lag de kapotte camera en het camerahuis. Iemand had die kapotgetrapt. Bjørn pakte de camera op. 'De USB-stick is verwijderd,' zei hij.

Harry ademde door zijn neus.

'Knap dat hij de wildcamera in de gecamoufleerde doos heeft gezien,' zei Bjørn. 'Je moet haast helemaal onder de boom gaan staan om die te zien.'

Harry knikte langzaam. 'Of...' zei hij en hij merkte dat zijn hersenen meer zuurstof nodig hadden dan ze kregen. 'De betreffende persoon wist dat hier een camera hing.'

'Juist ja, maar aan wie heb je dat verteld?'

'Niemand.' Harry's stem was hees en hij begreep niet direct wat het was, die pijn die in zijn borst groeide en eruit wilde. Was hij bezig wakker te worden? 'Absoluut niemand,' zei Harry. 'En ik heb de camera 's nachts in het pikkedonker opgehangen. Niemand heeft dat gezien. Geen mens, in elk geval.' En nu voelde Harry wat naar buiten wilde. Het gekras van een kraai. Het huilen van een gek. Het was gelach.

HOOFDSTUK 9

Het was halfdrie 's middags en de weinige gasten die er zaten keken nauwelijks geïnteresseerd op toen de deur openging.

Restaurant Schrøder.

'Restaurant' was waarschijnlijke wat misleidend; er werd weliswaar een selectie aan Noorse gerechten geserveerd, maar de hoofdgerechten waren bier en wijn. Het bruine café was al sinds halverwege de jaren vijftig in de Waldemar Thranes gate te vinden en sinds de jaren negentig was het Harry's stamkroeg. Met een onderbreking van enkele jaren toen hij bij Rakel in Holmenkollen was gaan wonen. Maar nu was hij terug.

Harry zakte op de bank bij het raamtafeltje.

De bank was nieuw. Verder was het interieur al in geen twintig jaar veranderd, zelfde tafels en stoelen, zelfde gedempte licht, dezelfde Sigurd Fosnes-schilderijen van Oslo. En ook de rode tafelkleden met daar diagonaal overheen witte kleden, waren nog dezelfde. De grootste verandering die Harry kon bedenken was de invoering van de tabakswet in 2004 waardoor ze de wanden opnieuw hadden moeten verven om de rooklucht kwijt te raken. De kleur was echter niet veranderd en de rooklucht was nooit helemaal verdwenen. Hij checkte zijn telefoon, maar Oleg had zijn bericht dat hij moest bellen niet beantwoord. Waarschijnlijk zat hij in het vliegtuig.

'Vreselijk, Harry,' zei Nina en ze haalde het halve literglas voor hem weg. 'Ik heb het net op internet gelezen.' Ze droogde haar vrije hand aan haar schort en keek op hem neer. 'Hoe gaat het?'

'Bedankt, slecht,' zei Harry. De gieren hadden dus inderdaad al een naam. En ze hadden vast ergens een foto van Rakel gevonden. En van Harry uiteraard, daarvan hadden ze er genoeg in hun archief, sommige waren zo lelijk dat Rakel had gevraagd of hij er de volgende keer niet op kon letten een iets betere pose aan te nemen. Zelf stond ze nooit slecht op een foto, zelfs niet als ze dat probeerde. Nee, geprobeerd had. Verdomme.

'Koffie?'

'Ik zou vandaag graag een biertje hebben, Nina.'

'Ik heb begrip voor de situatie, maar hoeveel jaar serveer ik je al geen alcohol meer, Harry?'

'Vele jaren, en ik stel je zorg op prijs, maar ik mag niet wakker worden. Snap je?'

'Wakker worden?'

'Als ik naar een café ga waar ze sterkedrank serveren, dan zal ik me vandaag waarschijnlijk lazarus drinken.'

'Je bent hierheen gekomen omdat we alleen bier serveren?'

'Plus het feit dat ik de weg naar huis blindelings ken.'

De directe, kordate serveerster bleef hem met een bezorgde, bedenkelijke blik aankijken. Toen zuchtte ze diep. 'Goed Harry, maar dan beslis ik wanneer het genoeg is geweest.'

'Het is nooit genoeg, Nina.'

'Ik weet het, maar ik geloof dat je ook hierheen komt omdat je wordt bediend door iemand die je vertrouwt.'

'Misschien wel.'

Nina liep bij hem weg en kwam terug met een halve liter die ze voor hem neerzette.

'Langzaam,' zei ze. 'Langzaam.'

Een eind in de derde halve liter ging de deur weer open.

Harry merkte dat sommige gasten hun hoofd hadden opgetild en niet direct weer hadden laten zakken, ze volgden de lange, in leer gestoken benen tot ze bij de tafel van Harry waren, waar ze ging zitten.

'Je neemt je telefoon niet op,' zei ze en ze gebaarde afwerend naar Nina die naar hen op weg was.

'Die heb ik uitgezet. VG en de andere gieren zijn begonnen met bellen.'

'Dat is nog maar het begin, ik heb sinds de Vampier-zaak niet meer zo'n opkomst gezien voor een persconferentie. En deels om die reden heeft de hoofdcommissaris besloten dat je tot nader order bent geschorst.'

'Hè? Ik begrijp dat ik nu niet aan deze zaak mag werken, maar bedoelen jullie dat ik aan geen enkele zaak mag werken? Omdat de pers verslag doet van deze moordzaak?'

'Het is omdat je geen rust zult vinden, aan welke zaak je ook werkt, en we hebben op het moment geen behoefte aan dergelijke afleiding.'

'En?'

'En wat?'

'Ga verder.' Harry bracht het bierglas naar zijn lippen.

'Er is niet meer.'

'Jawel, dat is er wel. Een politiek besluit, vertel.'

Katrine zuchtte diep. 'Nadat Bærum en Asker zijn ingelijfd bij politiedistrict Oslo hebben we de verantwoording over een vijfde deel van de Noorse bevolking. Twee jaar geleden wees onderzoek uit dat zesentachtig procent van de bevolking veel of heel veel vertrouwen heeft in ons. Dat cijfer is vanwege een paar ongelukkige zaken gedaald naar vijfenzestig procent. En dat heeft ertoe geleid dat onze geliefde hoofdcommissaris Hagen op het matje is geroepen bij onze niet zo geliefde minister van Justitie, Mikael Bellman. Om het kort samen te vatten: Hagen en politiedistrict Oslo hebben er op het ogenblik geen behoefte aan dat er bijvoorbeeld een woedend interview wordt gepubliceerd met een dronken agent die gewoon aan het werk is.'

'Vergeet de paranoia niet. Paranoïde, woedend en dronken.' Harry legde zijn hoofd in zijn nek en leegde het glas.

'Alsjeblieft, niet nog meer paranoia, Harry. Ik heb met Winter gesproken en er is geen enkel spoor dat naar Finne leidt.'

'Dus waar leiden de sporen wel naartoe?'

'Nergens naartoe.'

'Er lag een dode vrouw, natuurlijk zijn er sporen.' Harry gebaarde naar Nina dat hij klaar was voor de volgende.

'Oké, dit zijn de sporen die we van het gerechtelijk laboratorium hebben,' zei Katrine. 'Rakel stierf als gevolg van een messteek in haar nek. Het mes doorboorde het ademhalingscentrum in de *medulla ob-*

longata tussen de bovenste halswervel en de schedel. Waarschijnlijk is ze onmiddellijk overleden.'

'Ik heb Bjørn niet naar de andere twee gevraagd.'

'Welke andere twee?'

'Messteken.'

Hij kon zien dat Katrine slikte. Dat ze van plan was geweest hem dit te besparen.

'De buik,' zei ze.

'Dus toch niet per se een pijnloze dood.'

'Harry...'

'Ga verder,' zei Harry luid en dook in elkaar. Het leek of hij zelf de steken voelde.

Katrine schraapte haar keel. 'Meestal is het erg moeilijk om het tijdstip van overlijden redelijk nauwkeurig vast te stellen als een persoon, zoals hier, meer dan een etmaal dood is. Maar zoals je waarschijnlijk al hebt gehoord heeft het gerechtelijk laboratorium in samenwerking met de technische recherche een nieuwe methode ontwikkeld waarbij er onder andere de rectale temperatuur, de oogtemperatuur, de hypoxanthine in het oogvocht en de hersentemperatuur...'

'De hersenen?'

'Ja, de schedel beschermt de hersenen en zorgt ervoor dat de hersenen minder onder invloed zijn van externe factoren. Bij het onderzoek wordt een naaldvormige sonde via de neus in de *lamina cribrosa* gebracht waar de schedelbasis...'

'Volgens mij heb jij de laatste tijd behoorlijk wat Latijn geleerd.'

Katrine hield zich in.

'Het spijt me,' zei Harry. 'Ik ben... ik ben niet...'

'Het is goed,' zei Katrine. 'We hadden een paar gelukkige omstandigheden. We weten dat de temperatuur op de begane grond constant moet zijn geweest omdat alle radiatoren worden gestuurd door een gemeenschappelijke thermostaat. En aangezien de temperatuur zo laag was...'

'Ze zei altijd dat ze beter na kon denken met een dikke trui aan en een koel hoofd,' zei Harry.

'... en inwendige delen van het lichaam nog niet op hetzelfde temperatuurniveau zijn gekomen als de omgeving, komen we met de nieuwe methode tot de conclusie dat het tijdstip van overlijden in de nacht van 10 op 11 maart ergens tussen tien uur 's avonds en twee uur 's nachts moet liggen.'

'Hm. En de technische recherche, wat heeft die gevonden?'

'Toen de politie arriveerde zat de buitendeur niet op slot, en aangezien de deur niet automatisch in het slot valt, ziet het ernaar uit dat de dader via deze deur de plaats delict heeft verlaten. Er zijn ook geen sporen van inbraak gevonden, dus dat duidt erop dat de buitendeur ook open was toen de moordenaar...'

'Rakel had die deur altijd op slot. En alle andere deuren. Dat huis is een verrekte vesting.'

'...of dat Rakel hem binnen heeft gelaten.'

'Hm.' Harry draaide zich om en keek ongeduldig naar Nina.

'Met die vesting heb je gelijk. Bjørn was als een van de eersten aanwezig op de plaats delict en hij zegt dat hij het huis van kelder tot zolder heeft doorzocht en dat alle deuren van binnenuit op slot waren gedraaid evenals alle ramen. Dus wat denk jij?'

'Ik denk dat er meer sporen moeten zijn.'

'Ja,' zei Katrine en ze knikte. 'Er waren sporen van een persoon die sporen heeft opgeruimd. Iemand die weet welke sporen je moet opruimen.'

'Precies, en jij denkt dat Finne niet weet hoe je dat doet?'

'Jawel, en Finne is uiteraard een verdachte, dat zal hij altijd zijn. Maar dat kunnen we niet officieel zeggen, we kunnen niet met een vinger naar een bepaald persoon wijzen puur en alleen vanwege een onderbuikgevoel.'

'Onderbuikgevoel? Finne heeft mij en mijn gezin bedreigd, dat heb ik toch gezegd?'

Katrine gaf geen antwoord.

Harry keek haar aan, toen knikte hij langzaam. 'Correctie: dat beweert de afgewezen echtgenoot van het moordslachtoffer.'

Katrine leunde over tafel. 'Luister, hoe sneller we jou als verdachte kunnen schrappen, des te minder rumoer. Nu heeft Kripos de grootste verantwoordelijkheid, maar we werken met hen samen, dus ik kan druk uitoefenen om er zo snel mogelijk voor te zorgen dat jij geen verdachte meer bent. En daarna kunnen we met een persbericht komen.'

'Een persbericht?'

'Je weet dat de kranten het niet expliciet zullen schrijven, maar de lezer is niet dom. En op zich hebben ze geen ongelijk, de percentuele waarschijnlijkheid dat de echtgenoot de dader is in dergelijke zaken ligt rond de...'

'Tachtig procent,' zei Harry luid en langzaam.

'Het spijt me,' zei Katrine blozend. 'We willen gewoon dat je zo snel mogelijk doorgestreept wordt op het verdachtenlijstje.'

'Ik begrijp het,' mompelde Harry en hij overwoog om Nina te roepen. 'Ik ben vandaag alleen een beetje sensitief.'

Katrine strekte haar arm en legde haar hand op die van hem. 'Ik kan me er niet eens een voorstelling van maken hoe het voor je moet zijn, Harry. Om de liefde van je leven op deze manier kwijt te raken.'

Harry keek naar haar hand. 'Ik ook niet,' zei hij. 'En daarom heb ik ook besloten om zo min mogelijk aanwezig te zijn als het besef binnendringt. Nina!'

'Ze kunnen je niet verhoren als je dronken bent, dus jouw naam kan pas worden doorgestreept als je nuchter bent.'

'Het is alleen maar bier, ik ben na een paar uur weer nuchter als ze bellen. Die moederrol staat je trouwens, heb ik dat al gezegd?'

Katrine glimlachte even en stond op. 'Ik moet terug, Kripos heeft gevraagd of ze onze verhoorfaciliteiten mogen gebruiken. Pas goed op jezelf, Harry.'

'Ik doe mijn best. Ga hem pakken.'

'Harry.'

'Zo niet, dan doe ik het. Nina!'

Dagny Jensen liep over het voorjaarsnatte pad tussen de grafstenen op het Vår Frelsers-kerkhof. Het rook er naar verbrand metaal door de wegwerkzaamheden aan de Ullevålsvei, naar verrotte boeketten en natte aarde. En naar hondenpoep. Zo was Oslo nu eenmaal in de lente nadat de sneeuw was gedooid, maar af en toe vroeg ze zich af wie deze hondeneigenaren waren die het verlaten kerkhof bezochten om hun honden hun behoefte te laten doen zonder dat er getuigen waren. Dagny had het graf van haar moeder bezocht, zoals ze dat elke maandag deed na de laatste les aan de Katedralskole die hier slechts driehonderd meter vandaan stond en waar Dagny docent Engels was. Ze miste haar moeder, miste hun dagelijkse gesprekken over van alles en nog wat. Haar moeder was zo levendig en aanwezig geweest dat Dagny het niet had kunnen geloven toen ze van het bejaardentehuis belden dat ze was overleden. Ook niet toen ze haar lijk zag dat op een wassen beeld leek, een valse kopie. Dat wil zeggen, haar hersenen begrepen het, maar haar lichaam niet. Haar lichaam eiste dat ze getuige was geweest van haar moeders dood voordat ze het kon accepteren. Het gebeurde nog steeds dat Dagny droomde dat er in de Thorvald Meyers gate op haar deur werd geklopt en dat haar moeder daar stond alsof dat de natuurlijkste zaak van de wereld was. En waarom niet? Binnenkort konden ze mensen naar Mars sturen, dus wie kon zeggen dat het onmogelijk was om leven in een dood lichaam te blazen? Tijdens de bijzetting had de dominee, een jonge vrouw, gezegd dat er geen waterdichte antwoorden waren op de vraag wat er aan de andere kant van de drempel lag. Het enige wat we weten is dat degenen die de drempel zijn overgestapt nooit meer terugkomen. Dat had Dagny verontrust. Niet dat de zogenaamde staatskerk zo welwillend zijn enige, feitelijke functie had opgegeven, namelijk het geven van troostende en vaststaande antwoorden op de vraag wat er na de dood zou komen. Maar nu was er dat 'nooit' dat de dominee had gebruikt. Als een mens hoop nodig had, een onbetwistbaar geloof dat zijn geliefden op een dag zouden opstaan uit de dood, waarom zou je dat dan van hem afpakken? Als het klopte wat het geloof van de dominee beweerde, dat het eerder was gebeurd, dan kon het toch nog een keer gebeuren? Over twee jaar werd Dagny veertig en tot nu toe was ze niet getrouwd of getrouwd geweest, tot nu toe had ze geen kind gekregen, tot nu toe was ze niet naar Micronesië gereisd of had ze het plan om een kindertehuis in Eritrea te stichten of een dichtbundel te schrijven gerealiseerd. En ze hoopte dat ze nooit iemand het woord 'nooit' zou horen zeggen.

Dagny liep op het pad dat naar de uitgang van het kerkhof leidde toen ze de rug van een man zag. Dat wil zeggen, de lange, dikke, zwarte vlecht die op zijn rug hing viel haar op en het feit dat hij geen jas over zijn flanellen overhemd droeg. Hij stond voor een grafsteen die al eerder de aandacht van Dagny had getrokken omdat die in de winter onder de sneeuw lag en ze had gedacht dat de overledene kennelijk geen nabestaanden had, in elk geval niet iemand die van hem of haar had gehouden.

Dagny Jensen had een uiterlijk dat mensen snel vergeten. Een tengere, kleine vrouw die door het leven sloop. Bovendien was de avondspits op de Ullevålsvei – hoewel het nog niet eens drie uur was – al goed op gang gekomen want de werktijden in Noorwegen waren de laatste veertig jaar steeds korter geworden, een feit dat buitenlanders afwisselend irriteerde en imponeerde. Daarom was ze ook verbaasd dat de man haar kennelijk had gehoord. Toen hij zich naar had omgedraaid zag ze dat het een oude man was. De gelooide huid had plooien zo diep dat het leek of ze tot het bot waren ingekerfd. Zijn lichaam zag er slank, gespierd en jong uit onder het flannellen overhemd, maar het gezicht en het geelachtige oogwit rond de speldenknopgrote pupillen en bruine irissen verraadden dat hij minstens zeventig jaar was. Hij had een rode band rond zijn hoofd gebonden, als een Indiaan, en een smalle snor boven dikke lippen.

'Goedendag,' zei hij luid.

'Wat fijn om iemand bij dit graf te zien,' antwoordde Dagny glimlachend. Meestal was ze niet zo mededeelzaam tegenover vreemden, maar vandaag was ze in een goed humeur, ja, een beetje opgewonden zelfs, want Gunnar, de nieuwe leraar die ook Engels gaf, had haar uitgenodigd een glas wijn te gaan drinken.

De man glimlachte terug.

'Hier ligt mijn zoon,' zei hij met een diepe, rauwe stem.

'Dat spijt me te horen.' Ze zag dat er iets in de aarde voor de grafsteen was gestoken, geen bloem, maar een veer.

'Bij de Cherokees legden ze altijd een adelaarsveer in de kist van de dode,' zei de man alsof hij haar gedachten had gelezen. 'Deze komt niet van een arend, maar van een buizerd.'

'O? Hoe bent u daaraan gekomen?'

'Aan een veer van een buizerd? Oslo wordt aan alle kanten omringd door wilde natuur, wist u dat niet?' De man glimlachte weer.

'O, ik wist niet dat de natuur daar nog zo wild was. Maar een veer is een mooie gedachte, misschien kan die de ziel van uw zoon meenemen naar de hemel.'

De man schudde zijn hoofd. 'Wilde natuur en geen beschaving. Een politieman heeft mijn zoon gedood. Nu zal mijn zoon niet in de hemel komen, hoeveel veren ik hem ook geef, maar de hel waarin hij zit is niet zo heet als de hel waar die politieman naar op weg is.' Er zat geen haat in zijn stem, eerder medeleven alsof hij het erg vond voor de politieman. 'En wie bezoek jij?'

'Mijn moeder,' zei Dagny en ze keek naar het graf van de zoon. Valentin Gjertsen, de naam kwam haar vaag bekend voor.

'Geen weduwe dus. Want zo'n m-mooie vrouw als jij is natuurlijk getrouwd en heeft kinderen?'

'Bedankt, maar die heb ik geen van beiden,' zei ze lachend en er ging een gedachte door haar hoofd: een kind met blonde krullen en de geruststellende lach van Gunnar. Toen werd haar lach nog breder.

'Wat mooi,' zei ze wijzend naar het fraaie, kunstzinnig metalen voorwerp dat voor het graf in de grond stond. 'Wat symboliseert dat?'

Hij trok het omhoog en stak het naar voren. Het leek op een kronkelende slang en eindigde in een scherpe punt. 'Dit symboliseert de dood. Zitten er g-geestesziekten in jouw familie?'

'Eh... niet dat ik weet.'

Hij trok zijn mouw omhoog om op zijn horloge te kunnen kijken.

'Kwart over twee,' zei Dagny.

Hij glimlachte alsof dat overbodige informatie was en drukte op een knopje aan de zijkant van zijn horloge. Hij keek op en legde haar uit: 'Tweeënhalve minuut.'

Moest hij ergens de tijd voor opnemen?

Ineens had hij twee grote stappen genomen en stond hij vlak voor haar. Hij rook naar vuur.

En hij leek haar gedachten te kunnen lezen, want hij zei: 'Ik kan jou ook ruiken. Ik rook je al terwijl je onderweg was hiernaartoe.' Zijn lippen waren nu nat, ze bewogen zich als palingen in een net toen hij sprak. 'Je o-ovuleert.'

Dagny had er spijt van dat ze was blijven staan. Toch stond ze hier nu en ze leek aan de grond genageld door zijn blik.

'Als je niet tegenstribbelt is het snel voorbij,' fluisterde hij.

Eindelijk kwam ze in beweging, ze draaide zich om en wilde wegrennen. Maar een snelle hand kwam onder haar korte jasje, greep haar broekriem en trok haar weer terug. Ze slaakte een gil en wierp een blik over het lege kerkhof voor ze tegen de haag, die langs het hek aan de Ullevålsvei stond, werd gedrukt. Twee sterke armen hielden haar in een houdgreep. Ze kon nog net een beetje ademhalen om opnieuw te schreeuwen, maar het leek wel of hij dat verwachtte, want op het moment dat ze wilde schreeuwen, klemde hij zijn armen nog steviger om haar heen en alle lucht werd uit haar longen geperst. Ze zag dat hij nog steeds de kronkelende metalen slang in zijn ene hand hield. De andere hand verplaatste zich naar haar keel en drukte die dicht. Het werd zwart voor haar ogen en hoewel de arm rond haar borst ineens zijn greep verminderde, voelde ze dat haar lichaam slap en zwaar werd. Dit gebeurt niet, dacht ze terwijl de andere hand zich van achteren tussen haar dijen wrong. Ze voelde iets puntigs tegen haar buik, precies onder haar broekriem, en hoorde het scheurende geluid toen de spitse punt haar broek in het kruis opensneed, van de riem op haar buik tot aan de riem op haar rug. Dit gebeurt niet op klaarlichte dag op een kerkhof midden in Oslo. Dit gebeurt in elk geval niet met mij!

Toen liet de hand rond haar keel los en in haar hoofd klonk hetzelfde geluid als toen haar moeder lucht in het donkere luchtbed blies. Gulzig zoog ze de voorjaarslucht vermengd met uitlaatgassen op in haar brandende longen. Tegelijkertijd voelde ze iets scherps tegen haar keel. Ze zag vaag onder in haar gezichtsveld het kronkelende mes en ze hoorde de fluisterende rauwe stem tegen haar oor: 'De eerste was een wurgslang, dit is een gifslang. Een klein steekje en je bent dood. Dus sta helemaal stil en geen geluid. Zo, ja. Precies zo. S-sta je goed?'

Dagny Jensen voelde de tranen over haar wangen lopen.

'Nou, nou, het komt goed. Wil je me gelukkig maken en met me trouwen?'

Dagny voelde de punt harder tegen haar keel drukken.

'Wil je dat?'

Ze knikte voorzichtig.

'Dan zijn we nu verloofd, mijn schat.' Ze voelde de lippen tegen haar nek. Vlak bij haar, aan de andere kant van de haag en het hek, hoorde ze stevige voetstappen op het trottoir en twee mensen druk in gesprek, maar de geluiden stierven langzaam weg.

'En nu zal dat geconsummeerd worden. Ik zei dat de slang die je tegen je hals voelt de d-dood symboliseert. Terwijl dit het l-leven symboliseert...'

Dagny voelde het en kneep haar ogen hard dicht.

'Ons leven, dat we nu zullen maken...'

Hij stootte en ze beet haar tanden op elkaar om niet te schreeuwen.

'Voor iedere zoon die ik verlies zet ik v-vijf nieuwe op de wereld,' zei hij sissend in haar oor en hij stootte weer. 'En waag het niet om kapot te maken wat van ons is, hoor je me? Want een kind is het werk van God.'

Hij stootte een derde keer en kwam klaar met een langgerekte kreun.

Het mes verdween en hij liet haar los. Dagny liet haar handen los en zag dat ze bebloed waren doordat ze zich had vastgeklemd aan de doornige haag. Maar ze bleef staan, voorover gebogen met haar rug naar hem toe.

'Draai je om,' commandeerde de man.

Ze wilde het niet, maar deed wat hij zei.

Hij had haar portemonnee in zijn hand en had haar bankpas gepakt.

'Dagny Jensen,' las hij. 'Thorvald Meyers gate. Het is daar mooi. Ik zal regelmatig voorbijkomen.' Hij gaf de portemonnee terug, hield zijn hoofd schuin en keek haar aan.

'Denk eraan: dit is ons geheim, Dagny. Vanaf nu zal ik over je waken en je beschermen, als een arend die je niet ziet, maar waarvan je weet dat hij daarboven is en jou ziet. Niets kan je helpen, want ik ben een geest die niemand kan vangen. Maar er kan je ook niets gebeuren, want we zijn verloofd en mijn hand rust op je.'

Hij hield een hand omhoog en nu pas zag ze dat de lelijke krater in zijn hand een open gat was waar je dwars doorheen kon kijken.

Hij vertrok en Dagny Jensen zonk krachteloos en met hijgende snikken ineen in de dooiende sneeuw bij de haag. Door haar tranen zag ze de rug van de oude man met de vlecht terwijl hij met rustige stappen in de richting van de noordelijke poort liep. Er klonk een piepend, ritmisch geluid en de man stond stil. Hij trok zijn mouw op en drukte op zijn pols. Het piepgeluid stopte.

Harry opende zijn ogen. Hij lag op iets zachts te staren naar het plafond, naar de kleine, mooie kroonluchter van kristal die Rakel had meegenomen toen ze na jaren gewerkt te hebben op de ambassade in Moskou weer naar huis terugkeerde. Als je er recht onder lag, dan vormden de kristallen figuurtjes een S, dat had hij niet eerder gezien. Een vrouwenstem zei zijn naam. Hij draaide zich om, maar zag niemand. 'Harry,' zei de stem weer. Hij droomde. Was dit opstaan uit de dood? Hij opende zijn ogen. Hij zat nog steeds rechtop. Hij was nog steeds in Schrøder.

'Harry?' Het was Nina's stem. 'Je hebt bezoek.'

Hij keek op, recht in Rakels bezorgde ogen. Het gezicht had Rakels mond en Rakels licht blozende huid. Maar het steile, Russische haar van zijn vader. Nee, hij droomde nog steeds.

'Oleg,' zei Harry met schorre stem, hij deed een poging overeind te komen om zijn stiefzoon te omhelzen, maar moest dat opgeven. 'Ik had je nog niet verwacht.'

'Ik ben een uur geleden in de stad gearriveerd.' De lange jongeman zakte neer op dezelfde stoel als Katrine had gezeten. Hij trok een grimas alsof hij op een punaise was gaan zitten.

Harry keek uit het raam en zag tot zijn verbazing dat het donker was geworden.

'En hoe wist je waar ik...'

'Bjørn Holm tipte me. Ik heb met een begrafenisonderneming gesproken en voor morgen een afspraak gemaakt. Ga je mee?'

Harry liet zijn hoofd voorover vallen. 'Natuurlijk ga ik mee, Oleg.

Verdomme, nou ben ik dronken als je arriveert en moet jij het werk doen wat ik had moeten doen.'

'Sorry, maar ik vind het prettig om wat te doen. Mijn hersenen aan praktische zaken te laten werken. Ik heb er zelfs al aan gedacht wat we met het huis moeten als...' Hij zweeg, tilde zijn hand op en drukte duim en wijsvinger tegen zijn slapen. 'Ziek, toch? Mama is nog maar net koud en...' Zijn vingers masseerden de slapen en zijn adamsappel schoot op en neer.

'Dat is niet ziek,' zei Harry. 'Je hersenen zoeken naar een uitweg uit de pijn. Ik heb mijn weg gevonden, maar die zou ik niet aanbevelen.' Hij verschoof het halveliterglas dat tussen hen in stond. 'Je kunt de pijn een poosje voor de gek houden, maar hij zal je vinden. Als je een beetje ontspant, wanneer je je dekking laat zakken, wanneer je je hoofd een stukje uit het schuttersputje steekt. Tot het zover is, is het toegestaan om niet zoveel te voelen.'

'Verdoofd,' zei Oleg. 'Ik ben alleen maar verdoofd. Op een bepaald moment realiseerde ik me dat ik vandaag nog niet heb gegeten, dus toen heb ik een chiliworst gekocht. Daarop heb ik de scherpste mosterd gedaan alleen maar om iets te voelen. En weet je?'

'Ja,' zei Harry. 'Ik weet het. Niets.'

'Niets,' herhaalde Oleg en er blonk iets in zijn ogen.

'De pijn komt,' zei Harry. 'Je hoeft die niet te zoeken, die zal je vinden. Jou en alle gaten in je wapenuitrusting.'

'Heeft hij jou al gevonden?'

'Ik slaap,' zei Harry. 'Ik probeer niet wakker te worden.' Hij keek naar zijn handen. Hij zou alles willen geven om iets van Olegs pijn over te nemen. Wat kon hij zeggen? Dat de eerste keer dat je iemand verliest van wie je echt houdt het pijnlijkst is? Hij wist niet eens meer of dat waar was. Hij schraapte zijn keel: 'Het huis is afgesloten tot de technische recherche klaar is. Wil je bij mij slapen?'

'Ik slaap bij de ouders van Helga.'

'Oké, hoe neemt Helga het op?'

'Slecht, zij en Rakel waren echt vriendinnen geworden.'

Harry knikte. 'Moeten we het erover hebben wat er kan zijn gebeurd?'

Oleg schudde zijn hoofd. 'Ik heb lang met Bjørn gesproken en hij heeft me verteld wat we weten en niet weten.'

We. Harry stelde vast dat Oleg al na een paar maanden praktijkjaar het natuurlijk vond om 'wij' te gebruiken voor de politie. Het wij dat hij zelfs na vijfentwintig jaar bij de politie nooit gebruikte. Maar uit ervaring wist hij dat het toch dieper in hem verankerd zat dan hij wilde toegeven. Want het was een soort thuis. In de goede en kwade zin van het woord. En wanneer je alles was kwijtgeraakt, vooral in goede zin. Hij hoopte dat Oleg en Helga elkaar goed konden steunen.

'Ik moet morgenochtend heel vroeg naar het bureau voor verhoor,' zei Oleg. 'Kripos.'

'Ja.'

'Gaan ze jou ook verhoren?'

'Als ze hun werk goed doen, dan zal dat vast gebeuren.'

'Wat moet ik zeggen?'

Harry haalde zijn schouders op. 'De waarheid. Zonder omwegen, precies zoals jij het ziet.'

'Juist,' zei Oleg en hij kneep zijn ogen dicht en ademde een paar keer diep in. 'Trakteer je me op een biertje?'

Harry zuchtte. 'Ik ben zoals je ziet geen verstandige man, maar ik vind het wel moeilijk om mijn beloften te verbreken. Daarom heb ik je moeder ook niet veel beloofd. Maar één ding heb ik haar wel beloofd: aangezien jouw vader de drager is van hetzelfde slechte gen als ik, zal ik jou nooit, maar dan ook nooit een druppel alcohol schenken.'

'Maar mama deed dat wel.'

'Die belofte was mijn idee, Oleg. Ik ben niet van plan je tegen te houden.'

Oleg draaide zich om en stak een vinger in de lucht. Nina knikte.

'Hoelang blijf je slapen?' vroeg Oleg.

'Zolang als ik kan.'

Het bier kwam en Oleg dronk met kleine slokjes. Hij zette het glas elke keer tussen hen in alsof ze het deelden. Ze spraken niet. Dat hoefde niet. Konden ze niet. Het zwijgende huilen was oorverdovend.

Toen het glas leeg was, pakte Oleg zijn mobiel en keek erop. 'Een bericht van Helga's broer, hij komt me met de auto halen en staat nu voor Schrøder. Moeten we jou ook naar huis brengen?'

Harry schudde zijn hoofd. 'Bedankt, maar ik wil graag even lopen.'

'Ik stuur je het adres van de begrafenisonderneming.'

'Mooi.'

Ze stonden tegelijk op. Harry constateerde dat Oleg nog steeds een paar centimeter tekortkwam. Toen besefte hij dat de wedstrijd voorbij was, want Oleg was een volwassen man.

Ze omhelsden elkaar, hielden elkaar stevig vast. De kin op de schouder van de ander en elkaar niet loslaten.

'Papa?'

'Hm?'

'Toen je belde en zei dat het om mama ging en ik vroeg of jullie weer gingen samenwonen – dat was omdat ik twee dagen daarvoor aan haar had gevraagd of ze je niet nog een kans wilde geven.'

Harry voelde zijn hart samentrekken. 'Wat zeg je me daar?'

'Ze zei dat ze daar in het weekend over na zou denken, maar ik weet dat ze het wilde. Ze wilde je terug hebben.'

Harry sloot zijn ogen en beet zijn kaken zo stevig op elkaar dat hij het gevoel had dat zijn kiezen werden vermorzeld. *Waarom moest je komen om me zo eenzaam te maken?* Geen alcohol in de wereld zou deze pijn kunnen wegpoetsen.

HOOFDSTUK 10

Rakel wilde hem terug hebben.

Maakte dat het beter of slechter?

Harry haalde zijn mobiel uit zijn zak om die uit te zetten. Hij stelde vast dat Oleg een bericht had gestuurd met daarin een paar praktische vragen die de begrafenisonderneming had gesteld. Drie gemiste oproepen waarvan hij vermoedde dat die van journalisten kwamen en een oproep van een bekend nummer: Alexandra van het gerechtelijk laboratorium. Wilde ze hem condoleren? Of seks hebben? Voor een condoleance had ze een sms kunnen sturen. Misschien ging het om allebei. De jonge laborante had meerdere keren gezegd dat ze sterke gevoelens opriep, of het nu om goede of slechte ging. Razernij, blijdschap, haat, pijn. Maar verdriet? Tja, lust en schaamte. Fascinerend en ongepast om met iemand te neuken die in de rouw is? Er zijn vast ziekere dingen. Was het bijvoorbeeld niet veel zieker om enkele uren nadat Rakel dood was aangetroffen te denken aan Alexandra's eventuele seksfantasieën? Wat was dit?

Harry hield de uitknop vast tot het scherm zwart werd en liet de mobiel in zijn broekzak glijden. Hij keek naar de microfoon die in het poppenhuiskamertje voor hem op tafel stond. Het rode lichtje gaf aan dat de opname was gestart. Toen keek hij de persoon aan de andere kant van de tafel aan.

'Zullen we beginnen?'

Sung-min Larsen knikte. In plaats van zijn Burberry-jas naast Harry's donkerblauwe caban te hangen, had hij die over de rugleuning van de lege stoel gedrapeerd.

Larsen schraapte zijn keel voor hij begon.

'Het is 13 maart, tien voor vier in de middag en we zitten in verhoorkamer 3 van het hoofdbureau van de politie in Oslo. De leiding van het verhoor is in handen van rechercheur Sung-min Larsen van Kripos en de persoon die wordt verhoord is Harry Hole…'

Harry luisterde terwijl de ander op gedistingeerde toon verderging in zulk correct Noors dat het leek of dit een ouderwets hoorspel was. Larsen hield zijn blik vast terwijl hij Harry's BSN-nummer en adres opsomde zonder op de notities voor zich te kijken. Misschien had hij die uit zijn hoofd geleerd om zijn voorlopig beroemdere collega te imponeren. Of misschien was het zijn gebruikelijke intimidatietechniek om intellectuele dominantie te demonstreren zodat de persoon die verhoord werd eventuele plannen om te manipuleren of liegen opgaf. En dan was er natuurlijk de derde mogelijkheid: dat Sung-min Larsen gewoon een goed geheugen had.

'Ik ga ervan uit dat jij als politieman je rechten kent,' zei Larsen. 'En je wenst niet dat er een advocaat bij dit gesprek aanwezig is.'

'Word ik verdacht?' vroeg Harry en hij keek tussen de gordijnen door in de controlekamer waar hoofdinspecteur Winter met zijn armen over elkaar geslagen het gesprek volgde.

'Dit is een standaardverhoor, dus je wordt nergens van verdacht,' zei Larsen. Hij deed alles volgens het boekje en wees Harry erop dat het verhoor zou worden opgenomen. 'Kun je me vertellen wat je relatie is met de overledene, Rakel Fauke?'

'Zij is… was mijn vrouw.'

'Jullie zijn gescheiden?'

'Nee, jawel, ze is dood.'

Sung-min Larsen keek op naar Harry alsof hij zich afvroeg of dit was bedoeld als een uitdagende opmerking. 'Niet gescheiden dus?'

'Nee, daar kregen we de tijd niet voor, maar ik was wel verhuisd.'

'Ik heb begrepen van anderen die we hebben ondervraagd dat zij jou heeft verlaten. Wat was de reden van de breuk?'

Ze wilde hem terug hebben. 'Onenigheid. Kunnen we niet direct naar mijn alibi voor het tijdstip van haar overlijden gaan?'

'Ik begrijp dat het pijnlijk is, maar…'

'Bedankt dat je me uitlegt dat je het begrijpt, Larsen, en jouw gok slaat de spijker op z'n kop: het ís pijnlijk. Maar de reden van mijn aanmoediging is dat ik weinig tijd heb.'

'O? Ik heb begrepen dat je tot nader order bent geschorst.'

'Ja, maar ik moet het drinken nog afmaken.'

'En dat heeft haast?'

'Ja.'

'Toch wil ik graag helder hebben hoe het contact tussen jou en Rakel was voordat ze werd vermoord. Jouw stiefzoon Oleg zegt dat hij noch van jou, noch van zijn moeder een goede verklaring heeft gekregen waarom jullie uit elkaar zijn gegaan. Maar dat het niet hielp dat jij als docent aan de politieacademie meer en meer tijd gebruikte om Svein Finne te zoeken die zojuist ontslagen was uit de gevangenis.'

'Toen ik zei aanmoedigen, was dat een beleefde vorm van nee.'

'Dus jij weigert nadere uitleg te geven over hoe je relatie met de overledene was?'

'Ik doe afstand van de mogelijkheid je persoonlijke details te vertellen en bied je mijn alibi aan zodat we ons allebei tijd kunnen besparen. Zodat jij en Winter zich kunnen concentreren op het vinden van de schuldige. Ik ga ervan uit dat je je van de colleges herinnert dat bij moordzaken die niet binnen de eerste achtenveertig uur worden opgelost de kans op het vinden van de dader gehalveerd wordt omdat het geheugen van getuigen en de technische sporen troebel worden. Dus zullen we naar de moordnacht gaan, Larsen?'

De Kripos-rechercheur staarde naar een punt op Harry's voorhoofd terwijl hij met het uiteinde van een pen ritmisch op het tafelblad tikte. Harry zag dat hij behoefte had aan een signaal van Winter: drukken we door of geven we Hole zijn zin?

'Ja,' zei Larsen. 'Laten we dat doen.'

'Mooi,' zei Harry. 'Vertel.'

'Pardon?'

'Vertel me waar ik was in de moordnacht.'

Sung-min Larsen vertrok zijn gezicht tot een glimlach. 'Moet ík dat zeggen?'

'Jullie hebben ervoor gekozen om voor mijn verhoor eerst anderen te ondervragen zodat jullie zo goed mogelijk op de hoogte zijn. Iets wat ik in jouw geval ook zo had gedaan, Larsen. Dat betekent dat jullie met Bjørn Holm hebben gesproken en weten dat ik in de Jealousy Bar zat waar hij halverwege de avond naartoe is gekomen om me op te halen en naar huis te brengen en in bed te stoppen. Ik was straalbezopen, herinner me geen ene bal en heb geen idee van de tijd. Daarom ben ik ook helemaal niet in staat om jullie tijdstippen te geven die bevestigen of ontkrachten wat hij jullie heeft gezegd. Maar hopelijk hebben jullie met de eigenaar van Jealousy en eventuele andere getuigen gesproken die Holms verklaring bevestigen. En aangezien ik ook niet weet hoe laat mijn vrouw is overleden, zul jij me moeten vertellen of ik wel of niet een alibi heb, Larsen.'

Larsen drukte het knopje van de balpen in en uit terwijl hij Harry opnam alsof hij een pokerspeler was die met zijn fiches speelt voordat hij beslist of hij ze zal inzetten of niet. 'Juist, ja,' zei hij en hij liet de pen los. 'We hebben de basisstations in het gebied rond de plaats delict voor het desbetreffende tijdstip gecheckt en geen ervan heeft een signaal opgepikt van jouw mobiel.'

'Oké, ik ben er een beetje uit, maar is het nog steeds zo dat alle mobiels automatisch elk halfuur een signaal versturen naar het dichtstbijzijnde basisstation?'

Larsen gaf geen antwoord.

'Dus ik zou mijn mobiel thuis kunnen hebben laten liggen of ik ben binnen een halfuur in en uit het gebied gegaan. Dus ik vraag het opnieuw: heb ik een alibi?'

Deze keer kon Larsen het niet laten, zijn blik ging naar de controlekamer en naar Winter. Uit zijn ooghoek zag Harry dat Winter met zijn hand over zijn granieten hoofd ging voordat hij de rechercheur een lichte knik gaf.

'Bjørn Holm zegt dat jullie de Jealousy Bar om halfelf verlieten, iets wat de eigenaar kan bevestigen. Holm zegt dat hij je naar huis heeft gebracht en in bed heeft gelegd. Op de terugweg heeft Holm jouw buurman Gule getroffen die thuiskwam na zijn avonddienst bij Oslo Sporveier. Ik heb begrepen dat Gule onder je woont op de begane grond en hij zegt dat hij tot drie uur 's nachts op was en dat hij het zou hebben gehoord als je naar buiten was gegaan want het is er gehorig.'

'Hm, en hoe laat is het slachtoffer gestorven volgens het gerechtelijk laboratorium?'

Larsen keek naar zijn notitieblok alsof hij dat moest checken, maar Harry wist dat de feiten bij de jonge onderzoeker in zijn hersenen stonden gegrift en dat hij slechts tijd nodig had om te beslissen hoeveel hij prijs kon – en wilde – geven aan de persoon die hij verhoorde. Maar het viel Harry ook op dat hij niet naar Winter keek voordat hij zijn besluit nam.

'Omdat het lijk niet verplaatst is, baseert het gerechtelijk laboratorium zijn vermoeden aan de hand van de lichaamstemperatuur versus de temperatuur in de kamer. Toch is het moeilijk om tot op het uur nauwkeurig het tijdstip te bepalen omdat ze daar al anderhalve dag lag, maar het moet ergens tussen tien uur 's avonds en twee uur 's nachts liggen.'

'Dus daarmee ben ik uit de zaak geschrapt?'

De rechercheur in pak knikte nadenkend. Harry merkte dat Winter omhooggekomen was uit zijn stoel, alsof hij wilde protesteren, maar dat Larsen het niet zag.

'Hm, en nu vragen jullie je af of ik haar uit de weg wilde ruimen. Als moordonderzoeker zou ik natuurlijk weten dat ik in de spotlights zou staan en om die reden zou ik dus een huurmoordenaar in de arm kunnen hebben genomen om zodoende mezelf een alibi te verschaffen. Is dat de reden dat ik hier nog steeds zit?'

Larsen aaide met zijn hand over de dasspeld die het logo van British Airways had, zag Harry.

'Eigenlijk niet, maar we zijn er ons van bewust dat de eerste achtenveertig uur cruciaal zijn, dus we wilden dit zeker weten voordat we jou gingen vragen wat jij denkt dat er is gebeurd.'

'Ik?'

'Je wordt niet langer verdacht, maar je bent nog steeds…' Larsen liet het een ogenblik hangen voor hij de naam met bijna overdreven dictie uitsprak: 'Harry Hole.'

Harry keek naar Winter. Was het om die reden dat hij zijn rechercheur liet prijsgeven wat ze hadden? Ze zaten vast. Ze hadden hulp nodig. Of was dit Sung-min Larsens eigen initiatief? Winter zag er ineens verstijfd uit.

'Dus het is waar,' zei Harry. 'De moordenaar heeft geen enkel technisch bewijs achtergelaten op de plaats delict?' Harry interpreteerde Larsens uitdrukkingsloze gezicht als een bevestiging.

'Ik heb geen idee wat er gebeurd kan zijn,' zei Harry.

'Bjørn Holm zei dat jij onbekende afdrukken van laarzen in de tuin hebt gevonden.'

'Ja, maar die kunnen ook komen van iemand die zich vergist had in het adres. Dat komt voor.'

'Juist. Er waren geen sporen van inbraak en het gerechtelijk laboratorium heeft vastgesteld dat je... dat het slachtoffer is vermoord op de plek waar ze is gevonden. Dat maakt het aannemelijk dat ze de moordenaar zelf heeft binnengelaten. Zou het slachtoffer iemand binnenlaten die ze niet kende?'

'Hm, heb je de tralies voor de ramen gezien?'

'Smeedijzeren tralies voor alle twaalf de ramen, maar niet voor de vier kelderramen,' zei Larsen zonder denkpauze.

'Dat is geen paranoia, maar het resultaat van de geliefde te zijn van een moordonderzoeker die zich een beetje te veel profileerde.'

Larsen noteerde. 'Dus laten we aannemen dat de moordenaar iemand was die ze kende. De voorlopige reconstructie duidt aan dat ze face to face stonden. De moordenaar het dichtst bij de keuken en het slachtoffer het dichtst bij de voordeur toen hij haar twee keer in haar buik stak.'

Harry hapte naar adem. De buik. Ze had pijn voordat ze in haar hals werd gestoken. De genadestoot.

'Het feit dat de moordenaar in haar keuken was,' ging Larsen verder, 'doet me vermoeden dat hij zich mocht bewegen in de intieme zone van het huis. Dat hij daar een bekende was. Ben je het met me eens, Hole?'

'Dat is één mogelijkheid. Een andere is dat hij om haar heen is gelopen en het mes heeft gepakt dat uit het messenblok ontbreekt.'

'Hoe weet je...'

'Ik kon nog net een blik werpen op de plaats delict voordat je chef me eruit gooide.'

Larsen hield zijn hoofd schuin en keek Harry vorsend aan. 'Ik begrijp het. Hoe dan ook, dat met die keuken bracht ons op een derde mogelijkheid. Dat het een vrouw was.'

'O?'

'Ik weet dat het zelden voorkomt, maar ik heb net gelezen dat een vrouw een moord heeft bekend die met een mes is gepleegd, in de Borggate. Het was de dochter. Heb je daarover gehoord?'

'Wel iets.'

'Een vrouw zal minder sceptisch zijn om een andere vrouw binnen te laten, zelfs als ze elkaar niet goed kennen. Ben je het daarmee eens? En om de een of andere reden kan ik me beter voorstellen dat een vrouw naar de keuken van een andere vrouw loopt dan een man. Oké, misschien is dit een beetje *far-fetched*.'

'Mee eens,' zei Harry, zonder aan te geven of dat om de eerste, tweede of beide veronderstellingen ging. Of dat hij het in algemene zin met hem eens was en hetzelfde had gedacht toen hij op de plaats delict was.

'Zijn er vrouwen die een motief hebben om Rakel Fauke iets aan te doen?' vroeg Larsen.

'Uit jaloezie, bedoel je?' Harry schudde zijn hoofd. Natuurlijk kon hij Silje Gravseng noemen, maar daar was nu geen reden toe. Enkele jaren geleden was zij student aan de politieacademie en had ze Harry min of meer gestalkt. Ze had hem op een avond bezocht in zijn kantoor en getracht hem te verleiden. Harry had haar afgewezen en zij had daarop gezegd dat ze hem ging aanklagen voor verkrachting. Haar verklaring was echter dermate zwak dat haar eigen advocaat, Johan Krohn, haar daarvan had weerhouden. Silje Gravseng had daarop de politieacademie moeten verlaten. Ze had Rakel thuis opgezocht, niet om haar te bedreigen of te beschuldigen, maar juist om haar excuses aan te bieden. Toch had Harry Silje Gravseng even gecheckt. Misschien omdat hij zich de haat in haar ogen herinnerde toen ze begreep dat hij haar niet wilde. Misschien omdat het gebrek aan fysieke sporen erop duidde dat de moordenaar het een en ander wist van recherchewerk bij moorden. Misschien omdat hij alle andere mogelijkheden wilde uitsluiten voordat hij zijn uiteindelijke oordeel velde. En de uiteindelijke straf voltrok. De check was snel gedaan en daaruit bleek dat Silje Gravseng als beveiliger werkte in Tromsø, zo'n zeventienhonderd kilometer ten noorden van Oslo, en dat ze de bewuste nacht had gewerkt.

'Terug naar het mes,' zei Larsen toen hij geen antwoord gaf. 'De messen in het messenblok zijn van Japanse makelij en de grootte en vorm van het mes dat ontbreekt, komen overeen met de steekwonden. Als we ervan uitgaan dat dit mes is gebruikt, dan lijkt het erop dat de moord spontaan is gepleegd en niet was gepland. Mee eens?'

'Dat is één mogelijkheid. Een andere is dat de moordenaar voordat hij binnen was, wist van het messenblok. Een derde is dat de moordenaar zijn eigen mes heeft gebruikt, maar dat hij bovendien, naast het verwijderen van technische sporen, het mes heeft weggehaald om jullie in de war te brengen door een gelijkend mes mee te nemen van de plaats delict.'

Larsen noteerde opnieuw. Harry keek op de klok en kuchte.

'Tot slot, Hole. Je zegt dat je geen vrouwen kent die Rakel Fauke wilden vermoorden. Hoe zit het met mannen?'

Harry schudde langzaam zijn hoofd.

'Hoe zit het met die Svein Finne?'

Harry haalde zijn schouders op. 'Dat moeten jullie aan hem vragen.'

'We weten niet waar hij is.'

Harry stond op, pakte zijn caban van de haak aan de muur. 'Als ik hem tegenkom zal ik hem de groeten doen en zeggen dat jullie hem willen spreken, Larsen.'

Harry draaide zich om naar het raam, tikte met twee vingers tegen zijn hoofd als een saluut voor Winter en kreeg een zuur lachje en een vinger terug.

Larsen stond op en gaf Harry een hand. 'Bedankt voor je hulp, Hole. Ja, je weet de weg.'

'De vraag is of jullie die kennen.' Harry lachte kort naar Larsen en gaf hem een nog kortere handdruk.

Bij de lift drukte hij op de knop en legde zijn voorhoofd tegen het glimmende metaal naast de liftdeur.

Ze wilde je terug hebben.

Dus, maakte het dat beter of erger?

Dat nutteloze 'wat als?'. Al die zelfkastijdende 'had-ik-maars'. Maar ook die andere gedachten, die pathetische hoop waaraan mensen zich vastklampen dat er een plek is waar geliefden elkaar weer tegenkomen, dat degenen die wortels als Old Tjikko hebben elkaar weer zien omdat de gedachte dat het niet zo is niet om uit te houden is. De liftdeuren gleden van elkaar. Leeg. In zijn eentje in die claustrofobische, beklemmende kist die hem uitnodigde naar beneden te zakken. Naar beneden waarheen? Naar de allesomvattende duisternis? Harry nam nooit de lift, hij kon liften niet uitstaan.

Hij aarzelde, toen stapte hij in.

HOOFDSTUK 11

Met een ruk werd Harry wakker en staarde in de kamer. De echo van zijn schreeuw galmde nog tussen de muren. Hij keek op zijn horloge. Tien uur 's avonds. Hij reconstrueerde de laatste zesendertig uur. Hij was min of meer de hele tijd dronken geweest, er was vrijwel niets gebeurd en toch zag hij kans een soort tijdlijn zonder gaten te maken. Dat kon hij meestal. Toch kon hij dat niet van die zaterdagavond in Jealousy, dat leek een lange black-out te zijn. Waarschijnlijk haalde het langetermijneffect van alcoholmisbruik hem uiteindelijk in.

Harry zwaaide zijn benen van de bank terwijl hij zich probeerde te herinneren wat deze keer de aanleiding was geweest om te schreeuwen. En hij kreeg spijt toen hij het weer wist. Hij had Rakels gezicht in zijn handen gehouden en haar gebarsten ogen hadden gestaard, niet náár hem, maar door hem héén, alsof hij er niet was. En ze had een dun laagje bloed op haar kin, het leek of ze gehoest had waarop er op haar lippen een bloedbel uiteen was gespat.

Harry greep de Jim Beam-fles die op de salontafel stond en nam een slok. Het werkte niet meer. Hij nam er nog eentje. Het vreemde was dat, hoewel hij niet haar doodsmasker had gezien en dat ook niet ging doen voor de begrafenis donderdag, dat het zo echt was geweest in zijn droom.

Hij keek naar zijn mobiel die zwart en dood naast de fles op tafel lag. Die was al uitgeschakeld sinds hij op de uitknop had gedrukt na het verhoor gisteren. Hij zou zijn mobiel weer moeten inschakelen. Oleg had vast gebeld. Er moesten zaken worden geregeld. Hij moest zich bijeenrapen. Hij pakte de kurk van de Jim Beam-fles die op de punt van de tafel lag. Hij rook eraan. En rook niks. Hij smeet de kurk tegen de kale muur en sloeg zijn hand in een wurggreep rond de flessenhals.

HOOFDSTUK 12

Om drie uur 's middags stopte Harry met drinken. Het was niet omdat er iets was gebeurd of dat er een speciale gedachte was geweest waardoor hij niet doorging met drinken tot vier uur, vijf uur of de rest van de avond. Zijn lichaam kon het gewoon niet meer. Hij schakelde zijn telefoon in, negeerde alle gemiste oproepen en belde Oleg.

'Weer naar de oppervlakte gekomen?

'Eerder klaar met verdrinken,' zei Harry. 'En jij?'

'Ik houd me drijvende.'

'Mooi. Eerst mij een lesje lezen en dan praten over de praktische zaken?'

'Oké. Klaar?'

'Kom maar op.'

Dagny keek op haar horloge. Het was pas negen uur en ze waren nog maar net klaar met het hoofdgerecht. Gunnar had zich behoorlijk ingespannen om het gesprek gaande te houden, maar toch kon Dagny niet meer. Ze zei dat ze hoofdpijn had en Gunnar was gelukkig begripvol. Ze sloegen het dessert over en hij stond erop met haar mee naar huis te lopen, zelfs toen ze zei dat dat helemaal niet nodig was.

'Ik weet dat Oslo veilig is,' zei hij. 'Ik vind het gewoon gezellig om mee te lopen.'

Hij had gepraat over leuke, onschuldige onderwerpen en ze had haar best gedaan om alert te zijn en te lachen op de juiste momenten, hoewel het een enorme chaos in haar hoofd was. Maar toen ze de Ringen-bioscoop waren gepasseerd en omhoog liepen in de Thorvald

Meyers gate naar het complex waar zij woonde, viel er een stilte. En eindelijk zei hij het.

'Je lijkt de laatste dagen niet goed in je vel te zitten. Het gaat me natuurlijk niet aan, maar is er iets aan de hand, Dagny?'

Ze wist dat ze daar op had gewacht. Op had gehoopt. Dat iemand iets zou vragen. Dat zij de moed zou hebben. In tegenstelling tot alle andere slachtoffers van verkrachting die er niets over konden zeggen, die uitlegden dat hun zwijgen kwam door schaamte, onmacht en angst niet geloofd te worden, had ze gedacht dat zij niet zo zou reageren. En ze voelde ook dergelijke emoties niet. Dus waarom was ze toch als al die anderen? Was dat omdat ze, nadat ze was thuisgekomen van het kerkhof, twee uur lang onafgebroken had gehuild voordat ze de politie belde? En terwijl ze wachtte om te worden doorgeschakeld naar de afdeling Zedendelicten of waar ze de verkrachting ook gemeld wilden hebben, kon ze het ineens niet meer opbrengen en had ze opgehangen. Daarna was ze op de bank in slaap gevallen en midden in de nacht wakker geworden. Haar eerste gedachte was geweest dat de verkrachting slechts een droom was. En ze had een enorme opluchting gevoeld. Totdat ze zich het weer herinnerde. Maar ze had in een flits ook gezien dat het een nare droom kón zijn. En als ze dat besloot, kon het een droom blijven, gewoon als ze tegen niemand iets zei.

'Dagny?'

Ze haalde bevend adem en kreeg geluid in haar stem. 'Nee, er is niets. Hier woon ik. Bedankt voor het meelopen, Gunnar. We zien elkaar morgen.'

'Ik hoop dat je je dan beter voelt.'

'Bedankt.'

Hij moest hebben gemerkt dat ze zich terugtrok toen hij haar omhelsde, want hij liet haar in elk geval snel los.

Ze liep naar ingang D terwijl ze de sleutel uit haar tas haalde en toen ze weer opkeek zag ze dat er iemand uit de schaduw in het licht van de lamp boven de toegangsdeur stapte. Een man met brede schouders, slank, in een bruine leren jas en met een rode haarband rond zijn zwarte, lange haar. Ze hikte van schrik en bevroor.

‘Wees niet bang, lieve Dagny, ik zal je niets doen.’ Zijn ogen gloeiden als kooltjes in het gerimpelde gezicht. ‘Ik kom hier alleen om op jou en ons kind te passen. Omdat ik me aan mijn belofte houd.’ Zijn stem was zacht, bijna gefluister, maar hij hoefde niet harder te praten want ze kon het horen. ‘Je herinnert je toch mijn belofte nog wel? We zijn verloofd, Dagny. Tot de dood ons scheidt.’

Dagny hapte naar adem, maar het leek of haar ademhalingsorgaan verlamd was.

‘Om dat te verzegelen, Dagny, moeten we de belofte herhalen voor het aanzien van God. Laten we elkaar opnieuw zien op zondagavond in de katholieke kerk in Vika. Om negen uur? Dan hebben we de kerk voor ons alleen. Laat me niet alleen staan voor het altaar.’ Hij lachte even. ‘Tot dan en slaap goed. Alle twee.’

Hij stapte opzij, weer in het donker waardoor het licht van de lamp haar een ogenblik verblindde, en toen ze haar hand boven haar hoofd hield om beter te kunnen kijken, was hij al weg.

Dagny bleef zwijgend staan terwijl warme tranen over haar wangen liepen. Ze keek naar de hand die haar sleutel vasthield tot die stopte met trillen. Toen draaide ze de deur van het slot en ging naar binnen.

HOOFDSTUK 13

Altocumuluswolken hingen als een gehaakt sprei boven de Voksenkerk.

'Gecondoleerd,' zei Mikael Bellman met een intense stem en een goed ingestudeerde gezichtsuitdrukking. De voormalige jonge hoofdcommissaris en nu tamelijk jonge minister van Justitie drukte Harry's hand terwijl hij er zijn linkerhand op legde om hun handdruk te bekrachtigen. Alsof hij wilde aangeven dat hij het echt meende. Of om er zeker van te zijn dat Harry voor het oog van de persfotografen – die geen toestemming hadden om binnen te fotograferen – zijn hand niet zou terugtrekken. Vervolgens kon Bellman een vinkje zetten voor: minister-van-Justitie-neemt-tijd-om-begrafenis-te-bezoeken-van-familie-voormalige-collega waarna hij weer in de gereedstaande zwarte SUV kon stappen. Waarschijnlijk had hij vooraf gecheckt of Hole op de verdachtenlijst stond.

Harry en Oleg gingen door met het drukken van handen en knikken tegen gezichten voor hen, de meeste aanwezigen waren vrienden en collega's van Rakel. En enkele buren. Behalve Oleg had Rakel geen familieleden meer die nog in leven waren, maar toch was de grote kerk halfvol geweest. De begrafenisondernemer had gezegd dat er nog meer mensen zouden zijn gekomen als ze de bijzetting een week hadden uitgesteld. Harry was blij dat Oleg geen extra poespas wenste na de bijzetting. Geen van beiden kenden Rakels collega's goed of had zin met de buren te praten. Wat er gezegd moest worden over Rakel hadden Oleg, Harry en een paar jeugdvriendinnen tijdens hun speeches gedaan en dat was genoeg. Zelfs de dominee had begrepen dat hij zich moest beperken tot enkele psalmen, gebeden en wat er volgens het boekje gezegd diende te worden.

'Verdomme.' Het was Øystein Eikeland, een van de twee jeugdvrienden van Harry. Met ogen nat van de tranen legde hij zijn handen op Harry's schouders en blies een verse alcoholadem in zijn gezicht. Misschien kwam het niet alleen door zijn uiterlijk dat Harry aan Øystein moest denken als mensen grapjes maakten over Keith Richards. 'Voor elke sigaret die jij rookt in je leven, pakt God een uur van jouw tijd af... en geeft het aan Keith Richards.' Harry zag dat zijn kameraad hard nadacht voor hij zijn mond met bruine stompjes opende en met meer intensiteit herhaalde: 'Verdomme.'

'Bedankt,' zei Harry.

'Tresko kon niet komen,' zei Øystein zonder Harry los te laten. 'Dat wil zeggen, hij krijgt immers paniekaanvallen van mensenmenigten van meer dan... nou ja, meer dan twee personen. Maar ik moest je de groeten doen en "verdomme" zeggen.' Øystein kneep een oog dicht tegen de middagzon.

'We komen nog in Schrøder bij elkaar.'

'Gratis bier?'

'Maximaal drie.'

'Oké.'

'Roar Bohr, ik was Rakels baas.' Harry keek in de leigrijze ogen van een man die vijftien centimeter kleiner was dan hij, maar die toch aardig lang leek. Er was iets aan de houding van de man, maar ook iets aan dat archaïsche 'baas' dat Harry deed denken aan een officier uit het leger. De handdruk was stevig en de blik resoluut en direct, maar er was ook iets kwetsbaars, misschien zelfs iets gekwetst. Maar dat kon ook door de situatie komen. 'Rakel was mijn beste medewerker en een fantastisch persoon. Het is een groot verlies voor zowel de NHRI en iedereen die daar met haar werkte als voor mij die zo nauw met haar heeft samengewerkt.'

'Bedankt,' zei Harry en hij geloofde hem. Maar misschien was het alleen die warme hand. De warme hand van iemand die werkte voor een organisatie voor mensenrechten. Harry volgde Roar Bohr met zijn blik toen die naar twee vrouwen liep. Het viel hem op dat Bohr keek hoe hij zijn voeten neerzette. Alsof hij automatisch lette op landmijnen. En het viel hem ook op dat een van de vrouwen hem bekend voorkwam, zelfs al stond ze met de rug naar hem toe. Bohr zei iets, duidelijk zacht, want de vrouw moest zich vooroverbuigen en Bohr legde licht een hand op haar onderrug.

Toen was het condoleren voorbij. De begrafenisauto was al weggereden, sommige mensen waren alweer op weg naar vergaderingen en de sleur van alledag. Harry zag Truls Berntsen alleen naar de bus lopen die hem naar de afdeling Geweld zou brengen. Waarschijnlijk om nog meer patience te spelen. Andere mensen bleven in groepjes voor de kerk staan praten. Hoofdcommissaris Gunnar Hagen en Anders Wyller, de jonge rechercheur van wie Harry de flat huurde, stonden bij Katrine en Bjørn die de baby bij zich hadden. Voor sommige mensen was het misschien troostend om babygehuil te horen tijdens een begrafenis, een herinnering aan het feit dat het leven echt verdergaat. Dat wil zeggen, voor degenen die *wilden* dat het leven verderging. Harry deelde aan de achterblijvers mee dat ze in Schrøder waren uitgenodigd. Søs, Harry's zus, die samen met haar vriend uit Kristiansand was gekomen, omhelsde Harry en Oleg stevig en lang en zei dat ze aan de terugreis moesten beginnen. Harry knikte dat het jammer was, maar dat hij het begreep, maar de waarheid was dat hij opgelucht was. Afgezien van Oleg was Søs de enige die hem in het openbaar in snikken kon laten uitbarsten.

Helga reed met Oleg en Harry mee naar Schrøder. Nina had een lange tafel voor hen gedekt. Er dook een twaalftal mensen op en Harry zat over zijn koffie gebogen en luisterde naar het gepraat van de anderen toen iemand een hand op zijn schouder legde. Het was Bjørn.

'Het is niet gebruikelijk om een cadeau te geven bij een begrafenis.' Hij gaf Harry een plat, vierkant pakket in cadeaupapier. 'Maar dit heeft me in elk geval door zware tijden geholpen.'

'Bedankt, Bjørn.' Harry draaide het pakket om. Het was niet moeilijk te raden wat er in zat. 'Ik wilde je trouwens om een gunst vragen.'

'Ja?'

'Sung-min Larsen heeft me tijdens mijn verhoor niet gevraagd naar de wildcamera. Dat betekent dat jij die niet hebt genoemd toen jij werd ondervraagd.'

'Hij vroeg het niet. En ik dacht dat jij maar moest beslissen of je het relevant vond of niet.'

'Hm, dus dat dacht je?'

'Als je er niet over hebt verteld, dan is het dus niet relevant, denk ik.'

'Je hebt niets gezegd omdat je hebt begrepen dat ik van plan ben achter Finne aan te gaan zonder dat Kripos of anderen zich daarmee bemoeien?'

'Dit heb ik niet gehoord en als dat wel het geval was, dan heb ik niet begrepen waar je het over hebt.'

'Bedankt, Bjørn. En nog iets: wat weet jij over Roar Bohr?'

'Bohr? Alleen dat hij de chef was van Rakel en iets voor mensenrechten doet.'

'Nationaal instituut voor de Rechten van de Mens.'

'Precies. Bohr heeft de meldkamer gebeld dat hij zich zorgen maakte over het feit dat Rakel niet op het werk was verschenen.'

'Hm.' Harry keek naar de deur die openging. En vergat ogenblikkelijk de eventuele andere vragen die hij voor Bjørn had. Zij was het, de vrouw die met haar rug naar hem toe had gestaan en met Bohr had gesproken. Ze bleef staan en keek aarzelend rond. Ze was niet erg veranderd. Het gezicht met de hoge jukbeenderen, haar ravenzwarte en opvallende wenkbrauwen boven die grote, groene, haast kinderlijke ogen, het honingbruine haar, de volle lippen van haar iets te brede mond.

Haar blik vond eindelijk die van Harry en lichtte op.

'Kaja!' hoorde hij Gunnar Hagen uitroepen. 'Kom hier zitten.'

De hoofdcommissaris schoof een stoel bij.

De vrouw bij de deur glimlachte naar Hagen en wees dat ze eerst Harry wilde begroeten.

De huid van haar hand was nog net zo zacht als hij zich die herinnerde.

'Gecondoleerd, ik voel met je mee, Harry.'

De stem ook.

'Bedankt. Dit zijn Oleg en zijn vriendin Helga. Dit is Kaja Solness, een oude collega.'

Handdrukken werden uitgewisseld.

'Dus je bent terug,' zei Harry.

'Voor zolang als het duurt.'

'Hm.' Hij wilde meer zeggen, maar kon op niets komen.

Ze legde een vederlichte hand op zijn arm. 'Zorg voor jouw mensen, dan ga ik met Gunnar en de anderen praten.'

Harry knikte en keek hoe ze op haar lange benen soepel tussen de stoelen bewoog naar het andere eind van de tafel.

Oleg leunde naar hem toe. 'Wie is ze? Behalve een collega?'

'Lang verhaal.'

'Ik zag het. En de korte versie is?'

Harry nam een slok van zijn koffie. 'Dat ik haar ooit heb laten gaan voor je moeder.'

Het was drie uur en Øystein stond als een van de laatste gasten op, citeerde ten afscheid Bob Dylan verkeerd en vertrok.

De ene van de twee overgeblevene zette haar stoel naast die van Harry.

'Je gaat vandaag niet meer aan het werk?' vroeg Kaja.

'En morgen ook niet. Tot nader order geschorst. En jij?'

'Ik sta stand-by voor het Rode Kruis. Dat wil zeggen dat ik salaris incasseer, maar dat ik nu thuis ben en wacht tot ergens op de wereld een ramp gebeurt.'

'En dat gaat gebeuren?'

'Dat gebeurt. Zo bekeken is het net als werken op de afdeling Geweld, je wacht en hoopt half dat er iets verschrikkelijks zal gebeuren.'

'Hm, Rode Kruis. Is nogal een overgang na de afdeling Geweld.'

'Ja en nee. Ik ben verantwoordelijk voor de veiligheid. Laatste opdracht was twee jaar in Afghanistan.'

'En daarvoor?'

'Ook twee jaar in Afghanistan.' Ze lachte en de twee kleine, spitse voortanden die haar gezicht precies zo imperfect maakten dat het interessant was, werden zichtbaar.

'Wat is er zo goed aan Afghanistan?'

Ze haalde haar schouders op. 'Om te beginnen dat de problemen daar zo groot zijn dat jouw privékwesties klein worden. En dat je echt nodig bent. En dan ga je van de mensen houden die je tegenkomt en met wie je werkt.'

'Zoals Roar Bohr?'

'Ja, vertelde hij dat hij in Afghanistan was?'

'Nee, maar hij ziet eruit als een soldaat die niet op landmijnen wil stappen. Zat hij bij de Special Forces?'

Kaja keek hem nadenkend aan. Haar pupillen waren groot in de groene irissen. Ze leken zich aan te passen aan het licht in Schrøder.

'Geheimhouding?' vroeg Harry.

Ze haalde haar schouders weer op. 'Bohr was opperbevelhebber binnen de speciale commando's, ja. Hij was een van de personen die van ISAF een lijst met gezochte talibanstrijders hadden meekregen naar Kabul.'

'Hm, een generaal achter het bureau of heeft hij ook persoonlijk jihadisten neergeschoten?'

'We hadden gezamenlijke vergaderingen op de Noorse ambassade, maar ik heb nooit details gehoord. Ik weet alleen dat zowel Roar als zijn zus in Vest-Agder de plaatselijke kampioenen waren van de schuttersvereniging.'

'En was hij klaar met de lijst?'

'Dat neem ik aan. Jullie lijken behoorlijk op elkaar, Roar en jij, jullie geven niet op voordat jullie missie geslaagd is.'

'Als Bohr zo goed was in zijn werk, waarom is hij daar dan mee gestopt en is hij zich gaan bezighouden met de mensenrechten?'

Ze trok een wenkbrauw op en leek zich af te vragen waarom hij zo geïnteresseerd was in Bohr. Maar kennelijk concludeerde ze dat hij er behoefte aan had over iets anders te praten, wat dan ook, als het maar niet over hemzelf, Rakel, de situatie of het hier en nu ging.

'ISAF werd vervangen door Resolute Support en toen veranderde de taak van vrede bewaren in een operatie waarbij er niet gevochten werd. Er mocht niet meer worden geschoten. Bovendien wilde zijn vrouw dat hij thuis was. Ze trok het niet meer om de hele tijd alleen thuis te zijn met twee kinderen. Een Noorse officier met ambities om generaal te worden dient in de praktijk minstens een periode in

Afghanistan te hebben gezeten, dus toen Roar afscheid nam wist hij dat hij afzag van een positie aan de top. En dat betekende dat hij niet zoveel zin meer had in het leger. Bovendien worden mensen met zijn leiderscapaciteiten veel gevraagd in andere branches.'

'Maar van mensen doodschieten naar de mensenrechten?'

'Waar vocht hij voor in Afghanistan, denk je?'

'Hm, een idealist en een familieman dus.'

'Roar is een mens die gelooft in dingen. En die bereid is offers te brengen voor de mensen van wie hij houdt. Net als jij deed.' Ze grijnsde. Een gekwetst lachje. Ze knoopte haar jas dicht. 'Daar kun je respect voor hebben, Harry.'

'Hm, je denkt dat ik toen iets heb opgeofferd?'

'We denken dat we rationeel zijn, maar we luisteren naar het dictaat van ons hart, is het niet?' Ze stak haar hand in haar tas en viste er een visitekaartje uit dat ze voor hem op tafel legde. 'Ik woon waar ik toen woonde. Mocht je iemand nodig hebben om mee te praten, ik weet het een en ander over verlies en gemis.'

De zon was achter de berg gezakt en kleurde de hemel oranje toen Harry de deur van de villa van het slot draaide. Oleg was onderweg naar Lakselv en had Harry de sleutels gegeven zodat hij de taxateur komende week binnen kon laten. Harry had Oleg gevraagd goed na te denken of hij echt het huis wilde verkopen, of hij daar na zijn praktijkjaar niet weer wilde gaan wonen. Een woning voor hem en Helga misschien. Oleg had beloofd dat hij er goed over na zou denken, maar hij klonk alsof hij al een besluit had genomen.

De technische recherche was klaar en had opgeruimd. Dat wil zeggen: de bloedplas was weg, maar niet de klassieke krijttekening die de contouren aangaf hoe ze had gelegen. Harry bedacht hoe de makelaar ongemakkelijk en met vertwijfelde tact zou voorstellen dat de krijttekening voor de bezichtigingen moest worden verwijderd.

Harry ging bij het keukenraam staan en zag de lucht bleker worden, de gloed verdwijnen. De duisternis nam het over. Hij was achtentwintig uur nuchter en Rakel was minstens honderdveertien uur dood.

Hij liep door de keuken, ging bij de tekening staan. Knielde, ging met zijn vinger over de ruwe houten vloer. Ging op de grond liggen, kroop in de tekening, vouwde zich op in de foetushouding, trachtte tussen de lijnen te passen. En toen, eindelijk, kwam het huilen. Als het huilen was want er waren geen tranen, alleen maar hees geschreeuw dat begon in zijn borst, groter werd en zich door de te nauwe hals moest persen voordat het eindelijk de ruimte vulde. Het klonk als een man die vocht om niet dood te gaan. Toen hij klaar was met schreeuwen, draaide hij zich op zijn rug om adem te halen. En toen kwamen ook de tranen. En door de tranen, omfloerst als in een droom, zag hij de kroonluchter recht boven zich. En de kristallen figuurtjes vormden samen een S.

HOOFDSTUK 14

De vogels in de Lyder Sagens gate zongen van geluk.

Misschien omdat het negen uur in de ochtend was en er nog niets was gebeurd wat de dag kapot kon maken. Misschien omdat de zon scheen en het de perfecte start was van een weekend met goed weer. Of misschien was het omdat de vogels in Lyder Sagens gelukkiger waren dan in de rest van de wereld. Want zelfs in een land dat volgens de statistieken met behoorlijke afstand tot de gelukkigste ter wereld kon worden gerekend, behoorde deze niet al te opvallende straat die vernoemd was naar een pedagoog uit Bergen tot de absolute gelukstop. Vierhonderdzeventig meter geluk, niet alleen bevrijd van economische beslommeringen, maar ook van de overdreven jacht op materiële zaken. Robuuste, niet excessieve villa's en grote, maar niet overdreven keurige tuinen waarin het speelgoed van de kinderen nonchalant verspreid lag zodat niemand eraan hoefde te twijfelen wat de prioriteiten waren in deze gezinnen. Artistiek, maar wel een nieuwe Audi, alhoewel niet al te opvallend, in een garage die volstond met oude, zware en heerlijk onpraktische tuinmeubelen van gebeitst hout. De Lyder Sagens gate was waarschijnlijk een van de duurste straten in het land en waar het ideaal was een kunstenaar te zijn die het huis van zijn oma had geërfd. In elk geval stonden de bewoners over het algemeen bekend als goede sociaaldemocraten met geloof in economische welvaart en met oog voor het milieu. Ze hadden normen zo solide als de overgedimensioneerde houten balken die her en der uit de villa's staken.

Harry duwde het hek open en het gepiep klonk naar een echo uit het verleden. Alles was nog als voorheen. Het gekraak van de trap naar de voordeur. De bel zonder naamplaatje. De herenschoenen, maat 48, die Kaja Solness had neergezet om inbrekers en andere nietgenodigden af te schrikken.

Kaja deed open en veegde een zongebleekte haarpluk uit haar gezicht.

Zelfs het veel te grote wollen vest en de over elkaar geslagen armen en de sloffen met gaten waren nog dezelfde.

'Harry,' constateerde ze.

'Je woont op loopafstand van mijn flat, dus ik dacht ik loop even langs in plaats van te bellen.'

'Wat?' Ze hield haar hoofd scheef.

'Dat zei ik de eerste keer toen ik hier aanbelde.'

'Hoe herinner je je dat nog?'

Omdat het woorden waren waarover ik toen heel lang had nagedacht, dacht Harry en hij glimlachte: 'Zoiets blijft bij mij plakken. Mag ik binnenkomen?'

Hij zag een korte aarzeling in haar blik en hij besefte dat hij zich niet eens had afgevraagd of ze misschien iemand had. Een partner, een minnaar. Of een andere reden om hem op de drempel te laten staan.

'Als ik tenminste niet stoor?'

'Eh, nee hoor, het... komt alleen een beetje snel.'

'Ik kan later terugkomen.'

'Nee, nee, mijn god, ik zei toch dat je langs kon komen.' Ze deed de deur helemaal open en stapte opzij.

Kaja zette voor Harry en zichzelf een kop dampende thee op de tafel voor de bank en trok haar lange benen onder zich. Harry liet zijn blik vallen op een opengeslagen boek dat met de rug naar boven lag. Charlotte Brontës *Jane Eyre*. Hij herinnerde zich iets over een jonge vrouw die verliefd wordt op een barse, eenzelvige man die gescheiden is, maar later blijkt dat zijn vrouw nog steeds op het landgoed woont in een afgesloten kamer.

'Ze geven geen toestemming dat ik de moord onderzoek,' zei hij. 'Zelfs nu ik van de verdachtenlijst ben geschrapt.'

'Dat is in dergelijke gevallen toch de normale procedure?'

'Ik weet niet of er procedures bestaan voor moordonderzoekers met vermoorde echtgenotes. En ik weet wie het heeft gedaan.'

'Dat weet je?'

'Ik ben er zeker van.'

'Bewijzen?'

'Onderbuikgevoel.'

'Ik heb, net als iedereen die met jou heeft gewerkt, enorm respect voor jouw onderbuikgevoel, Harry, maar weet je zeker dat je daarop kunt vertrouwen als het je eigen vrouw betreft?'

'Het is niet alleen mijn onderbuik, ik heb alle andere mogelijkheden uitgesloten.'

'Alle?' Kaja hield haar handen rond de kop thee zonder ervan te drinken alsof ze alleen maar thee had gezet om haar handen te warmen. 'Ik meen me te herinneren dat ik een mentor had die Harry heette en die me vertelde dat er altijd andere mogelijkheden zijn, dat conclusies gebaseerd op deductie een onverdiend goede naam hebben.'

'Rakel had geen vijanden behalve deze ene. En hij is ook niet haar vijand, maar de mijne. Hij heet Svein Finne, ook wel "de Verloofde" genoemd.'

'Wie is dat?'

'Een verkrachter en een moordenaar. Hij wordt "de Verloofde" genoemd omdat hij zijn slachtoffers zwanger maakt en hen vermoordt als ze zijn nakomeling niet dragen. Ik was nog een jonge moordrechercheur en heb dag en nacht gewerkt om hem te pakken. Hij was mijn eerste. En ik lachte van blijdschap toen ik bij hem de handboeien omdeed.'

Harry keek naar zijn handen. 'Waarschijnlijk was dat de laatste keer dat ik zo blij was iemand te arresteren.'

'O? Waarom?'

Harry's blik ging over het indrukwekkende oude behang met bloemenmotief.

'Er zijn vast meerdere redenen en mijn zelfinzicht is begrensd. Maar een reden is wel dat zodra Finne weer op vrije voeten was, hij een meisje van negentien jaar heeft verkracht en haar heeft gedreigd te doden als ze abortus zou plegen. Dat deed ze toch. Een week later vonden ze haar in Linnerud, liggend op haar buik in de bosjes. Er was overal bloed en ze wisten zeker dat ze dood was. Maar toen ze haar omdraaiden hoorden ze een geluid, het leek op een babystemmetje dat 'mama' zei. Ze brachten haar naar het ziekenhuis en ze overleefde het. Maar het bleek dat die babystem niet van het meisje kwam. Finne had haar buik opengesneden en daarin een speelgoedpop met batterij gestopt die kon praten en de buik daarna weer dichtgenaaid.'

Kaja hapte naar adem. 'Sorry,' zei ze. 'Ik ben een beetje uit training.'

Harry knikte. 'Dus ik heb hem opnieuw gevangen met behulp van een lokvogel. Ik betrapte hem op heterdaad met zijn broek op zijn hielen. Daar is een foto van. Fel flitslicht, beetje overbelicht. Naast de vernedering heb ik er persoonlijk voor gezorgd dat Svein "de Verloofde" Finne twintig van zijn zeventig jaar achter slot en grendel heeft doorgebracht. Onder andere voor een moord die hij volgens hem niet heeft gepleegd. Dus daar heb je het motief, daar heb je het onderbuikgevoel. Kunnen we naar het terras gaan om te roken?'

Ze haalden hun jassen op en gingen op het grote, overkapte terras zitten dat uitkeek op de kale tuin met de kale appelbomen. Harry keek naar de ramen op de eerste verdieping van het huis tegenover hen. Er brandde geen licht.

'Jouw buurman,' zei Harry. 'Past die niet meer op je?'

'Greger is een paar jaar geleden negentig geworden, maar hij is vorig jaar overleden,' verzuchtte Kaja.

'Dus nu moet je op jezelf passen?'

Ze haalde haar schouders op. Er zat een ritme in die beweging, als in een dans. 'Ik heb het gevoel dat er altijd een beetje op me gelet wordt.'

'Ben je religieus geworden?'

'Nee. Mag ik een sigaret van je?'

Harry keek haar aan. Ze zat op haar handen. Dat was haar gewoonte als ze het koud had, wist hij nog.

'Weet je nog dat we hier zaten en precies hetzelfde deden? Hoeveel jaar is dat geleden? Zeven, acht jaar?'

'Ja,' zei ze. 'Dat weet ik nog.' Ze maakte een hand vrij. Hield de sigaret op precies dezelfde klunzige manier vast als vroeger terwijl Harry die aanstak. Ze inhaleerde en blies grijze rook uit. Harry proefde de zoete nasmaak van de herinnering. Ze hadden gesproken over roken in de film *Now, Voyager*, over materialistisch monisme, vrije wil, John Fante en het genoegen om kleine dingetjes te stelen. Toen, als straf voor deze pijnvrije seconden, werd haar naam genoemd en het mes rondgedraaid.

'Je klinkt zo overtuigd van jezelf als je zegt dat Rakel geen andere vijanden had dan die Finne, Harry. Maar waarom denk je alle details te kennen van haar leven? Mensen kunnen samenwonen, het bed delen, alles delen, maar dat betekent niet dat ze elkaars geheimen delen.'

Harry schraapte zijn keel. 'Ik kende haar, Kaja. Zij kende mij. We kenden elkaar. We hadden geen gehei...' Hij hoorde de trilling in zijn stem en stopte.

'Het is goed, Harry, maar ik weet niet wat jij van me verlangt. Troost of vakkennis.'

'Vakkennis.'

'Goed.' Kaja legde de sigaret op de rand van de houten tafel. 'Dan geef ik je een andere mogelijkheid, alleen als voorbeeld. Rakel kan een verhouding hebben gehad met een andere man. Voor jou is dat misschien moeilijk voor te stellen dat ze jou voor de gek heeft gehouden, maar geloof me, vrouwen kunnen zoiets beter geheimhouden dan mannen, vooral als ze vinden dat ze een goede reden hebben. Of beter geformuleerd: mannen zijn slechter in het ontdekken van bedrog dan vrouwen.'

Harry sloot zijn ogen. 'Dat klinkt als een grove...'

'... generalisering. Ik heb er nog eentje. Vrouwen zijn om andere redenen ontrouw dan mannen. Misschien wist Rakel dat ze weg moest bij je, maar ze had een katalysator nodig, een springplank. Een toevallig slippertje. En toen die verhouding zijn taak had volbracht en zij vrij was van je, zette ze die man ook aan de kant. En hopla, daar heb je een zwaar verliefde, gekrenkte man met een moordmotief.'

'Oké,' zei Harry. 'Maar geloof je het zelf?'

'Nee, maar het blijkt dat er andere mogelijkheden kúnnen zijn. En ik geloof in elk geval niet in het motief dat je Finne toedicht.'

'O nee?'

'Dat hij Rakel heeft vermoord omdat jij als politieman slechts je werk hebt gedaan? Dat hij je haat, dat hij je bedreigt, kan allemaal zo zijn. Maar kerels als Finne worden gedreven door seksuele driften, niet door wraakzucht. Niet meer dan andere criminelen in elk geval. En ik heb me nooit bedreigd gevoeld door lui die ik in de bak heb gesmeten, hoe groot hun mond ook was. Er zit veel tussen het uitspreken van wat goedkope dreigementen en het risico nemen van het plegen van een moord. Ik denk dat Finne een veel sterker motief nodig heeft om twaalf jaar gevangenschap, misschien zijn laatste jaren, te riskeren.'

Harry trok hard en kwaad aan zijn sigaret. Kwaad omdat alles in hem streed tegen wat zij zei. Kwaad omdat hij wist dat ze gelijk had. 'En wat voor wraakmotief is volgens jou sterk genoeg?'

Opnieuw dat dansende, haast kinderlijke schouderophalen. 'Ik weet het niet. Iets persoonlijks. Iets wat harmonieert met wat hij jou heeft aangedaan.'

'Het gaat toch om wat ik met hem heb gedaan. Ik heb hem zijn vrijheid ontnomen, het leven waarvan hij hield. Dus nu heeft hij degene van mij afgepakt van wie ik het meeste hield.'

'Rakel.' Kaja stak haar onderlip naar voren en knikte. 'Om jou verder te laten leven met die pijn.'

'Precies.' Harry zag dat alleen het filter nog over was van zijn sigaret. 'Jij begrijpt dingen, Kaja. En daar ben ik eigenlijk om gekomen.'

'Wat bedoel je?'

'Je hoort toch dat ik niet functioneer.' Harry probeerde te lachen. 'Ik ben mijn eigen slechte voorbeeld geworden van een rechercheur die gestuurd wordt door zijn emoties. Die start met de conclusie en dan naar vragen zoekt in de hoop dat de antwoorden de conclusie bevestigen. Daarom heb ik je nodig, Kaja.'

'Ik volg je niet.'

'Ik ben geschorst en ik mag niet met iemand anders op de afdeling samenwerken. Als rechercheur hebben we toch iemand nodig om mee te sparren. Tegengas te krijgen. Nieuwe ideeën. En jij bent een voormalige moordonderzoeker en je hebt nu niks om je dagen mee te vullen.'

'Nee, nee, Harry.'

'Luister naar me, Kaja.' Harry leunde voorover. 'Ik weet dat je me niets verschuldigd bent, ik weet dat ik je toen heb verlaten. Dat mijn hart was gebroken, is een verklaring, maar dat was geen excuus om dat van jou te breken. Ik wist wat ik deed en ik zou hetzelfde nogmaals doen. Omdat ik dat moest, omdat ik van Rakel hield. Ik weet dat het veel is gevraagd, maar ik vraag het je toch. Ik ben bezig gek te worden, Kaja. Ik moet iets doen en het enige wat ik kan doen is de moord onderzoeken. En drinken. Ik kan me dooddrinken als ik moet.'

Harry zag dat Kaja schrok.

'Ik zeg maar precies hoe het zit,' zei Harry. 'Je hoeft geen antwoord te geven, het enige wat ik van je vraag, is dat je erover nadenkt. Je hebt mijn nummer. En nu zal ik je met rust laten.'

Harry stond op, trok zijn laarzen aan en liep het hek uit. Naar de Suhms gate, naar Norabakken langs de Fagerborg-kerk. Zag kans om twee cafés met de gebruikelijke clientèle rond de bar te negeren. Hij zag de ingang van het Bislett-stadion dat ooit ook een vaste clientèle had, maar nu deed denken aan een gevangenis. Hij keek op naar de wolkeloze hemel boven zich, meende een ogenblik een S te zien in de trillende lucht toen hij de straat overstak. En toen de remmen van de trams schreeuwden, klonken die als een echo van zijn eigen schreeuw terwijl hij opstond van een vloer en zijn ene laars uitgleed in het bloed.

Truls Berntsen zat voor zijn computerscherm en keek naar de derde aflevering van het eerste seizoen van *The Shield*. Hij had de serie al twee keer gezien en was weer opnieuw begonnen. Want met televisieseries was het als pornofilms: de oude, de originele waren en bleven de beste. Bovendien was Truls Vic Mackey. Oké, niet helemaal, maar Vic was in elk geval iemand die Truls graag wilde zijn: door en door corrupt, maar met een ethische code die maakte dat het goed was. Dat maakt het zo cool, dat je zó slecht kon zijn terwijl het uiteindelijk een kwestie was van hoe je ernaar keek. Vanuit welk perspectief. De nazi's en communisten hadden immers ook oorlogsfilms gemaakt en het volk opgeroepen om hun zwijnen toe te juichen. Niets was helemaal de waarheid en niets was helemaal een leugen. Gezichtspunt, dat was alles. Gezichtspunt.

De telefoon ging. En dat was verontrustend.

Hagen had de regel ingesteld dat er ook in het weekend iemand aanwezig diende te zijn op de afdeling Geweld. Weliswaar hoefde je maar één dienst te draaien, maar Truls vond het best, hij nam zelfs diensten over van anderen. Ten eerste omdat hij toch niets anders te doen had, ten tweede had hij zowel het geld als de vrije dagen nodig na zijn trip naar Pattaya in de herfst. En ten derde was er absoluut niets te doen aangezien de meldkamer de telefoon opnam. Ja, hij betwijfelde zelfs of ze daar wel wisten dat de afdeling Geweld ook weekenddiensten draaide. En hij was niet van plan hun dat te gaan vertellen.

Daarom was dit telefoontje verontrustend omdat op de display te lezen was dat het inderdaad van de meldkamer kwam.

Nadat de telefoon vijf keer was overgegaan vloekte Truls zacht, zette het geluid van *The Shield* zachter en nam de hoorn op.

'Ja?' zei hij en het lukte hem om dat ene, positieve woord te laten klinken als een totale afwijzing.

'Meldkamer. We hebben hier een dame die assistentie nodig heeft. Ze wil graag foto's zien van gewelddadige mannen in verband met een verkrachting.'

'Dat is voor de afdeling Zeden.'

'Jullie hebben dezelfde foto's en zij hebben geen weekenddienst.'

'Dan kan ze beter maandag terugkomen.'

'Het is beter dat ze naar de foto's kijkt terwijl ze zich het gezicht nog goed herinnert. Werken jullie in het weekend of niet?'

'Goed,' gromde Truls Berntsen. 'Breng haar maar naar boven.'

'We hebben het hier vrij druk, dus kun je haar niet even komen halen?'

'Hier ook druk.' Truls wachtte, maar kreeg geen antwoord. 'Oké, ik kom,' zei hij zuchtend.

'Mooi, en nog iets anders: we noemen het al een poos de afdeling Zedendelicten.'

'*Fuck you too*,' mompelde Truls zo zacht dat het nauwelijks te verstaan was, hij hing op en klikte op pauze zodat *The Shield* bevroor voor een van de favoriete scènes van Truls Berntsen: waar Vic zijn politiecollega liquideert met een kogel recht onder het linkeroog.

'Dus dit was geen verkrachting waarvan jij het slachtoffer was, maar een verkrachting die je denkt te hebben gezien?' vroeg Truls Berntsen en hij trok een extra stoel bij zijn bureau. 'Weet je zeker dat het een verkrachting was?'

'Nee,' zei de vrouw die zich had voorgesteld als Dagny Jensen. 'Maar als ik de verkrachter uit jullie archieffoto's herken, dan weet ik het zeker.'

Truls krabde zich op zijn vooruitgestoken monster-van-Frankenstein-voorhoofd. 'Maar je wilt dus geen aangifte doen voordat je de dader hebt herkend?'

'Dat is correct.'

'Dat is niet hoe we het gewoonlijk doen,' zei Truls. 'Maar laten we het zo doen: ik kan een slideshow van tien minuten op het scherm laten zien en als jij die vent herkent dan doe jij de rest. De aangifte en de verklaring bij de meldkamer. Ik zit hier alleen en ik kom om in het werk, snap je. Deal?'

'Ja, goed.'

'Dan beginnen we. De geschatte leeftijd van de verkrachter?'

Al na drie minuten wees Dagny Jensen naar een foto op het scherm.

'Wie is dat?' Hij merkte dat ze moest vechten om haar stem onder controle te houden.

'Dat is Svein Finne *himself*,' zei Truls. 'Heb je hem gezien?'

'Wat heeft hij gedaan?'

'Wat heeft hij niet gedaan? Laten we eens even kijken.' Truls' vingers gingen over het toetsenbord, drukten op enter en een gedetailleerd strafblad kwam tevoorschijn.

Hij zag Dagny Jensens blik over het scherm jagen en aan de stijgende verbijstering op haar gezicht was duidelijk af te lezen dat ze uit de droge politietaal een goed beeld kreeg van het monster.

'Hij heeft gemoord,' fluisterde ze. 'Vrouwen heeft hij zwanger gemaakt.'

'Lichamelijke verminking en moord,' corrigeerde Truls haar. 'Zijn straf zit erop, maar als er iemand is tegen wie we graag een aangifte hebben, is het Finne wel.'

'Zijn jullie... heel zeker dat het jullie lukt hem te pakken?'

'O, we krijgen hem vast te pakken als we hem zoeken,' zei Truls. 'Iets heel anders is of we hem veroordeeld krijgen op basis van een vermeende verkrachting. In dergelijke zaken is het vaak een kwestie van zijn woord tegen dat van het slachtoffer en dan moeten we hem weer laten gaan. Maar het is duidelijk, met een getuige als jij wordt het twee tegen één. Hopelijk.'

Dagny Jensen slikte een paar keer.

Truls gaapte en keek naar de klok. 'Nu je de foto hebt gezien, kun je naar de meldkamer gaan en daar aan de papierwinkel beginnen, toch?'

'Ja,' zei de vrouw starend naar het scherm. 'Ja, uiteraard.'

HOOFDSTUK 15

Harry zat op de bank voor zich uit te staren. Hij had het licht niet aangedaan en de invallende duisternis had langzaam de contouren en kleuren uitgewist en lag als een verkoelende doek op zijn voorhoofd. Hij wenste dat hij ook uitgewist kon worden. Als je erover nadacht hoefde het leven niet zo gecompliceerd te zijn, het kon worden gecomprimeerd door de binaire vraag van The Clash: 'Should I stay or should I go?' Drinken of niet drinken? Hij wilde verdrinken. Verdwijnen, maar hij kon het niet, niet nu. Harry pakte het cadeau uit dat hij van Bjørn had gekregen. Zoals hij al had verwacht was het een lp. *Road to Ruin.* Een van de drie albums waarvan Øystein altijd hardnekkig beweerde dat die de enige goede waren die de Ramones hadden geproduceerd (en dan zei hij ook altijd dat Lou Reed de muziek van de Ramones als 'shit' had betiteld). Bjørn had het ene album gekocht dat Harry nog niet had. In de kast achter hem, tussen de debuutalbums van The Rainmakers en Rank and File, stonden zowel *Ramones* als zijn favoriet *Rocket to Russia.*

Harry pakte de zwarte zon van vinyl uit de hoes en legde *Road to Ruin* op de platenspeler.

Hij zag de titel van een nummer dat hij kende en zette de naald bij de start van 'I Wanna Be Sedated'.

De gitaarriffs vulden de ruimte. Het klonk meer geproduceerd en mainstream dan het debuutalbum. Hij hield van een minimalistische gitaarsolo, maar was niet overtuigd van de modulatie daarna, die lag verdacht dicht bij de Status Quo-boogie op z'n idiootst. Maar het werd gespeeld met flink wat zelfvertrouwen. Harry hield ervan. Net als zijn favoriete nummer, 'Rockaway Beach', waar ze net zo zelfverzekerd speelden als autodieven die door de hoofdstraat zoefden met de ramen naar beneden.

Terwijl Harry zat te dubben of hij 'I Wanna Be Sedated' mooi vond of niet en of hij naar een café zou gaan of niet, werd de kamer verlicht door zijn telefoon op de salontafel. Hij tuurde op de display en zuchtte. Zou hij opnemen of niet?

'Hoi Alexandra.'

'Hoi Harry. Ik probeer je al een tijd te pakken te krijgen. Je hebt het bericht op je voicemail veranderd.'

'Is dat zo?'

'"Praat tegen me als je moet",' zei ze kermend. 'Niet eens je naam, slechts zes woorden die klinken als een waarschuwing en dan een piep?'

'Kennelijk werkt het wel.'

'Het punt is, meneer Hole, dat ik je meerdere keren heb gebeld.'

'Ik heb het gezien, maar ik was niet… in de stemming.'

'Ik heb het gehoord.' Ze zuchtte diep en haar stem klonk plotseling gekweld en meevoelend. 'Het is toch verschrikkelijk.'

'Ja.'

Er viel een stilte als een stom intermezzo die de overgang markeerde tussen twee aktes. Want toen Alexandra weer sprak, was dat niet met haar diepe, verleidelijke stem of met de gekwelde, meevoelende. Het was de professionele stem.

'Ik heb iets gevonden wat je zal interesseren.'

Harry zuchtte en wreef met zijn hand over zijn gezicht. 'Oké, ik ben een en al oor.'

Het was zo lang geleden dat hij zich de eerste keer tot Alexandra had gewend dat hij niet meer had gedacht dat hij daar van haar nog iets over zou horen. Meer dan een halfjaar geleden was hij naar de afdeling voor forensisch onderzoek van het Rikshospital gegaan. Daar werd hij ontvangen door een jonge vrouw die net uit het laboratorium kwam gelopen. Een hard, pokdalig gezicht met felle ogen en een bijna onmerkbaar accent. Ze had hem ontvangen in haar kantoor, haar witte laboratoriumjas opgehangen terwijl Harry had gevraagd of ze hem, min of meer off the record, kon helpen met het checken van

DNA uit Svein Finnes zaken met die van oude, verjaarde moorden en verkrachtingen.

'Dus, Harry Hole, jij wilt dat ik je stiekem vooraan in de rij zet?'

Nadat het Storting in 2014 de verjaringstermijn voor moord en verkrachting had opgeheven was er uiteraard een golf van aanvragen gekomen voor het gebruik van de nieuwe DNA-technologie in verjaarde zaken en daarmee was de wachttijd enorm opgelopen.

Harry had nagedacht over extra uitleg, maar hij zag aan haar directe blik dat dat niet nodig was. 'Ja.'

'Interessant. In ruil voor wat?'

'Ruil? Tja, wat wil je hebben?'

'Een pilsje van Harry Hole is een goede start.'

Onder haar laboratoriumjas droeg Alexandra Sturdza zwarte, nauwsluitende kleding die haar gespierde lichaam accentueerde. De lijnen van haar lijf deden Harry denken aan een katachtige of een sportauto. Maar hij was eigenlijk nooit geïnteresseerd geweest in sportwagens en was meer een hondenmens.

'Als dat is wat jij nodig hebt, dan trakteer ik je op een pilsje. Maar ik drink niet en ik ben getrouwd.'

'We zullen zien,' had ze lachend en met hese stem gezegd. Ze zag er doorleefd uit, maar het was moeilijk te bepalen hoe oud ze was. Dat kon alles zijn tussen de twintig en tien jaar jonger dan hij. Ze had haar hoofd schuin gehouden en naar hem gekeken. 'Kom morgen om acht uur naar Revolver, dan kijken we wat ik voor je heb. Oké?'

Ze had niet veel gehad. Toen niet en later ook niet. Slechts genoeg om zichzelf uit te nodigen voor een pilsje zo nu en dan. Maar hij had de professionele afstand bewaard en ervoor gezorgd dat de ontmoetingen kort en zakelijk waren. Tot Rakel hem eruit had gegooid en de dam was gebroken en alles had meegezogen in de vloedgolf, inclusief zijn principes over professionele afstand.

Harry zag dat de muren nog iets grijzer werden.

'Ik heb geen directe match in een zaak,' begon Alexandra.

Harry gaapte, het was weer het oude liedje.

'Maar ik bedacht dat ik Svein Finnes DNA kon vergelijken met al het andere materiaal in de database. En toen kreeg ik een gedeeltelijke match met een moordenaar.'

'Wat betekent dat?'

'Dat betekent dat Svein Finne in elk geval de vader is van een moordenaar.'

'Wel verdomme.' Er begon iets te dagen bij Harry. Een voorgevoel. 'Hoe heet die moordenaar?'

'Valentin Gjertsen.'

Er liepen koude rillingen over Harry's rug. Valentin Gjertsen. Niet dat Harry geloofde dat afstamming meer bepaalt dan milieu, maar er zat een zekere logica in dat Svein Finnes zaad, zijn genen, invloed hadden gehad in het scheppen van een van de ergste moordenaars in de Noorse misdaadgeschiedenis.

'Je klinkt minder verrast dan ik had gedacht,' zei Alexandra.

'Ik ben minder verrast dan ik had gedacht,' antwoordde Harry en hij wreef in zijn nek.

'Heb je hier iets aan?'

'Ja,' zei Harry. 'Ja, hier kan ik iets mee. Bedankt, Alexandra.

'Wat ga je nu doen?'

'Hm, goede vraag.'

'Kom hierheen en bedank me *in persona*.'

'Ik ben zoals gezegd niet in de stemming voor...'

'We hoeven niets te doen. Misschien hebben we beiden behoefte om tegen iemand aan te liggen. Weet je nog waar ik woon?'

Harry sloot zijn ogen. Er waren wat bedden, poorten en appartementencomplexen geweest sinds de dam was doorgebroken, maar de alcohol had een mist gelegd over de gezichten, namen en adressen. Bovendien verdrong de gedachte aan Valentin Gjertsen nu al het andere wat hij zich eventueel herinnerde.

'Wel verdomme, Harry. Je was dronken, maar kun je in elk geval niet doen alsof je het nog weet?'

'Grünnerløkka,' zei Harry. 'Seilduksgate.'

'Grote jongen. Over een uur?'

Toen Harry de verbinding had verbroken en hij Kaja Solness belde, schoot hem iets te binnen. Dat hij zich Seilduksgate wist te herinneren, hoe dronken hij ook was geweest, en dat hij altijd herinneringen had, dat het nooit helemaal zwart was geweest. Misschien kwam het door de langetermijneffecten dat hij zich niets kon herinneren van die avond in de Jealousy Bar, misschien was er iets wat hij zich niet wílde herinneren.

'Hoi, dit is de voicemail van Kaja.'

'Ik heb het motief waarom jij vroeg,' zei Harry na de pieptoon. 'Het heet Valentin Gjertsen en dat blijkt de zoon te zijn van Svein Finne. Valentin Gjertsen is dood. Hij werd vermoord. Door mij.'

HOOFDSTUK 16

Alexandra Sturdza stootte een langgerekte kreun uit terwijl ze haar armen boven haar hoofd strekte, waardoor haar vingers en tenen de messing spijlen van haar bed raakten. Toen draaide ze zich op haar zij, stopte het dekbed tussen haar dijen en legde een van de grote, witte kussens onder haar hoofd. Ze grijnsde, waardoor haar donkere ogen bijna in het harde gezicht verdwenen.

'Zo gezellig dat je bent gekomen,' zei ze en ze legde een hand op Harry's borst.

'Hm.' Harry lag op zijn rug en staarde naar het felle licht van de plafonnière. Ze had een lange zijden ochtendjas aan gehad toen ze opendeed, had zijn hand gepakt en hem linea recta naar de slaapkamer meegenomen.

'Heb je een slecht geweten?' vroeg ze.

'Altijd,' zei Harry.

'Dat je hier bent, bedoel ik.'

'Niet speciaal, dit kan op de lijst van bewijzen.'

'Bewijzen waarvan?'

'Dat ik een slechte man ben.'

'Als jij toch al een slecht geweten hebt, kun je je net zo goed helemaal uitkleden.'

'Dus er is geen twijfel mogelijk dat Valentin Gjertsen de zoon was van Finne?' Harry vouwde zijn handen achter zijn hoofd.

'Nee.'

'Dat is toch verdomme een absurde estafette. Stel je eens voor: Valentin Gjertsen is waarschijnlijk het resultaat van een verkrachting.'

'Wie is dat niet?' Ze wreef haar onderlichaam tegen zijn dij.

'Wist je dat Valentin Gjertsen in de gevangenis zijn tandarts verkrachtte tijdens zijn behandeling? Daarna trok hij haar panty over haar hoofd en stak die aan.'

'Houd je mond, Harry, ik heb zin in je. Er liggen condooms in het nachtkastje.'

'Nee, bedankt.'

'Nee? Je hebt vast geen zin om weer vader te worden?'

'Ik had het niet over het condoom.' Harry legde zijn hand op haar twee handen die bezig waren zijn broekriem open te maken.

'Wel verdomme!' siste ze. 'Wat moet ik met je als je niet wilt neuken?'

'Goede vraag.'

'Waarom wil je niet?'

'Lage testosteronproductie, neem ik aan.'

Met woest gesnuif draaide Alexandra zich op haar rug. 'Ze is niet alleen je ex-vrouw, maar ze is ook dood, Harry. Wanneer accepteer je dat?'

'Je bedoelt dat een celibaat van vijf dagen overdreven is?'

Ze keek hem aan. 'Grappig. Maar je vat het niet zo cool op als je doet voorkomen, is het wel?'

'Doen alsof is het halve werk,' zei Harry, hij tilde zijn dijen op en trok het pakje sigaretten tevoorschijn. 'Onderzoek wijst uit dat je een beter humeur krijgt als je je lachspieren aanspant. Als je wilt huilen, lach. Ik slaap. Wat is jouw rookpolicy in je slaapkamer?'

'Hier is alles geoorloofd. Maar als mensen in mijn bijzijn roken, heb ik als policy te citeren wat er op het pakje staat: "Roken is dodelijk, mijn vriend".'

'Hm, dat met "mijn vriend" is slim.'

'Op die manier begrijp je dat je het niet alleen jezelf aandoet, maar iedereen die van jou houdt.'

'Ik had het begrepen. Dus, met gevaar voor kanker én een nog slechter geweten, steek ik hierbij een peuk op.' Harry inhaleerde en blies de rook in de richting van de plafondlamp. 'Je houdt van licht,' zei hij.

'Ik ben opgegroeid in Timisoara.'

'O, ja?'

'De eerste stad in Europa die elektrische straatverlichting kreeg. Alleen New York was eerder.'

'En daarom houd jij van licht?'

'Nee, maar jij houdt toch van fun-facts?'

'Is dat zo?'

'Ja, bijvoorbeeld dat Finne een verkrachter als zoon had.'

'Dat is iets meer dan een fun-fact.'

'Waarom?'

Harry zoog aan zijn sigaret, maar die smaakte nergens naar. 'Omdat de zoon Finne een sterk wraakmotief heeft gegeven. Ik heb in verband met meerdere moordzaken jacht gemaakt op de zoon. En die eindigde ermee dat ik hem heb doodgeschoten.'

'Jij...?'

'Valentin Gjertsen was niet gewapend, maar hij heeft me uitgedaagd te schieten door te doen alsof hij naar een wapen greep. Helaas was ik de enige getuige en Interne Zaken vond het problematisch dat ik drie keer heb geschoten. Maar ik werd vrijgesproken, ze konden niet bewijzen dat ik niet uit zelfverdediging had gehandeld.'

'En dat heeft Finne gehoord? En nu denk jij dat hij daarom jouw ex-vrouw heeft vermoord?'

Harry knikte langzaam. 'Oog om oog, tand om tand.'

'Logisch bekeken had hij dan Oleg moeten vermoorden.'

Harry trok een wenkbrauw op. 'Dus jij weet hoe hij heet?'

'Je praat veel als je dronken bent, Harry. En veel te veel over je ex-vrouw en die jongen.'

'Oleg is niet mijn zoon, hij is een kind uit het eerste huwelijk van Rakel.'

'Dat heb je ook verteld, maar is dat niet slechts biologie?'

Harry schudde zijn hoofd. 'Niet voor Svein Finne. Hij hield niet van Valentin Gjertsen als persoon, hij kende hem nauwelijks. Hij hield enkel van Valentin omdat hij zijn genen had. De drijfveer van Finne is het verspreiden van zijn zaad en van nakomelingen. Voor hem is biologie alles, die geeft hem eeuwig leven.'

'Dat is toch ziek.'

'Is dat zo?' Harry keek naar de sigaret. Hij vroeg zich af op welke plaats op de lijst met zijn mogelijke doodsoorzaken longkanker stond. 'Misschien zijn we nauwer verbonden met biologie dan we wensen te geloven. Misschien worden we allemaal geboren als bloedbandchauvinisten, racisten en nationalisten met een instinctieve wens tot macht van ons eigen geslacht. En leren we dat later min of meer af. Tenminste, de meesten van ons,' zei Harry.

'Hoe dan ook, we willen allemaal weten waar we vandaan komen, puur biologisch gezien. Wist je dat we de laatste twintig jaar een toename van driehonderd procent hebben gezien van het aantal DNA-tests? Mensen willen weten wie hun vader is en of hun kinderen werkelijk van hen zijn.'

'Fun-fact?'

'Het laat zien dat onze identiteit sterk verbonden is met ons genetische materiaal.'

'Denk je?'

'Ja.' Ze pakte haar wijnglas op dat op het nachtkastje stond. 'Als dat niet zo was, dan was ik hier nu niet.'

'In bed met mij?'

'In Noorwegen. Ik ben hierheen gegaan om mijn vader te zoeken. Mijn moeder wilde nooit iets over hem loslaten, maar wat ik wist was dat hij uit Noorwegen kwam. Toen zij overleed heb ik een ticket gekocht en ben hiernaartoe gekomen om te zoeken. Het eerste jaar had ik drie banen. Mijn vader was waarschijnlijk intelligent, want mijn moeder was niet al te slim en ik haalde hoge cijfers en had maar zes maanden nodig om vloeiend Noors te leren spreken. Ik kon hem niet vinden, maar met een beurs heb ik scheikunde gestudeerd aan de NTNU. En nu heb ik een baan bij het forensisch instituut, afdeling DNA-analyse.'

'Waar je verder kon zoeken.'

'Ja.'

'En?'

'Ik heb hem gevonden.'

'Echt? Dan heb je geluk gehad, want voor zover ik weet vernietigen jullie na een jaar DNA-profielen in vaderschapsonderzoeken.'

'In vaderschapsonderzoeken, ja.'

Het begon Harry te dagen. 'Je hebt je vader gevonden in de database van de politie? Hij was een crimineel?'

'Ja.'

'Hm, waar was hij voor veroordeeld?'

Er trilde iets in Harry's broekzak. Hij keek naar het nummer en drukte op 'accepteer'.

'Hoi Kaja, heb je mijn bericht gekregen?'

'Ja.' Haar stem klonk aangenaam in zijn oor.

'En?'

'En ik ben het met je eens, ik geloof dat je het motief van Finne hebt gevonden.'

'Hm, dat betekent dat je me wilt helpen?'

'Ik weet het niet.' In de stilte die viel hoorde hij Kaja's ademhaling in zijn ene oor en Alexandra's in zijn andere.

'Het lijkt wel of je ligt, Harry. Ben je thuis?'

'Nee, hij is bij Alexandra.' Alexandra's stem sneed in Harry's oor.

'Wie was dat?' vroeg Kaja.

'Dat...' zei Harry, '...was Alexandra.'

'O, ik zal niet meer storen. Prettige avond nog.'

'Je stoort ni...'

Kaja had al opgehangen.

Harry keek naar zijn telefoon. Stopte die terug in zijn broekzak. Drukte de sigaret uit in het waxinelichtje op het nachtkastje en zwaaide zijn benen uit bed.

'Hé, waar ga je heen?'

'Naar huis,' zei Harry. Hij boog zich voorover en kuste haar op het voorhoofd.

Harry liep in westelijke richting terwijl zijn hersenen maalden en maalden.

Hij haalde de telefoon uit zijn zak en toetste Bjørns nummer in.

'Harry?'

'Het was Finne.'

'We maken de baby zo wakker, Harry,' fluisterde Bjørn Holm.

‘Kunnen we dit morgen doen?’

‘Svein Finne was de vader van Valentin Gjertsen.’

‘O, mijn god.’

‘Het motief is bloedwraak. Ik weet het zeker. Jullie moeten Finne opsporen en wanneer jullie het adres hebben, moeten jullie een huiszoekingsbevel regelen. Als jullie het mes vinden, is het *case closed*…’

‘Ik hoor je, Harry, maar Gert slaapt eindelijk en dat moet ik ook doen. En ik weet niet zo zeker of we op basis van wat jij zegt een huiszoekingsbevel kunnen krijgen. Daar zullen ze concretere bewijzen voor willen hebben.’

‘Maar het ís bloedwraak, Bjørn. Dat ligt in onze aard. Zou jij je ook niet willen wreken als iemand Gert had vermoord?’

‘Dat is verdomme nogal een vraag.’

‘Denk daarover na.’

‘O! Ik weet het niet, Harry.’

‘Je weet het niet?’

‘Morgen, oké?’

‘Natuurlijk.’ Harry kneep zijn ogen stijf dicht en vloekte inwendig. ‘Sorry, dat ik me gedraag als een idioot, Bjørn, maar het lukt me niet om…’

‘Het is goed, Harry. We hebben het er morgen over. En zolang jij geschorst bent, is het ook beter dat je tegen niemand zegt dat we elkaar spreken over de zaak.’

‘Duidelijk. Slaap lekker, kameraad.’

Harry opende zijn ogen en liet de mobiel in zijn broekzak glijden. Zaterdagavond. Voor hem stond een aangeschoten meisje te snikken met haar voorhoofd tegen de gevel geleund. Een jongen stond met gebogen hoofd achter haar en had een troostende hand op haar rug gelegd. ‘Hij neukt met andere meiden,’ schreeuwde het meisje. ‘Hij geeft niet om me! Niemand geeft om me!’

‘Dat doe ik wel,’ zei de jongen zacht.

‘Dat zeg je, ja,’ zei ze verachtelijk en haalde haar neus op. Harry’s blik kruiste die van de jongen toen hij hen passeerde. Zaterdagavond. Honderd meter verderop was aan deze kant van de straat een café. Misschien moest hij oversteken om niet in de verleiding te komen.

Er was niet veel verkeer, slechts een paar taxi's. Eigenlijk waren er een heleboel taxi's. En zij vormden een muur van zwarte blikken dozen waardoor het onmogelijk was om over te steken. Verdomme, verdomme.

Truls Berntsen keek naar het zevende en laatste seizoen van *The Shield* en overwoog daarna op Pornhub te gaan kijken. Maar hij verwierp die gedachte, een of andere vent op de IT-afdeling hield vast een log bij van het surfgedrag van iedereen. Zei men nog steeds 'surfen'? Truls keek weer op de klok. Thuis was internet trager, maar hij had tijd genoeg om in de juiste stemming te komen. Hij deed zijn jas aan en trok de rits omhoog. Er knaagde iets. Hij wist niet precies wat, want dit was een dag op de loonlijst van de samenleving geweest zonder dat hij zich nuttig had hoeven maken, een dag die hij achter zich kon laten in de veilige wetenschap dat de rekensom wederom in zijn voordeel uitkwam.

Truls Berntsen keek naar de telefoon.

Het was idioot, maar als hij het daardoor uit zijn gedachten kreeg, dan was het oké.

'Meldkamer.'

'Met Truls Berntsen. Die dame die jullie naar mij toe hebben gestuurd, heeft zij bij jullie aangifte gedaan tegen Svein Finne toen ze weer beneden kwam?'

'Ze is niet meer teruggekomen.'

'Is ze gewoon weggegaan?'

'Kennelijk.'

Truls Berntsen hing op en dacht even na. Toetste weer een nummer in en wachtte.

'Harry.'

Truls kon zijn collega maar net boven de muziek en de stemmen op de achtergrond uit horen. 'Ben je op een feest?'

'Bar.'

'Ze draaien Motörhead,' zei Truls.

'En dat is het enige positieve dat je over deze plek kunt zeggen. Waarom bel je?'

‘Svein Finne. Jij hebt toch geprobeerd hem in de gaten te houden?’

‘Dus?’

Truls vertelde over het bezoek dat hij had gehad.

‘Hm, heb je naam en telefoonnummer van die dame?’

‘Ze heette Dagny nog-wat. Jensen misschien. Je kunt het bij de meldkamer navragen of ze haar personalia hebben opgenomen, maar dat betwijfel ik.’

‘Waarom?’

‘Ik geloof dat ze bang was dat Finne erachter zou komen dat ze hier was.’

‘Oké, ik kan niet naar de meldkamer bellen want ik ben geschorst. Kun jij dat voor me doen?’

‘Ik was van plan om naar huis te gaan.’

Truls luisterde naar het zwijgen van de ander. Lemmy zong ‘Killed By Death’.

‘Goed,’ zei Truls grommend.

‘En nog iets. Mijn ID-kaart is gedeactiveerd, dus ik kan niet in ons kantoor komen. Kun jij mijn dienstpistool uit de onderste la halen en om twintig over voor Olympen met me afspreken?’

‘Pistool? Wat wil je daarmee?’

‘Me verdedigen tegen het kwaad in de wereld.’

‘Jouw la zit op slot.’

‘Maar jij hebt daarvan een sleutel laten bijmaken.’

‘Hè? Waarom denk je dat?’

‘Ik heb gemerkt dat je dingen hebt verplaatst. En je hebt er een keer een klont hasj in bewaard, op de zak stond dat die in beslag was genomen door de afdeling Drugs. Voor het geval ze ernaar gingen zoeken.’

Truls gaf geen antwoord.

‘Nou?’

‘Om vijftien over,’ zei Truls grommend. ‘*Sharp.* Ik heb geen zin om te staan blauwbekken.’

Kaja Solness stond met haar armen over elkaar door het raam te staren. Ze had het koud. Ze had het altijd koud. In Kabul, waar de temperatuur kon schommelen tussen min vijf graden en flink boven de dertig, konden de nachtelijke bibberuren net zo goed in juli als in december vallen. En je kon weinig anders doen dan wachten tot het ochtend werd en de woestijnzon je weer opwarmde. Haar broer had hetzelfde gehad en ze had hem een keer gevraagd of ze misschien koudbloedig waren geboren en niet in staat waren om hun lichaamstemperatuur te regelen, maar dat ze net als reptielen afhankelijk waren van de warmte om hen heen om niet te verstijven en te bevriezen. Lange tijd had ze gedacht dat het waar was. Dat ze niet zelf de controle had. Dat ze hopeloos was overgeleverd aan haar omgeving. Overgeleverd aan anderen.

Ze staarde naar het donker en liet haar blik langs de haag gaan.

Stond hij daar ergens buiten?

Dat kon ze onmogelijk weten. De duisternis was ondoordringbaar en een man als hij wist hoe dan ook hoe hij zich moest schuilhouden.

Ze rilde, maar ze was niet bang. Want ze wist nu dat ze niet afhankelijk was van haar omgeving, dat ze anderen niet nodig had. Dat ze haar eigen lot kon bepalen.

Ze dacht aan het stemgeluid van de andere vrouw.

Nee, hij is bij Alexandra.

Haar eigen lot. En dat van anderen.

HOOFDSTUK 17

Dagny Jensen bleef plotseling staan. Ze had haar vaste zondagse wandeling langs de Akerselv gemaakt. De eenden gevoerd. Gelachen tegen de gezinnen met kleine kinderen en hondenbezitters. Gekeken of ze de eerste bosanemoontjes al zag. Alles gedaan om maar niet na te hoeven denken. Want dat had ze de hele nacht gedaan en het enige wat ze wilde was alles vergeten.

Maar hij stond het niet toe. Ze staarde naar de gedaante die voor de toegangsdeur van haar woonblok stond. Hij stampte met zijn voeten op de grond alsof hij het koud had. Alsof hij al lang stond te wachten. Ze wilde omdraaien en weglopen toen ze ineens besefte dat hij het niet was. Deze man was langer dan Finne.

Dagny liep naar de deur.

Hij had ook geen lang haar, maar rechtop staand, blond haar. Ze kwam nog dichterbij.

'Dagny Jensen?' vroeg de man.

'Ja?'

'Harry Hole. Politie Oslo.'

Zijn mond leek de woorden te vermalen.

'Waar gaat het om?'

'U heeft gisteren aangifte willen doen van een verkrachting.'

'Ik heb me bedacht.'

'Dat begrijp ik. U bent bang.'

Dagny nam hem op. Hij was ongeschoren, zijn ogen waren bloeddoorlopen en als de diagonale streep van een verbodsbord liep er een leverkleurig litteken dwars over de ene helft van zijn gezicht. Maar hoewel dit gezicht voor een deel dezelfde ruwheid van Svein Finne had, was er iets waardoor het zachter werd, wat het haast knap maakte.

'Ben ik dat?' vroeg ze.

'Ja, en ik ben hier om uw hulp te vragen bij het arresteren van de man die u heeft verkracht.'

Dagny schrok. 'Mij? Dat heeft u verkeerd begrepen, meneer Hole, ik ben niet verkracht. Als het al een verkrachting was.'

Hole gaf geen antwoord, maar hield haar blik vast. En nu nam hij haar op. 'Hij heeft geprobeerd u zwanger te maken,' zei de politieman. 'En nu hij hoopt dat u zijn kind draagt, past hij op u. Is hij hier geweest?'

Dagny knipperde twee keer met haar ogen. 'Hoe weet u...'

'Zo gaat hij te werk. Heeft hij gedreigd met wat hij gaat doen als u het kind laat aborteren?'

Dagny Jensen slikte. Ze wilde net zeggen dat hij moest weggaan, maar ze aarzelde. Ze wist niet of wat hij zei over het pakken van Finne kon geloven. De bewijzen ontbraken. Maar deze politieman had iets wat de andere niet had: besluitvaardigheid. Er was een wil. En misschien was het net als bij dominees, dacht Dagny, dat we hen geloven omdat we zo graag willen dat het waar is wat ze zeggen.

Dagny schonk koffie in de kopjes die op de kleine, uitgeklapte keukentafel stonden. De grote politieman had zich tussen het aanrecht en de tafel gewrongen en was gaan zitten. Kennelijk om haar op haar gemak te stellen tutoyeerde hij haar nu.

'Dus Finne heeft vanavond met je afgesproken in de katholieke kerk in Vika? Om negen uur?' Hij had haar niet onderbroken terwijl ze alles vertelde, geen notities gemaakt, maar de bloeddoorlopen ogen hadden op haar gerust terwijl ze haar verhaal deed, ze had het gevoel dat hij elk woord in zich opnam, dat hij het voor zich zag zoals zij dat deed, beeld voor beeld. Een korte horrorfilm die op repeat stond in haar hersenen.

'Ja,' zei ze.

'Nou, we zullen hem uiteraard arresteren. En verhoren.'

'Maar jullie hebben bewijzen nodig.'

‘Ja, zonder bewijzen moeten we hem vroeg of laat laten gaan en aangezien hij zal begrijpen dat jij hem hebt aangegeven...’

‘...zal ik nog meer risico lopen dan nu.’

De politieman knikte.

‘Dat is de reden dat ik geen aangifte heb gedaan,’ zei Dagny. ‘Het is net als het schieten van een beer, toch? Als je die niet met het eerste schot uitschakelt dan heb je geen tijd opnieuw het geweer te laden voordat hij zich op jou stort. En dan is het beter dat je helemaal niet schiet.’

‘Hm. Aan de andere kant kan zelfs de grootste beer geveld worden met een enkel, goedgericht schot.’

‘Maar hoe dan?’

De politieman legde zijn hand rond het koffiekopje. Er zijn meerdere manieren. De eerste is om jou te gebruiken als lokvogel, uitgerust met een microfoon. Zorg dat hij over de verkrachting begint.’ Hij keek naar de tafel.

‘Ga verder,’ zei ze.

Hij keek op. Het leek of de blauwe kleur uit zijn irissen was gewassen. ‘Je moet hem vragen naar de consequenties als je niet doet wat hij zegt. Zo horen we de dreigementen. Als we die hebben, plus het gesprek waarin hij indirect de verkrachting bevestigt, dan hebben we voldoende op band om hem veroordeeld te krijgen.’

‘Gebruiken jullie nog steeds bandjes?’

De politieman bracht het kopje naar zijn mond.

‘Het spijt me,’ zei Dagny. ‘Ik ben alleen zo...’

‘Uiteraard,’ zei de politieman. ‘En ik kan het goed begrijpen als je nee zegt.’

‘Je zei dat er nog andere manieren zijn.’

‘Ja.’ De politieman zei niets meer, dronk alleen zijn koffie.

‘Maar?’

De politieman haalde zijn schouders op. ‘De kerk is in vele opzichten ideaal. Er is geen lawaai, waardoor de opname van goede kwaliteit zal zijn. En jullie zijn op een openbare plaats waar hij je niet weer iets aan kan doen...’

‘De vorige keer waren we ook op een openbare plek.’

'...en we kunnen ter plaatse zijn en de situatie in de gaten houden.'

Dagny keek hem aan. Er was iets in zijn blik wat ze herkende en ze begreep nu wat het was. Het was hetzelfde wat ze in haar eigen blik had gezien en wat ze eerst had aangezien voor een barst in de spiegel. Een verwonding. Er was iets kapotgegaan. En iets in zijn stem deed haar denken aan een leerling die met onvaste stem een leugenachtige verklaring gaf voor het feit dat hij de laatste opdracht niet had ingeleverd. Ze liep naar het aanrecht, zette de koffiekan neer en keek uit het raam. Ze zag mensen wandelen, maar hem zag ze niet. Het was een onnatuurlijke, krampachtige idylle. Dagny had dit nooit zo gezien, ze dacht altijd dat het zo hoorde te zijn.

Ze liep terug en liet zich op haar stoel zakken.

'Als ik het doe, dan moet ik zeker weten dat hij niet weer opduikt. Dat begrijp je toch?'

'Ja, dat begrijp ik. En je hebt mijn woord dat je Svein Finne nooit meer zult zien. Nooit meer, oké?'

Nooit meer. Ze wist dat het niet waar was. Net zoals ze wist dat de vrouwelijke dominee niet de waarheid sprak toen ze het had over verlossing. Dat het slechts troost was, maar het werkte. Zelfs wanneer we woorden als 'nooit' en 'verlossing' doorzien zijn dit troostrijke woorden die de deur naar je hart openzetten, en het hart gelooft wat het wil geloven. Dagny voelde dat ze al makkelijker ademhaalde. Ze knipperde met haar ogen. Toen zag ze hem in het daglicht dat door het raam viel waardoor het leek of hij een stralenkrans rond zijn hoofd had, ze zag de gebrokenheid in de blik van de politieman niet meer, hoorde niet meer de valse klank in zijn stem.

'Goed,' zei ze. 'Vertel maar hoe we het gaan doen.'

Harry bleef op straat voor Kaja Solness' villa staan en belde haar telefoon voor de derde keer. Met hetzelfde resultaat. 'De mobiel is uitgeschakeld of bevindt zich buiten...'

Hij duwde het piepende smeedijzeren hek open en liep naar het huis.

Het was idioot, natuurlijk was het idioot, maar wat kon hij anders doen?

Hij belde aan, wachtte en belde opnieuw aan.

Hij legde zijn voorhoofd tegen het grote ronde raam in de deur en zag de jas die ze tijdens de begrafenis droeg aan de kapstok hangen. En de zwarte, hoge laarzen stonden op het schoenenrek eronder. Hij liep om het huis heen. Er lagen hier op het noorden nog sneeuwplekken op het vergeelde, kort gemaaide gras. Hij keek op naar het raam dat toen haar slaapkamer was, maar ze kon natuurlijk haar bed hebben verplaatst naar een van de andere kamers. Op het moment dat hij zich bukte om een sneeuwbal te maken, zag hij het. Een voetafdruk in de sneeuw, van een laars. Zijn hersenen begonnen te zoeken in zijn database. Vond waarnaar hij zocht. Een laarsafdruk in de sneeuw voor de villa in Holmenkollen.

Zijn hand ging naar zijn zak. Natuurlijk kon dit een heel andere afdruk zijn. Natuurlijk kon ze gewoon even weg zijn. Hij greep de kolf van zijn dienstpistool, een Heckler & Koch P30L, bukte en liep met lange, geruisloze stappen terug naar de trap. Hij veranderde de greep op zijn pistool, hield de loop zo dat hij het glas van het raam kon breken, maar voelde eerst aan de deur. Die was open.

Hij stapte naar binnen. Luisterde. Stilte. Hij snoof de lucht op, slechts een zwakke parfumgeur, die van Kaja, waarschijnlijk van de sjaal die aan de kapstok naast de jas hing.

Hij liep de gang in met het pistool voor zich.

De deur naar de keuken stond open en het knopje van het koffiezetapparaat brandde. Harry verstevigde de greep op het pistool, legde zijn vinger op de trekker. Liep verder. De kamerdeur stond op een kier. Gezoem, als van vliegen. Harry duwde met zijn voet de deur voorzichtig open terwijl hij het pistool klemvast had.

Ze lag op de grond. Haar ogen waren gesloten en haar armen lagen gekruist op haar borst op dat grote wollen vest. Haar lichaam en het bleke gezicht baadden in het daglicht dat de kamer binnenstroomde.

Harry liet met een kreun de adem uit zijn longen ontsnappen. Hij liet het pistool zakken en ging op zijn hurken zitten. Hij legde een duim en wijsvinger rond de versleten vilten pantoffel en kneep in de grote teen.

Kaja schrok, schreeuwde en rukte haar koptelefoon af. 'Mijn god, Harry!'

'Sorry, ik heb geprobeerd je te bellen.' Hij ging naast haar op het tapijt zitten. 'Ik heb hulp nodig.'

Kaja sloot haar ogen, legde een hand op haar borst en was nog steeds buiten adem. 'Dat heb je gezegd.'

Wat als gezoem had geklonken kwam uit de koptelefoon en hij hoorde nu dat het bekende hardrock was en dat het geluid behoorlijk hard stond.

'En jij belde me omdat je overgehaald wilde worden om ja te zeggen,' zei hij en pakte zijn sigaretten.

'Ik ben niet het type dat zich laat overhalen, Harry.'

Hij knikte naar de koptelefoon. 'Je liet je overhalen om naar Deep Purple te luisteren.'

Zag hij nou dat ze bloosde? 'Dat was alleen omdat jij zei dat het de beste band was in de categorie ongewild-komisch-maar-toch-steengoed.'

'Hm.' Harry stak een niet aangestoken sigaret tussen zijn lippen. 'Aangezien dit plan tot dezelfde categorie behoort, ga ik ervan uit dat je interesse is gewekt en...'

'Harry...'

'...dien je in het achterhoofd te houden dat je me helpt met het achter de tralies krijgen van een notoire verkrachter en daarmee bewijs je ook alle vrouwen in de stad een enorme dienst. Je zult Oleg helpen doordat de man gestraft wordt die zijn moeder heeft vermoord. En je helpt mij door...'

'Stop, Harry.'

'...me uit een situatie te halen die ik alleen aan mezelf heb te danken.'

Ze trok een van de donkere wenkbrauwen op. 'O?'

'Ik heb een van Svein Finnes verkrachtingsslachtoffers gerekruteerd en zij zal als lokvogel fungeren zodat ik hem op heterdaad kan betrappen. Ik heb een onschuldige vrouw van microfoon en recorder voorzien en zij is in de veronderstelling dat het om een politieactie gaat terwijl het in werkelijkheid een soloactie is die geregisseerd wordt door een geschorste politieman. Plus zijn medeschuldige, een voormalige collega: jij.'

Kaja staarde hem aan. 'Je maakt een grapje.'

'Nee,' zei Harry. 'Het blijkt dat ik over geen enkele morele grens beschik als het gaat om hoever ik wil gaan om Svein Finne te pakken.'

'Dat zijn precies de woorden die ik ook zou gebruiken.'

'Ik heb je nodig, Kaja. Doe je met me mee?'

'Waarom zou ik daar in godsnaam aan meewerken? Dat is toch pure idiotie.'

'Hoeveel keer wisten we wie de schuldige was zonder dat we daar iets mee konden doen omdat we de regels moesten volgen? Nou, jij bent niet van de politie, jij hoeft het niet volgens de regels te doen.'

'Maar jij wel, ook nu je geschorst bent. Jij loopt niet alleen het risico je baan te verliezen, maar ook je vrijheid. Ze zullen jou opsluiten.'

'Ik verlies helemaal niets, Kaja, ik heb niets meer te verliezen.'

'Je nachtrust dan. Weet je waaraan je die vrouw blootstelt?'

'Zij heeft nu ook geen nachtrust. Dagny Jensen weet dat het niet volgens het boekje gaat, ze heeft me door.'

'Heeft ze dat gezegd?'

'Nee, en dat houden we ook zo. Dan kan ze naderhand beweren dat ze dacht dat het om een legale politieactie ging en dat ze niets riskeerde. Ze heeft net zo'n sterke wens om Svein Finne te elimineren als ik.'

Kaja draaide op haar buik en steunde op haar ellebogen. De mouwen van het wollen vest kropen omhoog langs haar magere armen. '"Elimineren". Wat bedoel je precies als je dat zegt?'

Harry haalde zijn schouders op. 'Buitenspel zetten. Verwijderen.'

'Verwijderen uit?'

'De straten. De samenleving.'

'In de gevangenis dus.'

Harry keek haar aan, zoog aan zijn nog steeds niet aangestoken sigaret en knikte. 'Bijvoorbeeld.'

Kaja schudde haar hoofd. 'Ik weet niet of ik het durf, Harry. Jij bent... veranderd. Je rekte altijd de grenzen op, maar dit ben jij niet. Dit zijn wij niet. Dit is...' Ze ging door met haar hoofd te schudden.

'Zeg het maar,' zei Harry.

'Dit is haat. Dit is alleen maar verdriet en haat in een simpele, lelijke mix.'

'Je hebt gelijk,' zei Harry. Hij nam de sigaret uit zijn mond en stopte die terug. 'En ik heb me vergist. Ik heb niet alles verloren, ik heb nog steeds de haat.'

Hij stond op en liep de kamer uit, hij hoorde het gezoem van Ian Gillan die in een schreeuwend vibrato beloofde dat hij *gonna make it hard for you, you're gonna...* De zin werd niet afgemaakt, de gitaar van Ritchie Blackmore nam het over van Gillan met de conclusie: *into the fire...* Harry liep het huis uit, het hek door. Het verblindende licht in.

Ingrid Bohr klopte op de slaapkamerdeur van haar dochter.

Wachtte. Er kwam geen antwoord.

Ze duwde de deur open.

Hij zat met zijn rug naar haar toe. Hij droeg nog steeds de camouflagejas. Op het sprei lag het pistool, de schede van de dolk, de nachtkijker en de nachtbril.

'Je moet stoppen,' zei ze. 'Hoor je me, Roar? Je kunt hier niet mee doorgaan.'

Hij draaide zich naar haar om.

De bloeddoorlopen ogen in het gerimpelde gezicht toonden aan dat hij had gehuild. En dat hij waarschijnlijk niet had geslapen.

'Waar was je vannacht, Roar? Je moet met me praten.'

Haar echtgenoot, of degene die ooit haar echtgenoot was geweest, draaide zich weer om naar het raam. Ingrid Bohr zuchtte. Hij zei nooit waar hij was geweest, maar de klonten aarde op de grond duidden erop dat hij in het bos was geweest. Op een akker. Op een vuilnisbelt.

Ze ging aan de andere kant van het bed zitten. Die afstand had ze nodig. De afstand die je neemt tot een vreemde.

'Wat heb je gedaan?' vroeg ze. 'Wat heb je gedaan, Roar?'

Bang wachtte ze af wat hij ging zeggen, maar toen hij na vijf seconden nog niets had gezegd, stond ze op en liep snel weg. Bijna opgelucht. Wat hij ook had gedaan, haar trof geen blaam. Ze had het drie keer gevraagd. Wat kon je nog meer verlangen?

HOOFDSTUK 18

In het licht van de lamp boven de ingang van de katholieke kerk keek Dagny op haar horloge. Negen uur. Stel nu dat Finne niet kwam? Ze hoorde het geraas van verkeer op de Drammensvei en de Munkedamsvei, maar toen ze in de smalle straat in de richting van het Slottspark keek, zag ze geen auto's en ook geen mensen. En ook niet in de richting van Aker Brygge en de fjord. Het centrum van de storm, de dode hoek van de stad. De kerk stond tussen twee kantoorgebouwen ingeklemd en maar weinig mensen wisten dat dit Gods huis was. Het gebouw werd naar boven toe weliswaar smaller en had een torenspits, maar er hing geen kruis aan de gevel, geen Jezus en Maria, er waren geen citaten in het Latijn. Het houtsnijwerk in de solide houten deur, die overigens niet breed, hoog en open was, kon wellicht gedachten oproepen aan iets religieus, maar behalve dat kon dit ook de toegang zijn tot een synagoge, moskee of een tempel voor welke kleine groep gelovigen dan ook. Maar als je dichterbij kwam, kon je in de muurvitrine naast de toegang lezen dat er op deze zondag vanaf vanmorgen missen waren geweest. In het Noors, Engels, Vietnamees en Pools. De laatste, die in het Pools, was slechts een halfuur geleden beëindigd. Het gebulder stopte nooit, maar in deze straat was het stil. Hoe alleen was ze? Dagny had Harry Hole niet gevraagd hoeveel collega's hij had opgeroepen om haar in de gaten te houden, of sommige politiemannen ook buiten stonden of dat ze allemaal in de kerk waren. Misschien had ze het niet gevraagd omdat ze het niet wilde weten, misschien omdat ze zich dan zou kunnen verraden. Haar blik gleed langs de ramen en deuren aan de overkant van de straat en zocht hoopvol. En wanhopig. Want diep vanbinnen had ze het idee dat alleen zij en

Hole hier waren. Hij en zij. Dat probeerde Hole haar te vertellen met zijn blik. Nadat hij was vertrokken had ze hem opgezocht op internet en kreeg ze bevestigd wat ze al gelezen dacht te hebben in de kranten. Dat Harry Hole een bekende politieman was en de echtgenoot van die arme vrouw die onlangs was vermoord. Met een mes. Dat verklaarde zijn kapotte blik die op een gebroken spiegel leek. Maar nu was het te laat. Ze had dit zelf in gang gezet en had het kunnen stoppen, maar dat had ze niet gedaan. Nee, ze loog niet minder tegen zichzelf dan Hole tegen haar haar gedaan. Ze had zijn pistool gezien. Ze had het koud, ze had meer aan moeten trekken. Ze keek weer op haar horloge.

'Sta je op mij te wachten?'

Haar hart stond stil.

Hoe was hij hier in godsnaam gekomen zonder dat zij het had gezien?

Ze knikte.

'Zijn we alleen?'

Dagny knikte weer.

'Echt? Komt er niemand vieren dat wij onze huwelijksverbintenis gaan sluiten?'

Dagny opende haar mond, maar er kwam niets.

Svein lachte. Die dikke, natte lippen lagen op de gele tanden. 'Je moet ademhalen, schat. We willen toch niet dat het kind een hersenbeschadiging krijgt vanwege zuurstoftekort?'

Dagny deed wat hij zei en haalde adem. 'We moeten praten,' zei ze met bevende stem. 'Ik geloof dat ik zwanger ben.'

'Natuurlijk ben je dat.'

Dagny kon nog net een stap naar achteren doen toen hij zijn hand optilde en ze een ogenblik door het gat in zijn hand het licht boven de kerkingang zag. Toen legde hij die, warm en droog, tegen haar wang. Ze dacht eraan om adem te halen en slikte. 'We moeten het over praktische zaken hebben. Kunnen we naar binnen gaan?'

'Naar binnen?'

'In de kerk. Het is koud.'

'Natuurlijk, we gaan trouwen. Geen tijd te verspillen.' Hij ging met zijn hand langs haar nek. Ze had het microfoontje op haar bh tussen haar borsten bevestigd, onder haar dunne trui en jas. Hole had gezegd dat een goede opname buiten niet gegarandeerd was vanwege het omgevingslawaai, ze moest hem de kerk in krijgen. Bovendien kon ze daar haar geluiddempende jas uitdoen. Daarbinnen kon Finne niet ontsnappen en ze zouden Finne arresteren zodra ze een goede opname voor een veroordeling hadden.

'Zullen we dan gaan?' zei Dagny en ze trok zich terug van zijn hand. Ze deed haar handen in haar jaszak en het lukte haar om een zichtbare huivering te laten zien.

Finne bleef staan. Sloot zijn ogen, legde zijn hoofd in zijn nek en snoof. 'Ik ruik iets,' zei hij.

'Ruik je iets?'

Hij opende zijn ogen weer en keek haar aan.

'Ik ruik verdriet, Dagny. Wanhoop en pijn.'

Dit keer hoefde Dagny niet te doen alsof ze huiverde.

'Zo rook je de vorige keer niet,' zei hij. 'Heb je bezoek gehad?'

'Bezoek?' Ze trachtte te lachen, maar er kwam alleen een schor geluid. 'Wie zou dat moeten zijn?'

'Ik weet het niet. Maar er iets bekends aan die geur. Laat ik even zoeken in mijn databank...' Hij legde een vinger onder zijn kin, fronste zijn voorhoofd en nam haar op. 'Dagny, vertel me dat je... Je hebt toch niet... Of wel, Dagny?'

'Heb ik wat?' Ze probeerde de paniek weg te duwen die opkwam.

Hij schudde verdrietig zijn hoofd. 'Lees jij de Bijbel, Dagny? Ken je de zaaier? Dat zijn zaad het woord is. De belofte. Als het zaad niet ontkiemt, dan komt Satan het stelen. Satan zal het geloof uit je hart wegnemen. Zal ons kind meenemen, Dagny. Want ik ben de zaaier. De vraag is of jij Satan hebt ontmoet.'

Dagny slikte en bewoog haar hoofd, maar ze besefte dat ze niet knikte of schudde.

Svein Finne zuchtte. 'Jij en ik, we hebben samen een liefdesbaby ontvangen nadat we de liefde hebben bedreven. Maar misschien heb je spijt, misschien wil je helemaal geen kind. Maar het lukt je niet om een koelbloedige moord te plegen zolang je weet dat dit een echte liefdesbaby is, daarom zoek je naar iets wat je mogelijk maakt om het uit te voeren.' Hij sprak luid en zijn dikke lippen vormden de duidelijke woorden. Als een acteur op het podium, dacht ze. Die zijn volume en dictie gebruikt zodat ook op de achterste rij elk woord te horen is. 'Dus je liegt tegen je geweten, Dagny. Je vertelt jezelf dat het niet zo was, dat je niet wilde, dat ik je heb gedwongen. En je kunt de politie dat laten geloven, maak je jezelf wijs. Want deze man, deze Satan, heeft jou verteld dat ik gezeten heb voor andere verkrachtingen.'

'Je vergist je,' zei Dagny en ze gaf het op te proberen het beven van haar stem onder controle te krijgen. 'Zullen we naar binnen gaan?' Ze hoorde dat ze smeekte.

Finne hield zijn hoofd schuin. Zoals een vogel naar het insect kijkt voor hij begint te pikken. Haast onderzoekend, alsof hij nog niet heeft besloten of de buit zal leven. 'Een trouwbelofte is een serieuze zaak, Dagny. Ik wil niet dat je daar licht over denkt of dat je overhaast handelt. En je lijkt... onzeker. Misschien moeten we nog even wachten?'

'Kunnen we er niet over praten? Daarbinnen?'

'Nu twijfel ik,' zei Finne. 'Ik laat mijn vader beslissen.'

'Je vader?'

'Ja, het lot.' Hij ging met zijn hand in zijn broekzak en hield iets tussen duim en wijsvinger. Blauwgrijs metaal. Het was een dobbelsteen.

'Dat is je vader?'

'Het lot is de vader van iedereen, Dagny. Een of twee betekenen dat we vandaag trouwen, drie of vier dat we tot een andere dag wachten. Vijf of zes betekenen...' Hij leunde voorover en fluisterde in haar oor. 'Dat je me verraden hebt en dat ik hier en nu jouw strot zal doorsnijden. En jij zal daar gewillig staan als het offerlam dat je bent en laat het gewoon gebeuren. Steek je hand uit.'

Finne rechtte zijn rug. Dagny staarde hem aan. Zijn ogen drukten geen emoties uit, in elk geval geen emoties die haar bekend waren: geen woede, geen medelijden, geen opwinding, geen nervositeit, geen vreugde, geen haat, geen liefde. Het enige wat ze zag was wil. Zijn wil. Een hypnotiserende, commanderende kracht die geen verstand of logica vereiste, alleen maar die wil. Zij wilde schreeuwen, ze wilde wegrennen. In plaats daarvan stak ze haar hand uit.

Finne maakte een kommetje van zijn handen en schudde de dobbelsteen. Draaide snel de onderste hand om, legde die op Dagny's open hand. Ze voelde de warme, droge, ruwe huid tegen de hare en huiverde. Hij trok zijn hand weg en keek naar haar handpalm. Zijn mond verbreedde zich tot een lach. Dagny hield weer op met ademen. Trok haar hand naar zich toe. De dobbelsteen liet drie zwarte ogen zien.

'Tot ziens, mijn schat,' zei Finne en hij keek op. 'Mijn belofte blijft staan.'

Dagny keek automatisch ook omhoog, naar de lucht, waar het licht van de stad de wolken geel kleurde. Toen ze haar blik weer lager richtte was Finne weg. Ze hoorde een van de deuren aan de overkant van de straat dichtvallen. Zij duwde de deur achter zich open en liep naar binnen. Het leek of de orgelklanken van de laatste mis nog in de grote kerkruimte hingen. Ze liep naar een van de biechtstoelen achterin tegen de muur en ging daarin zitten. Ze trok het gordijntje open.

'Hij is weg,' zei ze.

'Waarheen?' vroeg de stem achter het traliewerk.

'Weet ik niet. Het is toch al te laat.'

'Ruiken?' zei Harry en zijn stem weergalmde in de kerk. Ze zaten op de achterste bank en hoewel hij wist dat ze alleen waren, liet hij zijn stem zakken. 'Hij zei dat hij het róók? En hij gooide een dobbelsteen?'

Dagny knikte en wees naar de recorder die ze op de bank tussen hen in had gezet. 'Daar staat het allemaal op.'

'En hij heeft niets bekend?'

'Nee, hij noemde zich alleen een zaaier. Je kunt het toch horen.'

Harry kon nog net een vloek binnenhouden en bonkte zo hard met zijn rug tegen de leuning dat de bank een ogenblijk opwipte.

'Wat doen we nu?' vroeg Dagny.

Harry ging met zijn hand over zijn gezicht. Hoe kon Finne het hebben geweten? Behalve hij en Dagny wisten alleen Kaja en Truls van deze val. Misschien had hij het gewoon afgelezen aan Dagny's gezicht en lichaamstaal? Dat was natuurlijk mogelijk, angst is een luidspreker. Hoe dan ook, ze had een goede vraag gesteld.

'Ik moet hem dood zien,' zei Dagny.

Harry knikte. 'Finne is oud en er kan veel gebeuren. Ik zal je berichten als hij dood is.'

Dagny schudde haar hoofd. 'Ik bedoel dat ik wil zien dat hij doodgaat. Zo niet, dan zal mijn lichaam niet begrijpen dat hij dood is en zal hij me blijven opzoeken in mijn dromen. Net als mijn moeder.'

Een simpel geluidje gaf aan dat er een bericht was binnengekomen en Dagny haalde een zilverkleurige mobiel uit haar zak.

En Harry besefte dat Rakel hem niet had bezocht in zijn dromen nadat ze was overleden. Nog niet, niet dat hij zich kon herinneren in elk geval. Waarom niet? Trouwens, hij had wel gedroomd dat hij haar doodsmasker zag. En hij realiseerde zich dat hij wilde, wénste, dat ze hem zou bezoeken, liever een doodsmasker en krioelende maden uit de mondhoeken dan het lege niets.

'Herejezus...' fluisterde Dagny.

Haar gezicht werd verlicht door het schermpje. Haar mond was opengevallen en haar ogen waren wijd opengesperd.

De telefoon viel kletterend op de grond en bleef liggen met het scherm omhoog. Harry boog zich voorover. De video was afgespeeld en gestopt bij het laatste beeld: een klok met rode, verlichte cijfers. Harry drukte op het afspeelsymbooltje en de beelden startten opnieuw. De video was zonder geluid en de camera bewoog, maar hij kon zien dat het een close-up was van een witte buik met een wond waar bloed uit pompte. Een harige hand met een grijs horlogebandje kwam in beeld. Het ging zo snel. De hand verdween in de wond, tot aan het horloge dat geactiveerd werd en oplichtte terwijl er meer bloed uit het lichaam werd gepompt. De camera zakte of zoomde in op het horloge. Toen bevroor het beeld. Het filmpje stopte. Harry probeerde de misselijkheid weg te slikken.

'Wat... wat was dat?' stamelde Dagny.

'Ik weet het niet,' zei Harry en hij staarde naar het laatste beeld van het horloge.

'Ik weet het niet,' herhaalde hij.

'Ik kan niet...' begon Dagny. 'Hij zal mij ook vermoorden en jij alleen kan hem niet stoppen. Want je bent alleen, of niet?'

'Ja,' zei Harry. 'Ik ben alleen.'

‘Dan moet ik hulp zoeken op een andere manier. Ik moet aan mezelf denken.’

‘Doe dat,’ zei Harry. Hij kon zijn ogen niet losrukken van het bevroren beeld. De beeldkwaliteit van de video was te slecht om de buik of de hand te kunnen identificeren. Maar het horloge was duidelijk. En het tijdstip. En de datum.

Drie uur ’s nachts en de nacht waarin Rakel werd vermoord.

HOOFDSTUK 19

De streep zonlicht door het raam deed het witte papier dat op Katrine Bratts bureau lag oplichten.

'Dagny Jensen zegt in haar klacht dat je haar hebt overgehaald Svein Finne in een val te lokken,' zei ze.

Ze keek op van het papier, zag de lange benen die voor haar bureau begonnen en naar de man leidden die meer lag dan zat in de stoel voor haar. Een Ray Ban-zonnebril met zwarte ducttape rond de ene brillenpoot verborg zijn lichtblauwe ogen. Hij had pas geleden gedronken. Want er was niet alleen die zoetige stank van verschaald bier die uit zijn kleding en lichaam kwam en die haar deed denken aan amalgaam, bejaardentehuis en verrotte bramen. Er kwam een verse alcohollucht uit zijn mond die verfrissend en zuiverend was. Kort samengevat: de man die voor haar zat was een alcoholist die gedeeltelijk bijkwam en gedeeltelijk begonnen was aan een nieuwe dronkenschap.

'Klopt dat, Harry?'

'Ja, zei de man en hij hoestte zonder zijn mond te bedekken. Ze zag op de armleuning van zijn stoel speeksel in het zonlicht blinken. 'Hebben jullie de afzender van de video gevonden?'

'Ja,' zei Katrine. 'Een prepaidtelefoon. En de telefoon is dood en laat zich niet opsporen.'

'Svein Finne. Hij heeft die gestuurd. Hij filmt en steekt zijn hand in haar buik.'

'Jammer dat hij niet de hand met het gat erin gebruikt. Dan hadden we een gegarandeerde identificatie.'

'Hij is het! Je hebt toch het tijdstip en de datum gezien?'

'Ja, en het is uiteraard verdacht dat het de datum van de moordnacht is, maar het tijdstip is echter een uur later dan de geschatte periode waarbinnen volgens het gerechtelijk laboratorium Rakel is vermoord.'

'Waarbij "geschatte" het sleutelwoord is,' zei Harry. 'Je weet net zo goed als ik dat het niet op een uur aankomt.'

'Kun jij de buik identificeren als de buik van Rakel?'

'Kom op, zeg, het is een korrelig beeld en de camera beweegt.'

'Dus het kan iedereen zijn. Het zou ook kunnen zijn dat Finne het filmpje op internet heeft gevonden en het heeft doorgestuurd naar Dagny Jensen om haar bang te maken.'

'Dan houden we het daarop,' zei Harry. Hij zette zijn handen op de armleuning en wilde opstaan.

'Blijf zitten!' blafte Katrine.

Harry liet zich weer zakken.

Katrine zuchtte diep. 'Dagny heeft politiebewaking.'

'Etmaal rond?'

'Ja.'

'Mooi, nog meer?'

'Ja, ik ben zojuist geïnformeerd door het gerechtelijk laboratorium dat Valentin Gjertsen de biologische zoon was van Svein Finne. En dat jij dat al een poosje weet.'

Katrine zocht naar een reactie, maar zag alleen zichzelf in de spiegelende glazen.

'Dus,' zei ze. 'Jij hebt besloten dat Svein Finne Rakel heeft vermoord om zich op jou te wreken. Jij hebt alle protocollen voor politiewerk aan je laars gelapt en een ander persoon, een slachtoffer van verkrachting, in gevaar gebracht om iets persoonlijks te bereiken. Dat noemen we binnen het korps niet alleen een grote stommiteit, Harry, maar ook een strafbaar feit.'

Katrine zweeg. Waar keek hij naar achter die verrekte zonnebril? Naar haar? Naar de foto die achter haar hing? Naar de punten van zijn laarzen?

'Je bent al geschorst, Harry. Ik heb niet zoveel strafmaatregelen behalve dan permanent ontslag. Of aangifte doen, wat ook zal leiden tot ontslag als jij schuldig wordt bevonden. Begrijp je?'

'Ja.'

'Ja?'

'Ja, het is niet bepaald gecompliceerd. Kan ik nu gaan?'

'Nee! Weet je wat ik tegen Dagny Jensen heb gezegd toen ze om politiebescherming vroeg? Ik zei dat ze die kon krijgen, maar dat politiemannen ook maar mensen zijn en dat die minder ijverig worden als ze weten dat de persoon die ze moeten beschermen een collega heeft aangegeven die al te ijverig was. Ik heb haar onder druk gezet, Harry, een onschuldig slachtoffer. Voor jouw bestwil! Wat heb je daarop te zeggen?'

Harry knikte langzaam. 'Tja. Hoe zit het met "kan ik nu gaan?"?'

'Gaan?' Katrine stak haar handen omhoog. 'Is dat alles wat je te zeggen hebt?'

'Nee, maar het is beter dat ik ga voordat ik andere dingen zeg.'

Katrine kreunde. Ze zette haar ellebogen op het bureau, vouwde haar handen en legde haar voorhoofd erin.

'Goed. Ga maar.'

Harry sloot zijn ogen. Hij voelde de brede berkenstam tegen zijn rug en de scherpe lentezon warmde zijn gezicht. Voor hem stond een simpel bruin, houten kruis. Er stond alleen Rakels naam op, geen datum of ander opschrift. De dame van de begrafenisonderneming noemde het een 'wachtteken', iets wat in de aarde werd gezet in afwachting van een grafsteen, maar Harry kon het niet laten er iets anders van te maken. Namelijk dat het een teken was dat zij op hem wachtte.

'Ik slaap,' zei Harry. 'Ik hoop dat dat goed is. Want als ik wakker word, stort ik in en kan ik hem niet pakken. En dat zal ik, dat zweer ik. Herinner je je nog hoe bang je was voor de vleesetende zombies uit *Night Of The Living Dead*? Nou...' Harry tilde een zakflacon op. 'Nu ben ik een van hen.'

Harry nam een grote slok. Misschien kwam het omdat hij al zo verdoofd was dat de alcohol geen verlichting gaf. Hij zakte langs de stam naar beneden tot hij zat, hij voelde de sneeuw onder zijn billen en dijbenen.

'Overigens gaat het gerucht dat je me terug wilde hebben. Kwam dat door Old Tjikko? Je hoeft geen antwoord te geven.'

Hij zette de tuit weer tegen zijn mond, liet de flacon weer zakken en opende zijn ogen.

'Het is eenzaam,' zei hij. 'Voor ik je ontmoette, was ik veel alleen, maar niet eenzaam. Eenzaam is nieuw, eenzaam is... interessant. Je vulde geen lege ruimte toen we samen waren, maar je hebt een groot, gapend gat achtergelaten toen je vertrok. Je zou kunnen zeggen dat liefde een project van verliezen is, of wat vind jij?'

Hij sloot zijn ogen weer en luisterde.

Het licht aan de andere kant van zijn oogleden werd zwakker en de temperatuur daalde. Harry wist dat het een toevallige pluk bewolking moest zijn die voor de zon langs zeilde en hij wachtte tot de temperatuur weer was gestegen terwijl hij in slaap zakte. Tot iets hem deed verstijven. Tot iets hem de adem benam. Want hij hoorde de ademhaling van een ander. Het was geen wolk, iets of iemand stond voor hem. En Harry had het niet horen komen hoewel er overal sneeuw lag. Hij opende zijn ogen. Het silhouet voor hem had een stralenkrans.

Harry's rechterhand verdween in zijn jas.

'Ik heb naar je gezocht,' zei het silhouet zacht.

Harry stopte met de beweging.

'Nu heb je me gevonden,' zei Harry. 'Dus wat gaat er gebeuren?'

Het silhouet stapte opzij en Harry werd een ogenblik verblind door de zon.

'Nu gaan we naar mijn huis,' zei Kaja Solness.

'Bedankt, maar heb ik dit nodig?' vroeg Harry en hij trok een grimas toen hij de geur van de thee opsnoof die Kaja hem aanbood.

'Ik weet het niet,' zei Kaja glimlachend. 'Hoe was de douche?'

'Lauw.'

'Dat komt omdat je er drie kwartier onder hebt gestaan.'

'Is dat zo?' Harry zakte achterover op de bank en hield zijn hand rond de theebeker. 'Sorry.'

'Het is goed. Passen de kleren?'

Harry keek naar de broek en de trui.

'Mijn broer was iets kleiner dan jij,' zei ze lachend.

'Dus je hebt je bedacht en wilt me toch helpen?' Harry proefde van de thee die bitter was en hem deed denken aan de rozenbottelthee die hij als kind kreeg bij verkoudheid. Hij hield helemaal niet van rozenbottels, maar zijn moeder had gezegd dat die zijn weerstand vergrootten en dat een kop gelijk stond aan veertig sinaasappels. Misschien kwam het door die overdoses dat hij bijna nooit verkouden was. En nooit sinaasappels at.

'Ja, ik wil jóú helpen,' zei ze en ze ging tegenover hem op een stoel zitten. 'Maar niet met je zaak.'

'O?'

'Weet je wat de klassieke tekenen zijn van PTSS?'

Harry keek haar aan.

'Posttraumatische stressstoornis,' zei Kaja.

'Ik weet wat het is.'

'Juist, maar weet je wat de symptomen zijn?'

Harry haalde zijn schouders op. 'Herbeleving van het trauma, dromen, flashbacks, beperkt gevoelsleven. Je wordt een zombie. Je voelt je een zombie, een outsider op gelukspillen, vlak en zonder de wens om langer te leven dan noodzakelijk. De wereld voelt onwerkelijk, het gevoel van tijd verandert. Als verdedigingsmechanisme fragmenteer je het trauma, herinner je je afzonderlijke details, maar houd je die gescheiden waardoor de hele gebeurtenis en samenhang in het duister verdwijnen.'

Kaja knikte. 'En vergeet hyperactiviteit, onrust, depressie, irritatie en agressie niet. Plus problemen met slapen. Hoe komt het dat jij daar zoveel vanaf weet?'

'Onze huispsycholoog heeft dat met me doorgenomen.'

'Ståle Aune? En hij beweerde dat jij geen PTSS had?'

'Nou, hij sloot het niet uit. Aan de andere kant vertoon ik die symptomen al sinds mijn tienerjaren. En aangezien ik me niet kan herinneren dat het ooit anders was, zei hij dat het mogelijk ook mijn karakter is. Of dat het ontstond toen ik nog een jongen was en mijn moeder overleed. Verdriet kan makkelijk verward worden met PTSS.'

Kaja schudde beslist haar hoofd. 'Ik heb mijn portie gehad, dus ik weet wat verdriet is, Harry. En jij doet me te veel denken aan de soldaten die ik heb zien vertrekken uit Afghanistan met PTSS in volle bloei. Sommigen waren tot niets meer in staat, anderen pleegden zelfmoord. Maar weet je? Het ergst waren de soldaten die terugkeerden. Die het gelukt was onder de radar van de psychologen te blijven, onontplofte bommen waren geworden en een gevaar voor zichzelf en hun medesoldaten.'

'Ik ben niet in een oorlog geweest, ik heb alleen iemand verloren.'

'Je bent wél in een oorlog geweest, Harry. En daar ben je al veel te lang. Jij bent een van de weinige politiemensen die meerdere keren tijdens dienst heeft moeten doden. En als er iets is wat we hebben ervaren in Afghanistan, dan is het dat doden iets met een mens kan doen.'

'En ik heb gezien wat het niet doet met een mens. Er zijn mensen die het van zich afschudden of het niets is. Of die slechts wachten op een volgende aanleiding.'

'Natuurlijk heb je gelijk dat er individuele verschillen zijn in hoe we ermee omgaan als we iemand doden. Maar voor enigszins normale mensen speelt de reden ook een rol. Een studie door de RAND Corporation toont aan dat minstens twintig en waarschijnlijk dertig procent van de Amerikaanse soldaten die uitgezonden zijn geweest naar Afghanistan of Irak, PTSS ontwikkelt. Hetzelfde geldt voor de Amerikaanse soldaten uit de Vietnamoorlog. Vergelijkbaar onderzoek toont aan dat het cijfer voor de geallieerde soldaten uit de Tweede Wereldoorlog slechts de helft zo hoog is. Psychologen menen dat dit komt doordat de soldaten de oorlogen in Vietnam, Afghanistan en Irak niet begrepen. Terwijl iedereen begreep waarom er tegen Hitler gevochten moest worden. De soldaten die in Vietnam, Irak en Afghanistan waren geweest kwamen terug in een samenleving die geen grote parades organiseerde, maar hen juist met wantrouwen bekeek. En de soldaten zelf zagen ook geen kans het doden te rechtvaardigen. Het is makkelijker te doden voor Israël. Daar is het percentage PTSS onder soldaten maar acht procent. Niet omdat het geweld minder heftig is, maar omdat de soldaten zichzelf kunnen zien als verdedigers van een klein land omringd door vijanden. En omdat ze brede steun krijgen onder hun eigen bevolking. Dat geeft hun een simpele, concreet ethische reden om te doden. Wat ze doen is noodzakelijk en betekenisvol.'

'Hm, jij denkt dat ik getraumatiseerd ben, maar dat ik gedood heb uit noodzaak. Ja, ze bezoeken me 's nachts, maar elke keer haal ik zonder aarzelen de trekker over.'

'Jij hoort bij die acht procent die PTSS krijgt ondanks dat ze alle kans hebben om hun moorden te rechtvaardigen,' zei Kaja. 'Maar dat niet doen. Die onbewust, maar actief zoeken naar een manier om zichzelf de schuld te geven. Zoals je nu denkt dat je schuldig bent aan...'

'Oké, laten we dat zeggen,' onderbrak Harry haar.

'...de dood van Rakel.'

Het werd stil. Harry staarde voor zich uit en knipperde met zijn ogen.

Kaja slikte. 'Het spijt me, ik bedoelde het niet zo. Ik wilde het in elk geval niet op die manier zeggen.'

'Je hebt gelijk,' zei Harry. 'Afgezien van dat zoeken naar schuld. Het ís mijn schuld, dat is een feit. Als ik de zoon van Svein Finne niet had gedood...'

'Je hebt je werk gedaan.'

'...dan had Rakel nog geleefd.'

'Ik ken iemand die gespecialiseerd is in PTSS. Je hebt hulp nodig, Harry.'

'Ja, hulp om Finne te pakken.'

'Dat is niet jouw grootste probleem.'

'Jawel, dat is het wel.'

Kaja zuchtte. 'Hoelang heb je gezocht naar zijn zoon voor je hem vond?'

'Wat maken die jaren uit? Ik heb hem gevonden.'

'Niemand pakt Finne, hij lijkt wel een geest.'

Harry keek op.

'Ik heb voor de afdeling Zedendelicten gewerkt,' zei Kaja. 'Ik heb de rapporten over Svein Finne gelezen, die waren verplichte kost.'

'Geest,' zei Harry.

'Wat?'

'Die zoeken we allemaal.' Hij stond op. 'Dank voor het warme water en de tip.'

'De tip?'

De oude man staarde naar de vaalblauwe jurk die zweefde en zwaaide in de stroming van de rivier. Het leven was een dansvoorstelling van eendagsvliegen. Je staat in een kamer die zwaar is van de testosteron en parfum, tikt met je voet het ritme van de muziek en lacht naar het knapste meisje omdat je denkt dat zij voor jou is. Tot je haar vraagt en zij nee zegt terwijl ze over haar schouder kijkt naar die ander, de jongen die jij niet bent. Dus, nadat je je gewonde hart hebt gerepareerd, je verwachtingen hebt bijgesteld, ga je naar de een na knapste. En dan naar de op twee na knapste. En op drie na knapste. Totdat je bij het meisje komt dat ja zegt. En als je geluk hebt en jullie dansen goed samen, vraagt ze jou voor de volgende dans. En de volgende. Tot de avond voorbij is en je haar vraagt of ze de eeuwigheid met je wil delen.

'Ja schat, maar we zijn eendagsvliegen,' zegt ze en ze gaat dood.

En dan komt de nacht, de echte nacht, en het enige wat je hebt is een herinnering, een blauwe jurk die verleidelijk wenkt en de belofte dat het niet langer dan een dag zal duren voor je haar achterna kunt gaan. De blauwe jurk is het enige waardoor je nog kunt dromen dat je ooit weer zult dansen.

'Ik ben op zoek naar een wildcamera.'

De oude man draaide zich om. Het was een lange man, brede schouders, maar mager.

'We hebben verschillende typen...' zei Alf.

'Ik weet het, ik heb er hier een poos geleden ook eentje gekocht. Nu wil ik een meer fancy type. Zo'n camera die een bericht naar je mobiel stuurt als er iets is opgenomen. En de camera moet verborgen kunnen worden.'

'Ik begrijp het, ik zal een camera pakken die wel wat voor u kan zijn.'

Zijn schoonzoon verdween naar de kast met de wildcamera's en de lange man keerde zich om en ontmoette de blik van de oude man. De oude man herinnerde zich het gezicht, niet alleen omdat hij eerder in de winkel was geweest, maar omdat hij toen niet had kunnen bepalen of hij het gezicht van een planteneter of een roofdier had. Vreemd, want nu was er geen twijfel mogelijk. De man was een roofdier. Maar er was nog iets bekends aan zijn blik. De oude man tuurde ingespannen. Alf kwam terug en de lange man draaide zich weer om naar de toonbank.

'Wanneer deze camera een beweging voor de lens registreert, dan neemt het toestel een foto en stuurt die onmiddellijk naar het telefoonnummer dat...'

'Bedankt, die neem ik.'

Toen de lange man de winkel uit was, ging de blik van de oude man weer naar het televisiescherm. Op een dag zouden alle blauwe jurken aan stukken worden gescheurd en wegdrijven, de herinneringen zouden vervagen en verdwijnen. Hij zag het litteken van verlies en overgave elke dag in de spiegel. Dat was wat hij herkend had in de blik van de lange man. Verlies, maar geen overgave. Nog niet.

Harry hoorde het grind onder zijn laarzen kraken en bedacht zich dat dit was wat er gebeurde als je ouder werd: je bracht meer en meer tijd door op begraafplaatsen. Je maakte kennis met toekomstige buren op de plek waar jij je eeuwigheid zou doorbrengen. Hij bleef voor de kleine, zwarte steen staan. Ging op zijn hurken zitten, groef een kuil in de sneeuw en zette er de pot met witte lelies in. Hij drukte de sneeuw eromheen aan en schikte de bloemen. Deed een stap achteruit en checkte of het eruitzag zoals hij wilde. Hij keek op en liet zijn blik over de rijen grafzerken gaan. Als de regel was dat je begraven werd het dichtst bij de plek waar je had gewoond, zou Harry hier te ruste worden gelegd en niet naast Rakel, die op Voksen lag. Het kostte zeven minuten om van zijn flat hierheen te lopen, drieënhalf als hij rende. Hij had de tijd opgenomen. De periode dat je hier mocht rusten was slechts twintig jaar, daarna werden er nieuwe kisten in het graf gelegd. Op de kist of naast de kisten die er al lagen. Dus als het lot het wilde, dan konden ze herenigd worden in de dood. Harry huiverde in zijn jas toen er een siddering door hem heen ging. Hij keek op zijn horloge. Toen liep hij snel naar de uitgang.

'Hoe gaat het?'

'Goed,' zei Oleg.

'Goed?'

'Op en neer.'

'Hm.' Harry drukte de mobiel steviger tegen zijn oor alsof hij de afstand tussen hen wilde verkleinen, de afstand tussen de flat in de Sofies gate waar Bruce Springsteens langzame nummer 'Stray Bullet' klonk en het huis zeventienhonderd kilometer noordelijker waar Oleg uitzicht had over het militaire vliegveld en de Porsangerfjord.

'Ik bel je omdat je voorzichtig moet zijn.'

'Voorzichtig?'

Harry vertelde over Svein Finne. 'Als Finne zich wil wreken omdat ik zijn zoon heb gedood, betekent het dat jij ook gevaar loopt.'

'Ik kom naar Oslo,' zei Oleg resoluut.

'Nee!'

'Nee? Als hij mama heeft vermoord, moet ik dan hier blijven…'

'Ten eerste zal de afdeling Geweld jou niet in de buurt van het onderzoek willen hebben. Stel je voor wat voor baat een advocaat erbij heeft als bekend wordt dat jij, de zoon van het slachtoffer, hebt meegewerkt aan het onderzoek. Ten tweede is het waarschijnlijk dat hij je moeder heeft gekozen in plaats van jou omdat jij je ver buiten zijn jachtgebied bevindt.'

'Ik kom.'

'Luister! Als hij achter jou aan zit, wil ik je daar houden om twee redenen. Hij rijdt geen zeventienhonderd kilometer in een auto, dus hij komt met het vliegtuig. Naar een klein vliegveld waar jij de medewerkers foto's van hem hebt gegeven. Svein Finne is hoe dan ook geen persoon die je makkelijk over het hoofd ziet in een kleine plaats. Met jou daar ter plaatse vergroten we de kans om hem te pakken. Oké?'

'Maar…'

'Reden nummer twee. Stel je voor dat jij er niet bent en hij treft Helga alleen thuis aan.'

Stilte. Alleen Springsteen en een piano.

Oleg schraapte zijn keel. 'Je houdt me voortdurend op de hoogte?'

'Ik houd je op de hoogte. Oké?'

Nadat ze hadden opgehangen, bleef Harry in het donker zitten staren naar de telefoon die hij op tafel had gelegd. The Boss was gestart met een nieuw nummer dat ook niet op *The River* was gekomen, 'The Man Who Got Away'.

Nee verdomme, niet dit keer.

De telefoon lag koud en dood op tafel.

Toen het halftwaalf was, kon hij niet langer stil blijven zitten.

Hij knoopte zijn laarzen dicht, pakte de telefoon en liep de gang in. De autosleutels lagen niet op de ladekast waar hij ze altijd legde, dus zocht hij in alle broek- en jaszakken tot hij ze in de bebloede jeans vond die hij in de wasmand met vuil goed had gestopt. Hij liep naar de Ford Escort, ging zitten, stelde de rugleuning bij, draaide het contactsleuteltje om en strekte zijn hand automatisch uit naar de radio, maar bedacht zich. Hij had die op StoneHardFM staan omdat daar niet werd gepraat en er alleen hersendode, pijnstillende hardrock het etmaal rond werd gedraaid. Hij had nu geen pijnstilling nodig. Hij had pijn nodig. Toen reed hij in stilte door de donkere, slaperige straten van het centrum, omhoog langs de zeevaartschool naar Nordstrand. Hij parkeerde langs de weg, pakte de zaklantaarn uit het handschoenenvakje, stapte uit en keek naar de Oslofjord onder hem die baadde in het maanlicht, zwart en glimmend als koper. De fjord strekte zich zuidwaarts uit, naar Denemarken, naar open zee. Hij opende de kofferbak en haalde er het breekijzer uit. Hij bestudeerde het een ogenblik. Er was iets wat niet klopte, iets waaraan hij had gedacht, maar het was zo klein, als een fragment dat voor je netvlies dreef, en nu was hij het weer vergeten. Hij beet in zijn vingerprothese, rilde toen zijn tanden contact maakten met het titaan. Maar het hielp niet, het was weg als een droom die onverbiddelijk uit je geheugen glipt.

Harry stapte door de rand sneeuw naar de oude bunkers waar Øystein, Tresko en hij altijd naartoe gingen om te drinken, met hun drieën dronken werden terwijl hun leeftijdsgenoten naar eindexamenfeesten gingen, de nationale feestdag of midzomer vierden of wat ze verdomme ook te vieren hadden.

De gemeente had sloten op de toegangen laten zetten nadat er een fotoreportage in de krant was verschenen. Het was niet zo dat ze bij de gemeente niet op de hoogte waren van het feit dat de bunkers werden gebruikt door drugsverslaafden en prostituees en er waren eerder foto's gepubliceerd. Foto's van jonge mensen die een heroïnespuit zetten in hun onderarm vol wondjes, van buitenlandse vrouwen in hoerige kleding op vuile matrassen. Maar waar de publieke opinie vooral op had gereageerd was een foto die op zich niet eens zo erg was. Er stond een jongen op die op een matras zat met zijn drugs en spuit naast zich. Hij keek met een trieste hondenblik in de cameralens. Het shockeffect werd veroorzaakt doordat hij er als een normale Noorse jongen uitzag: blauwe ogen, Noorse trui en keurig, kortgeknipt haar. Als je niet goed keek, dan zou het een foto kunnen zijn voor een vakantiehuisje in de paasvakantie. De volgende dag had de gemeente sloten laten zetten op alle deuren, waarschuwingsborden laten ophangen en gezegd dat er geregeld werd gesurveilleerd door de politie. Harry wist dat dit laatste een loos dreigement was, de hoofdcommissaris had niet eens voldoende mensen en budget om inbraken waarbij iets was gestolen te laten onderzoeken.

Hij zette het breekijzer tussen de deur en de deurlijst.

Het slot gaf pas mee nadat hij al zijn kracht in de strijd had gegooid.

Harry liep naar binnen. Het enige geluid dat de stilte verbrak was het gedruppel in de verte dat Harry deed denken aan de sonar in een onderzeeër. Tresko had hem verteld dat hij het geluid van de sonar had gedownload van internet, de opname op *repeat* had gezet en die gebruikte om in slaap te vallen. Het gevoel onder water te zijn maakte hem rustig. Uit de ingrediënten van de stank kon Harry slechts drie geuren onderscheiden: pis, benzine en nat beton. Hij deed zijn zaklantaarn aan en liep verder. Het licht vond een houten bank die waarschijnlijk gestolen was uit een van de omliggende parken en een matras die zwart was van het vocht en de schimmel. Voor de horizontale schietgaten met uitzicht op de fjord waren planken gespijkerd.

Het was, zoals hij al verwachtte, de perfecte plek.

En hij kon het niet laten.

Hij deed de zaklantaarn uit. Sloot zijn ogen. Hij wilde het gevoel nu hebben, als een voorschot. Hij probeerde het voor zich te zien, maar de beelden kwamen niet. Waarom niet? Misschien moest hij de haat voeden. Hij dacht aan Rakel. Rakel op de grond, Svein Finne die boven haar stond. De haat voeden.

En toen kwam het beeld.

Harry schreeuwde in het donker en opende zijn ogen. Wat gebeurde er verdomme, waarom maakten zijn hersenen beelden van hemzelf besmeurd met bloed?

Svein Finne werd wakker van een brekende tak. Hij was direct klaarwakker en staarde in het donker naar het doek van zijn tweepersoonstent. Hadden ze hem gevonden? Hier, zo ver van de bebouwing, in het dichte naaldbos met zulk onbegaanbaar terrein dat zelfs honden problemen zouden hebben erdoor te komen.

Hij luisterde. Trachtte te ontdekken wat die geluiden waren. Gesnuif. Geen mens. Zware stappen op de bosgrond. Zo zwaar dat hij een lichte vibratie van de grond voelde. Het was een groot beest. Een eland misschien. Als jongen was Svein Finne vaak naar het bos gevlucht en had hij in een tent overnacht in Maridalen of Sørkedalen. Oslomarka was groot en gaf vrijheid en een schuilplaats aan een jongen die vaak in de problemen zat, die zich niet kon aanpassen, die maar vreemd gevonden werd door de mensen en op wie vaak jacht werd gemaakt. Mensen reageren vaak zo als ze ergens bang voor zijn. Svein Finne begreep nooit hoe ze het konden weten, hij hield zich immers schuil voor hen. Slechts aan een enkeling liet hij zien wie hij was. Wie hij werkelijk was. En dat zij bang werden, dat kon hij begrijpen. Hij voelde zich beter thuis in het bos met de dieren dan in de stad die slechts op een paar uur lopen lag. En er waren hier veel meer dieren dan de inwoners van Oslo wisten. Reeën, hazen, marters. Vossen uiteraard, die konden goed leven van het afval van de mensen. Af en toe een hert. In het maanlicht had hij eens een lynx aan de andere kant van het water voorbij zien sluipen. En dan de vogels. Visarend, bosuil, ruigpootuil. Tegenwoordig zag hij nog maar weinig haviken en sperwers terwijl hij die als jongen vaak zag. Maar buizerds zeilden wel regelmatig boven de sparrentoppen. De eland was dichterbij gekomen. Er werden geen takken meer gebroken. Elanden breken takken. Er duwde een snuit tegen het tentdoek, ademde snuivend in en uit. Een snuit op zoek naar eten. Midden in de nacht. Dit was geen eland.

Finne had zich omgedraaid in zijn slaapzak, greep de zaklantaarn en sloeg tegen de snuit. Die verdween en hij hoorde een zwaar gesnuif. Toen was de snuit er weer en deze keer duwde die zo hard tegen het tentdoek dat Finne, die bleef slaan met de zaklantaarn, zag wat het was. Hij zag de omtrekken van de grote kop en bek. Er klonk een scheurend geluid toen een klauw het tentdoek openscheurde. Finne was razendsnel, greep de schede met het mes die hij altijd naast zich had liggen, trok de rits naar beneden en rolde uit de tent op een manier dat hij niet met zijn rug naar het beest kwam. Hij had zijn kamp opgeslagen op een paar vierkante meter vlak, sneeuwvrij terrein van een helling achter een grote steen die het smeltwater in tweeën splitste en nu rolde hij naakt de helling af. Hij voelde de pijn niet toen de takken en stenen zijn huid openscheurden, hij hoorde alleen het gekraak van de struikjes toen de beer achter hem aan kwam. Zijn jachtinstinct werd getriggerd omdat Finne vluchtte en Svein wist dat geen mens kon wegrennen van een beer, vooral niet op dit terrein. Maar hij was ook niet van plan het te proberen. Ook niet om op de grond te gaan liggen en te doen alsof hij dood was, wat volgens sommige mensen een goede strategie zou zijn bij een ontmoeting met een beer. Een beer die net uit zijn winterslaap was gekomen, wanhopig is van de honger, wil maar wat graag een kadaver eten dat niet doet alsof het dood is, maar dat werkelijk ook is. Verrekte idioten. Svein Finne was onder aan de helling gekomen, stond op, duwde zijn rug tegen een boomstam en richtte zich in zijn volle lengte op. Hij deed de zaklantaarn aan en scheen in de richting van het geluid.

Het beest bleef staan toen het licht hem verblindde. Hij richtte zich op twee poten op en maaide in de lucht met zijn voorpoten. Het was een bruine beer. Ongeveer twee meter. Kon nog groter, dacht Finne. Hij zette zijn tanden in de messchede en trok zijn puukko-mes eruit. De grootvader van Finne had verteld dat in 1882 de laatste beer in

Oslomarka door boswachter Kjelsås werd gedood. Op een plek waar bomen werden gekapt was een beer in Grønnvollia in zijn winterslaap gestoord. Die beer was bijna tweeënhalve meter.

De beer ging weer op alle vier de poten staan. Zijn vel was slap en ruim. Het beest gromde en bewoog zijn kop heen en weer, keek afwisselend naar het bos en het licht alsof hij geen besluit kon nemen. Finne hield zijn mes in zijn hand. 'Wil je niet werken voor je eten, teddybeer? Voel je je wat zwakjes vanavond?'

De beer brulde alsof hij gefrustreerd was en Finne lachte zo luid dat de bergwand het geluid weerkaatste. 'Mijn grootvader was erbij toen jouw grootvader werd opgegeten in 1882,' riep Finne. 'Hij zei dat het vlees niet goed smaakte ondanks de grote hoeveelheid kruiden. Maar ik zou wel een hap van jou lusten, teddybeer, dus kom maar op. Kom dan, jij dommekracht.'

Finne deed een stap in de richting van de beer, die wat terugdeinsde en zijn gewicht van de ene kant naar de andere verplaatste. Hij zag er in de war uit, ja, bijna triest.

'Ik weet hoe dat voelt,' zei Finne. 'Je bent een eeuwigheid opgesloten geweest, dan kom je plotseling naar buiten en er is te veel licht, te weinig eten en je bent helemaal alleen. Niet omdat je uit de groep bent gestoten, want jij bent niet een van hen, je bent geen kuddedier, jij hebt hén uitgestoten.' Finne deed nog een stap naar voren. 'Maar dat betekent niet dat je je niet eenzaam kunt voelen, is het niet? Verspreid je zaad, teddybeer, maak net zulke wezens als jezelf, wezens die jou begrijpen. Die weten dat je je vader moet eren. Vort, maak dat je wegkomt, in Sørkedalen zijn geen berinnen. Ga weg, dit is mijn territorium, uitgehongerde stakker! Het enige wat je hier vindt, is eenzaamheid.'

De beer zette zich af met zijn voorpoten en leek weer op de achterpoten te willen gaan staan, maar het lukte hem niet.

Finne zag het nu. De beer was oud. Misschien ziek. En Finne rook een onmiskenbare geur. De geur van angst. Het was niet dat het schepsel, dat op twee benen voor hem stond en zoveel kleiner was, de beer bang maakte, maar het feit dat het schepsel niet dezelfde geur verspreidde. Het schepsel kende geen angst en was gek. En in staat om wat dan ook te doen.

'Nou, oude teddybeer?'

De beer grauwde, ontblootte een set gele tanden.

Toen draaide hij zich om, sjokte weg en werd opgeslokt door de duisternis.

Svein Finne bleef staan luisteren naar het geluid van brekende takken dat steeds vager werd.

De beer zou terugkomen. Misschien omdat hij nog meer honger had gekregen of omdat hij gegeten had en meer kracht had gekregen om het territorium over te nemen. Morgen moest hij een plek gaan zoeken die nog ontoegankelijker was, eventueel met muren, zodat de beer buiten gehouden kon worden. Maar eerst moest hij naar de stad om een val te kopen. En het graf bezoeken. De kudde.

Katrine kon niet slapen. Maar in zijn bedje bij het raam sliep de baby en dat was belangrijker.

Ze draaide zich om in bed en keek recht in het gezicht van Bjørn. Zijn ogen waren gesloten, maar hij snurkte niet. En dat betekende dat ook hij niet sliep. Ze nam hem op. De dunne, roze oogleden waar de adertjes in te zien waren, de lichte wenkbrauwen, de witte huid die licht leek te geven. Het leek of hij een gloeilamp had ingeslikt. Opgeblazen en verlicht van binnenuit. Veel mensen waren verbaasd geweest dat zij een stel werden. Niemand had het uiteraard rechtsreeks gevraagd, maar ze had de vraag van hun gezichten gelezen: Waarom kiest een knappe, onafhankelijke vrouw voor een niet zo aantrekkelijke man zonder geld? Een vrouwelijk lid van de adviescommissie Juridische Zaken had haar zelfs apart genomen tijdens een cocktailparty voor vrouwen op belangrijke posities en gezegd dat ze het zo bijzonder vond dat ze was getrouwd met een man die lager op de ladder stond dan zij. Katrine had geantwoord dat Bjørn Holm erg goed was in bed en gevraagd of de vrouw zich misschien schaamde voor het feit dat ze getrouwd was met een man die een hogere status had dan zij en ook meer verdiende. En hoe groot ze de kans achtte dat haar volgende echtgenoot uit een lagere klasse kwam dan zij. Katrine had geen idee gehad wie de echtgenoot was, maar zag aan de uitdrukking op het gezicht dat ze raak had geschoten. Ze haatte overigens dergelijke vrouwen-op-posities-bijeenkomsten. Niet omdat ze niet achter het doel stond, niet omdat ze niet inzag dat gelijke behandeling belangrijk was om voor te vechten, maar omdat ze niet kon omgaan met de verplichte zustersolidariteit en emotionele retoriek. Af en toe had ze zin de vrouwen te verzoeken hun mond te houden en te vragen of ze zich niet gewoon konden beperken tot gelijke behandeling en gelijke lonen voor hetzelfde werk. Natuurlijk was de tijd rijp voor verandering, niet alleen wanneer het ging om directe seksuele intimidatie, maar ook als het ging om indirecte en in veel gevallen onbewuste seksuele overheersing van mannen. Maar dat moest niet het belangrijkste punt op de agenda zijn en de aandacht wegkapen van waar het eigenlijk om draaide: vrouwen konden zichzelf een dienst bewijzen door prioriteit te geven aan gelijke beloning voor man en vrouw. Want betere betaling leidde tot economische onafhankelijkheid en maakte vrouwen minder kwetsbaar.

Misschien had ze er anders naar gekeken als zij degene was in deze slaapkamer die het kwetsbaarst was. Ze had Bjørn nodig gehad toen ze op haar zwakst was, op haar kwetsbaarst, toen ze iemand nodig had die onvoorwaardelijk van haar kon houden. En deze iets te dikke, maar aardige en hulpvaardige technisch rechercheur had zijn eigen geluk nauwelijks kunnen bevatten en had gereageerd door haar op een voetstuk te plaatsen en zichzelf bijna weg te cijferen. Ze had zich voorgenomen daar geen misbruik van te maken, ze had te vaak gezien bij zowel vrouwen als mannen dat ze zich vreselijk gedroegen, gewoon omdat hun partner hen daartoe uitnodigde. En ze had het geprobeerd, dat had ze werkelijk. Ze had het anderen ook zien proberen, maar als de werkelijke test kwam – de derde persoon, het kind – dan kreeg het overlevingsinstinct dat je door de sleur van alledag hielp de overhand en stopte je met rekening houden met je partner.

De derde persoon, degene van wie je meer hield dan van je partner. Maar in Katrines geval was de derde persoon er de hele tijd geweest.

Ooit, ooit hadden zij zo gelegen, in hetzelfde bed, met deze derde persoon. Ze had hem horen ademhalen terwijl een herfststorm de ramen had doen rinkelen, de muren kraakten en haar wereld liet instorten. Hij was van iemand anders, ze had hem te leen en als dat het enige was wat ze kon krijgen, dan nam ze het ook. Of ze spijt had van die aanval van gekte? Ja, ja, uiteraard had ze daar spijt van. Was dat het gelukkigste moment in haar leven geweest? Nee. Het was wanhoop en een merkwaardige verdoving geweest. Had ze het kunnen voorkomen? Absoluut niet.

'Waar denk je aan?' fluisterde Bjørn.

Wat nu als ze het zou zeggen? Hem alles vertelde.

'Het onderzoek,' zei ze.

'Juist ja.'

'Hoe kan het toch dat jullie helemaal niets hebben?'

'Zoals ik al zei, de dader heeft opgeruimd. Denk je echt aan het onderzoek of aan... iets anders?'

Katrine kon de uitdrukking van zijn ogen in het donker niet zien, maar ze kon het horen aan zijn stem. Hij had altijd geweten van die derde. Ooit had ze Bjørn op het bureau in vertrouwen genomen toen ze alleen nog maar vrienden waren, zij werkte daar pas en Harry was haar hopeloze, domme verliefdheid. Dat was lang geleden, maar over die nacht had ze hem nooit verteld.

'Een echtpaar dat in Holmenkollen woont, was 's nachts met de auto naar huis gereden,' zei Katrine. 'Zij zagen een volwassen man een kwartier voor middernacht over de Holmenkollvei lopen, in de richting van de stad.'

'Dat zou kunnen kloppen met het tijdstip van de moord tussen tien uur 's avonds en twee uur 's nachts,' zei Bjørn.

'Volwassen, nuchtere mensen in Holmenkollen rijden auto. De laatste bus was al weg en we hebben de bewakingscamera's van het metrostation Holmenkollen gecheckt. En om vijf over halftwaalf reed er een tram, maar daar stapte alleen een vrouw uit. Wat deed die voetganger nog zo laat? Als hij vanuit een café in de stad lopend naar huis was gegaan, dan was hij de andere kant opgegaan en als hij naar de stad wilde, dan had hij toch de metro genomen, denk je niet? Met andere woorden, hij wilde de bewakingscamera's ontwijken.'

'Een man die buiten loopt. Is dat niet een beetje mager? Hebben ze een signalement gegeven?'

'Alleen de gebruikelijke beschrijving, gemiddeld van lengte, tussen de vijfentwintig en de zestig, etniciteit onbekend, maar in elk geval geen donkere huid.'

'Dus de reden dat je met deze tip bezig bent is...'

'...omdat het de enige tip is die we hebben.'

'Dus van de buurvrouw hebben jullie niets te horen gekregen?'

'Mevrouw Syvertsen? Haar slaapkamer ligt aan de achterkant. Haar raam stond wel open, maar ze heeft de hele nacht als een baby geslapen.'

Als een ironisch commentaar klonk er een inleidend gejammer uit het babybedje. Ze keken elkaar aan en begonnen te lachen.

Katrine draaide zich om en drukte haar oor in het kussen, maar ze kon een nieuwe kreet en de gebruikelijke pauze voordat de sirene startte niet negeren. Ze voelde dat de matras meegaf toen Bjørn uit bed stapte.

Ze dacht niet aan het kind. Ze dacht niet aan Harry. En ze dacht niet aan het onderzoek, ze dacht aan slaap. De slaap van zoogdieren waarbij beide hersendelen uitgeschakeld zijn.

Kaja streelde met haar hand over de ruwe, harde holster van het pistool. Ze had alle geluidsbronnen in de kamer uitgezet en luisterde naar de stilte. Hij was buiten, ze had het geluid van hem gehoord. Ze had een pistool aangeschaft kort nadat dat met Hala in Kabul was gebeurd.

Hala was samen met Kaja twee van de negen vrouwen geweest in de woongemeenschap van drieëntwintig personen. De meesten van hen waren werkzaam bij het Rode Kruis of de Rode Halvemaan, maar sommigen hadden ook civiele functies bij de vredestroepen. Hala was een bijzonder mens met een bijzondere geschiedenis, maar wat haar echt anders maakte dan de anderen was het feit dat ze geen buitenlander was, maar Afghaans. Het huis van de vrouwen stond niet ver van het Kab Serena-hotel en het Afghaanse presidentiële paleis. Na de aanval in 2008 van de taliban op Serena was duidelijk geworden dat geen enkel gebied in Kabul helemaal veilig was, maar alles is relatief en ze hadden zich beschermd gevoeld door de beveiliger achter het hoge hek. Kaja en Hala gingen vaak 's middags naar het platte dak om te vliegeren met een draak die ze voor ongeveer twee dollar bij de Strand Bazaar hadden gekocht. Kaja had gedacht dat het slechts een romantisch cliché was uit de bestseller dat draken in de lucht boven Kabul het symbool waren dat de stad bevrijd was van het talibanregime, dat het vliegeren in het midden van de jaren negentig had verboden omdat het maar zou afleiden van het bidden. Maar nu waren er in het weekend honderden, ja, zelfs duizenden draken in de lucht. En volgens Hala waren de draken nog feller van kleur dan voor de taliban dankzij een nieuwe inkt die op de markt was gekomen. Ze had laten zien hoe ze moesten samenwerken als ze vliegerden, eentje moest de draak besturen en eentje moest op de lijnen letten. Als je dat niet deed, dan kwam je vlieger niet onbeschadigd langs de andere draken die oorlog zochten en de vliegerlijn wilden doorsnijden of de vlieger kapotmaken met hun lijnen met vastgelijmde scherpe glasscherven. Jazeker, het was niet moeilijk een parallel te zien tussen de opdracht die het Westen in Afghanistan had, maar het bleef gewoon een spel. Als je een vlieger kwijtraakte, dan haalden ze gewoon een andere. En nog mooier dan al die vliegers in de lucht was het licht in Hala's mooie ogen wanneer ze naar de hemel keek.

Het was na middernacht geweest toen Kaja sirenes hoorde en blauw zwaailicht van de politie voor haar raam had gezien. Ze maakte zich al zorgen omdat Hala niet thuis was gekomen en ze had zich aangekleed en was naar buiten gegaan. De politieauto's stonden geparkeerd bij een steeg. Er was geen afzetlint en er had zich al een menigte nieuwsgierigen verzameld. Jonge, Afghaanse mannen in leren jassen, Gucci- en Armani-imitaties, die om deze tijd nog op straat waren. Op hoeveel plaatsen delict was Kaja niet geweest als rechercheur van de afdeling Geweld? Toch kon ze nog steeds wakker worden van de nachtmerrie die nacht. Het mes dat was gebruikt had grote gaten gesneden in haar salwar kameez waardoor de huid eronder zichtbaar was en Hala's hoofd lag in een onmogelijke hoek alsof haar nek gebroken was. Daardoor gaapte de wond van haar doorgesneden keel en kon Kaja in de roze, al opgedroogde binnenkant kijken.

De obductie wees uit dat Hala kort voor de moord seks had gehad en hoewel de fysieke bewijzen niet konden uitsluiten dat het vrijwillig was geweest, nam men aan – gegeven de omstandigheden en het feit dat ze ongetrouwd was en een meisje dat zich hield aan de strenge religieuze regels van de Hazara's – dat ze was verkracht. De politie had de dader of daders nooit kunnen pakken. Men zei dat de kans om in Kabul op straat te worden verkracht slechts een fractie van het risico was om opgeblazen te worden door een IED. En hoewel het aantal verkrachtingsgevallen was gestegen na de val van de taliban, had de politie een theorie dat de taliban hierachter zat: een manier om Afghaanse vrouwen die voor ISAF, Resolute Support of een andere westerse organisatie werkten te waarschuwen. De verkrachting en moord hadden de vrouwen in de woongemeenschap diep geschokt. Kaja had de andere vrouwen geleerd hoe ze een handwapen moesten hanteren. En dit pistool, dat als een estafettestokje werd doorgegeven als een van hen na het vallen van de duisternis een boodschap moest doen, had hen op een merkwaardige manier met elkaar verbonden. Een drakenteam.

Kaja voelde het gewicht van het pistool. Toen ze nog bij de politie was, had het haar altijd een merkwaardige mix van angst en veiligheid gegeven om een geladen dienstpistool vast te houden. In Afghanistan was ze het gaan zien als een noodzakelijk stuk gereedschap, iets waar je prijs op stelde. Net als een mes. Roger had haar dat leren gebruiken, hij had haar geleerd dat je jezelf ook binnen het Rode Kruis – in elk geval binnen zijn Rode Kruis – moest kunnen verdedigen en dat je, indien noodzakelijk, moest kunnen doden. Ze herinnerde zich dat ze de eerste keer dat ze Roger ontmoette, had gedacht dat deze verfijnde, bijna ijdele en veel te knappe, lange, blonde Zwitser niets voor haar was. Ze had zich vergist. En had gelijk gekregen. Maar wat betreft de moord op Hala vergiste ze zich niet, ze had gelijk. De taliban zat daar niet achter.

Ze wist wie de dader was, maar had geen bewijzen.

Kaja klemde haar hand rond de holster en luisterde. Ze ademde, wachtte en was verdoofd. Dat was het vreemde: haar hart bonsde alsof ze op de rand van een paniekaanval stond en tegelijkertijd was ze volkomen laconiek. Bang om dood te gaan, maar geen speciale wens om te blijven leven. En toch was het haar gelukt tijdens de vaste debriefing bij de psycholoog in Tallin op de terugweg. Ze was onder de radar gebleven.

HOOFDSTUK 20

Harry was wakker en alles was nog hetzelfde. Er verstreken een paar seconden voor hij het zich herinnerde en begreep dat het geen nachtmerrie was. En de vuistslag trof hem in zijn maagstreek. Hij draaide zich op zijn zij en staarde naar de foto op zijn nachtkastje. Rakel, Oleg en hijzelf, lachend zittend op een grote steen omgeven door herfstbladeren tijdens een van die tochten waar Rakel zo van hield, en Harry verdacht zichzelf ervan dat dit bij hem ook het geval was. En voor de eerste keer dacht hij: als dit de start is van een dag die alleen maar slechter kan worden, hoeveel dagen kon hij dan nog verdragen? Hij was bezig zichzelf een antwoord te geven toen hij zich realiseerde dat hij niet wakker was geworden van de wekker. De telefoon die naast de foto lag, trilde bijna onhoorbaar als het gezoem van kolibrievleugels. Hij greep de telefoon.

Het was een sms met een foto.

Harry's hart klopte sneller.

Hij tikte twee keer op het glas en kreeg het gevoel dat zijn hart stilstond. Svein 'de Verloofde' Finne stond met zijn hoofd gebogen naar de cameralens en keek naar iets voor zich. De hemel achter hem had een roodachtige gloed.

Harry sprong uit bed en trok de broek aan die over de stoel hing. Op weg naar de deur wrong hij zich snel in zijn T-shirt, griste zijn jas van de haak, stapte in zijn laarzen en stortte zich van de trap. Hij stak zijn handen in zijn jaszakken en voelde alles wat hij de avond tevoren in de zakken had gestopt: de autosleutels, de handboeien en het Heckler & Koch-pistool. Hij liep door de poort, snoof de koude ochtendlucht op en ging in de Escort zitten die langs het trottoir stond. Drieënhalve minuut als hij rende. Maar hij had de auto nodig voor deel twee. Harry vloekte toen de startmotor niet bereid was bij de eerste keer te starten. Bij de volgende apk-keuring was het *game over*. Hij draaide het contactsleuteltje opnieuw en trapte op het gas. Ja! De auto stoof weg over de natte stenen in de ochtendstille Stensbergate. Hoelang staat iemand bij een graf? Hij reed dwars door de beginnende ochtendfile op de Ullevålsvei, parkeerde op de stoep van de Akersbakke recht voor de ingang aan de noordzijde van het Vår Frelsers-kerkhof. Hij liet de auto openstaan met het knipperlicht aan en legde zijn politie-ID zichtbaar op het dashboard.

Hij rende, maar nadat hij door het hek was, hield hij halt. Daar stond Finne, op de top van een heuvel kreeg Harry de eenzame gedaante voor de grafzerk direct in het vizier. Zijn hoofd was gebogen en een lange, dikke indianenvlecht hing op zijn rug.

Harry klemde zijn hand rond zijn pistool en begon te lopen. Niet snel, niet langzaam. Hij bleef staan toen hij drie meter achter hem stond.

'Wat wil je?'

Alleen al door het geluid van zijn stem huiverde Harry. De laatste keer dat hij Svein Finnes gruizige, doordringende domineesstem had gehoord was toen ze in een cel van de Ila-gevangenis zaten en Harry getracht had hulp te krijgen om de man die hier in het graf lag te pakken. Toentertijd had Harry er geen idee van dat Valentin Gjertsen de zoon van Svein Finne was. Achteraf bekeken had hij het kunnen weten. Hij had moeten zien dat die zieke, gewelddadige fantasieën op de een of andere manier uit dezelfde bron kwamen.

'Svein Finne,' zei Harry en hij hoorde dat zijn hese stem beefde. 'Je staat onder arrest.'

Harry hoorde Finne niet lachen, maar zag dat zijn schouders zacht op en neer gingen. 'Dat lijkt wel je vaste repliek als we elkaar ontmoeten, Hole.'

'Leg je handen op je rug.'

Finne zuchtte diep. In een nonchalante beweging legde hij zijn handen op zijn rug alsof hij dan prettiger stond.

'Ik ga handboeien bij je omdoen. En voordat je van plan bent iets doms te doen, zeg ik dat ik een pistool op je ruggengraat gericht heb.'

'Wil je me in mijn ruggengraat schieten, Hole?' Finne draaide zijn hoofd om en grinnikte. Die donkere ogen en dikke, natte lippen. Harry ademde door zijn neus. Koud. Hij moest nu koud blijven, niet aan haar denken. Alleen denken aan wat hij nu moest doen. Simpele, praktische zaken.

'Omdat jij denkt dat ik banger ben om verlamd te raken dan om te sterven?'

Harry haalde diep adem in een poging het trillen te dempen. 'Omdat ik een bekentenis wil hebben voordat je sterft.'

'Zoals jij die van mijn jongen hebt gekregen? Waarna je hem hebt doodgeschoten?'

'Ik moest op hem schieten omdat hij zich verzette tegen zijn arrestatie.'

'Ja, ik neem aan dat je je het graag op die manier wilt herinneren. En zo herinner je je ook die keer dat je op mij hebt geschoten.'

Harry zag het gat in Svein Finnes handpalm, net als Torghatten, de berg met het gat waardoor je het daglicht kunt zien. Het gat in Finnes hand was ontstaan door een kogel uit Harry's pistool aan het begin van zijn politiecarrière. Maar de andere hand trok zijn aandacht. Er zat een grijs horlogebandje rond zijn pols. Zonder het pistool te laten zakken greep hij met zijn vrije hand Finnes hand en draaide die om. Hij tikte op de wijzerplaat. De rode cijfers voor het tijdstip en de datum lichtten op.

De klik van de handboeien klonk op het verlaten kerkhof als een natte kus.

Harry draaide het contactsleuteltje naar links en de motor zweeg.

'Een mooie ochtend,' zei Finne, kijkend door de voorruit van de Ford Escort naar de fjord onder hen. 'Maar waarom zijn we niet op het hoofdbureau?'

'Ik heb besloten jou een keus te geven,' zei Harry. 'Je kunt me hier en nu een bekentenis geven en daarna rijden we de berg af voor ontbijt en een warme cel in het politiebureau. Of je kunt dat weigeren en dan gaan jij en ik die bunker daar bezoeken.'

'Ha, ha, ik mag jou wel, Hole. Dat doe ik. Ik haat je als persoon, maar ik hou van jouw persoonlijkheid.' Hij maakte zijn lippen nat. 'En ik beken, uiteraard. Ze...'

'Wacht tot ik het kan opnemen,' zei Harry en hij viste zijn telefoon uit zijn jaszak.

'...heeft er vrijwillig aan meegewerkt.' Finne haalde zijn schouders op. 'Ik geloof zelfs dat ze er meer van genoot dan ik.'

Harry slikte en sloot een ogenblik zijn ogen. 'Ze genóót van een mes in haar buik?'

'Een mes?' Finne draaide zich om op zijn stoel en keek Harry aan. 'Ik heb haar genomen tegen het hek vlak achter waar jij me hebt gearresteerd. Ik was er uiteraard van op de hoogte dat het verboden is te neuken op een kerkhof, maar gegeven het feit dat zij aandrong op meer, vind ik het redelijk dat zij het grootse deel van de boete betaalt. Heeft ze echt aangifte gedaan? Waarschijnlijk heeft ze spijt van haar ongepaste gedrag. Ja, dat zou me niet verbazen. Of misschien gelooft ze zelfs in haar interpretatie, schaamte kan immers alles verdringen. Weet je, er was een psycholoog in de gevangenis die getracht heeft me iets uit te leggen over Nathansons theorie over schaamte. Ik zou me er zo voor schamen dat ik zoals jullie beweren een meisje heb gedood dat ik door het te verdringen vlucht voor de schaamte dat het is gebeurd. Dat is hier ook aan de hand: Dagny schaamt zich zo voor haar wellust op het kerkhof dat haar geheugen het heeft verdraaid tot verkrachting. Klinkt dat bekend, Hole?'

Harry wilde antwoorden toen hij een golf van misselijkheid in zich voelde opkomen. Schaamte en verdringing.

De handboeien ratelden toen Finne voorover leunde. 'Hoe dan ook, je weet hoe het gaat in verkrachtingszaken: het is haar woord tegen mijn woord en er zijn geen getuigen of technische bewijzen. Ik ga vrijuit, Hole. Gaat het daar om? Je weet dat een bekentenis uit me persen de enige manier is om me achter de tralies te krijgen. Sorry, Hole. Maar ik beken het neuken op een openbare plaats, dus dan heb je voldoende om me te beboeten. Trakteer je nog steeds op ontbijt?'

'Heb ik iets verkeerds gezegd?' zei Finne lachend terwijl hij door de dooiende sneeuw stapte. Hij viel op zijn knieën, Harry trok hem overeind en duwde hem in de richting van de bunkers.

Harry zat op zijn hurken voor de houten bank. Op de grond lag wat hij had gevonden toen hij Svein Finnes zakken had doorzocht. Een dobbelsteen van blauwgrijs metaal. Een paar briefjes van honderd kronen en wat kleingeld, maar geen kaartje voor de tram of de bus. Een mes in een schede. Het mes had een bruin, houten handvat en een kort lemmet. Spitse punt. Kon dit het moordwapen zijn? Er zaten geen bloedsporen op. Harry keek op. Hij had een van de planken voor het schietgat weggetrokken om wat licht in de ruimte te krijgen. Het kwam wel voor dat er joggers langs kwamen gerend, maar niet voordat de sneeuw helemaal weg was. Niemand zou het geschreeuw van Svein Finne horen.

'Mooi mes,' zei Harry.

'Ik verzamel messen,' zei Finne. 'Ik had er zesentwintig voordat jullie ze in beslag namen, weet je dat nog? Ik heb ze nooit teruggekregen.' Het licht van de lage ochtendzon viel op Svein Finnes gezicht en diens naakte, gespierde bovenlichaam. Niet die opgepompte variant die de gevangenisklanten krijgen na het herhaaldelijke halterliften in krappe trainingsruimten, maar de magere, goedgetrainde variant. Het lichaam van een balletdanser, dacht Harry. Iggy Pop. En net als Iggy zonder tatoeages en andere versierselen. Puur. Finne zat op de houten bank met zijn handen vastgeketend aan de rugleuning. Harry had Finnes schoenen ook uitgetrokken, maar had hem zijn broek laten aanhouden.

'Ik herinner me die messen,' zei Harry. 'Hoe zit het met die dobbelsteen?'

'Om moeilijke beslissingen in het leven te nemen.'

'Luke Rhinehart,' zei Harry. 'Dus je hebt *The Dice Man* gelezen.'

'Ik lees niet, Hole. Maar die dobbelsteen mag je houden, het is een cadeautje van mij aan jou. Laat het lot bepalen als je het zelf niet weet. Je zult het bijzonder bevrijdend vinden, geloof me.'

'Dus het lot is bevrijdender dan zelf beslissen?'

'Natuurlijk, stel je voor dat je zin hebt iemand te vermoorden, maar je krijgt het niet voor elkaar. Dan heb je hulp nodig. Van het lot. En als de dobbelsteen zegt dat je moet doden, heeft het lot de schuld. Het bevrijdt jou en jouw vrije wil, begrijp je? Het enige wat je nodig hebt is een dobbelsteen.'

Harry controleerde of de opnamefunctie was geactiveerd voor hij de mobiel op de bank legde en haalde toen diep adem. 'Heb je de dobbelsteen geworpen voordat je Rakel Fauke doodde?'

'Wie is Rakel Fauke?'

'Mijn vrouw,' zei Harry. 'De moord heeft tien dagen geleden plaatsgevonden in onze keuken aan de Holmenkollvei.' Hij zag iets dansen in de ogen van Finne.

'Mijn deelneming.'

'Hou op met die onzin en geef gewoon antwoord.'

'Of anders?' Finne zuchtte alsof hij zich verveelde. 'Heb je de accu uit de auto meegenomen om die op mijn testikels te zetten?'

'Een autoaccu als martelwerktuig is een fabeltje,' zei Harry. 'Die geeft geen stroom.'

'Hoe weet je dat?'

'Ik heb gisteravond op internet gelezen over martelwerktuigen,' zei Harry en hij schraapte met de punt van het mes over de huid van zijn duim. 'Het is trouwens niet de pijn waarom mensen bekennen, maar de angst voor de pijn. Het is duidelijk: er moet een gegronde reden zijn voor angst, de folteraar moet het slachtoffer ervan overtuigen dat de pijn die hij bereid is de ander toe te brengen slechts begrensd wordt door zijn fantasie. En dat is wat ik nu heb, Finne, fantasie.'

Svein Finne maakte zijn dikke, zachte lippen nat. 'Ik begrijp het, je wilt de details horen?'

'Allemaal.'

'Het enige detail dat ik heb, is dat ik het niet heb gedaan.'

Harry klemde zijn hand rond het mes en sloeg. Hij voelde dat het neusbeen van de ander meegaf, voelde zijn knokkels en het warme bloed van de ander op zijn huid. Finnes ogen vulden zich met tranen van de pijn, zijn lippen gleden van elkaar en ontblootten de gele tanden in een brede grijns.

'Iedereen moordt, Hole.' De domineesstem had een andere, meer nasale klank gekregen. 'Jij, jouw collega's, jouw buurman. Alleen ik niet. Ik schep nieuw leven, ik repareer wat jullie kapotmaken. Ik bevolk de wereld met mezelf, met mensen die het goede willen.' Hij schudde zijn hoofd. 'Ik begrijp mensen niet die kinderen opvoeden die niet van henzelf zijn. Zoals jij met die bastaardzoon. Oleg, is het niet? Is het omdat jij geen levensvatbaar zaad hebt, Hole? Of neukte je Rakel niet goed genoeg dat ze een kind van je wilde?'

Harry sloeg opnieuw. Trof dezelfde plek. Hij vroeg zich af of dat onnatuurlijke kermende, krakende geluid inderdaad van het neusbeen kwam of alleen maar in zijn eigen hoofd te horen was. Finne legde zijn hoofd in zijn nek en jubelde lachend naar het plafond: 'Meer!'

Harry zat op de grond met zijn rug naar de betonnen muur, luisterde naar zijn eigen hijgende ademhaling en het piepende gehijg van de bank. Hij had het shirt van Finne rond zijn hand gedraaid en toch vertelde de pijn hem dat de huid op minstens één knokkel was opengescheurd. Hoelang waren ze al bezig? Hoelang zou het duren? Op internet stond dat niemand, absoluut niemand, op de lange duur tegen martelen bestand was. Dat ze je altijd gaan vertellen wat ze weten, eventueel wat ze denken dat je wilt horen. Svein Finne had tot nu toe slechts één woord herhaald: 'meer'. En hij had gekregen waar hij om vroeg.

'Mes.' De stem klonk niet langer als die van Finne. En toen Harry opkeek, herkende hij de man ook niet. De zwellingen in zijn gezicht zorgden ervoor dat de ogen dichtzaten en het bloed droop als een rode, lange baard naar beneden. 'Men gebruikt messen.'

'Messen?' herhaalde Harry fluisterend.

'Mensen steken al sinds het stenen tijdperk gaten in elkaar, Hole. De angst zit ingebakken in onze genen. De gedachte dat iemand door je huid zal dringen, aan de binnenkant zal komen, kapot zal maken wat in jou zit, wat van jou is. Laat iemand een mes zien en hij doet wat je wilt.'

'Wie doet wat je zegt?'

Finne rochelde en spuugde bloed op de grond. 'Iedereen. Vrouwen, mannen, jij en ik. In Rwanda werd de Tutsi's aangeboden kogels te kopen zodat ze doodgeschoten werden in plaats van aan stukken gehakt te worden met een machete. En weet je? Ze tekenden ervoor.'

'Oké, ik heb een mes,' zei Harry, knikkend naar het mes dat tussen hen in op de grond lag.

'En waar wil je me steken?'

'Ik had gedacht op dezelfde plek waar je mijn vrouw hebt gestoken. In de buik.'

'Slecht gebluft. Hole. Als je in mijn buik steekt, dan zal ik niet meer kunnen praten en doodbloeden voordat je jouw bekentenis hebt.'

Harry gaf geen antwoord.

'Of, wacht,' zei Finne en hij hield zijn bloederige hoofd schuin. 'Kan het zo zijn dat jij je zelfs hebt ingelezen in martelen? Houd jij je bezig met dit ineffectieve boksen omdat je diep vanbinnen helemaal geen bekentenis wilt?' Hij haalde zijn neus op. 'Ja, daar hebben we het. Jij ziet liever dat ik niet beken zodat je een excuus hebt om, ja... dat je me moet vermoorden zodat er gerechtigheid is. Je had alleen een preludium nodig voor de moord. Dan kun je jezelf vertellen dat je het geprobeerd hebt, dat het niet was wat je wilde. Dat je niet bent als de moordenaars die het doen omdat ze ervan houden.' Finnes gelach ging over in gorgelend gehoest. 'Ja, ik loog, ik ben een moordenaar. Ook ik. Want het ís fantastisch om te moorden, nietwaar, Hole? Een kind ter wereld zien komen, te weten dat het jouw eigen schepping is, kan slechts leiden tot één ding: een mens uit deze wereld sturen. Een leven beëindigen, iemands lot zijn, iemands dobbelsteen. Dan ben je God, Hole, en je kunt het blijven ontkennen zoveel je wilt, maar dat is precies het gevoel dat er is en dat je voelt. Heerlijk, is het niet?'

Harry stond op.

'Dus het spijt me als ik jouw afrekening verpest, Hole, maar hierbij beken ik. Mea culpa, Hole. Ik heb je vrouw Rakel Fauke vermoord.'

Harry bevroor. Finne keek naar het plafond. 'Met een mes,' fluisterde hij. 'Maar niet met het mes dat je in je hand hebt. Ze schreeuwde toen ze stierf. Ze schreeuwde je naam. Haaarr-y, Haar-yy...'

Harry voelde de andere razernij opkomen. De koude razernij die hem kalm maakte. En gek. Hij had gevreesd dat die zou komen omdat die het niet moest overnemen.

'Waarom?' vroeg Harry. Zijn stem klonk ineens ontspannen, zijn ademhaling was normaal.

'Waarom?'

'Het motief?'

'Dat is toch duidelijk. Hetzelfde als wat jou nu drijft. Wraak. We zitten in een klassieke bloedvete, jij vermoordde mijn zoon, ik vermoord jouw vrouw. Dat is wat wij mensen doen, dat is wat ons onderscheidt van dieren: we nemen wraak. Het is iets rationeels, maar we hoeven het niet eens te zien als een verstandige handeling, we voelen gewoon dat het heerlijk is. Is dat nu ook niet zo voor jou, Hole? Jij maakt jouw eigen pijn tot de pijn van iemand anders. Jij overtuigt jezelf dat die ander de schuld draagt voor het feit dat jij het moeilijk hebt.'

'Bewijs het.'

'Bewijs wat?'

'Dat je haar hebt vermoord. Vertel iets over de moord of de plaats delict wat je anders niet kon weten.'

'Voor Harri, met een i.'

Harry knipperde met zijn ogen.

'Van Oleg,' ging Finne verder. 'Dat staat gebrand in een broodplank die tussen de bovenste keukenkastjes en het koffiezetapparaat aan de muur hangt.'

Het enige wat te horen was na de stilte die volgde, was het metronomische gedruppel.

'Daar heb je je bekentenis,' zei Finne. Hij rochelde en spuugde weer. 'En die geeft jou twee alternatieven. Je kunt me in de bak gooien en me laten straffen volgens de Noorse wet. Dat is wat politiemannen doen. Of je doet wat wij moordenaars doen.'

Harry knikte en ging weer op zijn hurken zitten. Hij pakte de dobbelsteen. Maakte een kommetje van zijn handen en schudde het voor hij de dobbelsteen op de grond liet rollen. Nadenkend keek hij ernaar. Stopte de dobbelsteen in zijn zak, greep het mes en stond op. Het zonlicht dat tussen de planken door naar binnen viel, blonk in het lemmet. Hij ging achter Finne staan, legde zijn linkerarm rond zijn voorhoofd en drukte het hoofd tegen zijn borst.

'Hole?' De stem was iets hoger. 'Hole, niet...' Finne rukte aan zijn handboeien en Harry voelde het beven van zijn lichaam.

Eindelijk wat doodsangst.

Harry ademde uit en liet het mes in zijn jaszak glijden. Hij hield het hoofd nog steeds vast terwijl hij zijn zakdoek pakte waarmee hij over het gezicht van Finne ging. Hij veegde het bloed onder de neus, rond de mond en op de kin weg. Finne snoof en vloekte, maar verzette zich niet. Harry scheurde twee repen van zijn zakdoek en propte die in de neusgaten. Toen stopte hij de zakdoek weer in zijn zak, liep om de bank en nam het resultaat op. Finne hijgde alsof hij de vierhonderd meter had gelopen. Aangezien Harry voornamelijk had geslagen met het shirt van Finne rond zijn hand, waren er geen wonden, alleen maar een bloedneus en zwellingen.

Harry liep naar buiten, pakte sneeuw in het shirt, ging terug en hield het shirt tegen Finnes gezicht.

'Probeer je me toonbaar te maken zodat je kunt beweren dat dit niet is gebeurd?' vroeg Finne die alweer kalm leek te zijn.

'Daar is het te laat voor,' zei Harry. 'Maar ze zullen me straf geven op basis van de graad van de mishandeling, dus laten we dit beperking van de schade noemen. En jij provoceerde me immers omdat je wilde dat ik je sloeg.'

'O, wilde ik dat?'

'Natuurlijk, jij wilde je advocaat fysiek bewijs geven dat je werd mishandeld tijdens het politieverhoor. Want elke rechter zal een verklaring weigeren die niet reglementair is verkregen. Daarom heb je een bekentenis gegeven. Omdat je ervan uitging dat een bekentenis ervoor zou zorgen dat je hier weg kon en die je later toch niet op zou breken.'

'Misschien wel, je bent in elk geval niet van plan me te doden.'

'Niet?'

'Dan had je dat wel gedaan. Misschien heb ik me vergist, misschien heb je het toch niet in je.'

'Jij vindt dat ik het moet doen?'

'Zoals je zelf al zei, het is nu te laat. Een zak met ijs fikst dit niet. Ik zal vrijuit gaan.'

Harry pakte zijn mobiel van de bank. Hij zette de opnamefunctie uit en belde Bjørn Holm.

'Ja?'

'Met Harry. Ik heb Svein Finne. Hij heeft zojuist de moord op Rakel bekend en ik heb daar een opname van.'

Harry hoorde in de stilte die viel het gehuil van een baby.

'Echt?' zei Bjørn langzaam.

'Echt. Ik wil dat je hierheen komt om hem te arresteren.'

'Ik? Zei je niet dat je hem al had gearresteerd?'

'Niet gearresteerd, nee,' zei Harry, Finne aankijkend. 'Ik ben toch geschorst als politieman, dus in dit geval ben ik slechts een privépersoon die een ander privépersoon tegen zijn wil hier vasthoudt. Finne mag me daar eventueel voor aanklagen, maar ik ben ervan overtuigd dat ik mild gestraft zal worden gezien het feit dat deze man mijn vrouw heeft vermoord. Het belangrijkste is nu dat hij wordt gearresteerd en op een reglementaire manier wordt verhoord door de politie.'

'Ik begrijp het. Waar zijn jullie?'

'De Duitse bunker in buurt van de zeemanskerk. Finne zit binnen vastgeketend aan een bank.'

'Juist ja. En jijzelf?'

'Tja.'

'Nee, Harry.'

'Nee, wat?'

'Ik heb geen zin om je vannacht uit de een of andere bar te moeten dragen.'

'Hm. Ik stuur de opname naar je mailadres.'

Mona Daa ging in de deuropening van het kantoor van de redacteur staan. Hij was aan de telefoon.

'Ze hebben iemand gearresteerd voor de moord op Rakel Fauke,' zei ze luid.

'Ik moet ophangen,' zei de redacteur, hij verbrak de verbinding zonder te wachten op antwoord en keek op. 'Ben jij ermee bezig, Daa?'

‘Het is al geschreven,’ zei Mona.

‘Naar buiten ermee! Is het al door anderen gepubliceerd?’

‘We hebben het persbericht vijf minuten geleden gekregen, om vier uur is er een persconferentie. Wat ik met je wil overleggen is of we de naam van de arrestant zullen geven.’

‘Hebben ze in het persbericht de naam gegeven?’

‘Uiteraard niet.’

‘Dus waarom heb jij die wel?’

‘Omdat ik een van jouw beste journalisten ben.’

‘Binnen vijf minuten?’

‘De beste eigenlijk.’

‘Dus wie is het?’

‘Svein Finne. Eerder veroordeeld voor geweld, verkrachting en met een strafblad van hier tot sint-juttemis. Zullen we zijn naam gebruiken?’

De redacteur ging met zijn hand over zijn gladgeschoren hoofd. ‘Tja, moeilijk.’

Mona Daa was natuurlijk op de hoogte van de ethische codes binnen de journalistiek. De pers moest terughoudend zijn als het ging om het gebruik van namen bij strafbare feiten of geruchten. Vooral als die in het beginstadium van een onderzoek opduiken. En de vermelding moest gegronde redenen hebben. Aan de andere kant had haar krant, VG, de naam van een professor openbaar gemaakt die aangeklaagd was voor het sturen van ongepaste berichten naar vrouwen. Iedereen was het er uiteraard over eens dat de man een smeerlap was, maar het ging voor zover men wist niet om een overtreding van de wet en het was moeilijk uit te maken of de samenleving moest weten om wie het ging. In het geval van Finne kon men uiteraard beweren dat het publiek moest weten voor wie men moest uitkijken. Maar aan de andere kant, was er hier, zoals omschreven stond in de gedragscode, sprake van: ‘...een dreigend gevaar voor weerloze personen die slachtoffer konden worden van criminele handelingen’ zolang Finne in bewaring zat?

‘We wachten met de naam,’ zei de redacteur. ‘Gebruik zijn strafblad en schrijf dat VG weet wie hij is. Zo krijgen we in elk geval een plusje bij de Raad voor de Journalistiek.’

'Dat heb ik allemaal al in het artikel verwerkt, dus het is klaar om geplaatst te worden. En we krijgen ook een nieuwe, nog niet eerder gepubliceerde foto van Rakel.'

'Fantastisch.'

De redacteur had gelijk. Na anderhalve week overmatige media-aandacht voor de moordzaak werd het tijd voor nieuw beeldmateriaal.

'Kun je misschien ook een foto van de echtgenoot onder de kop plaatsen?'

Mona Daa knipperde met haar ogen. 'Je bedoelt Harry Hole recht onder de kop "Verdachte in Rakel-zaak gearresteerd"? Is dat niet misleidend?'

De redacteur haalde zijn schouders op. 'Ze zullen er snel achter komen hoe het in elkaar zit als ze het artikel lezen.'

Mona Daa knikte langzaam. Het shockeffect van Harry Hole's bekende, lelijk-mooie gezicht onder een dergelijke kop zou vanzelfsprekend meer aandacht genereren dan een foto van Rakel. En de lezers zouden hun natuurlijk deze ogenschijnlijk ongewilde vergissing vergeven, dat deden ze altijd. De wereld wilde niet echt bedrogen worden, maar had er niets op tegen om op deze onderhoudende manier een beetje voor de gek te worden gehouden. Maar waarom had Mona Daa dan zo'n hekel aan dit deel van haar werk?

'Mona?'

'Komt voor elkaar,' zei Mona en ze duwde zich af tegen de deurpost. 'Dit gaat knallen.'

HOOFDSTUK 21

Katrine Bratt onderdrukte een geeuw en hoopte dat geen van de drie anderen rond de tafel in het kantoor van de hoofdcommissaris het merkte. Het was gisteren een lange dag geweest na de persconferentie over de arrestatie in de Rakel-zaak. En toen ze eindelijk thuiskwam en in bed lag, had de baby haar het grootste deel van de nacht wakker gehouden.

Maar misschien was er hoop dat het vandaag niet opnieuw een marathon zou worden. Aangezien de naam Svein Finne in de media niet werd genoemd, was er een vacuüm ontstaan, het oog van de storm waarin het, althans voorlopig, stil was. Het was echter nog te vroeg in de ochtend om te zeggen wat de dag zou brengen.

'Bedankt dat u ons op zo'n korte termijn wilde spreken,' zei Johan Krohn.

'Geen probleem,' zei hoofdcommissaris Gunnar Hagen en hij knikte.

'Mooi, dan kom ik direct tot de kern van de zaak.'

De standaardfrase voor een man die zich zeker voelt in een zaak, dacht Katrine. Want hoewel Johan Krohn ervan hield om in de schijnwerpers te staan, was hij in de eerste plaats een vakidioot. Een beroemde advocaat van bijna vijftig die er nog steeds uitzag als een jongen, iemand die vroeger gepest werd en die nu zijn professionele roem en verkregen zelfingenomenheid droeg als een wapenuitrusting. Over dat pesten had Katrine gelezen in een tijdschriftinterview. Het ging weliswaar niet om de constant-pesten-behandeling die Katrine als kind had gekregen, maar meer om plagen en niet uitgenodigd worden voor verjaardagen en samen spelen. Het type pesten waar een op de twee bekende Noren zich nu op beriep en waarvoor ze vanwege hun openheid werden bejubeld. Krohn had beweerd dat hij wilde opkomen voor andere begaafde scholieren. Daarom was het voor Katrine merkwaardig dat ze vaak merkte dat deze veelgevraagde advocaat een gebrek aan empathisch vermogen had. Hoewel, Katrine besefte dat ze misschien niet eerlijk was, ze stonden immers, net als nu, elk aan een kant van een zaak. En het was Krohns werk om geen empathie te hebben met het slachtoffer. Misschien was het zelfs een voorwaarde voor een rechtvaardige behandeling dat de advocaat over het vermogen beschikte zijn inleving met het slachtoffer uit te schakelen en zich alleen te focussen op wat het beste was voor zijn cliënt. Dat was een voorwaarde voor het persoonlijke succes van Krohn. En dat was misschien hetgeen waar ze last van had. Plus dat ze veel zaken tegen hem had verloren.

Krohn wierp een blik op zijn Patek Philippe-horloge aan zijn linkerpols terwijl hij zijn rechterhand uitstak naar de jonge vrouw die naast hem zat, gekleed was in een discreet, maar peperduur Hermès-pakje en die vast uitstekende cijfers had gehaald tijdens haar studie rechten. Katrine Bratt begreep dat de droge koffiebroodjes, die ze meende te herkennen van de bijeenkomst van gisteren, wederom zouden blijven liggen.

Als in een goed ingestudeerde beweging – de operatieassistent reikt de chirurg de scalpel aan – legde de jonge vrouw een gele map in Krohns hand.

'De zaak heeft al veel media-aandacht gekregen,' zei Krohn. 'Iets wat niet gunstig is voor jullie of mijn cliënt.'

Maar wel gunstig voor jou, dacht Katrine die zich ondertussen afvroeg of van haar verwacht werd dat ze koffie inschonk voor de gasten en de hoofdcommissaris.

'Dus ik neem aan dat het in ieders belang is dat we zo snel mogelijk overeenstemming bereiken.' Krohn sloeg de map open, maar keek er niet in. Katrine wist niet of het waar was of alleen maar een mythe dat Krohn een fotografisch geheugen had, dat hij tijdens zijn rechtenstudie als vaste partytruc had dat zijn medestudenten gevraagd werd een paginanummer te noemen tussen de één en drieduizendzevenhonderdzestig om daarna de hele inhoud van deze bladzijde uit de Noorse wetten te citeren. Feestjes voor nerds. Alleen op dergelijke feesten werd Katrine tijdens haar studententijd uitgenodigd. Omdat ze zo knap was, maar tegelijkertijd ook een outsider met haar leren kleding en punkkapsel. Ze ging niet om met punkers, maar ook niet met de keurige burgerjongens en -meisjes. Dus nodigde de club van de keurig gepoetste schoenen haar uit, maar ze bedankte voor de eer. Ze wilde niet dat klassiek mooie meisje zijn dat zich solidair toonde met die mislukte nerds. Want Katrine Bratt had genoeg aan zichzelf. Meer dan genoeg aan zichzelf. De diagnoses van de psychiaters hagelden op haar neer. Maar op haar manier was het gelukt.

'In het kielzog van de arrestatie van mijn cliënt op verdenking van moord op Rakel Fauke zijn er dus ook drie aangiften gedaan voor verkrachting,' zei Krohn. 'Een van die aangiften komt van een aan heroïne verslaafde vrouw die al twee keer aanspraak heeft mogen maken op tegemoetkoming van de staat wegens verkrachting, alhoewel de grond daarvoor op zijn zachtst gezegd tamelijk twijfelachtig was en er geen strafvervolging heeft plaatsgevonden. Het andere slachtoffer heeft, zo ik heb begrepen, vandaag verzocht om intrekking van de aangifte. En de derde, Dagny Jensen, heeft geen zaak zolang er geen bewijzen zijn, en mijn cliënt ging ervan uit dat de gemeenschap met beider goedkeuring plaatsvond. Zelfs een man die eerder veroordeeld is geweest heeft recht op een seksleven zonder dat hij voor de politie of iedere vrouw die later spijt krijgt aangeschoten wild is.'

Katrine zocht naar een reactie bij de jonge vrouw naast Krohn, maar zag die niet.

'We weten hoeveel politiemiddelen er besteed worden aan zulke onfrisse verkrachtingszaken en nu hebben we er zelfs drie,' ging Krohn verder met zijn blik gericht op iets voor zich, alsof daar een onzichtbaar manuscript zweefde. 'Nu is het niet mijn werk om de belangen van de samenleving te behartigen, maar juist in deze zaak denk ik zoals gezegd dat onze belangen op elkaar aansluiten. Mijn cliënt heeft toegezegd dat hij bereid is de moord te bekennen als de verkrachtingszaken vervallen. Dit gaat om een moordzaak waarin, als ik het goed begrepen heb, jullie...' Krohn keek in zijn papieren alsof hij bevestiging nodig had dat het echt klopte, '...slechts hebben: een broodplank, een bekentenis onder marteling en een video-opname die overal vandaan kan komen, zelfs uit een film.' Krohn keek weer op met een vragende uitdrukking op zijn gezicht.

Gunnar Hagen keek naar Katrine.

Katrine kuchte en zei: 'Koffie?'

'Nee, bedankt.' Krohn krabde met zijn wijsvinger aan zijn wenkbrauw of streek die glad. 'Mijn cliënt is ook bereid, als we het eens kunnen worden, om de aangifte tegen inspecteur Harry Hole vanwege vrijheidsberoving en toebrengen van lichamelijk letsel te laten vallen.'

'De titel inspecteur is in deze situatie irrelevant,' zei Hagen grommend. 'Harry Hole is als privépersoon opgetreden. Als een van onze mensen de Noorse wet overtreedt, dan doe ik zelf aangifte.'

'Uiteraard,' zei Krohn. 'Ik trek de integriteit van de politie geenszins in twijfel, ik wil slechts aangeven dat dit gedrag zeer ongepast was.'

'Dan weet u gegarandeerd ook dat het geen gewoonte is van de Noorse politie om mee te gaan in dergelijke koehandel. Strafvermindering, ja, maar aangifte van verkrachting laten vallen...'

'Ik begrijp dat de hoofdcommissaris tegenwerpingen heeft, maar mag ik u eraan herinneren dat mijn cliënt al een eind in de zeventig is en dat het realistisch is te veronderstellen dat hij na een veroordeling wegens moord in de gevangenis overlijdt? Ik kan eerlijk gezegd niet zien dat het erg veel uitmaakt of hij in de gevangenis zit voor moord of verkrachting. Dus in plaats van vast te blijven houden aan principes die geen enkel doel dienen stel ik voor dat u overlegt met de personen die mijn cliënt hebben aangegeven voor verkrachting en hun vraagt of ze er de voorkeur aan geven dat Svein Finne in de loop van de komende twaalf jaar in zijn cel overlijdt of dat hij over vier jaar weer op straat staat. Als het gaat om een schadevergoeding, ben ik ervan overtuigd dat mijn cliënt en de vermeende slachtoffers wel tot goede afspraken kunnen komen buiten het rechtsapparaat om.'

Krohn gaf de map terug aan de vrouwelijke jurist en Katrine kon zien dat ze naar hem opkeek met een mengeling van angst en verliefdheid. Ze was er tamelijk van overtuigd dat deze twee het na kantoortijd erg gezellig hadden op de donkere, leren meubels van de advocatenfirma.

'Bedankt,' zei Hagen. Hij stond op en stak een hand uit over tafel. 'U zult binnen korte tijd van ons horen.'

Katrine stond ook op en drukte Krohns verrassend klamme en slappe hand. 'En hoe neemt uw cliënt het op?'

Krohn keek haar met een ernstige blik aan. 'Hij is natuurlijk zeer aangeslagen en heeft het zwaar.'

Katrine wist dat ze het niet moest doen, maar ze kon het niet laten. 'Dan kunt u misschien een van deze koffiebroodjes meenemen om hem op te vrolijken? Ze moeten sowieso worden weggegooid.'

Krohn liet zijn blik een moment op haar rusten en keek toen de hoofdcommissaris aan. 'Dan hoop ik in de loop van de dag van u te horen.'

Katrine stelde vast dat de rok van de slaafse juriste zo nauw was dat ze drie pasjes moest doen tegen een van hem toen ze de kamer van de hoofdcommissaris verlieten. Ze overwoog nog even om de koffiebroodjes van de zesde verdieping te gooien als ze het bureau uit kwamen.

'En?' zei Gunnar Hagen toen de deur achter de gasten was dichtgevallen.

'Waarom presenteren advocaten zich altijd als de eenzame strijders voor rechtvaardigheid?'

Hagen bromde iets. 'Ze zijn de noodzakelijke tegenstanders in onze rechtsstaat, Katrine, en objectiviteit is nooit je sterkste punt geweest. Of zelfbeheersing.'

'Zelfbeheersing?'

'Poging om een grapje te maken?'

Katrine haalde haar schouders op. 'Wat vind je van het voorstel?'

Hagen wreef over zijn kin. 'Het is problematisch. Maar het is duidelijk, de druk in de Rakel-zaak neemt met de dag toe en als het ons niet lukt Finne veroordeeld te krijgen zal dat de nederlaag van het decennium zijn. Aan de andere kant staat al die media-aandacht van de laatste jaren voor verkrachters die vrijuit gaan, en dan zouden wij drie aangiften moeten laten vallen... Wat vind jij, Katrine?'

'Ik haat die vent, maar zijn voorstel is verstandig. Ik denk dat we pragmatisch moeten zijn en naar het totaalplaatje moeten kijken. Laat me gaan praten met de vrouwen die hem hebben aangegeven.'

'Is goed.' Hagen kuchte voorzichtig. 'Wat betreft objectiviteit...'

'Ja?'

'Jouw standpunt wordt niet beïnvloed door het feit dat Harry nu ook vrijuit gaat?'

'Wat?'

'Jullie waren goede collega's en...'

'En?'

'En ik ben niet blind, Katrine.'

Katrine liep naar het raam, keek naar het pad dat vanaf het bureau door het Botspark liep, waar de sneeuw eindelijk echt aan het verdwijnen was, en naar het traag voortbewegende verkeer van Grønlandsleiret.

'Heb je ooit iets gedaan waar je spijt van hebt, Gunnar? Ik bedoel, écht spijt.'

'Hm, hebben we het nog steeds over politiewerk?'

'Niet per se.'

'Is er iets wat je me wilt vertellen?'

Katrine dacht aan hoe bevrijdend het zou zijn om het iemand te vertellen. Dat iemand het wist. Ze had gedacht dat de last, het geheim, in de loop der tijd makkelijker te dragen zou zijn, maar het omgekeerde was het geval, die werd zwaarder met elke dag die verstreek.

'Ik begrijp hem,' zei ze zacht.

'Krohn?'

'Nee, Svein Finne. Ik begrijp dat hij wil bekennen.'

HOOFDSTUK 22

Dagny Jensen legde haar handpalmen op de koude lessenaar en keek naar de donkerharige politievrouw die recht voor haar op een schoolbank zat. Het was pauze en ze kon de leerlingen buiten op het schoolplein horen roepen en lachen. 'Ik begrijp dat het geen eenvoudig besluit is om te nemen,' zei de vrouw die zich had voorgesteld als Katrine Bratt, leidinggevende van de afdeling Geweld van de politie Oslo.

'Het klinkt alsof het besluit al voor mij is genomen,' zei Dagny.

'We kunnen u natuurlijk niet dwingen de aangifte in te trekken,' zei Bratt.

'Maar dat is wel wat jullie feitelijk doen,' zei Dagny. 'Jullie leggen de verantwoordelijkheid of hij in deze moordzaak veroordeeld wordt bij mij.'

De politievrouw keek naar de schoolbank.

'Weet u wat het belangrijkste doel is op onze school?' vroeg Dagny. 'Onze leerlingen leren dat ze verantwoordelijke burgers worden en dat dat zowel een verplichting als een privilege is. Uiteraard zal ik de aangifte intrekken als dat betekent dat Svein Finne voor de rest van zijn leven achter slot en grendel gaat.'

'Wat betreft de schadeloosstelling...'

'Ik wil geen geld. Ik wil het alleen vergeten.' Dagny keek op de klok. Nog vier minuten en de bel ging weer. Ze verheugde zich. Ja, dat deed ze, zelfs na tien jaar verheugde ze zich op het lesgeven, jonge mensen iets te geven waarvan ze oprecht geloofde dat het hen kon helpen een betere toekomst te krijgen. Het gaf een betekenisvol gevoel. En dat was feitelijk wat ze wilde. Dát, en vergeten. 'Belooft u dat hij wordt veroordeeld?'

'Ik beloof het,' zei de politievrouw en ze stond op.

'Harry Hole,' zei Dagny. 'Wat gebeurt er met hem?'

'Ik weet het niet, maar hopelijk is de advocaat van Finne bereid de aangifte voor kidnapping in te trekken.'

'Hopelijk?'

'Wat hij gedaan heeft, is uiteraard niet volgens de wet en zo werken we niet bij de politie,' zei Katrine. 'Maar hij heeft zich opgeofferd zodat we Finne konden oppakken.'

'Zoals hij mij heeft geofferd om zijn persoonlijke wraak te krijgen?'

'Ik wil Harry Hole natuurlijk niet verdedigen, maar het is een feit dat zonder hem Svein Finne waarschijnlijk kon doorgaan met jou en andere vrouwen te terroriseren.'

Dagny Jensen knikte langzaam.

'Ik moet terug en een verhoor voorbereiden. Bedankt dat u ons wilt helpen. Ik beloof u dat u geen spijt zult krijgen.'

HOOFDSTUK 23

'Nee hoor, u stoort helemaal niet, mevrouw Bratt,' zei Johan Krohn terwijl hij de telefoon tussen zijn oor en schouder klemde en hij zijn overhemd weer dichtknoopte. 'Dus alle drie de aangiften zijn ingetrokken?'

'Hoe snel zijn Finne en u beschikbaar voor verhoor?'

Johan Krohn genoot van die r's in haar Bergense dialect. Dat wil zeggen, Bratt sprak ze niet uit, maar in de verte waren ze nog te horen. En ze smaakten naar meer. Hij mocht Katrine Bratt. Ze was knap, slim en ze gaf tegengas. Het feit dat ze een trouwring droeg, hoefde niet zoveel te betekenen. Daar was hij immers zelf het levende bewijs van. En hij vond het ook tamelijk aantrekkelijk dat ze zo nerveus klonk. Dezelfde nervositeit die een koper voelt nadat hij zojuist een koffer met geld heeft afgegeven en nu wacht tot de dealer hem de tas met dope geeft. Krohn liep naar het raam, stak zijn duim en wijsvinger tussen de jaloezieën, maakte een kier en keek vanuit zijn kantoor van de advocatenfirma op de vijfde verdieping naar beneden op de Rosenkrantzgate. Het was nog maar net drie uur, maar in Oslo betekende dat filetijd. Behalve als je in de advocatenbranche werkte. Johan Krohn vroeg zich soms af hoe het zou gaan als op een dag de oliebronnen waren opgedroogd en het Noorse volk weer moest gaan voldoen aan de eisen van de echte wereld. De optimist in hemzelf zei dat het goed zou gaan, dat mensen sneller dan je dacht konden omschakelen naar nieuwe situaties, kijk maar naar landen die in een oorlog terechtkomen. De realist in hemzelf zag echter dat Noorwegen, een land dat geen tradities had op het gebied van innovaties en geavanceerd hersenwerk, zou afglijden naar waar het vandaan kwam: de economische afgrond.

'Over twee uur kunnen we er zijn,' zei Krohn.

'Prima,' zei Bratt.

'Tot ziens, mevrouw Bratt.'

Krohn verbrak de verbinding en bleef een ogenblik staan zonder te weten waar hij zijn mobiel moest stoppen.

'Hier,' klonk een stem van de Chesterfield-sofa. Hij liep op haar af en nam zijn broek aan.

'En?'

'Ze hebben gehapt,' zei Krohn. Voor hij de broek aantrok, checkte hij of er geen vlekken op waren gekomen.

'Gaat het hier om aas? Bedoel je dat ze aan de haak hangen?'

'Vraag het me niet, ik volg slechts de instructies op van mijn cliënt.'

'Maar volgens jou hebben we beet?'

Krohn haalde zijn schouders op en keek zoekend rond naar zijn schoenen. 'Het is maar hoe je het interpreteert.'

Hij ging aan het massieve bureau van *Quercus velutina*, zwart eikenhout, zitten dat hij van zijn vader had geërfd. Hij toetste een nummer in op zijn vaste telefoon.

'Mona Daa.' De energieke stem van de misdaadjournalist van VG schalde via de luidspreker door de kamer.

'Goedendag, mevrouw Daa, u spreekt met Johan Krohn. Gewoonlijk belt u mij, maar deze keer zal ik een beetje proactief zijn. Ik heb een zaak die aandacht verlangt in uw krant.'

'Gaat het om Svein Finne?'

'Ja, ik heb zojuist van de politie Oslo bevestigd gekregen dat ze het onderzoek stoppen naar de ongegronde beweringen van verkrachtingen die ineens in de chaos van de moordverdenking opdoken.'

'En ik mag u in deze kwestie citeren?'

'U kunt me citeren dat ik de geruchten die hierover de ronde doen bevestig en dat het de reden was waarom u me belde.'

Stilte.

'Ik begrijp het, maar dat kan ik niet schrijven, meneer Krohn.'

'Schrijf dan dat ik ermee naar buiten ben gekomen om de geruchten voor te zijn. Of u de geruchten hebt gehoord is irrelevant.'

Opnieuw een stilte.

'Goed,' zei Mona Daa. 'Kunt u me wat details geven over...'

'Nee!' onderbrak Krohn haar. 'Later vanavond volgt er meer. En wacht met publiceren tot na vijf uur.'

'Gedane zaken nemen geen keer, meneer Krohn. Maar als ik het exclusief krijg, dan...'

'Alleen jij, mijn beste. We spreken elkaar.'

'Nog een laatste vraag. Hoe hebt u mijn nummer te pakken gekregen, dat staat toch nergens?'

'Zoals gezegd hebt u mijn mobiel gebeld en toen kwam het nummer op de display.'

'En toen hebt u het opgeslagen?'

'Tja, in zekere zin.' Krohn verbrak de verbinding en draaide zich om naar de leren bank. 'Alise, mijn kleine vriendin, lukt het je om weer in je rokje te komen? Er is werk aan de winkel.'

Bjørn Holm stond op de stoep voor de Jealousy Bar in Grünerløkka. Hij opende de deur op een kier en hoorde aan de muziek die naar buiten kwam gestroomd dat hij hem daar waarschijnlijk zou vinden. Hij trok de kinderwagen achter zich aan de bijna lege bar in. Het was een middelgrote bar in de stijl van een Engelse pub met eenvoudige houten tafels voor een grote toog en zitjes langs de muren. Het was pas vijf uur en vanavond zou het drukker worden. In de korte tijd dat Øystein Eikeland en Harry deze bar hadden gerund was het hun gelukt iets bijzonders tot stand te brengen, namelijk dat mensen naar de bar kwamen vanwege de muziek die er werd gedraaid. Geen fancy dj's, slechts song na song die elke avond binnen een bepaald thema pasten dat op het weekoverzicht bij de deur werd aangekondigd. Bjørn was als adviseur gevraagd in verband met de country-avonden en de Elvis-avonden. En voor een absoluut gedenkwaardige avond waar de speellijst bestond uit minstens veertig jaar oude songs van artiesten en bands uit Amerika die een naam hadden beginnend met een m.

Harry zat met gebogen hoofd en zijn rug naar Bjørn toe bij de bar. Achter de bar tilde Øystein Eikeland een halve liter op voor de nieuwe gast. Dat beloofde niet veel goeds. Maar Harry zat in elk geval nog op de kruk.

'De leeftijdsgrens is twintig jaar, mijn vriend!' riep Øystein boven de muziek uit. 'Good Times Charlie's Got The Blues', begin jaren zeventig, de enige echte hit van Danny O'Keefe. Niet typische Harry-muziek, maar wel een nummer waar Harry het stof vanaf wilde vegen om in de Jealousy Bar te laten horen.

'Kan het ook niet in bijzijn van een volwassene?' vroeg Bjørn terwijl hij de kinderwagen voor een van de zitjes parkeerde.

'Wanneer ben je dan volwassen geworden, Holm?' Øystein zette de halve liter neer.

Bjørn lachte. 'Dat word je op het moment dat je je kind voor de eerste keer ziet en begrijpt dat het volledig afhankelijk is van jou, dat het verrekte veel volwassen hulp nodig zal hebben. Net als hij hier.' Bjørn legde een hand op Harry's schouder en hij zag dat Harry met gebogen hoofd zat omdat hij op zijn telefoon zat te lezen.

'Heb je het bericht van VG gelezen over de arrestatie?' vroeg Harry, een kopje optillend. Met koffie, stelde Bjørn vast.

'Ja, ze hebben een foto van jou gebruikt.'

'Dat kan me niks verdommen, maar kijk wat er zojuist op internet is verschenen.' Harry hield zijn telefoon omhoog en Bjørn las het bericht.

'Ik zie dat er staat dat we een goede deal hebben gesloten,' zei Bjørn. 'Moord tegen verkrachting. Oké, niet gebruikelijk, maar het gebeurt.'

'Wat nooit gebeurt, is dat er al over geschreven wordt door de krant,' zei Harry. 'In elk geval niet voordat de beer is geschoten.'

'Jij denkt dat die nog niet is geschoten?'

'Als je een ruilhandel met de duivel aangaat, moet je je afvragen waarom de duivel het zo'n goede deal vindt.'

'Ben je nu niet een beetje paranoïde?'

'Ik hoop werkelijk dat we tijdens een regulier politieverhoor een bekentenis krijgen. Die uitspraken die ik in de bunker heb opgenomen, daar maakt een advocaat als Krohn gehakt van.'

'Na wat er in de kranten staat, moet hij toch komen met een bekentenis. Zo niet, dan klagen we hem aan voor verkrachting. Katrine is nu bezig hem te verhoren.'

'Hm.' Harry toetste een nummer in op zijn telefoon en hield die tegen zijn oor. 'Ik moet Oleg op de hoogte brengen. Wat doe je hier trouwens?'

'Ha, ha, ik... heb Katrine beloofd te checken of alles goed met je is. Je was niet thuis en niet in Schrøder. Ik dacht eigenlijk dat je hier na de laatste keer niet meer mocht komen?'

'Ja, maar die idioot werkt pas vanavond.' Harry knikte naar de kinderwagen. 'Mag ik even kijken?'

'Hij is nogal gevoelig en wordt snel wakker van mensen.'

'Oké.' Harry haalde de telefoon van zijn oor. 'Bezet. Nog een voorstel voor de speellijst van volgende week donderdag?'

'Covers die beter zijn dan het origineel?'

'Joe Cocker met "A Little..."'

'Al genoteerd. Wat vind je van Francis and the Lights-versie van "Can't Tell Me Nothing"?'

'Kanye West? Ben je gek geworden, Harry?'

'Oké, en een nummer van Hank Williams dan?'

'Ben je betoeterd! Niemand is beter dan Hank zelf.'

'En een Beck-versie van "Your Cheatin' Heart"?'

'Vraag je om een pak slaag?'

Harry en Øystein lachten, en Bjørn begreep dat hij voor de gek werd gehouden.

Harry sloeg een arm rond Bjørns schouder. 'Ik mis je, mijn vriend. Kunnen jij en ik niet binnenkort een wrede moord oplossen?'

Bjørn knikte terwijl hij verbaasd Harry's lachende gezicht opnam. Die onnatuurlijk intense gloed in zijn ogen. Misschien was het kwartje nu echt gevallen? Misschien had het verdriet hem over de rand geduwd. Maar toen leek het of Harry's lach barstte als delicaat ijs in oktober en Bjørn keek weer in de zwarte, wanhopige, peilloze diepte. Alsof Harry alleen maar had willen proeven van de blijdschap. En die weer had uitgespuugd.

'Ja,' zei Bjørn. 'Dat gaan we doen.'

Katrine staarde naar het rode lampje boven de microfoon dat aangaf dat de opnamefunctie was ingeschakeld. Ze wist dat haar blik die van Svein 'de Verloofde' Finne zou kruisen wanneer ze haar hoofd optilde. En dat wilde ze niet. Niet omdat ze bang was dat ze erdoor werd beïnvloed, maar omdat die hém zou beïnvloeden. Ze hadden overlegd of ze een mannelijke collega het verhoor zouden laten doen, gezien de gestoorde relatie die Svein Finne had met vrouwen. Maar als je eerdere verhoren met Svein Finne analyseerde, leek het of hij zich meer openstelde voor vrouwen. Of dat met of zonder oogcontact was geweest, wist Katrine niet.

Ze had een blouse aangetrokken die noch uitdagend was, noch uitdrukte dat ze bang was voor zijn blikken. Ze keek naar de controlekamer waar een agent de opnameapparatuur in de gaten hield. De agent had gezelschap gekregen van Magnus Skarre van het onderzoeksteam plus Johan Krohn, die tegenstribbelend de verhoorkamer had verlaten nadat Finne zelf had gevraagd of hij alleen met Katrine kon zijn.

Katrine knikte kort naar de agent die terugknikte. Ze las het dossiernummer op, gaf haar eigen naam en die van Finne op, de plaats, de datum en het tijdstip. Het was de oude praktijk uit de tijd dat geluidsbanden weleens zoek konden raken, maar het fungeerde ook als een signaal dat het formele deel van het verhoor was begonnen.

'Ja,' antwoordde Finne met een lachje en overdreven duidelijk uitgesproken toen Katrine vroeg of hij op de hoogte was van zijn rechten en dat het verhoor werd opgenomen.

'Laten we beginnen met de nacht van 10 op 11 maart,' zei Katrine. 'Hierna de moordnacht genoemd. Wat gebeurde er?'

'Ik had wat pillen genomen,' zei Finne.

Katrine keek naar haar notitieblok terwijl ze schreef.

'Valium, stesolid of rohypnol. Misschien een beetje van alles.'

Zijn stem deed haar denken aan het geluid van grootvaders tractorwielen die op het eiland Sotra over het grindpad reed.

'Dus misschien is het daarom een beetje vaag voor me,' zei Finne.

Katrine stopte met noteren. Vaag? Ze proefde iets metaligs in haar mond, de smaak van paniek. Was hij van plan de bekentenis in te trekken?

'Of misschien was dat alleen maar omdat ik altijd een beetje warrig ben als ik geil word.'

Katrine keek op. Svein Finnes blik ving die van haar. Ze had het gevoel dat iets zich in haar hoofd boorde.

Hij maakte zijn lippen nat, lachte en liet zijn stem zakken. 'Maar ik herinner me altijd het belangrijkste. Want daarom doen we het immers, nietwaar? Voor de herinneringen die we met ons mee kunnen nemen en kunnen gebruiken in eenzame uren.'

Katrine zag nog net zijn rechterhand op en neer gaan om het beeld voor haar te schetsen voor ze haar blik weer naar haar notities liet gaan.

Skarre had betoogd dat Finne handboeien om moest, maar Katrine had dat afgewezen. Ze meende dat het Finne mentaal overwicht zou geven als hij dacht dat ze bang voor hem waren. Dat het hem kon uitnodigen om een spel met hen te spelen. En nu, al een minuut na het begin van het verhoor, was dat precies wat hij deed.

Katrine keek in de papieren die voor haar lagen. 'Als u het zich zo slecht kunt herinneren, dan kunnen we misschien beter over de drie verkrachtingszaken praten die ik hier heb liggen. Met getuigenverklaringen die u kunnen helpen bij eventuele gaten in het geheugen.'

'Touché,' zei Finne en zonder op te kijken wist ze dat hij nog steeds glimlachte. 'Maar zoals gezegd, herinner ik me het belangrijkste.'

'Laat horen.'

'Ik kwam daar rond negen uur 's avonds aan. Ze had pijn in haar buik en was erg bleek.'

'Wacht, hoe ben je binnengekomen?'

'De deur was open, ik ben direct doorgelopen. Ze schreeuwde en schreeuwde. Ze was zo bang. Dus ik p-pakte haar vast.'

'Wurggreep? Worstelgreep?'

'Dat herinner ik me niet.'

Ze wist dat ze te snel ging, dat ze meer details moest vragen, maar het ging haar er nu om een bekentenis te krijgen voordat hij zich bedacht. 'En toen?'

'Ze zei dat dat ze zo'n pijn had. Er liep bloed uit haar. Ik heb een mes g-gebruikt...'

'Jouw eigen?'

'Nee, een scherper mes, eentje uit het huis.'

'Waar heb je dat bij haar gestoken?'
'H-hier.'
'De verdachte wijst naar zijn buik,' zei Katrine.
'De navel,' zei Finne met een overdreven kinderstemmetje. 'De navel.'
'De navel,' herhaalde Katrine en ze slikte de misselijkheid weg. Slikte het gevoel van triomf in. Ze hadden de bekentenis. De rest was een makkie.
'Kun je Rakel Fauke beschrijven? En de keuken?'
'Rakel? Mooi, net als j-jij, Katrine. Jullie lijken op elkaar.'
'Wat had ze aan?'
'Dat herinner ik me niet meer. Heeft iemand je ooit gezegd hoe jullie op elkaar lijken? Als z-zussen.'
'Beschrijf de keuken.'
'Een gevangenis. IJzeren tralies voor het raam, je zou haast denken dat ze bang voor iemand waren.' Finne lachte. 'Zullen we zeggen dat het zo goed is, Katrine?'
'Goed?'
'Ik moet n-nog iets doen.'
Katrine voelde een lichte paniek opkomen. 'Maar we zijn net begonnen.'
'Hoofdpijn. Het is zwaar om dergelijke traumatische zaken door te nemen, dat begrijp je vast.'
'Vertel me alleen nog of...'
'Het was eigenlijk geen vraag, schatje. Ik ben hier klaar. Als je meer wilt hebben, dan moet je vanavond maar naar mijn cel komen. Ik ben vrij.'
'De video-opname die Dagny Jensen ontving. Heb jij die verzonden en staat daar het slachtoffer op?'
'Ja.' Finne stond op.
Uit haar ooghoek zag Katrine dat Skarre al onderweg was. Ze hield een afwerende hand op naar het raam en keek naar het papier met vragen. Trachtte na te denken. Ze kon nu doordrukken, maar dan liep ze het risico dat Krohn de bekentenis ongeldig zou laten verklaren vanwege een onredelijk harde verhoormethode. Of ze moest

genoegen nemen met wat ze had, wat meer dan voldoende was om de officier van justitie tot vervolging over te laten gaan. De details konden ze later proberen te krijgen. Ze keek op het horloge dat ze van Bjørn had gekregen toen ze een jaar getrouwd waren.

'Het verhoor wordt beëindigd om vijftien uur eenendertig,' zei ze.

Toen ze opkeek, zag ze dat Gunnar Hagen met een rood gezicht de controlekamer was binnengelopen en dat hij met Johan Krohn sprak. Skarre kwam de verhoorkamer in en deed Finne handboeien om zodat hij naar zijn cel kon worden gebracht. Katrine zag Krohn zijn schouders ophalen en iets zeggen waarna Hagen nog roder werd.

'Tot ziens, mevrouw Bratt.'

De woorden werden zo dicht bij haar oor uitgesproken dat ze een fijne douche van speeksel voelde. Toen waren Finne en Skarre weg. Ze zag dat Krohn met hen meeliep.

Katrine veegde zich schoon met een Kleenex voor ze naar Hagen ging.

'Krohn heeft VG verteld over onze ruilhandel. Het staat nu op hun website.'

'En wat had hij ter verdediging te melden?'

'Dat de partijen geen belofte van geheimhouding hadden gegeven. Daarop vroeg hij of ik het gevoel had dat we een afspraak hadden die het daglicht niet kon verdragen. Want dergelijke afspraken wilde hij voorkomen, zei hij.'

'Wat een huichelachtige klootzak. Hij wilde alleen maar laten zien wat hij voor elkaar kan krijgen.'

'Laten we het hopen.'

'Wat bedoel je?'

'Krohn is een sluwe en goede advocaat, maar er is iemand die nog sluwer is.'

Katrine keek Hagen aan en beet op haar onderlip. 'Zijn cliënt, bedoel je?'

Hagen knikte. Ze draaiden zich beiden om en keken door de openstaande deur naar de gang. Ze zagen de ruggen van Finne, Skarre en Krohn die op de lift stonden te wachten.

‘Het komt altijd goed uit als u belt, meneer Krohn,’ zei Mona Daa en ze deed haar oortjes goed in terwijl ze in de spiegel van het fitnesscentrum keek die de hele wand bedekte. ‘Zoals u zult kunnen zien op uw telefoon heb ik getracht contact met u op te nemen. Net als de rest van journalistiek Noorwegen, neem ik aan.’

‘Daar lijkt het wel op, ja. Laat ik direct ter zake komen: we laten nu een persbericht over de bekentenis uitgaan en we overwegen om daar een foto bij te doen die een paar weken geleden is genomen.’

‘Mooi, de foto’s die we van hem hebben, zijn wel een jaar of tien oud.’

‘Twintig, eigenlijk. Finnes voorwaarde voor het sturen van deze foto is echter dat jullie die op de voorpagina publiceren.’

‘Pardon?’

‘Vraag me niet waarom, zo wil hij het nu eenmaal.’

‘Ik kan of wil zo’n belofte helaas niet geven, dat begrijpt u vast.’

‘Ik begrijp het probleem met de journalistieke integriteit, net zoals u de waarde van een dergelijke foto zult kunnen inschatten.’

Mona hield haar hoofd scheef en bestudeerde haar lichaam. Die brede riem die ze gebruikte als ze gewichten tilde, maakte dat haar pinguïnvormige lichaam (die associatie kwam waarschijnlijk door haar karakteristieke waggelende loop die weer kwam door een aangeboren heupafwijking) voor een beperkte periode op een zandloper leek. Af en toe verdacht Mona Daa zichzelf ervan dat ze alleen vanwege die riem zoveel uren doorbracht met zinloze krachttraining die alleen nuttig was voor niets anders dan zinloze krachttraining. Net als persoonlijke erkenning een belangrijkere drijfveer in haar baan was dan het idee de waakhond van de samenleving te zijn en het recht op vrije meningsuiting te beschermen of wat er verder ook voor flauwekul werd opgelepeld bij het uitdelen van de jaarlijkse journalistenprijzen. Niet dat ze niet in dergelijke zaken geloofde, maar die kwamen op de tweede plaats, nadát de naam duidelijk in de *byline* stond en de journalist in het zonnetje was gezet en genoot van het eigen spiegelbeeld. Zo bekeken was Finne niet meer of minder pervers als hij eiste dat er een grote foto van hem op de voorpagina van de krant kwam, zelfs al was hij een verkrachter en een moordenaar. Dat was immers wat Finne in zijn leven had gedaan, dus dan kon je misschien begrijpen dat hij tenminste een beroemde verkrachter en moordenaar wilde zijn. Als anderen niet van je kunnen houden, dan is vaak de subsidiaire wens dat ze je vrezen.

'Het is een hypothetisch dilemma,' zei Mona Daa. 'Als de foto een zekere kwaliteit heeft, zullen we die gegarandeerd groots presenteren. Vooral als we die een uur voor de anderen krijgen, oké?'

Roar Bohr legde het geweer, een Blaser R8 Professional, op het raamkozijn en keek door het Swarovski x51-telescoopvizier. Hun villa lag op een heuvel aan de westkant van ringweg 3 vlak bij het Smestadkruispunt. En van het openstaande kelderraam had hij uitzicht over de villawijk aan de andere kant van de autoweg en Smestaddammen, een klein, kunstmatig aangelegd meertje met ondiep water dat in de negentiende eeuw werd aangelegd om de inwoners van Oslo te kunnen voorzien van ijs voor hun kelders.

Het rode puntje van het vizier vond en bleef rusten op een grote, witte zwaan die roerloos over het wateroppervlak gleed alsof de wind de vogel verder dreef. De afstand lag tussen de vierhonderd en vijfhonderd meter, bijna een halve kilometer, een flink stuk voorbij wat zijn Amerikaanse collega's in de vredestroepen *the maximum point blank range* noemden. Hij had het rode puntje nu op de kop van de zwaan gericht. Bohr liet het vizier zakken zodat het rode puntje in het water vlak voor de zwaan lag. Hij concentreerde zich op zijn ademhaling. Voerde de druk op de trekker op. Zelfs de verse rekruten in Rena begrepen dat kogels in een gebogen lijn gingen omdat zelfs de snelste kogel werd beïnvloed door de zwaartekracht, wat betekende dat je uiteraard hoger moest richten naarmate het doel verder weg lag. Ze begrepen ook dat indien het doel hoger op het terrein lag, je nog hoger moest richten omdat de kogel die hoogte ook moest 'overwinnen'. Maar ze protesteerden vaak als er werd gezegd dat wanneer het doel lager lag dan jijzelf dat je dan toch hoger moest richten, en niet lager, dan op vlak terrein.

Roar Bohr zag aan de bomen buiten dat het windstil was. De temperatuur was tien graden. De zwaan bewoog zich met een meter per seconde. Hij zag voor zich hoe de kogel dwars door die kleine kop zou gaan. De zwanenhals die de spierspanning zou verliezen en als een slang in elkaar zou zakken op de bovenkant van het krijtwitte zwanenlichaam. Het was een moeilijk schot, zelfs voor een scherpschutter bij de commando's. Maar niet te moeilijk voor Roar Bohr, dat wist hij en dat wisten zijn collega's. Hij liet de lucht uit zijn longen ontsnappen en richtte het vizier op het eilandje bij de brug. Daar zaten de zwanenmoeder en haar jongen. Hij bekeek het eiland en toen de rest van het meer, maar zag niets. Hij zuchtte, zette het geweer tegen de muur en liep naar de lawaaiige, hardwerkende printer waar een stuk van een A4'tje uitkwam. Hij had een schermfoto van de foto gemaakt die zojuist gepubliceerd was op de website van VG en bestudeerde nu het gezicht dat bijna geprint was. Brede, platte neus. Dikke lippen in een grijns. Het haar stevig naar achteren getrokken, waarschijnlijk in de nek verzameld in een vlecht, daardoor kreeg Svein Finne die spleetogen en uitdrukking van vijandigheid op zijn gezicht.

De printer duwde de rest van het papier met een laatste, lange kreun naar buiten alsof hij deze gehate man kwijt wilde. Een man die met kennelijke arrogante trots zojuist de moord op Rakel Fauke had bekend. Precies zoals de talibanstrijders waren als ze toegaven dat zij achter elke bom zaten die afging in Afghanistan, als de aanval gelukt was tenminste. De moord opeisen zoals zelfs individuele soldaten in Afghanistan deden als ze de mogelijkheid hadden om een *kill* te stelen. Soms was het pure grafschennis. Roar was er getuige van geweest dat soldaten na chaotische gevechten als leider *kills* hadden opgeëist die, als de helmcamera-opnames van hun eigen doden werden bekeken, waren gepleegd door de gesneuvelde.

Roar Bohr pakte de print en liep naar de muur aan de andere kant van de grote kelderruimte. Hij bevestigde het papier op een van de schietschijven die boven een metalen doos hingen die de kogels opving en liep terug. De afstand was tien en een halve meter. Hij sloot het kelderraam waarin hij kogelwerend glas had gedaan en deed de oorpluggen in. Toen greep hij het pistool, een High Standard HD 22, dat naast de pc lag, nam niet meer tijd om een goede positie in te nemen dan hij in een stressvolle situatie zou hebben, richtte het wapen op de schietschijf en haalde over. Eén keer, twee keer, drie keer.

Bohr trok zijn oorpluggen uit, pakte de geluiddemper en draaide die op de High Standard. Een geluiddemper veranderde de balans, dus het leek op trainen met twee verschillende wapens. Hij hoorde geluid op de keldertrap.

'Verdomme,' mompelde hij en sloot zijn ogen.

Hij deed ze weer open en keek in Ingrids bleke, verbijsterde en woedende gezicht.

'Ik ben me doodgeschrokken! Ik dacht dat ik alleen thuis was!'

'Het spijt me, Ingrid, dat dacht ík ook.'

'Daar heb ik niks aan, Roar! Je hebt me beloofd dat je niet meer zou schieten in huis! En nu kom ik thuis van de supermarkt, reken op stilte en geen gevaar en dan... Waarom ben je eigenlijk niet op het werk? En waarom heb je geen kleren aan? En wat zit er op je gezicht?'

Roar Bohr keek naar beneden. Wel verdomd, hij was naakt. Hij ging met zijn wijsvinger over zijn gezicht en keek naar zijn vingertop. Zwarte camouflageverf uit het leger.

Hij legde zijn pistool op het bureau en drukte met zijn wijsvinger op een willekeurige toets van het toetsenbord.

'Thuiswerken.'

Het was acht uur in de avond en het onderzoeksteam had zich verzameld in Justisen, het vaste trefpunt in voor- en tegenspoed van de afdeling Geweld. Skarre had het initiatief genomen tot het vieren van het oplossen van de zaak en Katrine had geen goede tegenargumenten gehad. Of een uitleg waarom ze daar sowieso naar had gezocht, want het was vaste traditie om een overwinning te vieren. Dat verbond hen als groep en zij als leidinggevende had de eerste moeten zijn die opriep tot een bijeenkomst in Justisen nadat ze de bekentenis van Finne hadden gekregen. Het feit dat ze de oplossing van de zaak hadden weggekaapt onder de neus van Kripos vandaan maakte de triomf nog zoeter. Het had een zuur telefoontje opgeleverd van Winter die vond dat Kripos als hoofdverantwoordelijke het verhoor van Finne had moeten doen, maar vervolgens had hij schoorvoetend ingestemd met de verklaring dat de drie verkrachtingen hadden plaatsgevonden in het politiedistrict Oslo en dat alleen dat district de ruilhandel had kunnen uitvoeren. Het is moeilijk argumenteren tegen succes.

Maar waarom was er dan toch iets wat aan haar knaagde? Alles klopte, maar toch was er iets, iets wat Harry een valse noot in het symfonieorkest noemde. Je hoort hem, maar het lukt niet hem te vinden.

'Zit je te dromen, chef?'

Katrine schrok op en hief het bierglas in de richting van de rij opgeheven glazen langs de lange tafel. Iedereen was er. Alleen Harry niet, die niet had gereageerd op haar telefoontje. Als antwoord op haar gedachte voelde ze haar mobiel trillen en snel pakte ze die uit haar zak. Op het display zag ze dat het Bjørn was. En een ogenblik was daar de ketterse gedachte, dat ze kon doen alsof ze het niet had gezien. En dan later uitleggen, wat ook waar was, dat ze was platgebeld nadat het persbericht over de bekentenis naar buiten was gegaan en dat ze pas later zijn naam tussen de gemiste oproepen had zien staan. Maar toen bonsde natuurlijk dat verrekte moedergevoel op de deur. Ze stond op, liep weg van het lawaai naar de gang bij de wc's en drukte op 'antwoord'.

'Iets aan de hand?'

'Nee, hoor,' zei Bjørn. 'Hij slaapt, ik wilde alleen...'

'Wilde alleen wat?

'Weten hoe laat het volgens jou wordt.'

'Niet later dan nodig, maar ik kan niet zomaar weggaan.'

'Nee zeg, dat begrijp ik. Wie zijn er?'

'Wie? Het onderzoeksteam.'

'Alleen die? Geen... outsiders?'

Katrine richtte zich op. Bjørn was een aardige en voorzichtige man. Een man die iedereen mocht omdat hij ook charmant en bescheiden was en je op hem kon vertrouwen. Maar hoewel het nooit iets was waar zij en hij het over hadden, twijfelde ze er niet aan dat hij zich regelmatig afvroeg hoe het kon dat hij uiteindelijk het meisje had gekregen waar minstens de helft van de mannen, en een paar vrouwen, van de afdeling Geweld jacht op hadden gemaakt. In elk geval tot ze hun chef werd. Een van de redenen dat hij er niet over was begonnen, was dat hij heel goed wist dat maar weinig zo onaantrekkelijk is als een onzekere en jaloerse partner. En hij had kans gezien het te verbergen, zelfs nadat ze hem anderhalf jaar geleden had gedumpt en ze een korte periode uit elkaar waren gegaan voordat ze weer bij elkaar kwamen. Maar op de lange duur was het moeilijk toneel te blijven spelen en de laatste maanden had ze gemerkt dat er tussen hen iets was veranderd. Misschien omdat hij thuis was met het kind, misschien kwam het gewoon door het gebrek aan slaap. Of misschien was ze zelf overgevoelig door de achtbaan van het laatste halfjaar.

'Alleen wij,' zei ze. 'Ik ben voor tien uur thuis.'

'Je kunt gerust langer blijven, ik wilde het alleen weten.'

'Voor tien uur,' herhaalde ze, kijkend naar de deur. Naar de lange man die tussen de gasten op zoek leek naar iemand.

Ze verbrak de verbinding.

Hij probeerde er kalm uit te zien, maar ze kon de spanning van zijn lichaam zien en de jachtige blik in zijn ogen. Toen kreeg hij haar in het vizier en ze kon zien dat zijn schouders zakten.

'Harry!' zei ze. 'Je bent gekomen.' Ze omhelsde hem. Ze gebruikte de korte omhelzing om de geur op te snuiven die haar zo bekend en tegelijkertijd ook zo vreemd was. En opnieuw trof het haar dat het beste aan Harry was dat hij zo lekker rook. Niet lekker zoals een parfum kan ruiken of de geur van gras of bossen. Het kon zijn dat hij naar een verschaalde kater rook en een andere keer rook ze een sterke zweetlucht. Maar over het algemeen rook hij ongedefinieerd lekker. Hij was het. Daar hoefde ze toch geen slecht geweten over te hebben?

Magnus Skarre liep op hen af met een heldere blik en een gelukzalige grijns.

'Dit rondje is voor mij, zeggen ze.' Hij legde een hand op hun schouders. 'Een biertje, Harry? Ik heb gehoord dat het jou gelukt is om Finne te vinden. Oei! Haha!'

'Een cola,' zei Harry en hij schudde discreet Skarres hand van zich af.

Skarre verdween naar de bar.

'Dus je bent weer geheelonthouder,' zei Katrine.

Harry knikte. 'Voor zolang als het duurt.'

'Waarom heeft hij bekend, denk jij?'

'Finne?'

'Ik weet wel dat het is omdat hij strafvermindering krijgt als hij een bekentenis aflegt en dat hij begrepen moet hebben dat we een solide zaak hadden tegen hem door de video-opname die hij heeft gestuurd. En hij wordt niet aangeklaagd voor die verkrachtingen, maar was het dat alleen?'

'Wat bedoel je?'

'Denk je niet dat het ook kan zijn dat we allemaal de behoefte hebben onze zonden te bekennen?'

Harry keek haar aan en maakte zijn droge lippen nat. 'Nee.'

Katrine zag een man in pak met een blauw overhemd over hun lange tafel gebogen staan en iemand die in de richting van Harry en haar wees. De man knikte en kwam op hen afgelopen.

'Journalisten-alert,' zei Katrine zuchtend.

'Jon Morten Melhus,' zei de man. 'Ik probeer u al de hele avond te bellen, mevrouw Bratt.'

Katrine keek hem aandachtiger aan, journalisten gebruiken geen beleefdheidsfrasen.

'Dus uiteindelijk heb ik iemand op het bureau te pakken kunnen krijgen, ik heb uitgelegd waar het om ging en kreeg te horen dat u hier waarschijnlijk zou zitten.'

Niemand op het bureau zou tegen een toevallige beller zeggen waar ze zat.

'Ik ben chirurg in het Ullevål-ziekenhuis. Ik heb gebeld omdat er een poosje terug een dramatisch voorval heeft plaatsgevonden. Er waren complicaties bij een geboorte en we moesten met grote spoed een keizersnede doen. De vrouw in barensnood had een man bij zich die had gezegd dat hij de vader was van het kind, iets wat de vrouw bevestigde. In het begin leek hij behulpzaam te zijn. Toen de vrouw te horen kreeg dat we het kind via de keizersnede gingen halen, werd ze erg bang, en de man ging naast haar zitten, streelde over haar voorhoofd, troostte haar en beloofde haar dat alles snel zou gaan. En dat is waar, om het kind eruit te krijgen zijn meestal niet meer dan vijf minuten nodig. Maar ik herinner het me omdat ik hem hoorde zeggen: "Een mes in je buik en dan is het klaar." Op zich de juiste bewoordingen, maar een beetje merkwaardige woordkeuze. Maar ik vond het verder niet al te vreemd, vooral niet nadat hij haar had gekust. Het was misschien wat ongebruikelijk dat hij haar lippen afveegde nadat hij haar gekust had. En dat hij filmde tijdens de keizersnede. Maar het werd echt vreemd toen hij zich opdrong en het kind zelf uit de buik wilde pakken. En nog voordat we hem konden tegenhouden stak hij zijn hand in de snee die we hadden gemaakt.'

Katrine vertrok haar gezicht.

'Verdomme,' zei Harry zacht. 'Verdomme, verdomme.'

Katrine keek hem aan. Er begon haar iets te dagen, maar ze was in de eerste plaats in de war.

'We hebben hem weggetrokken en de rest van de operatie uitgevoerd,' zei Melhus. 'Gelukkig zijn er geen tekenen van infectie bij de moeder.'

'Svein Finne. Het was Svein Finne.'

Melhus keek Harry aan en knikte langzaam. 'Maar bij ons had hij een andere naam opgegeven.'

'Uiteraard,' zei Harry. 'Maar u heeft de foto gezien die VG vanmiddag heeft gepubliceerd?'

'Ja, en ik twijfel er niet aan dat het om dezelfde man gaat. En al helemaal niet meer toen ik het schilderij op de achtergrond zag. De foto is in de wachtkamer van onze afdeling verloskunde gemaakt.'

'Maar waarom doet u zo laat aangifte en waarom bij mij?' vroeg Katrine.

Melhus keek haar een ogenblik in verwarring aan. 'Dit is geen aangifte,' zei hij.

'Niet?'

'Nee, het is niet ongebruikelijk dat mensen een beetje onberekenbaar zijn tijdens een fysieke en mentale uitdaging als een gecompliceerde geboorte. En hij maakte absoluut niet de indruk de moeder letsel toe te willen brengen, hij was alleen bezig met het kind. Alles werd later weer rustig en het ging zoals gezegd goed. Hij heeft zelfs nog de navelstreng doorgesneden.'

'Met een mes,' zei Harry.

'Dat klopt.'

Katrine fronste haar wenkbrauwen. 'Wat is er, Harry? Wat heb jij begrepen wat ik nog niet schijn te zien?'

'Het tijdstip,' zei Harry, Melhus aankijkend. 'U heeft gelezen over de moordzaak en nu komt u vertellen dat Svein Finne een alibi heeft voor het tijdstip. Hij was die nacht in de verloskamer.'

'We bevinden ons in het grijze gebied van geheimhouding, daarom wilde ik het u persoonlijk zeggen, mevrouw Bratt.'

Melhus keek Katrine Bratt aan met het professioneel meevoelende gezicht van iemand die getraind was om slecht nieuws over te brengen. 'Ik heb met de verloskundige gesproken en zij zegt dat de vader aanwezig was vanaf het moment dat de vrouw om halftien 's avonds werd ingeschreven tot de geboorte voorbij was om vijf uur in de ochtend.'

Katrine legde een hand op haar gezicht.

Bij de lange tafel klonk luid gelach gevolgd door geklink van bierglazen, iemand had kennelijk een goede grap verteld.

DEEL 2

HOOFDSTUK 24

Het was kort voor middernacht toen *VG* het nieuws naar buiten bracht dat de politie Svein 'de Verloofde' Finne had vrijgelaten.

Johan Krohn verklaarde tegen dezelfde krant dat zijn cliënt bij zijn bekentenis bleef, maar dat de politie tot de conclusie was gekomen dat het waarschijnlijk niet om Rakel Fauke ging, maar dat een ander strafbaar feit was gepleegd waarbij een barende vrouw en haar kind in gevaar waren geweest. Er waren getuigen en zelfs een video-opname, maar er was geen aangifte gedaan in deze zaak. Maar de bekentenis was gegeven, de cliënt had zich aan zijn deel van de afspraak gehouden en Krohn waarschuwde voor de consequenties als de politie zich niet hield aan haar deel om de aangiften met betrekking tot de vage en ongegronde verkrachtingsbeschuldigingen te laten vallen.

Harry's hart wilde niet meer stoppen met bonzen.

Hij stond tot zijn enkels in het water en snakte naar adem. Hij had hardgelopen. Gerend door de straten van de stad tot er geen straten meer waren en toen was hij hierheen gelopen.

Maar dat was niet de reden dat zijn hart zo op hol was geslagen, het was begonnen toen hij Justisen had verlaten. De verlammende kou kroop omhoog langs zijn benen, door zijn knieën, naar zijn kruis. Harry stond voor het operagebouw in het water. Onder hem verdween het witte marmer het water in als een waarschuwing voor een komende ondergang.

Bjørn Holm werd wakker en lag stil in bed te luisteren. Het was niet de jongen. Het was niet Katrine die was thuisgekomen en zonder iets te willen zeggen in bed was gestapt. Hij opende zijn ogen. En zag een zwak licht op het plafond van de slaapkamer vallen. Hij strekte zijn hand uit naar het nachtkastje en zag op de display wie belde. Hij aarzelde. Toen stapte hij uit bed en sloop de gang in. Drukte op 'opnemen'.

'Het is midden in de nacht,' fluisterde hij.

'Bedankt, dat wist ik niet,' zei Harry droog.

'Geen probleem. Goedenacht.'

'Niet ophangen. Ik krijg geen toegang tot de Rakel-files. Het lijkt erop dat mijn beveiligingscodes zijn geblokkeerd.'

'Daar moet je Katrine naar vragen.'

'Katrine is de chef en zij moet de procedures volgen, dat begrijpen we allebei. Maar ik heb jouw code en het is mogelijk dat ik jouw wachtwoord kan kraken. Dat moet je me uiteraard niet geven, dat zou een overtreding van de instructies zijn.'

Stilte.

'Maar?' verzuchtte Bjørn.

'Maar je kunt me wel een hint geven.'

'Harry...'

'Ik heb dit nodig, Bjørn. Ik heb het zo verrekte hard nodig. Als het Finne niet is, betekent het dat het iemand anders was. Vooruit, Katrine heeft het ook nodig, want ik weet dat noch jullie, noch Kripos geen bal hebben.'

'Maar waarom jij?'

'Dat weet je wel.'

'Is dat zo?'

'Omdat in het land der blinden eenoog koning is.'

Bjørn kon een kreunende lach niet binnenhouden.

Opnieuw een stilte.

'Twee letters en vier getallen,' zei Bjørn. 'Als ik zou mogen kiezen, dan zou ik willen sterven als hij. In een auto, op het moment dat het nieuwe jaar begint.'

Toen verbrak hij de verbinding.

HOOFDSTUK 25

'Volgens professor Paul Mattiuzzi vallen de meeste typen moordenaars binnen een van de volgende acht categorieën,' zei Harry. 'Categorie één: de chronisch agressieve. Degenen met een slechte impulscontrole die snel gefrustreerd raken, die er niet tegen kunnen als er voor hen besluiten genomen worden, die zichzelf ervan overtuigen dat geweld een legitieme respons is en die het diep vanbinnen fijn vinden om een uitweg te hebben voor hun razernij. Dit is het type bij wie je het kunt zien aankomen.'

Harry stak een sigaret tussen zijn lippen.

'Twee: het gecontroleerd vijandige type. Ze laten zelden hun woede zien, zijn emotioneel rigide en staan bekend als beleefd en serieus. Ze volgen de regels en zien zichzelf als de hoeders van de rechtvaardigheid. Ze kunnen aardig zijn, maar alleen om mensen te manipuleren. Het zijn stille snelkookpannen bij wie je het, tot ze exploderen, niet ziet aankomen. Het type buurman van wie wordt gezegd: "maar hij was altijd zo gezellig".'

Harry deed de aansteker aan, hield die voor zijn sigaret en inhaleerde. 'Drie: de verongelijkten. Ze hebben het gevoel dat er altijd op hen getrapt wordt, dat ze niet krijgen wat ze verdienen, dat het de schuld is van anderen dat ze niet geslaagd zijn in het leven. Ze zijn verbitterd, vooral tegenover mensen die hen hebben bekritiseerd of een reprimande hebben gegeven. Ze nemen de slachtofferrol aan, ze zijn psychologisch impotent en als ze bij gebrek aan andere manieren hun toevlucht nemen tot geweld, wordt dat vaak gericht tegen degenen voor wie ze wrok voelen. Vier: de getraumatiseerde.'

Harry liet de rook via zijn mond en neus ontsnappen.

'De moord komt als respons op een afzonderlijke aanval op de identiteit van de moordenaar, een aanval zo krenkend en onverdraaglijk voor de moordenaar dat die hem elk gevoel van persoonlijke macht ontneemt. De moord is noodzakelijk om niet de kern van de existentie of de mannelijkheid van de getraumatiseerde compleet kapot te maken. Als je van tevoren de omstandigheden kent, kan deze moord meestal worden voorspeld en voorkomen.'

Harry hield de sigaret tussen het tweede kootje van zijn wijsvinger en zijn middelvinger terwijl hij zich spiegelde in de kleine, half opgedroogde plas op de bruine aarde en het grijze grind.

'En dan volgt de rest. Vijfde categorie: de obsessieve en onvolwassen narcist. Zes: het paranoïde en jaloerse type. Zeven: op de grens van gekte.'

Harry stopte de sigaret weer tussen zijn lippen en keek op. Liet zijn blik glijden over het houten huis. De plaats delict. De ochtendzon blonk in de ruiten. Niets aan het huis leek veranderd, alleen de graad van verlatenheid. Binnen was dat ook het geval. Een soort bleekheid alsof de stilte de kleuren aan de gordijnen en de muren, de gezichten op de foto's, de herinneringen uit de boeken had onttrokken. Hij had niets gezien wat hij de laatste keer niet had gezien, niets gedacht wat hij toen niet had gedacht, ze waren waar ze die avond waren: terug bij start, failliet en met de rokende puinhopen achter zich.

'En categorie acht?' vroeg Kaja. Ze rilde in haar jas en stampte met haar voeten op het grind.

'Professor Mattiuzzi noemde die '*just plain bad & angry*'. Een combinatie van de zeven andere.'

'En jij denkt dat de moordenaar naar wie je zoekt zich bevindt in een van deze acht categorieën die een of andere Amerikaanse psycholoog heeft verzonnen?'

'Hm.'

'En dat Svein Finne onschuldig is?'

'Nee, maar wel voor de moord op Rakel.'

Harry inhaleerde stevig. Zo hard dat hij de warmte van de rook in zijn keel kon voelen. Het was vreemd genoeg niet als een schok gekomen dat de bekentenis van Finne vals was. Hij had dat gevoel al gehad sinds ze in de bunker zaten, dat er iets was wat niet klopte, dat Finne een beetje al te tevreden was met de situatie. Finne had hem bewust tot fysiek geweld geprovoceerd, zodat wat hij ook zou bekennen van verkrachtingen of moord toch niet gebruikt zou kunnen worden in de rechtszaal. Had hij de hele tijd al geweten dat de moord op Rakel was gepleegd in dezelfde periode als waarin hij in de verloskamer zat? Was hij zich ervan bewust geweest dat de video-opname verkeerd begrepen kon worden? Of was het pas later, voor het verhoor op het bureau, dat hij deze ironische speling van het lot had ontdekt, dat de toevalligheden geregisseerd leken tot een tragische komedie? Harry keek naar het keukenraam waarvoor vorig jaar april een aanhanger had gestaan waarin Rakel en hij bladeren en takken hadden verzameld na het opruimen van de tuin. Dat was kort na de vrijlating van Finne geweest, die een indirect dreigement had geuit om Harry's gezin een bezoek te brengen. Als Finne 's nachts op de aanhanger had gestaan, dan had hij tussen de tralies door kunnen kijken, de broodplank aan de muur kunnen zien, en als hij goede ogen had, had hij de tekst daarop kunnen lezen. Finne had vastgesteld dat het huis een vesting was. En had het plan verworpen.

Harry betwijfelde of Krohn achter het plan zat om de valse bekentenis te gebruiken om van de aangiften voor verkrachting af te komen. Krohn begreep vast dat wat hij op korte termijn kon winnen met een dergelijke twijfelachtige truc, slechts kleingeld was in verhouding met wat hij aan geloofwaardigheid kon verliezen, dat was zelfs voor een advocaat met een voorkeur voor manipuleren het werkelijke betaalmiddel.

'Is het je duidelijk dat die categorieën niet veel toevoegen?' zei Kaja die zich had omgedraaid en over de stad uitkeek. 'We kunnen allemaal op een bepaald moment in ons leven tot een van deze categorieën gaan behoren.'

'Hm, kan iedereen een geplande, koelbloedige moord plegen?'

'Waarom vraag je iets waarop je het antwoord al weet?'

'Misschien wil ik het anderen ook horen zeggen.'

Kaja haalde haar schouders op. 'Moord is slechts een kwestie van context, het is geen probleem om levens te nemen als je jezelf ziet als de gerespecteerde slachter van de stad, de heldhaftige soldaat van het vaderland of de lange arm van de wet. Of eventueel de rechtvaardige wreker die het heft in eigen hand neemt.'

'Bedankt.'

'Niets te danken, het komt uit je eigen colleges aan de politieacademie. Dus wie heeft Rakel vermoord? Iemand met de persoonlijkheidskenmerken uit een van de categorieën die moordt zonder context of een normaal persoon die moordt door omstandigheden?'

'Nou, ik geloof dat zelfs een gestoorde gek een context nodig heeft. Zelfs tijdens een woedeaanval is er een ogenblik waarin we ons kunnen inbeelden dat we juist handelen. Gekte is een eenzame dialoog, waarin we onszelf antwoorden geven die we willen hebben. En we hebben allemaal dergelijke gesprekken gevoerd.'

'Is dat zo?'

'Ik weet dat ik dat heb gedaan,' zei Harry en hij keek naar de oprit waarlangs donkere, dichte sparren als bewakers stonden. 'En om antwoord te geven op je vraag: ik geloof dat het schrappen van potentiële schuldigen hier begint. Daarom wilde ik de plaats delict zien. Er is opgeruimd, maar moord is smerig, erg beladen. We staan tegenover een moordenaar die zowel getraind als ongetraind is. Of misschien getraind, maar gevoelsmatig in onbalans, typerend voor een moord met seksuele frustratie of persoonlijke haat.'

'Aangezien er geen tekenen zijn van seksueel geweld, kunnen we dan concluderen dat het hier draait om haat?'

'Ja, en om die reden leek Svein Finne zo'n perfecte verdachte. Een getrainde geweldspleger die de dood van zijn zoon wil wreken.'

'Dan had hij jou toch moeten doden?'

'Ik ging ervan uit dat Svein Finne wist dat verder leven nadat je je geliefde hebt verloren erger is dan zelf sterven. Maar kennelijk heb ik dat verkeerd gezien.'

'Dat jij de verkeerde dader had, wil nog niet zeggen dat je het verkeerde motief hebt.'

'Hm. Je bedoelt dat het moeilijk is personen te vinden die Rakel haten, maar makkelijk om personen te vinden die mij haten.'

'Zomaar een losse flodder,' zei Kaja.

'Goed, misschien is dat een uitgangspunt.'

'Misschien heeft het onderzoeksteam informatie die wij niet kennen.'

Harry schudde zijn hoofd. 'Ik ben vannacht door al hun files gegaan en het enige wat ze hebben zijn onsamenhangende details. Geen losse draadjes of feitelijke sporen.'

'Ik dacht dat jij geen toegang had tot het onderzoeksmateriaal?'

'Ik herinnerde me de code van iemand omdat hij grapte dat de IT-afdeling hem zijn bh-maat had gegeven. BH100. Het wachtwoord heb ik geraden.'

'Zijn geboortedatum?'

'Bijna. HW1953.'

'En dat is?'

'Het jaar waarin Hank Williams op nieuwjaarsdag dood werd aangetroffen in een auto.'

'Alleen maar onsamenhangende details dus. Zullen we ergens heen gaan waar het warmer is dan hier?'

'Ja,' zei Harry en wilde een laatste trek van zijn sigaret nemen.

'Wacht,' zei Kaja, haar hand uitstekend. 'Mag ik...?'

Harry keek haar aan voordat hij haar de sigaret gaf. Hij was niet helderziend. Hij zag nu slechter dan wie dan ook. Verblind door tranen, maar even leek hij die weg te kunnen knipperen en voor de eerste keer dat ze elkaar weer tegen waren gekomen, zág hij Kaja Solness. Het kwam door de sigaret. En de herinneringen kwamen plotseling en onverwachts. De jonge politievrouw die naar Hongkong was gereisd om Harry naar huis te halen omdat hij jacht moest maken op een seriemoordenaar die de politie van Oslo maar niet te pakken kon krijgen. Ze had hem gevonden op een matras in Chungking Mansions in een soort limbustoestand van roes en onverschilligheid. En het was onduidelijk wie de meeste behoefte had aan gered te worden: de politie van Oslo of Harry. Maar hier was ze weer. Kaja Solness, die haar eigen schoonheid ontkende, die zo vaak als ze kon de spitse en onregelmatige tanden liet zien die haar verder perfecte gezicht ontsierden. Hij herinnerde zich de ochtenduren die ze in een groot, leeg huis hadden doorgebracht, de sigaretten die ze hadden gedeeld. Rakel had vaak om de eerste trek van de sigaret gevraagd, Kaja wilde de laatste.

Hij had hen beiden verlaten en was weer naar Hongkong vertrokken. Maar was voor een van hen teruggekomen: Rakel.

Harry keek naar de frambooskleurige lippen die het goudkleurige filter omsloten en nauwelijks zichtbaar gespannen werden toen ze inhaleerde. Toen liet ze de sigaret op de bruine, vochtige grond vallen tussen de plas en het grind, ze trapte erop en liep in de richting van de auto. Harry wilde achter haar aan lopen, maar bleef ineens staan.

Zijn blik viel op de vertrapte peuk.

Hij dacht aan patroonherkenning. Dat er gezegd werd dat het vermogen om patronen te herkennen de mens onderscheidt van dieren. Dat onze eeuwige, automatische zoektocht naar patronen die zich herhalen verantwoordelijk is voor de ontwikkeling van onze intelligentie en gezorgd heeft voor onze beschaving. En hij herkende het patroon in de voetafdruk van de foto's van de file 'Foto's van de plaats delict' in het onderzoeksmateriaal. En van de dag dat hij slechts een paar meter van waar hij nu stond had gestaan, in de sneeuw tussen de bomen waar de wildcamera was verwijderd. In een kort commentaar bij de foto stond dat ze geen match hadden gevonden in de database van Interpol wat betreft de voetafdruk.

Harry kuchte.

'Kaja?'

Hij zag de smalle rug die op weg was naar de auto verstijven. God mag weten waarom, misschien had ze iets gehoord in zijn stem wat hij zelf niet had gehoord. Ze draaide zich om naar hem. De lippen waren opgetrokken zodat hij de spitse tanden kon zien.

HOOFDSTUK 26

'Alle infanteristen hebben bruin haar,' zei de brede, goedgetrainde man die in de diepe leunstoel achter de lage tafel zat. Erland Madsens stoel stond in een hoek van negentig graden ten opzichte van de stoel waarin Roar Bohr zat. Dat was omdat Madsens cliënten zelf konden kiezen of ze hem aankeken of niet. Niet kijken naar degene tegen wie je sprak, had dezelfde functie als de biechtstoel: het gaf de cliënt een gevoel tegen zichzelf te praten. Als je de reactie van de toehoorders in de vorm van lichaamstaal of gelaatsuitdrukking niet ziet, dan wordt de drempel over iets te praten minder groot. Hij had gespeeld met de gedachte een divan aan te schaffen, maar dat was zo'n cliché.

Madsen keek naar zijn notitieblok dat hij nog steeds gebruikte. 'Kun je dat uitdiepen?'

'Bruin haar uitdiepen?' Roar Bohr lachte. En toen de lach de lichtblauwe ogen bereikte, leek het of het verdriet daarin, een geluidloos, droog gehuil, de lach versterkte zoals de zon extra sterk brandt als een wolk nadert. 'Ze hebben bruin haar en ze zijn heel goed in staat om van een paar honderd meter een kogel door je hoofd te jagen. Maar je herkent ze wanneer je bij een controlepost komt, ze hebben bruin haar en zijn aardig. Doodsbang en aardig. Dat is hun werk. Niet doen waarvoor ze getraind zijn, op de vijand schieten, maar juist doen wat ze absoluut niet hadden verwacht toen ze in dienst gingen, waarna ze door een hel moesten om bij de Special Forces te komen. Namelijk lachen en vriendelijk zijn tegen de burgers die langs de controlepost komen. Een controlepost die het afgelopen jaar twee keer door zelfmoordbommen werd opgeblazen. Harten winnen, wordt het genoemd.'

'En hebben jullie die gewonnen?'

'Geen enkel,' zei Roar Bohr.

Als specialist op het gebied van posttraumatische stressstoornis was Madsen een soort dokter Afghanistan geworden, de psycholoog over wie ze hadden gehoord en die ze bezochten nadat ze in oorlogsgebieden waren geweest. Maar hoewel Madsen zo langzamerhand heel wat wist van het leven daar en de emoties waarover ze het hadden, wist hij uit ervaring ook dat het beter was te doen alsof hij blanco was. Vragen alsof hij van niets wist. De cliënten warm laten praten over concrete zaken, simpele dingen. Niets was voor de hand liggend, hij wilde dat ze begrepen dat ze het hele beeld moesten schetsen. Cliënten wisten niet altijd zelf waar het pijnpunt lag, soms lag dat in iets wat de cliënt zelf als triviaal en onbetekenend zag, in iets waar ze anders makkelijk overheen zouden stappen, in iets wat het onderbewuste verborgen wenste te houden, in zichzelf beschermen tegen te worden opgerakeld. Maar voorlopig was dit opwarmen.

'Dus geen harten?' zei Madsen.

'Niemand in Afghanistan begrijpt precies waarom ISAF daar is. Zelfs niet iedereen binnen ISAF. Maar niemand gelooft dat ze daar puur en alleen zijn om democratie en geluk te brengen in een land dat het concept democratie niet begrijpt en er ook niet in geïnteresseerd is. De Afghanen praten ons naar de mond zolang we hen helpen met schoon water, allerlei voorzieningen en het opruimen van mijnen. Voor de rest kunnen we naar de hel lopen. En dan hebben we het niet alleen over de talibanaanhangers.'

'Dus waarom ben je daarheen gegaan?'

'Als je carrière wilt maken binnen het leger, moet je bij ISAF zijn geweest.'

'En jij wilt carrière maken?'

'Er is geen andere weg. Als je stopt, dan ga je dood. Het leger kent een langzame, pijnlijke en vernederende dood voor degenen die besluiten niet hogerop te willen.'

'Vertel over Kabul.'

'Kabul.' Bohr ging rechterop zitten. 'Loslopende honden.'

'Loslopende honden?'

'Ze zijn overal. Honden zonder baas.'

'Jij bedoelt letterlijk, niet...'

Bohr schudde glimlachend zijn hoofd. Geen zon in zijn ogen dit keer. 'De Afghanen hebben te veel bazen. De honden leven van vuilnis. Er is veel vuilnis. Het stinkt er naar uitlaatgassen en branden. Ze verbranden alles om warm te worden. Vuilnis, olie, hout. Het sneeuwt in Kabul, voor mij leek het meer op grijze neerslag. Natuurlijk zijn er een paar mooie gebouwen. Het presidentiële paleis. Het Serena-hotel heeft vijf sterren. De Babur Gardens zijn mooi. Maar wat je vooral ziet als je door de stad rijdt, zijn vervallen, eenvoudige gebouwen met hooguit twee verdiepingen, winkels waar ze allerlei rotzooi verkopen. Of Russische architectuur van het meest depressieve soort.' Bohr schudde zijn hoofd. 'Ik heb foto's van Kabul gezien van voor de Sovjet-Russische invasie. En het klopt wat ze zeggen: Ooit was Kabul mooi.'

'Maar niet toen jij daar woonde?'

'We woonden eigenlijk niet in Kabul, maar in tenten net buiten de stad. Echt goede tenten, bijna als een huis, maar onze kantoren zaten in keurige, gewone gebouwen. We hadden geen airco in de tenten, alleen maar ventilatoren. Vaak stonden die ook niet aan, want 's nachts is het koud. Maar overdag kon het zo heet zijn dat je je buiten niet kon bewegen. Niet zo erg als de klamme vijftig graden in Basra in Irak, maar toch. Kabul in de zomer kan de hel zijn.'

'En toch ging je...' Madsen keek naar zijn notities. '...drie keer terug? Voor twaalf maanden.'

'Eén keer twaalf, twee keer zes maanden.'

'Je gezin en jij zijn uiteraard bekend met de risico's als je naar een oorlogsgebied gaat. Zowel wat betreft je mentale gezondheid als mogelijke problemen in je relaties.'

'Dat is me verteld, ja. Het enige wat uit Afghanistan komt, zijn versleten zenuwen, scheidingen en vlak voor de pensioenleeftijd promotie tot kolonel als het je gelukt is je alcoholprobleem te verbergen.'

'Maar...'

'Mijn koers was al uitgezet. Er werd op me gerekend. Militaire academie, speciale trainingen. Je hebt geen idee wat een mens bereid is te doen als men je het gevoel geeft dat je bent uitverkoren. In de jaren zestig in een blikken doos naar de maan worden gestuurd was feitelijk een zelfmoordopdracht en iedereen wist dat. NASA vroeg alleen de beste piloten zich te melden voor het astronautenprogramma, dus de mannen die stralende toekomstperspectieven hadden in een tijd dat piloten – zelfs die in de burgerluchtvaart – een status hadden vergelijkbaar met filmsterren en voetballers. Ze vroegen geen jonge piloten zonder vrees en belust op avontuur, maar ervaren en stabiele piloten. Zij wisten wat de risico's waren. Ze waren getrouwd, hadden net een of twee kinderen gekregen. Kort samengevat: ze hadden alles te verliezen. Hoeveel mannen, denk je, hebben bedankt voor het aanbod op een officiële zelfmoord?'

'Was het om die reden dat je ging?'

Bohr haalde zijn schouders op. 'Het zal wel een mix van persoonlijke ambities en idealisme zijn. Maar de precieze verhoudingen herinner ik me niet meer.'

'Wat is je beste herinnering aan je thuiskomst?'

Bohr lachte scheef. 'Dat mijn vrouw me altijd weer moest corrigeren. Me eraan moest herinneren dat ik niet riep "begrepen" als ze me vroeg melk te gaan kopen. Dat ik me fatsoenlijk moet kleden. Als je maandenlang niets anders dan je velduniform hebt gedragen vanwege de warmte, voelt een pak als erg... krap. En dat je bij sociale ontmoetingen ook vrouwen een hand geeft, zelfs vrouwen in hidjab.'

'Zullen we het hebben over het doden?'

Bohr trok aan zijn stropdas en keek op de klok. Hij haalde langzaam en diep adem. 'Zullen we dat?'

'We hebben nog tijd.'

Bohr sloot zijn ogen een ogenblik en opende ze weer. 'Doden is gecompliceerd en geweldig simpel. Als we soldaten selecteren voor de Special Forces, moeten ze niet alleen voldoen aan fysieke en mentale eisen, ze moeten ook in staat zijn te doden. En we kijken of mensen een zekere distantie hebben tot het doden. Je hebt vast films en televisieprogramma's gezien die gaan over trainingen van commando's. Daarbij gaat het vooral om hoe mensen stresssituaties hanteren, hoe ze opdrachten uitvoeren zonder slaap en eten, hoe ze fungeren onder psychische en fysieke stress. Toen ik soldaat was, lag de focus niet zo op het doden, op het vermogen van het individu om een leven te nemen en hoe je daarmee omgaat. Nu weten we daar meer over. We weten dat degene die doodt zichzelf goed moet kennen. Ze moeten niet verrast worden door hun eigen emoties. Het is niet waar dat het niet natuurlijk is om iemand van je eigen soort te doden, het is juist heel natuurlijk. In de natuur gebeurt dat aan de lopende band. De meeste mensen voelen weliswaar een zekere weerstand en dat is evolutionair gezien logisch. Maar die weerstand moet overwonnen kunnen worden als de omstandigheden dat vereisen. Ja, het is zelfs een gezond teken dat je in staat bent te doden, dat toont het vermogen tot zelfcontrole. Als er een gemeenschappelijke factor onder mijn soldaten aan te wijzen valt, dan is het dat ze het doden van een mens zo extreem rustig opnemen. Maar iemand die zegt dat het psychopaten zijn, die stomp ik op zijn neus.'

'Alleen op de neus?' vroeg Madsen met een lachje.

Bohr gaf geen antwoord.

'Ik zie dat je bedenkelijk kijkt, maar ik wil nogmaals herhalen dat ik zwijgplicht heb.'

Bohr ging met zijn hand over zijn voorhoofd. 'Ik weet het, maar ik zie dat ik moet opschieten om op tijd te zijn voor een vergadering op mijn werk.'

Madsen knikte. Naast de professionele nieuwsgierigheid uit te zoeken waar de schoen wringt, kwam het maar zelden voor dat hij nieuwsgierig werd naar het verhaal van de cliënt op zich. Maar dit was anders en hij hoopte dat zijn gezicht niet verraadde dat hij teleurgesteld was. 'Ja, dan zeggen we dat het genoeg is geweest voor vandaag. En als je daar helemaal niet over wilt praten...'

'Ik *wíl* erover praten, ik...' Bohr zweeg en knoopte zijn colbertje dicht. 'Ik moet er met iemand over praten, zo niet dan...'

Madsen wachtte, maar de zin werd niet afgemaakt.

'Zien we elkaar maandag weer op dezelfde tijd?' vroeg Madsen.

Ja, hij moest een divan hebben. Eventueel een biechtstoel.

'Ik hoop dat je van sterke koffie houdt,' riep Harry naar de kamer terwijl hij uit de waterkoker water in de koffiebekers goot.

'Hoeveel lp's heb je eigenlijk?' riep Kaja terug.

'Ongeveer vijftienhonderd.' De hitte van de koffie deed pijn tegen zijn knokkels toen hij zijn vingers door het oor stak. Met drie snelle, lange passen was hij van de keuken in de kamer. Kaja zat op haar knieën op de bank en ging door zijn verzameling vinylplaten in de kast. 'Ongeveer?'

Harry trok zijn ene mondhoek op tot een soort lach. 'Vijftienhonderdzesendertig.'

'Zoals de meeste neurotische jongens heb je de platen natuurlijk op alfabetische volgorde gerangschikt, maar ik zie dat ze in elk geval niet chronologisch staan of bij elke artiest op datum van uitgave.'

'Nee,' zei Harry, hij zette de twee bekers naast de pc op de salontafel en blies op zijn vingers. 'Alleen maar naar de datum dat ik ze kocht. Met de nieuwste aanwinst het meest naar links.'

Kaja lachte. 'Jullie zijn gek.'

'Nou, Bjørn vindt dat alleen ik gek ben, omdat iedereen ze gerangschikt heeft naar de datum van uitbrengen.' Hij ging op de bank zitten en ze plofte naast hem neer en nam een slok van haar koffie.

'Mm.'

'Gevriesdroogde koffie uit een pas geopend potje,' zei Harry.

'Ik was vergeten hoe goed dat smaakt,' zei ze lachend.

'Wat? Heb je het sindsdien van niemand meer gekregen?'

'Kennelijk weet alleen jij hoe je een vrouw moet behandelen, Harry.'

'Dat moet je inderdaad niet vergeten,' zei Harry en hij wees naar het scherm. 'Hier is de foto van de schoenafdruk in de sneeuw voor de woning van Rakel. Zie je dat die dezelfde is?'

'Ja,' zei Kaja en ze hield haar eigen laars omhoog. 'Maar de afdruk op de foto komt dus van een grotere laars?'

'Waarschijnlijk maat 43 of 44,' zei Harry.

'Ik heb maat 38. Ik heb deze laarzen op de tweedehandsmarkt in Kabul gekocht. Dat was de kleinste maat die ze hadden.'

'En het zijn dus veldlaarzen uit de Sovjet-Unie? Uit de tijd van de bezetting?'

'Ja.'
'Dat betekent dat ze minstens dertig jaar oud zijn.'
'Imponerend, nietwaar? We hadden een Noorse overste in Kabul die altijd zei dat als schoenmakers de baas waren geweest in de Sovjet-Unie dat de unie dan niet uit elkaar was gevallen.'
'Bedoel je overste Bohr?'
'Ja.'
'Betekent dit dat hij ook deze laarzen heeft?'
'Dat herinner ik me niet, maar ze waren erg populair. En goedkoop. Waarom vraag je je dat af?'
'Op de file met Rakels telefoongegevens kwam Roar Bohr zo vaak voor dat ze zijn alibi voor de moordnacht hebben gecheckt.'
'En?'
'Zijn vrouw zegt dat hij de hele avond en nacht thuis was. Wat mij opvalt uit de telefoongegevens van Bohr is dat hij Rakel gemiddeld drie keer belde tegen elke keer dat zij hem belde. Dat kun je misschien niet als stalking kwalificeren, maar is het niet gebruikelijk dat een ondergeschikte de telefoontjes van haar baas vaker beantwoordt dan dit?'
'Ik weet het niet. Bedoel je dat Bohr meer dan professioneel in Rakel was geïnteresseerd?'
'Wat denk jij?'
Kaja krabde op haar kin, Harry wist niet waarom, maar hij vond het een mannelijk gebaar. Misschien omdat het iets te maken leek te hebben met baardgroei.
'Bohr is een gewetensvolle leider,' zei Kaja. 'Dat betekent dat hij soms overkomt als te geëngageerd en ongeduldig. Ik kan me goed voorstellen dat hij drie keer belt voordat je de tijd hebt op de eerste poging te reageren.'
'Om één uur 's nachts?'
Kaja vertrok haar gezicht. 'Wil je tegengesproken worden of...?'
'Graag.'
'Rakel was plaatsvervangend directeur bij de NHRI, als ik het goed begrepen heb?'
'Adjunct-directeur, ja.'

'En wat deed ze?'

'Rapporteren aan de commissies binnen de VN. Lezingen geven, adviseren van politici.'

'Binnen de NHRI is men dus afhankelijk van de werktijden en deadlines van anderen. Het hoofdkwartier van de VN ligt in een tijdzone waar het zes uur vroeger is. Dan is het niet zo bijzonder dat je baas je af en toe nog laat belt.'

'Waar woont... wat is het adres van Bohr?'

'Ergens in Smestad, ik geloof in het huis waar hij is opgegroeid.'

'Hm.'

'Wat denk je nu?'

'Onsamenhangende gedachten.'

'Vooruit.'

Harry wreef over zijn kin. 'Aangezien ik geschorst ben, kan ik een verdachte niet ophalen voor verhoor, een huiszoekingsbevel vragen of op een andere manier zichtbaar voor de afdeling Geweld of Kripos werken. Maar we kunnen wat in de dode hoek werken waar niemand ons ziet.'

'Bijvoorbeeld?'

'Dit is een hypothese: Bohr heeft Rakel vermoord. Daarna is hij naar huis gegaan en onderweg heeft hij zich ontdaan van het moordwapen. Dan heeft hij vermoedelijk dezelfde weg afgelegd als wij naar en van Holmenkollen hebben genomen. Waar zou jij je willen ontdoen van een moordwapen tussen de Holmenkollvei en Smestad?'

'Het meer ligt letterlijk op een steenworp afstand.'

'Goed,' zei Harry. 'Maar er staat in het onderzoeksmateriaal dat ze daar hebben gezocht en de gemiddelde diepte is slechts drie meter, dus dan hadden ze het gevonden.'

'Dus waar dan?'

Harry sloot zijn ogen, steunde met zijn hoofd tegen de vinylplaten in de kast achter zich en reconstrueerde de weg die hij zo vaak had gereden. Van Holmenkollen naar Smestad. Dat kon niet meer dan vier kilometer zijn. Maar toch met een oneindige hoeveelheid mogelijkheden om je te ontdoen van een klein voorwerp. Er waren veel tuinen. Het kreupelbosje bij de Stasjonsvei was een mogelijkheid. Hij hoorde het metalen gejammer van een tram in de verte en het klagend geschreeuw van een tram vlakbij. Ineens zag hij het. Groen, dit keer. Met de stank van de dood.

'Vuilnis,' zei hij. 'De container.'

'De container?'

'Bij de benzinepomp in de buurt van de Stasjonsvei.'

Kaja lachte. 'Dat is een van de duizend mogelijkheden en jij klinkt zo overtuigd van jezelf.'

'Nou, dat is het eerste wat in mij opkomt en wat ik zou hebben gedaan.'

'Gaat het?'

'Wat bedoel je?'

'Je ziet zo bleek.'

'Te weinig ijzer,' zei Harry en hij stond op.

'De firma die de container verhuurt, komt die halen als die vol is,' zei de donkere vrouw met bril.

'En wanneer was de laatste keer?' vroeg Harry en hij keek naar de grote, grijze container die naast de benzinepomp stond. De vrouw, die zich had voorgesteld als stationschef, had uitgelegd dat de vuilcontainer van het benzinestation was en hoofdzakelijk werd gebruikt om emballagemateriaal in te gooien en dat ze zich niet kon herinneren dat een passant die had gebruikt. De container had een metalen bek aan de ene kant en de vrouw had laten zien hoe ze door op een rode knop aan de zijkant te drukken het kauwmechanisme van de bek kon activeren zodat het vuilnis in elkaar werd geperst en aan de kant geschoven. Kaja stond een paar meter van hem vandaan de naam en het telefoonnummer te noteren van de containerfirma die op het grijze staal stonden gedrukt.

'Heeft de politie de container geopend en laten controleren?' vroeg Harry.

'Ik dacht dat jullie van de politie waren?'

'Niet altijd weet de rechterhand wat de linker doet in zo'n groot onderzoek. Kunt u de container voor ons openmaken zodat we kunnen zien wat erin zit?'

'Ik weet het niet. Dan moet ik mijn chef even bellen.'

'Ik dacht dat u zei dat u de chef was,' zei Harry.

'Ik ben de stationschef, dat betekent niet...'

'We begrijpen het,' zei Kaja glimlachend. 'Als u hem of haar wilt bellen, dan zouden we dat zeer op prijs stellen.'

De vrouw liep bij hen weg en verdween in het roodgele stationsgebouw. Harry en Kaja bleven staan en keken naar de kunstgrasbaan en het omheinde voetbalveld waar een paar jongens de laatste Neymartrucs oefenden die ze op YouTube hadden gezien.

Na een poosje keek Kaja op haar horloge. 'Zullen we naar binnen gaan om te vragen hoe het ermee staat?'

'Nee,' zei Harry.

'Waarom niet?'

'Het mes ligt niet in de container.'

'Maar je zei...'

'Ik heb me vergist.'

'En wat maakt je zo zeker van je zaak?'

'Kijk,' zei Harry en hij wees. 'Bewakingscamera's. Daarom maakt niemand illegaal gebruik van de container. En een moordenaar die zo oplettend is om een goed gecamoufleerde camera te verwijderen van de plaats delict gaat niet linea recta naar een benzinestation met camerabewaking om zich te ontdoen van het moordwapen.'

Harry liep in de richting van het voetbalterrein.

'Waar ga je heen?' riep Kaja hem na.

Harry gaf geen antwoord, heel simpel omdat hij geen antwoord had. Niet voordat hij aan de achterkant van het benzinestation was gekomen bij een gebouw met het logo van de sportvereniging Ready boven de ingang. Er stonden naast het verenigingsgebouw zes vuilniscontainers van groen plastic. Buiten het bereik van de camera's. Harry deed het deksel van de grootste open en de smerige stank van bedorven voedsel sloeg hem tegemoet.

Hij wipte de container op en reed hem op twee wielen naar het lege plein voor het gebouw. Hij kieperde de container om en de inhoud viel eruit.

'Wat een stank,' zei Kaja, die achter hem aan was gekomen.

'Dat is goed.'

'Goed?'

'Dat betekent dat de container al een poos niet is geleegd,' zei Harry die op zijn hurken was gaan zitten om te zoeken tussen het afval. 'Begin jij met een van de andere?'

'In de functiebeschrijving stond niets over doorzoeken van afval.'

'Met dat luizenloontje dat jij krijgt, had je kunnen weten dat vuilnis vroeg of laat in beeld zou komen.'

'Je betaalt me geen loon,' zei Kaja terwijl ze de kleinste container omgooide.

'Dat bedoelde ik met luizenloontje. En die van jou stinkt niet zo smerig als die van mij.'

'Niemand zal beweren dat jij je werknemers niet weet te motiveren.' Kaja ging op haar hurken zitten en Harry stelde vast dat ze linksboven begon zoals haar geleerd was op de politieacademie.

Een man kwam de trap opgelopen en ging onder het Ready-logo staan. In een sweater van Ready. 'Waar zijn jullie verdomme mee bezig?'

Harry kwam overeind, liep naar de man toe en liet zijn politie-ID zien. 'Weet je of iemand hier in de nacht van 10 maart een persoon heeft gezien?'

De man staarde naar de ID-kaart en keek vervolgens met open mond naar Harry. 'Jij bent Harry Hole.'

'Dat klopt.'

'De superrechercheur?'

'Geloof niet alles wat je...'

'En jij doorzoekt ons afval.'

'Sorry als dat een beetje teleurstellend is.'

'Harry...' Het was Kaja.

Harry draaide zich om. Ze hield iets tussen duim en wijsvinger omhoog. Het was een klein, zwart, plastic vierkantje.

Een geheugenkaartje, dacht Harry. Zo eentje dat je in een wildcamera gebruikt.

De zon scheen in de keuken van de Lyder Sagens gate, waar Kaja het geheugenkaartje uit de poort van een apparaat zat te peuteren. Harry dacht dat het een goedkope camera was, maar Kaja had ietwat beledigd uitgelegd dat het een Canon G9-camera was die ze in 2009 voor een klein vermogen had gekocht en zelfs de tand des tijds had doorstaan. Ze duwde het geheugenkaartje uit het vuilnis in de lege poort, koppelde de camera aan haar MacBook en klikte op 'Foto's'. Een rij met icoontjes werd zichtbaar. Sommige lieten Rakels huis zien in verschillende schakeringen daglicht. Sommige waren in het donker genomen zodat het enige wat hij zag het licht van het keukenraam was.

'Alsjeblieft,' zei Kaja en ze liep naar de heftig zoemende espressomachine die zich opmaakte voor kop nummer twee, maar Harry begreep dat ze hem vooral alleen wilde laten. De icoontjes waren voorzien van data.

De een-na-laatste was genomen op 10 maart, de laatste op 11 maart. De moordnacht.

Hij haalde diep adem. Wat zou hij te zien krijgen? Wat vreesde hij te zien? En wat wilde hij zien?

Hij klikte op het icoontje voor 10 maart. Er verschenen vier kleinere icoontjes met een tijdstip. De camera was vier keer geactiveerd voor middernacht. Harry klikte op de eerste opname met het tijdstip 20:02:10.

Donker. Licht achter de gordijnen. Verdomme, hij had moeten doen wat die man in de winkel had gezegd en een duurdere camera moeten kopen. Zo'n eentje met Zero Blur-technologie. Of was het No Glow? In elk geval een camera waardoor je zelfs kon zien wat er in het holst van de nacht gebeurde. Plotseling viel er licht op de trap toen de buitendeur openging en in de deuropening stond een gedaante die alleen Rakel kon zijn. Ze stond daar een paar seconden voordat ze een andere gedaante binnenliet en de deur achter hen dichtdeed.

Harry ademde zwaar door zijn neus.

Er verstreken een paar seconden tot het beeld bevroor.

De volgende opname startte om 20:29:25. Harry klikte die aan. De buitendeur stond open, maar het licht in de kamer en keuken was uit of sterk gedempt waardoor hij nauwelijks kon zien dat er iemand naar buiten kwam, de deur achter zich dichtdeed en de trap afliep het donker in. Maar dit was om halfnegen, anderhalf uur voor het begin van de periode waarbinnen ze volgens het gerechtelijk laboratorium was vermoord. De volgende beelden waren belangrijker.

Harry voelde dat het zweet in zijn handen stond toen hij op het derde icoontje met het tijdstip 23:21:09 klikte.

Er kwam een auto het erf opgereden. De koplampen verlichtten het huis toen de auto vlak voor de trap stopte en de lichten werden uitgedaan. Harry staarde naar het scherm en probeerde tevergeefs zijn ogen door het donker te boren.

De seconden verstreken, maar er gebeurde niks. Zat de chauffeur in de auto op iemand te wachten? Nee, aangezien de opname niet stopte, moest de camerasensor nog steeds beweging registreren. Toen, eindelijk, zag Harry iets. Er viel een zwak licht op de trap op het moment dat de buitendeur open zwaaide en een kromgebogen persoon naar binnen verdween. De deur viel dicht en het beeld werd weer zwart. En na een paar seconden stopte de opname.

Hij klikte de laatste opname voor middernacht aan. 23:38:21.

Donker.

Niets.

Wat had de sensor opgevangen? In elk geval iets wat bewoog, een hartslag had en een andere temperatuur dan zijn omgeving.

Na een halve minuut stopte de opname.

Het kon iemand zijn geweest die voor het huis over het erf liep. Maar ook een vogel, een kat of een hond was een mogelijkheid. Harry wreef stevig over zijn gezicht. Wat had je verdomme aan een wildcamera met sensoren die veel gevoeliger waren dan de lens? Hij herinnerde zich vaag dat de verkoper ook iets dergelijks had gezegd toen hij Harry ertoe wilde bewegen iets meer geld uit te geven. Maar in die tijd had Harry al problemen gehad met het financieren van zijn alcoholverslaving en het vinden van een plek om te slapen.

'Hebben we iets?' vroeg Kaja en ze zette het ene kopje voor hem neer.

'Iets, maar niet genoeg.' Harry klikte op het icoontje voor 11 maart. Een opname. Om 02:23:12.

'Duim maar,' zei hij en hij startte de opname.

De buitendeur ging open en in het vage, grijze licht van de gang was met moeite een persoon te zien. Die bleef daar een paar seconden staan, het leek wel of hij wankelde. Toen ging de deur weer dicht en werd het helemaal donker.

'Hij is naar buiten gelopen, hij beweegt,' zei Harry.

Licht.

De koplampen van de auto werden aangedaan, het rode achterlicht brandde ook. De achteruitrijlichten gingen aan. Toen gingen ze uit en alles werd weer donker.

'Het contactsleuteltje is omgedraaid,' zei Kaja. 'Wat gebeurt er?'

'Ik weet het niet,' zei Harry en hij leunde voorover naar het scherm. 'Zie je, er komt iemand.'

'Nee.'

Het beeld schokte en het huis stond scheef. Een nieuwe schok en het werd nog schever. Toen stopte de opname.

'Wat was dat?'

'Hij heeft de wildcamera weggehaald,' zei Harry.

'Maar hadden we hem dan niet moeten zien toen hij van de auto naar de camera liep?'

'Hij is er met een boog omheen gelopen. 'Je zag hem naderen, helemaal links.'

'Waarom in een boog als hij toch van plan was de opnames weg te gooien?'

'Hij vermeed het stuk waar de meeste sneeuw lag. Minder werk om zijn laarsafdrukken te verwijderen.'

Kaja knikte langzaam. 'Hij moet het terrein van tevoren goed hebben bestudeerd als hij op de hoogte was van de camera.'

'Ja, hij heeft de moord met haast militaire precisie voorbereid.'

'Haast?'

'Hij zat al in de auto en was bijna die hele camera vergeten.'

'Had hij dit dan niet gepland?'

'Jawel,' zei Harry en hij bracht het kopje naar zijn mond. 'Alles was tot in detail gepland. Bijvoorbeeld dat het binnenlicht in de auto niet aanging toen hij in- en uitstapte. Hij had dat al onklaar gemaakt voor het geval de buren de auto zouden horen en gingen kijken wie er was.'

'Maar ze zouden zijn auto toch zien?'

'Ik betwijfel of het zijn eigen auto is. Als dat wel zo was, dan had hij een eind verderop geparkeerd. Het lijkt er haast op dat hij de auto wíl laten zien op de plaats delict.'

'Zodat eventuele getuigen de politie op een verkeerd spoor kunnen zetten?'

'Hm.' Harry slikte de koffie door en zijn gezicht vertrok.

'Het spijt me dat ik geen gevriesdroogde had,' zei Kaja. 'Dus wat is de conclusie? Was het vlekkeloos uitgevoerd of niet?'

'Ik weet het niet.' Harry leunde achterover om het pakje sigaretten uit zijn broekzak te halen. 'Het klopt niet helemaal met de rest dat hij die wildcamera vergeet. En het lijkt wel of hij heen en weer zwaait in de deuropening, zag je dat? Het lijkt haast wel of de persoon die naar buiten komt een ander is dan degene die naar binnen gaat. En wat doet hij daar tweeënhalf uur?'

'Wat denk je?'

'Ik vermoed dat hij onder invloed is geraakt. Van dope of alcohol. Slikt Bohr iets?'

Kaja schudde haar hoofd met haar blik gericht op de muur achter Harry.

'Is dat een nee?' vroeg hij.

'Dat is een ik-weet-het-niet.'

'Je sluit het niet uit?'

'Of ik uitsluit of een man met drie uitzendingen naar Afghanistan afhankelijk is van pillen? Absoluut niet.'

'Hm, kun je het geheugenkaartje uit de camera halen? Ik neem het mee naar Bjørn, misschien kan een technisch rechercheur er meer uit halen.'

'Jazeker.' Kaja pakte de camera. 'Hoe zit het met het mes? Waarom heeft hij dat niet net als het geheugenkaartje in de container gegooid?'

Harry bestudeerde de overgebleven koffie in zijn kopje. 'Uit de plaats delict blijkt dat hij verstand heeft van hoe de politie werkt. Waarschijnlijk weet hij ook het een en ander van hoe we het gebied rond de plaats delict doorzoeken naar een mogelijk moordwapen en de mogelijkheid dat we een mes vinden in een vuilniscontainer op nog geen kilometer van de plaats delict is relatief groot.'

'Maar het geheugenkaartje...'

'...kon hij veilig weggooien. Hij had er niet op gerekend dat we daarnaar op zoek gingen. Wie wist er dat Rakel een gecamoufleerde wildcamera in haar tuin had?'

'Dus waar is het mes?'

'Ik weet het niet, maar als ik moet gokken, dan is het thuis bij de moordenaar.'

'Waarom?' vroeg Kaja terwijl ze op de display van haar camera keek. 'Als het daar wordt gevonden is hij praktisch al veroordeeld.'

'Omdat hij ervan uitgaat dat hij niet verdacht wordt. Een mes verrot niet, smelt niet, het moet verstopt worden op een plek waar het nooit gevonden wordt. En de eerste plek die we kunnen bedenken waar goede verstopplaatsen zijn, is in ons eigen huis. Het dicht bij ons te hebben geeft ons een gevoel van controle over ons eigen lot.'

'Maar als hij een mes van de plaats delict heeft gebruikt en de vingerafdrukken heeft afgeveegd, zou het toch niet meer aan hem kunnen worden gekoppeld, tenzij het in zijn huis wordt gevonden? Thuis is wel de laatste plaats die ik zou hebben gekozen.'

Harry knikte. 'Je hebt gelijk. En zoals gezegd, ik weet het niet. Ik gok maar. Het is een...' Harry zocht naar het woord.

'Onderbuikgevoel?'

'Ja. Nee.' Hij duwde zijn vingers tegen zijn slapen. 'Ik weet het niet. Herinner je je de waarschuwingen die we als tieners kregen voor lsd, dat we flashbacks konden krijgen en zonder waarschuwing vooraf zomaar ineens konden gaan trippen, ook later in je leven?'

Kaja keek op van de cameradisplay. 'Ik heb nooit lsd gebruikt of aangeboden gekregen.'

'Verstandig meisje. Ik was een wat dommere jongen. Sommige mensen beweren dat de flashbacks door iets getriggerd kunnen worden. Stress, verdovende middelen, trauma's. En dat flashbacks soms eigenlijk een nieuwe trip zijn, dat het resten van een oude stof zijn die worden geactiveerd omdat lsd synthetisch is en niet wordt afgebroken zoals cocaïne.'

'En nu vraag je je af of je op een flashback-trip bent?'

Harry haalde zijn schouders op. 'Lsd is bewustzijnsverruimend. Je hersenen gaan daardoor in een hogere versnelling, informatie wordt zo gedetailleerd verwerkt dat je het gevoel krijgt kosmische inzichten te krijgen. Dat is de enige manier waarop ik kan verklaren dat ik voelde dat we de groene vuilniscontainers moesten onderzoeken. Ik bedoel, je vindt niet toevallig zo'n klein plastic plaatje op de eerste de beste plek die je gaat onderzoeken op een kilometer afstand van de plaats delict.'

'Misschien niet,' zei Kaja met haar blik gericht op de cameradisplay.

'Nou, datzelfde kosmische inzicht vertelt me dat Roar Bohr niet de man is naar wie we op zoek zijn, Kaja.'

'En stel nu dat mijn kosmische inzicht me vertelt dat jij je vergist?'

Harry haalde zijn schouders op. 'Ik heb lsd gebruikt, jij niet.'

'Maar ik heb de opnames van voor 10 maart bekeken, jij niet.'

Kaja draaide camera om en hield de display voor Harry's neus.

'Deze zijn van een week voor de moord,' zei ze. 'De persoon komt duidelijk van achter de camera vandaan, dus als de camera start zien we alleen zijn rug. Hij gaat recht voor de camera staan, maar helaas draait hij zich niet om zodat we zijn gezicht kunnen zien. Ook niet als hij twee uur later weer vertrekt.'

Harry zag een grote maan die recht boven het huis hing. En in het licht van de maan zag Harry alle details van een geweerloop en delen van een kolf die boven de schouder van een persoon uitstak die zijn hand boven zijn hoofd hield om iets van het huis te bekijken.

'Als ik me niet vergis,' zei Kaja, en Harry wist al dat ze dat niet deed, 'dan is dat een Colt Canada C8. Niet bepaald een standaardgeweer, om het zacht uit te drukken.'

'Bohr?'

'Het is in elk geval het type geweer dat de Special Forces in Afghanistan gebruiken.'

'Zijn jullie je bewust in welke situatie jullie me hebben gebracht?' vroeg Dagny Jensen. Ze had haar jas aangehouden en zat met rechte rug voor Katrine Bratts bureau terwijl ze haar handtas op haar schoot kneedde. 'Svein Finne is van alles vrijgesproken, hij hoeft zich niet eens schuil te houden en nu weet hij ook dat ik aangifte tegen hem heb gedaan!'

Voor de deur zag Katrine de gespierde Kari Beal staan. Zij was een van de drie agenten die in wisseldienst Dagny Jensen bewaakten.

'Dagny...' begon Katrine.

'Jensen,' onderbrak de vrouw haar. 'Juffrouw Jensen.' Toen legde ze haar gezicht in haar handen en begon te huilen. 'Hij is voor altijd vrij en jullie kunnen niet al die tijd op me passen. Maar hij... hij zal over me waken als een boer over een drachtige koe!'

Het huilen ging over in hikkend gesnik en Katrine vroeg zich af wat ze moest doen. Of ze moest opstaan, rond het bureau lopen en de vrouw proberen te troosten of dat ze haar met rust moest laten. Doen alsof er niets aan de hand was, kijken of het overwaaide. Of het verdween.

Katrine huiverde. 'We zien mogelijkheden om Finne toch voor verkrachting veroordeeld te krijgen.'

'Dat gaat jullie nooit lukken, hij heeft die advocaat en die is slimmer dan jullie. Dat snapt toch iedereen!'

'Hij is misschien slimmer, maar hij staat aan de verkeerde kant.'

'En u staat aan de goede kant? De kant van Harry Hole?'

Katrine gaf geen antwoord.

'U heeft me overgehaald om geen aangifte te doen,' zei Dagny.

Katrine trok een bureaula open en gaf Dagny een Kleenex. 'Het is uiteraard volledig uw beslissing als u hem alsnog wilt aangeven, juffrouw Jensen. Of dat u een formele klacht indient tegen Hole omdat hij zich heeft voorgedaan als een politieman in functie en u op die manier in gevaar heeft gebracht. Ik ben ervan overtuigd dat hij zal worden ontslagen en een straf krijgt waarin u zich kunt vinden.'

Katrine zag aan Dagny Jensens gezichtsuitdrukking dat het er iets scherper uit was gekomen dan haar bedoeling was.

'U heeft geen idee, mevrouw Bratt.' Dagny depte voorzichtig haar opgemaakte ogen. 'U weet niet hoe het voelt om een kind te dragen dat je niet wilt hebben...'

'We kunnen u helpen met het maken van een afspraak met een arts die...'

'Laat me uitspreken!'

Katrine deed haar mond dicht.

'Het spijt me,' fluisterde Dagny. 'Ik ben gewoon zo moe. Ik wilde zeggen dat u niet weet hoe dat voelt...' ze haalde bevend adem, '...en toch het kind te willen hebben.'

In de stilte die volgde, kon Katrine gehaaste voetenstappen voorbij horen komen, maar gisteren hadden ze sneller gelopen. Vermoeide voeten.

'Weet ik dat niet?' vroeg Katrine.

'Wat?'

'Niets. Ik weet natuurlijk niet hoe dit voor u moet zijn. Luister, ik wil Finne net zo graag pakken als u. En dat gaat ons lukken, dat hij ons voor de gek heeft gehouden met deze deal zal ons niet stoppen. Dat beloof ik.'

'De laatste keer dat ik een dergelijke belofte kreeg van de politie, kwam die van Harry Hole.'

'Deze belofte komt van mij, van dit bureau, dit gebouw, deze stad.'

Dagny Jensen legde de Kleenex op het bureau en stond op: 'Bedankt.'

Toen ze was vertrokken bedacht Katrine dat ze nog nooit een woord had gehoord dat zoveel en tegelijkertijd zo weinig uitdrukte. Zoveel reserve, zo weinig hoop.

Harry staarde naar het geheugenkaartje dat hij voor zich op de bar had gelegd.

'Waar kijk je naar?' vroeg Øystein Eikeland die Kendrick Lamars 'To Pimp A Butterfly' op had gezet. Volgens Øystein konden oude mannen met Lamar hun vastgeroeste vooroordelen over hiphop overboord leren gooien.

'Nachtopname,' zei Harry.

'Nu klink je als die vent die een cassette tegen zijn oor legt en zegt dat hij ernaar luistert. Heb je die documentaire gezien?'

'Nee. Goed?'

'Goeie muziek natuurlijk. En soms interessante beelden en interviews, maar te lang. Het leek of ze te veel film hadden en niet in staat waren zich te focussen.'

'Dat geldt hier ook,' zei Harry en hij draaide het geheugenkaartje om.

'Monteren is alles.'

Harry knikte langzaam.

'Ik moet de vaatwasser leeghalen,' zei Øystein en verdween naar achteren.

Harry sloot zijn ogen. De muziek, verwijzingen, herinneringen, Prince, Marvin Gaye, Chick Corea, vinylplaten, het schrapen van een naald, Rakel die op de bank ligt in de Holmenkollvei, slaperig, glimlachend als hij fluistert: 'Luister, precies hier...'

Misschien had ze op de bank gelegen toen hij kwam.

Wie was hij?

Misschien was het niet eens een hij, zelfs dat kon je niet opmaken uit de beelden.

Maar de eerste persoon die om acht uur te voet was gekomen en een halfuur later weer was vertrokken, was een man. Dat wist Harry zeker. En hij werd niet verwacht. Ze had de deur opengedaan, had een seconde of drie stilgestaan in plaats van hem direct binnen te laten. Misschien had hij gevraagd of hij binnen mocht komen en zonder aarzelen had ze deur wijd opengedaan. Dus ze kende hem goed. Hoe goed? Zo goed dat hij een halfuur later zelf de deur achter zich had dichtgetrokken. Misschien had dat bezoek niets met de moord te maken, maar Harry kon de vragen die bij hem opkwamen niet tegenhouden. Wat konden een man en een vrouw in iets minder dan een halfuur doen? Waarom was het licht in de keuken gedempt toen hij vertrok? Wel verdomme, hij had geen tijd om daaraan te denken. Snel gingen zijn gedachten naar iets anders.

De auto die twee uur later arriveerde. Die werd voor de trap geparkeerd. Waarom? Korter stuk naar het huis, minder kans om gezien te worden. Ja, dat klopte met het licht in de auto dat was uitgeschakeld. Maar er zat wel een beetje veel tijd tussen het moment dat de auto werd geparkeerd en de voordeur opengedaan. Misschien had de chauffeur naar iets gezocht. Handschoenen. Een doek om de vingerafdrukken mee af te vegen. Misschien checkte hij of het pistool waarmee hij haar zou bedreigen was ontgrendeld. Want hij zou haar daar uiteraard niet mee vermoorden, ballistische analyses identificeren het pistool en dat leidt weer tot identificatie van de eigenaar. Hij zou een mes van de plaats delict gebruiken. Het perfecte mes, en de moordenaar wist dat het in het messenblok op het aanrecht zat.

Of had hij geïmproviseerd en was het mes op de plaats delict puur geluk?

Die gedachte was bij Harry opgekomen omdat het zo'n knullige indruk maakte dat hij zo lang in de auto had gezeten. Rakel had wakker kunnen worden, alarm kunnen slaan, de buren hadden uit het raam kunnen kijken. Daarna had de man eindelijk de voordeur opengedaan en was er genoeg licht naar buiten gevallen om het silhouet van een merkwaardig kromgebogen persoon te zien die naar binnen verdween, wat kon je daarvan zeggen? Was die persoon onder invloed geweest? Dat kon kloppen met dat vreemde parkeren en dat hij zo stuntelig naar de deur liep, maar weer niet met het uitgeschakelde licht in de auto en de opgeruimde plaats delict.

Een combinatie van zorgvuldige planning, roes en geluk?

De betreffende persoon was er bijna drie uur geweest, van even voor middernacht tot ongeveer halfdrie in de ochtend. Volgens de schatting van het gerechtelijk laboratorium was hij daar nog een flinke tijd nadat hij haar had vermoord. Had goed de tijd genomen om op te ruimen.

Kon het dezelfde persoon zijn geweest die eerder op de avond op bezoek kwam en was hij teruggekomen met de auto?

Nee.

De beelden waren te slecht om het met zekerheid te kunnen zeggen, maar er was iets aan de houding, de persoon had voorover gebogen gelopen, en hij had breder geleken. Aan de andere kant kon dat door kleding of schaduwwerking komen.

De persoon die om 02:23 uur naar buiten was gekomen, had een paar seconden in de deuropening gestaan en het leek of hij zwaaide op zijn benen. Gewond? Onder invloed? Toevallig gewankeld?

Hij was in de auto gaan zitten, de autolampen waren aangegaan en weer uit. Met een boog was hij naar de wildcamera gelopen. Einde opname.

Harry wreef over het geheugenkaartje, hoopte dat er een geest uit op zou stijgen. Hij dacht verkeerd. Hij dacht verkeerd! Verdomme, verdomme.

Hij had een pauze nodig. Hij had... koffie nodig. Sterke Turkse koffie. Harry strekte zijn hand uit naar de *cezve*, de Turkse koffiekan die Mehmet had nagelaten, en ineens viel het hem op dat Øystein andere muziek had opgezet. Nog steeds hiphop, maar de jazz en de ingewikkelde bastonen waren weg.

'Wat is dit in godsnaam, Øystein?'

'Kanye West, 'So Appalled',' riep Øystein uit het kamertje achter de bar.

'Juist nu je me bijna om had. Zet alsjeblieft af.'

'Het is goed, Harry! Geef het de tijd. We moeten niet star zijn.'

'Waarom niet? Er zijn nog duizend albums uit de vorige eeuw die ik niet heb gehoord en dat is genoeg voor de rest van mijn leven.' Harry slikte. Dit was zo heerlijk, deze pauzes van al dat zware, deze luchtige uitwisseling van betekenisloze replieken met een tegenspeler die je vanbinnen en vanbuiten kende, dit pingpongen met een balletje van drie gram.

'Focus, broeder.' Øystein kwam de bar ingelopen met een brede, tandeloze grijns. De laatste voortand was hij kwijtgeraakt in een bar in Praag, die was er gewoon uit gevallen. En hoewel hij de lege plek pas had ontdekt in het toilet op de luchthaven, had hij de bar gebeld, waarop ze de geelbruine tand per post hadden opgestuurd. Niet dat er veel aan te doen was geweest. Øystein zag er nu helemaal vreselijk uit.

'Dit zijn klassieke hiphoppers die ik je laat horen, Harry. Het gaat niet alleen om de vorm, het gaat om de inhoud.'

Harry hield het geheugenkaartje tegen het licht en knikte langzaam. 'Je hebt gelijk, Øystein.'

'Vertel me iets nieuws.'

'Ik denk verkeerd omdat ik me focus op de vorm, op hoe de moord is gepleegd. Ik zaagde mijn studenten altijd door over dat ze naar het waarom, het motief, de inhoud moesten kijken en nu doe ik dat zelf niet.'

Achter hem ging een deur open.

'Wel verdomme,' zei Øystein zacht.

Harry keek in de spiegel. Er kwam een man naderbij. Klein, soepel lopend, hoofdschuddend en met een brede grijns onder zijn zwarte, gladde kuif. Het was het type grijns dat je bij golfspelers of voetballers ziet als ze de bal hoog op de tribune hebben gejaagd, een grijns die kennelijk moet aangeven dat ze zo'n blunder hebben gemaakt dat je er alleen maar om kunt lachen.

'Hole.' Hoge, onnatuurlijk vriendelijke stem.

'Ringdal.' Niet hoog, niet onnatuurlijk vriendelijk.

Harry zag dat Øystein huiverde alsof het ineens een stuk kouder was geworden in de bar.

'Nou, wat doe jij in mijn bar, Hole?' Sleutels en munten rammelden in de zakken toen Ringdal zijn blauwe jack op een haak in de ruimte achter de bar hing. Ringdal deed Harry altijd denken aan een popmuzikant, hij kon alleen niet op zijn naam komen.

'Nou,' zei Harry. 'Als ik je zeg dat ik kom checken hoe het gaat met de erfenis, is dat dan een geruststellend antwoord?'

'Het enige geruststellende antwoord zal "Ik ga" zijn.'

Harry stopte het geheugenkaartje in zijn zak en gleed van de barkruk af. 'Je ziet er niet zo gewond uit als ik had gehoopt, Ringdal.'

Ringdal stroopte de mouwen van zijn overhemd op. 'Gewond?'

'Om te verdienen dat me levenslang de toegang tot deze bar wordt ontzegd, had ik op z'n minst toch wel jouw neusbotje moeten breken. Maar misschien heb je geen neusbotje?'

Ringdal lachte alsof hij echt vond dat Harry grappig was. 'De eerste keer heb je raak geslagen, Hole, omdat ik niet voorbereid was. Bloedneus, maar je stompte niet hard genoeg om iets te breken, helaas. En daarna trof je alleen maar lucht. En de muur daar.' Ringdal vulde een glas met water uit de kraan achter de bar. Misschien was het een paradox dat een geheelonthouder een bar runde, misschien niet. 'Maar ik moet toegeven dat je het hebt geprobeerd, Hole. Misschien moet je de volgende keer iets minder dronken zijn als je het opneemt tegen een Noors kampioen judo.'

'Daar hebben we het,' zei Harry.

'Hebben we wat?'

'Heb je ooit gehoord van iemand die aan judo doet en ook verstand heeft van muziek?'

Ringdal zuchtte, Øystein sloeg zijn ogen ten hemel en Harry begreep dat de bal op de tribune was beland.

'Ik ga,' zei Harry. En hij stond op.

'Hole.'

Harry bleef staan en draaide zich om.

'Dat met Rakel is triest.' Ringdal tilde met zijn linkerhand het waterglas op alsof hij wilde proosten. 'Ze was een fantastisch persoon. Jammer dat ze de tijd niet heeft gekregen om hier verder te gaan.'

'Verder te gaan?'

'O, heeft ze je dat niet verteld? Nadat jij was opgestapt heb ik haar aangeboden verder te gaan als bedrijfsleider. Hoe dan ook, laten we er een streep onder zetten, Harry. Je bent hier welkom en ik beloof naar Øystein te luisteren wat betreft de muziekkeuze. Ik zie ook dat er een kleine dip in de omzet is gekomen die veroorzaakt kan zijn door...' Hij zocht naar de juiste formulering. 'Strenge muziekpolicy.'

Harry knikte en duwde de deur open.

Hij bleef op het trottoir staan om rond te kijken.

Grünerløkka. Het schrapende geluid van een skateboard met een man die eerder in de veertig was dan ergens in de dertig. Converse en flanel. Harry gokte designbureau, kledingzaak of een van de hipsterburgertentjes waar volgens Helga, de vriendin van Oleg, dezelfde shit, dezelfde wraps werden verkocht, maar waar truffels in de vriezer lagen waardoor ze de prijs konden verdrievoudigen en toch trendy konden zijn.

Oslo. Een jongeman met een imposante, onverzorgde profetenbaard die als een slabbetje op een onberispelijk colbert en openstaande Burberry-jas hing. Geld of ironie? Of gewoon in de war?

Noorwegen. Een stel in strakke kleding dat hardloopt met skistokken in hun handen op weg naar de laatste schaduwplekken sneeuw in

Nordmarka met skiwax van enkele duizenden kronen, energiedrankjes en een proteïnereep in hun heuptasjes.

Harry pakte zijn telefoon en toetste het nummer in van Bjørn.

'Harry?'

'Ik heb het geheugenkaartje van de wildcamera gevonden.'

Stilte.

'Bjørn?'

'Ik moest even weglopen bij wat mensen. Dat is te gek! Wat is er te zien?'

'Niet veel, helaas. Daarom vroeg ik me af of je me kon helpen de beelden te analyseren. De beelden zijn donker, maar jullie hebben methoden om meer uit het beeldmateriaal te halen dan ik kan. En er zijn een paar silhouetten en met behulp van deuropeningen enzovoorts kan misschien de lengte worden bepaald. Een 3D-specialist zou misschien min of meer een signalement kunnen geven.' Harry wreef in zijn nek. Het jeukte ergens, hij wist alleen niet waar.

'Ik kan het proberen,' zei Bjørn. 'Ik kan een externe expert inschakelen, want ik neem aan dat je wilt dat het discreet gebeurt?'

'Ja, als ik de kans krijg om dit spoor ongestoord te onderzoeken.'

'Heb je kopieën van de beelden gemaakt?'

'Nee, alles staat op het geheugenkaartje.'

'Oké, stop het in een envelop en geef die af in Schrøder, dan loop ik daar later op de dag even langs om hem op te halen.'

'Bedankt, Bjørn.' Harry verbrak de verbinding. Hij ging naar de R van Rakel. De andere letters in de contactenlijst waren de O voor Oleg, Ø voor Øystein, K voor Katrine, B voor Bjørn en A voor Ståle Aune. Dat waren ze. Dat was voldoende, hoewel Rakel tegen Ståle had gezegd dat Harry openstond voor nieuwe contacten, zolang de letters nog niet bezet waren.

Hij belde het nummer van Rakels werk.

'Roar Bohr graag,' zei hij toen de receptionist opnam.

'Bohr is er niet vandaag.'

'Waar is hij en wanneer komt hij weer terug?'

'Dat weet ik niet, maar ik heb wel een mobiel nummer.'

Harry noteerde het nummer, voerde dat in op een site en vond het adres, ergens tussen Smestad en Huseby, en het telefoonnummer van de vaste telefoon. Hij zag op zijn horloge dat het halftwee was en belde het nummer van de huistelefoon.

'Ja?' antwoordde een vrouwenstem nadat de telefoon drie keer was overgegaan.

'Pardon, verkeerd nummer.' Harry verbrak de verbinding en begon in de richting van de tramhalte aan de overkant van de straat te lopen. Hij krabde op zijn bovenarm. Maar ook daar jeukte het niet. Pas in de tram besefte hij dat de irritatie in zijn hoofd zat. En dat die veroorzaakt moest zijn door Ringdals mogelijk gemeende, mogelijk geraffineerde gebaar. Hij had liever gehad dat hij nog steeds niet in de bar mocht komen dan dit zogenaamd grootse, irritante gebaar te moeten accepteren. En misschien had hij judo onderschat.

De vrouw die de voordeur van de gele villa opendeed, straalde een vitaliteit uit die zo kenmerkend was voor vrouwen tussen de dertig en vijftig uit de upper class in deze villawijk. Of ze poogde aan het ideaalbeeld te voldoen of dat het haar werkelijke energieniveau was, kon hij moeilijk vaststellen, maar Harry vond het altijd merkwaardig dat dit type vrouw het kennelijk nodig vond om in het openbaar haar twee kinderen, jachthond en echtgenoot op net iets te harde toon te commanderen. Alsof ze daar hun status aan probeerden te ontlenen.

'Pia Bohr?'

'Waarmee kan ik u helpen?' Geen bevestiging en een beetje afwijzend, maar uitgesproken met een geruststellende glimlach. Ze was klein van stuk, niet opgemaakt en aan haar rimpels te zien was ze eerder vijftig dan veertig jaar. Maar ze was slank als een tiener. Veel sporten en buitenactiviteiten, nam Harry aan.

'Politie.' Hij hield zijn ID-bewijs omhoog.

'Uiteraard, u bent Harry Hole,' zei ze zonder er een blik op te werpen. 'Ik heb uw foto in de krant gezien. U was de echtgenoot van Rakel Fauke. Gecondoleerd.'

'Dank u.'

'U komt om met Roar te praten, neem ik aan? Hij is niet thuis.'

'Wanneer...'

'Waarschijnlijk vanavond, ik kan vragen of hij contact met u wil opnemen als ik uw nummer kan krijgen.'

Als ze zelf doorhad dat ze wel heel snel reageerde, dan liet ze dat niet merken.

'Hm, zou ik eerst met u kunnen praten, mevrouw Bohr?'

'Met mij? Waarom?'

'Het duurt niet lang. Er zijn alleen een paar dingen die ik graag zou willen weten.' Harry's blik ging naar het schoenenrek achter haar. 'Zou ik binnen mogen komen?'

Harry merkte de aarzeling en vond waarnaar hij zocht op de onderste plank van het rek: een paar zwarte veldlaarzen uit de Sovjet-Unie.

'Dat komt slecht uit, ik ben met... iets bezig.'

'Ik kan wachten.'

Er gleed een lachje over Pia Bohrs gezicht. Geen geforceerde lach, maar grappig-lief. Misschien zoals Øystein een Toyota typeerde: niet de eerste keus als jong volwassene, maar later blijkt die toch niet verkeerd.

Ze keek op haar horloge. 'Ik moet iets ophalen bij de apotheek, ik kan de vragen beantwoorden terwijl we daarheen lopen, oké?' Ze greep haar jas van de kapstok, stapte de voordeur uit en trok die achter zich dicht. Harry stelde vast dat de villa van Rakel hetzelfde type slot had. De deur viel niet automatisch in het slot en Pia Bohr pakte ook geen sleutel, kennelijk een veilige buurt. Geen mannen die zomaar je huis binnengingen.

Ze liepen langs de garage, door het hek en namen de weg door de villawijk waar de eerste Tesla zich na de korte werkdag al zoemend aandiende.

Harry stopte een sigaret in zijn mondhoek zonder die aan te steken. 'Moet u slaappillen halen?'

'Pardon?'

Harry haalde zijn schouders op. 'Slapeloosheid. U zei tegen onze rechercheur dat uw man de hele avond en de nacht van 10 op 11 maart thuis was. Om zoiets zeker te weten, moet je niet al te goed slapen.'

'Ja... Ja, het zijn slaappillen.'

‘Hm, ik had ook slaappillen nodig toen Rakel en ik uit elkaar gingen. Slapeloosheid eet je ziel op. Wat wordt er aan u gegeven?’

‘Eh… Imovane en Somadril.’ Pia ging sneller lopen.

Harry maakte grotere passen en knipte zijn aansteker aan zonder zijn sigaret aan te steken. ‘Die krijg ik ook. Ik heb ze twee maanden gebruikt. En u?’

‘Ook zoiets.’

Harry stopte de aansteker terug in zijn zak. ‘Waarom liegt u?’

‘Wat bedoelt u?’

‘Imovane en Somadril zijn heavy stuff. Als je die twee maanden slikt, dan ben je verslaafd. En als je verslaafd bent, dan neem je die élke nacht. Omdat het werkt. Zo goed zelfs dat als je die in de nacht van 10 op 11 maart hebt genomen, je in coma lag en helemaal niet weet wat je echtgenoot die nacht heeft gedaan. Bovendien komt u op mij helemaal niet over als een persoon die verslaafd is aan dergelijke middelen, u bent een beetje te kwiek.’

Pia Bohr ging langzamer lopen.

‘Maar u kunt natuurlijk proberen me van het tegendeel te overtuigen,’ zei Harry. ‘U hoeft me alleen het recept te laten zien.’

Pia Bohr stond helemaal stil. Stak haar hand in haar achterzak van haar strakke jeans en trok daar een papiertje uit. Een recept.

‘Kijk,’ zei ze met een lichte trilling in haar stem. Ze hield het papiertje voor hem en wees. ‘So-ma-dril.’

‘Ik zie het,’ zei Harry en hij griste het briefje uit haar hand voor ze er erg in had. ‘En als ik goed kijk, zie ik dat het recept is uitgeschreven voor Bohr, Roar Bohr. Hij heeft u vast niet verteld hoe sterk de middelen zijn die hij slikt.’

Harry gaf het recept weer aan haar terug. ‘Misschien heeft hij u nog meer niet verteld?’

‘Ik…’

‘Was hij thuis die nacht?’

Ze slikte. De frisse kleur op haar gezicht was verdwenen, de energieke vitaliteit was lek geprikt. Harry stelde haar leeftijd met vijf jaar naar boven bij.

‘Nee,’ fluisterde ze. ‘Dat was hij niet.’

Ze lieten de apotheek links liggen, liepen naar het meer van Smestad en gingen zitten op een van de banken met uitzicht op een eilandje waarop een eenzame wilg stond.

'De lente,' zei Pia. 'Alles is beter dan de lente. In de zomer is het hier zo groen, alles groeit uitbundig, insecten zoemen, vissen, kikkers: er is zoveel leven. En als de bomen in blad staan en de wind speelt door de wilgentakken zodat die dansen en ruisen en de verkeersgeluiden van de weg overstemmen.' Ze glimlachte triest. 'En de herfst in Oslo...'

'Is de mooiste herfst in de wereld,' zei Harry terwijl hij de sigaret aanstak.

'Zelfs de winter is beter dan de lente,' zei Pia. 'In elk geval vroeger, dan kon je rekenen op permanente kou en het meer vroor altijd dicht. We kwamen we hier met de kinderen schaatsen. Dat vonden ze heerlijk.'

'Hoeveel...?'

'Twee, een dochter en een zoon. Achtentwintig en vijfentwintig. June is mariene bioloog in Bergen en Gustav studeert in Amerika.'

'Jullie zijn vroeg begonnen.'

Ze lachte even. 'Roar was drieëntwintig en ik eenentwintig toen we June kregen. Stellen die door de militaire loopbaan van de echtgenoot veel moeten verhuizen, krijgen vaak jong kinderen. Zodat de vrouwen wat omhanden hebben, neem ik aan. Als officiersvrouw heb je twee opties: je laat je temmen en accepteert je leven als koe, staat op stal, werpt kalfjes, geeft melk en herkauwt.'

'En optie twee?'

'Je blijft geen officiersvrouw.'

'En u heeft optie één gekozen.'

'Daar ziet het naar uit.'

'Hm, waarom heeft u gelogen over die nacht?'

'Om vragen te voorkomen. Prioriteit. U kunt zich wel voorstellen hoe het Roar zou schaden als bekend wordt dat hij is ondervraagd door de politie in verband met een moordzaak? Dat kan hij nu niet gebruiken, om het zo maar te zeggen.'

'Waarom kan hij dat nu niet gebruiken?'

Ze haalde haar schouders op. 'Niemand kan dat toch gebruiken. Vooral niet in onze wijk.'

'Dus waar was hij?'

'Ik weet het niet. Buiten.'

'Buiten?'

'Hij kan niet slapen.'

'Somadril.'

'Het werd erger toen hij terugkwam uit Irak, toen gaven ze hem Rohypnol tegen slapeloosheid. Binnen twee weken was hij verslaafd en kreeg hij black-outs. Dus nu weigert hij iets te slikken. Hij doet zijn velduniform aan, zegt dat hij naar buiten moet om het gebied te verkennen. De wacht moet houden, waakzaam moet zijn. Hij zegt dat hij zich gewoon van plek naar plek verplaatst alsof hij op nachtpatrouille is en dat hij zich schuilhoudt. Het is kennelijk typerend voor iemand met posttraumatisch stresssyndroom dat hij de hele tijd bang is. Meestal komt hij weer thuis en slaapt hij een paar uur voor hij naar zijn werk gaat.'

'En dit kan hij op zijn werk verborgen houden?'

'We zien wat we willen zien. En Roar is altijd goed geweest in het wekken van de juiste indruk. Hij is een man tegen wie men een beetje opkijkt.'

'U ook?'

Ze zuchtte. 'Mijn man is geen slecht mens. Maar soms draaien goede mensen in de vernieling.'

'Neemt hij een wapen mee als hij op nachtpatrouille gaat?'

'Dat weet ik niet. Hij vertrekt als ik allang in bed lig.'

'Weet u waar hij was in de nacht waarin de moord is gepleegd?'

'Ik heb het hem gevraagd nadat jullie het mij hadden gevraagd. Hij zei dat hij in de oude kamer van June had geslapen.'

'Maar u geloofde hem niet?'

'Waarom denkt u dat?'

'Omdat u anders tegen de politie had gezegd dat hij in een andere kamer sliep. U loog omdat u bang was dat we meer hadden. Iets waardoor hij een beter alibi nodig had dan de waarheid.'

'U denkt toch niet serieus dat Roar tot de verdachten behoort?'

Harry nam het zwanenpaar op dat op hen af kwam gepeddeld. Hij zag op de heuvel aan de andere kant van de autoweg iets reflecteren. Misschien een raam dat werd opengedaan.

'Posttraumatisch,' zei Harry. 'Wat is het trauma?'

Ze zuchtte. 'Ik weet het niet. Een optelsom. Moeilijke jeugd, Irak, Afghanistan. Toen hij thuiskwam na zijn laatste missie en vertelde dat hij ontslag had genomen uit het leger, begreep ik dat er iets was gebeurd. Hij was veranderd, hij sloot zich af. Na lang zeuren vertelde hij me dat hij iemand had gedood in Afghanistan. Dat is op zich natuurlijk niet zo ongebruikelijk als je op missie bent, maar deze keer trok hij het zich erg aan. Maar hij wilde er verder niet over praten. Normaal functioneren kon hij echter nog wel.'

'En dat is nu niet meer het geval?'

Ze keek Harry met een blik aan alsof ze schipbreuk had geleden. En hij begreep waarom ze zich zo makkelijk voor hem had opengesteld, voor een vreemde. 'Vooral niet in onze wijk.' Ze had het graag gewild, ze had er wanhopig naar verlangd, ze had gewoon niet eerder iemand gehad met wie ze erover kon praten.

'Nadat Rakel Fauke... nadat uw vrouw was gestorven, is hij ingestort. Hij... hij functioneert niet meer, nee.'

Daar was die reflectie weer. En hij besefte dat die moest komen van de plek waar Bohrs villa stond. Harry verstijfde. Hij had iets uit zijn ooghoek gezien, iets op de witte rugleuning van de bank tussen hen in, iets wat trilde en heen en weer ging als een snel, rood, geluidloos insect. Er waren geen insecten in maart.

Harry leunde bliksemsnel naar achteren, zette zijn hakken in de aarde, zette zich af en wierp zich achterover. Pia Bohr gilde toen de bank omviel en ze op de grond smakten. Harry sloeg zijn armen om haar heen terwijl ze van de rugleuning gleden en trok haar mee naar de ondiepe greppel achter de bank. Toen kroop hij door de modder met Pia op sleeptouw. Hij stopte en keek omhoog naar de helling. De wilg stond tussen hen en de plek waar hij de reflectie had gezien in. Op het pad stond een man stil in een hoody met een rottweiler, het leek of hij in wilde grijpen.

'Politie!' riep Harry. 'Maak dat jullie wegkomen! Er is een scherpschutter!'

Harry zag een oudere vrouw zich omdraaien en snel weglopen, maar de man met de rottweiler bleef staan.

Pia probeerde zich los te maken, maar Harry gebruikte zijn hele gewicht om de kleine vrouw op de grond te drukken waardoor hun hoofden dicht bij elkaar lagen.

'Uw man is toch thuis,' zei hij en hij trok zijn telefoon uit zijn broekzak. 'Daarom mocht ik niet binnenkomen, daarom draaide u de deur niet op slot.' Hij toetste een nummer in.

'Nee!' riep Pia.

'Alarmcentrale,' meldde een stem in de telefoon.

'Inspecteur Hole. Melding van een gewapende man...'

De telefoon werd uit zijn hand gegrist. 'Hij gebruikt zijn telescoopvizier alleen als kijker.' Pia Bohr legde de telefoon tegen haar oor en zei: 'Pardon, verkeerd nummer.' Ze verbrak de verbinding en gaf Harry zijn telefoon terug. 'Zei u dat ook niet toen u mij belde?'

Harry verroerde zich niet.

'U bent een beetje zwaar. Zou u...'

'Hoe weet u dat ik geen kogel door mijn hoofd krijg als ik overeind kom?'

'Omdat er vanaf het moment dat we op de bank zaten een rode punt op u gericht was.'

Harry keek haar aan. Toen zette hij zijn handpalmen op de koude modder, duwde zich op en ging staan. Hij tuurde naar de helling. Draaide zich om om Pia Bohr te helpen, maar ze stond al. Haar jeans en jas dropen van de zwarte modder. Harry trok een geknakte sigaret uit het pakje Camel. 'Gaat uw man er nu vandoor?'

'Dat denk ik wel,' verzuchtte Pia Bohr. 'Hij verkeert in een slechte mentale conditie en schrikt erg snel.'

'Waar gaat hij naartoe?'

'Dat weet ik niet.'

'U weet dat tegenwerken van politieonderzoek strafbaar is, mevrouw Bohr?'

'Heeft u het nu over mij of over mijn man?' vroeg ze, vegend over haar dijen. 'Of over uzelf?'

'Pardon?'

'U kunt toch onmogelijk de leiding hebben over het onderzoek naar de moord op uw eigen vrouw. U bent hier als privéonderzoeker of moet ik zeggen: illegale onderzoeker?'

Harry scheurde het geknakte uiteinde van de sigaret en stak de rest aan. Hij keek naar zijn besmeurde kleding. Zijn jas had een scheur door een afgerukte knoop. 'Wilt u het doorgeven als uw man weer opduikt?'

Pia Bohr knikte naar het water. 'Pas op, die heeft nog weleens de neiging om aan te vallen.'

Harry draaide zich om en zag dat een van de zwanen koers had gezet naar hen.

Toen hij zich weer omdraaide, zag hij dat Pia Bohr al bezig was de helling op te klimmen.

'Illegale onderzoeker?'

'Yep,' zei Harry en hij hield de deur van Bjølsenhallen open voor Kaja.

De hal paste goed tussen de normale stadsbebouwing. Kaja had uitgelegd dat de tafeltennisclub Kjelsås een ruimte had op een van de verdiepingen boven de grote levensmiddelenwinkel op de begane grond.

'Houd je nog steeds niet van het concept liften?' vroeg Kaja terwijl ze het op een drafje moest zetten om Harry op de trap bij te houden.

'Het gaat niet om het concept, het gaat om de grootte,' zei Harry. 'Hoe heb je deze MP-officier gevonden?'

'Er waren niet zoveel Noren in Kabul en ik heb met de meesten die daar waren gesproken. Glenne is de enige die ons iets lijkt te kunnen vertellen.'

Het meisje aan de receptiebalie wees dat ze verderop in de hal moesten zijn. Het gepiep van de schoenzolen op de harde vloer en het gekakel van de pingpongballetjes kwamen hen al tegemoet voordat ze de hoek om waren geslagen. In de grote ruimte waren ongeveer twintig personen, meest mannen, kromgebogen elk aan een kant van de groene pingpongtafel aan het dansen en swingen.

Kaja liep op een van hen af.

Twee mannen sloegen een bal horizontaal over het net naar elkaar, elke keer dezelfde baan, forehand met topspin. Ze verroerden zich bijna niet, herhaalden slechts dezelfde beweging: sloegen met gebogen arm en pols vergezeld met een harde stamp op de vloer. De bal ging zo snel dat die een witte streep trok tussen de twee mannen die volledig in beslag genomen leken te zijn alsof ze bezig waren met gamen op de computer.

Ineens vloog het balletje over tafel en stuiterde kakelend tussen de tafels over de grond.

'Verdomme,' zei de speler die had gemist, een goedgetrainde man halverwege de veertig met een zwarte haarband in legerkort, zilvergrijs haar.

'Je zag de zijspin niet,' zei de ander terwijl hij achter de bal aan rende.

'Jørn,' zei Kaja.

'Kaja!' zei de man met de haarband grijnzend. 'Neem een bezwete soldaat in je armen.' Ze omhelsden elkaar. Kaja stelde hem voor aan Harry.

'Bedankt dat je ons wilde spreken,' zei Harry.

'Niemand zeg nee tegen een ontmoeting met deze juffrouw,' zei Glenne met lachende ogen terwijl hij Harry's hand zo stevig drukte dat het als een uitdaging kon worden opgevat. 'Maar als ik had geweten dat ze een back-up mee zou nemen…'

Kaja en Glenne lachten.

'Laten we een kop koffie gaan drinken,' zei Glenne terwijl hij zijn batje op de tafel legde.

'Maar je tegenspeler dan?' vroeg Kaja.

'Mijn trainer, gekocht en betaald,' zei Glenne terwijl hij hen voorging. 'Connolly en ik zien elkaar in de herfst in Juba. Ik moet voorbereid zijn.'

'Een Amerikaanse collega,' legde Kaja Harry uit. 'Ze hadden een eeuwigdurende tafeltenniswedstrijd toen we in Kabul waren.'

'Zin om mee te gaan?' vroeg Glenne. 'Jouw firma heeft daar vast en zeker werk voor je.'

'In Zuid-Soedan?' vroeg Kaja. 'Hoe is het daar nu?'

'Nog steeds hetzelfde. Burgeroorlog, honger, de Dinka, de Nuer, kannibalisme, geweld van bendes en meer wapens dan in heel Afghanistan.'

'Ik zal erover nadenken,' zei Kaja en Harry zag aan haar gezichtsuitdrukking dat ze geen grapje maakte.

In de kantineachtige cafetaria haalden ze koffie bij de bar en gingen aan een tafel zitten voor een streperig raam met uitzicht over Bjølsen en de Akerselv. Jørn Glenne nam het woord nog voordat Harry en Kaja vragen konden gaan stellen.

'Ik heb toegestemd in het gesprek omdat ik in Kabul in een conflict verwikkeld ben geraakt met Roar. Er werd een vrouw verkracht en vermoord en ze was Bohrs persoonlijke tolk. Ze was een Hazara. De meeste Hazara's zijn eenvoudige, arme boeren zonder opleiding. Maar deze jonge vrouw, Halo...'

'Hala,' corrigeerde Kaja hem. 'Halo is een ring rond de volle maan.'

'...had min of meer zelf zowel Engels als Frans geleerd. En ze was ook al bezig Noors te leren. Een fantastisch talent voor talen. Ze werd vlak voor het huis gevonden waar ze met andere vrouwen woonde die werkten voor de bondgenoten of hulporganisaties. Nou ja, jij woonde daar ook, Kaja.'

Kaja knikte.

'We verdachten de taliban van de moord of iemand uit haar dorp. De eer staat zoals jullie weten hoog in het vaandel van de soennieten en bij de Hazara's is het nog belangrijker. Alleen al het feit dat ze voor ons werkte, wekte argwaan. Ze kleedde zich westers en werd omringd door mannen. Dat kan allemaal reden zijn geweest om een voorbeeld te willen stellen.'

'Ik heb gehoord over eerwraak,' zei Harry. 'Maar een verkrachting?'

Glenne haalde zijn schouders op. 'Het ene kan uit het andere zijn voortgevloeid. Maar wie zal het zeggen? Bohr verhinderde het onderzoek naar de moord.'

'Is dat zo?'

'Het lijk werd op steenworp afstand van het huis gevonden dat wij bewaakten. Het was feitelijk een gebied waarvoor wij verantwoordelijk waren. Toch liet Bohr het onderzoek aan de plaatselijke Afghaanse politie over. Toen ik protesteerde, wees hij erop dat de militaire politie, in dit geval ik en nog een andere man, de taak hadden hem als chef bij te staan en ervoor te zorgen dat de rechtszekerheid van de Noorse troepen in het buitenland gewaarborgd was. Punt. Terwijl hij heel goed wist dat de Afghaanse politie niet kon beschikken over financiële bijstand of technische hulpmiddelen die wij als vanzelfsprekend zien. Vingerafdrukken zijn nieuwerwetse zaken en een DNA-test is al helemaal uitgesloten.'

'Bohr moest rekening houden met politieke gevoeligheden,' zei Kaja. 'Er was al sprake van weerzin tegen de westerse troepen die te veel zelf wilden regelen en Hala was Afghaanse.'

'Ze was een Hazara,' zei Glenne snuivend. 'Bohr wist dat de zaak niet dezelfde hoge prioriteit zou krijgen als wanneer ze een Pathaan was geweest. Oké, er werd obductie gedaan op het lichaam en ze vonden sporen van fluni-nog-wat. Spul dat mannen in het drinken van een vrouw doen die ze willen verkrachten.'

'Flunitrazepam,' zei Kaja. 'Ook wel Rohypnol.'

'Precies. En denk je nu echt dat een Afghaan geld uitgeeft om een vrouw te drogeren die hij wil verkrachten?'

'Hm.'

'Nee, verdomme! Het was een buitenlander!' Glenne sloeg met vlakke hand op tafel. 'En werd de zaak uitgezocht? Natuurlijk niet.'

'Denk je...' Harry nam een slok van de koffie. Hij zocht naar een alternatieve, een indirecte manier om de vraag te formuleren, maar bedacht zich, keek op en kruiste de blik van Glenne. '...dat Roar Bohr achter de moord zat en dat hij er zelf voor zorgde dat degenen bij wie hij het minst de kans liep om gepakt te worden de opdracht kregen de moord te onderzoeken? Is dat de reden dat je met ons wilde praten?'

Glenne knipperde met zijn ogen en opende zijn mond. Maar er kwam geen antwoord.

'Luister, Jørn,' zei Kaja. 'We weten dat Bohr zijn vrouw heeft verteld dat hij iemand heeft gedood in Afghanistan. En ik heb met Jan...'

'Jan?'

'De kampinstructeur van de Special Forces. Lang, blond...'

'O, ja, hij had ook een oogje op jou!'

'Hoe dan ook,' zei Kaja, naar de tafel kijkend, en Harry verdacht haar ervan het verlegen meisje te spelen om de schaterende Glenne te geven wat hij wilde. 'Jan zegt dat er geen *confirmed* of *claimed kills* van Roar staan geregistreerd. Als hoogste baas bevond hij zich natuurlijk niet in de frontlinie, maar feit is dat hij van eerder in zijn carrière ook geen *kills* op zijn naam heeft staan, hoewel hij toen wel in de voorste linies stond.'

'Ik weet het,' zei Glenne. 'Officieel waren de Special Forces niet in Basra, maar Bohr was daar bij de Amerikaanse troepen in opleiding. Volgens de geruchten heeft hij veel actie gezien, maar is hij op dat gebied maagd gebleven. En de keer dat hij in Afghanistan in actie was, betrof het die toestand met sergeant Waage. Toen die werd gepakt door de taliban.'

'O, ja, dat is ook zo,' zei Kaja.

'Wat was dat?' vroeg Harry.

Glenne haalde zijn schouders op. 'Bohr en Waage waren op patrouille en ze moesten in de woestijn stoppen omdat de sergeant wilde poepen. De sergeant verdween achter een hoop stenen en toen hij na twintig minuten nog niet terug was en niet reageerde op geroep, stapte Bohr uit de auto om te gaan kijken. Tenminste, dat beweert hij in het rapport. Maar ik ben er tamelijk van overtuigd dat hij bleef zitten.'

'Hoezo?'

'Omdat er niet zo ontzettend veel kan gebeuren in een woestijn. Omdat achter de hoop stenen waarschijnlijk een stel talibanstrijders met eenvoudige geweren en een mes zat te wachten tot Bohr poolshoogte kwam nemen. En Bohr wist dat natuurlijk. En hij wist ook dat hij veilig was zolang hij in de gepantserde auto bleef zitten met vrij uitzicht op het terrein tussen de hoop stenen en de auto. Bovendien zouden er geen getuigen zijn als hij loog. Dus vergrendelde hij alle portieren en belde het kamp. Volgens mij zeiden ze tegen hem dat het vijf uur rijden was. Twee dagen later vonden Afghaanse manschappen een kilometers lang bloedspoor over de asfaltweg die naar het noorden liep. Het komt voor dat de taliban hun gevangenen martelen door ze achter een kar mee te slepen. En voor een dorp helemaal in het noorden stond langs de weg een paal met een hoofd erop. Het asfalt had de huid weggeschraapt, maar DNA-analyse in Parijs wees uit dat het inderdaad om sergeant Waage ging.'

'Hm.' Harry draaide zijn koffie rond. 'Verdenk je Bohr hiervan omdat jij hetzelfde zou hebben gedaan, Glenne?'

De MP-officier haalde zijn schouders weer op. 'Ik heb geen illusies. We zijn mensen, we kiezen de weg van de minste weerstand, maar ik was het niet.'

'Dus?'

'Ik oordeel net zo hard over anderen als over mijzelf. En misschien deed Bohr dat ook. Het is moeilijk om een van je mensen kwijt te raken. Bohr was daarna in elk geval niet meer dezelfde.'

'Dus jij denkt dat hij zijn tolk heeft verkracht en vermoord, maar wat hem echt heeft geknakt is het feit dat zijn sergeant door de taliban werd gepakt?'

Wederom haalde Glenne zijn schouders op. 'Ik heb de zaak zoals gezegd niet mogen onderzoeken, dus het enige wat ik heb zijn theorieën.'

'En jouw beste is?'

'Dat die verkrachting maar een cover-up was om de indruk te wekken dat het om een zedendelict ging waardoor de politie zou gaan zoeken onder de gebruikelijke smeerlappen. In die map staan in Kabul overigens maar weinig personen.'

'Cover-up voor wat?'

'Het eigenlijke project van Bohr: iemand vermoorden.'

'Iemand?'

'Bohr had, zoals je zult begrijpen, problemen met iemand doden. En als je in de Special Forces zit, is dat een groot probleem.'

'O? Ik dacht dat jullie niet zo bloeddorstig waren?'

'Nee, maar... hoe zal ik het uitleggen?' Glenne schudde zijn hoofd. 'Van oudsher werden de commandotroepen opgeleid informatie te vergaren over de vijand waarbij geduld en uithoudingsvermogen erg belangrijk zijn. De langlaufers in het leger, om het zo maar uit te drukken. Dergelijke capaciteiten waren Bohr op het lijf geschreven. Tegenwoordig ligt de focus meer op antiterreuracties in stedelijke gebieden. En weet je? Nu lijken de commando's meer op hockeyers.

Begrijp je? En in dat milieu deden er geruchten de ronde dat Bohr...' Glenne trok een grimas alsof hij niet hield van de smaak van het woord dat op zijn tong lag.

'Laf was ?' vroeg Harry.

'Impotent. Stel je die schaamte voor. Je bent de baas en toch ben je nog maagd. En niet maagd omdat je geen kansen hebt gehad, er zijn immers soldaten binnen de Special Forces die nooit in de situatie komen waarin het noodzakelijk is te doden, maar maagd omdat je hem niet omhoog krijgt op momenten dat het moet. Snap je?'

Harry knikte.

'Als ervaringsdeskundige in het spel weet Bohr dat de eerste moord het moeilijkst is,' ging Glenne verder. 'Dat het na de bloeddoop makkelijker wordt. Veel makkelijker. Dus hij koos een makkelijk eerste slachtoffer. Een vrouw die zich niet kon verdedigen, die hem vertrouwde en geen onraad zou ruiken. Een gehate Hazara, een sjiiet in een soennitisch land, velen zouden een motief hebben om haar te doden. Toen heeft hij misschien de smaak te pakken gekregen. Iemand doden is immers een heel speciale belevenis. Beter dan seks.'

'Is dat zo?'

'Dat wordt gezegd. Vraag de mensen in de Special Forces en verzoek ze heel eerlijk te zijn.'

Harry en Glenne hielden elkaars blik een poosje vast voordat Glenne Kaja aankeek. 'Tot nu toe zijn dit slechts gedachten geweest die alleen in mijn hoofd rond maalden. Maar als Bohr tegenover zijn vrouw heeft toegegeven dat hij Hela...'

'Hala.'

'...heeft vermoord, dan kunnen jullie rekenen op mijn hulp.' Glenne goot de rest van de koffie naar binnen. 'Connolly rust niet, ik moet trainen.'

'En?' vroeg Kaja toen Harry en zij weer buiten stonden. 'Wat vind je van Glenne?'

'Ik denk dat hij te hard sloeg omdat hij de zijspin niet zag aan komen.'

'Grappig.'

'Een metafoor. Hij trekt bombastische conclusies op grond van de baan van de bal, maar zonder te analyseren wat de tegenstander zojuist met het batje heeft gedaan.'

'Moet dit jargon me vertellen dat jij verstand hebt van tafeltennis?'

Harry haalde zijn schouders op. 'In de kelder van Øystein vanaf ons tiende. Hij, Tresko en ik. En King Crimson. Toen we zestien waren, hadden we meer verstand van topspin en progrock dan van meisjes, om het zo maar te zeggen. We...' Harry trok een grimas en zweeg plotseling.

'Wat is er?' vroeg Kaja.

'Ik babbel maar wat, ik...' Hij sloot zijn ogen. 'Ik babbel maar wat om niet wakker te worden.'

'Wakker worden?'

Harry haalde diep adem. 'Ik slaap. Zolang ik slaap, zolang het me lukt in de droom te blijven, kan ik doorgaan met naar hem te zoeken. Maar af en toe, zoals nu, dreigt het te mislukken. Ik moet me concentreren om te blijven slapen, want als ik wakker word...'

'Ja?'

'Dán zal ik weten dat het waar is. En dan sterf ik.'

Harry luisterde. Het geluid van autobanden op het asfalt. Het geruis van een kleine waterval in de Akerselv.

'Dat lijkt op wat mijn psychiater een lucide droom noemt,' hoorde hij Kaja zeggen. 'Een droom waarin je alles kunt controleren en daarom doen we alles om in die droom te blijven.'

Harry schudde zijn hoofd. 'Ik controleer niets. Ik wil alleen de dader van de moord op Rakel vinden. Dan word ik wakker. En sterf ik.'

'Waarom niet even echt slapen?' Haar stem klonk zacht. 'Ik geloof dat je zult opknappen van een rustpauze, Harry.'

Harry opende zijn ogen weer. Kaja tilde haar hand op, waarschijnlijk om die op zijn schouder te leggen, maar in plaats daarvan streek ze een haarpluk uit haar gezicht weg toen ze zijn gezicht zag.

Hij schraapte zijn keel en zei: 'Je zei dat je iets in het onroerendgoedregister had gevonden?

Kaja knipperde een paar keer met haar ogen.

'Ja,' zei ze. 'Een vakantiehuisje geregistreerd op naam van Roar

Bohr. In Eggedal. Volgens Google Maps een uur en drie kwartier met de auto.'

'Mooi, ik vraag of Bjørn kan rijden.'

'Weet je zeker dat je Katrine niet om opsporing moet vragen?'

'Op grond van wat? Dat zijn vrouw niet met eigen ogen heeft gezien dat hij die nacht in de kamer van hun dochter heeft geslapen?'

'Als zij niet zal vinden dat we genoeg hebben, waarom denk jij dat dan wel?'

Harry knoopte zijn jas dicht en pakte zijn telefoon. 'Omdat ik een onderbuikgevoel heb dat meer moordenaars heeft gevoeld dan welke onderbuik in het land dan ook.'

Harry voelde Kaja's verblufte blik terwijl hij Bjørn belde.

'Ik kan rijden,' zei Bjørn na een korte denkpauze.

'Bedankt.'

'Nog iets anders: dat geheugenkaartje.'

'Ja?'

'Ik heb jouw envelop in jouw naam doorgestuurd naar Freund, de externe 3D-specialist. Ik heb niet met hem gesproken, maar ik heb per e-mail een kopie naar jou gestuurd zodat je zelf met hem contact kunt onderhouden.'

'Hm, ik begrijp het. Je wilt hier liever niet bij betrokken zijn.'

'Ik ben alleen maar geschikt voor de baan die ik nu heb, Harry.'

'Zoals ik al zei, ik begrijp het.'

'Als ik nu ontslag krijg, met het kind en zo...'

'Stop, Bjørn, als er iemand is die zich moet verontschuldigen, dan ben ik het, niet jij. Ik sleur je mee in deze shit.'

Stilte. Ondanks wat hij net had gezegd, had Harry het idee dat hij het schuldgevoel door de telefoon heen kon voelen.

'Ik kom je halen,' zei Bjørn.

Inspecteur Felah van de afdeling Misdaad zat met de ventilator op zijn rug gericht, maar toch plakte zijn overhemd tegen zijn lijf. Hij haatte de warmte, haatte Kabul, haatte de buitenlanders, haatte zijn kantoor dat beveiligd was tegen bommen. Maar wat hij het meest haatte, was dag in dag uit luisteren naar al die leugens. Zoals nu van deze deerniswekkende, analfabete Hazara, een opiumboer.

'Jij bent naar mij toegebracht omdat je tijdens het verhoor hebt beweerd dat je ons de naam kunt geven van een moordenaar,' zei Felah. 'Van een buitenlander.'

'Alleen als jullie me sparen,' zei de man.

Felah nam de man op die in elkaar dook. De versleten muts die hij kneedde in zijn handen was geen *pakol*, maar had in elk geval zijn vuile haren bedekt. Deze smekende, onwetende sjiiet-bandiet dacht kennelijk dat een lange gevangenisstraf in plaats van de doodstraf een vorm van genade was. Het was echter een eindeloos durende marteling, en feitelijk ook een doodvonnis. Als hij voor de keuze zou staan, zou hij zonder met zijn ogen te knipperen kiezen voor ophanging: snel en effectief.

Felah veegde met zijn zakdoek over zijn voorhoofd. 'Dat ligt eraan wat je voor me hebt. Voor de dag ermee.'

'Hij doodde...' zei de Hazara met bevende stem. 'Hij dacht dat niemand hem zag, maar dat deed ik wel. Met mijn eigen ogen, ik zweer het. Allah is mijn getuige.'

'Een buitenlandse militair,' zei je.

'Ja, sir. Maar het was niet tijdens een gevecht, het was moord.'

'Juist ja, en wie was die militaire buitenlander?'

'De baas van de Noren. Ik weet dat omdat ik hem herkende. Hij was in ons dorp en vertelde dat ze ons kwamen helpen, dat we een democratie zouden krijgen en banen en... nou ja, wat ze altijd zeggen.'

Felah voelde dat hij een beter humeur kreeg. 'Je bedoelt majoor Jonassen?'

'Nee, hij heette anders. Overste Bo.'

'Je bedoelt Bohr?'

'Ja, ja, sir.'

'En jij zag dat hij een Afghaan vermoordde?'

'Nee, dat niet.'

'Wat dan?'

Felah luisterde terwijl hij merkte dat het goede humeur en zijn interesse verdwenen. Ten eerste was overste Roar Bohr naar huis en de kans om hem uitgeleverd te krijgen was minimaal. Ten tweede was een leider die niet meer in het spel zat niet erg waardevol in het politieke schaakspel in Kabul. Een spel dat Felah overigens nog meer haatte dan al het andere. Ten derde was het slachtoffer niet belangrijk genoeg om financiële middelen in te zetten om de beweringen van de opiumkweker te onderzoeken. En ten vierde: het was een leugen. Natuurlijk was het een leugen. Iedereen wilde zich redden. En hoe gedetailleerder de man voor hem de moord beschreef – en Felah kon vaststellen dat het klopte met het beetje dat hij wist – des te meer overtuigd Felah ervan raakte dat de man een moord beschreef die hij zelf had gepleegd. Een gewaagde hypothese, maar Felah wilde geen geld uitgeven om die te toetsen. Opiumboer of moord, je kunt een man hoe dan ook maar één keer ophangen.

HOOFDSTUK 27

'Gaat het echt niet sneller?' vroeg Harry en hij staarde tussen de natte sneeuw en de hardwerkende ruitenwissers door in het donker.

'Jawel, maar ik wil liever niet van de weg raken met zoveel onvervangbare hersencapaciteit in de auto.' Bjørn had zoals gewoonlijk de rugleuning zo ver naar achteren gezet dat hij meer lag dan zat. 'Vooral niet in een auto met ouderwetse gordels en zonder airbags.'

Een tegemoetkomende trailer reed op de provinciale weg 287 zo rakelings langs hen heen dat Bjørns Volvo Amazon, model 1970, schudde.

'Mijn auto heeft zelfs airbags,' zei Harry en hij keek langs Bjørn naar de vangrails en de rivier die nog steeds bevroren was en de weg al anderhalve kilometer volgde. De Haglebuelv, volgens de gps op de telefoon die op zijn schoot lag. Toen hij door het andere zijraam keek, zag hij steile, besneeuwde dalen en donker naaldbomenbos. Voor hen strekte de asfaltweg zich uit die het licht van de koplampen opzoog en voorspelbaar omhoog kronkelde, de berg op naar nog meer bos en wilde natuur. Hij had gelezen dat er in dit gebied nog bruine beren voorkwamen.

En naarmate de berghellingen om hen heen steiler werden, verloor de stem op de radio – die tussen de nummers door verkondigde dat ze luisterden naar de zender P10 Country die overal in het land te horen was – zijn geloofwaardigheid, aangezien die meer en meer overstemd werd door geknetter en uiteindelijk helemaal verdween.

Harry deed de radio uit.

Bjørn deed hem weer aan. Hij draaide aan de frequentieknop. Geruis en het gevoel van een leeg heelal na de dag van het laatste oordeel.

'DAB *killed the radio star*,' zei Harry.

'Nee, hoor,' zei Bjørn. 'Ze hebben hier lokale zenders.' Door het geruis sneed plotseling een vlijmscherpe steelgitaar. 'Luister!' zei hij grijnzend. 'Radio Hallingdal. De beste country-zender van Noorwegen.'

'Je kunt nog steeds niet zonder countrymuziek rijden, begrijp ik?'

'Vooruit zeg, autorijden en country is als gin en tonic,' zei Bjørn. 'En ze hebben ook elke zaterdag radiobingo. Luister maar!'

De steelgitaar werd gedempt en een stem kondigde inderdaad aan dat iedereen klaar moest zitten met zijn bingokaarten, vooral in Flå, waar twee weken geleden voor het eerst in de geschiedenis alle vijf de winnaars vandaan kwamen. Toen was de steelgitaar er weer.

'Kun je dat uitzetten?' vroeg Harry, kijkend naar het oplichtende display van zijn telefoon.

'Je moet een beetje country verdragen, Harry. Ik gaf je die Ramones-plaat omdat het country *in disguise* is. Beloof me dat je luistert naar 'I Wanted Everything' en 'Don't Come Close'.'

'Het is Kaja.'

Bjørn zette de radio uit en Harry hielde de telefoon tegen zijn oor. 'Hoi Kaja.'

'Hoi! Waar zijn jullie?'

'Eggedal.'

'Waar in Eggedal?'

Harry keek naar buiten. 'Tamelijk diep in het dal.'

'Je hebt geen idee?'

'Nee.'

'Oké, ik heb niet direct iets kunnen vinden over Roar Bohr. Hij heeft geen strafblad en niemand met wie ik heb gesproken, heeft iets verteld wat zou kunnen duiden op een potentiële verkrachter of moordenaar. Eerder het tegendeel, iedereen omschrijft hem als een erg sociale man. Bijna té beschermend tegenover zijn eigen kinderen en manschappen. Ik heb gesproken met een medewerker van NHRI en die zegt hetzelfde.'

'Wacht, hoe heb je ze aan het praten gekregen?'

'Ik vertelde dat ik voor het tijdschrift van het Rode Kruis werk aan een positief artikel over Roar Bohr in de tijd dat hij overste was in Afghanistan.'

'Dus je hebt gewoon gelogen?'

'Helemaal niet. Misschien werk ik wel aan dat artikel. Misschien heb ik het Rode Kruis gewoon nog niet gevraagd of ze daarin geïnteresseerd zijn.'

'Slim, ga verder.'

'Toen ik de medewerker vroeg hoe hij de moord op Rakel Fauke had opgenomen, zei ze dat hij echt aangeslagen en uitgeput leek en dat hij de laatste dagen vaak afwezig was. Vandaag had hij zich ziekgemeld. Ik heb gevraagd wat voor relatie Bohr en Rakel hadden en zij antwoordde dat Bohr Rakel extra in het oog hield.'

'Extra in het oog hield? Bedoelde ze dat hij een oogje op haar had?'

'Ik weet het niet, maar zo formuleerde ze het.'

'Hm. Je zei dat je niet direct iets hebt kunnen vinden over Bohr. Betekent dat dat je wel indirect iets hebt kunnen vinden?'

'Ja, Roar Bohr heeft zoals gezegd geen strafblad, maar ik vond een oude zaak toen ik in het archief op zijn naam zocht. Ene Margaret Bohr heeft zich in 1988 bij de politie gemeld omdat haar dochter, Bianca van zeventien jaar, was verkracht. De moeder beweerde dat de dochter het typerende gedrag vertoonde van een misbruikt slachtoffer en dat ze ook snijwonden in haar buik en op haar handen had. De politie heeft Bianca verhoord, maar ze ontkende de verkrachting en zei dat ze zichzelf had gesneden. Volgens het rapport waren er verdenkingen van incest en onder de mogelijke verdachten werden Bianca's vader en haar oudere broer Roar Bohr genoemd. Roar was toentertijd in de twintig. Later werd zowel haar vader als Bianca voor korte tijd opgenomen op een psychiatrische afdeling. Maar het is nooit duidelijk geworden wat en óf er iets was gebeurd. Toen ik verder zocht op de naam Bianca Bohr dook er een rapport van vijf jaar later op dat een politieagent in Sigdal had opgesteld. Ze hadden Bianca Bohr dood aangetroffen, te pletter gevallen op de rotsen onder de twintig meter hoge Norafossen, de waterval op vier kilometer afstand van het vakantiehuisje van de familie Bohr.'

'Sigdal – gaat het om hetzelfde huisje waarnaar wij op weg zijn?'

'Dat neem ik aan. Uit de obductie blijkt dat Bianca is verdronken. De politie concludeerde dat ze in de rivier was gevallen en dat het waarschijnlijk om zelfmoord ging.'

'Waarom dachten ze dat?'

'Een getuige had Bianca blootvoets in de sneeuw tussen het huisje en de rivier zien lopen, slechts gekleed in een blauwe jurk. Het is enkele honderden meters van het huisje naar de rivier. En ze was naakt toen ze werd gevonden. Haar psychiater bevestigde dat ze suïcidale periodes had. Ik heb overigens zijn telefoonnummer kunnen achterhalen en een bericht ingesproken op zijn voicemail.'

'Oké.'

'Nog steeds Eggedal?'

'Kennelijk.'

Bjørn zette de radio weer aan en het geluid van autobanden op het asfalt vermengde zich met een stem die monotoon getallen opdreunde en herhaalde. Het bos en de duisternis werden dichter, de berghellingen steiler.

Roar Bohr legde het geweer op de onderste, dikke tak en keek door het telescoopvizier. Zag het rode puntje dansen op de houten gevel voor hij het raam vond. Het was daarbinnen donker, maar de man was onderweg. De man moest gestopt worden voor hij alles kapotmaakte, hij zou komen, Roar Bohr wist het. Het was slechts een kwestie van tijd. En tijd was het enige wat Roar Bohr nog had.

'Hier omhoog het pad op,' zei Harry, kijkend naar het rode druppelvormige symbool dat de coördinaten markeerde die hij van Kaja had gekregen. Ze stonden geparkeerd op een uitwijkplaats en Bjørn had de motor afgezet en de koplampen uit. Harry leunde naar voren en keek door de voorruit waarop een motregentje viel. Geen licht te zien op de donkere helling. 'Ziet er tamelijk dunbevolkt uit.'

'We nemen kralen mee voor de inlandse bevolking,' zei Bjørn terwijl hij een zaklantaarn en zijn dienstpistool uit het handschoenenvakje pakte.

'Ik was van plan om alleen te gaan,' zei Harry.

‘En mij hier alleen achterlaten met mijn angst voor het donker?’

‘Je hebt het toch gehoord over dat laservizier?’ Harry zette zijn wijsvinger tegen zijn voorhoofd. ‘Ik heb nog steeds een brandmerk na Smestaddammen. Dit is mijn project en jij hebt vaderschapsverlof.’

‘Je kent dat toch wel uit films waarin de vriendin bij een gevaarlijke actie tegen de held zeurt dat ze mee wil.’

‘Ja…’

‘Ik spoel dan altijd verder omdat ik al weet wie er gaat winnen. Zullen we?’

HOOFDSTUK 28

'Weet je zeker dat het dit huisje is?'

'Volgens de gps wel,' zei Harry, die zijn jas boven de telefoon hield. Deels om de telefoon te beschermen tegen de regen, deels om ervoor te zorgen dat het licht hen niet zou verraden als Bohr op de uitkijk stond. Want áls hij in het huisje was, dan bleek uit het feit dat er geen licht brandde wel dat hij dat nu juist deed. Harry tuurde voor zich uit. Ze hadden een spoor gevonden dat gedeeltelijk over kaal terrein liep en de bruine sporen in de sneeuw duidden erop dat hier nog onlangs was gelopen. Ze hadden niet meer dan vijftien minuten nodig om het huisje te vinden. De sneeuw reflecteerde licht, toch was het zo donker dat het onmogelijk was de kleur van het huisje te onderscheiden. Harry gokte rood. De regen had hun geluiden gedempt, maar nu overstemde die ook eventuele geluiden uit het huisje.

'Ik ga naar binnen, jij wacht hier,' zei Harry.

'Ik heb iets meer instructie nodig, ik ben al te lang technisch rechercheur.'

'Schiet wanneer je iemand ziet die schiet. Tenminste, als ik het niet ben,' zei Harry. Hij kwam onder de druipende, laaghangende takken vandaan en liep met grote passen naar het huisje.

Er waren regels voor hoe je een huis binnengaat waarin zich mogelijk een gewapend persoon bevindt. Harry kende daar een aantal van, Roar Bohr kende ze waarschijnlijk allemaal. Dus was er geen enkele reden om daar al te veel aandacht aan te besteden. Harry liep naar de deur en voelde aan de klink. Op slot. Hij ging naast de deur staan en bonkte er twee keer op.

'Politie!'

Leunend tegen het huisje wachtte hij af. Hij hoorde alleen het onophoudelijke getik van de regen. En een tak die ergens brak. Hij staarde in het donker, maar het leek op een roerloze, zwarte muur. Nadat hij tot vijf had geteld, sloeg hij met de kolf van het pistool het ruitje naast de deur in. Gerinkel van glas, hij stak zijn hand naar binnen en trok de hendels omhoog. Het kozijn klemde, dus hij moest eraan rukken om het open te krijgen. Hij klauterde naar binnen. Snoof de kruidige geur van berkenhout en as op. Deed de zaklantaarn aan, hield die niet voor zijn lichaam voor het geval iemand het licht als schietschijf wilde gebruiken. De lichtbundel gleed door de kamer tot die op een schakelaar naast de deur viel. Toen Harry op de knop duwde en de plafondlamp aanging, stelde hij zich bliksemsnel met zijn rug naar de muur op tussen de twee ramen. Hij liet zijn blik door de kamer gaan, van links naar rechts net als bij een plaats delict. Hij was in de woonkamer en twee openstaande deuren leidden naar slaapkamers met stapelbedden. Geen toilet. Een aanrecht met een gootsteen en een radio aan de andere kant van de kamer. Een open haard. Grenen meubelen die zo typerend zijn voor Noorse vakantiehuisjes, een beschilderde kist plus een machinepistool en een automatisch geweer die tegen de muur geleund stonden. Een eettafel met een gehaakt kleed en een kaarsenkandelaar. Op de tafel lagen een sporttijdschrift, een High Standard HD22-pistool met geluiddemper, twee blinkende jachtmessen en een yahtzee-spel. Door de hele kamer waren op de wanden geprinte A4-tjes met foto's geprikt. Harry's ademhaling stokte toen hij Rakel naast de open haard zag hangen. Op de foto was ze in de keuken achter de tralies te zien. Het keukenraam in de Holmenkollvei. De foto moest vlak voor de plek waar de wildcamera hing zijn genomen.

Harry dwong zichzelf verder rond te kijken.

Boven de tafel hingen foto's van meerdere vrouwen, onder sommige hingen krantenknipsels. En toen Harry zich omdraaide naar de muur achter zich zag hij nog meer foto's. Van mannen. Ongeveer twaalf in drie kolommen, kennelijk gerangschikt en voorzien van een nummer. Drie van de mannen herkende hij direct. Nummer één was Anton Blix, tien jaar geleden veroordeeld voor meerdere verkrachtingen en dubbele moord. Nummer twee was Svein Finne. En iets verder naar beneden, nummer zes: Valentin Gjertsen. En Harry herkende er meer. Bekende verkrachters, ten minste één van hen was dood en een paar anderen zaten in de gevangenis, voor zover hij wist. Hij staarde naar de koppen boven de krantenartikelen aan de andere kant van de kamer. Een dik gedrukte kop kon hij lezen: 'Verkracht in park'. De letters van de andere koppen waren te klein.

Als hij een paar stappen naar voren zou doen werd hij voor iemand die buiten stond een schietschijf. Maar hij kon natuurlijk de lamp uitdoen en de foto's met de zaklantaarn verlichten. Harry's blik ging naar de schakelaar, maar bleef weer hangen bij de foto van Rakel.

Hij kon haar gezicht niet zien, maar er was iets met haar houding. Als een ree die iets had gehoord en haar oren spitste. Ze voelde dat er gevaar dreigde. Misschien dat ze er daarom zo eenzaam uitzag. Terwijl ze op mij wachtte, dacht Harry. Zoals ik op haar wachtte. We waren wachters. Harry merkte dat hij in de kamer stond, in het licht, in het zicht van alles en iedereen. Wat deed hij verdomme? Hij sloot zijn ogen en wachtte.

Roar Bohr hield het kruis gericht op de persoon in de verlichte kamer. Hij had het laserlampje van het vizier uitgeschakeld sinds dat hem had ontmaskerd toen Pia en Hole eerder vandaag op het bankje bij Smestaddammen hadden gezeten. De regendruppels roffelden op het gebladerte boven hem en vielen op zijn muts. Hij wachtte.

Er gebeurde niets.

Harry opende zijn ogen en begon weer adem te halen. En de artikelen te lezen.

Sommige waren heel erg vergeeld, andere maar een paar jaar oud. Reportages over verkrachtingen. Geen namen, alleen maar leeftijden, plaatsen delict en summiere opsommingen van de gebeurtenissen. Oslo, Østlandet. Eentje in Stavanger. God mag weten hoe Bohr die foto's te pakken had gekregen, maar Harry twijfelde er niet aan dat het om slachtoffers van seksueel misbruik ging. Maar hoe zat het met de foto's van de mannen? Een soort ranking van de ergste – misschien beste – verkrachters? Door wie Bohr zich kon laten inspireren, aan wie hij zich mee kon meten?

Harry draaide de deur van het slot. 'Bjørn! Kust is veilig!'

Hij keek omhoog naar een foto die naast de deur op de muur was geprikt. Felle zon in blauwe, starende ogen, een hand die in de wind een blonde haarpluk wegveegde, wit vest met een rood kruis erop, woestijnlandschap, Kaja die spitste tanden bloot lachte.

Harry keek naar de grond. Zag dezelfde zwarte veldlaarzen die hij in de gang bij Bohr had zien staan. Berg met stenen. De taliban die wachtte tot nummer twee uit de gepantserde auto zou stappen.

'Nee, Bjørn, nee!'

'Kaja Solness,' herhaalde een bijna overdreven zware stem van de zwarte stenen plaat naast het fornuis.

'Agent bij de politie Oslo,' zei Kaja luid terwijl ze de koelkast scande in een vergeefse poging iets eetbaars te vinden.

'En waarmee kan ik u van dienst zijn, agent Solness?'

'We doen onderzoek naar een serieverkrachter.' Ze schonk appelsap in een glas in de hoop haar bloedsuikerspiegel iets op te krikken. Ze keek op de klok. Sinds de laatste keer dat ze thuis was, was er in de Vibes gate een gemoedelijk restaurant gekomen. 'Ik weet uiteraard dat u als psychiater zwijgplicht hebt wanneer het levende patiënten betreft, maar het gaat om een overleden…'

'Zelfde regels.'

'…persoon van wie we denken dat ze verkracht is en we willen verhinderen dat de dader meer slachtoffers maakt.'

Het werd stil aan de andere kant van de lijn.

'Zeg het maar als de denkpauze voorbij is, meneer London.' Ze wist niet waarom de achternaam, van een van de grootste steden ter wereld, haar een gevoel van eenzaamheid gaf. Ze zette de luidspreker uit en nam de telefoon en het glas mee naar de woonkamer.

'Vraag maar, we zullen zien,' zei hij.

'Bedankt. Herinnert u zich Bianca Bohr nog die patiënt bij u was?'

'Ja.' Hij zei het met zo'n nadruk dat Kaja begreep dat hij nog goed wist hoe ze aan haar eind was gekomen.

'Toen u haar als patiënt had, kreeg u toen de indruk dat ze was verkracht?'

'Ik weet het niet.'

'Oké. Vertoonde ze gedrag dat zou kunnen wijzen op...'

'Het gedrag van een psychotisch persoon kan op zoveel duiden. Verkrachting sluit ik niet uit. Of een geweldsdelict. Of andere trauma's. Maar het is allemaal speculeren.'

'Haar vader is ook opgenomen geweest voor psychische problemen. Heeft ze het over hem gehad?'

'In een gesprek met een psychiater komt de relatie met de ouders meestal aan bod, maar ik kan me niet herinneren dat er iets speciaals was.'

'Juist.' Kaja drukte op een toets van haar pc waardoor het scherm oplichtte. Het bevroren beeld toonde het silhouet van een persoon die bij Rakel op weg was naar buiten. 'Hoe zat het met haar oudere broer Roar?'

Opnieuw een lange stilte. Kaja nam een slok uit haar glas en keek naar de tuin.

'Gaat het hier om een verkrachter die nog vrij rondloopt?'

'Ja,' zei Kaja.

'Toen Bianca bij ons was opgenomen, kreeg ik een notitie van een van de verpleegkundigen dat Bianca meerdere keren in haar slaap een naam had geschreeuwd. Het was de naam die u net noemde.'

'Denkt u dat Bianca verkracht kan zijn, niet door haar vader, maar door haar broer?'

'Zoals gezegd, agent Solness, ik kan niet uitsluiten...'

'Maar die gedachte is wel bij u opgekomen, of niet?'

Kaja luisterde of ze iets uit zijn ademhaling kon opmaken, maar het enige dat ze hoorde was de regen buiten.

'Bianca vertelde me iets, maar ik wil benadrukken dat ze psychotisch was en dat een patiënt in een psychose van alles kan zeggen.'

'Maar wat zei ze?'

'Dat haar broer in het huisje van de familie abortus op haar had gepleegd.'

Kaja huiverde.

'Dat hoeft uiteraard niet echt gebeurd te zijn,' zei London. 'Maar ik herinner me een tekening die ze in haar kamer boven haar bed had gehangen. Van een arend die boven een klein jongetje zweeft. En uit zijn snavel komen de letters ROAR.'

'Zoals het Engelse woord voor "brullen"?'

'Ja, ik heb toen voor die interpretatie gekozen.'

'Maar nu?'

Kaja hoorde hem zwaar zuchten in telefoonland. 'Dat is zo typerend als een patiënt zich van het leven berooft: je denkt dat je alles verkeerd hebt geïnterpreteerd, dat alles wat je hebt gedaan en gedacht verkeerd was. Toen Bianca overleed, dachten we juist dat ze aan de beterende hand was. Ik heb mijn notities doorgenomen om te kijken of ik het toen verkeerd zag, of ik gefaald heb. En ik ontdekte dat ze twee keer tegen me had gezegd, wat ik had afgedaan als psychotisch gebabbel, dat ze haar broer hadden vermoord.'

'Wie "ze"?'

'Zijzelf en haar broer?'

'Wat betekent dat? Dat Roar had meegewerkt aan moord op zichzelf?'

Roar Bohr liet de kolf van het geweer zakken, maar de loop rustte nog op een tak. De persoon die hij in het vizier had, was weggelopen bij het verlichte raam. Hij luisterde naar de geluiden in het donker. De regen. Geruis van autobanden op het natte asfalt niet ver hier vandaan. Hij gokte een Volvo. Hier in Lyder Sagens gate hielden ze van Volvo. En van Volkswagen. Vooral de duurdere modellen stationwagen. In Smestad werd er veel in Audi en BMW gereden. De tuinen hier werden niet zo overdreven keurig onderhouden als in zijn wijk, ze waren wat rommeliger, maar dat betekende niet per se minder aandacht voor de tuin. De wilde tuin van Kaja vormde echter een uitzondering, daar heerste anarchie. Ter verdediging kon worden aangevoerd dat ze de laatste jaren veel weg was. Hij klaagde niet, de dichte struiken en grote bomen gaven hem betere schuilplaatsen dan in Kabul. Hij had zich een keer moeten verstoppen achter een uitgebrand autowrak omdat hij op het dak van de garage al te veel opviel. Maar vanaf dat dak had hij wel perfect zicht op de woongemeenschap van de meisjes.

Hij had genoeg uren doorgebracht met het door een kijker bestuderen van Kaja Solness om te weten dat ze niet in de tuin ging werken als ze belangrijkere dingen te doen had. En dat had ze. Mensen doen de vreemdste dingen als ze zich onbespied wanen en Roar Bohr wist dingen over Kaja Solness waar andere mensen totaal geen weet van hadden. Bijvoorbeeld waar ze graag naar keek op internet. Met zijn Swarovski-kijker kon hij eenvoudig de tekst lezen die op haar computerscherm stond als Kaja tenminste niet in de weg zat. En nu had ze zojuist op een toets gedrukt waardoor het scherm oplichtte. Er was een foto te zien. Van een huis met een verlicht venster, genomen in het donker.

Het duurde een paar seconden voor Bohr zich realiseerde dat hij naar Rakels huis keek. Hij draaide aan de lens en kreeg het scherm volledig in beeld. Hij zag dat het geen stilstaand beeld was, maar een film. De film moest gemaakt zijn vanaf de plek waar hij altijd stond. Wel verdomme! Nu ging Rakels voordeur open en er stond een silhouet in de deuropening. Bohr hield zijn adem in zodat hij de kijker helemaal stil kon houden en het lukte hem om het tijdstip en de datum te lezen die onder in het filmbeeld stonden.

Het was de nacht van de moord.

Roar Bohr liet de adem uit zijn longen ontsnappen en zette het geweer tegen de stam. Was het beeld scherp genoeg om de persoon te kunnen identificeren? Hij ging met zijn linkerhand over zijn dij. Over het karambitmes. Denk na. Denk na en handel eventueel. Zijn vingertop streelde het koude staal in de vorm van een roofdiertand. Op en neer, op en neer.

'Pas op,' zei Harry waarschuwend.

'Wat nu weer? vroeg Bjørn. Harry wist niet of Bjørn refereerde aan zijn waarschuwingskreet bij de hut, die onnodig bleek te zijn.

'Opgevroren regen.'

'Ik zie het,' zei Bjørn en hij remde voorzichtig voor hij de brug voor hen opreed.

Het was gestopt met regenen, maar het laagje ijs op de weg voor hen blonk. De weg werd weer breder nadat ze de rivier waren overgestoken en Bjørn meerderde vaart. Een bord. Oslo 85 kilometer. Er waren niet veel auto's op de weg en als ze droog asfalt onder de wielen kregen, waren ze binnen een uur in de stad.

'Weet je heel zeker dat je geen opsporingsbericht wilt laten uitgaan?' vroeg Bjørn.

'Hm.' Harry sloot zijn ogen. Roar Bohr was onlangs in de hut geweest, de krant die in de houtmand lag was zes dagen oud, maar nu was hij er niet. Geen sporen in de sneeuw voor de deur. Geen eten. Schimmel in het kopje koffie dat op de salontafel stond. De veldlaarzen bij de deur waren droog, kennelijk had hij meerdere paren. 'Ik heb de 3D-specialist gebeld, Freund. Zijn voornaam luidt overigens Sigurd.'

Bjørn grinnikte. 'Katrine wilde onze jongen vernoemen naar de zanger van Suede. Brett. Brett Bratt. Wat zei Freund?'

'Dat hij naar het geheugenkaartje zou kijken en dat ik na het weekend antwoord kon verwachten. Ik heb uitgelegd wat er op de filmbeelden staat en hij zei dat hij niet zoveel kon doen aan het gebrek aan licht. Maar dat hij door het meten van de hoogte van de deuropening en het trapje voor het huis bijna tot op de centimeter nauwkeurig kon zeggen wat de lengte is van de persoon op de beelden. Als ik meld dat Bohr gezocht moet worden op grond van wat we zonder huiszoekingsbevel hebben gevonden in zijn huisje, dan raak jij ook in de problemen, Bjørn. Dan is het beter dat ik de lengte van die man voor de deur gebruik om Bohr als verdachte te tippen. Die beelden kunnen niet aan jou gekoppeld worden. Ik bel naar Kripos, leg uit dat ik beelden heb die aantonen dat Bohr op de plaats delict kan zijn geweest en stel voor dat ze zijn vakantiehuisje doorzoeken. Ze zullen zien dat er een ruitje is ingeslagen, maar dat kan iedereen hebben gedaan.'

Harry zag een blauw zwaailicht aan het eind van het stuk rechte weg voor hen. Ze reden langs een waarschuwingsdriehoek. Bjørn minderde vaart.

Er stond een trailer aan hun kant van de weg. Aan de andere kant lag het wrak van een personenauto tegen de vangrail, waarachter de rivier stroomde. Wat ooit een auto was geweest deed Harry denken aan een ineengeperste blikken trommel.

Een politieman gebaarde hen door te rijden.

'Wacht,' zei Harry en hij draaide het raampje naar beneden. 'De auto heeft een Oslo-nummerbord.'

Bjørn stopte de auto ter hoogte van een politieman met een buldoggezicht en stierennek, wiens armen van zijn overdreven gespierde lichaam af stonden en te kort leken.

'Wat is er gebeurd?' vroeg Harry terwijl hij zijn ID-kaart omhooghield.

De politieman keek ernaar en knikte. 'De vrachtwagenchauffeur wordt verhoord, dus we weten het nog niet. Het is glad en het kán een ongeluk zijn geweest.'

'Wel vreemd voor zo'n recht stuk, toch?'

'Ja,' zei de politieman en hij legde zijn gezicht in professionele plooien. 'Gemiddeld genomen hebben we er één per maand. We noemen dit stuk *the green mile*. Je weet wel, het laatste stukje dat terdoodveroordeelden lopen voor ze op de stoel plaatsnemen.'

'Hm. We zoeken naar een man woonachtig in Oslo, daarom willen we graag weten wie er in die personenauto zat.'

De politieman haalde diep adem. 'Als een auto van achthonderd kilo met een vaart van negentig kilometer tegen een trailer van bijna vijftig ton botst, dan helpen autogordels en airbags niet, om het zo maar uit te drukken. Ik zou je niet kunnen zeggen of het mijn eigen broer is die in de auto zit. Of zus. Maar de auto staat op naam van Stein Hansen, dus voorlopig gaan we ervan uit dat hij het is.'

'Bedankt,' zei Harry en hij draaide het raampje weer omhoog.

Zwijgend reden ze verder.

'Je lijkt opgelucht,' zei Bjørn na een poosje.

'Is dat zo?' zei Harry verbaasd.

'Jij zou het te makkelijk vinden als Bohr op die manier zou ontsnappen, of niet?'

'Sterven in een auto?'

'Ik bedoel, jou achterlaten in deze wereld waarin je dag in, dag uit alleen moet lijden. Dat is niet rechtvaardig, toch? Jij wilt dat hij op dezelfde manier lijdt.'

Harry keek uit het raam. Tussen de wolken piepte een beetje maanlicht en dat kleurde het ijs op de rivier zilver.

Bjørn zette de radio aan.

The Highwaymen.

Harry luisterde even, toen pakte hij zijn telefoon en belde Kaja.

Er werd niet opgenomen. Vreemd. Hij belde opnieuw.

Wachtte tot hij de voicemail kreeg. Haar stem deed hem denken aan Rakels stem. Pieptoon. Harry schraapte zijn keel en zei: 'Met mij. Bel me.' Waarschijnlijk zat ze weer met haar koptelefoon op naar muziek te luisteren.

De ruitenwissers veegden de ruit schoon. Steeds opnieuw. Elke derde seconde een nieuwe start, een onbeschreven vel papier. De eeuwige vergeving van zonden.

Op de radio klonk tweestemmig gejodel en een banjo.

HOOFDSTUK 29

Tweeënhalf jaar geleden.

Roar Bohr veegde het zweet van zijn gezicht en keek naar de lucht boven de woestijn.

De zon was gesmolten, daarom kon hij die niet zien. Hij was uitgevloeid tot een koperkleurige coating boven de blauwe, trillende lucht. En daaronder zweefde een monniksgier met een spanwijdte van bijna drie meter die een zwart kruis tekende tegen het kopergeel.

Roar Bohr keek weer rond. Ze waren met hun tweeën. Zij tweeën en een grote, lege woestijn met glooiende hellingen en hopen steen. Het was uiteraard tegen de regels van het handboek voor veiligheidsvoorschriften om zo onbeschermd in het veld te rijden. Slechts twee man in een auto. Maar in zijn rapport zou komen te staan dat het een gebaar was naar de inwoners van Hala's dorp, een appel op de Afghaanse harten dat Hala's baas het lijk persoonlijk vervoerde en met niet meer bescherming dan zij had gehad.

Nog een maand en dan ging hij naar huis. Na zijn derde en laatste missie in Afghanistan. Hij verlangde naar huis, hij verlangde altijd naar huis, maar hij verheugde zich er niet op. Want hij wist dat hij na een week of drie weer naar hier zou verlangen. Maar er zouden niet nog meer reizen komen, hij had wat anders gezocht en er was hem een baan aangeboden bij het NHRI in Oslo, een pas opgericht nationaal instituut voor de mensenrechten. Het NHRI viel onder de verantwoordelijkheid van het parlement, maar opereerde als een onafhankelijk orgaan. Ze deden onderzoek naar mensenrechten, moesten het parlement informeren en adviseren, verder was het mandaat wat vaag. Maar het betekende dat hij en de achttien andere werknemers invloed hadden op wat hun taken waren. Op veel manieren was het een voorzetting van zijn werk hier in Afghanistan, alleen zonder wapens, dus hij had de baan geaccepteerd. Hij zou toch geen generaal worden. Op een zeker tijdstip lieten ze je respectvol en discreet weten dat je niet tot de enkele uitverkorenen behoorde. Maar het was niet om die reden dat hij weg wilde uit Afghanistan.

Hij zag voor zich hoe Hala op het asfalt had gelegen. Meestal droeg ze westerse kleding met een discrete hidjab, maar die nacht had ze een blauwe salwar kameez gedragen, maar haar onderlichaam was ontbloot geweest. Bohr herinnerde zich haar naakte heupen en buik, de huid met die bijzondere gloed die langzaam zou verdwijnen. Zoals het leven in haar prachtige ogen was verdwenen. Zelfs dood leek Hala op Bianca. Dat was hem de eerste keer al opgevallen toen Hala zich aan hem had voorgesteld als zijn tolk. Het was Bianca die uit haar ogen keek, die was opgestaan uit de dood, uit de rivier, om bij hem te kunnen zijn. Maar dat kon Hala natuurlijk niet weten, dat was niet iets wat hij haar uit zou kunnen leggen. En nu was ze ook weg.

Maar hij had iemand anders gevonden die op Bianca leek. De veiligheidschef van het Rode Kruis. Kaja Solness. Misschien woonde Bianca nu in haar! Of in iemand anders? Hij moest op blijven letten.

'Doe het niet,' smeekte de man die achter de geparkeerde Landrover geknield op het asfalt voor hem zat. Het kakikleurige uniform had drie v'tjes op de borst, wat betekende dat hij sergeant was, en op de linkermouw zat het teken van de Special Forces. Zijn handen waren in elkaar geslagen, maar dat kwam waarschijnlijk doordat zijn polsen bij elkaar werden gehouden door tiewraps die ze gebruikten voor krijgsgevangenen. Er liep een ketting van vijf meter van de tiewraps naar de achterklep van de landrover.

'Maak me los, Bohr. Ik heb geld. Een erfenis. Ik kan mijn mond houden als jij dat kunt. Niemand hoeft ooit te weten wat er is gebeurd.'

'En wat is er gebeurd?' vroeg Bohr zonder de loop van zijn Colt Canada C8 van het voorhoofd van de sergeant te halen.

De sergeant slikte. 'Een Afghaanse vrouw. Een Hazara. Iedereen weet dat jij en zij close waren, maar als niemand wat zegt, dan zal het snel vergeten zijn.'

'Je had niemand moeten vertellen wat je hebt gezien, Waage. Daarom moet ik je doden. Jij zult het niet vergeten en ik ook niet.'

'Twee miljoen. Twee miljoen kronen, Bohr. Nee, tweeënhalf. Cash, als we terugkomen in Noorwegen.'

Roar Bohr liep terug naar de Landrover.

'Nee, nee!' schreeuwde zijn soldaat. 'Je bent geen moordenaar, Bohr!'

Roar Bohr ging in de auto zitten, startte de auto en begon te rijden. Hij zag in zijn spiegel dat de weg zich in een lange, trillende streep uitstrekte tot de horizon. Hij voelde geen weerstand toen de ketting de sergeant op zijn benen trok en hij achter de auto begon te rennen.

Roar ging langzamer rijden, maar gaf weer wat gas toen de ketting slap ging hangen. Hij observeerde hoe de sergeant in looppas met zijn handen in een soort smeekbede voor zich probeerde de auto bij te houden.

Veertig graden. Zelfs in wandeltempo zou de sergeant spoedig uitdrogen, niet in staat blijven rechtop te staan en vallen. Er kwam hun een boer met paard-en-wagen tegemoet. Toen ze elkaar passeerden, riep de sergeant iets tegen hem, maar de boer boog slechts zijn hoofd met tulband en keek naar het leidsel. Buitenlanders. Taliban. Hun oorlog was niet de zijne. Hij vocht tegen de woestijn, tegen de honger, tegen de dagelijks terugkerende uitdagingen en ellende.

Bohr leunde naar voren en keek naar de hemel.

De monniksgier volgde hen.

Geen enkele smeekbede werd gehoord. Geen enkele.

'Weet je zeker dat ik niet moet wachten?' vroeg Bjørn.

'Ga naar huis, daar wachten ze op je,' zei Harry en hij keek door de autoruit naar Kaja's huis. Er brandde licht in de woonkamer.

Harry stapte uit, stak de sigaret aan die in de auto niet gerookt mocht worden.

'Nieuwe regels met een baby,' had Bjørn uitgelegd. 'Katrine wil nergens een spoortje rook ruiken.'

'Hm, ze nemen dus de macht over zodra ze moeder worden, of niet?'

Bjørn had zijn schouders opgehaald. 'Nemen, nemen. Katrine had daarvoor toch ook al de touwtjes in handen.'

Harry inhaleerde vier keer stevig. Hij drukte de sigaret uit en stopte de peuk terug in het pakje. De poort jammerde zachtjes toen hij die opende. Druppels vielen van het ijzer. Hier had het ook geregend.

Hij liep naar de voordeur en belde aan. Wachtte.

Na tien seconden stilte duwde hij de deurklink naar beneden. Niet op slot, net als laatst. Met déjà-vu-gevoel stapte hij naar binnen, liep langs de openstaande deur naar de keuken. Hij zag de telefoon op het aanrecht aan de lader liggen. Dat verklaarde misschien waarom ze niet had opgenomen. En hij deed de deur naar de woonkamer open. Niemand.

Hij wilde Kaja's naam roepen toen hij een geluid achter zich registreerde, gekraak van een plank. In de loop van een nanoseconde hadden zijn hersenen vastgesteld dat het natuurlijk Kaja was die van de wc of de eerste verdieping kwam en daarom sloegen ze geen alarm.

Niet voordat een arm zich om zijn nek klemde en een doek tegen zijn mond en neus werd gedrukt. Op het moment dat de hersenen gevaar registreerden, gaven ze automatisch het signaal door dat hij flink diep adem moest halen, de doek blokkeerde immers alle luchttoevoer. En toen het langzamere cognitieve proces hem vertelde dat dat precies de bedoeling was met de doek, was het al te laat.

HOOFDSTUK 30

Harry keek rond. Hij was in een balzaal. Een orkest speelde een langzame wals. Hij kreeg haar in het oog, ze zat aan een tafel die gedekt was met een wit tafellaken. Boven haar hing een van de kristallen kroonluchters. De twee mannen in smoking aan weerszijden van haar probeerden haar aandacht te trekken. Maar haar blik was gericht op hem, op Harry. Hij begreep dat hij moest opschieten. Ze droeg de zwarte jurk, de ene van de zwarte jurken die hij dé zwarte jurk noemde. Toen Harry naar zichzelf keek, zag hij dat hij het zwarte pak droeg, zijn enige zwarte pak dat hij droeg naar doop, bruiloft en begrafenis. Hij zette zijn ene voet voor de andere, slalomde tussen de tafeltjes door, maar het ging langzaam want de kamer was gevuld met water. En aan het oppervlak moest er een zware golfslag zijn, omdat hij steeds naar voren werd geworpen en dan weer naar achteren, en de S-vormige kristallen kroonluchters wiegden heen en weer op de maat van de wals. Juist op het moment dat hij er was, op het moment dat hij iets wilde zeggen en de tafel wilde vastpakken, werden zijn voeten van de grond getild en begon hij op te stijgen. Ze strekte haar hand uit naar hem, maar hij was al buiten haar bereik, en zelfs toen ze opstond van haar stoel en zich uitrekte, bleef de afstand te groot. Hij steeg en hij steeg. Toen zag hij dat het water rood kleurde, zo rood dat zij uit het zicht verdween. Het was rood en warm en de druk nam toe in zijn hoofd. Hij besefte nu pas dat hij niet kon ademen, natuurlijk kon hij dat niet, en hij begon te spartelen om zo snel mogelijk naar de oppervlakte te komen.

'Goedenavond, Harry.'

Harry opende zijn ogen. Het licht sneed als een mes en hij deed ze weer dicht.

'Trichloormethaan, beter bekend als chloroform. Beetje oldskool, natuurlijk. Maar effectief, we gebruikten het bij E14 als er iemand gekidnapt moest worden.'

Harry deed zijn ogen een beetje open. Er was een lamp op hem gericht.

'Je hebt vast een heleboel vragen.' De stem kwam vanuit het donker. 'Bijvoorbeeld: Wat is er gebeurd? Waar ben ik? Wie is hij?'

Ze hadden een paar woorden gewisseld na de begrafenis, maar toch herkende Harry zijn stem door de duidelijke r. 'Maar laat ik antwoord geven op de vraag die het belangrijkst voor je zal zijn: Wat wil hij van mij?'

'Bohr,' zei Harry hees. 'Waar is Kaja?'

'Maak je om haar geen zorgen, Harry.'

Harry hoorde aan de akoestiek dat hij in een grote ruimte was met waarschijnlijk houten wanden. Geen kelder dus. Maar het was er koud en vochtig alsof de ruimte niet werd gebruikt. Het rook een beetje naar een gemeenschapsruimte of een kantoortuin. En dat kon kloppen, want zijn armen waren vastgetapet aan armleuningen en zijn voeten aan de poten van een bureaustoel op wielen. Geen andere geurtjes zoals verf of schoonmaakmiddelen, maar hij zag het licht reflecteren in doorzichtig plastic dat op het parket was gelegd onder en voor de stoel.

'Heb je Kaja ook vermoord, Bohr?'

'Ook?'

'Net als Rakel en die andere meisjes van wie je foto's in je vakantiehuisje hebt.'

Harry hoorde voetstappen van de ander achter de lamp.

'Ik moet je iets bekennen, Harry. Ik heb gemoord. Ik dacht dat ik het niet zou kunnen, maar het is gebleken dat ik me daarin vergiste.' De voetstappen stopten. 'En ze zeggen dat als je eenmaal begonnen bent...'

Harry legde zijn hoofd achterover en staarde naar het plafond. Een van de panelen was verwijderd en er staken een heleboel afgeknipte draden uit. Waarschijnlijk van computers en zo.

'Ik had een gerucht opgevangen dat een van de jongens bij de Special Forces, Waage, iets wist over de moord op Hala, mijn tolk. Toen ik had gecheckt wat hij wist, begreep ik dat ik hem moest vermoorden.'

Harry hoestte. 'Hij was je op het spoor gekomen, dus toen heb je hem vermoord. En nu ben je van plan mij te vermoorden. Ik heb geen zin om jouw biechtvader te zijn, dus maak er snel een eind aan, Bohr.'

'Je begrijpt me verkeerd, Harry.'

'Als niemand je begrijpt, dan wordt het tijd je af te vragen of je niet gestoord bent, Bohr. Vooruit, armzalige klootzak. Ik ben er klaar voor.'

'Ik vond het toen vervelend dat het zo'n haastklus was.'

'Misschien was dat daar erger dan hier. Misschien was het gezelschap ook beter.'

'Je begrijpt me verkeerd, Harry. Laat ik het uitleggen.'

'Nee!' Harry rukte aan de stoel, maar de tape hield hem op zijn plaats.

'Luister, alsjeblieft. Ik heb Rakel niet vermoord.'

'Ik weet dat je Rakel hebt vermoord, Bohr. Ik wil niks horen van jouw pathetische excu...'

Harry zweeg toen Bohr ineens werd verlicht door iets wat onder hem lag, zoals in een horrorfilm. En het duurde even voor Harry begreep dat het licht van een telefoon kwam die op de tafel tussen hen in lag en dat die zojuist overging.

Bohr keek ernaar. 'Jouw telefoon, Harry. Het is Kaja Solness.'

Bohr drukte op het scherm, pakte de telefoon en hield die tegen Harry's oor.

'Harry?' Het was Kaja's stem.

Harry schraapte zijn keel. 'Waar... waar ben je?'

'Ik kom net binnen. Ik zag dat je had gebeld, maar ik was gaan eten in dat nieuwe restaurant en mijn telefoon lag thuis aan de oplader. Zeg, ben jij hier geweest?'

'Hier geweest?'

'Mijn pc is verplaatst van het bureau naar de salontafel. Zeg me dat jij het was, anders word ik bang.'

Harry staarde naar het lamplicht.

'Harry? Waar ben je? Je klinkt zo…'

'Ik was het,' zei Harry. 'Niets om je zorgen over te maken. Zeg, ik ben met iets bezig, ik bel je later. Oké?'

'Oké,' zei ze met aarzeling in haar stem.

Bohr drukte op 'beëindigen' en legde de telefoon op tafel. 'Waarom heb je geen alarm geslagen?'

'Als iemand me had kunnen helpen, dan had je me niet met haar laten praten.'

'Ik geloof je omdat je mij gelooft, Harry.'

'Je hebt me vastgetapet aan een stoel, dus het maakt niet uit wat ik geloof.'

Bohr stapte het licht in. Hij hield een groot mes met een breed lemmet vast. Harry probeerde te slikken, maar zijn mond was te droog. Bohr ging met het mes op Harry af. Naar de onderkant van de rechter armleuning van de stoel. Hij sneed en deed hetzelfde aan de linkerkant. Harry tilde de vrijgemaakte armen op en nam het mes aan.

'Ik had je vastgetapet omdat ik niet wilde dat je me zou aanvallen voordat je alles te horen had gekregen,' zei Bohr terwijl Harry de tape rond zijn voeten lossneed. 'Rakel vertelde me over de gevaren waar zij en jij aan waren blootgesteld in verband met een paar van jouw moordzaken. Over de daders die nog op vrije voeten waren. Dus ik heb op jullie gepast.'

'Op ons?'

'In de eerste plaats op haar. Ik heb de wacht gehouden. Net zoals ik in Kabul op Kaja heb gepast nadat Hala was verkracht en vermoord. En nu in Oslo.'

'Je weet dat dat paranoïde klinkt?'

'Ja.'

'Hm.' Harry richtte zich op en masseerde zijn onderarmen. Hij gaf het mes niet terug. 'Vertel.'

'Waar zal ik beginnen?'

'Begin bij de sergeant.'

'Begrepen. Niemand binnen de Special Forces is een idioot, daarvoor zijn de eisen voor deelname aan de missie te streng. Maar sergeant Waage was een van die soldaten met meer testosteron dan hersenen, om het zo maar uit te drukken. In de dagen na de moord op Hala had iedereen het over haar en het kwam me ter ore dat iemand had gezegd dat Hala van Noorwegen moest houden omdat ze een Noors woord op haar lichaam had laten tatoeëren. Ik heb het nagevraagd en het werd me duidelijk dat Waage dat had gezegd tijdens een borrel aan de bar. Hala was echter altijd zeer decent gekleed en die tatoeage zat precies boven haar hart. Het was uitgesloten dat ze iets met Waage had gehad. En ik weet dat Hala de tatoeage geheimhield. Hoewel gebruik van henna wijd verbreid is, zien moslims een permanente tatoeage als een *sin of the skin.*'

'Hm, maar jij was wel op de hoogte van de tatoeage?'

'Inderdaad, ik was de enige persoon, naast de tatoeëerder, die ervan wist. Voordat ze de tatoeage liet zetten, vroeg Hala me wat de juiste spelling van het woord was.'

'En hoe luidde het woord?'

Bohr glimlachte triest. 'Venn – vriend. Ze hield immers van taal en wilde zeker weten dat het woord geen dubbele betekenis had.'

'Waage kon over de tatoeage hebben gehoord door degene die de lijkschouwing deed.'

'Dat is het nou juist,' zei Bohr. 'Twee messteken...' Hij stopte en haalde bevend adem. 'Twee van de zestien messteken gingen dwars door de tatoeage en hadden het woord onleesbaar gemaakt. Tenzij je wist wat er had gestaan.'

'Tenzij je degene was die haar had verkracht en de tatoeage had gezien voordat je haar begon te steken.'

'Ja.'

'Ik begrijp het, maar dat is niet echt een bewijs, Bohr.'

'Nee, maar volgens de regels voor internationale troepen zou Waage naar Noorwegen worden gestuurd waar een goede advocaat hem vast kon vrijpleiten.'

'Dus jij hebt jezelf toen als rechter aangesteld?'

Roar Bohr knikte. 'Hala was mijn tolk, mijn verantwoordelijkheid. Net als sergeant Waage dat was. Ik heb contact gezocht met de ouders van Hala en heb gezegd dat ik haar stoffelijk overschot naar hun dorp zou brengen. Het was vanaf Kabul een autorit van vijf uur. Voor het grootste deel door een verlaten woestijn. Ik gaf Waage het bevel te rijden. Na een paar uur zei ik dat hij moest stoppen, ik zette een pistool tegen zijn hoofd en kreeg een bekentenis. Toen bond ik hem aan de auto en reed. Het zogenaamde *D and Q*.'

'*D and Q*?'

'*Drawing and quartering*. Tussen 1283 en 1870 in Engeland de straf voor hoogverraad. De terdoodveroordeelde werd opgehangen tot hij bijna stierf, dan werd zijn buik opengesneden en werden de ingewanden eruit getrokken en verbrand terwijl hij toekeek. Daarna onthoofdden ze hem. Maar voor dit alles werd hij achter een paard aangetrokken, de *drawing*. En het was soms zo ver van de gevangenis naar de galg, dat hij onderweg al stierf, als hij geluk had. Want als hij niet in staat was achter het paard aan te rennen, dan werd hij over de grond gesleept. Het vlees werd er laag voor laag afgeschraapt. Het was een langzame maar zeer pijnlijke dood.'

Harry dacht aan het lange bloedspoor dat ze op het asfalt hadden gevonden.

'De familie van Hala was heel dankbaar dat ze naar huis werd gebracht,' zei Bohr. 'En voor het lijk van de dader. Of voor wat daar nog van over was. Het was een mooie begrafenis.'

'En het lijk van de sergeant?'

'Ik weet niet wat ze daarmee hebben gedaan. *Quartering* is misschien typisch Engels. Maar onthoofding is kennelijk internationaal, want zijn hoofd is op een stok voor het dorp gezet.'

'Dus jij rapporteerde dat de sergeant onderweg vermist is geraakt?'

'Ja.'

'Hm. Waarom pas jij op die vrouwen?'

Stilte. Bohr was op de tafel gaan zitten, in het licht, en Harry probeerde zijn uitdrukkingsloze gezicht te lezen.

'Ik had een zus.' Zijn stem was toonloos. 'Bianca, mijn kleine zusje. Ze werd op haar zeventiende verkracht. Ik moest die avond op haar letten, maar ik wilde naar de film *Die Hard*. De leeftijdsgrens was achttien jaar. Pas jaren later vertelde ze me dat ze die avond was verkracht. Terwijl ik naar Bruce Willis zat te kijken.'

'Waarom zei ze dat niet direct?'

Bohr haalde diep adem. ‘De verkrachter had haar gedreigd mij, haar grote broer, te vermoorden als ze iets zei. Ze had geen idee hoe hij wist dat ze een broer had.’

‘Hoe zag hij eruit, die verkrachter?’

‘Ze heeft hem niet kunnen zien omdat het donker was, zei ze. Of haar hersenen hadden die beelden geblokkeerd. Ik heb het in Soedan gezien. Soldaten die zulke vreselijke dingen meemaakten dat ze die gewoonweg vergaten. Ze konden de volgende ochtend wakker worden en met overtuiging ontkennen dat ze daarbij waren geweest, dat ze het hadden gezien. Voor sommigen werkte dat verdringen heel goed, bij anderen dook het later weer op in de vorm van flashbacks, nachtmerries. Bij Bianca kwam alles terug, denk ik. En dat kon ze niet hanteren. De angst, die heeft haar gebroken.’

‘En jij denkt dat het jouw schuld was?’

‘Natuurlijk was het mijn schuld.’

‘Is het je duidelijk dat je beschadigd bent, Bohr?’

‘Uiteraard, dat ben jij toch ook?’

‘Wat deed je bij Kaja?’

‘Ik zag dat ze een filmpje bekeek op haar pc van een man die in de moordnacht op weg was naar het huis van Rakel. Dus toen zij het huis verliet, ben ik naar binnen gegaan om die beelden te bekijken.’

‘En wat heb je ontdekt?’

‘Niets, slechte beelden. Toen hoorde ik de voordeur en ben ik snel van de woonkamer naar de keuken gelopen.’

‘Zodat je in de gang me van achter kon naderen. En toevallig had je chloroform bij je?’

‘Ik heb altijd chloroform bij me.’

‘Omdat?’

‘Degene die probeert bij een van mijn dames in te breken, belandt in de stoel waarop jij nu zit.’

‘En?’

‘En betaalt de prijs.’

‘Waarom vertel je me dit allemaal, Bohr?’

Bohr vouwde zijn handen. ‘Ik moet toegeven dat ik eerst dacht dat jij Rakel had gedood, Harry.’

‘O, ja?’

‘Verlaten echtgenoot. Dat is klassiek en toch het eerste waaraan je denkt, is het niet? En ik dacht het tijdens de begrafenis in jouw blik te zien. Een mix van schuld en spijt. De blik van iemand die heeft gedood uit haat en lust en die spijt heeft. Die zoveel spijt heeft dat het hem gelukt is het allemaal te verdringen. Want dat is de enige manier om het te overleven, de waarheid is niet om uit te houden. Ik zag het in de blik van Waage. Het leek wel of het hem gelukt was te vergeten wat er met Hala was gebeurd en dat hij zich het pas weer herinnerde toen ik hem ermee confronteerde. Maar toen ik begreep dat jij een alibi had, besefte ik dat die schuldige blik die ik bij je had gezien om hetzelfde ging als bij mij. De schuld dat je het niet had kunnen verhinderen. Dus de reden dat ik je dit vertel is...’ Bohr stond op van de tafel en verdween in het donker terwijl hij verder sprak: ‘...dat ik weet dat jij bent zoals ik. Jij wilt zien dat de dader wordt gestraft. Ze hebben de persoon van ons afgepakt die we liefhadden. Gevangenisstraf is niet genoeg. Een simpele dood is niet genoeg.’

De buizen knipperden twee keer, toen baadde de ruimte in het licht.

Het was inderdaad een kantoorruimte. Of dat was het geweest. De zeven bureaus, de verkleurde vlakken waar de computers en systeemkasten hadden gestaan, de kartonnen dozen, de verspreid staande kantoorrekwisieten, een printer: alles wees erop dat de verhuizing snel had moeten gebeuren. Op de witte wand hing een foto van de koning. Militairen, dacht Harry automatisch.

‘Zullen we gaan?’ vroeg Bohr.

Harry stond op. Hij was duizelig en liep een beetje wankel op zijn benen naar de eenvoudige houten deur waar Bohr stond te wachten met Harry’s telefoon, dienstpistool en aansteker.

‘Waar was je?’ vroeg Harry, hij stopte de telefoon en aansteker in zijn zak, maar bleef staan met het pistool in zijn hand. ‘Die nacht dat Rakel werd gedood? Want je was niet thuis...’

‘Het was weekend en ik was in mijn vakantiehuisje,’ zei Bohr. ‘In Eggedal. Alleen, helaas.’

‘Wat deed je daar?’

'Tja, wat deed ik daar? Ik poetste mijn wapen, stak de open haard aan, dacht na en luisterde naar de radio.'
'Hm. Radio Hallingdal?'
'Ja klopt, dat is de enige zender die we daar kunnen ontvangen.'
'Die avond was er bingo op de radio.'
'Inderdaad, ben jij vaak in Hallingdal?'
'Nee. Herinner je je daar nog iets bijzonders van?'
Bohr trok een wenkbrauw op. 'Van de bingo?'
'Ja.'
Bohr schudde zijn hoofd.
'Niets?' zei Harry. Hij voelde het gewicht van het pistool in zijn hand en kon concluderen dat de kogels er niet uit waren gehaald.
'Nee, is dit een verhoor?'
'Denk goed na.'
Bohr fronste zijn voorhoofd. 'Misschien dat alle winnaars uit dezelfde plaats kwamen. Ål of Flå.'
'Bingo,' zei Harry zacht en hij stopte het pistool in zijn jaszak. 'Daarmee ben je van mijn verdachtenlijstje geschrapt.'
Roar Bohr keek Harry aan. 'Ik had je kunnen vermoorden zonder dat iemand dat ooit te weten was gekomen, maar bingo op de radio heeft me gered?'
Harry haalde zijn schouders op. 'Ik moet een sigaret hebben.'
Ze liepen een versleten, krakende houten trap af, stapten de nacht in op het moment dat het carillon een deuntje begon te spelen.
'Jezus,' zei Harry en hij snoof de koude lucht op. Op de markt een eindje verderop zag hij mensen gehaast naar de uitgaansgelegenheden lopen en het Rådhus torende boven de daken uit. 'We zitten midden in de stad.'
Harry had het klokkenspel zowel Kraftwerk als Dolly Parton horen spelen en Oleg had een keer vol enthousiasme een melodie van Minecraft herkend. Maar nu speelde het een van de vaste melodieën, Vektersang van Edvard Grieg. En dat betekende dat het twaalf uur 's nachts was.
Harry draaide zich om. Het gebouw waar ze uit kwamen, was een houten barak en stond net binnen de poorten van de Akershus Festning.

'Niet bepaald MI6 of Langley,' zei Bohr. 'Maar dit was wel het hoofdkwartier van E14.'

'E14?' Harry viste het pakje sigaretten uit zijn broekzak.

'Een Noorse spionagedienst die maar een kort leven beschoren was.'

'Ik herinner me er vaag iets over.'

'Opgericht in 1995, een paar jaar actie in James Bond-stijl, toen strijd om de macht, politiek gekrakeel over de methoden en in 2006 opgeheven. Sinds die tijd staat het gebouw leeg.'

'Maar jij hebt de sleutels?'

'Ik was er de laatste jaren bij, niemand heeft ze teruggevraagd.'

'Hm, een ex-spion. Dat verklaart inderdaad de chloroform.'

Bohr lachte even. 'O, we hebben gekkere dingen gedaan.'

'Daar twijfel ik niet aan.' Harry keek op de klok van het Rådhus.

'Het spijt me als ik je avond in de war heb gegooid,' zei Bohr. 'Maar kan ik een sigaret bij je bietsen voor we afscheid nemen?'

'Ik was een jonge officier toen ik werd gerekruteerd voor E14,' zei Bohr, de rook naar de hemel blazend. Harry en hij hadden een bank gevonden op de wal achter de kanonnen die naar de Oslofjord wezen. 'Maar er zaten niet alleen mensen uit het leger in de organisatie. Ook diplomaten, kelners, timmerlieden, politiemensen, wiskundigen. En knappe vrouwen die we als lokvogels gebruikten.'

'Klinkt als een spionagefilm,' zei Harry, tikkend op zijn eigen sigaret.

'Het wás een spionagefilm.'

'Wat was het mandaat?'

'Vergaren van informatie over plaatsen waar Noorwegen mogelijk militair aanwezig zou moeten zijn. De Balkan, het Midden-Oosten, Soedan, Afghanistan. We kregen veel vrijheid, we moesten onafhankelijk van de inlichtingendiensten van Amerika en de NAVO werken. Een tijdlang zag het ernaar uit dat het ging lukken. Sterke kameraadschap, grote loyaliteit en misschien iets te veel vrijheid. In dergelijke gesloten milieus ontstaan al snel eigen normen voor wat acceptabel is. We betaalden vrouwen om seks te hebben met onze contacten. We schaften ongeregistreerde High Standard HD 22-pistolen aan.'

Harry knikte. Dat was het pistool dat hij in het vakantiehuisje van Bohr had gezien, het pistool dat de voorkeur had bij CIA-agenten omdat het zo makkelijk in elkaar te zetten is en een goed functionerende geluiddemper heeft. Het pistool dat de Sovjets in 1960 aantroffen bij Francis Gary Powers, de piloot van het spionagevliegtuig U2 dat boven Sovjet-grondgebied werd neergehaald.

'Zonder serienummers konden ze ons niet traceren als we genoodzaakt waren het te gebruiken bij een liquidatie.'

'En dat heb je allemaal gedaan?'

'Niet het kopen van seks en het liquideren. Het ergste wat ik deed...' Bohr krabde nadenkend over zijn kin. 'Het voelt in elk geval als het ergste, was de eerste keer dat ik het vertrouwen van iemand moest winnen om dat later te kunnen beschamen. Een onderdeel van de toelatingstest was van Oslo naar Trondheim reizen met maar tien kronen op zak. Het doel was dat je liet zien dat je over de sociale vaardigheden en creativiteit beschikte die nodig konden zijn in het veld. Ik gaf de tien kronen aan een aardig uitziende vrouw in een café op het centraal station van Oslo voor het lenen van haar telefoon omdat ik mijn doodzieke zusje in het ziekenhuis in Trondheim wilde bellen om te vertellen dat mijn portemonnee, treinticket en telefoon zojuist waren gestolen. Ik belde een van de agenten en het lukte me om te huilen aan de telefoon. Toen ik de verbinding verbrak, huilde de vrouw ook en ik wilde haar vragen me geld te lenen toen ze me aanbood naar Trondheim te rijden in haar auto die in de parkeergarage stond. We reden zo hard als we konden. De uren verstreken en we spraken over van alles, over onze intiemste geheimen, zoals je dat doet met een vreemde. Mijn geheimen waren ingestudeerde leugens en een goede training voor een veelbelovende spion. We stopten na vier uur in Dovre. Keken naar de zon die onderging. We kusten, lachten door onze tranen en zeiden dat we van elkaar hielden. Twee uur later, kort voor middernacht, liet ze me uitstappen voor de hoofdingang van het ziekenhuis. Ik zei tegen haar dat ze een parkeerplaats moest vinden terwijl ik uitzocht op welke afdeling mijn zusje lag. En dat ik op haar zou wachten bij de receptie. Toen liep ik door de ziekenhuisreceptie naar de achterkant van het gebouw en rende, rende, rende naar het standbeeld van Sint-Olav waar de commandant met de stopwatch stond. Ik was de eerste en werd die nacht onthaald als een held.'

'Zonder bijsmaak?'

'Toen niet, dat kwam later. Bij de Special Forces ging het ook zo. Je krijgt te maken met een spanning die normale mensen nooit zullen ervaren. En daardoor denk je na een poosje dat de regels voor gewone mensen niet voor jou gelden. In E14 begon het met manipulatie, gebruikmaken van mensen, een paar regels overtreden. En het eindigde met morele vraagstukken over leven en dood.'

'Maar jij denkt dus dat de regels ook gelden voor mensen op zulke posities?'

'Op papier...' Bohr zette een wijsvinger tegen zijn dij. 'Natuurlijk. Hierboven...' Hij tikte tegen zijn voorhoofd. 'Hierboven weet je dat je regels moet overtreden om over mensen te waken. Want jij staat de hele tijd op wacht. En dat is eenzaam, wij hebben alleen elkaar. Niemand zal ons ooit bedanken, want de meeste mensen willen niet weten dat er over hen gewaakt wordt.'

'De rechtsstaat...'

'...heeft zijn beperkingen. Als de rechtsstaat had mogen besluiten, dan had een Noorse soldaat die een Afghaanse vrouw had verkracht en vermoord een korte straf moeten uitzitten in een gevangenis die voor een Hazara een viersterrenhotel lijkt. Ik gaf hem wat hij verdiende, Harry. Wat Hala en haar familie verdienden. Een Afghaanse straf voor een misdaad in Afghanistan.'

'En nu maak je jacht op de persoon die Rakel heeft vermoord, maar als je jouw principe volgt, dan zou een misdaad in Noorwegen gestraft moeten worden naar de Noorse wet en wij kennen geen doodstraf.'

'Misschien niet in Noorwegen, maar ík ken die wel, Harry. En jij ook.'

'Is dat zo?'

'Ik twijfel er niet aan dat jij net als het overgrote deel van de mensen in dit land oprecht vindt dat we humane straffen hebben en mensen nieuwe kansen moeten krijgen. Maar jij bent ook een mens, Harry. En er is iemand van je afgenomen op wie je gesteld was. Op wie ik gesteld was.'

Harry trok hard aan zijn sigaret.

'Nee,' zei Bohr. 'Niet op die manier. Rakel was mijn kleine zusje. Net als Hala. Zij waren Bianca en ik ben ze allemaal kwijtgeraakt.'

'Wat wil je, Bohr?'

'Ik wil je helpen, Harry. Als je hem vindt, dan wil ik je helpen.'

'Helpen op wat voor manier?'

Bohr hield de sigaret omhoog. 'Doden is als roken. Je hoest, je verzet je, gelooft dat het je nooit zal lukken. En diep vanbinnen geloofde ik van de jongens van Special Forces nooit dat het doden van de vijand de ultieme kick is. Als Rakels moordenaar wordt gedood nadat hij is gearresteerd, dan wil jij niet verdacht worden.'

'Ik mag het doodvonnis vellen, maar jij biedt je aan als beul?'

'O, maar het oordeel is al geveld, Harry. De haat verbrandt onze ziel. We zien het, maar we staan al in lichterlaaie, dus het is te laat om te stoppen.' Bohr gooide de peuk op de grond. 'Moet ik je naar huis brengen?'

'Ik ga lopen,' zei Harry. 'Ik heb na die chloroform frisse lucht nodig. Nog twee vragen: toen jouw vrouw en ik bij Smestaddammen zaten, hield jij ons met een laservizier in de gaten. Waarom, en hoe wist je dat we juist daarheen gingen?'

Bohr glimlachte. 'Ik wist het niet. Ik zit vaak in de kelder op wacht. Ik zorg ervoor dat de nerts niet nog meer zwanenjongen pakt. Toen doken jullie daar op.'

'Hm.'

'En de tweede vraag?'

'Hoe heb je mij vanavond uit de auto en de trappen op gekregen?'

'Zo dragen we onze gevallenen. Als een rugzak, dat is de enige manier.'

Harry knikte. 'Dat is het.'

Bohr stond op. 'Je weet waar je me kunt vinden, Harry.'

Harry liep langs het Rådhus, passeerde de Stortingsgate en bleef staan voor het Nationaltheater. Hij stelde vast dat hij zonder grote problemen drie drukke kroegen voorbij was gelopen. Hij pakte zijn telefoon. Een bericht van Oleg. 'Nog nieuws? Hoofd boven water?'

Hij besloot hem te bellen nadat hij met Kaja had gesproken. Ze nam al na het eerste belsignaal op.

'Harry?' Hij kon de ongerustheid in haar stem horen.

'Ik heb met Bohr gesproken,' zei hij.

'Ik wist dat er iets was!'

'Hij is onschuldig.'

'O, ja?' Hij hoorde het geluid van een dekbed dat langs de telefoon ging toen ze zich omdraaide.

'Wat betekent dat?'

'Dat betekent: *start from scratch*. Ik kan je morgenochtend volledig inlichten, oké?'

'Harry?'

'Ja.'

'Ik was een beetje bang.'

'Dat begreep ik.'

'En nu voel ik me een beetje eenzaam.'

Stilte.

'Harry?'

'Hm.'

'Je moet niet.'

'Ik weet het.'

Hij verbrak de verbinding. Zocht de O voor Oleg en wilde op het telefoonsymbooltje drukken, maar aarzelde. In plaats daarvan tikte hij op het symbooltje voor bericht en toetste: 'Bel je morgen.'

HOOFDSTUK 31

Harry lag op zijn rug op het dekbed met bijna al zijn kleren aan. De Dr. Martens-laarzen stonden op de grond naast het bed, zijn jas hing over de stoel. Kaja lag onder het dekbed, maar tegen hem aan met haar hoofd op zijn arm.

'Je voelt nog helemaal hetzelfde,' zei ze en ze ging met haar hand over zijn trui. 'Al die jaren en geen verandering. Het is oneerlijk.'

'Ik begin zweterig te ruiken.'

Ze stopte haar gezicht in zijn oksel en snoof. 'Onzin, je ruikt lekker, je ruikt naar Harry.'

'Dat is mijn linkerarm. De rechteroksel produceert meer. Misschien door de leeftijd.'

Kaja lachte zacht. 'Je weet dat onderzoek heeft aangetoond dat het een mythe is dat ouderen slechter ruiken? Volgens een Japanse studie komt de geurstof 2-nonenal weliswaar alleen voor bij mensen van veertig jaar en ouder, maar in een blind onderzoek scoorde de zweetlucht van ouderen beter dan die van ons dertigers.'

'Jezus,' zei Harry. 'Daar heb je het feit weggetheoretiseerd dat ik onder deze arm naar paard ruik.'

Kaja lachte. Die zachte lach waarnaar hij zo verlangde. Haar lach.

'Vertel,' zei ze. 'Bohr en jij.'

Harry mocht een sigaret opsteken en startte bij het begin. Bij het vakantiehuisje van Bohr. En hoe Roar Bohr hem had overmeesterd in de woonkamer onder hen. Hoe hij bij zijn positieven was gekomen in de lege kantoorruimte van E14 en het gesprek met Bohr. Hij vertelde het min of meer gedetailleerd, maar liet het laatste deel weg. Het deel waarin Bohr zich aanbood als beul.

Kaja leek vreemd genoeg niet geschokt over het feit dat Bohr een van zijn eigen soldaten had terechtgesteld. Of dat hij haar zowel in Kabul als in Oslo bewaakte.

'Ik dacht dat je wel een beetje op tilt zou gaan als ik vertelde dat je zonder het te weten geobserveerd wordt.'

Ze schudde haar hoofd en leende zijn sigaret. 'Ik heb hem nooit gezien, maar soms had ik wel het gevoel. Je moet begrijpen dat toen ik Bohr vertelde dat ik mijn grote broer op dezelfde manier heb verloren als hij zijn zusje, hij me begon te behandelen als een soort surrogaatzusje. Het waren maar kleine dingen. Bijvoorbeeld dat ik net iets meer back-up kreeg dan de anderen als ik buiten de veilige zones op patrouille ging. Ik liet dat niet merken en je raakt eraan gewend dat er over je gewaakt wordt.'

'Is dat zo?'

'Ja, hoor.' Ze stak de sigaret weer tussen zijn lippen. 'Toen ik in Basra werkte, zaten er vooral Britten in de troepen rond het hotel waarin we met het Rode Kruis zaten. En Britten zijn anders, weet je. Amerikanen gaan in de breedte: ze vegen straten schoon en gebruiken de *snake-procedure* als ze op iemand jacht maken, ze gaan recht op hun doel af en blazen letterlijk de muren op die in de weg staan. Ze zijn van mening dat het sneller gaat en dat het ook afschrikwekkender is, iets wat je ook niet moet onderschatten. Terwijl de Britten...' Ze ging met haar vinger over zijn borst. '...die sluipen langs muren, ze zijn onzichtbaar. Het was verboden om na acht uur naar buiten te gaan, maar soms gingen we op de stoep voor de hotelbar staan. We zagen ze nooit, maar het gebeurde wel dat ik een paar rode puntjes zag op de persoon met wie ik stond te praten. En hij zag hetzelfde bij mij. Dat was een discrete boodschap van de Britten dat ze op hun post stonden en dat we naar binnen moesten gaan. Ik voelde me daar altijd veiliger door.'

'Hm.' Harry trok aan zijn sigaret. 'Wie was hij?'

'Wie bedoel je?'

'Op wie je rode puntjes zag.'

Kaja lachte, maar haar ogen stonden verdrietig. 'Roger, hij zat bij het ICRC. De meeste mensen weten dat niet, maar je hebt het ICRC en de IFRC. De IFRC is een wereldwijde hulporganisatie van militair medisch personeel en werkt in opdracht van de VN. En dan heb je het ICRC, dat voornamelijk bestaat uit Zwitsers en opereert als neutrale organisatie in gewapende conflicten. Hun hoofdkwartier zit in Genève. Je hoort niet vaak over het ICRC, maar dat zijn de manschappen die het eerst naar binnen gaan en er het laatst uit komen. Ze doen uit veiligheidsoverwegingen alles wat de VN niet doet. Het ICRC loopt 's nachts rond om de lijken te tellen, om het zo maar uit te drukken. Die mensen houden zich gedeisd, maar je herkent ze aan hun duurdere kleding en ze stralen een gevoel van superioriteit uit.'

'En dat is terecht?'

Kaja pakte de sigaret weer en inhaleerde. 'Ja, maar ook zij sterven door ontploffende mijnen.'

'Hm, hield je van hem?'

'Ben je jaloers?'

'Nee.'

'Ik was wel jaloers!'

'Op Rakel?'

'Ik haatte haar.'

'Zij had toch niets verkeerd gedaan?'

'Dat was het nu juist.' Kaja lachte. 'Jij verliet mij vanwege haar, een vrouw heeft niet meer nodig om te haten, Harry.'

'Ik heb je niet verlaten, Kaja. Jij en ik waren mensen met gebroken harten die elkaar een poos konden troosten. En toen ik Oslo verliet, verliet ik jullie beiden.'

'Maar je zei dat je van haar hield. En toen je de tweede keer terugkwam in Oslo, was dat voor haar en niet voor mij.'

'Het was om Oleg, hij was in de problemen geraakt. Maar ja, ik heb altijd van Rakel gehouden.'

'Zelfs toen ze je niet wilde hebben?'

'Vooral toen ze me niet wilde hebben. Zo zitten wij mensen in elkaar, of niet?'

Kaja's zoekende vingers trokken zich terug.

'Liefde is gecompliceerd,' zei ze en kroop dichter tegen hem aan. Legde haar hoofd op zijn borst.

'De liefde is de wortel van alles,' zei Harry. 'Het goede en het kwade.'

Ze keek naar hem op. 'Waar dacht je aan?'

'Dacht ik aan iets?'

'Ja.'

Harry schudde zijn hoofd. 'Het is maar een verhaal over wortels.'

'Vooruit, het is jouw beurt om te vertellen.'

'Goed, heb je ooit gehoord van Old Tjikko?'

'Wat is dat?'

'Dat is een Noorse fijnspar. Rakel, Oleg en ik reden eens door Fulufjället in Zweden omdat Oleg op school had geleerd dat daar de oudste boom ter wereld stond, Old Tjikko, die bijna tienduizend jaar oud was. In de auto legde Rakel uit dat de boom ontkiemd was in de tijd dat de mens met landbouw begon en Engeland nog steeds een deel was van het continent. Toen we op de berg waren, ontdekten we tot onze teleurstelling dat Old Tjikko slechts een armzalige, scheve en vrij kleine spar was. Een boswachter vertelde dat de boom zelf maar een paar honderd jaar oud was en dat die een van meerdere bomen was, maar dat het wortelstelsel waaruit deze bomen groeiden bijna tienduizend jaar oud was. Oleg was teleurgesteld, hij had zich erop verheugd zijn klasgenoten te kunnen vertellen dat hij de oudste boom ter wereld had gezien. Want de wortels van die haveloze boom konden we niet eens zien. Dus zei ik tegen hem dat hij zijn vinger op moest steken en aan de onderwijzer moest vertellen dat wortels geen boom zijn en dat de oudst bekende boom ter wereld in White Mountains in Californië staat en vijfduizend jaar oud is. Oleg fleurde helemaal op en rende de hele weg voor ons uit omdat hij niet kon wachten tot hij thuis was en kon triomferen met zijn nieuwe kennis. Toen we die avond in bed lagen, kroop Rakel tegen me aan en zei dat ze van me hield en dat onze liefde als een wortelstelsel was. Bomen konden vergaan, bliksems konden ze door midden splijten, we konden ruzie maken, ik kon weer dronken worden, maar wat onder de grond zat, daaraan konden wij of wie dan ook niets veranderen. Dat zou er altijd zijn en daar zou een nieuwe boom uit groeien.'

Ze lagen in stilte.

'Ik kan je hart nauwelijks horen slaan,' zei Kaja.

'Haar helft,' zei Harry. 'Die stopt met kloppen als de andere helft verdwenen is.'

Kaja ging ineens op hem liggen.

'Ik wil je rechteroksel ruiken,' zei ze.

Hij liet het toe. Ze bleef liggen met haar wang tegen de zijne en hij voelde haar warmte dwars door haar verwassen pyjama en zijn eigen kleding.

'Misschien moet je je trui uitdoen zodat ik het kan voelen,' fluisterde ze met haar lippen tegen zijn oor.

'Kaja...'

'Nee, Harry. Je hebt het nodig, ik heb het nodig. Net als je zei: troost.' Ze ging verliggen zodat er plaats was voor haar hand.

Hij greep die. 'Het is te vroeg, Kaja.'

'Denk aan haar als je het doet. Ik meen het, doe het gewoon. Denk aan Rakel.'

Harry slikte en liet haar hand los. Sloot zijn ogen.

Het was als in een warm bad stappen met je pak aan en telefoon in je zak: hartstikke verkeerd en hartstikke heerlijk.

Ze kuste hem. Hij opende zijn ogen weer en keek recht in die van haar. Het leek een seconde of ze elkaar in de gaten hielden als twee dieren die elkaar in het bos tegenkwamen en nu moesten bepalen of het om een vriend of een vijand ging. Toen beantwoordde hij haar kus. Ze kleedde hem en zichzelf uit en ging op hem zitten. Greep zijn lid. Bewoog haar hand niet, maar hield het gewoon stevig vast. Misschien gefascineerd door het bloed dat in de erectie klopte zoals hij dat zelf voelde. Toen, zonder verdere plichtplegingen, bracht ze het naar binnen.

Ze vonden elkaars ritme, ze kenden dat nog. Langzaam en zwaar. Harry zag haar heen en weer gaan in het spaarzame rode licht van de wekkerradio. Hij ging met zijn hand over iets wat een sieraad leek en een symbool of een teken voorstelde. Maar het was een tatoeage, een soort S met twee puntjes eronder die hem op de een of andere manier deed denken aan Fred Flintstone in zijn auto. Kaja's gekreun werd luider, ze wilde het tempo opvoeren, maar Harry liet het niet toe, hij hield haar tegen. Ze uitte een woeste kreet, maar liet hem de dans leiden. Hij sloot zijn ogen en zocht naar Rakel. Hij vond Alexandra, hij vond Katrine, maar Rakel vond hij niet. Niet totdat Kaja verstijfde, het gekreun ophield, hij zijn ogen opende en het rode licht als bloed over haar gezicht en lichaam zag stromen. Haar blik was strak gericht op de muur, haar mond stond open in een stille schreeuw en de witte, spitse tanden glinsterden.

En zijn halve hart klopte.

HOOFDSTUK 32

'Goed geslapen?' vroeg Kaja, ze gaf Harry een van de twee dampende koppen koffie en kroop terug in bed. Het licht van een bleke ochtendzon viel tussen de gordijnen door die zacht heen en weer bewogen voor het open raam. De ochtendlucht was nog steeds winterkoud en Kaja rilde van genoegen toen ze een stel ijskoude voeten tussen zijn warme benen legde.

Harry voelde. Ja, verdomd, hij hád goed geslapen. Geen nachtmerrie die hij zich kon herinneren. Geen afkickverschijnselen die hij niet kon verdringen, geen plotseling opdoemende beelden of tekenen van een paniekaanval.

'Daar lijkt het wel op,' zei Harry. Hij ging rechtop zitten en nam een slok. 'En jij?'

'Als een blok. Het concept met jou hier werkt voor mij prima. Maar dat was de laatste keer ook het geval.'

Harry staarde voor zich uit en knikte. 'Wat vind je, zullen we een nieuwe poging doen, beginnen met een blanco pagina?' Hij draaide zich naar haar om en zag tot zijn verbijstering aan haar gezicht dat ze hem verkeerd begreep.

'We hebben dus geen verdachte in de startblokken staan,' zei hij snel. 'Dus waar beginnen we?'

Haar gezicht vertrok zich in een onuitgesproken 'we worden net samen wakker en jij kunt Rakel nog geen vijf minuten met rust laten?'.

Hij zag hoe Kaja zich herpakte. Ze schraapte haar keel en zei: 'Rakel had Roar Bohr verteld over de dreigementen waaraan ze door jouw werk werd blootgesteld. Maar we weten ook dat negen van de tien moorden in huis worden gepleegd door iemand uit de kring van bekenden. Dus het is iemand die ze kent of die jou kent.'

'De eerste is een lange lijst, de tweede een korte.'

'Welke mannen kende ze, afgezien van Bohr en eventuele mannen op haar werk?'

'Ze kende mijn mannelijke collega's. En... nee.'

'Ja?'

'Ze hielp mee toen ik eigenaar was van de Jealousy Bar. Ringdal, de man die de bar heeft overgenomen, wilde dat ze voor hem bleef werken. Ze zei nee, maar dat is toch nauwelijks een moordmotief te noemen.'

'Is het mogelijk dat het om een vrouw gaat?'

'Een kans van vijftien procent.'

'Statistisch gezien, ja, maar denk na. Jaloezie?'

Harry schudde zijn hoofd.

Ze hoorde een telefoon trillen in de kamer. Kaja boog zich naar de grond, viste de mobiel uit Harry's zak, keek op de display en drukte op 'accepteer'.

'Hij is een beetje druk in het bed van Kaja, dus houd het kort.'

Ze gaf de telefoon aan een gegeneerde Harry. Hij keek op de display.

'Ja?'

'Niet dat het me wat aangaat, maar wie is Kaja?' Alexandra's stem klonk ijskoud.

'Dat vraag ik me ook weleens af,' zei Harry en hij keek Kaja na die uit bed kroop, haar pyjama uitdeed en in de badkamer verdween. 'Waarom bel je?'

'Waarom ik bel?' zei Alexandra hem na. 'Ik was eigenlijk van plan je in te lichten over het laatste DNA-rapport dat we naar het onderzoeksteam hebben gestuurd.'

'Ja?'

'Maar nu weet ik dat niet meer zo zeker.'

'Omdat ik in bed lig met Kaja?'

'Je geeft het toe!' riep Alexandra uit.

'Toegeven is een verkeerd woord, maar inderdaad. Het spijt me als je dat vervelend vindt, maar voor jou ben ik een *booty call*, dus je zult er vrij snel overheen zijn.'

'Geen booty calls voor mij meer, *pretty boy*.'

'Oké, ik zal proberen daarmee te leven.'

'Je kunt in elk geval probéren een beetje wanhopig te klinken.'

'Luister, Alexandra, ik ben de laatste maanden niet anders dan wanhopig geweest, ik heb geen zin om dit spel mee te spelen. Dus ga je me vertellen over dat rapport of niet?'

Stilte. Harry hoorde het geruis van de douche.

Alexandra zuchtte. 'We hebben op zoek naar DNA-sporen van alles en nog wat onderzocht op de plaats delict. En er zijn uiteraard veel hits met politiemensen die we al geregistreerd hadden. Jij, Oleg, het onderzoeksteam.'

'Heeft het onderzoeksteam werkelijk kans gezien de plaats delict te verontreinigen?'

'Wees niet zo streng, het was een grondige check naar sporen, Harry, in het hele huis en zelfs de kelder. We hebben zoveel binnengekregen dat we een lijst van het team hadden gekregen met aan welke zaken we prioriteit moesten geven. Daarom is dit nu pas opgedoken. Vuile glazen en bestek in de vaatwasser stonden namelijk veel lager op de lijst.'

'Wat is er opgedoken?'

'DNA van een onbekend persoon in opgedroogd speeksel op de rand van een glas.'

'Van een man?'

'Ja.'

'Ze zeiden dat er ook een vingerafdruk op het glas zat.'

'Een vingerafdruk? Dan hebben we er een foto van.' Harry zwaaide zijn benen uit bed. 'Alexandra, je bent een goede vriendin. Bedankt!'

'Vriendin,' zei ze snuivend. 'Wie wil er nou een vriendin zijn?'

'Bel je me als je weer iets voor me hebt?'

'Ik bel je als ik een lekkere vent in mijn bed heb liggen, dat is wat ik ga doen.' Ze verbrak de verbinding.

Harry kleedde zich aan, nam de koffie, zijn jas en laarzen mee naar de woonkamer en opende Kaja's laptop. Hij voerde de inlogcode van de onderzoekspagina van het politiedistrict Oslo in. Hij vond de foto van het glas in het laatste toegevoegde rapport waarin ook een foto stond van de inhoud van de vaatwasser. Twee borden en vier glazen. Rakel liet niet langer dan twee dagen vuile vaat in de afwasmachine staan, als die daarna nog maar halfvol was, dan haalde ze de kopjes en borden er weer uit en waste ze met de hand af.

Het glas met de vingerafdruk was van een van de glazen die Rakel bij een kleine glasblazerij in Nittedal had gekocht. Het bedrijfje werd gerund door een Syrische familie die als vluchtelingen naar Noorwegen was gekomen. Rakel vond de blauwige glazen mooi en wilde de familie helpen, dus had ze voorgesteld dat de Jealousy Bar ze aanschafte. Ze vond dat de glazen de bar iets speciaals gaven. Maar nog voordat Harry zijn mening had kunnen geven, was hij zowel uit het huis aan de Holmenkollvei als uit de groep van eigenaren van de bar gegooid. Rakel had de glazen in een kast in de grote, open woonkamer bewaard. Niet de eerste plek waar een moordenaar een glas zou zoeken als hij na de moord iets wilde drinken. In het rapport stond dat Rakels vingerafdrukken ook op het glas zaten. Ze had die persoon dus iets te drinken gegeven. Zelf had ze niets gedronken, want er stond slechts één blauwig glas in de vaatwasser.

Dus er was iemand geweest die ze goed genoeg kende om binnen te laten, maar niet zo goed dat ze een van de IKEA-glazen uit het keukenkastje boven het aanrecht had gepakt toen hij om een glas water vroeg. Ze had iets meer moeite gedaan. Een minnaar? Dan was dat pas sinds kort, want het was een beetje een omweg naar de kast. Toen hij de rest van de beelden op het geheugenkaartje checkte, had hij alleen Rakel heen en weer zien lopen. Ze had geen bezoek gehad. Niet voor de moordnacht. Hij moest het zijn geweest. Harry dacht aan de persoon die Rakel verbaasd was te zien, maar toch na een paar seconden binnen had gelaten. Er stond in het rapport dat ze geen matchende vingerafdrukken hadden gevonden in de database. Niet van een van de politiemensen in actieve dienst, dat wil zeggen iemand die op de plaats delict had gewerkt, en ook geen bekende crimineel. Het was een persoon die niet op veel plekken in het huis was geweest omdat het de enige vingerafdruk was die hij had achtergelaten.

Degene die de vingerafdruk van het glas had gehaald, had de oude methode gebruikt: gekleurd poeder dat met behulp van een kwast of een magneet gelijkmatig was verspreid. Harry kon de afdrukken van vijf vingers zien. Midden op het glas zaten vier afdrukken bij elkaar in een vorm die liet zien dat de korte pink naar links had gewezen. Onder aan het glas zat de afdruk van een duim. Die van Rakel die hem het glas met haar rechterhand had aangegeven. Harry's ogen zochten in het rapport de bevestiging van wat hij al wist: dat de afdrukken van Rakels rechterhand kwamen en die van de onbekende van zijn linkerhand. Harry's hersenen sloegen alarm toen hij hetzelfde gekraak hoorde als de avond daarvoor.

'Je schrok!' zei Kaja lachend die blootvoets over de vloer trippelde, gekleed in een versleten en veel te grote badstof jas. Van haar vader of broer. 'Ik heb ontbijt voor één persoon, maar we kunnen ergens anders gaan...'

'Het is goed,' zei Harry, de laptop dichtklappend. 'Ik moet naar huis om andere kleren aan te trekken.' Hij stond op en kuste haar op haar voorhoofd. 'Mooie tatoeage, trouwens.'

'Vind je? Ik meen me te herinneren dat je niet van tatoeages hield.'

'Is dat zo?'

Ze lachte. 'Je zei dat mensen per definitie onwetende idioten zijn en dat ze daarom niet op steen of huid moeten schrijven tenzij dat met afwasbare inkt gebeurt. We moeten altijd de mogelijkheid hebben het verleden uit te wissen, om te vergeten wie we waren.'

'Jezus, heb ik dat gezegd?'

'Blanco vel papier, zei je. De vrijheid om iets nieuws te worden, iets beters. Dat tatoeages je definiëren, je dwingen je vast te houden aan oude overtuigingen. Als voorbeeld gebruikte je een tatoeage van Jezus op een borst, dat is een aansporing om vast te blijven houden aan oud bijgeloof, want zo'n tatoeage is heel vreemd op de borst van een atheïst.'

'Niet slecht, en imponerend dat je het hebt onthouden.'

'Je was een nuchtere man met veel opvallende gedachten, Harry.'

'Vroeger was ik beter, misschien had ik ze moeten laten tatoeëren.' Harry wreef in zijn nek. Het alarm wilde niet stoppen, als een oud autoalarm dat maar bleef piepen voor je slaapkamerraam terwijl het wachtte tot er iemand kwam die het uitschakelde. Was er iets anders dan het gekraak van de vloerplanken geweest wat het alarm had doen afgaan?

Kaja liep met hem mee naar de gang waar hij zijn laarzen aantrok.

'Weet je?' zei ze toen hij in de deuropening klaarstond voor vertrek. 'Je ziet eruit als iemand die van plan is dit te overleven.'

'Wat?'

'Toen ik je in de kerk zag, leek je te wachten op de eerste gelegenheid om dood te gaan.'

Katrine zag op de display wie er belde. Ze aarzelde, keek naar de stapel rapporten op het bureau voor zich en zuchtte.

'Dag Mona. Jij werkt dus op zondag?'

'Ook?'

'Sorry?'

'Jij werkt ook op zondag?'

'Ja, ik werk. Zonder werkpaarden staat het land stil.'

'Sorry?'

'Je hebt werkpaarden en luxepaarden, oud spreekwoord... Vergeet het, waar kan ik VG mee helpen?'

'Een update van de Rakel-zaak.'

'Daar hebben we persconferenties voor.'

'Het is al even geleden dat er eentje was. En Anders lijkt...'

'Dat je samenwoont met iemand die politierechercheur is, zorgt er niet voor dat je boven aan de lijst staat, Mona.'

'Nee, dat geeft me een plaatsje onderaan. Omdat jullie doodsbang zijn dat het zal lijken of ik een voorkeursbehandeling krijg. En wat ik wilde zeggen is dat Anders me helemaal niets vertelt, maar dat hij een chagrijnige indruk maakt. En daar maak ik uit op dat de zaak muurvast zit.'

'Zaken zitten nooit muurvast,' zei Katrine terwijl ze met haar vrije hand haar voorhoofd masseerde. Mijn god, wat was ze moe. 'Zowel Kripos als wij werken systematisch en onvermoeibaar aan de zaak. Elk spoor dat ons niet naar het doel heeft geleid, leidt ons dichter naar het doel.'

'Scherpzinnig, maar ik geloof dat ik die uitspraak al een keer van je heb geciteerd, Bratt. Heb je niet iets sexyers?'

'Sexy?' Katrine voelde iets loskomen, iets wat al lange tijd naar beneden wilde storten. 'Oké, hier heb je een sexy uitspraak. Rakel Fauke was een fantastische vrouw en dat is meer dan ik kan zeggen over jou en jouw werkwijze. Als je de rustdag niet kan respecteren, respecteer dan op z'n minst haar nagedachtenis en wat er nog aan integriteit in jou zit. Zo, is dat sexy genoeg?'

In de seconden die volgden was Katrine net zo sprakeloos over haar eigen woorden als Mona Daa.

'Wil je dat ik dat citeer?' vroeg Mona.

Katrine leunde achterover en vloekte inwendig. 'Tja, wat vind je zelf?'

'Denkend aan onze toekomstige samenwerking geloof ik dat dit telefoongesprek nooit heeft plaatsgevonden,' zei Mona.

'Bedankt.'

Ze verbraken de verbinding en Katrine legde haar voorhoofd op het koele bureaublad. Het was te veel. De verantwoordelijkheid, de krantenkoppen, de ongeduldigheid van de mensen op de bovenste verdieping, het kind, Bjørn, de onzekerheid, de zekerheid. Vooral de zekerheid dat ze hier op zondag zat omdat ze niet thuis wilde zijn, samen met hen. En dat het te weinig was. Ze kon de rapporten zo vaak doorlezen als ze wilde, zowel die van henzelf als die van Winter en Kripos, het hielp niet. Want Mona Daa had gelijk: ze zaten muurvast.

Harry bleef ineens staan in het Stenspark. Hij had een kleine omweg genomen om na te kunnen denken, maar was vergeten dat het zondag was. Woest geblaf concurreerde met doordringend geschreeuw van kinderen dat op zijn beurt weer concurreerde met het roepen van bevelen van de kinder- en hondeneigenaren. En toch hadden die niet het alarm overstemd dat zich maar niet gewonnen leek te geven. Want ineens gebeurde het. Ineens herinnerde hij het zich. Herinnerde hij zich waar hij een linkerhand rond een glas water had gezien.

'Wat vind jij van het feit dat je in de gevangenis kunt belanden omdat je een sekspop hebt besteld die eruitziet als een kind?' vroeg Øystein Eikeland, bladerend in de krant die op de bar lag. 'Ik bedoel, hoe weerzinwekkend het ook is, gaat het hier niet om vrijheid van gedachtegoed?'

'Er zijn grenzen aan hoe weerzinwekkend een man kan zijn,' zei Ringdal en hij likte aan zijn vinger voor hij verderging met het tellen van geld uit de kassa van de Jealousy Bar. 'Het was gisteren een goede avond, Eikeland.'

'Hier staat dat deskundigen het er niet over eens zijn in hoeverre spelen met een kindersekspop de kans op misbruik met echte kinderen vergroot.'

'Maar hier komen te weinig *babes*. Misschien moeten we adverteren met goedkopere drankjes voor vrouwen onder de vijfendertig.'

'Als dat het geval is, waarom dan geen gevangenisstraf voor ouders die speelgoedwapens voor hun kinderen kopen zodat ze een bloedbad op school kunnen naspelen?'

Ringdal zette een glas onder de kraan. 'Ben je een pedofiel, Eikeland?'

Øystein Eikeland staarde voor zich uit. 'Ik heb daar natuurlijk over nagedacht. Gewoon puur uit nieuwsgierigheid, snap je? Maar nee, nergens begint het te kriebelen. Hoe zit dat met jou?'

Ringdal vulde het glas. 'Ik kan je verzekeren dat ik een heel normale man ben, Eikeland.'

'En dat betekent?'

'Wat betekent wat?'

'Heel normaal. Dat klinkt *creepy*.'

'Heel normaal betekent dat ik van vrouwtjes hou die volwassen zijn. Net zoals onze mannelijke gasten.' Ringdal tilde het glas op. 'En daarom heb ik een nieuwe bartender aangesteld.'

Øystein Eikelands mond viel open.

'Ze zal ons team komen versterken,' zei Ringdal. 'Zodat we wat meer vrij kunnen nemen. Posities roteren, Mourinho-stijl, toch?' Hij dronk.

'Ten eerste was het Sir Alex die het principe van roteren invoerde. Ten tweede is José Mourinho een zelfingenomen idioot die weliswaar titels heeft gewonnen met de duurste spelers ter wereld, maar zoals zo vaak is hij gaan geloven in de meningen van zogenaamde experts dat hij zo succesvol was vanwege zijn unieke eigenschappen. Hoewel onderzoek aantoont dat het een mythe is dat een trainer invloed heeft op de uitslag van een wedstrijd en dat slechts het team met de best betaalde spelers wint. Dus als je wilt dat de Jealousy Bar wint in de barliga van Grünerløkka, moet je me gewoon meer betalen, Ringdal. Punt.'

'Je bent geestig, dat moet ik toegeven, Eikeland. Dat zal wel de reden zijn dat de gasten je mogen, maar ik geloof dat het geen kwaad kan om een beetje te mixen.'

Øystein ontblootte met een grijns de bruine stompjes. 'Slechte tanden mixen met grote tieten? Want die heeft ze, of niet?'

'Tja...'

'Je bent een idioot, Ringdal.'

'Let op je woorden, Eikeland, jouw plaats in het team is niet zó zeker.'

'Jij moet besluiten wat voor bar dit zal zijn. Een plek met integriteit en zelfrespect of Hooters?'

'Als dat de keus is dan...'

'Wacht met antwoorden tot je dit meeneemt in je tactische overwegingen, Mourinho. Volgens de statistieken van de pornowebsite Pornhub zullen de gasten in de toekomst, die tussen de achttien en vierentwintig jaar, veel minder geïnteresseerd zijn in tieten dan alle andere groepen. Terwijl de mannen die bijna doodgaan, die tussen de vijfenvijftig en vierenzestig jaar, hun tietendames meestal elders zoeken. Tieten raken uit de mode, Ringdal.'

'En slechte tanden?' vroeg Harry.

Ze draaiden zich allebei om naar de nieuwe gast.

'Misschien wil je me iets te drinken geven, Ringdal?'

Ringdal schudde zijn hoofd. 'Het is nog geen één uur.'

'Ik wil geen sterkedrank, geef me...'

'Voor twaalf uur wordt er op zondag geen bier of wijn geschonken, Hole. We willen graag onze tapvergunning houden.'

'...een glas water,' maakte Harry zijn zin af.

'Nee maar,' zei Ringdal, hij zette een schoon glas onder de kraan en draaide die open.

'Je zei dat je Rakel hebt gevraagd of ze in de Jealousy wilde blijven werken,' zei Harry. 'Maar je bent niet terug te vinden in haar e-mailcorrespondentie of in haar lijst telefooncontacten van de laatste maanden.'

'Niet?' zei Ringdal en hij gaf Harry het glas.

'Dus ik vroeg me af, wanneer en hoe heb je contact met haar gehad?'

'Jij vroeg je dat af? Of de politie?'

'Maakt dat verschil voor je antwoord?'

Ringdal stak zijn onderlip naar voren en hield zijn hoofd scheef. 'Nee, maar ik herinner me het niet meer.'

'Je herinnert je niet meer of je haar fysiek hebt gesproken of dat je een mail hebt gestuurd?'

'Nee, eigenlijk niet.'

'Of het kort of lang geleden was?'

'Ik weet zeker dat je begrip hebt voor het feit dat er soms hiaten in iemands geheugen zitten.'

'Je bent geheelonthouder,' zei Harry en hij zette het glas tegen zijn mond.

'En ik heb een druk leven waarin ik veel mensen ontmoet en waarin veel gebeurt, Harry. Wat dat betreft...'

'Heb je nu weinig tijd?' Harry keek rond in de lege bar.

'Vóórdat het druk wordt, Harry, dan heb je het druk. Voorbereiding is alles. Dan hoef je niet te improviseren. Een goed plan heeft alleen maar voordelen. Heb jij dat?'

'Heb ik wat? Een plan?'

'Denk erover na, Harry. Dat loont. Als je ons nu wilt verontschuldigen...'

Toen ze de deur achter Harry's rug zagen dichtvallen, gleed Øysteins blik automatisch over de bar op zoek naar Harry's lege glas, maar tevergeefs.

'Hij moet wanhopig zijn,' zei Ringdal, knikkend naar de krant die voor Øystein lag. 'Ze schrijven immers dat de politie niets heeft. En je weet wat ze dan doen.'

'Nou?' vroeg Øystein terwijl hij zijn zoektocht opgaf.

'Ze gaan terug naar wat ze al hebben. De sporen en de verdachten die ze allemaal hadden verworpen.'

Het duurde even voor het Øystein ging dagen wat Ringdal bedoelde. Harry was niet wanhopig omdat de politie niets had, Harry was wanhopig omdat de politie grondiger te werk zou gaan wat betreft de oude sporen. Harry's alibi bijvoorbeeld.

Op de afdeling van de technische recherche in Bryn heerste zondagsrust. Maar twee mannen stonden gebogen over het computerscherm van het vingerafdrukkenlaboratorium.

'Er is een match,' stelde Bjørn Holm vast en hij richtte zich op. 'Dit is dezelfde vingerafdruk als op het blauwige glas bij Rakel.'

'Ringdal was daar,' zei Harry terwijl hij de vetvlekken op het glas uit de Jealousy Bar bestudeerde.

'Daar lijkt het wel op.'

'Afgezien van de bezoeken in de moordnacht zijn er in de weken voor de moord geen mensen op bezoek geweest bij Rakel. Helemaal niemand.'

'Juist, het kan zijn dat die Ringdal daar eerst op bezoek kwam. Ik bedoel die man die haar vroeger op de avond bezocht en weer vertrokken is.'

Harry knikte. 'Natuurlijk, hij kan een onaangekondigd bezoek hebben afgelegd, heeft een glas water van Rakel gekregen terwijl hij haar vroeg of ze weer voor de Jealousy Bar wilde werken. Ze bedankte voor de eer en hij vertrok. Alles klopt met de videobeelden. Wat niet klopt, is dat Ringdal zegt dat hij het zich niet kan herinneren. Uiteraard herinner je je nog dat je op bezoek bent geweest bij een vrouw van wie je twee dagen later hoort dat ze, een paar uur nadat jij op de plaats delict was, is vermoord.'

'Misschien liegt hij omdat hij niet verdacht wil worden. Als hij die moordnacht alleen met Rakel was, dan heeft hij veel uit te leggen. En zelfs als hij weet dat hij onschuldig is, weet hij misschien dat hij het niet kan bewijzen en dus het risico loopt gearresteerd te worden en negatieve aandacht in de media te krijgen. Je moet hem confronteren met dit bewijs en kijken of dat zijn geheugen een zetje geeft.'

'Hm, of misschien moeten we die kaart nog niet spelen voor we meer hebben.'

'Niet wij, Harry. Het is jouw zaak. Ik geef net als Ringdal de voorkeur aan de niets-mee-te-maken-strategie.'

'Je klinkt alsof je denkt dat hij onschuldig is.'

'Denken laat ik aan jou over. Maar ik heb vaderschapsverlof en wil graag nog een baan hebben als ik terugkeer.'

Harry knikte. 'Je hebt gelijk, ik ben een egoïst die verwacht dat mensen die me niks verschuldigd zijn huis, haard en pensioen riskeren om me te helpen.'

Er klonk zacht gejammer uit de kinderwagen. Bjørn keek op zijn horloge, trok zijn trui omhoog en pakte de zuigfles. Hij had Harry de truc uitgelegd van hoe hij een zuigfles onder een strakke trui tussen twee huidplooien stopte om de melk min of meer op lichaamstemperatuur te houden.

'Ah, nu herinner ik me aan welke popmuzikant Ringdal me doet denken,' zei Harry terwijl hij naar het jongetje keek met zijn drie komisch grote, blonde krullen dat nu aan de zuigfles zoog. 'Aan Paul Simon.'

'Aan Paul Frederic Simon?' riep Bjørn uit. 'Waarom nu juist aan hem?'

'Dat komt door je zoon. Hij lijkt op Art Garfunkel.'

Harry had verwacht dat Bjørn op zou kijken en een tirade zou afsteken, maar hij bleef met zijn hoofd gebogen geconcentreerd kijken naar de zuigeling. Misschien contempleerde hij over de plek die Art Garfunkel innam op zijn muzikale smaakbarometer.

'Nogmaals dank, Bjørn,' zei Harry en hij knoopte zijn jas dicht. 'Ik moet ervandoor.'

'Wat je zei over dat ik je niets verschuldigd ben,' zei Bjørn zonder op te kijken. 'Dat klopt niet.'

'Ik zou niet weten wat dat zou moeten zijn.'

'Jij hebt haar in mijn armen gestuurd. Ze zag immers hoe de relaties van jou verliepen en ze wist dat ze absoluut niet een man zoals jij wilde hebben, Harry.' Bjørn keek op met een brede grijns en vochtige ogen.

'Wel verdomme,' zei Harry. 'Is hier sprake van de beroemde papablues?'

'Ik denk het,' zei Bjørn lachend en hij veegde met zijn handpalm de tranen uit zijn ogen. 'Dus wat ga je nu doen? Met Ringdal, bedoel ik.'

'Je zei toch dat je er niets mee te maken wilde hebben?'

'Klopt, ik wil het niet weten.'

'Dan ga ik nu weg voordat er twee beginnen te grienen.' Harry keek op zijn horloge. 'Ik bedoel dus jullie twee.'

In de auto belde Harry Kaja.

'Peter Ringdal, kijk wat je over hem kunt vinden.'

Om zeven uur 's avonds was het al donker en de onzichtbare, geluidloze motregen lag als een koud spinnenweb op Harry's gezicht toen hij het grindpad naar Kaja's huis opliep.

'We hebben een draadje,' zei Harry in de telefoon. 'Ik zou het niet eens een spoor willen noemen.'

'Wie zijn 'we'?' vroeg Oleg.

'Heb ik dat niet gezegd?'

Oleg gaf geen antwoord.

'Kaja Solness,' zei Harry. 'Een voormalige collega.'

'Hebben jullie...'

'Nee, niet zo. Niet...'

'Niet iets wat ik zou moeten weten,' maakte Oleg de zin af.

'Nee, dat denk ik niet.'

'Oké.'

Stilte.

'Denk je dat jullie hem vinden?'

'Ik weet het niet, Oleg.'

'Maar je weet wat ik wil horen.'

'Hm, we zullen hem vinden.'

'Oké.' Oleg zuchtte diep. 'We spreken elkaar.'

Harry trof Kaja op de bank in de kamer aan waar ze met de laptop op haar schoot, telefoon op de salontafel, de volgende informatie had gevonden: Peter Ringdal was zesenveertig jaar, twee keer gescheiden, geen kinderen. De huidige status van zijn liefdesleven was onduidelijk, maar hij woonde alleen in een villa in Kjelsås. Zijn carrière was afwisselend. Hij was afgestudeerd als algemeen econoom en had een nieuw concept voor transport gelanceerd.

'Ik heb in *Finansavisen* twee interviews gevonden,' zei Kaja. 'In het eerste, van 2004, is hij op zoek naar investeerders voor wat volgens zijn beweringen een revolutionaire manier van denken is op het gebied van personenvervoer. De kop luidt: "Einde privé-autobezit".' Ze toetste iets in op haar pc. 'Hier is het. Citaat van Ringdal: "Tegenwoordig worden een of twee personen vervoerd in voertuigen die een ton wegen over asfalt dat enorme oppervlakten in beslag neemt en dat erg veel onderhoud vergt om het in goede staat te houden. De hoeveelheid energie die nodig is om deze zware machines met brede banden over het asfalt te laten rijden is belachelijk als je bedenkt welke alternatieven we hebben. Bovendien putten we de bronnen uit die nodig zijn voor fabricage van deze buitensporige grote vervoermiddelen. Maar dat is niet de grootste kostenpost van het dagelijkse personenvervoer. Dat is tijd! Het verlies van tijd die iemand zou kunnen besteden aan werken voor de samenleving terwijl hij nu elke dag vier uur besteedt aan het sturen van zijn eigen machine door het verkeer van Los Angeles. Dat is niet alleen een zinloze besteding van een kwart van de tijd dat je niet slaapt, maar het betekent ook een economisch verlies dat voldoende is om elk jaar een reis naar de maan te financieren. En dat alleen voor deze stad!"'

'Hm,' zei Harry en hij ging met zijn wijsvinger over de verbleekte verf van de armleuning van de leunstoel waarin hij zat. 'En het alternatief?'

'Volgens Ringdal zijn dat masten waaraan karretjes hangen die berekend zijn op twee personen, ongeveer zoiets als een kabelbaan. De karretjes staan geparkeerd op elke hoek, net zo'n systeem als met stadsfietsen. Je stapt in, toetst je persoonlijke code in en waar je naartoe wilt. Via je creditcard betaal je een kleine kilometervergoeding en een computerprogramma stuurt het karretje op pad met een snelheid van ongeveer tweehonderd kilometer per uur, ook in het centrum van Los Angeles. Ondertussen werk je door, studeer je, kijk je televisie en merk je nauwelijks iets van bochten. Of van die ene bocht, want in de meeste gevallen gaat het maar om één bocht. Geen verkeerslichten, geen accordeon-effect, de karretjes zijn als elektronen die in een computersysteem heen en weer schieten zonder ooit te botsen. En onder de karretjes zijn de straten van de stad voor de voetgangers, fietsers en skateboarders.'

'En hoe zit het met het zware transport?'

'Goederen die te zwaar zijn voor de karretjes worden 's nachts en heel vroeg in de ochtend vervoerd door vrachtwagens die achter elkaar in een slakkengang op rails door de stad rijden.'

'Lijkt duur om zowel masten te bouwen als rails aan te leggen.'

'Volgens Ringdal zullen nieuwe masten en rails ergens tussen de vijf en tien procent kosten van wat een nieuwe weg kost. En hetzelfde geldt voor het onderhoud. Een overgang naar masten en rails zou feitelijk binnen tien jaar zijn terugverdiend, alleen al doordat de wegen niet meer onderhouden hoeven te worden. Bovendien zal het feit dat er veel minder auto-ongelukken gebeuren – het doel is geen enkele verkeersdode – een flinke economische besparing betekenen. Om nog maar niet te spreken van het leed dat mensen wordt bespaard.'

'Hm, het klinkt niet verkeerd voor een stad, maar in dunbevolkte gebieden...'

'Er kunnen masten worden gebouwd tot aan je vakantiehuisje en dat kost een vijfde van wat de aanleg van een weg kost.'

Harry lachte even. 'Het klinkt of het idee je aanspreekt.'

Kaja lachte. 'Als ik in 2004 geld had gehad, dan had ik geïnvesteerd.'

'En?'

'En verloren. Het tweede interview van Ringdal stamt uit 2009 en heeft de kop "Zwarte band voor faillissement". De investeerders hebben alles verloren en zijn woedend op Ringdal. Hij op zijn beurt vindt dat hij het slachtoffer is, dat de mensen zonder visie uit lafheid de geldkraan hebben dichtgedraaid. Wist je dat hij nationaal kampioen judo is?'

'Hm.'

'Hij zei trouwens nog iets grappigs...' Kaja scrolde naar beneden en las met een lach in haar stem voor: "De zogenaamde financiële elite is een club parasieten die denkt dat het intelligentie vereist om rijk te worden in een land dat slechts vijftig jaar economische voorspoed kent. Terwijl je slechts over drie voorwaarden dient te beschikken: een minderwaardigheidscomplex, bereidheid op kosten van anderen risico te willen lopen en geboren zijn na 1960. Onze zogenaamde financiële elite is een club blinde kippen in een graansilo."'

'Sterk.'

'Daar blijft het niet bij, hij heeft ook nog een complottheorie.'

Harry zag dat er nog wat stoom van haar koffie kwam die voor haar stond. Dat betekende vers gezette koffie in de keuken. 'Laat horen.'

'"Vooruitgang is onontkoombaar en wie heeft het meest te verliezen?"'

'Vraag je dat aan mij?'

'Ik lees voor uit het interview!'

'Dan moet je je grappige stem gebruiken.'

Kaja keek hem waarschuwend aan.

'Autofabrikanten?' verzuchtte Harry. 'Wegenbouwers? Oliemaatschappijen?'

Kaja kuchte en richtte haar blik weer op het scherm. '"Net als de grote wapenproducenten zijn autofabrikanten machtsfactoren. Ze leven of sterven bij privé-autobezit. Daarom vechten ze ook zo wanhopig tegen vooruitgang door te doen alsof ze die stimuleren. Als ze mensen ervan proberen te overtuigen dat zelfsturende auto's de oplossing zijn, dan is dat uiteraard niet omdat ze betere transportmiddelen wensen, maar dan gaat het om het zolang mogelijk tegenhouden van nieuwe ontwikkelingen en het blijven produceren van monsters van een ton waarvan ze weten dat ze de wereld geen dienst bewijzen, maar de natuurlijke bronnen juist sterk belasten. En ze proberen alle andere initiatieven te smoren met alle middelen die hun ten dienste staan. Ze hebben ooit jacht op mij gemaakt. Het is ze gelukt me bang te maken, maar dat is ze duidelijk niet gelukt met mijn investeerders."' Ze keek op.

'En daarna?' vroeg Harry.

'Stilte. Nog een kort artikel in 2016, ook in *Finansavisen*, over de Noorse Elon Musk-wannabee Peter Ringdal, die tegenwoordig een klein tabakswinkeltje in Hellerud runt, maar die ooit regeerde in een luchtkasteel dat maar kort heeft bestaan, hoewel deskundigen op het gebied van transport indertijd zijn idee voor personenvervoer in de toekomst briljant vonden. Vooral voor steden.'

'Hm. Een strafblad?'

'Eén aangifte voor het mishandelen van een man toen hij in zijn studietijd werkte als uitsmijter en eentje voor roekeloos rijden, ook tijdens zijn studietijd. In beide zaken werd hij niet schuldig verklaard. Maar ik heb iets anders gevonden, een geseponeerde vermissingszaak.'

O, ja?'

'Zijn laatste ex-vrouw, Andrea Klitsjkova, werd vorig jaar als vermist opgegeven. Nadat de zaak werd geseponeerd zijn de documenten vernietigd, maar ik vond een kopie van een e-mail van de Noorse vriendin die Andrea als vermist had opgegeven. Daarin schrijft ze dat Andrea haar had verteld dat voordat ze was weggegaan bij Ringdal hij haar meerdere keren met een mes had bedreigd als ze kritiek op hem had vanwege het faillissement. Ik heb die vriendin gevonden en haar gesproken. Ze zei dat de politie met Ringdal had gesproken, maar dat ze later uit Rusland een mail van Andrea had gekregen, waarin ze zich verontschuldigde dat ze zo plotseling was teruggegaan naar haar vaderland. Aangezien Andrea Russisch staatsburger was, werd de zaak verder overgelaten aan de Russische politie.'

'En?'

'Andrea werd kennelijk gevonden, op het politienet staat er in elk geval niets meer over.'

Harry stond op en liep naar de keuken. 'Hoe kan het eigenlijk dat jij toegang hebt tot het politienet?' vroeg Harry. 'Is de IT-afdeling vergeten jou als gebruiker te verwijderen?'

'Nee, maar ik heb nog steeds mijn USB-stick met pincode en jij vertelde me immers de code en het wachtwoord van jouw collega.'

'Deed ik dat?'

'BH100 en HW1953. Was je dat vergeten?'

Het is weg, dacht Harry toen hij een kopje pakte uit de keukenkast en koffie inschonk. Ståle Aune had hem verteld over het Wernicke-Korsakov-syndroom. Hoe alcohol langzaam maar zeker het geheugen van de alcoholist opeet. Nou ja, hij herinnerde zich in elk geval de namen Wernicke en Korsakov. En het kwam maar zelden voor dat hij iets vergat wat hij in nuchtere toestand had gedaan. En ook maar zelden dat het lange tijd totaal zwart was zoals dat bij de moordnacht het geval was. Wachtwoord.

Hij keek naar de foto's die tussen de kasten en het aanrecht aan de muur hingen.

Een verbleekte foto van een jongen en een meisje op de achterbank van een auto. Kaja die haar spitse tanden ontblootte voor de fotograaf, de jongen die zijn arm om haar heen had geslagen moest haar grote broer Even zijn. Een andere foto van Kaja en een vrouw met donker haar die een kop kleiner was. Kaja in T-shirt en kakibroek, de andere vrouw in westerse kleding met hidjab, woestijnlandschap op de achtergrond. Er viel een schaduw van een camerastatief op de grond voor hen, maar niet van de fotograaf. De foto moest genomen zijn met de zelfontspanner. Het was maar een foto, maar toch was er iets met de manier waarop ze stonden, zo dicht bij elkaar, dat Harry hetzelfde voelde als bij de vorige foto. Een intimiteit.

Zijn blik ging naar een foto van een lange, blonde man in een linnen jasje, zittend achter een restauranttafeltje, met een whiskyglas voor zich en een sigaret bungelend in zijn ene hand. Een plagerige, zelfverzekerde blik die niet in de camera keek, maar net daarboven. Harry dacht aan de Zwitser, de man die bij de hardcore-versie van het Rode Kruis werkte.

De vierde foto was van hemzelf met Rakel en Oleg. Dezelfde foto had Harry in zijn flat hangen, maar hij wist niet hoe Kaja aan deze was gekomen. Deze foto was minder scherp dan de zijne, het donker was donkerder en een kant leek wel overbelicht. Alsof het een foto van een foto was. Misschien had ze de foto wel stiekem gefotografeerd in de korte tijd dat ze samen waren, als je dat tenminste 'samen' kon noemen. Ze waren twee mensen geweest die tegen elkaar aan waren gekropen om in de winternacht lichaamswarmte te voelen, beschutting tegen de storm hadden gezocht. Toen de storm luwde, was hij opgestaan en vertrokken naar warmere oorden.

Waarom hang je foto's van je leven in de keuken? Omdat je niet wilde vergeten nadat de alcohol of de tand des tijds de kleuren en contouren in de herinneringen hadden vervaagd? Foto's sloegen het beter op, toonden de waarheid. Was het om die reden dat hij geen foto's had, afgezien van die ene? Omdat hij liever vergat?

Harry nam een slok van zijn koffie.

Nee, foto's lieten de waarheid niet zien. De foto's die je aan de muur hing, waren losgerukte beelden uit een leven zoals je het zou willen hebben. Foto's zeiden meer over degene die ze had opgehangen dan over wat je zag op de foto. En als je ze goed interpreteerde, konden ze je meer vertellen dan een verhoor. De krantenknipsels in Bohrs huisje. De wapens, de foto van de jongen met de Rickenbacker-gitaar in de meisjeskamer aan de Borggate. De joggingschoenen. Die ene kledingkast van zijn vader. Hij moest naar het huis van Peter Ringdal. Zijn muren lezen, lezen over de man die kwaad was op de investeerders omdat ze niet meer mee wilden doen. De man die zijn vrouw bedreigde met een mes omdat ze kritiek op hem had.

'Categorie drie?' riep hij terwijl hij Rakel, Oleg en zichzelf bestudeerde. Ze waren gelukkig geweest. Dat was toch de waarheid, of niet?

'Categorie drie?' riep Kaja terug.

'De categorieën van moordenaars.'

'Waar ging het bij categorie drie ook alweer om?'

Harry nam zijn koffie mee en bleef in de deuropening staan, leunend tegen de deurpost. 'De verongelijkten. Ze nemen de slachtofferrol aan, verdragen geen kritiek en gebruiken geweld tegen mensen jegens wie ze wrok voelen.'

Daar zat ze, met haar benen onder zich, zacht als een kat, het koffiekopje in haar ene hand terwijl ze met de andere een pluk blond haar uit haar gezicht veegde. En opnieuw viel het hem op hoe knap ze was.

'Waar denk je aan?' vroeg ze.

Rakel, dacht hij.

'Inbreken,' zei hij.

Øystein Eikeland leidde een simpel leven. Hij stond op. Of niet. Als hij opstond, liep hij van zijn flat in Tøyen naar de kiosk van Ali Stian. Als die dicht was, dan was het zondag en checkte hij automatisch het speelschema van Vålerenga Fotball omdat hij bedongen had dat hij niet in de Jealousy Bar hoefde te werken op de dagen dat het voetbalteam thuis speelde. Dat was zijn enige langetermijnplanning. Als Vålerenga niet in het nieuwe stadion in Valle Hovin speelde, ging hij weer naar huis, stapte in bed en stond pas op een halfuur voordat de bar openging. Maar op een doordeweekse dag kreeg hij een kop koffie van Ali Stian, die een Pakistaanse vader en een Noorse moeder had. En net als zijn naam had hij in beide culturen een solide voet geplant. Toen 17 mei, de nationale feestdag, op een vrijdag viel, werd Ali Stian knielend in de moskee gezien gekleed in de klederdracht van het Gudbrandsdal.

Nadat hij in de kranten van Ali Stian had gebladerd en het belangrijkste nieuws met hem had doorgenomen, de kranten weer had teruggelegd in de standaard, ging Øystein naar de koffiebar waar Eli zat, een oudere vrouw met overgewicht die maar al te graag op een ontbijt trakteerde in ruil voor een praatje met hem. Of beter: hij sprak, zij had niet veel te zeggen, ze lachte en knikte alleen maar, hoeveel onzin hij ook zat te beweren. En Øystein had absoluut geen slecht geweten, zij stelde prijs op zijn gezelschap en die prijs was dus een broodje en een glas melk.

Daarna liep Øystein van Tøyen naar de Jealousy Bar en dat was zijn dagelijkse beweging. Hoewel dat slechts een wandeling van twintig minuten was, kon het zo zijn dat hij vond dat hij daarvoor een biertje verdiende. Geen halve liter, slechts een fluitje, daar was hij heel precies in. En dat was goed, want het was niet altijd zo geweest. Vast werk deed hem goed. Hoewel hij Ringdal, zijn nieuwe baas, niet mocht, hield hij wel van zijn werk en wilde dat graag houden. Net zoals hij zijn leven zo simpel mogelijk wilde houden. En daarom vond hij het telefoongesprek dat hij nu had met Harry ook zo vervelend.

'Nee, Harry,' zei hij. Hij stond in de kamer achter de bar met de telefoon tegen zijn ene oor en een wijsvinger in het andere om het nummer van Peter Gabriels 'Carpet Crawlers' buiten te sluiten dat uit de bar kwam waar Ringdal en het nieuwe meisje zich bekommerden om de drukte. 'Ik kan de sleutels van Ringdal niet stelen!'

'Niet stelen,' zei Harry. 'Lénen.'

'Ja ja, lenen. Dat zei je ook toen we als zeventienjarigen een auto jatten in Oppsal.'

'Jij stelde dat toen voor, Øystein. En het was de auto van Tresko's vader. En het ging prima, herinner je je dat nog?'

'Prima? We gingen vrijuit, maar Tresko kreeg twee maanden huisarrest.'

'Prima dus.'

'Idioot.'

'Hij heeft ze in zijn jaszak, je hoort ze altijd rinkelen als hij zijn jack ophangt.'

Øystein staarde naar het jack dat voor hem aan een haak hing. In de jaren tachtig was dit korte, dure jack de verplichte outfit voor snobs in Oslo geweest. In andere wereldsteden werd het gedragen door graffitikunstenaars. Maar Øystein moest vooral denken aan Paul Newman. Hoe konden sommige mensen een alledaags kledingstuk er zo cool uit laten zien dat je het gewoon moest hebben? Hoewel je al de teleurstelling kon voelen die zou komen als je daarna naar jezelf in de spiegel keek. 'Wat moet je met de sleutels?'

'Alleen even rondkijken in zijn flat,' zei Harry.

'Denk je dat hij Rakel heeft vermoord?'

'Denk daar maar niet over na.'

'Nee, dát is makkelijk,' zei Øystein kreunend. 'En als ik zo'n grote idioot ben om ja te zeggen, *what's in it for me*?'

'Het gevoel dat je je beste en enige vriend een dienst hebt bewezen.'

'En een werkloosheidsuitkering als de eigenaar van de Jealousy Bar in de gevangenis eindigt.'

'Prima dus. Zeg dat je het vuilnis gaat buitenzetten en kom om negen uur naar de binnenplaats. Dat is over... zes minuten.'

'Je begrijpt dat dit een ontzettend slecht idee is, Harry?'

'Laat ik er even over nadenken. Ik heb erover nagedacht en je hebt gelijk. Een ontzettend slecht idee, maar het enige wat ik heb.'

Toen Øystein had opgehangen, zei hij tegen Ringdal dat hij even buiten moest roken. Op de binnenplaats ging hij tussen de geparkeerde auto's en de vuilniscontainers staan, stak een sigaret op en piekerde over twee oude mysteries: hoe het toch kon dat hoe meer

Vålerenga betaalde voor nieuwe spelers, hoe groter de kans was dat ze moesten vechten tegen degradatie. En hoe het toch kon dat hoe moeilijker het verzoek van Harry aan Øystein was, des te groter de kans was dat hij ja zei. Øystein Eikeland rommelde met de sleutelbos die hij uit de jaszak had gehaald en stopte die in zijn zak, terwijl hij voor zichzelf Harry's doorslaggevende argument herhaalde: 'Een ontzettend slecht idee, maar het enige wat ik heb.'

HOOFDSTUK 33

Het kostte Harry minder dan tien minuten om van Günerløkka via Storo naar Kjelsås te rijden. Hij parkeerde de Escort in een van de zijstraten van de Grefsenvei, in een straat die vernoemd was naar een planeet en liep naar een straat die vernoemd was naar een andere. De motregen was overgegaan in een gestaag vallende regen en de donkere straten waren leeg. Op een balkon begon een hond te blaffen toen Harry het huisnummer naderde van Peter Ringdals adres, dat Kaja gevonden had in het bevolkingsregister. Harry sloeg de kraag van zijn jas op, liep de poort door over het geasfalteerde pad naar de blauwgeverfde villa die bestond uit een rechthoekig deel en een deel in de vorm van een iglo. Harry wist niet of de buurtbewoners het eens waren met het thema heelal, maar in de tuin stond een metalen sculptuur die leek op een satelliet. Harry nam aan dat je je moest voorstellen dat die rond de iglo, de aarde dus, draaide. Jouw thuis. Die indruk werd versterkt door het halvemaanvormige raam in de voordeur. Er waren geen stickers die waarschuwden voor een inbraakalarm. Harry belde aan. Als iemand opendeed, zou hij uitleggen dat hij verdwaald was en vragen naar de straat waarin zijn auto stond geparkeerd. Er werd niet opengedaan. Hij stak de sleutel in het slot en draaide die rond, opende de deur en stapte de donkere gang in.

Het eerste wat hem opviel was de geur. Dat die er niet was. Alle huizen waar Harry binnen was gegaan hadden een geur: van kleren, zweet, verf, voedsel, schoonmaakmiddel, wat dan ook. Maar als je van de geur van de lente binnenkwam in een huis kreeg je even het gevoel dat er geen geuren waren.

De deur viel niet vanzelf in het slot en dat betekende dat iemand aan de binnenkant de deur op slot moest draaien. Hij deed de lantaarn van zijn mobiel aan en liet het licht over de muren van de gang gaan die als een as door het hele huis liep. De muren waren versierd met kunstfoto's en schilderijen, en voor zover Harry het kon beoordelen waren ze met gevoel voor smaak aangeschaft. Het was net zoals met eten: Harry kon geen eten koken, kon niet eens een driegangendiner bestellen van een te uitgebreide menukaart, maar hij had wel het vermogen om een goede bestelling te herkennen wanneer Rakel glimlachend aan de ober vertelde wat ze wilde hebben. En zonder enige gêne bestelde hij dan hetzelfde.

Vlak achter de deur stond een ladekast. Harry trok de bovenste la open. Handschoenen en wollen sjaals. Hij trok de onderste la open. Sleutels, losse batterijen, een zaklantaarn, een judotijdschrift, een doos met patronen. Harry pakte die eruit. 9 mm-kogels. Ringdal had ergens een pistool. Hij legde de doos terug en wilde de la dichtduwen toen hem iets opviel. Er was niet langer een totale afwezigheid van geur, er steeg een bijna onmerkbare geur op uit de la.

De geur van een opgewarmd bos.

Hij verschoof het tijdschrift. Hij zag een rode zijden sjaal. Een ogenblik bleef hij als bevroren staan. Toen pakte hij de sjaal, legde die tegen zijn gezicht en snoof de geur op. Er was geen twijfel mogelijk, deze sjaal was van haar. Van Rakel.

Harry bleef een paar seconden staan voor hij zich weer kon herpakken. Hij dacht even na en legde de sjaal weer onder het tijdschrift, deed de la dicht en liep verder de gang in.

In plaats van de kamer – hij nam tenminste aan dat het de woonkamer was – binnen te stappen, liep hij de trap op. Opnieuw een gang. Hij opende een deur. De badkamer. Aangezien die geen ramen had, kon hij het licht aandoen. En op hetzelfde moment bedacht hij dat als Ringdal zo'n nieuwe elektriciteitsmeter had laten plaatsen hij dan zou kunnen zien dat er iemand in het huis was geweest omdat er om halftien een heel klein sprongetje was geweest in het energieverbruik. Tenminste als de monteur van Hafslund gelijk had. Harry checkte het planchet en de badkamerkast. Alleen de gebruikelijke toiletartikelen die een man nodig heeft. Geen interessante pillen of andere medicijnen.

De slaapkamer maakte dezelfde indruk. Opgemaakt bed, keurig, schoon. Geen lijken in de kast. De lantaarn van zijn mobiel verbruikte kennelijk veel, hij zag dat de batterij al in de gevarenzone zat. Hij maakte tempo. Een werkkamer. Weinig gebruikt, het leek wel of er iemand uit was verhuisd. Hij ging naar de woonkamer. De keuken. Het huis was stom en vertelde niets.

Hij vond een deur die naar de kelder ging. De telefoon hield ermee op toen hij de smalle houten trap af wilde lopen. Hij had aan de buitenkant geen kelderramen gezien, in elk geval niet aan de kant die uitkeek op de straat. Hij deed het licht aan en liep naar beneden.

Ook hier was er niks wat tegen hem sprak. Een vriezer, twee paar ski's, emmers, blauwe en witte laarzen, versleten wandelschoenen, een werkbank met gereedschap onder een rechthoekig kelderraam van hetzelfde type dat het huis van Rakel had en dat uitkeek op de achterkant van het huis. Vier afzonderlijke kelderboxen, kennelijk was dit ooit een huis geweest voor twee gezinnen. De iglo en het meer conventionele deel. Maar waarom waren de boxen voorzien van hangsloten als hier maar één persoon woonde? Harry keek tussen de tralies van een van de deuren door. Leeg. Hetzelfde was het geval met de volgende twee. Voor de tralies van de laatste zat spaanplaat.

Dat was het.

De drie boxen zaten op slot en waren zichtbaar leeg, misschien dat een eventuele inbreker zou denken dat de vierde ook leeg was.

Harry dacht na. Hij aarzelde niet, hij dacht alleen even na over de consequenties, woog de mogelijke voordelen van een vondst af tegen de nadelen als de inbraak werd ontdekt en de vondst daardoor niet kon worden gebruikt als bewijs. Boven de werktafel hing een breekijzer. Hij nam een besluit, liep naar het gereedschap, pakte een schroevendraaier en ging terug naar de deur. Het duurde drie minuten om de schroeven in de scharnieren los te draaien. Hij tilde de deur op en zette die aan de kant. De lamp in de box was kennelijk gekoppeld aan de schakelaar bij de keldertrap, de ruimte baadde in elk geval in het licht. Een werkkamer. Harry's blik gleed over het bureau met de pc, planken met ringbanden en boeken en bleef hangen bij een foto die met rood plakband op de kale, grijze muur boven het bureau was geplakt. Het was een zwart-witfoto. Er was een flitser gebruikt, misschien dat daarom het contrast tussen het witte schijnsel van haar huid en het zwart van het bloed en de schaduwen zo scherp was. Het leek of het een tekening met zwarte stift was. Maar het was een tekening van haar ovale gezicht, haar donkere haar, haar dichte ogen en haar verminkte, dode lichaam. Harry kneep zijn ogen dicht. En daar, in het rood aan de binnenkant van zijn eigen oogleden, was het weer. Een glimp van Rakels gezicht, het bloed op de vloer. Het leek of er een mes in zijn borst werd gestoken en dat het met zo'n kracht gebeurde dat hij een stap achteruit moest doen.

'Wat zei je?' riep Øystein Eikeland boven David Bowie uit terwijl hij zijn baas aanstaarde.

'Ik zei dat jullie het nu wel redden!' riep Ringdal, hij reikte naar de binnenkant van de deur, greep zijn jas van de haak en trok die aan.

'M...maar,' stamelde Øystein. 'Ze is helemaal nieuw!'

'En ze heeft ons laten zien dat ze eerder in een bar heeft gewerkt,' zei Ringdal, knikkend naar het meisje dat twee halve liters stond te tappen terwijl ze een paar woorden wisselde met de gast.

'Waar ga je heen?' vroeg Øystein.

'Naar huis,' zei Ringdal. 'Hoezo?'

'Al zo vroeg naar huis?' zei Øystein kreunend.

Ringdal lachte. 'Dat was precies de reden dat ik nog iemand heb aangenomen, Eikeland.' Hij trok de rits van zijn jas dicht en haalde de autosleutels uit zijn zak. 'Tot morgen.'

'Wacht!'

Ringdal trok een wenkbrauw op. 'Ja?'

Øystein stond als bevroren en krabde als een bezetene op zijn handpalm, hij probeerde snel na te denken, iets wat eerlijk gezegd niet zijn sterkste punt was. 'Ik... ik vroeg me af of ik vanavond niet vrij kon krijgen. Alleen deze ene keer.'

'Waarom?'

'Omdat... de jongens vanavond een nieuw lied instuderen.'

'Dat supportersgroepje van Vålerenga?'

'Eh, ja.'

‘Dat redden ze best zonder je.’

‘Redden ze best? De club heeft alle steun nodig!’

‘Met twee belangrijke wedstrijden in het seizoen? Dat betwijfel ik. Vraag me in oktober nogmaals.’ Ringdal liep lachend via de ruimte achter de bar naar buiten.

Øystein pakte zijn telefoon, leunde met zijn rug tegen de bar en toetste Harry’s nummer in. Na twee keer overgaan werd er opgenomen. Een vrouwenstem.

‘Dit nummer is niet bereikbaar…’

‘Nee!’ riep Øystein, hij verbrak de verbinding en probeerde het opnieuw. Het toestel ging drie keer over. Maar weer dezelfde vrouwenstem met hetzelfde antwoord. Øystein deed een laatste poging en het leek of hij deze keer een lichte irritatie in de vrouwenstem hoorde.

Hij toetste een bericht in.

‘Øyvind!’ Een vrouwenstem en absoluut geïrriteerd. Het nieuwe barmeisje stond een drankje te mixen terwijl ze knikte naar de rij ongeduldige, dorstige gasten achter hem.

‘Øystein,’ zei hij zacht voor hij zich omdraaide en chagrijnig staarde naar een jonge vrouw die vertwijfeld en verwaand een pilsje bestelde. Øystein beefde zo dat het bier langs het glas droop. Hij veegde het schuim weg en zette de halve liter op de bar terwijl hij op de klok keek. Kjelsås? Over tien minuten brak de hel los. Harry in de bak en hij zonder baan. Verdomme, die idiote smeris!

De jonge vrouw had duidelijk getracht iets tegen hem te zeggen, want nu leunde ze naar voren en schreeuwde in zijn oor: ‘Ik zei een pilsje, idioot, geen halve liter!’

‘Suffragette City!’ schalde er uit de luidsprekers.

Harry stond recht voor de foto en nam de details in zich op. De vrouw lag in de achterbak van een auto. Nu hij dichterbij stond vielen hem twee dingen op. Het was Rakel niet, maar een jongere vrouw met Rakels huidskleur en gelaatstrekken. En de reden dat hij had gedacht dat het een tekening was en geen foto kwam doordat er meerdere fouten in het lichaam zaten. Er zaten holtes en verhogingen in het lichaam waar ze niet hoorden, alsof de tekenaar de anatomie van een lichaam niet kende. Dit lichaam was niet alleen gedood, het was kapotgeslagen met een razernij en een kracht dat het leek of het in een ravijn was gestort. Waar en door wie de foto was genomen, was niet te zien. Harry draaide de foto om zonder die van de muur te trekken. Hoogglanspapier en niks op de achterkant.

Hij ging aan het bureau zitten dat bezaaid was met tekeningen van kleine tweepersoonscabines. In de ene cabine zat een persoon achter een laptop te werken, in een andere werd geslapen door een persoon die de stoel helemaal naar achteren had geklapt, in een derde omhelsde een ouder stel elkaar. Langs de straten bevonden zich om de honderd meter instapplatforms met lege cabines. Op een andere tekening stond een kruis van rails vanuit vogelperspectief getekend. Op een groot vel was de plattegrond van Oslo te zien met een routenet waarvan Harry aannam dat het om rails ging.

Hij opende de bureauladen. Haalde er futuristische schetsen uit van aerodynamisch gevormde cabines die aan kabels of rails hingen, allemaal in felle kleuren, met extravagante strepen, lachende mensen en met een optimisme voor de toekomst dat Harry deed denken aan reclame uit de jaren zestig. Sommige hadden teksten in het Japans of Engels. Dit waren duidelijk geen tekeningen van Ringdals concept, maar verwante ideeën. Maar geen foto's meer van lijken, alleen die ene die boven zijn hoofd hing. Wat betekende dat, wat vertelden de muren hem deze keer?

Hij zette een vinger op het toetsenbord voor hem en het scherm lichtte op. Geen toegangscode vereist. Hij klikte op het icoontje voor mail. Toetste Rakels mailadres in zonder resultaat. Niet zo vreemd: de hele mailbox bleek leeg te zijn. Die werd of niet gebruikt of hij leegde die voortdurend, daarom had hij ook geen toegangscode nodig. Wellicht kon een van de experts bij de politie Ringdals mailverkeer vinden en reconstrueren, maar Harry wist dat dit tegenwoordig steeds lastiger werd.

Hij doorzocht de lijst van documenten en opende er een aantal. Notities over verkeer en economie. Een verzoekschrift om langere openingstijden van de Jealousy Bar. Een balans van het laatste halfjaar waaruit bleek dat de bar een solide winst maakte. Allemaal niet interessant.

Ook niets in de mappen op de planken, die hoofdzakelijk artikelen over transporttheorie bevatten, onderzoek naar innovatie op het gebied van auto's, verkeersongelukken en speltheorie. Maar ook een ingebonden, versleten boek. Friedrich Nietzsches *Also Sprach Zarathustra.* In zijn jeugd had Harry eens uit pure nieuwsgierigheid door het boek gebladerd omdat er zoveel over werd verteld. Maar hij had er niets in kunnen vinden over de übermensch of het nazistische gedachtegoed, alleen een verhaal over een oude vent op een berg die compleet onbegrijpelijke dingen zei, behalve dan dat God dood was.

Hij keek op zijn horloge. Hij was hier nu een halfuur. Omdat de accu van zijn telefoon leeg was, kon hij geen foto maken van de dode vrouw om uit te zoeken wie ze was. Maar er was geen reden waarom Rakels sjaal of de foto verdwenen zou zijn wanneer ze terugkwamen met een huiszoekingsbevel.

Harry liep de kelderbox uit, zette de deur in het deurkozijn en schroefde scharnieren vast, hing de schroevendraaier terug, rende de trap op, deed het licht uit en stapte de gang in. Buiten hoorde hij de hond van de buren blaffen. Op weg naar de voordeur opende hij de deur van de enige ruimte waarin hij niet was geweest. Een wasruimte met toilet. Hij wilde de deur weer dichtdoen toen zijn oog op een dunne, witte trui viel die samen met vuil ondergoed en T-shirts op de vloer voor de wasmachine lag. De trui had een blauw kruis op de borst. En vlekken die op bloed leken. Nog preciezer: flinke bloedspatten. Harry knipperde met zijn ogen. Het kruis had een herinnering getriggerd. Hij zag zichzelf in de Jealousy Bar, Ringdal achter de bar. Dit was de trui die Ringdal die avond had gedragen, de nacht dat Rakel doodging.

Harry had Ringdal weliswaar geslagen en ze hadden beiden gebloed, maar zoveel?

Als de trui werd gewassen voor de huiszoeking, zouden ze het nooit weten.

Harry aarzelde een ogenblik. De hond was gestopt met blaffen. Hij boog voorover, rolde de trui voorzichtig op en propte die in zijn jaszak. Toen ging hij weer naar de gang. Ineens bleef hij staan.

Er klonken voetstappen op het grind.

Harry liep snel verder de gang in, waar het donkerder was.

Door de ruit van de halvemaan zag hij een gedaante voor de deur staan.

Verdomme.

De ruit zat te laag om het gezicht van de persoon te kunnen zien, maar hij zag dat een hand in de zak van een blauw jack zocht en hoorde zacht gevloek. De deurklink werd naar beneden gedrukt en Harry trachtte zich te herinneren of hij die op slot had gedraaid.

De man voor de deur rukte aan de klink en vloekte nu luid.

Harry liet geruisloos de lucht uit zijn longen ontsnappen. Hij had de deur op slot gedraaid. En opnieuw werd er iets getriggerd: het slot op Rakels deur. Hij had gevoeld of de deur op slot zat.

Buiten lichtte er iets op. Een telefoonscherm. Er werd een bleek gezicht tegen de halvemaan in de deur gedrukt, neus en wangen plat tegen de ruit, verlicht door de telefoon die hij tegen zijn oor hield. Ringdal was bijna onherkenbaar. Het gezicht van een bankrover onder een nylonkous, bijna een demon, maar het was wel zijn oog dat de donkere gang in staarde.

Harry stond bewegingsloos en hield zijn adem in. Er zat hooguit vijf meter tussen hen. Kon Ringdal hem echt niet zien? Als antwoord klonk Ringdals stem met een wonderlijke resonantie tegen het glas. Zacht en rustig zei hij: 'Daar ben je eindelijk.'

Verdomme, verdomme.

'Ik kan mijn huissleutels niet vinden,' zei Ringdal. Zijn adem sloeg als grijze condens neer op de ruit.

'Eikeland,' had Øystein een beetje afgemeten geantwoord toen hij na een panische denkpauze naar de ruimte achter de bar was gelopen om Ringdals telefoontje te beantwoorden.

'Daar ben je eindelijk,' had Ringdal gezegd. En: 'Ik kan mijn huissleutels niet vinden.'

Øystein deed de deur naar de bar dicht om hem beter te kunnen verstaan.

'O?' Øystein deed zijn uiterste best om kalm te klinken. Waar was Harry, verdomme en waarom had hij in godsnaam zijn telefoon uitgezet?

'Kun je even kijken of ze op de grond liggen onder de haak waar mijn jas hing?'

'Oké, wacht even,' zei Øystein en hij haalde de telefoon van zijn oor. Hij hapte naar lucht alsof hij zijn adem had ingehouden. Denk na, denk na.

'Eikeland? Eikeland, ben je daar nog?' Ringdals stem was zachter en minder dreigend als hij de telefoon een eindje weg hield. Met tegenzin duwde hij het toestel weer tegen zijn oor.

'Ja. Nee, ik zie geen sleutels. Waar ben je?'

'Ik sta voor mijn huis.'

Harry is nog binnen, dacht Øystein. Als hij Ringdal had gehoord, dan had hij tijd nodig om weg te komen. Via een raam aan de achterkant of een achterdeur.

'Misschien liggen de sleutels op de bar,' zei Øystein. 'Of op het toilet. Geef me een paar minuten, dan zal ik even zoeken.'

'Ik leg mijn sleutels nooit ergens neer, Eikeland.' Het werd met zo'n overtuiging gezegd dat Øystein besefte dat het geen zin had om hier tegenin te gaan. 'Ik sla de ruit in.'

'Maar...'

'Morgen bel ik gewoon een glaszetter, zoveel werk is het niet.'

Harry keek recht in Ringdals ogen achter het glas en het was een raadsel voor hem dat de ander hem niet zag. Hij overwoog naar de kelderdeur te sluipen en uit een van de kelderramen te kruipen, maar hij wist dat de geringste beweging hem nu zou verraden. Het gezicht van Ringdal verschoof voor de ruit. Harry zag dat Ringdals hand in zijn jas ging en verdween onder een zwarte trui. Hij trok iets zwarts tevoorschijn. Een pistool met wat Bjørn een mopsneus noemde, dus met een extreem korte loop, mogelijk een Sig Sauer P320. Makkelijk te verstoppen, makkelijk in gebruik, snelle trekker en effectief op korte afstand. Harry slikte.

Hij kon Ringdals advocaat al horen. De verdachte die zei dat hij meende dat het om een inbreker ging die in de donkere gang op hem was afgekomen en dat hij dus uit noodweer had geschoten.

De advocaat die aan Katrine Bratt in het getuigenbank vroeg: 'Op wiens bevel bevond de heer Hole zich in het huis?'

Hij zag dat het pistool werd opgeheven en naar achteren werd gezwaaid.

'Ik heb ze!' riep Øystein door de telefoon.

'Dat was net op tijd,' klonk Ringdals stem. 'Waar...'

'Op de grond, onder de haak waarover jij het had. Ze liggen achter de prullenbak.'

'De prullenbak? Daar staat geen...'

'Ik heb die daar neergezet, ik schopte er steeds tegenaan in de bar,' zei Øystein. Hij liep de bar in waar al een forse rij van niet bediende, dorstige gasten stond. Hij griste de prullenbak mee en zette die achter de deur, onder de haak.

'Oké, de sleutels zijn terecht, ik kom er direct aan.'

De verbinding werd verbroken.

Øystein toetste Harry's nummer weer. Nog steeds dezelfde vrouwenstem die haar mantra herhaalde over de onbereikbare telefoon. Øystein veegde het zweet van zijn voorhoofd.

'Øyvind! Waar ben je, Øyvind?'

'Øy-STEIN!' schreeuwde Øystein tegen de herrie die aan de andere kant van de deur wel een muur leek te vormen. 'Ik ben een Øy, maar geen Vind, is dat duidelijk?'

Harry zag de gedaante weggaan van het raam en hoorde snelle voetstappen op het grind. De hond begon weer te blaffen.

"Oké, de sleutels zijn terecht, ik kom er direct aan."

Øystein moest Ringdal ervan hebben overtuigd dat hij de sleutels had gevonden. Hij hoorde een auto starten en wegrijden.

Zijn eigen auto stond op een andere planeet geparkeerd. Geen kans dus dat hij eerder dan Ringdal in de Jealousy Bar kon zijn. En zijn mobiel was leeg dus hij kon niet overleggen met Øystein. Harry probeerde na te denken, maar het leek of zijn hersenen zich niet konden concentreren. Hij dacht aan de foto van de dode vrouw. En aan iets wat Bjørn had gezegd over het ontwikkelen van foto's van een plaats delict toen ze nog een donkere kamer hadden bij de technische recherche. Dat de nieuwe rechercheurs de neiging hadden de foto's te veel contrast te geven waardoor er te weinig details te zien waren, zowel in het wit als in het zwart. Het kwam niet door de flits dat de contrasten van de foto in de kelderbox zo scherp waren, het was omdat de foto genomen en ontwikkeld was door een amateur. Harry wist het ineens zeker. Peter Ringdal had de foto zelf gemaakt. Van een vrouw die hij zelf had gedood.

HOOFDSTUK 34

Uit zijn ooghoek zag Øystein de deur opengaan. Daar was hij: Ringdal. Hij stapte naar binnen, maar was zo klein dat hij weer snel verdween tussen de gasten. Wel kon hij zien dat mensen opzij gingen en dat hij op weg was naar hem toe, net zoals de jungle heen en weer zwaaide toen de Tyrannosaurus rex in Jurassic Park daardoorheen banjerde. Øystein ging verder met het tappen van bier. Zag hoe het bruine vocht het glas vulde en het schuim omhoogklom in het glas. De tap hoestte een keer. Een toevallige luchtbel of moest het vat alweer vervangen worden? Hij wist het niet. Hij wist verdomd niet of dit het einde was of iets van voorbijgaande aard, een hobbel in de weg. Hij kon slechts afwachten. Wachten en zien of het naar de verdommenis ging. Streep 'of' maar door, want het ging altijd naar de verdommenis, dat was slechts een kwestie van tijd. In elk geval als je beste vriend Harry Hole heette.

'Het is het vat,' zei hij tegen het meisje. 'Ik ga dat even vervangen. Zeg tegen Ringdal dat ik zo terug ben.'

Øystein liep naar de ruimte achter de bar en verdween in het personeelstoilet dat ook fungeerde als opslagplaats voor van alles, van glazen tot servetten, van koffie tot filters. Hij pakte zijn telefoon en deed een laatste poging Harry te bereiken. Met hetzelfde deprimerende resultaat.

'Eikeland?'

Ringdal was al achter de bar. 'Eikeland!'

'Hier,' mompelde Øystein.

'Ik dacht dat je het vat ging vervangen?'

'Het was toch niet leeg. Ik zit op de plee.'

'Ik wacht.'

'Op de plee om te kakken.' Øystein onderstreepte zijn uitspraak door zijn buikspieren te spannen en in twee luide, lange kreunen lucht uit zijn longen te laten ontsnappen. 'Ga helpen in de bar, ik kom eraan.'

'Schuif de sleutels onder deur door. Vooruit, Eikeland, ik wil naar huis!'

'Ik zit hier met een fantastische kabel die er al half uit is, chef, we hebben het hier misschien wel over een wereldrecord, dus die wil ik niet in tweeën breken.'

'Die achterbuurthumor gebruik je maar onder gelijkgestemden, Eikeland. Nu!'

'Oké, oké, geef me zestig seconden.'

Het werd stil.

Øystein vroeg zich af hoelang hij het kon uitstellen. Uitstel was alles, was dat uiteindelijk niet waar het hele leven om draaide?

Nadat hij tot twintig had geteld en nog steeds geen betere uitleg had kunnen vinden dan de tien hopeloze die hij al had, trok hij aan het touw van de spoelbak, draaide de deur van het slot en liep de bar in.

Ringdal gaf een gast een glas wijn, nam de creditcard aan en draaide zich om naar Øystein die zijn handen in zijn broekzakken had gestopt en een gezicht trok dat hopelijk verwarring en vertwijfeling uitstraalde. Wat feitelijk niet zover bezijden de waarheid was.

'Ik had ze hier!' riep Øystein boven de muziek en het geklets uit. 'Ik moet ze ergens hebben neergelegd.'

Øystein zag dat Ringdal zijn hoofd scheef hield en hem bestudeerde alsof hij een interessant, abstract kunstwerk was.

'Wat is er aan de hand, Eikeland?'

'Aan de hand?'

Ringdals ogen versmalden zich. 'Ja, aan-de-hand,' zei hij zacht, bijna fluisterend en toch sneed het door het lawaai als een mes.

Øystein slikte moeizaam en besloot het op te geven. Hij had nooit mensen begrepen die zich eerst lieten martelen om daarna de waarheid te vertellen. Verlies-verliessituatie, zo zag hij het in elk geval.

'Oké, chef, het zit zo dat...'

'Øystein!'

Dit keer was het niet het meisje dat eindelijk zijn naam had onthouden. De kreet kwam bij de deur vandaan. En dit keer liep de persoon niet onder de boomkruinen van de mensen door, maar stak er een kop boven uit, alsof hij tussen hen door zwom. 'Øystein, mijn Øystein!' herhaalde Harry en hij grijnsde breed. En aangezien Øystein nog nooit Harry met een dergelijke grijns had gezien was het een beangstigend gezicht. 'Gefeliciteerd met je verjaardag, oude makker van me!'

De andere gasten draaiden zich naar Harry om en sommigen keken Øystein aan. Harry was achter de bar gekomen en sloeg zijn armen rond Øystein, hij trok hem naar zich toe met een hand tussen zijn schouderbladen en de andere hand tegen zijn onderrug. Ja, die kwam gevaarlijk dicht bij zijn billen.

Harry liet hem los en richtte zich op. Hier en daar begonnen mensen te zingen en iemand, dat moest het meisje zijn, zette de muziek zacht. Nog meer mensen vielen bij.

'Happy birthday to you...'

Nee, dacht Øystein, liever de ouderwetse pijnbank en uittrekken van nagels, maar dit niet. Maar het was al te laat en zelfs Ringdal viel met tegenzin in, hij moest wel mooi weer spelen als iedereen toekeek. Øystein ontblootte zijn bruine tanden tot een stroeve grijns terwijl de schaamte op zijn wangen en oren brandde, maar dat deed iedereen alleen maar nog harder zingen en lachen.

Het gezang stopte met het heffen van de glazen naar Øystein en dat Harry hem een harde klap op zijn achterste gaf. En nu begreep hij het pas, want hij voelde iets scherps tegen zijn billen. Vandaar die omhelzing.

De muziek werd weer harder gezet en Ringdal keerde zich om naar Øystein en gaf hem een hand. 'Gefeliciteerd, Eikeland. Waarom zei je niet dat het je verjaardag was toen je vrij vroeg?'

'Tja, ik wilde niet...' Øystein haalde zijn schouders op. 'Ik houd zaken graag privé.'

'Is dat zo?' zei Ringdal oprecht verbaasd.

'Maar, kijk,' zei Øystein. 'Ik herinner me weer waar ik je sleutels had gestopt.' Hij stak zijn hand in zijn achterzak en hoopte dat de beweging er niet al te overdreven uitzag. 'Hier.' Hij hield de sleutelbos omhoog. Ringdal staarde er een ogenblik naar, keek toen snel naar Harry en griste de bos uit Øysteins hand.

'Een fijne avond nog, jongens.'

Ringdal beende naar de deur.

'Wel verdomme, Harry,' zei Øystein sissend terwijl ze hem met hun ogen volgden. 'Wel verdomme!'

'Sorry,' zei Harry. 'Een korte vraag. Nadat Bjørn me had opgehaald in de nacht van de moord, wat deed Ringdal toen?'

'Wat hij deed?' Øystein dacht na en stak een vinger in zijn oor alsof daar het antwoord zat. 'Ja, dat is ook zo, hij ging direct naar huis. De bloedneus wilde niet stoppen, zei hij.'

Øystein voelde iets zachts tegen zijn wang. Hij draaide zich om naar het meisje dat hem met getuite lippen aankeek. 'Gefeliciteerd. Ik had niet gedacht dat jij een ram bent, Øyvind.'

'Je weet wat ze zeggen,' zei Harry glimlachend en hij legde een hand op Øysteins schouder. 'Vanbuiten een leeuw, vanbinnen een ram.'

'Wat bedoelde hij daarmee?' vroeg het meisje terwijl ze zagen hoe Harry in het kielzog van Ringdal de bar verliet.

'Zeg het me maar, hij is een mysterieus figuur,' mompelde Øystein en hij hoopte dat Ringdal niet naar zijn geboortedatum keek bij de volgende uitbetaling van zijn salaris. 'Laten we The Stones opzetten en de boel hier een beetje oppeppen.'

Na een paar minuten opladen in Harry's auto stond de telefoon op uit de dood. Harry toetste een naam in, drukte op het hoorntje en op het moment dat hij remde voor rood bij de Sannergate werd er opgenomen.

'Nee, Harry, ik wil niet met je neuken!'

De akoestiek deed vermoeden dat Alexandra in het laboratorium was.

'Prima,' zei Harry. 'Maar ik heb een bebloede trui die...'

'Nee!'

Harry haalde diep adem. 'Als Rakels DNA in het bloed zit, dan toont dat aan dat de eigenaar van de trui op de plaats delict was in de nacht dat Rakel stierf. Alsjeblieft, Alexandra.'

Het werd stil aan de andere kant. Een schreeuwende, dronken man bleef zwaaiend op zijn benen op het zebrapad voor zijn auto staan, staarde Harry aan met een donkere, wazige blik, sloeg met zijn vuist op de motorkap en wankelde weer terug.

'Weet je?' zei ze. 'Ik haat vrouwenversierders als jij.'

'Maar je vindt het heerlijk om moordzaken op te lossen.'

Opnieuw stilte.

'Af en toe vraag ik me af of je me eigenlijk wel mag, Harry.'

'Natuurlijk mag ik je. Ik ben een wanhopig man, maar niet beschikbaar als bedgenoot.'

'Een bedgenoot, is dat alles wat we waren?'

'Nee, ben je gek. We werken op professioneel gebied samen om criminelen te pakken die anders de samenleving in het verderf zouden storten.'

'Haha,' zei ze afgemeten.

'Ik ben uiteraard bereid te liegen om gedaan te krijgen wat ik wil,' zei Harry. 'Maar ik mag je, oké?'

'Wil je met me neuken?'

'Nou, nee. Ja, maar nee. Als je begrijpt wat ik bedoel.'

Op de achtergrond klonk zacht een radio en dat betekende waarschijnlijk dat ze alleen was.

Ze zuchtte diep. 'Als ik toestem, weet dan dat het niet voor jou is, Harry. En een volledige DNA-analyse kan ik sowieso niet doen, want het is erg druk en alles heeft enorme prioriteit. Kripos en Bratt hangen voortdurend aan de telefoon.'

'Ik begrijp het. Maar een gedeeltelijk profiel dat een match mogelijk uitsluit met bepaalde andere profielen kost minder tijd, toch?'

Harry hoorde Alexandra aarzelen. 'En welke profielen wil je uitgesloten hebben?'

'Het DNA van de eigenaar van de trui, van Rakel en van mij.'

'Van jou?'

'De drager van de trui en ik hebben een bokswedstrijdje gehouden. Hij kreeg een bloedneus en ik bloedde aan mijn hand, dus het is niet onmogelijk dat het bloed op de trui van hem is.'

'Juist, Rakel en jij zitten in het DNA-register dus dat is simpel. Maar als ik naar het DNA van de drager van de trui moet kijken, moet ik wel zijn DNA-profiel kennen.'

'Daar heb ik over nagedacht. Ik heb een bebloede jeans in mijn wasmand liggen en er zit zoveel bloed op dat het niet alleen van mijn knokkels kan komen, dus dat is gegarandeerd bloed uit zijn neus. Ik heb het idee dat jij in het laboratorium zit?'

'Dat kan kloppen.'

'Ik ben er over twintig minuten.'

Alexandra stond met haar armen over elkaar geslagen blauwbekkend voor de ingang van het Rikshospital op hem te wachten. Ze droeg hoge hakken, een strakke broek en was zwaar opgemaakt. Alleen op het werk, maar ze zag eruit alsof ze op een feest was. Hij had haar nooit anders gezien. Alexandra Sturdza had gezegd dat het leven te kort was om er niet altijd op je best uit te zien.

Harry draaide het raampje naar beneden. Ze boog voorover.

'Hello, mister,' zei ze glimlachend. 'Vijfhonderd voor een handjob, zeven voor...'

Harry schudde zijn hoofd en gaf haar twee plastic zakken: eentje met de trui van Ringdal en eentje met zijn eigen jeans. 'Je weet dat er in Noorwegen op dit tijdstip niet wordt gewerkt?'

'O, ben ik daarom alleen? Jullie Noren kunnen de wereld kennelijk nog wat leren.'

'Om minder te werken?'

'Om je eisen bij te stellen. Waarom naar de maan reizen als je een huisje in de bergen hebt?'

'Hm. Ik stel het zeer op prijs, Alexandra.'

'In dat geval zou je op mijn aanbod in moeten gaan en wat van mijn prijslijst moeten kiezen,' zei ze zonder te lachen. 'Is het nog steeds die Kaja die jou verleidt? Ik wil haar vermoorden.'

'Wil je haar vermoorden?' Harry boog zich om haar beter te kunnen bekijken. 'Ik dacht dat je mannen zoals ik haatte?'

'Ik haat jou, maar ik wil haar vermoorden. Begrijp je?'

Harry knikte langzaam. Vermoorden. Hij wilde haar vragen of dit een Roemeense manier van spreken was, een grap die vertaald naar het Noors heftiger klonk dan de bedoeling was. Maar hij verwierp de gedachte.

Alexandra deed een stap naar achteren en keek hem aan terwijl het raampje geruisloos omhoogging.

Harry keek in zijn spiegel toen hij wegreed. Ze stond daar nog steeds in het licht van de straatlantaarn en met haar armen langs haar lichaam. Ze werd kleiner en kleiner.

Toen hij onder de ringweg door reed, belde hij Kaja. Hij vertelde haar over de trui en de sjaal in de la. En Ringdal die was opgedoken, met een pistool. Hij vroeg of ze zo snel mogelijk kon uitzoeken of hij een wapenvergunning had.

'En dan nog iets,' begon Harry.

'Betekent dit dat je niet op weg bent naar me?' onderbrak ze hem.

'Wat?'

'Je bent maar vijf minuten rijden van me vandaan en dan zeg je "en dan nog iets" alsof we zo meteen niet met elkaar zullen praten.'

'Ik moet nadenken,' zei Harry. 'En alleen doe ik dat het best.'

'Natuurlijk, ik wilde niet zeuren.'

'Je zeurt niet.'

'Oké, ik...' Ze zuchtte. 'Wat wilde je zeggen?'

'Ringdal heeft boven zijn bureau een foto hangen van een verminkt vrouwenlichaam. Zodat hij die de hele tijd kan zien, snap je? Als een diploma.'

'Grote genade, wat betekent dat?'

'Ik weet het niet, maar zou je een foto kunnen vinden van zijn exvrouw, die Russische die verdwenen is?'

'Dat moet niet zo moeilijk zijn. Als het niet lukt via Google, dan vraag ik haar vriendin wel. Als ik iets vind, dan stuur ik de foto via een sms'je.'

'Hm, bedankt.' Harry reed langzaam over de stille Sognsvei langs de villa's met Engelse tuinen. Hij keek naar de koplampen van een voertuig dat hem tegemoet kwam rijden. 'Kaja?'

'Ja?'

Het was een bus. Bleke, spookachtige gezichten keken vanuit de verlichte bus naar hem. En een van de gezichten was van haar, van Rakel. Ze drongen zich steeds meer op, de beelden in zijn geheugen. Als losse stenen voor een lawine uit.

'Niets,' zei Harry. 'Goedenacht.'

Harry zat op de bank naar de Ramones te luisteren. Niet omdat hij echt iets had met deze band, maar omdat de plaat nog steeds op de draaitafel lag sinds hij die cadeau had gekregen van Bjørn. Hij realiseerde zich dat hij sinds de begrafenis niet uit zichzelf naar muziek had geluisterd, hij had de radio niet aangezet, niet in huis en ook niet in de Escort. Hij had de voorkeur gegeven aan de stilte. Stilte om na te denken. Stilte terwijl hij trachtte te horen wat er gezegd werd door de stem die daar ergens was in het donker. Achter het halvemaanvormige raam, achter de ramen van de bus. De stem die iets zei, maar hij kon het net niet horen. En nu moest die juist overstemd worden. Want nu sprak die te luid en hij wilde het niet horen.

Hij zette het geluid harder, sloot zijn ogen en legde zijn hoofd tegen de kast met lp's die achter de bank stond. De Ramones, 'Road to Ruin'. Joeys korte zinnen. Maar toch was het meer pop dan punk. Zo ging het meestal: succes, het goede leven, ouder worden, alles bij elkaar zorgde ervoor dat zelfs de kwaadheid overging in mildheid. Zo was het bij Harry ook gegaan. Hij was milder geworden, aardiger. Bijna makkelijk in de omgang. Kalm en gelukkig met een vrouw met wie hij was getrouwd. Niet perfect. Ja, verdomme, zo perfect als het maar kon zijn. Tot ze op een dag, als donderslag bij heldere hemel, een misstap van hem oprakelde en hem confronteerde met haar verdenkingen. En hij had het toegegeven. Nee, niet toegegeven. Hij vertelde Rakel altijd wat ze wilde weten, het was aan haar te vragen wat ze wilde horen. En ze was altijd zo slim geweest om niet te vragen naar zaken die ze niet wilde weten. Dus kennelijk had ze nu gevonden dat ze het wel wilde weten. Eén nacht met Katrine. Katrine die zich over hem had ontfermd toen hij op een avond zoveel had gedronken dat hij niet op zichzelf kon passen. Hadden ze seks gehad? Harry herinnerde het zich niet, hij was dronken, waarschijnlijk zo straalbezopen dat, als hij het had gewild, het niet eens had gekund. Maar hij had Rakel naar waarheid geantwoord dat het niet uitgesloten was. Vervolgens had ze gezegd dat het geen rol speelde, dat hij haar hoe dan ook ontrouw was geweest, dat ze hem niet meer wilde zien, en ze had Harry gevraagd zijn spullen te pakken. Zelfs nu hij eraan dacht, deed het weer zo'n pijn dat Harry naar adem hapte.

Hij had een tas met kleren en zijn toilettas ingepakt en zijn lp's meegenomen. Zijn cd's had hij achtergelaten. Harry had geen druppel alcohol meer gedronken sinds die nacht met Katrine, maar de dag dat Rakel hem eruit had gegooid, was hij regelrecht naar de drankwinkel gegaan. En de winkelier had hem moeten tegenhouden omdat hij in de winkel al de dop van de fles had gedraaid.

Alexandra was nu bezig met de trui. Harry reconstrueerde in zijn hoofd de loop van de gebeurtenissen.

Als het Rakels bloed was, dan was het duidelijk. In de moordnacht was Peter Ringdal om halfelf 's avonds uit de Jealousy Bar vertrokken en was onaangekondigd bij Rakel op visite gegaan, misschien onder het voorwendsel dat hij haar wilde overhalen weer te komen werken als bedrijfsleider. Ze had hem binnengelaten, hem een glas water gegeven en opnieuw nee gezegd tegen het aanbod. Of misschien had ze wel ja gezegd. Misschien dat hij daarom langer was gebleven omdat ze nog zaken moesten doorspreken. Of misschien was het gesprek persoonlijker geworden. Ringdal had vast en zeker verteld over Harry's provocerende gedrag een paar uur daarvoor en Rakel had verteld over Harry's problemen en dat hij – dit was de eerste keer dat Harry met deze gedachte speelde – een wildcamera had geïnstalleerd waarvan hij dacht dat Rakel dat niet in de gaten had. Rakel had Ringdal mogelijk zelfs uitgelegd waar de camera hing. Ze hadden hun zorgen gedeeld, misschien zelfs hun vreugdes, en op een bepaald moment was Ringdal lichamelijk toenadering gaan zoeken. Maar deze keer werd hij resoluut afgewezen. En in de woede die volgde op de vernedering, had Ringdal het mes uit het blok gepakt, haar gedood en vervolgens de sporen gewist. Hij had kans gezien zijn hoofd koel te houden. Had gedaan wat hij moest doen. En toen hij de plaats delict verliet, had hij een trofee meegenomen, een diploma. Zoals hij een foto had genomen van de andere vrouw die hij had vermoord. Hij had de rode sjaal meegenomen die naast de jas onder de hoedenplank hing. Nadat hij in zijn auto was gaan zitten herinnerde hij zich op het laatste moment de wildcamera waarover Rakel het had gehad. Hij was uitgestapt en had de camera verwijderd. En bij de benzinepomp had hij zich ontdaan van het geheugenkaartje. De trui met Rakels bloed had hij op de grond bij de vuile was gegooid, misschien had hij de bloedspatten helemaal niet gezien, want anders had hij de trui toch direct gewassen? Dat was er gebeurd.

Misschien. Misschien niet.

Twintig jaar ervaring als moordrechercheur had Harry geleerd dat de loop van de gebeurtenissen bijna altijd gecompliceerder en moeilijker te begrijpen was dan je aanvankelijk dacht.

Maar het motief lag bijna altijd zo voor de hand dat je het vrijwel onmiddellijk zag. Peter Ringdal was erg verliefd op Rakel. Had Harry niet de eerste keer dat Ringdal de bar kwam bekijken de begeerte in zijn blik gezien? Had hij toen ook Rakel bekeken? Liefde en moord. De klassieke combinatie. Toen Rakel Ringdal in haar villa afwees, had ze hem misschien verteld dat ze Harry weer terug wilde. We zijn allemaal onverbeterlijk. Rokkenjagers, dieven, alcoholisten, moordenaars. We vervallen steeds in onze oude fouten en hopen dat God ons onze zonden vergeeft. Dus Peter Ringdal had Rakel Fauke vermoord zoals hij zijn ex-vrouw, Andrea Klitsjkova, had vermoord. Harry speelde met een andere gedachte: dat Rakel door de eerste persoon was vermoord die de bewuste avond bij haar op bezoek kwam en dat hij was teruggekomen om op te ruimen omdat hij wist dat Rakel toch alleen zou zijn. Op de eerste beelden van de bewakingscamera hadden ze Rakel in de deuropening zien staan toen ze de deur opendeed, maar de tweede keer niet. Was dat omdat ze al dood was, kon het zo zijn dat de moordenaar de sleutels had meegenomen en dat hij naar binnen was gegaan om zijn sporen te wissen? Of had de moordenaar iemand gevraagd dat klusje op te knappen? Harry had namelijk een vaag vermoeden dat de silhouetten van de verschillende tijdstippen niet behoorden bij een en dezelfde persoon. Hoe dan ook, Harry had die gedachte weer verworpen omdat het gerechtelijk laboratorium ook in het schriftelijk rapport had vastgesteld dat Rakel ná het eerste bezoek moest zijn vermoord, gebaseerd op de temperatuur van het lijk en de kamer. Dus toen de laatste bezoeker in het huis was.

Harry hoorde hoe de naald tegen het etiket op de lp tikte, een discrete aanmaning dat de plaat omgedraaid wenste te worden. Zijn hersenen verlangden ruigere, oorverdovende rock, maar hij zag ervan af, net zoals hij het duivelse voorstel van zijn hersenen negeerde om één borrel, één slok, één druppel te drinken. Het werd tijd te gaan slapen. Als hij dat inderdaad zou kunnen, dan zou dat een bonus zijn. Hij tilde de lp op zonder de groeven aan te raken, zonder vetvlekken te maken. Ringdal was vergeten het glas in de vaatwasser schoon te maken. Eigenlijk vreemd. Harry liet de plaat in de binnenhoes zakken en vervolgens in de hoes. Hij ging met zijn vinger over de rug. Alfabetisch naar de naam van de band, daarna chronologisch naar de datum van aanschaf. Hij duwde zijn hand tussen de gelijknamige lp van The Rainmakers en de Ramones en duwde de nieuwste aanwinst ertussen. Ineens zag hij iets wat tussen de lp's zat geklemd. Hij duwde de platen opzij om het beter te kunnen zien. Hij knipperde met zijn ogen. Zijn hart begon sneller te kloppen alsof dat al begrepen had wat hij zag terwijl de hersenen het nog niet hadden kunnen verwerken.

Zijn mobiel ging over.

'Met Alexandra. Ik heb de eerste resultaten en ik zie nu al verschillen in de DNA-profielen die uitsluiten dat het bloed op Ringdals trui afkomstig is van Rakel.'

'Hm.'

'En het is ook niet van jou. En het bloed op jouw broek komt ook niet van jou.'

Stilte.

'Harry?'

'Ja.'

'Is er iets aan de hand?'

'Ik weet het niet. Dan zal het bloed op de trui en mijn broek wel van zijn bloedneus komen. We hebben in elk geval zijn vingerafdrukken als bewijs dat hij op de plaats delict was. En de sjaal van Rakel in de la bij hem thuis, die ruikt naar haar en daar zit gegarandeerd haar DNA op. Een haar, zweet, huidresten.'

'Klopt, maar er zijn ook afwijkingen in de DNA-profielen van het bloed op de trui en op jouw broek.'

'Zeg je me nu dat het bloed op de trui niet van Rakel, mij of Ringdal zelf is?'

'Dat is één mogelijkheid.'

Harry begreep dat ze hem de tijd gaf andere mogelijkheden te overwegen. Die andere mogelijkheid. Die volkomen logisch was.

'Het bloed op mijn broek is niet van Ringdal en je hebt al gezegd dat het ook niet van mij is. Van wie is het dan?'

'Ik weet het niet,' zei Alexandra. 'Maar...'

'Maar?' Harry's blik was gericht op de platen. Hij wist wat ze ging zeggen. Want er waren geen losse stenen meer die waarschuwden voor een lawine. Die waren al naar beneden gerold. Nu was de hele bergwand losgekomen.

'Tot nu toe zijn er geen afwijkingen tussen het bloed op jouw broek en het DNA van Rakel,' zei Alexandra. 'Het is natuurlijk nog veel werk om met een zekerheid van 99,999 procent te kunnen zeggen dat er sprake is van een match, maar nu spreken we al van tweeëntachtig procent.'

Tweeëntachtig procent. Vier uit vijf.

'Natuurlijk,' zei Harry. 'Ik heb het bloed op mijn broek gekregen toen ik op de plaats delict naast Rakel knielde. Daar lag een plas bloed.'

'Dat verklaart het, als het tenminste het bloed van Rakel is. Wil je dat ik doorga met de analyse nu het uitgesloten is dat het bloed op de trui van Rakel afkomstig is?'

'Nee, dat hoeft niet,' zei Harry. 'Dank je wel, Alexandra. Ik sta bij je in het krijt.'

'Oké. Weet je zeker dat alles in orde is? Je klinkt zo...'

'Ja,' onderbrak Harry haar. 'Bedankt en goedenacht nog.' Hij verbrak de verbinding.

Er wás een plas bloed geweest en hij hád geknield. Maar dat was niet waardoor er een schreeuw loskwam in Harry's hoofd, een lawine die al bezig was hem te begraven. Want hij had die broek niet aangehad toen hij met de rechercheurs op de plaats delict was. Hij had de broek in de wasmand gestopt de ochtend nadat ze was vermoord. Dat herinnerde hij zich nog goed. Als het over die avond ging, waren zijn herinneringen totaal weg. Vanaf het moment dat hij rond zeven uur die avond de Jealousy Bar was binnengelopen tot de volgende dag bij hem thuis werd aangebeld door de collectant die hem had wakker gemaakt. Maar de beelden stonden op het punt van verschijnen, om samen te vallen en een film te worden. Een film met hemzelf in de hoofdrol. En in zijn hoofd schreeuwde een stem zo hard dat de trillende stembanden bijna scheurden. Het was zijn eigen stem, een schreeuw die opsteeg uit het huis van Rakel. Hij was daar die moordnacht geweest. En tussen The Rainmakers en de Ramones zat het mes geklemd waar Rakel zo van hield. Een Tojiro-mes in santukostijl met een heft van eikenhout en een bolster van waterbuffelhoorn. Het lemmet was besmeurd met iets wat alleen maar bloed kon zijn.

HOOFDSTUK 35

Ståle Aune droomde. Hij nam in elk geval aan dat het een droom was. De sirene die door de lucht had gesneden, was ineens gestopt en nu hoorde hij het verre gebrom van een vliegtuig met bommen terwijl hij door de lege straat rende op weg naar een schuilkelder. Hij was laat, iedereen zat allang binnen en nu zag hij dat een man in uniform bezig was de metalen deur aan het eind van de straat te sluiten. Hij hoorde zijn gehijg, hij zou meer moeten sporten. Aan de andere kant, dit was toch een droom, iedereen wist dat Noorwegen niet in oorlog was. Maar misschien kwam de aanval onverwachts? Ståle arriveerde bij de deur en zag dat die veel kleiner was dan hij had gedacht.

'Schiet op!' riep de geüniformeerde man. Ståle probeerde naar binnen te gaan, maar het ging niet, alleen een voet lukte en zijn ene schouder.

'Kom binnen of maak dat je wegkomt, ik moet de deur nu dichtdoen!'

Ståle duwde, maar ineens zat hij vast, hij kon niet meer voor of achter uit. Het luchtalarm begon. Wel verdomme. Maar hij kon zich troosten met de gedachte dat het naar alle waarschijnlijkheid een droom was. En niets anders.

'Ståle...'

Hij deed zijn ogen open en voelde dat de hand van zijn vrouw Ingrid aan zijn schouder schudde. Kijk, de professor had weer gelijk gekregen.

Het was donker in de slaapkamer en hij lag op zijn zij met zijn gezicht naar de wekker. De verlichte getallen gaven 03:13 aan.

'Er belt iemand aan, Ståle.'

En daar was het weer. De sirene.

Ståle kreeg zijn veel te zware lichaam uit bed en in een zijden ochtendjas en stak zijn voeten in een paar matchende pantoffels.

Hij was de trap al afgelopen en op weg naar de voordeur toen er een gedachte door zijn hoofd schoot: dat er aan de andere kant van de deur iets onplezierigs stond te wachten. Een paranoïde schizofreen met stemmen in zijn hoofd die zei dat hij zijn psycholoog moest vermoorden bijvoorbeeld. Aan de andere kant, misschien was de schuilkelder een droom in een droom geweest, misschien was dit de eigenlijke droom. Dus deed hij open.

En weer had de professor gelijk. Het was minder plezierig. Het was Harry Hole. Meer precies: de Harry Hole die je niet wilde zien. Die met de bloeddoorlopen ogen, met de gejaagde, wanhopige uitdrukking op zijn gezicht, wat meer problemen betekende.

'Hypnose,' zei Harry. Hij was buiten adem en zijn gezicht glom van het zweet.

'Ook goedenacht, Harry. Wil je binnenkomen? Als de deuropening niet te smal is.'

'Te smal?'

'Ik droomde dat ik niet door de deur van een schuilkelder kon komen,' zei Aune en hij liep achter zijn buik aan naar de keuken. Toen zijn dochter Aurora klein was, zei ze altijd dat het leek of papa bijna voorover viel.

'En wat is de freudiaanse uitleg daarvan?' vroeg Harry.

'Dat ik moet afvallen.' Aune opende de koelkast. 'Truffelsalami en gruyère uit de grot?'

'Hypnose,' zei Harry.

'Ja, dat zei je.'

'De echtgenoot uit Tøyen, de man van wie we dachten dat hij zijn vrouw had vermoord. Jij beweerde dat hij zijn herinneringen aan wat er was gebeurd had verdrongen, maar dat je die met hypnose kon oproepen.'

'Als de betreffende persoon ontvankelijk voor hypnose is, ja.'

'Zullen we onderzoeken of ik dat ben?'

'Jij?' Ståle draaide zich om naar Harry.

'Ik begin me dingen te herinneren uit de nacht dat Rakel stierf.'

'Dingen?' Ståle deed de koelkastdeur dicht.

'Beelden. Flarden.'

'Fragmentarische herinneringen.'

'Als ik ze aan elkaar kan verbinden of meer beelden op kan roepen, dan denk ik dat ik misschien iets weet. Dingen die anderen niet weten, bedoel ik.'

'Ze tot een film maken? Ik kan het uiteraard proberen, maar ik garandeer niets. Eerlijk gezegd lukt het vaker niet dan wel. De hypnose als methode kent grenzen en dat ligt uiteraard niet aan mij.'

'Uiteraard.'

'Als je zegt dat je denkt dat je iets weet, waaraan moeten we dan denken?'

'Ik weet het niet.'

'Maar het heeft duidelijk haast.'

'Ja.'

'Goed, herinner je je iets concreets uit de fragmenten?'

'De kristallen kroonluchter in de woonkamer van Rakel,' zei Harry. 'Ik lig eronder, kijk omhoog en zie de kristallen deeltjes een S vormen.'

'Mooi, dan hebben we een plek en een situatie en kunnen we door middel van associatie beelden proberen op te roepen. Ik haal even mijn zakhorloge op.'

'Je bedoelt dat je dat voor mijn ogen heen en weer gaat bewegen?'

Ståle Aune trok een wenkbrauw op. 'Iets op tegen?'

'Nee, ga je gang, het klinkt alleen zo... oldskool.'

'Als je gehypnotiseerd wilt worden op een modernere manier, dan kan ik je een reeks gerespecteerde, maar uiteraard minder gekwalificeerde psychologen aanbevelen die...'

'Haal dat horloge,' zei Harry.

'Richt je blik op de wijzerplaat,' zei Ståle. Hij had Harry op een stoel met een hoge rug gezet en zat zelf recht tegenover hem op een voetenbank. Het oude horloge pendelde heen en weer aan de ketting op twintig centimeter van het bleke gezicht met littekens van de politieman. Ståle kon zich niet herinneren dat hij zijn vriend ooit zo opgejaagd had gezien. En hij voelde zich schuldig dat hij Harry sinds de begrafenis niet had opgezocht. Harry was geen persoon die een lage drempel had als het ging om het vragen van hulp en als hij het wel deed, dan betekende het dat de situatie precair was.

'Je bent veilig en ontspannen,' zei Ståle Aune langzaam en zacht. 'Veilig en ontspannen.'

Was Harry dat ooit? Ja, dat was hij geweest. Samen met Rakel was Harry een persoon geworden die in harmonie leek te zijn met zowel zichzelf als zijn omgeving. Hij had, hoewel het als een cliché klonk, de vrouw van zijn leven gezocht en gevonden. En de keren dat Harry hem had uitgenodigd op de politieacademie had Ståle de indruk gekregen dat Harry echt hield van zijn baan en de studenten.

Dus wat was er toch gebeurd? Had Rakel Harry eruit gegooid, had ze hem verlaten omdat hij weer dronken was geweest? Als je ervoor kiest te trouwen met een man die zolang zo aan de alcohol verslaafd is geweest en die een flink aantal keren een terugval heeft gehad, dan weet je toch dat de kans dat het weer gebeurt groot is? Rakel Fauke was een intelligente, realistische vrouw, dus zou zij een bruikbare auto aan de kant zetten omdat die in een greppel was beland of er een deuk in was gekomen? Natuurlijk was de gedachte bij hem opgekomen dat Rakel iemand anders had ontmoet en dat ze Harry's terugval had gebruikt om hem te verlaten. Misschien was ze van plan te wachten tot het stof was neergedaald, tot Harry weer overeind was gekrabbeld na de breuk, voordat ze zich in het openbaar vertoonde met die man.

'Ik tel terug van tien en bij elke tel ga je dieper en dieper in trance.'

Ingrid had na de breuk geluncht met Rakel, maar ze had niets gezegd over een nieuwe man. Integendeel, Ingrid had bij thuiskomst gezegd dat Rakel een eenzame en verdrietige indruk maakte. Ze waren niet zo goed bevriend dat het logisch was dat Ingrid Rakel uitvroeg, maar Ingrid had gezegd dat áls er een andere man was geweest dat Rakel die volgens haar dan had gedumpt en dat ze overwoog weer terug te gaan naar Harry. Niets van wat Rakel had gezegd gaf reden voor dergelijke speculaties, maar de professor in de psychologie wist zeker dat als het aankwam op het lezen van iemand, dat Ingrid hem daar ver de baas in was.

'Zeven, zes, vijf, vier...'

Harry's oogleden waren half dicht gezakt en daaronder waren de irissen als bleke, lichtblauwe halve manen. De mate waarin mensen gehypnotiseerd konden worden varieerde. Slechts tien procent van de mensen was daar heel gevoelig voor en sommige personen reageerden helemaal niet op de manipulatie van de geest. Het was Ståles ervaring dat mensen met fantasie die openstonden voor nieuwe ervaringen en werkzaam waren in creatieve beroepen het makkelijkst te hypnotiseren waren. Terwijl het met mensen met ingenieurstitels moeilijker ging. Het lag voor de hand dat moordonderzoeker Harry Hole, niet bepaald een theedrinkende dromer, een zware dobber zou zijn. Maar zonder dat Ståle de populaire persoonlijkheidstesten op Harry had uitgevoerd, had hij een sterk vermoeden dat de rechercheur hoog zou scoren op één punt: fantasie.

Harry's ademhaling was regelmatig, als bij iemand die sliep.

Ståle telde nog een keer terug.

Er was geen twijfel mogelijk. Harry was in trance.

'Je ligt op een vloer,' zei Ståle langzaam en met kalme stem. 'Het is de vloer in Rakels en jouw woonkamer. Boven je zie je een kristallen kroonluchter waarvan de kristallen een S vormen. Wat zie je nog meer?'

Harry's lippen bewogen. Zijn oogleden schokten. De wijs- en middelvinger van zijn rechterhand schoten omhoog alsof het een onwillekeurige spierbeweging was. Zijn lippen bewogen nog meer, maar er kwam geen geluid, nog niet. Hij begon zijn hoofd heen en weer te bewegen terwijl hij zijn rug stevig tegen de stoelleuning drukte en zijn gezicht drukte pijn uit. Toen, als bij iemand met spasmen, gingen er twee krachtige schokken door het lange lichaam en Harry zat met wijd opengesperde ogen voor zich uit te staren.

'Harry?'

'Ik ben er.' Zijn stem klonk hees en verstikt. 'Het heeft niet gewerkt.'

'Hoe voel je je?'

'Moe.' Harry stond op. Hij zwaaide op zijn benen, knipperde met zijn ogen en staarde voor zich uit. 'Ik moet naar huis.'

'Misschien moet je nog even blijven zitten,' zei Ståle. 'Als je dit niet goed afsluit, dan kun je je duizelig en gedesoriënteerd voelen.'

'Bedankt, Ståle, maar ik moet nu gaan. Goedenacht.'

'In het slechtste geval kan dat leiden tot angst, depressie en andere onaangename zaken. Dus laten we even de tijd nemen om je weer te laten landen, Harry.'

Maar Harry was al op weg naar de voordeur. Ståle stond op en liep hem achterna, maar toen hij in de gang was zag hij slechts dat de voordeur dichtviel.

Harry zag nog kans om bij zijn auto te komen. Daar klapte hij dubbel en gaf over. En nog een keer. Pas toen het halfverteerde ontbijt, het enige wat hij die dag had gegeten, er helemaal uit was, richtte hij zich op, veegde met zijn handpalm langs zijn mond, knipperde de tranen weg en draaide zijn auto van het slot. Hij ging zitten en staarde door de voorruit.

Hij pakte zijn telefoon en belde het nummer dat hij van Bjørn had gekregen. Na een paar seconden hoorde hij een groggy mannenstem uit gewoonte zijn achternaam mompelen. Een gewoonte uit het stenen tijdperk van de telefonie.

'Het spijt me dat ik je wakker bel, Freund. Je spreekt weer met inspecteur Hole. Er is iets opgedoken wat maakt dat het nog meer haast heeft, dus ik vraag me af of je me de voorlopige resultaten van de analyse van de wildcamerabeelden kunt geven.'

Het geluid van een langgerekte geeuw. 'Ik ben nog niet klaar.'

'Daarom zeg ik ook "voorlopig", Freund. Alles is welkom.'

Harry hoorde de expert in 3D-analyse van tweedimensionale beelden fluisterend iets zeggen tegen iemand voor hij weer terug was.

'Het is moeilijk om de lengte en breedte van de persoon te bepalen die het huis binnengaat omdat hij voorovergebogen loopt,' zei Freund. 'Maar het kan, ik benadruk kán, zijn dat de persoon die ook weer naar buiten komt tussen de één meter negentig en één meter vijfennegentig is als hij rechtop staat en geen plateauschoenen of iets dergelijks draagt. En het kan zijn dat de auto, gebaseerd op de vorm en de afstand tussen de rem- en achteruitrijlichten, een Ford Escort is.'

Harry haalde diep adem. 'Bedankt, Freund, dat was feitelijk precies wat ik wilde weten. Neem de tijd voor de rest, dat heeft nu niet meer zo'n haast. Of nog beter, stop er maar mee. Stuur het geheugenkaartje en de factuur naar het retouradres dat op de envelop stond.'

'Naar jou persoonlijk?'

'Dat is het meest praktisch. We nemen weer contact met je op als we een nog beter signalement nodig hebben.'

'Zoals je wilt, Hole.'

Harry verbrak de verbinding.

De conclusie van de 3D-expert was slechts een bevestiging van wat Harry al wist. Hij had alles gezien toen hij bij Ståle Aune op de stoel zat. Hij herinnerde zich nu alles.

HOOFDSTUK 36

De witte Ford Escort stond geparkeerd in Berg waar de wolken langs de hemel joegen alsof ze op de vlucht waren. De nacht maakte nog geen aanstalten zich terug te trekken.

Harry Hole legde zijn hoofd tegen de beslagen, koude voorruit. Hij had zin om de radio aan te doen, StoneHardFM, hardrock. De volumeknop helemaal open te draaien, zijn hoofd voor een paar seconden helemaal leeg te blazen. Maar dat kon niet, hij moest nadenken.

Hij was haast onbegrijpelijk. Niet het feit dat hij het zich ineens herinnerde, maar dat het hem gelukt was om het zich niet te herinneren, dat hij het had uitgehouden. Het leek of de commanderende woorden van Ståle of de woonkamer en de S-vorm, het horen van Rakels naam hem hadden gedwongen zijn ogen te openen. En op hetzelfde moment was het er geweest. Alles.

Het was nacht en hij was wakker geworden, starend naar de kroonluchter. Hij had begrepen dat hij terug was, terug in de woonkamer aan de Holmenkollvei. Maar hij wist niet hoe hij daar was beland. Het licht was gedempt, zoals Rakel en hij dat altijd prettig vonden als ze met hun tweeën waren. Hij had gevoeld dat zijn hand in iets nats lag, iets plakkerigs. Hij had de hand opgetild. Was het bloed? Toen had hij zich omgedraaid. En recht in haar gezicht gekeken. Ze had er niet uitgezien alsof ze sliep. Alsof ze leeg naar hem staarde. Of dat ze bewusteloos was. Ze had eruit gezien alsof ze dood was.

Ze lag in een plas bloed.

Harry had gedaan wat vaak als metafoor werd gebruikt: hij had in zijn arm geknepen. Zijn nagels zo hard in zijn onderarm geboord in de hoop dat de pijn de aanblik deed verdwijnen, dat hij wakker zou worden, van opluchting happend naar adem en de god waarin hij niet geloofde bedankend dat het maar een nachtmerrie was. Hij had niet geprobeerd haar te reanimeren, hij had al te veel doden gezien en geweten dat het voorbij was. Het leek erop dat ze met een mes was gestoken, haar vest was doordrenkt met bloed en rond de steekwonden was de kleur van het bloed donkerder. Maar de steek in de nek had haar gedood. Een effectieve, dodelijke steek uitgevoerd door iemand die wist wat hij deed. Hijzelf bijvoorbeeld. Had hij Rakel vermoord?

Hij had de kamer rondgekeken op zoek naar iets anders.

Er was niemand. Alleen hij en zij. En het bloed. Toch?

Hij was gaan staan en naar de voordeur gewankeld. Die zat op slot. Als hier iemand was geweest en weer was vertrokken, dan moest hij/zij de deur van de buitenkant op slot hebben gedraaid. Hij veegde zijn bebloede hand af aan zijn broek, opende de la van de kast. Daar lagen beide sleutelbossen in. Van haar en van hem. Hij had zijn sleutels aan haar teruggegeven tijdens die middag in Restaurant Schrøder. Toen hij haar had gesmeekt terug te mogen komen, hoewel hij zichzelf had beloofd dat niet te zullen doen.

De enige andere sleutel bevond zich iets ten zuiden van de Noordpool, in Lakselv bij Oleg. Hij had rondgekeken. Het was te veel om in zich op te nemen, te veel om te bevatten, te veel om een verklaring voor te vinden. Had hij de persoon van wie hij hield vermoord? Alles kapotgemaakt waarvan hij zoveel hield? Als hij het op de eerste manier formuleerde, als hij Rakels naam fluisterde, leek dat onmogelijk. Maar als hij er op een andere manier naar keek, dat hij alles wat hij had kapot had gemaakt, dan leek het helemaal niet zo onmogelijk. Alles wat hij kon, alles wat hij door ervaring had verworven, had hem één ding geleerd: dat feiten een onderbuikgevoel verslaan. Een onderbuikgevoel is slechts een optelsom van aanwijzingen die onderuit kan worden gehaald door een enkel, verpletterend feit. En de feiten waren de volgende: hij was alleen in huis met zijn vermoorde echtgenote die hem onlangs het huis uit had gezet. En de voordeur was van de binnenkant op slot gedraaid.

Harry wist wat hij deed. Dat hij door in de rechercheursmodus te gaan zich probeerde te beschermen tegen de onverdraaglijke pijn die hij nog niet voelde, maar waarvan hij wist dat het een niet te stoppen goederentrein was. Dat hij het feit dat Rakel dood op de grond lag trachtte te reduceren tot een moordzaak, tot iets wat hij kon hanteren om vervolgens de eerste de beste bar binnen te vallen. Drinken om de pijn te bestrijden dat hij moest leven. En waarom niet? Waarom niet accepteren dat het deel van zijn hersenen dat zijn instinct aanstuurde de enige logische, noodzakelijke keus maakte als je naar zijn leven keek: want zijn enige reden om te leven lag nu levenloos voor hem en dan kies je ervoor om te vluchten. In alcohol.

Rechercheursmodus. Omdat er nog steeds iets was wat gered diende te worden. Dat moest. Harry wist dat hij persoonlijke straf niet vreesde, integendeel, elke straf, vooral de dood, zou als een opluchting voelen. Net als het vinden van een raam op de honderdste etage van een brandende wolkenkrabber terwijl je omgeven wordt door vlammen. Hoe dronken, gek of alleen maar onfortuinlijk hij op het moment van de daad ook was geweest, hij wist dat hij deze straf verdiende. Maar Oleg verdiende die niet.

Oleg verdiende het niet om tegelijkertijd met zijn moeder ook zijn vader te verliezen. Zijn eigenlijke, niet-biologische vader. Om het mooie verhaal van zijn leven kwijt te raken dat hij was opgegroeid bij twee mensen die zoveel van elkaar hielden dat dat op zich al een bewijs was dat liefde bestaat. Oleg die nu net samenwoonde en misschien wel op de drempel stond een eigen gezin te stichten. Hij had Rakel en Harry weliswaar uit elkaar zien gaan, maar hij wist ook dat deze twee mensen zoveel van elkaar hielden dat ze het beste voor de ander wensten. En dat ze daarom altijd weer bij elkaar zouden komen. Om hem dat verhaal, nee verdomme, om hem die waarheid te ontnemen, dat zou Oleg kapotmaken. Want het was niet waar dat hij Rakel had gedood. Er was geen twijfel mogelijk dat ze daar op de grond lag en dat hij de oorzaak was van haar dood, maar alle associaties en conclusies die automatisch volgden als werd vastgesteld dat een verlaten echtgenoot zijn vrouw had vermoord, waren leugens. Daar ging het niet om. De loop van de gebeurtenissen was altijd gecompliceerder dan je eerst dacht, maar de motieven waren simpel en duidelijk. En hij had geen motief, hij had niet de wens gehad om

Rakel te doden. Nooit! Daarom moest Oleg beschermd worden tegen deze leugens.

Harry had zo goed hij kon opgeruimd zonder naar het lijk van Rakel te kijken, want hij zei tegen zichzelf dat zijn besluit dan alleen maar ging wankelen. Hij had al gezien wat hij moest zien: dat ze er niet meer was, dat alles wat er nog restte een onbewoond lichaam was. Harry kon zich niet gedetailleerd herinneren waaruit het opruimen bestond, hij was duizelig geweest en had geprobeerd zich het moment van de moord voor de geest te halen. Door die totale duisternis te dringen die als een deken over de uren lag dat hij een bepaald niveau van verdoving in de Jealousy Bar had bereikt tot hij hier wakker werd. Hoeveel wist een mens eigenlijk van zichzelf? Had hij haar bezocht, had zij terwijl ze in de keuken stond met die stomdronken man begrepen dat ze niet kon doen wat Oleg had gesuggereerd: Harry weer terug laten komen? Had ze dat onomwonden tegen Harry gezegd? Was hij daarom door het lint gegaan? De afwijzing, de zekerheid dat hij haar nooit, maar dan ook nooit terug zou kunnen krijgen. Was de liefde toen abrupt omgeslagen in haat?

Hij wist het niet, hij herinnerde het zich niet. Hij herinnerde zich alleen dat nadat hij wakker was geworden een idee langzaam had postgevat. Hij zou zonder meer de hoofdverdachte zijn van de politie, dat was vanzelfsprekend. Dus om hen af te leiden, om Oleg te redden van de klassieke haatmoord, om zijn onbezoedelde geloof in de liefde te redden, had hij iemand anders nodig. Een bliksemafleider. Een alternatieve schuldige, iemand die aan het kruis genageld moest worden. Geen Jezus, maar een zondaar die erger was dan hij.

Harry staarde door de voorruit. Door de condens van zijn adem vervaagden de lichten van de stad onder hem. Had hij zo gedacht? Of hadden zijn hersenen, zo manipulatief als ze waren, alleen maar dat met Oleg bedacht als excuus om te vluchten? In plaats van te bekennen dat hij probeerde zijn straf te ontlopen? Zich ergens verstoppen en alles verdringen omdat het een herinnering was, een feit waarmee hij onmogelijk kon leven. Misschien was uiteindelijk de wil om te overleven wel de enige functie van de hersenen. Dat was in elk geval wat hij had gedaan. Verdringen. Hij had verdrongen dat hij was weggegaan en erop had gelet dat de deur niet op slot was zodat er niet geconcludeerd kon worden dat de moordenaar een sleutel had van het huis. Hij was in zijn auto gaan zitten, maar had zich gerealiseerd dat de wildcamera hem kon ontmaskeren als de politie die vond. Dus hij had de camera weggerukt en het geheugenkaartje meegenomen. Dat had hij in een van de vuilnisbakken bij het Ready-gebouw gegooid. Later was dat beeld opgeborreld uit de verdrongen herinneringen toen hij zich in een ogenblik van opperste concentratie had voorgesteld hoe de dader zich had ontdaan van het geheugenkaartje. Hoe had hij kunnen denken dat het toeval was dat Kaja en hij precies daarheen waren gegaan als er een miljoen andere mogelijkheden waren? Ook Kaja was verbaasd geweest over zijn zelfverzekerdheid. Maar toen had Harry's vermogen tot verdringen zich tegen hem gekeerd en hem in de val gelokt. Hij had zonder te aarzelen het geheugenkaartje aan Bjørn gegeven en daarmee was Harry's onberispelijke zoektocht die tot doel had een schuldige te vinden die straf verdiende – verkrachter Finne of een moordenaar als Bohr, een vijand als Ringdal – een net geworden dat zich steeds strakker om hem heen spande.

Harry's gedachten werden gestoord door zijn mobiel. Het was Alexandra.

Onderweg naar Ståle was hij langs Alexandra gereden om een wattenstaafje met bloed af te geven. Hij had niet verteld dat het bloed was van het vermoedelijke moordwapen, het mes dat hij tussen zijn lp's had gevonden. Hij snapte waarom hij het mes tussen The Rainmakers en de Ramones had gestopt. Simpel: Rakel.

'Heb je iets gevonden?' vroeg Harry.

'Het heeft dezelfde bloedgroep als Rakel,' zei ze. 'A.'

Die komt het meest voor, dacht Harry. Achtenveertig procent van de Noorse bevolking heeft bloedgroep A. Als die bloedgroep werd vastgesteld, dan betekende dat niets, het was als het gooien van een muntje. Maar toch, nu betekende het voldoende. Want hij had vooraf besloten – net als Finne dat had gedaan met de dobbelsteen – dat het verdere verloop afhing van het gooien van het muntje.

'Je hoeft geen DNA-analyse te doen,' zei Harry. 'Bedankt en een fijne dag nog.'

Er was nog één los draadje, een andere mogelijkheid, een ding dat Harry kon redden: wat een ogenschijnlijk zeker alibi kon ontkrachten.

Het was tien uur 's ochtends toen Peter Ringdal wakker werd in zijn bed. Hij was niet wakker geworden door de wekker, want die stond op elf uur. Het was niet de hond van de buren, de auto's van de buren die naar hun werk reden, kinderen die op weg waren naar school of de vuilniswagen: al die geluiden hadden zijn hersenen geleerd te negeren. Het was iets anders. Het was een hoog geluid en het leek van beneden te komen.

Ringdal stond op, trok zijn broek en overhemd aan en greep zijn pistool dat hij elke avond op zijn nachtkastje legde. Hij voelde een koude tocht tegen zijn blote voeten toen hij de trap af sloop en beneden aangekomen zag hij de reden. Er lagen glassplinters op de grond. Iemand had het halvemaanvormige ruitje van de voordeur kapotgeslagen. De deur naar de kelder stond halfopen, maar het licht was uit. Uiteindelijk waren ze gekomen. Dit was het moment.

De schreeuw, of wat het ook was geweest, was uit de woonkamer gekomen. Hij sloop naar binnen met zijn pistool in de aanslag.

Hij begreep direct dat het niet een schreeuw van een mens was geweest, het geluid waar hij wakker van was geworden was veroorzaakt door stoelpoten die over het parket schraapten. Een van de zware leunstoelen was verschoven en stond nu met de rugleuning naar hem toe en keek uit over de tuin met de satellietsculptuur. Er stak een pet boven de rugleuning uit. Peter nam aan dat de man in de stoel hem niet had horen komen, maar het was natuurlijk ook mogelijk dat hij de stoel op deze manier had neergezet om de reflectie in de ruit te kunnen zien van de persoon die de kamer binnenkwam. Peter Ringdal mikte op de rugleuning. Twee kogels ter hoogte van de onderrug, twee iets hoger. De buren zouden de schoten horen. Het zou moeilijk zijn om zich te ontdoen van het lijk zonder dat het zou opvallen. En nog moeilijker zou het zijn om uit te leggen waarom hij het had gedaan. Hij kon de politie vertellen dat het zelfverdediging was, dat hij het kapotte ruitje had gezien en dat hij zich bedreigd had gevoeld.

Hij duwde zijn vinger tegen de trekker.

Waarom was dit zo moeilijk? Hij zag het gezicht van de persoon in de stoel niet eens, misschien zat er wel niemand, was het alleen maar een pet.

'Het is alleen maar een pet,' fluisterde een hese stem naast zijn oor. 'Maar wat je voelt tegen je achterhoofd is een heel echt pistool. Dus laat dat van jou vallen, anders schiet ik een heel echte kogel dwars door je hersenen. Ik raad je aan die nu te gebruiken om de beste keus te maken.'

Zonder zich om te draaien liet Peter Ringdal het pistool met een klap op het parket vallen.

'Wat wil je, Hole?'

'Antwoord hebben op de vraag waarom er een vingerafdruk op een glas zat dat in de vaatwasser van Rakel stond. Waarom haar sjaal in jouw ladekast ligt en wie deze vrouw is.'

Peter Ringdal staarde naar de zwart-witfoto die de man achter hem voor zijn gezicht hield. De foto uit de werkkamer in de kelder. De foto van de vrouw die hij, Peter Ringdal, had verminkt en vermoord. En daarna in een ijskoude kofferbak had gestopt en gefotografeerd.

HOOFDSTUK 37

Peter Ringdal staarde verbitterd door de voorruit van de auto. Het sneeuwde en hij zag weinig, maar hij gaf toch gas. Er was op zaterdagavond niet veel verkeer in de bergen en zeker niet in dit weer.

Twee uur geleden was hij weggereden uit Trondheim en hij begreep uit de waarschuwingen op de radio dat hij een van de laatste automobilisten was geweest die nog was doorgelaten voordat de E6 over Dovrefjell werd afgesloten vanwege het slechte weer. Hij had een hotelkamer in Trondheim, maar kon de gedachte aan het banket niet verdragen. Waarom niet? Omdat hij een slechte verliezer was en zojuist had hij de finale verloren in de lichtgewichtklasse van het nationale kampioenschap judo. Had hij nou maar verloren van iemand die beter was in plaats van op deze verrekt onnodige manier. Het was aan het eind van de wedstrijd geweest en hij was aan de leiding gegaan met twee *yuko*'s tegen een *koka* en dat hoefde hij alleen maar vast te houden. En hij had het vastgehouden, hij had de controle! Maar toen had hij aan het interview na de overwinning gedacht, aan iets grappigs wat hij wilde zeggen, even was de concentratie weg en ineens was hij door de lucht gevlogen. Het lukte hem wel te voorkomen dat hij op zijn rug viel, maar de tegenstander kreeg een *waza-ari* toegekend en was daarmee de winnaar van de match die enkele seconden later voorbij was.

Peter sloeg hard op het stuur.

In de kleedkamer had hij daarna de champagnefles geopend die hij vooraf voor zichzelf had gekocht. Iemand had daar commentaar op gehad, maar hij had daarop geantwoord dat ze nu eens een keer op zaterdagavond in plaats van zondagochtend de finale hadden, dus dan was er toch alle reden te feesten? Hij had de fles al voor de helft leeg voordat de trainer was binnengekomen en de fles van hem had afgepakt. Hij had gezegd dat hij het vervelend vond dat Peter na elke wedstrijd, of hij die nu won of verloor, dronken werd. Waarop Peter had gezegd dat hij het vervelend vond dat hij een trainer had die niet eens in staat was hem te helpen iemand te verslaan die aantoonbaar slechter was dan hij. De trainer was gaan kletsen over de bullshit van de judo-filosofie. Dat *ju-do* 'de zachte weg' betekende, dat Peter moest leren rustig aan te doen, de tegenstander moest laten komen, nederigheid moest tonen, niet denken dat hij de beste was, want het was nog maar twee jaar geleden dat hij in deze klasse was gekomen en dat hoogmoed voor de val kwam. En Peter had geantwoord dat het bij judo draaide om valse nederigheid! Je tegenstander voor de gek houden door zwakte en overgave te veinzen, je tegenstander in de val lokken en dan genadeloos toeslaan als een vleesetende plant, een leugenachtige hoer. Het was een afschuwelijke, valse sport. En Peter was de kleedkamer uit gestormd en had geroepen dat hij ermee ophield. Hoe vaak had hij dat niet gedaan?

Peter stuurde de auto door een bocht terwijl de koplampen de sneeuwwand van anderhalve meter beschenen hoewel het allang lente was. Hij had het gevoel door een veel te smalle tunnel te rijden.

Hij kwam op een recht stuk en gaf meer gas. Meer uit woede dan uit haast. Want hij was van plan geweest om Tina tijdens het banket te versieren. Zij had ook al een poos een oogje op hem, dat wist hij. Maar het blonde meisje had goud gewonnen in haar klasse en een Noorse kampioen bij de vrouwen neukt niet met een verliezer, vooral niet iemand die een halve kop kleiner is dan zij en die ze misschien op de judomat nog zou kunnen verslaan. Zo werkt de evolutie nu eenmaal.

Toen als bij toverslag stopte het met sneeuwen en de weg die zich tussen de sneeuwwallen als een lange zwarte potloodstreep uitstrekte, baadde in het maanlicht. Was dit het oog van de storm? Nee verdomme, dit was geen tropische storm, alleen maar een Noorse storm en die had geen oog, alleen maar tanden.

Peter keek op de snelheidsmeter. Voelde hoe de vermoeidheid bezit van hem nam. De som van de lange autorit gisteren naar Trondheim na zijn colleges, de wedstrijden van vandaag en de champagne. Verdomme, hij had een paar grappige uitspraken voor het interview gehad, hij wilde...

En ineens stond ze er. Tina. Vlak voor hem, in het licht van de koplampen met haar lange, blonde haar en een stralende, rode ster boven haar hoofd. Ze zwaaide met haar armen alsof ze hem welkom heette. Ze wilde hem toch! Peter lachte. Lachte voordat hij begreep dat hij zich dit niet inbeeldde, voordat zijn hersenen het commando gaven om op de rem te gaan staan. Het was Tina niet, dacht hij, dat kon niet. Tina was op het banket en danste nu met een van de winnaars, waarschijnlijk een zwaargewicht. Zijn voet trapte het rempedaal in, want het was geen inbeelding dat er een meisje midden op de weg stond, midden op Dovrefjell, midden in de nacht, met een rode ster boven haar hoofd. Dit was een echt, levend meisje met blond haar.

Toen raakte de auto het meisje.

Er klonken twee snelle dreunen, een ervan kwam van het dak. Toen was ze weg.

Peter liet de rem los, de druk van de autogordel tegen zijn borst nam af en hij reed langzaam verder. Hij keek niet in de spiegel, wilde niet in de spiegel kijken. Want misschien was het toch inbeelding geweest? Op de voorruit zat weliswaar een grote, witte roos waar hij Tina had geraakt. Tina of een ander meisje.

De weg maakte een bocht waardoor hij niet kon zien of er iets achter hem lag. Hij hield zijn blik op de weg voor hem en remde plotseling. Een auto waarvan de bestuurder duidelijk de macht over het stuur had verloren of was gegrepen door de harde wind, stond dwars over de weg met de voorkant tegen de sneeuwwal gedrukt.

Peter bleef zitten tot hij weer op adem was gekomen en zette zijn auto in de achteruit. Hij gaf gas, hoorde het gejank van de motor, maar was niet van plan de auto te keren want hij wilde immers naar Oslo. Hij stopte toen hij iets op de weg zag. Iets wat glinsterde in het licht van de achteruitrijlampen. Hij stapte uit. Het was de rode ster. Dat wil zeggen, het was een waarschuwingsdriehoek. Het meisje lag vlakbij op het schoon gewaaide asfalt. Een roerloze, vormeloze bult. Het leek wel een zak hout waarop iemand blond haar had geplakt.

Delen van haar broek en jas waren van haar af gescheurd. Hij ging op zijn knieën zitten. Het gefluit van de wind tussen de sneeuwwallen steeg en daalde als een waarschuwende melodie.

Ze was dood. Vernield. Kapot.

Peter Ringdal was op slag helemaal nuchter. Nuchterder dan hij zich ooit in zijn tweeëntwintigjarige leven had gevoeld. En dat leven was nu voorbij. Hij had meer dan honderdveertig kilometer gereden voordat hij begon te remmen, zestig kilometer harder dan toegestaan. Voor zover hij wist, konden ze de snelheid van de auto bepalen aan de hand van haar verwondingen. Of de lengte van de bloedsporen, de afstand tussen de plek waar haar lichaam voor het eerst het asfalt had geraakt en waar het nu lag. Zijn hersenen begonnen automatisch de variabelen onder de loep te nemen, alsof hij op die manier kon vluchten van de dwingende realiteit. Want de snelheid was niet het ergste. Of het feit dat hij niet snel genoeg had gereageerd. Hij kon het weer daarvan de schuld geven, zeggen dat hij nauwelijks zicht had gehad. Wat hij echter niet kon ontkennen was het alcoholpromillage in zijn bloed, want dat werd ook gemeten. Dat hij met te veel drank op had gereden. Dat hij een keus had gemaakt en dat die keus een mens het leven had gekost. Nee, híj had een mens gedood. En een alcoholtest werd gedaan bij auto-ongelukken met persoonlijk letsel. Opnieuw begonnen zijn hersenen te rekenen, daar konden ze niets aan doen.

En toen de rekensom klaar was, kwam hij overeind en keek naar de lege, verlaten vlakte om hem heen. Het viel hem op hoe anders die er nu uitzag dan ruim een dag geleden toen hij hier ook reed. Nu kon het net zo goed een woestijn in een vreemd land zijn, ogenschijnlijk zonder mensen, maar de vijand kon overal op het terrein op de loer liggen. Hij zette zijn auto naast het meisje, haalde het witte judopak uit zijn tas en spreidde dat uit over de achterbank. Toen probeerde hij haar op te tillen. Hij was voormalig judokampioen, maar toch gleed ze uit zijn greep. Ten slotte droeg hij haar als een rugzak en legde haar op de achterbank. Hij zette de verwarming op de hoogste stand en reed naar haar auto. Een Mazda. De sleutel zat in het contact. Hij pakte zijn sleepkabel, kreeg de Mazda uit de sneeuwwal getrokken en parkeerde die langs de kant van de weg op het rechte stuk zodat andere auto's de auto op tijd konden zien. Toen ging hij in zijn eigen auto zitten, keerde en reed in de richting van Trondheim. Na twee kilometer kwam hij bij een afslag die waarschijnlijk naar een van de vakantiehuisjes leidde die je bij goed weer kon zien liggen. Hij parkeerde de auto tien meter na de afslag, hij durfde niet verder te rijden uit angst dat hij vast kwam te zitten. Hij deed zijn jas en trui uit, aangezien hij begon te zweten door de föhnwind van de verwarming. Hij keek op zijn horloge. Er waren nu drie uur verstreken sinds hij bijna de hele fles champagne van twaalf procent alcohol had leeggedronken. Hij maakte de rekensom die hij de laatste jaren zo vaak had gemaakt. Alcohol in grammen gedeeld door zijn eigen lichtgewicht keer 0,7, minus 0,15 keer het aantal uur. Hij kwam tot de slotsom dat het nog hooguit drie uur zou duren voor hij aan de veilige kant was.

Het begon weer te sneeuwen. Er leek een ondoordringbare muur rond zijn auto te ontstaan. Er verstreek nog een uur. Op de hoofdweg passeerde een auto in een slakkengang. Moeilijk te zeggen waar die vandaan kwam, want volgens de verkeersdienst was de E6 nog steeds afgesloten.

Peter zocht het alarmnummer op dat hij zou bellen als de tijd daar rijp voor was, wanneer de alcohol verbrand was. Hij wierp een blik in zijn spiegeltje. Was het niet zo dat dode mensen alles lieten lopen? Maar hij rook niets. Misschien was ze net naar de wc geweest toen ze begon te rijden. Gelukkig voor haar, gelukkig voor hem. Hij gaapte en viel in slaap.

Toen hij wakker werd, was het nog hetzelfde weer en nog steeds donker.

Hij keek op zijn horloge. Hij had anderhalf uur geslapen. Hij belde het nummer. 'U spreekt met Peter Ringdal en ik wil een auto-ongeluk melden op Dovrefjell.'

Ze zeiden dat ze er zo snel mogelijk zouden zijn.

Peter wachtte nog even. Als ze van de kant van Dombås kwamen, dan zou het minstens een uur duren. Toen legde hij het lijk in de kofferbak en reed naar de hoofdweg. Hij parkeerde en wachtte. Er verstreek een uur. Hij deed zijn tas open en pakte er zijn Nikon-camera uit, die hij gewonnen had na een wedstrijd in Japan. Hij stapte de sneeuwstorm in en deed de kofferbak open. Er was voldoende plaats voor het kleine lichaam. Hij zorgde ervoor dat hij afdrukte op het moment dat de wind even afnam en er geen sneeuw stoof. En dat haar horloge te zien was dat merkwaardig genoeg niet beschadigd was. Toen klapte hij de kofferbak weer dicht.

Waarom had hij de foto genomen?

Om te bewijzen dat het lijk in de kofferbak had gelegen en niet op de achterbank? Of was het om een andere reden, een gedachte die hij nu nog niet kon analyseren, een gevoel van iets wat nog niet was doorgedrongen?

Toen hij een zwaailicht als een vuurtoren op het dak van een sleepwagen zag draaien, deed hij de verwarming helemaal uit. Hij hoopte dat zijn rekensom klopte, zowel wat betreft hemzelf als haar. Een politieauto en een ambulance reden vlak achter de sleepwagen. Het ambulancepersoneel stelde direct vast dat het meisje in de kofferbak dood was.

'Voel,' zei Peter en hij legde zijn hand op het voorhoofd van het meisje. 'Ze is nog steeds een beetje warm.'

Hij merkte dat de politieagente naar hem keek.

Nadat het ambulancepersoneel een bloedmonster van hem had afgenomen, werd hem gevraagd plaats te nemen op de achterbank van de politieauto.

Hij vertelde hoe het meisje ineens uit de heftige sneeuwstorm was opgedoken en tegen zijn auto was geklapt.

'Het is toch eerder zo dat jij haar hebt aangereden,' zei de agente terwijl ze naar haar notitieblok keek.

Peter vertelde over de waarschuwingsdriehoek, over de auto die vast stond in de bocht, dat hij die had verplaatst zodat iemand anders er niet tegenaan zou botsen.

De oudere politieman knikte goedkeurend. 'Knap dat je in staat was om ook aan andere mensen te denken, jongen.'

Peter voelde iets in zijn keel. Hij probeerde dat weg te kuchen tot hij begreep dat het een snik was. Dus in plaats daarvan slikte hij.

'De E6 is al zes uur afgesloten,' zei de agente. 'Als je ons direct hebt gebeld toen je het meisje had aangereden, dan heb je wel veel tijd nodig gehad om van de slagbomen tot hier te komen.'

'Ik moest meerdere keren stoppen vanwege het zicht,' zei Peter.

'Ja, het is slecht weer,' zei de politieman brommend.

Peter keek uit het raam. De wind was gaan liggen en er lag sneeuw op de weg. Ze zouden geen sporen van het meisje op de weg vinden waar ze terecht was gekomen. Geen andere bandensporen die de bloedsporen op het asfalt kruisten zodat ze op zoek zouden gaan naar andere auto's die in dat tijdsbestek over Dovrefjell waren gereden. Ze zouden geen verklaring van een getuige krijgen die al uren eerder een auto langs de kant van de weg had zien staan. Uren voordat volgens Peter het meisje was aangereden.

'Je bent vrijuit gegaan,' zei Harry.

Hij had Peter Ringdal op de bank gezet en was zelf tegenover hem op de stoel met de hoge rug gaan zitten. Harry's rechterhand rustte in zijn schoot, maar hij hield nog steeds zijn pistool vast.

Ringdal knikte. 'Ze vonden sporen van alcohol in mijn bloed, maar niet voldoende. De ouders van het meisje hebben aangifte tegen me gedaan, maar ik werd volledig vrijgesproken.'

Harry knikte. Hij herinnerde zich wat Kaja had gezegd over Ringdals strafblad en aangifte voor roekeloos rijden tijdens zijn studietijd.

'Wat een geluk,' zei Harry droog.

Ringdal schudde zijn hoofd. 'Dat dacht ik ook, maar daar heb ik me in vergist.'

'O?'

'Drie jaar lang kon ik niet slapen. En daarmee bedoel ik dat ik geen uur, geen minuut, geen seconde sliep. Die anderhalf uur slaap daar op de berg was mijn laatste slaap. En niets hielp, pillen maakten me gek en onrustig, alcohol maakte me depressief en kwaad. Ik dacht dat het kwam omdat ik bang was dat ik gepakt werd, dat de chauffeur die over Dovrefjell reed een verklaring zou afleggen. En ik kwam niet verder totdat ik begreep dat dat niet het probleem was. Ik kreeg zelfmoordgedachten en ging naar een psycholoog waar ik een ander, verzonnen verhaal vertelde met dezelfde inhoud. Dat ik verantwoordelijk was voor de dood van een mens. En zij vertelde me dat mijn probleem was dat ik niet had geboet. Je moet straf hebben. Ik stopte met de pillen en alcohol. Begon te slapen en werd weer gezond.

'En hoe heb je geboet?'

'Op dezelfde manier als jij, Harry. Door te proberen zo veel mogelijk onschuldige levens te redden zodat die opwegen tegen die ene dode die ik op mijn geweten heb.'

Harry keek naar de kleine man op de bank met zijn korte, zwarte haar.

'Ik heb mijn leven gewijd aan een project,' zei Ringdal, kijkend naar de satellietsculptuur die nu blonk doordat de zon erop scheen. 'Een toekomst waarin er geen doden vallen door zinloze, onnodige auto-ongelukken. En dan bedoel ik niet alleen het leven van het meisje, maar ook dat van mezelf.'

'De zelfsturende auto's.'

'Wagentjes,' corrigeerde Ringdal hem. 'En ze zijn niet zelfsturend, maar ze worden gestuurd door een centrale, net als de elektronische impulsen van een computer. Ze kunnen niet crashen, de snelheid en richting worden al bij de start bepaald aan de hand van die van de andere wagentjes. Alles volgens wis- en natuurkundige modellen die de feilbaarheid van de mens elimineren.'

'En de foto van het meisje?'

'...heb ik sinds de start van het project voor mijn neus hangen, zodat ik nooit zal vergeten waarom ik dit doe. Waarom ik de artikelen in de media heb verdragen die me belachelijk maakten, de scheldpartijen van de investeerders, de faillissementen en de dreigementen van de autofabrikanten. En waarom ik 's nachts werk als ik niet in de bar sta. Ik hoop dat ik voldoende winst kan maken met de bar, zodat ik dit project kan financieren, ingenieurs, architecten kan aannemen en het weer op de agenda kan krijgen.'

'Wat voor dreigementen?'

Ringdal haalde zijn schouders op. 'Brieven met bepaalde teksten, een paar idioten aan de deur. Niets waarvoor iemand gepakt kan worden, maar voldoende dat ik dát heb aangeschaft.' Hij knikte naar het pistool dat nog steeds op de vloer lag.

'Hm, het is allemaal nogal wat, Ringdal. Waarom moet ik jou geloven?'

'Omdat het de waarheid is.'

'Sinds wanneer is dat een reden?'

Ringdal lachte even. 'Misschien geloof je dat ook niet, maar toen je achter me stond met gestrekte arm en het pistool op mijn hoofd gericht was dat de perfecte positie voor een *seoi nage*. Als ik het had gewild, dan had je voordat je wist wat er gebeurde op je rug op het parket gelegen. Zonder wapen en zonder lucht in je longen.'

'Dus waarom heb je dat niet gedaan?'

Ringdal haalde weer zijn schouders op. 'Omdat je me de foto liet zien.'

'Dus?'

'Het was tijd.'

'Tijd voor wat?'

'Om het te vertellen. De waarheid te vertellen. De hele waarheid.'

'Goed, kun je daar nu mee doorgaan?'

'Met wat?'

'Je hebt al een moord bekend. Hoe zit het met de volgende?'

'Wat bedoel je?'

'De moord op Rakel.'

Als een struisvogel bewoog Ringdal zijn nek en zijn hoofd schoot achterover. 'Denk je dat ik Rakel heb vermoord?'

'Vertel me snel en zonder na te denken waarom jouw vingerafdrukken op een blauw glas in Rakels vaatwasser zitten, waar nooit langer dan een dag vuile spullen in blijven staan. En waarom je niet aan de politie hebt verteld dat je daar was. En waarom dit in jouw ladekast zit?' Harry trok Rakels rode sjaal uit zijn jaszak en hield hem omhoog.

'Dat is simpel,' zei Ringdal. 'Ik kan alles onmiddellijk uitleggen.'

'Namelijk?'

'Ze was hier anderhalve dag voordat ze werd vermoord.'

'Hier? Waarom dat?'

'Omdat ik haar had uitgenodigd. Ik wilde haar overhalen te blijven werken voor Jealousy. Herinner je je dat nog?'

'Ik herinner me dat je dat zei, ja. Maar ik weet ook dat ze daar nooit in geïnteresseerd was, ze hielp alleen met de bar omdat ik daar werkte.'

'Ja, dat zei ze toen ze hier was.'

'Maar waarom kwam ze dan toch?'

'Omdat ze haar eigen agenda had. Ze wilde me overhalen die glazen te kopen die naar ik heb begrepen door een Syrische familie worden gemaakt in een kleine glasfabriek net buiten Oslo. Rakel had een glas bij zich om te bewijzen dat het een perfect glas was. Maar ik vond het te zwaar.'

Harry zag voor zich hoe Peter het glas vasthield en het woog in zijn hand. En het weer teruggaf aan Rakel. Die het weer mee naar huis nam en in de vaatwasser zette. Niet gebruikt, maar ook niet schoon.

'En de sjaal?' vroeg hij terwijl hij het antwoord al wist.

'Die hing nog op de kapstok toen ze vertrok.'

'Waarom heb je die in de la gestopt?'

'De sjaal rook naar Rakels parfum en mijn vaste vriendin heeft een scherpe neus en is behoorlijk snel jaloers. Ze zou diezelfde avond komen en het is gezelliger als ze me niet verdenkt van vreemdgaan.'

Harry trommelde met zijn linkerhand op de armleuning. 'Kun je bewijzen dat Rakel hier was?'

'Tja,' zei Ringdal en hij krabde aan zijn slaap. 'Als je niet te veel over de armleuningen van de stoel waarop je zit, hebt gewreven dan zouden haar vingerafdrukken daar nog steeds te vinden zijn, neem ik aan. Of op het aanrecht. O nee, wacht! Het koffiekopje waaruit ze heeft gedronken. Dat staat nog in mijn vaatwasser, die zet ik pas aan als hij vol is.'

'Goed,' zei Harry.

'Ik ben trouwens naar die glasfabriek in Nittedal gereden. Mooie glazen, en ze wilden ze iets minder zwaar maken met het logo van de Jealousy Bar erop. Ik er heb tweehonderd besteld.'

'Nog een laatste vraag,' zei Harry die ook het antwoord al wist. 'Waarom heb je niet bij de politie gemeld dat ze hier kort voor haar dood was?'

'Ik heb het ongenoegen ondervraagd te worden in verband met een moordzaak afgewogen tegen het nut voor de politie van het hebben van de informatie. Ik ben namelijk al eerder een verdachte geweest toen mijn ex-vrouw zonder iets te zeggen plotseling naar Rusland vertrok en hier in Oslo als vermist werd opgegeven. Ze dook weer op, maar het was geen prettig genoegen in de schijnwerpers van de politie te staan, dat kan ik je verzekeren. Dus ik trok de conclusie dat als de politie graag wilde weten wat Rakel deed anderhalve dag voor ze werd vermoord, dat dan met behulp van haar mobiel wel duidelijk zou worden dat ze in deze buurt was en dan zou men wel twee en twee bij elkaar optellen. Kort samengevat: het was niet aan mij, maar aan de politie. Dus heb ik een egoïstische keus gemaakt. Maar ik besef nu dat ik het toch had moeten melden.'

Harry knikte. In de stilte die nu tussen hen viel, hoorde hij ergens in huis een klok tikken en hij verbaasde zich erover dat hij die de vorige keer niet had gehoord. Het klonk als het aftellen naar een nulpunt. Misschien was het dat ook wel: er zat een klok in zijn hoofd die de laatste uren, minuten en seconden aftelden.

Hij had het gevoel dat hij alle kracht nodig had om weer te gaan staan. Hij pakte zijn portemonnee. Opende die en keek erin. Hij trok er het enige biljet uit dat erin zat. Een briefje van vijfhonderd en legde dat op tafel.

'Waarom is dat?'

'Voor de kapotte ruit in de voordeur,' zei Harry.

'Bedankt.'

Harry draaide zich om en wilde weggaan. Nadenkend keek hij naar het portret van Sigrid Undset. 'Hm, heb je wisselgeld?'

Ringdal lachte. 'Het kost minstens vijfhonderd om...'

'Je hebt gelijk,' zei Harry en hij pakte het geld weer. 'Je houdt het nog te goed. Succes met de Jealousy Bar. Tot ziens.'

Het geluid van de blaffende hond werd zwakker, maar het tikkende geluid sterker toen Harry de weg overstak.

HOOFDSTUK 38

Harry zat in de auto te luisteren.

Het was hem duidelijk dat het getik in zijn hoofd zijn eigen hart was dat klopte. Rakels halve hart dat voortraasde.

En dat had het gedaan sinds het moment dat hij het bebloede mes in de kast had gevonden. Dat was nu tien uur geleden en in die uren hadden zijn hersenen verwoed gezocht naar antwoorden, uitwegen, alternatieven voor de enige verklaring die hij zag, ze waren heen en weer geschoten als ratten op het dek van een zinkend schip, maar ze waren slechts op gesloten deuren en doodlopende wegen gestoten terwijl het water steeg en steeg. En het halve hart sloeg sneller en sneller alsof het wist wat er zou komen. Het wist dat het moest opschieten om die twee miljard slagen te verbruiken die een gemiddeld mensenleven heeft. Want nu werd hij wakker. Hij werd wakker en zou doodgaan.

Vanmorgen, na de hypnose, maar voordat hij naar Ringdal reed, had Harry aangebeld bij zijn onderburen. Gule, die als trambestuurder in ploegendienst bij Oslo Sporveier werkte, had opengedaan in zijn onderbroek, maar als hij vond dat het te vroeg was, dan had hij dat niet laten merken. Gule had niet in dit gebouw gewoond in de tijd dat Harry op de tweede verdieping een flat had en daarom kende Harry hem niet. Op zijn neus rustte een ijzeren bril met ronde glazen die zowel de jaren zeventig en tachtig als de jaren negentig had overleefd en nu een retrostatus had bereikt. Een paar lange plukken haar die niet precies wisten wat ze moesten doen, maakten dat hij niet het predicaat 'man met kale kop; kon krijgen. Hij sprak in staccato en zonder verschil in toonhoogte, net als de stem van de gps. Gule had bevestigd wat hij ook tegen de politie had gezegd en wat in het rapport stond. Hij kwam om kwart over elf 's avonds thuis van zijn werk en was Bjørn Holm tegengekomen die de trap afliep nadat hij Harry op zijn bed had gelegd. Toen Gule om drie uur 's nachts naar bed ging, had hij nog steeds geen geluid van boven, van Harry gehoord.

'Wat heb je die nacht gedaan?' had Harry gevraagd.

'Ik heb naar *Broadchurch* gekeken,' zei Gule. En toen hij duidelijk geen reactie van Harry kreeg, had hij daaraan toegevoegd: 'Die Britse televisieserie. Misdaad.'

'Hm, kijk je 's nachts veel naar series via internet?'

'Ja, behoorlijk veel. Ik heb een ander dag-nachtritme dan de meeste mensen. Ik werk laat en ik ben altijd een beetje onrustig als mijn dienst erop zit.'

'Word je onrustig van een tram besturen?'

'Ja, maar ik ga altijd om drie uur naar bed en sta om elf uur op. Je wilt niet helemaal buiten de samenleving vallen.'

'Als het zo gehorig is als jij zegt en je kijkt 's nachts naar series via internet, hoe kan het dan dat ik nooit een geluid uit je flat heb gehoord terwijl ik toch regelmatig laat op de trap loop?'

'Dat is omdat ik rekening houd met anderen en dus een koptelefoon op heb.' Er tikten een paar seconden weg voordat Gule vroeg: 'Maakt dat iets uit?'

'Vertel me eens,' zei Harry. 'Hoe kun je zo zeker weten dat je het gehoord zou hebben als ik weg was gegaan? Je had immers je koptelefoon op?'

'Het was *Broadchurch*,' zei Gule. Kennelijk realiseerde hij zich dat zijn buurman de serie niet had gezien, want hij voegde eraantoe: 'Nou niet bepaald lawaaiig, om het zo maar te zeggen.'

Harry had Gule zover gekregen dat hij zijn koptelefoon opdeed, via de website van NRK *Broadchurch* streamde terwijl Harry de trap op en af liep. Toen Harry weer aanbelde om te vragen of Gule iets had gehoord, vroeg zijn onderbuurman wanneer de test begon.

'Er is iets tussen gekomen, we doen de test een andere keer,' had Harry gezegd. Hij had niet gezegd dat hij zojuist van bed was opgestaan, de trap was afgelopen, naar de toegangsdeur van het gebouw was gelopen en dezelfde weg weer terug had genomen.

Harry wist niet veel van paniekaanvallen, maar als wat hij ervan had gehoord klopte, dan kon het zijn dat hij nu een aanval had. Zijn bonkende hart, het zweten, het gevoel niet stil te kunnen zitten, zich niet kunnen concentreren, want zijn gedachten schoten heen en weer in het ritme van zijn hart. Het ritme van 'Do You Wanna Dance' van de Ramones. Een sprint naar de muur. De dagelijkse wens om te leven, niet eeuwig, maar nog één dag, en daarmee eeuwig. Als een hamster die steeds sneller loopt om niet ingehaald te worden door het rad en die lang voordat hij doorheeft dat het slechts een rad is en dus een zinloze strijd tegen de tijd, sterft aan een hartaanval. De tijd telt terug, tiktak, tiktak.

Harry bonkte met zijn hoofd tegen het stuur. Hij was wakker geworden en nu was het waar. Hij was schuldig.

In die zwarte nacht, in de storm van de alcohol en god mag weten wat nog meer – want hij herinnerde zich niets, totaal niets! – was het gebeurd. Hij was naar huis gebracht en op bed gelegd. En kort nadat Bjørn was vertrokken was hij opgestaan. Was met zijn auto naar Rakel gereden en daar om 23:21 uur aangekomen volgens de wildcamera. Nog steeds zo dronken dat hij voorovergebogen had gelopen, had hij de voordeur, die niet op slot was, opengedaan en was naar binnen gegaan. Hij had gesmeekt en Rakel had hem verteld dat ze erover na had gedacht, maar dat ze besloten had dat ze hem niet terug wilde. Of had hij in de zwarte gekte van zijn dronkenschap direct al besloten haar te vermoorden en daarna zichzelf? Want zonder haar wilde hij niet verder leven. En had hij het mes in haar gestoken voordat ze de kans kreeg hem te vertellen wat hij niet wist? Namelijk dat ze met Oleg had gesproken en had besloten dat Harry nog een kans kreeg. Die gedachte was niet te verdragen. Hij bonkte nogmaals met zijn hoofd op het stuur, voelde dat zijn voorhoofd kapot ging.

Zichzelf doden. Had hij dat toen al gedacht?

Hoewel de uren voordat hij op de vloer bij Rakel wakker werd nog steeds in duisternis waren gehuld, had hij het toch begrepen – en verdrongen – dat hij schuldig was. En hij was direct begonnen met zoeken naar een zondebok. Niet voor zichzelf, maar voor Oleg. Maar nu het onmogelijk bleek een zondebok te vinden, in elk geval iemand die straf verdiende, was zijn rol uitgespeeld. Hij kon het podium verlaten. Alles verlaten.

Zichzelf doden. Het was niet de eerste keer dat hij die gedachte had. Hij had bij lijken gestaan waar hij als rechercheur had moeten bepalen of het hier ging om iemand die zelfmoord had gepleegd of dat iemand anders het had gedaan. Zelden had hij getwijfeld. Zelfs als er brute methoden waren gebruikt en de plaatsen delict bloederig en rommelig, dan nog waren de meeste zelfmoorden eenvoudig en eenzaam. Er was sprake van één besluit, één handeling, geen interactie, weinig complexe technische factoren. En de plaatsen delict waren stil. Niet dat de plaatsen delict bij een zelfmoord niet tegen hem spraken, want dat deden ze wel, maar het was geen gekakel van stemmen en er was geen conflict. Alleen een innerlijke monoloog waaraan hij – op een erg goede of erg slechte dag – deel kon nemen. Waardoor hij altijd zelfmoord als een mogelijke uitweg bleef zien. Het podium verlaten. De uitweg voor scheepsratten.

Ståle Aune had Harry in dergelijke zaken geïnformeerd over de gebruikelijkste motieven voor zelfmoord. Van het infantiele – wraak op de wereld, nu-hebben-jullie-spijt – via zelfverachting, schaamte, pijn, schuld, verlies, tot het 'kleine' motief: de mensen die zelfmoord als een troostende gedachte zagen. Die niet kozen voor deze uitweg, maar alleen de gedachte dat die bestond prettig vonden. Zoals er veel mensen in grote steden wonen omdat er zoveel mogelijkheden zijn, van opera tot stripclubs terwijl ze daar nooit gebruik van maken. Iets wat de claustrofobie van het in leven zijn kalmeert. Maar dan ineens, door een moment van onbalans door alcohol, pillen, faillissement van het bedrijf of in de liefde, wordt er een besluit genomen, net zo weloverwogen als het besluit nog een borrel te nemen of de barman in elkaar te slaan, omdat de troostende gedachte op dat ogenblik de enige gedachte is.

Ja, Harry had die gedachte gehad. Maar het was nooit de enige gedachte geweest. Tot nu toe. Hij had misschien angst, maar hij was nuchter. En er waren behalve die gedachte, dat de pijn eindelijk stopte, meer gedachten geweest. Rekening houden met anderen, de mensen die nog leefden. Hij had alles overwogen. Een moordrechercheur kende meerdere opdrachten. Het geven van zekerheid aan de achterblijvers en de maatschappij was daar eentje van. Maar ook het van de straat halen van een gevaarlijke persoon, de orde handhaven door potentiële wetsovertreders te tonen dat wetsovertredingen worden gestraft. Maar de roep om wraak van de achterblijvers verstomde als de dader dood was. Met andere woorden: de maatschappij wilde niet te veel geld verspillen aan onderzoek als er slechts post mortem een dader aangewezen kon worden. Dus als Harry nu verdween, was de kans groot dat het onderzoek zich niet focuste op een dode man die al van Gule een alibi had gekregen voor het tijdstip van de moord. Het enige wat nog mogelijk was, was dat een 3D-expert beweerde dat de dader groter dan één meter negentig kón zijn geweest en dat de auto een Ford Escort kón zijn geweest. Maar Harry vermoedde dat die informatie zou stoppen bij Bjørn Holm, want zijn loyaliteit aan Harry was onwrikbaar en door de jaren heen was die meerdere keren over de grens gegaan van wat professioneel toelaatbaar was. Als Harry nu doodging, dan zou er geen rechtszaak met publiciteit komen. Oleg zou voor de rest van zijn leven niet de last hoeven dragen dat zijn nietbiologische vader zijn moeder had vermoord, Harry's kleine zus Søs zou de waarheid niet horen. Net zomin als Kaja, Katrine, Bjørn, Ståle, Øystein en een van de anderen die met één letter in zijn telefoonlijst stonden. Voor hen had hij een brief met drie zinnen opgesteld waarover hij een uur had nagedacht. Niet omdat hij geloofde dat zijn woorden op zich zoveel zouden betekenen voor hen, maar omdat een zelfmoord uiteraard de gedachte zou kunnen oproepen dat hij schuldig was en daarom wilde hij de politie het antwoord geven dat ze nodig hadden om zijn dood te verklaren. 'Het spijt me dat ik jullie verdriet moet doen, maar ik kan het verlies van Rakel en het leven zonder haar niet verdragen. Bedankt voor alles. Ik heb van jullie gehouden. Harry.'

Hij had de brief drie keer doorgelezen. Toen had hij zijn pakje sigaretten en aansteker gepakt, een sigaret opgestoken, naar de brief gekeken en die door de wc gespoeld. Er was een betere oplossing. Doodgaan door een ongeluk. Dus was hij in zijn auto gaan zitten en naar Peter Ringdal gereden om het laatste losse eindje te onderzoeken. De laatste hoop te doven.

En dat was nu gebeurd. In zekere zin was het een opluchting.

Harry dacht na. Nam alles nogmaals door om te kijken of hij niet iets over het hoofd zag. Vannacht had hij net als nu in zijn auto gezeten en uitgekeken over de stad onder zich, naar de lichtpuntjes in het zwart, voldoende om ze met elkaar te verbinden. Maar nu keek hij naar het totale beeld, de stad die onder een heldere, blauwe hemel lag en baadde in het scherpe voorjaarslicht.

Zijn hart klopte niet meer als een bezetene. Of misschien was het alleen maar het gevoel dat je kreeg dat het aftellen langzamer gaat als je het nulpunt nadert.

Harry trapte de koppeling in, draaide het contactsleuteltje om en zette de auto in de versnelling.

HOOFDSTUK 39

Provinciale weg 287.

Harry reed in noordelijke richting.

De reflectie van het zonlicht op de besneeuwde akkers was zo sterk dat hij zijn zonnebril op had gezet die in het handschoenenvakje lag. Zijn hart was in een normaal ritme gaan kloppen toen hij Oslo verliet via wegen waarop steeds minder verkeer was hoe verder hij van de hoofdstad verwijderd raakte. De rust kon komen omdat hij het besluit had genomen dat hij in zekere zin al dood was, dat de relatief simpele handeling alleen nog maar uitgevoerd diende te worden. Of het kwam door Jim Beam. Hij had onderweg twee tussenstops gemaakt. Eentje bij de drankwinkel waar hij het geldbiljet met het portret van Sigrid Undset had uitgegeven aan een halve fles Jim Beam en wisselgeld had gekregen. En eentje bij een Shellpomp in Marienlyst waar hij zijn wisselgeld had gebruikt om de bijna lege tank te vullen. Niet dat hij zoveel benzine nodig had, maar het wisselgeld had hij ook niet nodig. Nu lag de voor driekwart lege fles naast hem op de stoel, samen met zijn dienstpistool en mobiel. Hij had zonder resultaat geprobeerd Kaja te bellen en bedacht dat het misschien maar goed was.

Hij had de fles bourbon bijna voor de helft moeten leegdrinken voor hij het effect merkte, maar nu voelde hij zich voldoende onder invloed dat hij afstand kon nemen van wat er ging gebeuren, maar ook weer niet zoveel dat hij iemand dood zou rijden die niet dood gereden moest worden.

The green mile.

De politieman twee dagen geleden op de plek van het ongeluk had niet precies gezegd waar op de 287 het was, maar dat maakte niet uit.

Elk recht stuk waarover hij reed kon hij gebruiken.

Voor hem reed een vrachtwagen. Net na de bocht gaf Harry gas, haalde in en zoefde voorbij. Hij zag dat het een trailer was. Terwijl hij reed keek hij in zijn spiegel. De cabine van de chauffeur zat hoog.

Harry ging harder rijden, honderdtwintig kilometer waar tachtig toegestaan was. Na een paar kilometer reed hij weer op een lang, recht stuk. Aan het eind van dat stuk was links een parkeerplaats. Hij zette zijn richtingaanwijzer uit, stak de weg over, reed de lege parkeerplaats op langs een wc en twee vuilnisbakken, draaide de auto terwijl hij naar de weg keek. Hij zag de lucht boven het asfalt trillen alsof hij in de woestijn was en niet in een Noors dal in maart met een bevroren rivier rechts langs de weg. Misschien kwam het door de alcohol. Harry keek naar de fles Jim Beam. Door het zonlicht glinsterde de goudkleurige inhoud.

Sommige mensen zeiden dat het laf was om je van het leven te beroven. Kon zijn, maar er was moed voor nodig. En de moed die je niet had, kon je voor tweehonderdnegen kronen negentig kopen in de drankwinkel. Harry draaide de dop los, goot de rest van de bourbon naar binnen en draaide de dop er weer op. Ziezo. Voldoende afstand. Moed.

Maar belangrijker: de obductie zou uitwijzen dat het promillage alcohol in zijn bloed zo hoog was toen hij het ongeluk kreeg dat het niet uit te sluiten viel dat hij de macht over het stuur had verloren. Er was ook geen afscheidsbrief of een ander bericht waaruit bleek dat Harry Hole zich van het leven had beroofd. Geen zelfmoord, geen verdenkingen, geen schaduw van moord op de echtgenote die op mensen zou vallen die dat niet verdienden.

In de verte zag hij de trailer aankomen. Nog ongeveer een kilometer.

Harry keek in zijn zijspiegel. Ze hadden de weg voor zich alleen. Hij zette de auto in de eerste versnelling, liet de koppeling los en meerderde vaart. Keek op de snelheidsmeter. Niet te snel, dat zou de gedachte aan zelfmoord aanwakkeren. En het was ook niet nodig, want de politieman had gezegd dat als een personenauto met een vaart van zo'n negentig kilometer het front van een trailer raakte dat dan een autogordel of een airbag niets uithaalde. Het stuur wordt door de zitting geperst.

De snelheidsmeter naderde de negentig.

Honderd meter in vier seconden, een kilometer in veertig. Als de trailer dezelfde snelheid behield, zouden ze elkaar over minder dan twintig seconden raken.

Vijfhonderd meter. Tien... negen...

Harry dacht aan niets, aan niets anders dan aan de opdracht: de trailer frontaal op de grill raken. Je moest blij zijn dat je leefde in een tijd waarin je nog steeds met je eigen auto jezelf en een ander de dood in kon jagen. Maar deze begrafenis zou exclusief voor hemzelf zijn. De trailer zou een flinke deuk hebben en de chauffeur een litteken voor het leven, een nachtmerrie die hem met tussenpozen uit zijn slaap zou rukken, maar in de loop van de jaren zou dat hopelijk minder en minder vaak gebeuren. Want geesten verbleken, dat deden ze echt.

Vierhonderd meter. Hij stuurde de Escort naar de andere weghelft. Hij probeerde het er zo uit te laten zien dat de chauffeur later tegenover de politie zou kunnen verklaren dat hij de macht over het stuur had verloren of dat hij achter het stuur in slaap was gevallen. Harry hoorde de jankende toeter van de trailer in volume en toonhoogte stijgen. Het dopplereffect. Als een mes sneed het geluid onharmonisch in zijn oren, het geluid van de dood naderde. En om de schreeuw te overstemmen, om niet met deze muziek te sterven, strekte Harry zijn rechterhand uit en zette de radio aan, volume op de hoogste stand. De luidsprekers kraakten.

'Father along we'll know more about it...'

Harry had die trage versie van deze gospelsong eerder gehoord. Violen...

'Father along we'll understand why.'

De grill van de trailer werd groter. Drie... twee...

'Cheer up, my brother, live in the sunshine.'

Zo juist. Zo heel... fout. Harry rukte het stuur naar rechts.

De Ford Escort schoot over zijn eigen weghelft, raakte net niet de linkervoorkant van de trailer. Harry was op weg naar de vangrail, hij remde en trok het stuur stevig naar links. Hij voelde dat de wielen hun grip verloren, de achterkant gleed naar rechts, door de centrifugale krachten werd zijn rug in de stoel gedrukt toen de auto ronddraaide en hij wist dat dit onmogelijk goed kon aflopen. Hij zag nog dat de trailer achter hem verdween en al ver weg was. Toen dreunde de achterkant van de auto tegen de vangrail en werd hij gewichtloos. Blauwe hemel. Licht. Een moment dacht hij dat hij dood was, dat het was zoals ze zeiden: dat je uit je eigen lichaam trad en opsteeg naar het paradijs. Maar het paradijs draaide rond en hetzelfde deden de beboste hellingen, de weg en de rivier terwijl de zon steeg en weer daalde als in film met een timelapse. Dit alles werd begeleid door een stem die in de plotselinge, wonderlijke stilte zong: 'We 'll understand it all...' voor die werd afgebroken door een nieuw kabaal.

Harry werd in zijn stoel gedrukt, hij zag de hemel boven zich die gestopt was met draaien, maar die nu vloeibaar en groen leek te worden. Toen werd er een gordijn voor getrokken dat een beetje doorzichtig was. Het werd donkerder, ze zonken, naar beneden, naar de aarde. Dat was niet verbazingwekkend, dacht hij nog, dat het de hel werd. Toen hoorde hij een doffe dreun alsof de deur van een schuilkelder werd gesloten. De auto gleed, draaide langzaam rond en hij begreep wat er was gebeurd. De auto was in de rivier beland, de achterkant was eerst door het ijs gegaan en nu was de auto bezig helemaal te verdwijnen. Het leek of hij op een vreemde planeet was beland met een merkwaardig groen landschap dat verlicht werd door zonnestralen die door het ijs en het water werden gefilterd. Er klonk een schrapend geluid toen het dak door het ijs ging. Water spoot aan de onderkant van de portieren naar binnen, het was zo koud dat Harry's voeten gevoelloos werden. Hij kon de autogordel los krijgen en probeerde het portier open te duwen. Maar al op een meter diepte was de druk van het water zo sterk dat het onmogelijk was. Hij moest door het raam ontsnappen. De radio en de koplampen werkten nog, dus er was nog geen kortsluiting ontstaan door het water. Hij drukte op de knop waardoor het raampje naar beneden moest gaan, maar er gebeurde niets. Toch kortsluiting, of de druk van het water tegen de ruiten. Het water was tot zijn knieholten gestegen. Het autodak schraapte niet meer langs het ijs, de opwaartse druk nam af en hij zweefde tussen hemel en aarde. Hij moest de voorruit kapottrappen. Hij duwde zijn rug tegen de stoel, maar er was te weinig ruimte, zijn benen waren te lang en hij kon voelen dat de alcohol zijn bewegingen, zijn gedachten traag maakte en de coördinatie stuntelig. Met zijn hand greep hij onder de stoel, vond de hendel waarmee hij de stoel naar achteren kon duwen. Daarboven zat een andere hendel waarmee hij de rugleuning in ligstand kon zetten. Een fragment van een herinnering, toen hij de laatste keer de rugleuning had verzet. Nu kon hij in elk geval zijn benen onder zich trekken. Het water reikte bijna tot aan zijn borst, de kou klemde zich als een klauw rond zijn longen en hart. Op het moment dat hij beide voeten tegen de ruit wilde trappen, stootte de auto tegen iets aan en hij verloor zijn evenwicht, hij kukelde op de passagiersstoel en trapte in plaats daarvan tegen het stuur. Verdomme, verdomme! Harry zag het rotsblok waartegen de auto was gebotst langzaam voorbij glijden terwijl de auto in een slowmotionwals ronddraaide en achterwaarts opnieuw een rotsblok raakte en weer ronddraaide en met de motorkap naar voren kwam te liggen. Het lied stopte midden in een nieuw 'We 'll understand it all...'. Harry haalde diep adem in de luchtbel onder het dak, dook onder om in de juiste positie te komen om weer te kunnen schoppen. Deze keer raakte hij wel de ruit, maar het water omsloot hem nu en Harry voelde hoe krachteloos en licht zijn voeten de ruit beroerden. Als astronautenlaarzen op de maan.

Hij bewoog zich weer omhoog, moest zijn hoofd tegen het dak duwen om bij de luchtbel te komen. Hij inhaleerde een paar keer diep. De auto kwam tot stilstand. Harry dook weer onder en zag door de voorruit dat de Escort vastzat in de takken van een verrotte boom. Een rafelige, vaalblauwe jurk zwaaide naar hem. De paniek kreeg de overhand. Harry sloeg met zijn hand tegen het zijraampje, probeerde dat kapot te slaan. Tevergeefs. Ineens braken twee takken af, de auto draaide opzij en was weer los. Het licht van de koplampen, die verbazingwekkend genoeg nog steeds werkten, zwaaide over de rivierbodem, langs de oever, toen hij iets zag blinken. Het kon een bierfles zijn, in elk geval iets van glas, voordat de auto verder dreef.

Nu sneller. Hij moest weer lucht hebben. Maar het water was nu zo hoog gekomen dat Harry zijn mond moest sluiten en zijn neus tegen het dak moest drukken en door zijn neus ademhalen. De koplampen gingen uit. Er kwam iets in zijn gezichtsveld. De Jim Beam-fles, leeg en met de dop erop. Alsof die hem wilde herinneren aan een truc die hem lang, lang geleden had gered. Maar die had nu geen zin, de lucht in de fles zou hem alleen maar iets meer tijd geven. Een pijnlijke hoop nadat de overgave je rust had gegeven.

Harry sloot zijn ogen. En, net als het cliché, kwam zijn leven als een film voorbij.

Van toen hij nog een jongen was en verdwaald en in paniek door het bos rende op steenworp afstand van de boerderij van zijn grootvader in Romsdalen. Zijn eerste vriendin in het bed van zijn ouders terwijl iedereen weg was, de deur naar het balkon die openstond, de gordijnen die bewogen en de zon binnenlieten en zij die fluisterde dat hij moest oppassen. En hij die 'ja' fluisterde en een halfjaar later haar zelfmoordbrief las. De moordzaak in Sydney, de zon die in het noorden stond waardoor hij ook verdwaalde. Het meisje met één arm dat in het zwembad in Bangkok dook, haar lichaam dat als een mes door het water sneed, de asymmetrie en de wonderlijke schoonheid daarvan. Een lange wandeling in Nordmarka, alleen Oleg, Rakel en hij. De herfstzon die op Rakels gezicht schijnt die lacht tegen de camera terwijl ze wachten op de zelfontspanner. Rakel die merkt dat hij naar haar kijkt, zich naar hem omdraait, haar lach die nog breder wordt en haar ogen doet oplichten, het lijkt wel of zij op de zon schijnt en ze kunnen hun blikken niet van elkaar afhouden en later moet de foto opnieuw worden genomen omdat die overbelicht is. Balans in het licht.

Balans.

Harry deed zijn ogen weer open. Het water was niet hoger gekomen. De druk was eindelijk gelijkmatig verdeeld. Eenvoudige natuurkundige wet, maar een gecompliceerde rekensom had voorlopig een streep lucht toegestaan tussen dak en wateroppervlak.

En dat betekende, letterlijk, licht aan het eind van de tunnel.

Als hij door het achterraam keek, in de richting van waar hij kwam, dan zag hij alleen maar donkergroen, maar voor hem werd het lichter. Dat betekende dat de rivier daar niet meer bevroren was of in elk geval ondieper. Wellicht allebei. En als de druk gelijkmatig was verdeeld, betekende het dat hij het portier kon openen. Harry wilde al naar beneden duiken om het te proberen toen hij bedacht dat de rivier nog steeds bevroren kon zijn. En dat het een idiote manier was om te verdrinken, want hier in de auto had hij nog lucht genoeg totdat ze bij een hopelijk ijsvrij, ondiep stuk waren gekomen.

Wie geboren is om te hangen, verdrinkt niet.

Hij wist niet waarom hij ineens aan dat spreekwoord dacht. Of waarom hij aan de blauwe jurk dacht. Of aan Roar Bohr.

Er kwam een geluid naderbij.

Roar Bohr, blauwe jurk, kleine zus, twintig meter, te pletter gevallen op de rotsten.

En toen was hij in het licht, het water werd een witte muur van bubbels voor hem en het geluid steeg tot een rommelend gebulder. Harry greep onder zich en kreeg de stoelrug te pakken, hij haalde diep adem, trok zichzelf onder water terwijl de auto voorover kiepte. Hij staarde door de voorruit recht in iets zwarts waar de watervallen van wit water uiteenspatten tot een wit niets.

DEEL 3

HOOFDSTUK 40

Dagny Jensen keek naar het schoolplein, naar het vierkante stuk zonlicht dat vanmorgen begonnen was bij de woning van de conciërge, maar nu, aan het eind van de schooldag, verschoven was tot recht onder het raam van de lerarenkamer. Een kwikstaart trippelde over het asfalt. De grote eik stond in de knop. Waarom vielen haar al die bomen en struiken in knop ineens op? Ze liet haar blik door het klaslokaal gaan waar haar leerlingen gebogen zaten over hun opdrachten Engels en het enige wat de stilte verbrak, was het regelmatige geluid van potloden en pennen op papier. Eigenlijk was het huiswerk, maar haar buikpijn was zo erg dat Dagny het niet kon opbrengen te doen waarop ze zich zo had verheugd: het bespreken van Charlotte Brontës *Jane Eyre*. Over Charlotte, die lerares was en de voorkeur gaf aan een zelfstandig leven in plaats van een sociaal wenselijk huwelijk met een man die haar intellectueel niet respecteerde. Een haast ongehoorde gedachte in het victoriaanse Engeland. Over Jane Eyre, die werkt als gouvernante en verliefd wordt op de heer van het landgoed, de ogenschijnlijk botte en onvriendelijke Mr. Rochester. Over hoe ze elkaar de liefde verklaren en hoe zij, als ze willen trouwen, ontdekt dat hij nog steeds verbonden is met zijn vrouw. Jane vertrekt, treft een man die verliefd op haar wordt, maar voor Jane is hij slechts een middelmatige vervanging voor Mr. Rochester. En het tragische en gelukkige slot waarin Mrs. Rochester komt te overlijden waardoor Jane en Mr. Rochester eindelijk samen kunnen zijn. Die beroemde conversatie tussen hen beiden waarin Mr. Rochester, gewond door de brand, vraagt: '*Am I hideous, Jane?*' En zij antwoordt: '*Very, sir. You always were, you known.*'

En dan het tranentrekkende laatste hoofdstuk waarin Jane haar kind baart.

Dagny voelde hoe het zweet op haar voorhoofd kwam toen zich opnieuw een pijnscheut aandiende. De laatste twee dagen was de pijn gekomen en gegaan, en de maagzuurremmende tabletten die ze had geslikt hadden niet geholpen. Ze had een afspraak gemaakt bij haar huisarts, maar ze kon pas volgende week bij hem terecht en de gedachte aan een week lang deze buikpijn was verre van prettig.

'Ik ben even weg,' zei ze terwijl ze opstond.

Hier en daar werd een hoofd opgetild, geknikt en ging de aandacht weer terug naar de opdrachten. Het waren ijverige, goede leerlingen. Een paar van hen zelfs uitzonderlijk slim. En het kwam voor dat Dagny droomde over de dag dat ze met pensioen was en dat een leerling, het hoefde er maar één te zijn, haar opbelde om haar te bedanken. Te bedanken omdat ze een wereld had laten zien die om meer ging dan alleen moeilijke woorden, grammatica en het voor de hand liggende nut van het spreken van een vreemde taal. Eén persoon die vond dat hij of zij geïnspireerd was door haar Engelse lessen. Waardoor die op het spoor was gezet van een carrière die succesvol was gebleken.

Toen Dagny op de gang voor het lokaal kwam, stond de politieman op van zijn stoel en liep met haar mee. Hij had de dienst overgenomen van Kari Beal en heette Ralf.

'De wc,' lichtte ze hem in.

Katrine Bratt had Dagny verzekerd dat ze een bewaker op haar hielen zou hebben zolang Svein Finne een dreiging voor haar vormde. Katrine en Dagny hadden niet over de realiteit gesproken: dat het geen kwestie was van hoelang Finne op vrije voeten was of nog in leven was, maar van hoelang het budget van Bratt en het geduld van Dagny het volhielden.

In de schoolgangen hing tijdens de lessen die merkwaardige stilte, alsof ze uitrustten van de regelmatige, hectische drukte die ontstond als de bel rinkelde. Net als elke 17 jaar het cyclische zwermen van cicaden rond het Michigan-meer. Ze had een uitnodiging van haar oom, die zei dat ze dat een keer moest meemaken, zowel de intense muziek van de miljarden insecten als de smaak ervan. Cicaden waren immers familie van de garnaal en andere schaaldieren, en hij had tijdens zijn bezoek aan Noorwegen en het eten van garnalen uitgelegd dat cicaden op dezelfde manier gegeten worden. De harde schaal stevig vastpakken, de pootjes en de kop verwijderen en de zachte, proteïnerijke delen eruit trekken. Maar het klonk niet erg aanlokkelijk en ze nam dergelijke uitnodigingen van Amerikanen sowieso niet zo serieus, vooral niet als het om, als ze het goed uitrekende, 2024 ging.

'Ik wacht hier,' zei de politieman en hij ging voor het damestoilet staan.

Ze liep naar binnen. Leeg. Nam het eerste hokje.

Ze trok haar broek en onderbroek naar beneden, ging op de wc-bril zitten, leunde voorover, duwde de deur tegen de deurpost om die dicht te doen. Ze merkte dat de deur niet helemaal dicht kon. Ze keek op. Er zat een hand geklemd tussen de deur en het kozijn, vier grote vingers staken naar binnen en om een ervan zat een ring in de vorm van de adelaar. En op de handpalm zag ze de bovenste rand van een gat dat helemaal door de hand ging.

Dagny kon nog net diep ademhalen toen de deur werd opengeduwd en de hand van Finne naar voren schoot die haar om haar nek greep. Hij hield het mes dat op een slang leek voor haar gezicht en zijn stem klonk vlak bij haar oor: 'Nou, Dagny? Last van ochtendmisselijkheid? Buikpijn? Veel moeten plassen? Gevoelige borsten?'

Dagny knipperde met haar ogen.

'Daar komen we snel achter,' zei Finne, hij zakte op zijn knieën, stak het mes in een heft onder zijn jas zonder de greep rond haar keel te verslappen, pakte iets uit zijn jaszak wat op een pen leek en stopte het tussen haar dijen.

'Wees even een grote meid en plas voor papa.'

Dagny slikte.

'Wat is er? Daar kwam je toch voor?'

Dagny wilde doen wat hij zei, maar het leek of alle lichaamsfuncties op slot zaten, ze wist niet eens of ze zou kunnen gillen als hij haar keel losliet.

'Als je niet plast binnen drie tellen, dan steek ik eerst een mes in jou en daarna in die idioot die op de gang staat.' De fluisterende stem liet elk woord, elke letter klinken als een obsceniteit. Ze probeerde het. Ze probeerde het echt.

'Eén,' fluisterde Finne. 'Twee. Drie... kijk, ja! Grote meid...'

Ze hoorde de straal lopen, het porselein van de wc-pot raken en toen het water.

Finne trok de hand met de pen terug en legde die op de vloer. Veegde zijn hand af aan de wc-rol die aan de muur hing.

'Over twee minuten weten we of je zwanger bent,' zei hij. 'Is dat niet fantastisch, schatje? Deze pen, zoiets was er niet de laatste keer dat ik vrij was. We konden ons dat niet eens voorstellen. En denk eens aan al die fantastische dingen die de toekomst nog meer zal brengen. Is het dan zo vreemd dat we een kind op de wereld willen zetten?'

Dagny sloot haar ogen. Twee minuten. En wat dan?

Ze hoorde stemmen buiten. Een kort gesprek voor de deur openging, voetstappen, een meisje dat van haar leraar naar de wc mocht, ging in het hokje naast hen zitten, deed haar behoefte, waste haar handen en liep weer naar buiten.

Finne zuchtte diep en staarde naar de pen. 'Ik zoek naar een plus, Dagny, maar ik ben bang dat ik alleen een min zie. En dat betekent...'

Hij stond op en begon met zijn vrije hand zijn broek open te knopen. Dagny trok haar hoofd naar achteren en bevrijdde zich van zijn hand.

'Ik ben ongesteld,' zei ze.

Finne keek op haar neer. Zijn gezicht zat in de schaduw en wierp een schaduw. Zijn hele gedaante wierp een schaduw als een roofvogel die voor de zon cirkelt. Hij trok het mes weer uit het heft. Ze hoorde de deur piepen en de stem van de politieman die zei: 'Alles goed, Dagny?'

Finne wees naar haar met het mes alsof het een toverstaf was die haar dwong te doen wat hij wilde.

'Ik kom eraan,' zei ze zonder haar blik van Finne af te wenden.

Ze stond op, trok haar onderbroek en broek omhoog, ze stond zo dicht bij hem dat ze de stank van zijn zweet rook en nog iets anders, iets sterks en misselijkmakends. Ziekte, ontsteking.

'Ik kom terug,' zei hij en hij hield de deur voor haar open.

Dagny rende niet, maar liep met snelle passen langs de hokjes en wastafels naar de gang. Ze liet de deur achter zich dichtvallen. 'Hij is daarbinnen.'

'Wat?'

'Svein Finne. Hij heeft een mes.'

De politieman staarde haar een ogenblik aan voor hij zijn holster opentrok en het pistool pakte. Hij stopte met zijn vrije hand een plug in zijn oor en drukte op de radio die op zijn borst hing.

'01,' zei hij. 'Ik heb bijstand nodig.'

'Hij ontsnapt,' zei Dagny. 'Je moet hem pakken.'

De politieman keek haar aan. Opende zijn mond alsof hij wilde uitleggen dat zijn primaire opdracht was haar te beschermen, niet om iemand te pakken.

'Anders komt hij terug,' zei Dagny.

Misschien was er iets in haar stem of haar gelaatsuitdrukking, maar hij deed in elk geval zijn mond dicht. Deed die ene stap naar de deur, legde zijn hoofd ertegen en luisterde een paar seconden met zijn handen rond het pistool geklemd dat naar de grond wees. Toen duwde hij de deur open. 'Politie. Handen omhoog!'

Hij verdween naar binnen.

Dagny wachtte. Ze hoorde deuren klapperen. Alle acht.

De politieman kwam weer naar buiten.

Dagny haalde bevend adem. 'Vogel gevlogen?'

'God mag weten hoe,' zei de politieman en hij sprak weer in de radio. 'Hij moet langs de gladde muur omhoog zijn geklommen en ontsnapt zijn via het raam.'

'Gevlogen,' zei Dagny voor zich uit terwijl de politieman opnieuw om assistentie vroeg.

'Wat?'

'Niet geklommen. Gevlógen.'

HOOFDSTUK 41

'Zei je twintig meter?' vroeg Kripos-rechercheur Sung-min Larsen.

Hij keek omhoog naar de top van Norafossen en zag de watermassa naar beneden storten. Hij ging met zijn hand over zijn gezicht dat nat was van de waterdruppeltjes die de westenwind meenam naar de rivieroever. Het geraas van de waterval overstemde het verkeer van de provinciale weg die aan de andere kant lag van de steile afdaling die ze waren afgelopen om bij de rivier te komen.

'Twintig meter,' bevestigde de politieman met het buldoggezicht die zich had voorgesteld als Jan van het politiebureau in Sigdal. 'Het duurt maar twee seconden, maar je komt met een vaart van zeventig kilometer per uur naar beneden. Je bent kansloos.' Hij wees met zijn korte, licht uitstaande armen naar het verwrongen wrak van een witte Ford Escort die op zijn neus lag op een groot, zwart, gladgeschuurd rotsblok waar het water op terechtkwam en alle kanten op spatte. Als een kunstinstallatie, dacht Sung-min Larsen. Een plagiaat van Lord, Marquez en Michels' tien ingegraven Cadillacs in de woestijn van Amarillo in Texas, waar Sung-min op veertienjarige leeftijd met zijn vader was geweest. Zijn vader was piloot en wilde zijn zoon dat fantastische land laten zien waar hij zijn vliegopleiding had gevolgd en had geleerd om in een Starfighter te vliegen, een straaljager die volgens zijn vader gevaarlijker was voor de piloot dan voor de vijand. Een grap die zijn vader tijdens de reis meerdere keren had herhaald tussen zijn hoestbuien door. Longkanker.

'Dus je hoeft je geen illusies te maken,' zei Jan uit Sigdal en hij duwde zijn politiepet naar achteren. 'De chauffeur is waarschijnlijk door de voorruit gegaan, is verbrijzeld op de rotsen en direct overleden.

Het lijk is door de rivier meegenomen en de stroming is zo sterk is dat het nergens blijft hangen totdat de rivier uitmondt in Solevatn. En daar ligt nog steeds ijs, dus we zullen die man voorlopig niet vinden.'

'Wat zei de chauffeur van de trailer?' vroeg Sung-min Larsen.

'Hij zei dat de Ford Escort op zijn rijbaan reed, dat de chauffeur misschien iets zocht in het handschoenenvakje en ineens doorhad wat er stond te gebeuren en op het laatste moment een ruk aan zijn stuur heeft gegeven om weer op zijn eigen weghelft te komen. De chauffeur zei dat het zo snel ging dat hij niet kon zien wat er verder gebeurde, maar toen hij in zijn spiegeltje keek was de auto weg. Aangezien het een recht stuk was, had hij hem wel moeten zien. Daarom is hij gestopt en heeft hij ons gebeld. Er zijn remsporen op het asfalt, er zit witte lak op de vangrail en er zit een gat in het ijs waar de Ford Escort doorheen is gegaan.'

'Wat denk jij?' vroeg Larsen. Er kwam een nieuwe windvlaag en hij ging automatisch met zijn hand over zijn stropdas hoewel die op zijn plaats werd gehouden door een dasspeld met het logo van Pan Am. 'Onvoorzichtig rijden of een zelfmoordpoging?'

'Poging? Hij is toch dood, zei ik.'

'Maar denk jij dat hij op de trailer is afgereden en zich op het laatste ogenblik heeft bedacht?'

De politieman stampte met zijn hoge laarzen in de riviermodder met smeltende sneeuw en keek naar Sung-min Larsens keurig gepoetste Loake-schoenen. Hij schudde zijn hoofd. 'Meestal doen ze dat niet.'

'Ze?'

'Ze komen naar "the green mile". Ze hebben een besluit genomen. Ze zijn...' Hij haalde adem. 'Gemotiveerd.'

Larsen hoorde achter hem gekraak van takken, hij draaide zich om en zag de leider van de afdeling Geweld, Katrine Bratt, in etappes de steile helling afkomen waarbij ze af en toe steun zocht bij de bomen. Toen ze bij hen kwam staan, veegde ze haar handen af aan haar zwarte spijkerbroek. Sung-min bestudeerde haar gezicht terwijl ze de plaatselijke politieman haar schoongeveegde hand toestak en zich voorstelde.

Bleek. Nieuwe make-up. Betekende het dat ze onderweg van Oslo had gehuild en zich opnieuw had opgemaakt voor ze uit haar auto stapte? Ze kende Harry Hole uiteraard goed.

'Hebben jullie het lijk gevonden?' vroeg ze, en ze knikte toen Jan uit Sigdal zijn hoofd schudde. Sung-min vermoedde dat ze vervolgens zou vragen of dat betekende dat er een kans was dat Hole nog in leven was.

'Dus we wéten niet of hij is omgekomen?'

Jan zuchtte diep en zette zijn tragediemasker weer op. 'Als een auto twintig meter naar beneden valt met een vaart van zeventig kilometer per uur dan...'

'Ze zijn ervan overtuigd dat hij dood is,' zei Sung-min.

'En jij bent hier omdat je denkt dat er een verband is met de moord op Rakel Fauke?' vroeg Bratt zonder Sung-min aan te kijken. Ze had haar blik gericht op de groteske sculptuur van het autowrak.

Jij niet dan? wilde Sung-min vragen, maar hij bedacht zich dat het wellicht niet zo vreemd was dat de leider van een afdeling naar de plek kwam waar een van de medewerkers was omgekomen. Nou ja, bijna twee uur rijden, nieuwe make-up. Misschien ging het hier om meer dan een collegiale relatie?

'Zullen we naar mijn auto gaan?' vroeg hij. 'Ik heb koffie bij me.'

Katrine knikte en Sung-min wierp een snelle blik op Jan om te ontkrachten wat hij zich misschien afvroeg: of hij ook uitgenodigd was.

Sung-min en Katrine gingen in zijn BMW Gran Coupé zitten. Hoewel hij een kilometervergoeding kreeg, was het een verliesgevend project om in zijn eigen auto te rijden in plaats van in eentje van Kripos. Maar zoals zijn vader altijd zei: 'Het leven is te kort om niet in een mooie auto te rijden.'

'Hé,' zei Bratt, ze stak haar hand tussen de twee stoelen door naar de hond die op de achterbank lag met zijn kop op zijn voorpoten terwijl hij hen bedroefd aankeek.

'Kasparov is een gepensioneerde politiehond,' zei Sung-min en hij schonk koffie in twee kartonnen bekers. 'Maar hij heeft zijn baas overleefd, dus toen heb ik me over hem ontfermd.'

'Hou je van honden?'

'Niet speciaal, maar deze had niemand.' Sung-min gaf haar een bekertje. 'Maar terug naar de zaak. Ik stond op het punt Harry Hole te arresteren.'

Katrine Bratt knoeide bij de eerste slok en Sung-min wist dat het niet kwam omdat de koffie te heet was.

'Arresteren?' zei ze en ze pakte de zakdoek aan die hij aanbood. 'Gebaseerd op wat?'

'We kregen een telefoontje. Van ene Freund. Sigurd Freund, om precies te zijn. Hij is expert op het gebied van 3D-beelden van film en foto. We schakelen hem ook weleens in, net als jullie. Hij vroeg naar de formaliteiten rond een klus die hij voor inspecteur Harry Hole had gedaan.'

'Waarom belde hij jullie dan? Hole werkt voor ons.'

'Misschien juist daarom. Freund zei dat Harry Hole had gevraagd de factuur naar zijn privéadres te sturen, iets wat hoogst ongebruikelijk is. Freund wilde er alleen zeker van zijn dat alles op de correcte manier werd gedaan. Hij had zich later pas gerealiseerd dat Harry Hole tussen de één meter negentig en één meter vijfennegentig is, dezelfde lengte als de man op de beelden. Daarna had Freund het op het politiebureau nagevraagd en te horen gekregen dat Hole in een Ford Escort rijdt, hetzelfde type auto als op de beelden van de wildcamera die voor Rakel Faukes huis hing. Hij heeft alles doorgestuurd. Het tijdstip klopt met het vermoedelijke tijdstip van de moord. De wildcamera is verwijderd, waarschijnlijk door die ene persoon die wist dat de camera daar hing.'

'Die ene?'

'Als mensen in een woonwijk dergelijke camera's ophangen, dan is dat meestal om iemand te bespioneren. De partner bijvoorbeeld. Dus we hebben een foto gestuurd naar winkels die wildcamera's verkopen en Harry Hole werd herkend door een oudere man, de voormalige eigenaar van Simensen Jacht & Hengelsport.'

'Waarom zou Har… Hole een analyse van de beelden vragen als hij weet dat die beelden hem kunnen ontmaskeren?'

'Waarom vroeg hij daarom zonder dat de politie daarvan afwist?'

'Harry Hole is geschorst. Als hij de moord op zijn vrouw wilde onderzoeken, dan moest dat in het geheim gebeuren.'

'In dat geval heeft de briljante Harry Hole zijn grootste prestatie geleverd door de briljante Harry Hole te ontmaskeren.'

Katrine Bratt gaf geen antwoord. Ze verborg haar mond achter het kartonnen bekertje dat ze ronddraaide in haar hand terwijl ze door de voorruit staarde naar het afnemende daglicht.

'Maar ik denk dat het eerder omgekeerd is,' zei Sung-min. 'Hij wilde bij een expert checken of het technisch mogelijk was vast te stellen dat hijzelf op het tijdstip van de moord bij Rakel Fauke naar binnen en weer naar buiten is gegaan. Als het voor Sigurd Freund niet mogelijk was Hole te ontmaskeren, dan zou hij de beelden met een gerust hart aan ons over kunnen laten, omdat ze aantonen dat er iemand was bij Rakel Fauke en Hole zou zelf een alibi hebben voor dat tijdstip. Het alibi zou nog sterker worden, want de beelden bevestigen de bevindingen van de forensisch arts dat Rakel Fauke tussen tien uur 's avonds en twee uur 's nachts is vermoord. Of nog beter: na 23:21 uur, omdat de beelden aantonen dat er toen iemand arriveerde.'

'Maar hij heeft toch een alibi!'

Sung-min wilde zeggen dat het voor de hand lag te twijfelen aan dat alibi omdat het slechts onderschreven werd door één persoon en dat uit ervaring blijkt dat een getuigenverklaring vaak niet te vertrouwen is. Niet omdat getuigen van nature onbetrouwbaar zijn, maar omdat ons geheugen ons nogal eens parten speelt en onze zintuigen minder goed zijn dan we denken. Maar hij had de vertwijfeling in haar stem gehoord en de naakte pijn in haar ogen gezien.

'Een van de rechercheurs is nu bij Gule, de buurman van Hole,' zei hij. 'Ze reconstrueren de situatie van het alibi van Hole.'

'Bjørn zegt dat Harry stomdronken was toen hij zijn flat verliet en dat Harry onmogelijk in staat was om...'

'Ogenschijnlijk stomdronken,' zei Sung-min. 'Ik neem aan dat een alcoholist voldoende talent heeft om te spelen dat hij dronken is. Misschien heeft hij een beetje overdreven.'

'Want?'

'Volgens Peter Ringdal, de eigenaar van...'

'Ik weet wie hij is.'

'Ringdal zegt dat hij Harry Hole vaker dronken heeft gezien, maar nog nooit zo dat hij naar buiten moest worden gesleept. Hole verdroeg alcohol als de beste en Ringdal was van mening dat hij niet uitzonderlijk veel meer had gedronken dan anders. Het kan zijn dat Hole wilde doen alsof hij nog tot weinig in staat was.'

'Dat heb ik nog niet eerder gehoord.'

'Vanwege het feit dat er werd aangenomen dat Hole een alibi had, is er kennelijk niemand geweest die het grondig heeft gecheckt, maar ik ben, nadat ik met Freund had gesproken, vanmorgen bij Peter Ringdal geweest. En toen bleek dat hij zojuist bezoek had gehad van Harry Hole en uit wat Ringdal me vertelde, is het mijn indruk dat Hole had begrepen dat het net zich rond hem sloot en dat hij wanhopig op zoek was naar een zondebok. Toen hij begreep dat Ringdal daarvoor niet kon worden gebruikt, was zijn laatste hoop kennelijk vervlogen en heeft hij...' Sung-min gebaarde met zijn hand naar de weg voor hem zodat Katrine Bratt de rest zelf kon invullen.

Katrine Bratt tilde haar kin op zoals mannen van een zekere leeftijd dat doen om de halshuid uit de strakke stropdas te trekken, maar in dit geval associeerde Sung-min het gebaar met een sporter die zichzelf mentaal wilde opkrikken na een verlies voordat een nieuwe strijd werd aangegaan. 'En welke andere sporen volgt Kripos nog meer?'

Sung-min keek haar aan. Had ze met opzet voor deze onjuiste formulering gekozen? Begreep ze niet dat het geen spoor was, maar een goed verlichte vierbaansweg waar zelfs iemand als Ole Winter niet kon verdwalen en dat ze hun doel al hadden bereikt? Afgezien dan van het vinden van de stoffelijke resten van de schuldige.

'Er zijn verder geen sporen meer,' zei hij.

Katrine Bratt knikte en knikte nogmaals terwijl ze afwisselend met haar ogen knipperde en voor zich uit staarde alsof dat simpele feit erg veel hersenwerk vergde om te verwerken.

'Maar als Harry Hole is omgekomen,' zei ze. 'Dan heeft het toch geen haast openbaar te maken dat hij de hoofdverdachte is van Kripos?'

Sung-min begon ook te knikken. Niet dat hij iets wilde beloven, maar omdat hij begreep waarom ze het vroeg.

'De plaatselijke politie heeft een persbericht uitgebracht waarin zoiets staat als: "Man vermist nadat auto in rivier naast provinciale weg 287 is beland",' zei Sung-min en hij deed alsof hij niet wist dat dit woord voor woord het juiste citaat was, omdat hij uit ervaring wist dat mensen nerveus en minder mededeelzaam werden als je je iets te goede geheugen, iets te grote talent om anderen te lezen en iets te goede deductieve hersenen te duidelijk liet zien. 'Ik zie niet waarom Kripos dat nu al openbaar zou willen maken, maar dat is immers een besluit van mijn chefs.'

'Winter, bedoel je?'

Sung-min keek Katrine Bratt aan en vroeg zich af waarom ze het noodzakelijk vond de naam van zijn baas te noemen. Van haar gezicht was geen bijbedoeling af te lezen en er was ook geen reden om aan te nemen dat ze wist dat er in hem altijd een sterk gevoel van onbehagen opkwam als hij eraan herinnerd werd dat Ole Winter zijn baas was. Sung-min had namelijk nooit tegen iemand gezegd dat hij Ole Winter een middelmatige rechercheur en een zwakke baas vond. Niet zwak in betekenis van toegeeflijk, integendeel, maar in de betekenis van ouderwets autoritair en koppig. Het ontbrak Winter aan zelfinzicht om toe te geven dat hij fout zat en dat hij meer moest overlaten aan jongere krachten met frisse ideeën. Aan slimme rechercheurs, om het zo maar te zeggen. Maar ook dat hield hij voor zich, omdat hij aannam dat hij binnen Kripos wat dat betreft alleen stond in zijn visie.

'Ik wil met Winter praten,' zei Katrine Bratt. 'En met het politiebureau in Sigdal. Ze zullen hoe dan ook niet eerder de naam van de vermiste openbaar maken voor de naaste familie is ingelicht, en als ik die taak op me neem, dan bepaal ik ook wanneer het politiebureau bekend mag maken dat het om Harry Hole gaat.'

'Dat is logisch,' zei Sung-min. 'Maar vroeg of laat zal de naam bekend worden en noch jij, noch ik zal kunnen voorkomen dat er gespeculeerd gaat worden door de media en het publiek als duidelijk wordt dat de overledene...'

'Vermiste.'

'...de echtgenoot is van de vrouw die onlangs is vermoord.'

Hij zag dat er een huivering door het lichaam van Katrine Bratt ging. Zou ze weer gaan huilen? Nee, maar als ze alleen in haar auto ging zitten, dan vast en zeker wel.

'Bedankt voor de koffie,' zei Katrine en ze opende het portier. 'We houden contact.'

Bij Solevatn parkeerde Katrine Bratt haar auto op een verlaten parkeerplaats. Ze keek naar het meer dat bedekt was met ijs en concentreerde zich ondertussen op haar ademhaling. Toen haar hart weer rustig klopte, pakte ze haar mobiel. Ze zag dat ze een bericht had van Kari Beal, de lijfwacht van Dagny Jensen, maar dat las ze later wel. Ze belde Oleg. Ze vertelde over de auto, de rivier, het ongeluk.

Het werd stil aan de andere kant. Heel lang stil. En toen Oleg weer sprak, klonk zijn stem verrassend rustig alsof het niet zo'n grote schok voor hem was als Katrine had verwacht.

'Dat is geen ongeluk,' zei Oleg. 'Hij heeft er een eind aan gemaakt.'

Katrine wilde antwoorden dat ze het niet wist, maar begreep toen dat het geen vraag was.

'Het kan even duren voor ze hem vinden,' zei ze. 'Er ligt nog steeds ijs op het meer.'

'Ik kom,' zei Oleg. 'Ik heb een duikbrevet. Ik was bang voor water, maar...'

Het werd stil en even dacht ze dat de verbinding was verbroken. Toen hoorde ze een lange, bevende zucht en ging hij verder met een stem van iemand die vocht tegen de tranen.

'...hij heeft me zwemmen geleerd.'

Ze wachtte. Toen de stem weer terug was, was die weer vast. 'Ik neem contact op met politiebureau Sigdal en zal vragen of ik mag duiken met het zoekteam. En ik zal Søs op de hoogte brengen.'

Katrine zei dat hij het moest zeggen als zij iets kon doen, gaf hem haar directe nummer op het werk en verbrak de verbinding. Zo, dat was gedaan. Geen reden om er nog langer tegen te vechten, ze zat alleen in haar eigen auto.

Ze legde haar hoofd tegen de neksteun en huilde.

HOOFDSTUK 42

Het was halfvijf. Zijn laatste cliënt. Erland Madsen had onlangs een discussie gehad met een psychiater over waar de begripsmatige grens liep tussen cliënt en patiënt. En of die ook te maken had met het verschil tussen psycholoog en psychiater of dat het een kwestie was van een patiënt met medicijnen en een cliënt zonder medicijnen. Als psycholoog voelde het af en toe als een minpunt dat hij niet zelf recepten mocht uitschrijven terwijl hij precies wist wat zijn cliënt nodig had, maar dat hij hem toch moest doorverwijzen naar een psychiater die veel minder van een posttraumatisch stresssyndroom wist dan hijzelf.

Erland Madsen vouwde zijn handen. Dat deed hij vaak als de cliënt klaar was met zijn beleefdheidsfrasen en ze verdergingen waar ze de vorige keer gebleven waren. Hij deed dat zonder erover na te denken, maar toen dat ritueel hem ging opvallen, had hij erover gelezen en ontdekt dat godsdienstwetenschappers van mening waren dat het vouwen van handen stamde uit de tijd dat men de handen van gevangenen bijeen bond met lianen of touwen, waardoor gevouwen handen op den duur een symbool voor onderwerping werden. In het oude Romeinse Rijk kon een verslagen soldaat zich overgeven door met gevouwen handen om genade te smeken. In het christelijk gebed om genade te vragen aan een almachtige god was slechts een andere kant van dezelfde medaille. Dus als Erland Madsen zijn handen vouwde, betekende dat dan dat hij zich onderwierp aan zijn cliënt? Waarschijnlijk niet. De psycholoog onderwierp zich voor het welzijn van zijn cliënt en zichzelf aan de twijfelachtige autoriteit en wisselende dogma's van de psychologie. Net zoals de dominees, de weerhanen van de theologie, zijn gemeente vraagt de eeuwige waarheden van het verleden te verwerpen en de huidige te omarmen. Maar terwijl de dominee zijn handen vouwt en zegt: 'Laten we bidden', was Madsens vaste inleiding: 'Laten we beginnen waar we vorige keer gebleven waren.'

Hij wachtte tot Roar Bohr knikte en ging verder: 'Laten we het hebben over jouw moord. Je zei dat je een...' Madsen keek in zijn notities, '...misbaksel was. Waarom zei je dat?'

Bohr schraapte zijn keel en Madsen zag dat hij nu ook zijn handen vouwde. Onbewuste imitatie, dat was heel gewoon. 'Ik begreep al heel vroeg dat ik een misbaksel was,' zei Bohr. 'Omdat ik zo graag wilde doden.'

Erland Madsen probeerde zo neutraal mogelijk te kijken, niet te laten zien dat hij benieuwd was hoe het verderging. Alleen maar laten zien dat hij open, ontvankelijk en niet-veroordelend was. Niet nieuwsgierig, niet sensatiebelust, niet uit op een onderhoudend verhaal. Maar moest Madsen eigenlijk niet bekennen dat hij extra had uitgekeken naar deze sessie, dit gesprek, dit thema? Ja, dat was waar. Aan de andere kant, wie zei dat een sleutelmoment van een cliënt niet ook tegelijkertijd onderhoudend voor de therapeut kon zijn? Ja, nu Madsen erover nadacht, kwam hij tot de conclusie dat wat belangrijk was voor de cliënt automatisch de nieuwsgierigheid van iedere serieuze psycholoog die het beste voorhad met zijn cliënt zou moeten triggeren. En dat het feit dat Madsen nieuwsgierig was, betekende dat deze kwesties belangrijk waren voor zijn cliënt, want hij was immers een gewetensvolle psycholoog. Nu oorzaak en gevolg in de juiste volgorde waren gepresenteerd, vouwde hij niet alleen zijn vingers, maar duwde hij zijn handpalmen tegen elkaar.

'Ik wilde zo graag doden,' herhaalde Roar Bohr. 'Maar ik kon het niet. En daarom was ik een misbaksel.'

Het stopte. Madsen moest inwendig tellen om niet te snel in te grijpen. Vier, vijf, zes. 'Dat kon je niet?'

'Nee, ik dacht dat ik het kon, maar daarin had ik me vergist. In het leger zitten psychologen die de opdracht hebben soldaten te leren te doden. Maar binnen de Special Forces wordt daar geen gebruik van gemaakt. Ervaring leert namelijk dat soldaten die zich daarvoor aanmelden al zo hypergemotiveerd zijn om te doden dat het zonde is van de tijd en het geld om daarvoor psychologen aan te stellen. En ik voelde me gemotiveerd. Niets van wat ik voelde of dacht wees erop dat het tegenovergestelde aan de hand was. Integendeel, zou ik haast zeggen.'

'Wanneer ontdekte je dat je niet in staat was te doden?'

Bohr haalde diep adem. 'Dat was in Basra in Irak, tijdens een actie samen met de Amerikaanse manschappen. We hadden een huis ingenomen waaruit volgens onze verkenner schoten kwamen. In het huis was een meisje van een jaar of vijftien. Ze droeg een blauwe jurk, haar gezicht was grijs van het stof van de explosie en ze hield een kalasjnikov vast die bijna net zo groot was als zijzelf. Ze had het wapen op mij gericht. Ik probeerde haar neer te schieten, maar het lukte me niet. Het leek of mijn hoofd het wel wilde, maar mijn spieren niet. Het meisje begon te schieten, maar waarschijnlijk was ze verblind door het stof en de kogels raakten de muur achter me. Ik herinner me dat ik de splinters van de muur in mijn rug voelde. Ik stond daar maar. Een Amerikaan schoot haar dood. Dat kleine lichaam tuimelde achterover tegen een bank waarop kleurrijke kleden lagen en een tafel waarop een paar foto's stonden, waarschijnlijk van haar grootouders.'

Stilte.

'Wat voelde je toen?'

'Niets,' zei Bohr. 'De jaren daarna voelde ik niets. Afgezien dan van een wilde paniek bij de gedachte nog een keer in een dergelijke situatie terecht te komen en het nogmaals af te laten weten. Zoals gezegd, het ontbrak me niet aan motivatie. Iets leek gewoon niet goed te werken. Of misschien juist té goed. Dus meldde ik me aan voor een leidinggevende functie omdat ik dacht dat ik daar beter voor geschikt was. En dat was ook zo.'

'Maar je voelde niets?'

'Nee, afgezien van die paniekaanvallen. En aangezien die het alternatief waren van niets voelen, vond ik het best om niets te voelen.'

'*Comfortably Numb.*'

'Wat?'

'Sorry, ga verder.'

Toen ik de eerste keer tekenen van PTSS ging vertonen – slapeloosheid, irritatie, hartkloppingen, allerlei kleine dingen – dacht ik daar niet al te veel over na. Iedereen binnen de Special Forces is immers op de hoogte van het bestaan van PTSS, maar terwijl de officiële versie is dat we het serieus nemen, was het niet iets waarover we spraken. Niemand zei hardop dat PTSS iets is voor zwakkelingen, maar onze soldaten zijn zelfbewust en we weten heel goed dat we hogere waarden van NPY hebben enzovoorts.'

Madsen knikte. Er was onderzoek gedaan naar de manier waarop commando's worden geselecteerd. Deze methoden lijken mensen met een laag of gemiddeld niveau van de neuropeptide Y of NPY, een neurotransmitter die het stressniveau laat zakken, weg te filteren. Binnen de Special Forces wordt wel gezegd dat deze genetische aanleg samen met de training en de sterke korpsgeest de soldaten immuun maakt voor PTSS.

'Het was niet verkeerd toe te geven dat je een paar nachtmerries had,' zei Bohr. 'Daaruit bleek dat je geen pure sociopaat was, maar verder geloof ik dat we nauwelijks over PTSS nadachten. Net zoals onze ouders dachten over roken: zolang bijna iedereen dat een beetje doet, kan ik toch niet zó gevaarlijk zijn. Maar toen werd het erger...'

'Ja,' zei Madsen en hij bladerde terug in zijn notities. 'Daar hebben we het over gehad. Maar je zei ook dat het op een bepaald moment beter ging.'

'Ja, het veranderde toen het me eindelijk lukte om te doden.'

Erland Madsen keek op. Hij deed zijn bril af zonder dat het een bewust dramatisch gebaar moest zijn.

'Wie heb je gedood?' Madsen kon zijn tong wel afbijten. Wat was dit voor vraag van een professionele therapeut? En wilde hij het antwoord eigenlijk wel weten?

'Een verkrachter. Het maakt niet uit wie hij was, maar hij heeft in Afghanistan een vrouw verkracht en vermoord die Hala heette en mijn tolk was.'

Stilte.

'Waarom zeg je "verkrachter"?'

'Wat?'

'Je zegt dat hij jouw tolk heeft vermoord. Is dat niet veel erger dan verkrachten? Zou het niet logischer zijn geweest als je had gezegd dat je een moordenaar hebt gedood?'

Bohr keek Madsen aan alsof de psycholoog iets had gezegd waar hij zelf niet aan had gedacht. Hij maakte zijn lippen nat en leek iets te willen zeggen. Maakte ze opnieuw nat.

'Ik zoek,' zei hij. 'Ik zoek naar degene die Bianca heeft verkracht.'

'Jouw zusje?'

'Hij moet daarvoor boeten. We moeten allemaal boeten voor onze fouten.'

'Moet jij ook boeten?'

'Ik moet boeten voor het feit dat ik haar niet heb beschermd. Zoals zij mij beschermde.'

'Hoe heeft jouw zusje jou beschermd?'

'Door haar geheim te bewaren.' Bohr haalde bevend adem. 'Bianca was ziek toen ze me eindelijk vertelde dat ze als zeventienjarige was verkracht. Ik wist dat het waar was, dat alles klopte. Ze vertelde het omdat ze ervan overtuigd was dat ze zwanger was hoewel het al jaren geleden was gebeurd. Ze zei dat ze het voelde, het groeide erg langzaam, het was als een gezwel of een steen en om naar buiten te komen moest het haar doden. We waren in het vakantiehuisje en ik zei dat ik haar wilde helpen het embryo kwijt te raken, maar toen zei ze dat hij – de verkrachter – zou komen om me te vermoorden zoals hij had beloofd. Dus ik gaf haar een slaappil en de volgende ochtend vertelde ik dat het een abortuspil was geweest en dat ze niet meer zwanger was. Ze werd hysterisch. Later, toen ze was opgenomen en ik haar bezocht, liet haar psychiater me een tekening van haar zien. Ze had een arend getekend die mijn naam riep en vertelde dat ze iets had gezegd over abortus en dat zij en ik me hadden gedood. Ik koos ervoor niets te vertellen over ons geheim. Ik weet niet of het iets had uitgemaakt. Hoe dan ook, Bianca wilde liever zelf dood dan dat ik – haar grote broer – dood zou gaan.'

'En jij hebt haar dood niet kunnen voorkomen. Dus toen moest jij boeten?'

'Ja, en dat kon ik alleen doen door haar te wreken. De verkrachters stoppen. Daarom ben ik in het leger gegaan, daarom ben ik bij de Special Forces gegaan. Ik wilde geschikt zijn. En toen werd ook Hala verkracht...'

'En jij vermoordde de man die hetzelfde met Hala had gedaan als jouw zusje was overkomen?'

'Ja.'

'En welk gevoel kreeg je daarbij?'

'Zoals ik al zei: ik voelde me beter. Moorden gaf me een beter gevoel. Ik ben niet langer een misbaksel.'

Madsen keek naar het lege vel van het notitieblok. Hij was gestopt met schrijven. Hij kuchte. 'Dus... nu heb je geboet?'

'Nee.'

'Nee?'

'Ik heb degene die Bianca heeft verkracht niet gevonden. En de anderen.'

'Andere verkrachters moeten worden gestopt, bedoel je?'

'Ja.'

'En jij wilt ze graag stoppen?'

'Ja.'

'Door ze te doden?'

'Het werkt, ik voel me er beter door.'

Erland Madsen aarzelde. Dit was een situatie die goed moest worden aangepakt, zowel therapeutisch als juridisch.

'Die moorden, denk je daar graag aan of is het iets wat je ook opzoekt en opnieuw wil doen?'

'Ik weet het niet precies.'

'Wil je dat iemand je stopt?'

'Nee.'

'Wat wil je dan?'

'Ik wil dat je me vertelt of het me de volgende keer ook zal helpen.'

'Iemand vermoorden?'

'Ja.'

Erland Madsen keek Roar Bohr aan. Maar uit ervaring wist hij dat hij geen antwoord zou vinden in zijn gezicht, mimiek en lichaamstaal, daarvoor had de mens te veel aangeleerde gewoonten. In de woorden vond je de antwoorden. En nu was er een vraag gesteld waarop hij geen antwoord had. Niet naar waarheid. Niet eerlijk. Madsen keek op de klok.

'We hebben geen tijd meer,' zei Madsen. 'Later we het hier donderdag verder over hebben.'

'Ik ga nu,' zei een vrouwenstem bij de deur.

Erland Madsen keek op uit de map die hij in het cliëntenarchief had gevonden en die nu voor hem op het bureau lag. Het was Torill, de receptioniste die de zes psychologen deelden. Ze had haar jas aan en keek Erland aan met een blik die betekende dat hij zich iets moest herinneren, maar dat ze te tactvol was om het uit te spreken.

Erland Madsen keek op de klok. Zes uur. En ineens wist hij het weer. Hij moest vandaag de kinderen naar bed brengen omdat zijn vrouw haar moeder hielp met het opruimen van de zolder.

Maar eerst moest hij dit uitzoeken.

Twee cliënten. Er waren meerdere overeenkomsten. Beiden hadden in Kabul gewerkt, gedeeltelijk in dezelfde periode. Beiden waren bij hem gekomen omdat ze symptomen van PTSS hadden. In zijn aantekeningen vond hij het: ze hadden allebei een band met ene Hala. Het kon uiteraard een heel gewone Afghaanse vrouwennaam zijn, maar dat er meer dan één Hala was die tolk was voor de Noorse troepen in Kabul, dat betwijfelde hij.

Bij Bohr was het logisch als het ging om zijn band met vrouwen die jonger waren dan hij en die ook nog eens onder hem werkten: hij voelde een sterke verantwoordelijkheid voor ze, op dezelfde manier als voor zijn zusje. Een verantwoordelijkheid die grensde aan het dwangmatige, een vorm van paranoia.

De andere cliënt had een nauwere band met Hala gehad. Ze waren geliefden. Erland Madsen had gedetailleerdere aantekeningen gemaakt en hij las dat ze dezelfde tatoeage hadden laten zetten. Niet hun namen, want dat kon gevaarlijk zijn als die door een talibanaanhanger of een andere streng gelovige werden ontdekt. In plaats daarvan hadden ze het woord 'venn' – vriend – op hun lichaam laten tatoeëren, iets wat hen voor het leven zou binden.

Maar dat was niet het belangrijkste aanknopingspunt.

Erland Madsen ging met zijn vinger over de bladzijde, hij vond wat hij zocht en het was precies zoals hij het zich herinnerde: zowel Bohr als de andere cliënt had gezegd dat ze zich beter voelden door het doden. Onder aan de bladzijde had hij genoteerd: 'Let op! Ga daar de volgende keer dieper op in. Wat betekent: 'beter voelen na het doden?'

Erland Madsen keek weer op de klok. Hij nam de aantekeningen mee naar huis en ging de rest lezen als de kinderen sliepen. Hij sloeg de map dicht en legde een knoop in het rode lint. De strik lag op de naam die hij op de map had geschreven: Kaja Solness.

HOOFDSTUK 43

Drie maanden eerder.

Erland Madsen keek verstolen naar de klok. Het uur was bijna voorbij. Jammer, want hoewel dit pas de tweede therapiesessie was, was cliënt Kaja Solness een interessant geval. Ze was binnen het Rode Kruis verantwoordelijk voor de veiligheid. Een baan die in je beginsel niet direct blootstelde aan traumatische gebeurtenissen zoals bij de strijdmachten. Toch had ze hem verteld hoe ze van dichtbij oorlogshandelingen en gruwelijkheden had meegemaakt waaraan normaal gesproken alleen soldaten worden blootgesteld en die vroeg of laat bijna altijd tot psychische schade leiden. Het was interessant, maar niet ongebruikelijk, dat ze niet leek in te zien dat ze niet alleen in dergelijke gevaarlijke situaties terechtkwam, maar dat ze die zelf min of meer bewust opzocht. Het was ook interessant dat ze geen symptomen van PTSS had vertoond bij de debriefing in Tallin, maar juist zelf het initiatief had genomen voor deze therapeutische gesprekken. De meeste soldaten die hier kwamen waren doorverwezen en werden gedwongen gesprekken met hem te voeren. Maar de meerderheid wilde niet praten en sommigen gaven onmiddellijk aan dat praten iets voor zwakkelingen was en raakten geïrriteerd als ze begrepen dat Madsen niet zelf de slaappillen kon voorschrijven waarvoor ze waren gekomen. 'Ik wil gewoon slapen!' zeiden ze. Ze begrepen niet hoe ziek ze waren. Tot de dag kwam dat ze met de geweerloop in hun mond zaten terwijl de tranen over hun wangen stroomden. Degenen die therapie weigerden kregen natuurlijk hun pillen, antidepressiva en slaapmedicatie. Het was Madsens ervaring dat de cognitieve therapie met focus op de trauma's hielp. Niet de acute crisistherapie die zo populair was geweest totdat onderzoek uitwees dat die geen enkel effect had, maar een langdurige behandeling waarbij de cliënt weer door het trauma moest gaan en langzaam leert om te gaan en te leven met de lichamelijke reacties. Te denken dat er een *quick fix* bestond, dat je de wonden in een vloek en een zucht kon genezen, was naïef en in het ergste geval gevaarlijk.

Hij kreeg de indruk dat Kaja Solness daarom hier was. Ze wilde erover praten. Snel en veel. Zo snel en veel dat hij haar trachtte af te remmen. Maar het leek of ze geen tijd had, ze wilde nu antwoorden.

'Anton was een Zwitser,' zei Kaja Solness. 'Arts, werkte voor ICRC, de Zwitserse afdeling van het Rode Kruis. Ik was verliefd op hem. En hij op mij. Dacht ik.'

'Je denkt dat je je daarin vergiste?' vroeg Erland Madsen terwijl hij noteerde.

'Nee, ik weet het niet. Hij verliet me. Dat wil zeggen, "verlaten" is niet het juiste woord. Als je samen in een oorlogsgebied werkt, is het moeilijk iemand te verlaten. We wonen en werken dicht op elkaar. Maar hij vertelde me dat hij iemand anders was tegengekomen.' Ze lachte even. '"Tegenkomen" is ook niet het juiste woord. Sonia was verpleegkundige bij het Rode Kruis. We aten, sliepen en werkten letterlijk altijd samen. Ze kwam ook uit Zwitserland. Anton houdt van knappe vrouwen, dus zij was uiteraard ook knap. En intelligent en welgemanierd. Kwam uit een goede familie. Zwitserland is een land dat nog steeds iets te betekenen heeft. Maar het ergste was het feit dat ze sympathiek was. Een oprecht empathisch persoon die haar werk met passie, moed en liefde deed. Op dagen dat het moeilijk was geweest met veel doden en zwaargewonden kon ik horen dat ze zichzelf in slaap huilde. En ze was aardig voor me. En gaf me de indruk dat ik ook aardig voor haar was. "*Merci vilmal!*", zei ze. Ik weet niet of dat Duits, Frans of allebei is, maar ze zei het in elk geval voortdurend. Dank, dank, dank. Voor zover ik weet, heeft ze nooit doorgehad dat Anton en ik een relatie hadden toen zij in beeld kwam, hij was immers getrouwd dus hij wilde het geheimhouden. Net zoals het nu Sonia's beurt was om de verhouding geheim te houden. Paradoxaal genoeg was ik de enige die ze in vertrouwen nam. Ze was gefrustreerd omdat hij haar beloofde dat hij ging scheiden, maar het steeds weer uitstelde. Ik luisterde en troostte haar en haatte haar meer en meer. Niet omdat ze een slecht mens was, maar omdat ze een goed mens was. Vind je dat vreemd klinken, Erland?'

Erland Madsen schrok even omdat ze zijn voornaam gebruikte. 'Vind jij het raar?' vroeg hij.

'Nee,' zei Kaja Solness nadat ze even had nagedacht. 'Want het was Sonia, en niet Antons chronische zieke, vermogende vrouw, die tussen hem en mij in stond. Toch?'

'Dat klinkt logisch. Ga verder.'

'Het was buiten Basra. Weleens in Basra geweest?'

'Nee.'

'De warmste stad op aarde. Het is drinken of sterven, zoals de journalisten in de hotelbar van Sultan Palace zeiden. 's Nachts kwamen vanuit de woestijn gigantische, vleesetende honingdassen naar de stad die alles opaten wat ze tegenkwamen. De mensen waren doodsbang en de boeren buiten de stad beweerden dat die beesten nu ook hun koeien aanvielen. Maar ze hebben heerlijke dadels in Basra.'

'Dat is tenminste iets.'

'Hoe dan ook, we waren naar een boerderij gestuurd waar koeien door een slechtonderhouden hek van een mijnenveld waren gebroken. De boer en zijn zoon waren achter de koeien aan gerend om ze eruit te krijgen. Later hoorden we dat ze dachten dat daar alleen antipersoneelsmijnen lagen. Die lijken op bloempotten met uitstekende punten en die zijn makkelijk te zien. Maar er lagen ook PROM-1 mijnen en die zijn veel moeilijker te zien. Bovendien is de PROM-1 een Bouncing Betty.'

Madsen knikte. De meeste landmijnen brachten ernstig schade toe aan de benen en het onderlijf van de slachtoffers, maar deze sprong op en explodeerde op borsthoogte.

'Bijna alle dieren waren er ongedeerd uitgekomen, ik weet niet of dat geluk of instinct was. De vader was ook bijna uit het mijnenveld toen hij vlak bij het hek op een PROM-1 stapte. Die sprong op en pompte hem vol splinters. Maar omdat deze mijnen opspringen, verwonden ze ook vaak mensen die er verder vandaan staan. De zoon was zo'n dertig meter het veld in gerend om de laatste koe te redden, maar toch werd hij getroffen door een splinter. We zagen kans de vader uit het veld te krijgen en probeerden zijn leven te redden terwijl de jongen in het mijnenveld lag te schreeuwen. Dat geschreeuw was niet om aan te horen, maar de zon was al bezig achter de horizon te verdwijnen en zonder metaaldetector in een veld met PROM-1-mijnen konden we hem niet ophalen. We moesten wachten op back-up. Toen kwam er een wagen van ICRC en Sonia sprong eruit. Ze hoorde het geschreeuw en rende op me af. Ze vroeg wat voor mijnen er lagen. Daarbij legde ze, zoals ze altijd deed, een hand op mijn arm en ik zag een ring om haar vinger die er eerder niet was geweest. Een verlovingsring. En ik begreep dat hij het had gedaan. Anton was eindelijk bij zijn vrouw weg. We stonden een eindje van de anderen vandaan en ik antwoordde dat het antipersoneelsmijnen waren. En voordat ik adem kon halen om te zeggen dat er ook PROM-1-mijnen lagen, was ze al op weg in het mijnenveld. Ik riep haar na, maar kennelijk niet luid genoeg om boven het geschreeuw van de jongen uit te komen.'

Kaja had de beker thee opgetild die Erland voor haar had ingeschonken. Ze keek hem aan en hij zag dat ze besefte dat hij zat te wachten op de afloop van het verhaal.

'Sonia ging dood, net als de vader. Maar de jongen overleefde het.'

Erland tekende drie verticale strepen en door twee trok hij een schuine streep.

'Voel je je schuldig?' vroeg hij.

'Vanzelfsprekend.' Haar gezicht drukte verbazing uit. Was er een lichte irritatie in haar stem gekomen?

'Waarom is dat vanzelfsprekend, Kaja?'

'Omdat ik haar heb vermoord. Ik heb een mens gedood die geen greintje kwaad in zichzelf had.'

'Vind je niet dat je nu te streng voor jezelf bent? Je zei toch dat je haar probeerde te waarschuwen?

'Word je niet voldoende betaald dat je denkt dat je niet goed hoeft te luisteren, Erland?'

Erland stelde vast dat er agressie in haar stem zat, maar ook dat die helemaal niet in haar milde gezichtsuitdrukking te zien was.

'Wat heb ik volgens jou niet gehoord, Kaja?'

'Je hebt niet zoveel tijd nodig om adem te halen en PROM-1 te roepen voordat iemand zich omdraait, over een hek springt en op een van die duivels trapt. Je wordt niet overstemd door het geschreeuw van een jongen die een half voetbalveld verderop ligt.'

Het bleef een paar seconden stil.

'Heb je het daar met iemand anders over gehad?'

'Nee, zoals gezegd stonden Sonia en ik een beetje apart van de anderen. Ik vertelde hun dat ik haar had gewaarschuwd voor beide typen. Ze vonden het niet zo vreemd, want ze wisten allemaal hoe zelfopofferend Sonia was. Tijdens de herdenkingsbijeenkomst in het kamp zei Anton tegen me dat hij dacht dat Sonia's streven om geaccepteerd en geliefd te worden haar dood was geweest. Alleen ik weet wat er eigenlijk gebeurde. En nu jij ook.' Kaja lachte en haar kleine, spitse tanden werden zichtbaar. Alsof ze twee tieners waren die een geheim deelden, dacht Erland.

'Wat betekende de dood van Sonia voor jou?'

'Dat ik Anton terugkreeg.'

'Dat was alles? Dat je Anton terugkreeg?'

'Ja.'

'Waarom wilde je hem terug hebben als hij je op die manier had verraden, denk je?'

'Ik wilde hem zo dicht mogelijk bij me hebben zodat ik kon zien hoe hij leed. Zien hoe hij rouwde om het verlies, erdoor werd verteerd zoals dat bij mij was geweest. Ik bleef een poos bij hem. Toen vertelde ik hem dat ik niet meer van hem hield en verliet hem.'

'Je had je wraak?'

'Ja, en ik had me gerealiseerd waarom ik hem in de eerste plaats wilde hebben.'

'En waarom was dat?'

'Omdat hij getrouwd en onbereikbaar was. En omdat hij lang en blond was en me aan iemand deed denken van wie ik had gehouden.'

Erland had het gevoel dat dat belangrijk was, maar daar moesten ze eventueel in een latere fase van de therapie maar op terugkomen.

'Laten we teruggaan naar het trauma, Kaja. Je zei dat je je schuldig voelde. Maar laat ik een vraag stellen die misschien naar hetzelfde vraagt, maar dat is niet zo. Heb je spijt?'

Kaja zette een wijsvinger onder haar kin om hem te laten zien dat ze nadacht.

'Ja,' zei ze. 'Maar tegelijkertijd gaf het een merkwaardige verlossing. Ik voelde me beter.'

'Je voelde je beter nadat Sonia dood was?'

'Ik voelde me beter nadat ik Sonia had gedood.'

Erland Madsen noteerde: beter voelen na het doden. 'Kun je beschrijven wat je bedoelt met je beter voelen?'

'Vrij. Ik voelde me vrij. Iemand doden is een grens oversteken. Je denkt dat het een blokkade is, een muur, maar als je daardoorheen bent, begrijp je dat het slechts een streep op een kaart is die door een mens is getekend. Sonia en ik, we waren beiden een grens overgegaan. Zij was dood en ik was vrij. Maar ik voelde me vooral beter omdat de persoon die me had bedrogen, leed.'

'Nu heb je het over Anton?'

Ja, hij leed zodat ik verlost werd. Anton was mijn Jezus. *My personal Jesus.*'

'Op welke manier?'

'Ik heb hem aan het kruis gehangen zodat hij mijn lijden op zich kon nemen, zoals we dat met Jezus hebben gedaan. Want Jezus ging niet zelf aan het kruis hangen, hij leed niet vrijwillig. Wij hebben hem daaraan gehangen, dat is het hele punt. We werden verlost en kregen eeuwig leven door Jezus te doden. God kon weinig doen. God heeft zijn zoon niet geofferd. Als het waar is dat God de mens een vrije wil heeft gegeven, dan heeft de mens ook tegen Gods wil in Jezus gedood. En de dag dat we beseffen dat we kunnen ingaan tegen Gods wil is de dag dat we onszelf bevrijden, Erland. En dan kan alles gebeuren.'

Kaja Solness lachte en Erland Madsen trachtte tevergeefs een vraag te formuleren. In plaats daarvan bleef hij zitten kijken naar de merkwaardige blik in haar ogen.

'Mijn vraag is,' zei ze. 'Als het één keer zo'n verlossing betekende, mag ik het dan opnieuw proberen? Moet ik de echte Jezus aan het kruis hangen? Of ben ik gewoon gek?'

Erland Madsen maakte zijn lippen nat. 'Wie is de eigenlijke Jezus?'

'Je hebt geen antwoord gegeven op mijn vraag. Heb je een antwoord voor me, dokter?'

'Dat hangt ervan af wat je eigenlijk vraagt.'

Kaja glimlachte en zuchtte diep. 'Nee maar,' zei ze, kijkend op het horloge rond haar smalle pols. 'Ik zie dat het al tijd is.'

Nadat ze was vertrokken, bleef Erland Madsen naar zijn aantekeningen zitten kijken. En schreef onderaan: 'Let op! Ga daar de volgende keer dieper op in. Wat betekent "beter voelen na het doden"?'

Twee dagen later had Torill hem doorgegeven dat ze een telefoontje van Kaja Solness had gekregen dat ze niet meer terug zou komen omdat ze een oplossing voor haar probleem had gevonden.

HOOFDSTUK 44

Alexandra Sturdza zat aan een raamtafeltje in de lege kantine van het Rikshospital. Voor haar stond een kop zwarte koffie en weer een lange werkdag. Ze had de dag daarvoor tot middernacht gewerkt, vervolgens vijf uur geslapen en had nu alle stimuli nodig die ze maar kon krijgen.

De zon was bezig op te komen. Deze stad was als de vrouw die in het juiste licht verblindend mooi kon zijn terwijl ze het volgende ogenblik zo alledaags kon zijn dat ze gewoon verdween. Of zelfs lelijk was. Maar nu, op de vroege ochtend nog voordat de gemiddelde Noor naar zijn werk gaat, was Oslo voor haar als de geheime minnaar met wie ze een gestolen uurtje had. En het was een afspraak met iemand die nog steeds een beetje vreemd en spannend was.

In het oosten lagen de berghellingen nog in de schaduw en in het westen werden ze beschenen door de lage zon. De gebouwen in het centrum bij de fjord waren zwarte silhouetten, als een kerkhof bij zonsopgang. Alleen een paar glazen gebouwen weerspiegelden het licht, als een zilverkleurige vis onder het donkere wateroppervlak. En het water glinsterde tussen de eilanden en schiereilanden die over niet al te lange tijd groen zouden kleuren. Wat verlangde ze naar de lente! In deze stad noemden ze maart de eerste lentemaand, hoewel iedereen wist dat het nog steeds winter was. Bleek, koud met een sporadische aanval van warmte. April was in het beste geval een onbetrouwbare flirt. Mei was de eerste maand waarop je kon vertrouwen. Mei. Alexandra wenste zich een mei. Ze wist dat de keren dat ze zo'n man had gehad – een warme, milde man die haar alles gaf wat ze wenste, en in gepaste porties – ze dan zo verwend en veeleisend werd dat ze hem bedroog met een juni of nog erger een juli, die al helemaal niet te vertrouwen was. Wat met de volgende keer een volwassen man als augustus? Eentje met wat grijze haren, een gezin en een huwelijk achter de rug? Jazeker, zo'n man zou ze welkom heten. Dus waarom was ze dan nu verliefd geworden op een november? Een duistere, sombere man die doorweekt was van de regen en die alleen uitzicht bood op nog meer duisternis en die stil was, geen vogel te horen, of het dak van je huis kon trekken met een van zijn woeste, idiote herfststormen. Soms beloonde hij je weliswaar met een dag vol zonneschijn en onverwachte warmte waarop je des te meer prijs stelde en die een wonderlijk mooi, geruïneerd, verwoest landschap openbaarde waarin nog enkele gebouwen gespaard leken. Gebouwen die de tijd en het weer hadden doorstaan. Standvastig, onwrikbaar als een fundament waarvan je wist dat het er aan het eind van de maand ook nog zou staan en waarin Alexandra, bij gebrek aan beter, haar toevlucht zou zoeken. Maar nu moest het snel beter worden. Ze rekte zich uit en trachtte de vermoeidheid uit haar lichaam te gapen. Het moest lente worden. Het moest mei worden.

'Juffrouw Sturdza?'

Ze draaide zich verrast om. Niet alleen dat het tijdstip on-Noors was, maar ook de aanspreekvorm. De man die er stond was inderdaad niet Noors. Dat wil zeggen, hij zág er niet Noors uit. Hij had niet alleen een Aziatisch gezicht, maar zijn kleding – kostuum, krijtwit, gestreken overhemd en stropdas met dasspeld – was absoluut niet de werkkleding van een Noor. Tenzij de Noor een van die zelfingenomen idioten was met een baan die eindigde op 'adviseur' en wat je direct werd verteld als je ze in een uitgaansgelegenheid in de stad trof. Ze probeerden er ook altijd uit te zien alsof ze net van kantoor kwamen omdat ze zo ziek veel werkten. Dat was in elk geval het signaal dat ze wilden afgeven. En wanneer ze hun adviseurstitel 'verklapten' nadat ze het gesprek discreet zo hadden gemanoeuvreerd dat het niet zo heel vreemd was dat ze het zeiden, was dat met gespeelde schroom alsof je zojuist een verrekte kroonprins incognito had ontmaskerd. Daar stopte meestal het adviseren.

'Sung-min Larsen,' zei de man. 'Rechercheur bij Kripos. Mag ik even gaan zitten?'

Nee maar, Alexandra bestudeerde hem. Lang. Hij sportte, maar niet te veel, in balans, hij dacht na over het kosmetische aspect, maar hield van het trainen zelf. Net als zij. Bruine ogen uiteraard. Begin dertig? Geen ring. Kripos. Ja, ze had een paar meisjes zijn naam met die grappige combinatie van Aziatisch en Noors horen noemen. Vreemd dat ze hem niet eerder had gezien. De zon bereikte op dat moment net het raam van de kantine en lichtte Sungmin Larsen op en verwarmde met een verrassende intensiteit de ene wang van Alexandra, juffrouw Sturdza. Misschien kwam dit jaar de lente vroeg. Zonder haar koffie neer te zetten duwde ze met haar voet een stoel naar achteren.

'Ga je gang.'

'Bedankt.'

Toen hij voorover leunde om te gaan zitten, legde hij automatisch een hand tegen zijn stropdas, ondanks de dasspeld. Er was iets bekends aan de speld, iets wat haar deed denken aan haar jeugd. Ze bedacht wat het was. Het logo van de Roemeense vliegmaatschappij Tarom dat op een vogel leek.

'Ben je piloot geweest, Larsen?'

'Dat was mijn vader,' zei hij.

'Mijn oom ook,' zei ze. 'Hij vloog een IAR-93-jachtvliegtuig.'

'Echt? Geproduceerd in Roemenië.'

'Ken je dat type?'

'Nee hoor, ik meen me alleen te herinneren dat het het enige communistenvliegtuig was dat in de jaren zeventig niet door de Sovjets werd gebouwd.'

'Communistenvliegtuig?'

Larsen lachte even. 'Het type vliegtuig dat mijn vader uit de lucht moest schieten als het te dichtbij kwam.'

'De Koude Oorlog. En jij hebt er altijd van gedroomd zelf piloot te worden?'

Hij keek haar verrast aan. Iets in hem deed haar vermoeden dat hij dat niet zo vaak was, verrast. 'Het is niet zo gebruikelijk om een IAR-93 te kennen en met een Tarom-dasspeld rond te lopen,' voegde ze eraan toe.

‘Ik had me aangemeld voor de luchtmacht,’ gaf hij toe.

‘Maar je werd niet aangenomen?’

‘Ik werd wel aangenomen,’ zei hij met zo’n vanzelfsprekendheid dat ze er niet aan twijfelde. ‘Maar mijn rug is te lang. Ik paste niet in de cockpit van een jachtvliegtuig.’

‘Maar je kon toch andere toestellen vliegen. Vrachtvliegtuigen, helikopters.’

‘Zeker,’ zei hij.

Je vader, dacht ze. Hij was straaljagerpiloot geweest. Je kon het natuurlijk niet verdragen dat je een mindere versie van hem was, iemand die lager in de pilotenhiërarchie stond dan je vader. Dan maar heel iets anders. Hij was een alfamannetje. Iemand die misschien nog niet gekomen was waar hij wilde zijn, maar die op weg was. Net als zij.

‘Ik onderzoek een moord…’ zei hij en ze begreep aan de snelle blik dat deze inleiding een waarschuwing was.

‘Ik heb een paar vragen over ene Harry Hole.’

Het voelde alsof de zon weer achter een wolk verdween en Alexandra’s hart stopte.

‘Aan zijn telefoongeschiedenis zie ik dat jullie elkaar de laatste weken en dagen meerdere keren hebben gebeld.’

‘Hole?’ zei ze en ze deed of ze moest zoeken naar de naam. Ze zag aan zijn blik hoe vals het klonk.

‘Ik heb inderdaad met hem gesproken via de telefoon. Hij is rechercheur.’

‘Jullie hebben misschien meer gedaan dan praten?’

‘Meer?’ Ze trachtte een wenkbrauw op te trekken, maar wist niet of dat gelukt was: de controle over haar mimiek leek verdwenen. ‘Waarom denk je dat?’

‘Twee zaken,’ zei Larsen. ‘Dat je instinctief doet alsof je je zijn naam niet meer herinnert hoewel jullie de laatste drie weken zes telefoongesprekken hebben gevoerd en jij zijn nummer twaalf keer hebt gebeld, waarvan twee keer in de nacht dat Rakel Fauke werd vermoord. En dat zijn telefoon in dezelfde drie weken drie keer in de buurt van het basisstation van jouw priveadres is geweest.’

Hij zei het zonder agressie of iets wat haar een gevoel van manipulatie zou kunnen geven of dat hij een spelletje met haar speelde. Dat wil zeggen, hij zei het op een manier dat het spel voorbij was, als een croupier die zonder merkbaar gevoel de getallen oplas voordat hij de fiches bij elkaar harkte.

'We zijn... waren minnaars,' zei ze. En ze begreep toen ze het zichzelf hoorde zeggen dat het precies was wat ze waren geweest. Minnaars, niets meer en niets minder. En dat het voorbij was. Maar de andere consequentie had ze niet bedacht.

Totdat Sung-min Larsen zei: 'Voor we verdergaan, wil ik je vragen of je een advocaat nodig hebt.'

Ze moest er verbijsterd uit hebben gezien, want Sung-min Larsen haastte zich daaraan toe te voegen: 'Je bent geen verdachte, dit is geen officieel verhoor en ik ben er primair op uit om informatie over Harry Hole te krijgen, niet over jou.'

'Dus wat moet ik met een advocaat?'

'Het advies krijgen dat je niet met me moet praten, aangezien jouw nauwe band met Harry Hole je in verband zou kunnen brengen met een moordzaak.'

'Bedoel je dat ik zijn vrouw vermoord kan hebben?'

'Nee.'

'Aha! Je denkt dat ik haar uit jaloezie heb vermoord.'

'Zoals ik al zei, nee.'

'Ik zei dat we niet meer bij elkaar zijn.'

'Ik bedoel niet dat je iemand hebt vermoord. Maar ik waarschuw je omdat de antwoorden die je geeft ertoe kunnen leiden dat je ervan wordt verdacht hem geholpen te hebben zijn straf voor de moord op zijn vrouw te ontlopen.'

Alexandra realiseerde zich dat ze het klassiekste gebaar van een dramaqueen maakte: ze had haar hand op haar parelketting gelegd.

'Dus,' zei Sung-min Larsen en hij liet zijn stem zakken toen de eerste vroege Noorse vogel de kantine kwam binnengelopen. 'Zetten we dit gesprek voort?'

Hij had haar gewezen op een mogelijke advocaat hoewel dat zijn eigen werk kon compliceren. Hij had voor haar zijn stem laten zakken. Misschien was hij te vertrouwen. Alexandra keek in zijn warme, bruine ogen. Mei. Ze liet haar hand zakken, rechtte haar rug en duwde, misschien onbewust, haar borsten naar voren.

'Ik heb niets te verbergen,' zei ze.

Weer dat lachje van hem. Ze merkte dat ze ernaar verlangde daar meer van te zien.

Sung-min keek op de klok. Vier uur. Hij had een afspraak bij de dierenarts voor Kasparov, daarom kwam het verzoek van Winter om naar zijn kantoor te komen hem dubbel slecht uit.

Het onderzoek was afgerond. Hij had weliswaar niet alles, maar wel alles wat hij nodig had.

Ten eerste had hij bewijzen dat Hole's alibi, gegeven door zijn buurman Gule, waardeloos was. Uit de reconstructie was gebleken dat de buurman onmogelijk gehoord kon hebben of Hole in zijn flat was en of wanneer hij was vertrokken of thuisgekomen. Dat had Hole duidelijk ook ingezien, want Gule vertelde dat Hole kort daarvoor dezelfde vragen had gesteld.

Ten tweede was de conclusie van de 3D-expert Freund helder. Er was weinig op te maken uit de voorovergebogen gedaante die in de moordnacht om halftwaalf wankelend het huis van Rakel binnen was gegaan. De persoon leek veel dikker dan Harry Hole, maar de 3D-expert zei dat het waarschijnlijk kwam omdat hij zo voorovergebogen liep en zijn jas openhing. Daardoor was het ook onmogelijk zijn lengte te bepalen. Maar toen hij ruim drie uur later weer naar buiten kwam, om drie uur 's nachts, was hij duidelijk veel nuchterder. Hij stond rechtop in de deuropening, toonde zijn slanke lichaam en had dezelfde lengte als Harry Hole. Rond de een meter tweeënnegentig. Hij was in een Ford Escort gaan zitten, herinnerde zich de wildcamera en had die weggehaald. Daarop was hij weggereden.

En ten derde had hij het laatste, beslissende bewijs van Alexandra Sturdza gekregen. Er was vertwijfeling in het harde, maar levendige gezicht van haar geweest toen hij haar vertelde over de bewijzen tegen Harry Hole. Maar langzaam leek ze zich over te geven. En uiteindelijk had hij gezien hoe ze de man losliet van wie ze beweerde dat ze dat al had gedaan. Toen had hij haar voorzichtig voorbereid op nog meer slecht nieuws. Hij had haar verteld dat Hole was omgekomen. Dat hij zich van het leven had beroofd. Dat het, gezien de situatie, misschien het beste was voor iedereen. Op dat moment stonden er tranen in haar donkere ogen en hij had overwogen om zijn hand op haar rechterhand te leggen die werkloos op tafel lag. Alleen maar een licht troostend gebaar en dan de hand weer weghalen. Maar hij had het niet gedaan. Misschien was het ook haar intentie geweest, want de volgende keer dat ze haar koffiekopje optilde, was dat met haar linkerhand terwijl de rechter als een uitnodiging bleef liggen.

Toen had ze hem alles verteld, voor zover hij dat kon beoordelen. Sung-mins vermoedens dat Hole had gemoord in een vlaag van waanzin en dronkenschap werden onderschreven en ook dat hij grote delen daarvan was vergeten en de laatste dagen van zijn leven had doorgebracht met onderzoek naar zichzelf. Vandaar ook dat met Gule.

Er was een traan uit Alexandra's oog gerold en Sung-min had haar zijn zakdoek gegeven. Hij had haar verbazing gezien, kennelijk was ze er niet aan gewend dat Noorse mannen rondliepen met gestreken zakdoeken.

Ze waren de kantine uit gelopen waar het langzaam steeds drukker werd en in het gerechtelijk laboratorium had ze hem de bebloede broek gegeven die ze van Hole had gekregen. Ze had hem verteld dat de analyse bijna klaar was en dat het met meer dan negentig procent zekerheid het bloed van Rakel Fauke was. En ze had Harry's uitleg herhaald van hoe het bloed daarop was gekomen. Hij zou op zijn knieën naast het lijk hebben gezeten nadat ze haar hadden gevonden en de broek was in contact gekomen met de bloedplas.

'Dat klopt niet,' had Sung-min gezegd. 'Hij had deze broek niet aan toen hij op de plaats delict was.'

'Hoe weet je dat?'

'Ik was daar en heb met hem gesproken.'

'En je herinnert je wat hij aanhad?'

Sung-min onderdrukte een spontaan 'uiteraard' en beperkte zich tot 'ja.'

Dus nu had hij alles wat hij nodig had: motief, mogelijkheid en technische bewijzen die de verdachte op het bewuste tijdstip op de plaats delict situeerden. Hij overwoog contact op te nemen met een ander persoon met wie Harry Hole volgens de telefoonlijst ook meerdere gesprekken had gevoerd, ene Kaja Solness, maar besloot daar nog even mee te wachten aangezien hun contact pas na de moord was gestart. Het belangrijkste was nu om nog dat ene ding te vinden dat ontbrak. Want hoewel hij alles had wat hij nodig had, had hij dus niet alles. Hij had het moordwapen niet.

Met zoveel concreet bewijs was het geen probleem geweest een huiszoekingsbevel te krijgen voor Harry Hole's flat, maar het moordwapen hadden ze niet gevonden of iets anders wat van belang was. En dat was het ook precies: er was helemaal niets geweest wat interessant leek. Een opvallende afwezigheid van belastende zaken kon duiden op twee dingen: dat de bewoner een robot was of dat de bewoner wist dat zijn huis zou worden doorzocht en dat hij alles had verwijderd wat niet gezien mocht worden.

'Interessant,' zei onderzoeksleider Ole Winter, die achterover geleund achter zijn bureau zat te luisteren naar Sung-min Larsens minutieuze rapportage.

Dus niet imponerend, dacht Sung-min. Of verbluffend, briljant of alleen maar: goed politiewerk.

Slechts: interessant.

'Zo interessant dat het me verbaast dat je niet eerder iets daarvan bij me hebt gerapporteerd, Larsen. En dat ik die informatie waarschijnlijk ook nog helemaal niet had gekregen als ik, jouw onderzoeksleider, daar niet naar had gevraagd. Wanneer was je van plan geweest om dit te delen met de andere mensen die ook aan deze zaak werken?'

Sung-min ging met zijn hand over zijn stropdas en bevochtigde zijn lippen.

Hij had zin om te zeggen dat hij Kripos de grootste vis die ze zich maar konden voorstellen op een presenteerblaadje aanbood: Harry Hole, volledig gefileerd. Dat hij eigenhandig de legendarische rechercheur op zijn eigen gebied, moord, had ontleed. En was dit het enige wat Winter daarop te zeggen had?

Er waren drie redenen dat Sung-min niet voor dat antwoord koos. Ten eerste zaten ze maar met hun tweeën in de kamer, dus hij kon niet appelleren aan het gezonde verstand van een derde persoon. Ten tweede leverde het weinig op om je chef tegen te spreken, of er nu een derde persoon aanwezig was of niet. En ten derde, en dat was het belangrijkste, Winter had gelijk.

Sung-min hád lang gewacht met het rapporteren over deze zaak. Wie zou dat niet doen als je deze vis aan de haak had geslagen, hem naar de oever had getrokken en dat het nu slechts een kwestie was van hem binnenhalen? Als je weet dat jouw naam – en jouw naam alleen – voor altijd verbonden zou blijven aan de moordzaak van het decennium, die in de toekomst altijd de Harry Hole-zaak genoemd zou worden. De officier van justitie had dat tegen Winter gezegd en Sung-min gefeliciteerd met het feit dat hij de grote Harry Hole in het net had. Ja, Sung-min moest toegeven dat zijn ego gestreeld was en nee, dit was geen schot voor open doel geweest. Hij had niet gezocht naar een Messi die kon scoren want in dit team was geen Messi. Als er al eentje was, dan was hij het zelf. En zeker Winter niet, die met kloppende aderen op zijn voorhoofd en met gefronste wenkbrauwen als donderwolken voor hem zat.

Sung-min koos in plaats daarvan voor het volgende antwoord: 'Het ging zo snel, het ene onderzoeksresultaat rolde over het andere en ik moest me haasten om niet te laat te zijn. Er was gewoonweg geen tijd om pas op de plaats te maken.'

'Maar nu heb je dat wel?' zei Winter, die achterover in zijn stoel hing en eruitzag alsof hij Sung-min op zijn neus wilde stompen.

'Nu is de zaak opgelost,' zei Sung-min.

Winter lachte kort en hard als een kart die hard remde. 'Als je het niet erg vindt, dan bepaal ik als leider van het onderzoek of de zaak is opgelost. Toch, Larsen?'

'Uiteraard, Winter.' Sung-min wilde doen alsof hij zich niet meer verzette, maar de oude, koppige ezel had hem door en liet zich provoceren door het feit dat zijn jongere ondergeschikte zijn sarcastisch uitgesproken achternaam retourneerde.

'Maar aangezien jij de zaak als opgelost ziet, Laa-arsen, ga ik ervan uit dat je er niets op tegen hebt dat ik je van de zaak haal zodat we nog wat losse eindjes kunnen onderzoeken.'

'Pardon?'

Sung-min kon zijn tong wel afbijten toen hij zag hoe zijn arrogante 'pardon' door Winter werd ontvangen.

Winter glimlachte. 'We hebben nu pientere koppen als die van jou nodig bij een andere moordzaak. De Lysaker-moord.' Het was een naar lachje, alsof hij niet over meer mimiek beschikte.

De Lysaker-moord, dacht Larsen. Dat was een drugsmoord. Overduidelijk een afrekening onder drugsverslaafden. De betrokkenen zouden bij de minste of geringste belofte van strafvermindering gaan praten, puur uit angst dat ze niet meer konden gebruiken. Het was de laagste categorie moordonderzoek, die meestal werd overgelaten aan de nieuwelingen en de minder getalenteerden. Winter kon het toch niet menen dat hij hem, de beste onderzoeker, nu van de zaak ging halen, vlak voordat de lijn ingehaald zou worden? Hem de eer en loftuitingen ontzeggen, voor wat eigenlijk? Dat hij iets te lang had gewacht met zijn kaarten op tafel te leggen?

'Ik wil een schriftelijke rapportage met alle details, Larsen. Ondertussen werken de anderen aan de sporen die jij hebt ontdekt. Daarna zullen we zien wanneer we onze bevindingen openbaar zullen maken.'

'Sporen die jij hebt ontdekt'? Hij had de zaak opgelost, verdomme!

Scheld me uit, dacht Sung-min, geef me een reprimande. Maar Winter kon toch niet op deze manier het hoofd van zijn rechercheur op het hakblok leggen? Ineens besefte Sung-min dat Winter dat kon en het ook zou doen. Want hij snapte nu waar dit eigenlijk om ging. Winter wist ook dat Sung-min de enige Messi in het team was. En dat hij een bedreiging vormde voor Winter als leider. Nu en in de toekomst. Winter was een alfamannetje dat doorhad dat hij werd uitgedaagd. Sung-min had met zijn solotoer bewezen dat hij klaar was voor de aanval op Winters autoriteit. Daarom had Winter besloten dat het beter was deze jongeling uit te schakelen voor hij te sterk en te groot werd.

HOOFDSTUK 45

Johan Krohn en zijn vrouw Frida hadden elkaar leren kennen tijdens hun rechtenstudie aan de universiteit van Oslo. Hij zou nooit begrijpen wat ze toen in hem zag. Misschien had hij zijn zaak alleen maar zo goed bepleit dat ze was gezwicht. Toentertijd waren er ook niet veel mensen die begrepen waarom die schattige, lieve Frida Andresen gevallen was voor die sociaal onhandige nerd die behalve in rechten en schaken nergens anders interesse in had. Johan Krohn, die meer dan wie dan ook besefte dat hij een dame had die in de attractiviteitsliga minstens een categorie boven hem zat, beschermde haar, waakte over haar, joeg potentiële rivalen weg, kort samengevat: hij hield haar vast met tanden en klauwen. Toch was men ervan overtuigd dat het slechts een kwestie van tijd was voor ze iets spannenders tegen zou komen. Maar Johan was een briljante student en een briljante advocaat. Hij was sinds John Christian Elden de jongste advocaat die mocht pleiten in de Hoge Raad. Hij kreeg banen en zaken aangeboden waarvan anderen van zijn leeftijd slechts konden dromen en zijn zelfvertrouwen steeg in hetzelfde tempo als zijn status en inkomsten. Nieuwe deuren gingen plotseling open en Johan Krohn ging, na een korte bedenktijd, door de meeste heen. Eentje gaf toegang tot een leven dat hij als student niet had gekend en dat je kort zou kunnen samenvatten als: seks, drank en rock-'n-roll. Nauwkeuriger omschreven: meisjes werden gewilliger als je jezelf presenteerde als partner van een bekend advocatenkantoor, de drank kwam in de vorm van exclusieve whisky van winderige uithoeken als de Hebriden en de Shetlandeilanden, vergezeld door sigaren en steeds meer sigaretten. Maar de rock-'n-roll lag hem niet zo, alhoewel sommige criminelen vonden dat hij tijdens het pleiten een stemgeluid liet horen waarop Elvis Presley jaloers kon zijn.

Frida zorgde voor de kinderen en hun sociale netwerk was er niet geweest als zij daar niet veel tijd in stak. Daarbij werkte ze nog parttime als juriste voor twee culturele stichtingen. Hoewel Johan Krohn haar in de attractiviteitsliga voorbij was gestreefd verstoorde dat de balans in hun relatie niet. Want die was scheef geweest omdat hij zo dankbaar was voor zijn geluk en zij was zo gewend aan zijn bescherming dat het een deel van het DNA van hun relatie was geworden. Het was de enige manier waarop ze met elkaar omgingen. Ze toonden respect en liefde voor elkaar en voor de omgeving vonden ze het prima dat het leek of Johan aan het roer stond. Maar in huis bestond er geen twijfel over wie bepaalde wat er gebeurde of waar in huis Johan Krohn zijn sigaretten mocht roken nu hij – stiekem was hij daar trots op – behoorlijk verslaafd was geraakt aan nicotine.

Dus als het donker was geworden, de kinderen in bed lagen en het journaal had verteld wat er in Noorwegen en Amerika was gebeurd, dan pakte hij zijn sigaretten en vertrok naar de eerste verdieping waar hij op het balkon staand uitzicht had over Mærradalen en Ullern.

Hij leunde tegen het balkonhek en keek naar de kantoorgebouwen van Hegnar Media en het water van Smestaddammen daarachter. Hij dacht aan Alise. Hoe hij die kwestie moest oplossen. Het was te intens geworden, te veel en te lang, ze konden er niet mee doorgaan, men zou het doorkrijgen. Dat wil zeggen, men had het allang door. Die scheve lachjes van de partners als ze een vergadering hadden en Alise binnenkwam met de dossiers of een bericht van een belangrijk telefoontje waren niet mis te verstaan. Maar Frida had het niet door en dat bedoelde hij, had hij tegen Alise gezegd. Ze had het bijna irritant onverschillig aangehoord en gezegd dat hij zich geen zorgen hoefde te maken.

'Jouw geheim is veilig bij me,' had ze gezegd.

Misschien was het juist die uitspraak die hem zorgen baarde. Jouw geheim, niet óns geheim (zij was single), en bij mij, alsof het om een waardepapier ging dat gedeponeerd was in haar bankkluis. Waar het veilig was, maar alleen zolang zij de kluis op slot hield. Niet dat hij haar ervan verdacht dat haar uitspraak als dreigement was bedoeld, maar toch werd hem iets duidelijk. Dat ze hem beschermde. Net zoals ze van hem verwachtte dat hij zijn hand boven haar hoofd hield. Er was in deze branche een moordende concurrentie tussen de jonge, pasafgestudeerde advocaten en voor degenen die boven kwamen drijven wachtte een grote beloning, maar de roemloze exit voor degenen die zonken was net zo groot. Hulp krijgen bij het naar boven zwemmen kon van beslissende betekenis zijn.

'Veel om over na te denken?'

Johan Krohn schrok zo dat hij zijn sigaret losliet die in het donker als een vallende ster in de boomgaard onder hem viel. Het is één ding om een stem achter je te horen als je denkt dat je alleen bent en niet gezien wordt, maar het is nog iets heel anders als de stem daar helemaal niet thuishoort en de enige manier waarop de betreffende persoon op het balkon kon zijn beland moest zijn dat hij kon vliegen of was geteleporteerd. En dan ging het ook nog eens om een brutale crimineel die de laatste dertig jaar vaker dan wie dan ook in Oslo was veroordeeld voor verkrachtingen.

Krohn draaide zich om en keek naar de man die in het donker tegen de gevel naast de balkondeur stond geleund. Hij had de keus tussen 'wat doe je hier?' en 'hoe ben je hier gekomen?'. Hij koos voor de eerste.

'Ik draai een sigaret,' zei Svein Finne, hij bracht zijn handen naar zijn mond en een grijze tong gleed tussen de dikke lippen en raakte het vloei met tabak aan.

'Wa... wat wil je?'

'Een vuurtje,' zei Finne, hij stak de sigaret tussen zijn lippen en keek Krohn vragend aan.

De advocaat aarzelde even voor hij zijn hand met aansteker uitstak en hem vuur gaf. Hij zag dat het vlammetje beefde. Finne inhaleerde flink en hij zag dat de tabaksdraadjes omkrulden.

'Mooi huis,' zei Finne. 'En mooi uitzicht. Jaren geleden heb ik veel in deze buurt rondgelopen.'

Een ogenblik dacht Krohn dat zijn cliënt het slechts over wandelen had.

Maar Finne richtte zijn sigaret in de richting van Mærradalen. 'Ik sliep daar weleens in het bos samen met de andere daklozen. En ik herinner me een meisje dat in Huseby woonde nog goed. Vroegrijp, maar niet ouder dan een jaar of zestien. Op een dag heb ik haar een crashcursus geslachtsgemeenschap gegeven.' Finne lachte schor. 'Ze was zo bang dat ik haar daarna moest troosten. Ze huilde en huilde maar en zei dat haar vader, die bisschop was, en haar grote broer me wel zouden pakken. Ik zei dat ik niet bang was voor haar vader of haar grote broer en dat zij dat ook niet hoefde te zijn, want nu had ze haar eigen man. En misschien was er wel een kind onderweg. Toen liet ik haar gaan. Ik laat ze altijd gaan, begrijp je. *Catch and release*, noemen jullie vissers dat niet zo?'

'Ik ben geen visser,' liet Krohn zich ontvallen.

'Ik heb nog nooit van mijn leven een onschuldig persoon gedood,' zei Finne. 'Je moet respect hebben voor de onschuld in de natuur. Abortus...' Finne zoog zo hard aan zijn sigaret dat Krohn het papier hoorde knetteren. 'Vertel me eens als kenner van de wet: bestaat er iets wat meer ingaat tegen de wetten van de natuur dan het doden van je eigen onschuldige nakomeling? Kun je iets bedenken wat vreselijker is?'

'Kunnen we ter zake komen, Finne? Mijn vrouw wacht binnen op me.'

'Natuurlijk wacht ze op je. We wachten allemaal op iets of iemand. Liefde, nabijheid, menselijk contact. Ik heb gisteren op Dagny Jensen gewacht. Geen liefde, ben ik bang. En nu wordt het moeilijk voor me weer contact met haar te maken. Je wordt eenzaam, toch? En je hebt iets...' Hij keek naar de sigaret. '...warms nodig.'

'Als je mijn hulp nodig hebt, dan stel ik voor dat we dat morgen op mijn kantoor bespreken.' Krohn merkte dat het hem niet echt lukte zijn professionele stem op te zetten. 'Ik... eh, maak tijd voor je vrij.'

'Jij maakt tijd voor me vrij?' Finne lachte even. 'Na alles wat ik voor je heb gedaan, die veer die je in je kont hebt gekregen, is dat alles? Jouw tijd?'

'Wat wil je, Finne?'

De cliënt deed een stap naar achteren en het licht uit het raam viel op de ene kant van zijn gezicht. Hij ging met zijn rechterhand over het rood geverfde hek. Krohn huiverde toen hij de rode verf door het grote gat in Finnes hand zag.

'Jouw vrouw,' zei Finne. 'Frida, die wil ik hebben.'

Krohn voelde hoe zijn keel werd dichtgesnoerd.

Finne liet een rij verrotte tanden zien. 'Kalm maar, Krohn. Hoewel ik moet toegeven dat ik de laatste dagen af en toe aan Frida heb gedacht, zal ik haar niet aanraken. Want ik pak geen vrouwen af, ik wil mijn eigen hebben. Zolang ze van jou is, is ze veilig, Krohn. Maar het is duidelijk, een trotse, economisch onafhankelijke vrouw als Frida zal niet bij je blijven als ze hoort over die pinnige assistente die je bij je had tijdens het verhoor. Alise, heet ze niet zo?'

Johan Krohn staarde hem aan. Wat wist hij over Alise?

Krohn schraapte zijn keel en dat klonk als ruitenwissers over een droge ruit. 'Ik heb geen idee waar je het over hebt.'

Finne wees met zijn wijsvinger naar zijn oog. 'Adelaarsblik. Ik heb jullie gezien. Ik heb gezien hoe jullie als bavianen neukten. Snel, effectief en zonder noemenswaardige gevoelens. Het zal niet eeuwig duren, maar je wilt niet zonder, is het niet? We hebben warmte nodig.'

Waar had hij hen gezien? In zijn kantoor? In het hotel waar Krohn af en toe een kamer huurde? In Barcelona in oktober? Het was gewoon onmogelijk. Als ze vreeën was dat altijd op een van de hoogste verdiepingen waar geen inkijk was van de overkant van de straat.

'Wat wel eeuwig zal duren, tenzij je Frida vertelt van Alise, is dit hier.' Finne wees met zijn duim achter zich, naar het huis. 'Het gezin, dat is en blijft het belangrijkste, toch Krohn?'

'Ik begrijp niet waar je het over hebt of wat je wilt,' zei Krohn. Hij had zijn ellebogen op het hek achter zich gelegd. Dat was bedoeld om er ontspannen uit te zien, maar hij wist dat hij eruitzag als een bokser die al in de touwen hing.

'Ik doe afstand van Frida als ik Alise kan krijgen,' zei Finne en hij schoot met duim en wijsvinger de sigaret weg. Die tekende een parabool voor hij uitdoofde. 'De politie houdt me in de gaten. Ik kan me niet zo vrij bewegen als anders, ik heb een beetje...' Hij grijnsde weer. '...assistentie nodig om warmte te krijgen. Ik wil dat je ervoor zorgt dat ik dat meisje ergens veilig kan treffen.'

Krohn knipperde vol ongeloof met zijn ogen. 'Jij wilt dat ik Alise probeer over te halen alleen met jou af te spreken? Zodat jij je aan haar kunt vergrijpen?'

'Streep "proberen" en "vergrijpen" door. Je moet haar overhalen, Krohn. En ik zal haar verleiden en me niet aan haar vergrijpen. Ik heb me nooit aan iemand vergrepen, dat is een groot misverstand. Dat de meisjes niet altijd begrijpen wat het beste voor hen is en dat het de opdracht van de natuur is, dat is nu eenmaal zo. Maar ze worden altijd verstandig. En zo zal dat met Alise ook gaan. Ze zal bijvoorbeeld begrijpen dat als ze dit gezin bedreigt dat ze dan met mij te maken krijgt. Zeg, kijk niet zo somber, Krohn. Je krijgt er twee voor de prijs van één: zowel mijn als haar zwijgen.'

Krohn staarde Finne aan. Haar woorden gonsden door zijn hoofd. *Jouw geheim is veilig bij mij.*

'Johan?'

Frida's stem klonk uit het huis en hij hoorde haar voetstappen op de trap. Vlak bij zijn oorlellen hoorde hij een fluisterende stem die zich vermengde met de geur van tabak en iets sterks, iets dierlijks. 'Op het Vår Frelsers-kerkhof staat een grafsteen van Valentin Gjertsen. Ik reken erop binnen twee dagen daar een bericht van je te vinden.'

Frida was boven, liep naar de balkondeur, maar bleef binnen in het licht staan.

'Brr, wat is het koud,' zei ze en ze sloeg haar armen over elkaar. 'Ik hoorde stemmen.'

'Volgens de psychiater is dat een slecht teken,' zei Johan Krohn glimlachend en hij wilde naar binnen stappen, maar hij was niet snel genoeg. Ze had haar hoofd al om de deur gestoken en keek naar rechts en naar links.

Ze keek naar hem op. 'Stond je in jezelf te praten?'

Krohn keek naar het balkon. Leeg. Weg.

'Ik was aan het oefenen voor een pleidooi,' zei hij. Hij ademde uit, stapte door de deur de warmte in, hun huis in, in de omhelzing van zijn vrouw. En toen hij voelde dat ze hem losliet om naar hem te kunnen kijken, bleef hij haar stevig vasthouden zodat ze de kans niet kreeg om van zijn gezicht af te lezen dat er iets aan de hand was. Want Johan Krohn wist dat de zaak waaraan hij dacht nooit te winnen was. Hij kende Frida's principes over ontrouw te goed, ze zou hem veroordelen tot levenslange eenzaamheid, omgang met de kinderen, maar niet met haar. Dat Svein Finne Frida ook goed leek te kennen, was alleen maar des te verontrustender.

Katrine hoorde het babygehuil al op de trapopgang. Ze ging sneller lopen, hoewel ze wist dat het kind in goede handen was. In Bjørns handen. Bleke handen met zachte huid en dikke, stompe vingers die alles deden wat gedaan moest worden. Niet meer en niet minder. Ze had niets te klagen. Dus dat probeerde ze ook niet te doen. Ze had zelf gezien wat er gebeurde met vrouwen die moeder werden. Ze werden despoten die meenden dat de zon en alle planeten rond hen en hun kinderen draaiden. Die hun echtgenoten ineens behandelden met een licht wanhopige verachting wanneer ze niet razendsnel en met haast telepathische gaven de wensen van moeder en kind vervulden.

Nee, Katrine wilde absoluut zo niet zijn, maar had ze dat wel in zich? Was het niet zo dat ze af en toe zin had Bjørn de huid vol te schelden, hem ineen te zien krimpen, hem te onderwerpen, te vernederen? Waarom dat was, wist ze niet. En ook niet wanneer dat dan kon, want Bjørn was haar altijd voor en had alles op orde wat haar eventueel zou kunnen ergeren. En er was uiteraard niets frustrerender dan iemand die beter is dan jijzelf, die je dagelijks een spiegel voorhoudt waardoor je jezelf in de loop van de tijd gaat haten.

Nee, ze haatte zichzelf niet. Dat zou een overdrijving zijn. Ze dacht alleen af en toe dat Bjørn te goed voor haar was. Niet te goed in de zin van te aantrekkelijk, maar te aardig als in irritant aardig. En dat ze beiden een iets beter leven zouden hebben als hij iemand had gekozen die was als hij: een stabiel, blij, nuchter, aardig, mollig boerenmeisje uit Østre Toten.

Het gehuil hield op toen ze de sleutel in het slot van hun flat omdraaide. Ze deed de deur open. Bjørn stond in de gang met Gert op zijn arm. Het jongetje keek haar aan met grote, blauwe, natte ogen onder de belachelijk grote, blonde krullen die als springveren uit zijn hoofd staken. Gert was vernoemd naar Katrines vader, zelfs dat was het voorstel van Bjørn geweest. En nu straalde het kind zo enorm dat Katrines hart ineenkromp en ze een brok in haar keel kreeg. Ze liet haar jas op de grond vallen en liep op hen af. Ze kreeg een kus op haar wang van Bjørn voordat hij haar het kind gaf. Ze trok het jongetje dicht tegen zich aan en snoof de geur op van melk, braaksel, warme babyhuid en iets zoets en onweerstaanbaars wat alleen bij Gert hoorde. Ze sloot haar ogen en was thuis. Helemaal thuis. Ze vergiste zich, ze konden het niet beter hebben. Ze waren met hun drieën, nu en voor altijd, zo was het gewoon.

'Je huilt,' zei Bjørn.

Katrine dacht dat hij het over Gert had tot ze merkte dat hij haar bedoelde en gelijk had. 'Het gaat om Harry,' zei ze.

Bjørn keek haar met gefronst voorhoofd aan terwijl zij de tijd nam. De tijd voor de airbag om naar buiten te springen en hopelijk iets van de botsing te dempen. Dat is uiteraard zinloos als het echt fout is, dan kan de airbag niemand redden, dan hangt die als een kapotte, gestrande ballon uit de voorruit van een Ford Escort die haast een poging lijkt te hebben gedaan zich in de aarde te boren, zichzelf te begraven en te verdwijnen.

'Nee,' zei Bjørn als een net zo zinloos protest tegen wat haar zwijgen hem vertelde. 'Nee,' herhaalde hij fluisterend.

Katrine wachtte nog even, Gert kriebelde met zijn kleine handjes in haar nek. Toen vertelde ze over de auto. Over de chauffeur van de trailer op de provinciale weg 287, over het gat in het ijs, over de waterval, over de auto. Terwijl ze vertelde, legde hij een van zijn bleke handen met stompe vingers tegen zijn mond, zijn ogen vulden zich met tranen die bleven hangen aan de dunne, kleurloze wimpers onder zijn ogen voor ze één voor één naar beneden druppelden als ijspegels in de voorjaarszon.

Ze had Bjørn Holm nog nooit eerder zo gezien, nog nooit gezien dat die stoere stabiele man van Toten zo totaal instortte. Hij huilde, snikte en schudde met zo'n kracht alsof er iets in hem zat wat zich naar buiten vocht.

Katrine nam Gert mee naar de kamer. Dat was een reflex, ze wilde het kind beschermen tegen het diepe verdriet van zijn vader.

Een uur later had ze Gert in zijn bedje in hun slaapkamer gelegd.

Bjørn was in de werkkamer gaan zitten die mettertijd de kinderkamer zou worden. Ze kon hem nog steeds horen snikken. Ze ging bij de deur staan en overwoog naar binnen te gaan toen haar telefoon ging.

Ze liep naar de woonkamer en nam op.

Het was Ole Winter.

'Ik weet dat je graag wilt wachten met het nieuws bekend te maken dat Harry Hole is omgekomen,' zei hij.

'Vermist,' zei ze.

'De duikers hebben een kapotte mobiel en een pistool in de rivier onder aan de waterval gevonden. Mijn team heeft vastgesteld dat ze allebei van Harry Hole waren. We zijn nu bezig de laatste stukjes in de puzzel te leggen en we hebben waterdichte bewijzen. We kunnen niet langer wachten, Bratt, het spijt me. Maar aangezien dit jouw persoonlijke wens is...'

'Niet mijn persoonlijke wens. Winter, ik denk aan het korps. Dat we zo goed mogelijk voorbereid moeten zijn voordat dit bekend wordt gemaakt.'

'Maar Kripos zal het resultaat van Kripos' werk naar buiten brengen en niet het politiedistrict Oslo. Ik snap jouw dilemma, de pers zal uiteraard met veel vragen komen bij jullie als werkgever van Hole en ik heb er begrip voor dat jullie graag wat tijd willen hebben om intern te overleggen welke antwoorden jullie gaan geven. Dus om jullie tegemoet te komen zal Kripos niet morgenvroeg een persconferentie beleggen, zoals we eerst van plan waren, dat stellen we uit naar morgenavond negen uur.'

'Bedankt,' zei Katrine.

'Dat betekent echter wel dat jij ervoor moet zorgen dat het politiebureau Sigdal ook niet de naam van de omgekomen...'

Katrine haalde adem, maar zei het niet.

'...chauffeur bekendmaakt voordat Kripos daarmee naar buiten is gekomen.'

Jij wilt dat het *breaking news* jouw naam zal dragen, dacht Katrine.

Als Sigdal de naam van het slachtoffer bekendmaakt, zal het publiek twee en twee bij elkaar optellen en het gevoel krijgen dat ze de zaak zelf oplossen. Kripos zou daarachteraan komen sukkelen waardoor het idee zal ontstaan dat men te laat heeft ingegrepen en Harry de tijd had om uit het leven te stappen. Maar als jij, Winter, de regie krijgt, dan zal het lijken alsof de scherpe analytische vermogens van jouw team zelfs superrechercheur Harry Hole hebben overtroffen waardoor hij geen andere uitweg zag dan te vluchten in de dood. Maar ook dat zei ze niet.

Alleen maar een kort: 'Prima.' En: 'Ik zal de hoofdcommissaris inlichten.'

Ze verbraken de verbinding.

Katrine sloop de slaapkamer in en boog zich over het veelgebruikte, blauwe kinderbedje dat ze van Bjørns ouders hadden gekregen. Een traditie, aangezien alle kinderen en kleinkinderen in de familie daarin hadden geslapen toen ze klein waren. Door de dunne muren kon ze Bjørn nog steeds horen huilen. Zachter nu, maar met dezelfde aangeslagen wanhoop. En terwijl ze keek naar Gerts slapende gezicht bedacht ze dat Bjørns verdriet haar op een merkwaardige manier opluchtte. Dat zij nu de sterke van de twee moest zijn en dat ze zich niet de luxe van piekeren en sentimentaliteit kon permitteren. Want het leven ging verder en ze hadden een kind voor wie ze moesten zorgen.

Het kind opende ineens zijn ogen. Hij knipperde met zijn ogen en probeerde op iets te focussen.

Ze streelde met haar hand over de merkwaardig blonde krullen.

'Wie had nu kunnen denken dat een meisje met zwart haar en een roodharige jongen zo'n blond ventje konden krijgen,' had de grootmoeder van Bjørn gezegd toen ze haar in het bejaardentehuis in Skreia bezochten om Gert te laten zien.

Toen vond het kind de blik van zijn moeder en Katrine glimlachte. Ze glimlachte, neuriede en streelde zijn wangen tot de ogen van het kind weer dichtvielen. Pas toen huiverde ze. Want het was de blik geweest van een ander persoon die vanuit de dood naar haar had gekeken.

HOOFDSTUK 46

Johan Krohn draaide de deur van de badkamer op slot. Hij zocht een nummer op zijn telefoon. Harry Hole en hij hadden door de jaren heen zoveel contact gehad dat hij toch ergens zijn nummer moest hebben. Daar was het! In een oud mailtje over Silje Gravseng, de studente aan de politieacademie die zich wilde wreken op Hole door hem aan te geven voor verkrachting. Ze was bij Krohn gekomen, wilde dat hij de zaak op zich nam, maar hij had de kwestie bekeken en haar tegengehouden. Hoewel Hole en hij hun onenigheden hadden gehad, was Hole hem toch wel een wederdienst schuldig? Hij hoopte het. Hij kon ook anderen bellen, politiemensen die hem meer schuldig waren dan Hole, maar er waren twee redenen dat hij juist hem vroeg. Ten eerste zou Hole zonder twijfel alles in het werk stellen om de man te vinden en te arresteren die hem onlangs had bedrogen en vernederd. En ten tweede was Harry Hole de enige binnen de politie die het huzarenstukje had geleverd om Finne te vangen. Ja, Hole was de enige persoon die hem kon helpen. Daarna moest hij maar zien hoelang hij Finne voor bedreiging en afpersing achter slot en grendel kon houden. Het zou uiteraard zijn woord tegen dat van Finne zijn, maar wie dan leeft, wie dan zorgt.

'Praat tegen me als je moet,' klonk een chagrijnige stem, gevolgd door een pieptoon.

Krohn was zo perplex dat hij bijna ophing, maar er was iets met de formulering 'als je moet', want inderdaad, hij moest. Ja, hij moest en hij moest het zo formuleren dat hij er zeker van was dat Hole hem terug zou bellen. Hij slikte.

'Met Johan Krohn, ik wil dit graag onder ons houden. Svein Finne chanteert me.' Hij slikte weer. 'Mij en mijn gezin. Ik... eh, wil je alsjeblieft contact met me opnemen? Bedankt.'

Hij verbrak de verbinding. Had hij te veel gezegd? En deed hij er goed aan, was hulp vragen aan een politieman werkelijk het juiste? O, dat kon hij onmogelijk weten! Nou ja, totdat Hole terugbelde kon hij zich nog bedenken en tegen Hole zeggen dat het een misverstand met zijn cliënt was geweest.

Krohn liep terug naar de slaapkamer, gleed onder het dekbed, pakte het juridisch tijdschrift dat op zijn nachtkastje lag en begon te lezen.

'Je zei iets op het balkon,' zei Frida naast hem. 'Dat je oefende voor een pleidooi.'

'Ja,' zei Johan en hij zag dat ze haar boek op het dekbed had gelegd en over haar leesbril naar hem keek.

'Voor wie?' vroeg ze. 'Ik dacht dat je op het moment geen zaak had.'

Krohn ging rechterop zitten. 'Verdediging van een, voor zover ik weet, goede man die in een lastig parket is verzeild.' Hij liet zijn ogen rusten op zijn eigen artikel over dubbele binding. Hij kende dat natuurlijk uit zijn hoofd, maar hij had gemerkt dat hij heel goed in staat was te doen alsof hij het nooit had gelezen en daardoor kon hij keer op keer genieten van de gecompliceerde, maar heldere juridische redeneringen. 'Het is een moeilijke zaak. Hij wordt gechanteerd door een zwijn dat zijn minnares wil hebben. Als hij niet toegeeft, zal zijn hele gezin worden afgepakt.'

'Bah,' zei Frida huiverend. 'Dat klinkt eerder als een sprookje dan als een echte zaak.'

'Laten we het een sprookje noemen,' zei Krohn. 'Wat zou jij doen als je hem was en je wist dat een rechtszaak je niet zou helpen?'

'Een minnares tegen een heel gezin? Dat is toch simpel?'

'Nee, want als die goede man toestaat dat het zwijn de minnares verkracht, dan heeft hij nog meer tegen hem. En dan zal het zwijn terugkomen en meer eisen.'

'Oei,' zei Frida en ze lachte even. 'Dan zou ik een huurmoordenaar betalen om het zwijn van het leven te beroven.'

'Een beetje realistischer, graag.'

'Ik dacht dat je zei dat het een sprookje was?'

'Jawel, maar...'

'De minnares,' zei Frida beslist. 'Ik zou het zwijn de minnares geven.'

'Bedankt,' zei Krohn en hij staarde in het tijdschrift in de volle overtuiging dat zelfs de geniaalste formulering over dubbele binding zijn gedachten vannacht niet zou kunnen afleiden van Svein Finne. Of Alise. En nu hij aan haar dacht hoe ze op haar knieën voor hem zat, met tranen in haar ogen omdat hij te groot was en ze het toch probeerde, wist hij dat het alternatief niet mogelijk was. Of wel? Wat nu als Harry Hole hem niet kon helpen? Nee, zelfs dan kon hij dat Alise uiteraard niet aandoen. Het was niet alleen moreel verwerpelijk, hij hield ook van haar! Dat deed hij toch? En nu voelde Krohn dat er iets in zijn hart, en niet alleen in zijn kruis, groter werd. Wat deed je als je van iemand hield? Ja, dan aanvaarde je de consequenties. Je betaalde de rekening. Als je van iemand hield, dan maakte het niet uit wat het kostte. Zo was de wet van de liefde en er was geen ruimte voor interpretatie. Hij zag het nu zo helder. Zo helder dat hij zich moest haasten voordat de twijfel weer kwam, zich haasten zijn vrouw alles te vertellen. Absoluut alles over Alise. *Alea iacta est.* De teerling is geworpen. Krohn legde zijn tijdschrift weg en haalde diep adem terwijl hij in zijn hoofd de openingszin formuleerde.

'Ik vergat je trouwens te zeggen dat ik Simon vandaag op heterdaad heb betrapt,' zei Frida. 'Hij zat in zijn kamer en bladerde in... ja, je zou het niet geloven.'

'Simon?' zei Krohn en hij zag zijn eerstgeborene voor zich. 'In een pornoblaadje?'

'Bijna,' zei Frida lachend. 'In de Noorse wetten. Jouw exemplaar.'

Zo goed en zo kwaad als het ging zei Krohn: 'Nee maar.' Hij slikte en hij keek zijn vrouw aan terwijl het beeld van Alise vervaagde als in een film. Frida Andresen, nu Frida Krohn. Haar gezicht was nog net zo knap en puur als toen hij haar de eerste keer in de collegezaal zag. Haar lichaam was iets voller geworden, maar de extra kilo's hadden haar lichaam eigenlijk alleen maar vrouwelijker vormen gegeven.

'Ik was van plan morgen Thais te koken, de kinderen hadden daar ook zin in. Ze hebben het nog steeds over Ko Samui. Zullen we daar nog een keer naartoe gaan? Zon, warmte en...' Ze lachte even en liet de rest in de lucht hangen.

'Ja,' zei Johan Krohn en hij slikte weer. 'Misschien.'

Hij pakte het tijdschrift en begon opnieuw te lezen. Over dubbele binding.

HOOFDSTUK 47

'Het was David,' zei de man met een zwakke, bevende junkiestem. 'Hij sloeg Birger met een ijzeren staaf op zijn hoofd.'

'Omdat Birger zijn heroïne had gestolen,' zei Sung-min en hij trachtte een geeuw te smoren. 'En de reden dat jouw vingerafdrukken erop zitten, is dat je die staaf van hem hebt afgepakt, maar toen was het al te laat.'

'Precies,' zei de man en hij keek Sung-min aan met een uitdrukking op zijn gezicht alsof deze zojuist een derdegraadsvergelijking had opgelost. 'Kan ik nu gaan?'

'Je kunt gaan wanneer je maar wilt, Kasko.' Sung-min gebaarde met zijn hand.

De man die Kasko werd genoemd omdat hij ooit autoverzekeringen verkocht, stond op, zette, lopend als een zeeman op een deinend scheepsdek, koers naar de deur waarop een krantenartikel hing over waar je de goedkoopste halve liters in Oslo kon kopen.

'Wat doe je?' zei Kripos-rechercheur Marcussen verontwaardigd. 'We hadden het verhaal tot in de detail van hem kunnen horen. We hadden hem, verdomme! De volgende keer verandert hij misschien zijn verklaring, dat doen die junkies.'

'Des te meer reden om hem nu te laten gaan,' zei Sung-min en hij schakelde de opnameapparatuur op tafel uit. 'Nu hebben we een verklaring. Als we meer details krijgen, dan zal hij die later weer vergeten zijn of ze veranderen wanneer hij in het getuigenbankje zit. En dat is precies wat de verdediging nodig heeft om twijfel te zaaien over de rest van de verklaring. Zullen we gaan?'

'We hebben in elk geval geen reden om hier nog langer te blijven,' zei Marcussen en hij stond op. Sung-min knikte en liet zijn blik over de dorstige clientèle gaan die al voor zeven uur in de rij stond toen Marcussen en hij aankwamen bij het café.

'Bij nader inzien blijf ik zitten,' zei Sung-min. 'Ik heb nog niet ontbeten.'

'Jij wilt hier gaan eten?'

Sung-min begreep wat zijn collega bedoelde. Dat hij en Stargate niet bij elkaar pasten. Tot nu toe in elk geval, maar misschien moest hij zijn eisen bijstellen. Lagere verwachtingen hebben. En dan kon hij net zo goed hier beginnen.

Toen Marcussen was vertrokken pakte Sung-min de krant die op het lege tafeltje naast hem lag. Niets over Rakel Fauke op de voorpagina. En ook niet over het ongeluk op de provinciale weg 287. En dat moest betekenen dat noch Ole Winter, noch Katrine Bratt het nieuws had vrijgegeven dat Harry Hole de verongelukte persoon was.

In het geval van Ole Winter ging het er waarschijnlijk om dat hij iets meer tijd nodig had nog wat zaken uit te zoeken. Nogmaals Sungmins bevindingen checken, waaruit alleen maar zou blijken dat hij het bij het rechte eind had, maar waardoor Ole Winter kon doen alsof het team onder zijn leiding deze overwinning had behaald.

Toen Sung-min zich realiseerde dat hij het politieke spel en de machtsstrategieën niet begreep, was hij *De vorst* van Machiavelli gaan lezen. Een van de adviezen die Machiavelli gaf aan vorsten die de macht in hun land wilden behouden, was een verbond aangaan met en steun geven aan de lagere machten zodat deze tevreden waren met de stand van zaken. Terwijl de sterkere potentiële tegenstander met alle middelen verzwakt diende te worden. Wat gold voor de Italiaanse stadstaten in de zestiende eeuw, gold duidelijk ook binnen Kripos.

Wat betreft Katrine Bratts motief de bekendmaking uit te stellen, twijfelde Sung-min meer. Ze had een volle dag gekregen, de familie moest inmiddels zijn geïnformeerd en ze had de tijd gehad te kunnen wennen aan het idee dat een van haar mensen verdacht werd van moord. Dat ze misschien persoonlijk meer voelde voor Harry Hole verklaarde nog niet dat ze bereid was zichzelf en de afdeling Geweld bloot te stellen aan kritiek en beschuldigingen van voorkeursbehandeling van een van de eigen mensen. Maar wat kon het dan wel zijn?

Sung-min schudde het van zich af. Misschien was het iets anders, misschien was het een vergeefse hoop op een wonder. Dat Harry Hole nog in leven zou zijn. Sung-min nam een slok van zijn koffie en keek naar de Akerselv en de ochtendzon die aan de andere kant van de rivier de daken van de grauwe gevels bescheen. Als Harry Hole hier iets van meekreeg, dan was dat omdat hij daar ergens op een wolk zat met een stralenkrans rond zijn hoofd, luisterend naar engelengezang en neerkijkend op dit alles.

Hij keek naar de wolk, hield de scherf van de spiegel omhoog en bestudeerde zijn gezicht. Hij had een witte stralenkrans rond zijn hoofd. Van alle kanten klonk gezang.

Hij keek weer naar de wolk. Sinds het licht was geworden, had de wolkenpluk in het dal gehangen en het zicht op de bevroren rivier belemmerd. Het bos was gehuld in grijs. Maar nu de zon hoger kwam te staan werd het wolkendek weggebrand en het zicht helderder. Hopelijk zou het vogelgezang om hem heen ook afnemen.

Hij had het koud en dat was goed. Dat maakte het zicht nog beter. Hij keek nogmaals in de spiegel. De stralenkrans of het verband dat hij in een van de laden in de hut had gevonden had een rode vlek waar het bloed doorheen was getrokken. Dat zou waarschijnlijk een nieuw litteken worden. Naast het litteken dat van zijn mondhoek naar zijn ene oor liep.

Hij stond op van de stoel die tegen de wand van het vakantiehuisje stond en liep naar binnen. Langs de krantenartikelen aan de muur. Op een ervan stond het gezicht dat hij zojuist in de spiegelscherf had gezien.

Hij liep de slaapkamer in waar hij de nacht had doorgebracht. Trok de bebloede lakens en de deken van het bed zoals hij tweeënhalve week geleden in zijn eigen flat het bebloede beddengoed van het bed had gehaald. Maar dit keer was het alleen zijn eigen bloed.

Hij ging op de bank zitten en keek naar het High Standard-pistool dat naast het yahtzee-spel lag. Bohr had gezegd dat E14 dergelijke vuurwapens had aangeschaft zonder dat ze werden geregistreerd. Hij woog het pistool in zijn hand. Zou hij het nodig hebben? Misschien, misschien niet.

Harry Hole keek op de klok. Het was zesendertig uur geleden sinds hij door het bos was gestrompeld op weg naar het huisje met de kapotte ruit. Hij was naar binnen gegaan, had zijn natte kleren uitgetrokken, zich afgedroogd, droge kleren gevonden: een trui, lange onderbroek, een velduniform, dikke wollen sokken. Hij had alles aangetrokken, was onder een wollen deken in bed gaan liggen en had gewacht tot het ergste rillen was gestopt. Hij had overwogen de haard aan te steken, maar het idee weer verworpen omdat iemand misschien rook uit de pijp zou zien komen en poolshoogte zou gaan nemen. Hij had de laden doorzocht en eerstehulpspullen gevonden en de wond op zijn hoofd verzorgd. Verband rond zijn hoofd gedaan en het restant rond zijn knie die al zo dik was als een handbal. Hij ademde in en uit om vast te stellen of de pijn betekende dat hij ribben had gebroken of dat ze alleen maar gekneusd waren. Verder was hij nog heel. Sommigen mensen zouden het misschien een wonder noemen, maar het was alleen maar een kwestie van een sterk gestel en een beetje geluk.

Harry haalde opnieuw adem, hoorde een piep en voelde een steek in zijn zij. Oké, iets meer dan een beetje geluk.

Hij had bewust geprobeerd niet te denken aan wat er gisteren was gebeurd. Dat was de nieuwe instructie aan politiemensen die ernstige trauma's meemaakten. Ten minste zes uur er niet over praten, er niet aan denken. Nieuw onderzoek wees uit – in strijd met eerdere bevindingen – dat kort na het trauma praten over wat er was gebeurd niet de kans op PTSS reduceerde, eerder het tegendeel.

Natuurlijk was het niet mogelijk geweest de beelden te blokkeren. Die waren als een YouTube-filmpje door zijn hoofd gegaan. Hoe de auto boven aan de waterval was omgekiept, hoe hij zichzelf in de stoel had gedrukt en door de voorruit had gekeken, de gewichtloosheid waardoor hij zo makkelijk met zijn linkerhand de autogordel had kunnen pakken en de ontgrendeling ervan met zijn rechterhand. De bewegingen waren alleen langzamer gegaan door het water in de auto. Hoe hij het witte schuim had gezien dat neerkletterde op het zwarte rotsblok. Hij zag de steen op hem afkomen. Toen waren daar de klap en het geluid.

En hij hing in de gordel met zijn hoofd tegen de airbag in het stuur en hij merkte dat hij kon ademen, dat de geluiden van de waterval niet langer wollig waren, maar juist scherp. Door de kapotte ramen kletterde en spatte het water op hem en hij had een paar seconden nodig om vast te stellen dat hij niet alleen nog leefde, maar ook niet ernstig gewond was.

De auto lag op zijn neus en de voorkant en het stuur waren de auto in geduwd, maar niet zoveel dat zijn benen klem zaten. Alle ruiten waren kapot en naar buiten gevallen dus de auto moest binnen enkele seconden zijn leeggelopen. Toch waren door de tegendruk van het water de bodem, het dashboard en motorkap minder ingedeukt waardoor die als een extra airbag voor Harry's lichaam hadden gefungeerd. Want water is sterk. De reden dat diepzeevis niet wordt platgedrukt door de druk van het zeewater, terwijl een gepantserde tank op die diepte als een blikje wordt samengeperst, komt doordat de vis uit iets bestaat wat zich niet laat samendrukken en blootgesteld kan worden aan grote krachten: water.

Harry sloot zijn ogen en zag de rest van de film voor zich.

Hoe hij in de stoel had gehangen en de gordel niet los had kunnen krijgen omdat de vergrendeling kapot was. Hoe hij had rondgekeken. In de kapotte zijspiegel leek het of er twee watervallen op hem kletterden. Hij had een scherf van de spiegel losgepeuterd, maar zijn handen beefden zo dat het wel een eeuwigheid leek voor hij de gordel had doorgesneden. Hij viel tegen het stuur en wat nog over was van de airbag, stopte de scherf van de spiegel in zijn zak, misschien had hij die nog nodig, klom voorzichtig door het raam naar buiten en hoopte dat de auto niet op hem zou vallen. Toen zwom hij een paar slagen van het zwarte rotsblok vandaan naar de rechteroever. Waadde naar het land en pas op dat moment voelde hij de pijn in zijn borst en knie. Waarschijnlijk had de adrenaline als een pijnstiller gewerkt en deed Jim Beam ook nog het nodige, dus hij wist dat het erger zou worden. Hij had het zo koud dat zijn hoofd bonkte, maar hij voelde ook iets warms over zijn wang lopen naar zijn nek. Hij pakte de scherf en zag dat hij een grote snee aan de ene kant van zijn hoofd had.

Hij keek omhoog naar de helling. Sparren en sneeuw. Hij liep honderd meter door het water voor hij een plek had gevonden waar de helling iets minder steil was en begon omhoog te klauteren, maar zijn knie schoot onder hem weg en hij roetsjte in de modder en sneeuw weer naar beneden de rivier in. De pijn in zijn borst was zo heftig dat hij wilde schreeuwen, maar hij had zo weinig lucht dat het slechts een krachteloze kreet werd. Alsof hij lek was. Toen hij zijn ogen weer opende, wist hij niet hoelang hij weg was geweest, twee seconden of een paar minuten. Hij kon zich niet bewegen. En hij besefte dat hij zo was afgekoeld dat zijn spieren niet meer gehoorzaamden. Harry jammerde tegen de blauwe, smetteloze, genadeloze hemel boven zich. Had hij dit allemaal overleefd om vervolgens op het droge dood te vriezen?

Nee, verdomme.

Hij krabbelde overeind, brak een tak af van een dode boom die half in het water lag en gebruikte die als stok. Na tien meter vechten tegen de modderige heuvel vond hij een pad tussen de plekken sneeuw. Hij negeerde de kloppende pijn in zijn knie en liep in noordelijke richting, van de zon af, tegen de stroom in. Door de waterval en zijn eigen klapperende tanden had hij het autoverkeer niet gehoord, maar toen hij iets hoger kwam zag hij de weg aan de andere kant van de rivier. Provinciale weg 287.

Hij zou niet doodvriezen. Hij bleef staan en ademde zo voorzichtig mogelijk om de steken in zijn borst niet te voelen. Hij kon de rivier oversteken, een auto tegenhouden en terug naar Oslo gaan. Of nog beter, hij kon het politiebureau Sigdal bellen en vragen of ze hem oppikten. Misschien waren ze al onderweg, als de chauffeur van de trailer had gezien wat er was gebeurd, dan moest hij ze hebben gewaarschuwd. Harry wilde zijn telefoon pakken, maar toen bedacht hij dat die samen met de Jim Beam en zijn dienstpistool op de passagiersstoel had gelegen en nu ergens dood en verdronken in de rivier lag. En op dat moment besefte hij het.

Hij was ook dood en verdronken. Hij kon kiezen.

Hij liep terug langs het pad. Bleef staan waar hij omhoog tegen de helling was geklommen. Hij gebruikte zijn handen en voeten om zijn sporen uit te wissen. Toen begon hij hinkend weer in noordelijke richting te lopen. Hij wist dat de weg de rivier volgde en als het pad dat ook deed dan was het niet zo ver naar het vakantiehuisje van Roar Bohr. Als zijn knie het volhield.

De knie had het niet volgehouden en het had hem tweeënhalf uur gekost.

Harry keek naar de zwellingen die aan beide kanten van het strakke verband uitstaken. Zijn knie had een nacht rust gehad en daar zouden nog een paar uur bij komen, maar dan moest hij hem weer dragen.

Hij trok de muts die hij had gevonden over zijn hoofd, pakte de spiegelscherf om te zien of de muts het verband bedekte. Hij dacht aan Roar Bohr die met tien kronen van Oslo naar Trondheim had moeten reizen. Hij was helemaal blut, maar de afstand was korter.

Harry sloot zijn ogen en hoorde de stem in zijn hoofd: '*Farther along we'll know more about it, Farther along we'll understand why: Cheer up, my brother, live in the sunshine, We'll understand it all by and by.*'

Harry had die song meerdere keren gehoord. Het ging er niet alleen om dat de waarheid op een dag zou komen. Maar ook hoe de verraders gelukkig doorleefden terwijl degenen die ze hadden verraden leden.

HOOFDSTUK 48

De chauffeur van de nieuwe Eggedal-expres naar Oslo keek naar de lange man die zich zojuist de treden van haar bus op had getrokken. De bushalte lag aan een verlaten stuk van de provinciale weg 287 en de man droeg camouflagekleding, dus ze nam aan dat hij een van de jagers was die uit Oslo kwamen om hun wild te schieten. Maar er waren drie dingen die helemaal niet klopten. Het was geen jachtseizoen, zijn kleding was een paar maten te klein en er stak wit verband onder de zwarte muts uit. Bovendien had hij geen geld.

'Ik ben in de rivier gevallen en daarbij heb ik zowel mijn mobiel als mijn portemonnee verloren,' zei hij. 'Ik zat in mijn vakantiehuisje en wil nu terug naar de stad. Kunt u een factuur voor me uitschrijven?'

Ze keek hem aan en dacht na over de situatie. Het verband en de te kleine kleren bevestigden op zich zijn verhaal. En de expresbus naar Oslo was geen onverdeeld succes. De meeste mensen gaven de voorkeur aan de lokale bus naar Åmot en stapten dan over op de Time-expres, dus er waren voldoende lege stoelen. De kwestie was dat de man eruitzag alsof hij voor problemen kon zorgen. Het was alleen de vraag wanneer de meeste problemen waren te verwachten: als ze hem weigerde of als ze hem meenam.

Misschien merkte hij haar aarzeling want hij schraapte zijn keel en zei: 'Als ik uw telefoon mag lenen, dan kan ik mijn vrouw vragen of ze naar de busterminal komt met geld.'

Ze keek naar zijn rechterhand. De middelvinger was een prothese van grijsblauw metaal. Aan de vinger daarnaast zat inderdaad een trouwring. Maar ze was niet van plan hem haar telefoon te geven.

'Ga zitten,' zei ze en drukte op een knop waardoor de deur achter hem met een lange zucht sloot.

Harry strompelde door de bus. Hij merkte dat de andere passagiers, in elk geval degenen die het gesprek met de chauffeur hadden opgevangen, wegkeken. Ze deden vast een schietgebedje dat deze vreemde man die net van het slagveld leek te komen niet naast hen kwam zitten.

Hij vond een lege plek. Het landschap en het bos gleden voorbij. Hij keek op zijn horloge dat inderdaad zoals de reclame had beweerd een val van een waterval had overleefd. Vijf voor vijf. Hij zou in Oslo zijn als het al donker was en dat kwam hem goed uit.

Er duwde iets tegen zijn pijnlijke rib. Hij stak zijn hand in zijn zak en draaide de loop van het High Standard-pistool dat hij mee had genomen uit het huisje. Hij sloot zijn ogen toen ze langs de parkeerplaats reden waar hij de vorige dag zijn auto had gedraaid. Hij voelde de vaart en zijn hartslag versnellen. In een helder moment had hij het ineens gezien. De song met de regel *we'll understand it all* was niet een puzzelstukje geweest, maar een deur die zonder waarschuwing vooraf in al dat zwart was opengegaan en het licht had laten zien. Niet het totale beeld, niet de onderlinge verbanden, maar voldoende om te weten dat het verhaal niet klopte, dat er iets miste. Of beter gezegd: dat er iets in was gestopt. In elk geval voldoende dat hij terugkwam op zijn besluit en het stuur had omgegooid.

Het afgelopen etmaal had hij gebruikt om alles in elkaar te passen. En hij was er tamelijk van overtuigd dat hij nu begreep hoe het zat. Het was relatief simpel geweest om te bedenken hoe de plaats delict was gemanipuleerd en opgeruimd door een persoon die een beetje verstand had van hoe de politie te werk ging. En hoe het moordwapen met Rakels bloed tussen zijn platenverzameling was gestopt omdat er na de moord twee andere personen in zijn flat waren geweest. Hij moest proberen het manipuleren of het verstoppen te bewijzen.

Het vinden van het motief was moeilijker.

Harry had in zijn geheugen gegraven en gegraven naar sporen, naar een verklaring. En vanmorgen toen hij half wakker was en nog half sliep, had hij het eindelijk gevonden, of het had hem gevonden. Eerst had hij het verworpen als nonsens. Zo kon het niet zijn. Hij had erop gekauwd. Of kon het wel? Kon het zo simpel zijn dat het motief al duidelijk was op de avond dat hij in Alexandra's flat met haar in bed lag?

Sung-min Larsen gleed ongezien op de achterste stoel in de nieuwe conferentiezaal van Kripos aan de Nils Hansens-vei 25.

Er waren ongebruikelijk veel journalisten en fotografen naar de persconferentie gekomen, hoewel die na werktijd was belegd. Hij gokte dat Ole Winter ervoor had gezorgd dat de naam Harry Hole was uitgelekt. Nu zat Winter triomfantelijk samen met de pasbenoemde rechercheur Landstad op het podium te kijken naar de secondewijzer van zijn horloge. Kennelijk moest het begin synchroon lopen met de live-uitzending van een of andere zender. Naast Winter en Landstad zat een inspecteur van het onderzoeksteam en de leider van het gerechtelijke laboratorium Berna Lien. En een beetje apart, helemaal rechts, Katrine Bratt. Ze leek misplaatst en staarde strak naar de papieren die voor haar lagen. Sung-min nam aan dat daar niets relevants stond of dat ze het al een keer had gelezen.

Hij zag hoe Ole Winter ademhaalde en zich letterlijk oppompte. Winter had zijn goedkope, oude kostuum verwisseld voor een nieuw en Sung-min meende dat het van het Zweedse merk Tiger was. Hij gokte dat het voor deze gelegenheid was gekocht nadat hij zich had laten adviseren door de nieuwe vrouwelijke pr-medewerker die verstand had van mode.

'We heten u welkom op deze persconferentie,' begon Winter. 'Mijn naam is Ole Winter en als leider van het onderzoeksteam wil ik u eerst informeren over het onderzoek naar Rakel Faukes dood. We hebben een belangrijke doorbraak te melden en menen dat we, na intensief onderzoek, de zaak hebben opgelost.'

Hier zou Winter een pauze moeten nemen voor optimaal effect, dacht Sung-min, maar de leider van het onderzoek denderde voort en wie weet, misschien maakte dat een professionele en geloofwaardige indruk. Je moet geen theater maken van moord. Sung-min maakte daar een notitie van in zijn hoofd, voor later. Want op een dag zou hij daar zitten. Als hij dat nog niet eerder had beseft, dan wist hij het nu. Hij zou die oude bok van zijn troon stoten.

'We hopen en denken dat het voor de familie, de omgeving en de samenleving een opluchting zal zijn,' zei Winter. 'Tragisch genoeg lijkt het erop dat de persoon tegen wie we bewijzen hebben voor de moord op Rakel Fauke, zich van het leven heeft beroofd. Ik zal niet speculeren over het motief, maar we kunnen uiteraard niet ontkennen dat het te maken kan hebben dat hij heeft ingezien dat Kripos op het punt stond hem in te halen.'

Sung-min merkte op dat Winter zei: 'de persoon tegen wie we bewijzen hebben' in plaats van 'de verdachte', 'van het leven beroofd' in plaats van 'vermist', en 'op het punt stond hem in te halen' in plaats van 'op het punt om hem te arresteren'. Dat Winter zei dat hij niet wilde speculeren, maar dat hij tegelijkertijd speculaties wilde uitsluiten. Een professionele, omzichtige woordkeus werkte beter. Hij sloeg het op.

'Als ik zeg "lijkt erop dat hij zich van het leven heeft beroofd",' zei Winter, 'dan is dat omdat de persoon voorlopig de status heeft van vermist. Sommigen onder jullie hebben gehoord dat er gisteren langs de provinciale weg 287 een auto in de rivier is gereden. We kunnen nu bekendmaken dat de auto eigendom was van de verdachte, Harry Hole...'

Hier hoefde Winter zelf geen pauze in te lassen, want hij werd gestopt door luid gekreun en verschrikte uitroepen die opstegen uit de menigte.

Harry werd wakker door flikkerend licht en zag dat ze door de tunnel bij Lysaker reden. Dat betekende dat ze er bijna waren. Aan de andere kant van de tunnel kon Harry vaststellen dat het inderdaad helemaal donker was geworden. De bus reed omhoog en vervolgens weer naar beneden in de richting van Sjølyst. Hij keek naar de armada van kleine jachten in de baai. Hoewel, je had klein en klein. Ook als je genoeg geld had om een van die vaartuigen te kopen, hoeveel tijd kostte het onderhoud, de administratie, de zorgen om het bezit wel niet? Als je dat afzette tegen de uren dat je in het seizoen kon varen, dan begreep hij niet waarom mensen niet gewoon een boot huurden. Die kon je na een heerlijk dagje varen zonder zorgen achterlaten.

Het was stil in de bus, maar van de stoel voor hem hoorde hij insectengezoem van muziek uit een koptelefoon en door de kier tussen de twee stoelen zag hij een laptop oplichten. Kennelijk was er wifi aan boord, want hij zag dat de website van VG was geopend.

Hij keek weer naar de boten. Misschien ging het niet om de uren op het water, maar om het bezit. Om elk uur van de dag te kunnen denken dat er een boot in de haven ligt die van jou is. Een goed onderhouden, dure boot waar andere mensen naar zullen wijzen terwijl ze jouw naam zeggen. Want we worden niet gekend om wat we doen, maar om wat we bezitten. En als we alles zijn kwijtgeraakt, dan bestaan we niet meer. Harry wist waar zijn gedachten naartoe wilden en hij rukte zich los. Hij keek tussen de stoelen door naar het laptopscherm. Hij begreep dat de pc zo stond dat zijn gezicht erin werd weerspiegeld, want hij zag zijn gehavende hoofd op de website van VG staan. Zijn blik ging naar de tekst onder het spiegelbeeld.

'We volgen de persconferentie live: Moordverdachte Harry Hole vermist.'

Harry knipperde met zijn ogen om er zeker van te zijn dat hij wakker was en dat hij het helder zag. Hij las het nog een keer. Hij zag dat het geen weerspiegeling was, maar een foto die kort na de Vampierzaak was genomen.

Harry zakte achterover en trok de muts verder naar beneden.

Verdomme, verdomme.

Binnen een paar uur zou de foto overal te zien zijn. Hij zou herkend worden op straat, want in de stad zou een hinkende man in veel te kleine camouflagekleding allesbehalve gecamoufleerd zijn. En als hij nu gearresteerd werd, dan zou het hele plan in duigen vallen. Dus het plan moest worden veranderd.

Harry trachtte na te denken. Hij kon niet te veel gaan rondlopen. Dus hij moest zo snel mogelijk een telefoon vinden zodat hij contact kon opnemen met de mensen met wie hij moest praten. Over een minuut of zes zouden ze bij de busterminal zijn. Van de terminal liep een voetgangersbrug naar het centraal station. Op het station was het druk, er liepen junkies, zwervers en excentrieke mensen rond; daar zou hij het minst opvallen. En nog belangrijker: toen Telenor in

2016 besloot alle telefooncellen op te heffen hadden ze, haast als een curiositeit, een paar ouderwetse munttelefoons geïnstalleerd. Onder andere eentje op het centraal station.

Maar als hij daar al kon komen, dan had hij nog steeds hetzelfde probleem.

Reizen van Oslo naar Trondheim, zonder een stuiver op zak.

‘Geen commentaar,’ zei Katrine Bratt. ‘Daar kan ik niets op zeggen.’ En: ‘Daar moet Kripos antwoord op geven.’

Sung-min had medelijden met haar zoals ze daar gebukt ging onder het spervuur aan vragen van de journalisten. Ze leek op haar eigen begrafenis te zitten. Hoewel, was dat de juiste uitdrukking? Welke bewijzen waren er eigenlijk om aan te nemen dat de dood de ergste plaats was om te zijn? Harry Hole had dat duidelijk niet gevonden.

Sung-min glipte weg, hij had genoeg gehoord. Genoeg om te begrijpen dat Winter had gekregen wat hij wilde. Genoeg om te begrijpen dat hij dit alfamannetje de komende tijd niet kon uitdagen. Want deze zaak zou Winters positie aanmerkelijk versterken, en nu Sung-min in ongenade was gevallen moest hij zich afvragen of hij niet beter kon solliciteren bij een ander team. Katrine Bratt leek een leidinggevende met wie hij zou kunnen werken. Voor wie hij kon werken. Hij kon de plek van Harry Hole overnemen. Als hij Messi was, dan was Harry Hole Maradona geweest. Een begenadigd probleemgeval. En hoe Messi ook schitterde, hij zou nooit zo’n grote legende als Maradona worden. Want Sung-min wist dat zelfs nu hij tegenwerking kreeg, hij nooit heel diep zou vallen. Geen tragedie zoals bij Hole en Maradona. Hij zou een saai succesverhaal worden.

Kasko had de Oakley-zonnebril meegenomen. Hij had die in een koffiebar van de vensterbank gepakt waar hij een kartonnen beker ophaalde om te bedelen voor geld om drugs te kopen. De eigenaar van de zonnebril had die neergelegd om een meisje dat voor de koffiebar stond te kunnen bestuderen. De zon had buiten op de sneeuw geschenen, dus het was een beetje vreemd geweest dat hij de bril afzette.

Maar kennelijk wilde hij dat het meisje zag dat hij naar haar keek. Nou, dat kreeg je ervan als je geil was.

'Idioot!' zei Kasko met een kreun tegen alles en iedereen. Zijn dijen en billen leken gevoelloos te zijn. Het gevolg van lang met je kont op harde, koude stenen te zitten en er lijdend uit te zien. Nou, hij leed ook echt. Het werd hoog tijd dat hij een avondshot kreeg.

'Bedankt!' zong hij toen er een nieuwe munt in de kartonnen beker viel. Een goed humeur was belangrijk. Kasko had de zonnebril opgezet omdat hij het idee had dat die hem onherkenbaar maakte. Niet omdat hij bang was voor de politie, hij had verteld wat hij wist. Maar ze hadden David nog niet gevonden en als David te horen kreeg dat hij hem had verraden aan die Chinese politieman, dan was het goed mogelijk dat hij Kasko zocht. Daarom was op het centraal station zitten tussen de mensen voor de kaartverkoop het veiligst. Hier zou niemand hem bedreigen.

En misschien kwam het door het mooie lenteweer en het feit dat er weinig treinvertragingen waren dat de mensen in een beter humeur waren dan gewoonlijk. Ze hadden in elk geval meer geld dan gebruikelijk in de beker gegooid die hij voor zich had staan. Zelfs een paar emo-jongeren die vaak in de hoek bij de trap naar perron 19 stonden hadden een paar munten gegeven. Het avondshot was zo goed als zeker, hij hoefde vanavond de zonnebril niet te verkopen.

Kasko's aandacht werd ineens getrokken door een man in een camouflage-uniform. Niet alleen doordat hij mank liep, er verband onder zijn muts vandaan kwam, maar vooral omdat zijn koers afweek van wat gebruikelijk was. Hij zag eruit als een roofvis in een school planktoneters. Kort samengevat: hij was op weg naar Kasko. En Kasko vond dat maar niks. De mensen die hem geld gaven, liepen langs hem, niet op hem af. Op hem af was nooit goed.

De man bleef voor hem staan.

'Kan ik een paar munten van je lenen?' Zijn stem was net zo hees als die van Kasko.

'Sorry, vriend,' zei Kasko. 'Je zult zelf voor de duiten van je shot moeten zorgen. Ik heb net genoeg voor mezelf.'

'Ik heb maar dertig kronen nodig.'

Kasko lachte met een korte snuif. 'Ik zie dat je je medicijn nodig hebt, maar zoals gezegd, dat heb ik ook.'

De man ging naast hem op zijn hurken zitten, haalde iets uit zijn binnenzak en liet dat zien. Het was een politie-ID. Verdomme, nu niet weer. De man op de foto leek in de verte op de man voor hem.

'Hierbij leg ik beslag op jouw inkomsten uit bedelen op een openbare plaats. Zoals je weet is dat verboden,' zei hij, zijn hand uitstrekkend naar de beker.

'Nee, verdomme!' schreeuwde Kasko. Hij griste de beker snel weg en hield die tegen zijn borst.

Een paar voorbijgangers wierpen een blik op hen.

'Geef die nu aan mij,' zei de man. 'Anders neem ik je mee naar het bureau, gooi je in de cel en dan krijg je zeker geen shot. Hoe gaat je nacht er dan uitzien?'

'Je bluft, jij verrekte junkie-smeris! Het gemeentebestuur heeft op 16 december 2016 het voorstel om bedelen te verbieden verworpen.'

'Hm,' zei de man voor hem en hij liet het kennelijk even bezinken. Hij schoof zo dicht naar Kasko toe dat de voorbijgangers Kasko niet meer konden zien en hij fluisterde: 'Je hebt gelijk, ik blufte. Maar dit is geen bluf.'

Kasko staarde hem aan. De man was met zijn hand onder zijn camouflagejas gegaan en hield nu een pistool op Kasko gericht. Een groot, lelijk, verrekt pistool tijdens de avonddrukte op het centraal station! De man moest knettergek zijn. Verband rond zijn hoofd en een fucking litteken van zijn mondhoek naar zijn oor. Kasko wist heel goed wat drugsverslaving met verder normale mensen kon doen, onlangs had hij nog gezien wat een ijzeren staaf kon uitrichten en nu zat hier een vent met een vuurwapen. Hij moest de Oakley maar verkopen.

'Hier,' zei hij kreunend en hij gaf de man de kartonnen beker.

'Bedankt.' De man pakte de beker aan en keek erin. 'Hoeveel wil je hebben voor de bril?'

'Hè?'

'De zonnebril.' De man trok alle biljetten uit de beker en gaf die aan hem. 'Is dit genoeg?'

Toen pakte hij de zonnebril van Kasko's neus, zette die op, richtte zich op en liep hinkend tegen de stroom in in de richting van de telefooncel naast 7-Eleven.

Harry belde eerst zijn eigen antwoordapparaat, toetste een code in en stelde vast dat Kaja Solness geen bericht had ingesproken, dus ze had hem niet teruggebeld. Er was een bericht, van een nerveuze Johan Krohn: 'Met Johan Krohn, ik wil dit graag onder ons houden. Svein Finne chanteert me. Mij en mijn gezin. Ik... eh, wil je alsjeblieft contact met me opnemen? Bedankt."

Hij moet maar iemand anders bellen, ik ben dood, dacht Harry terwijl de munten in het apparaat naar beneden vielen.

Hij belde inlichtingen, kreeg de drie telefoonnummers die hij vroeg en noteerde die op zijn handpalm.

Het eerste nummer dat hij belde was van Alexandra Sturdza.

'Harry!'

'Hang niet op. Ik ben onschuldig. Zit je op je werk?'

'Ja, maar...'

'Hoeveel weten ze?'

Hij hoorde de aarzeling in haar stem. Hoorde dat ze een besluit nam. Ze gaf hem een korte samenvatting van het gesprek met Sung-min Larsen. Het leek wel of ze aan het eind bijna huilde.

'Ik begrijp hoe het eruitziet,' zei Harry. 'Maar je moet me vertrouwen, kun je dat?'

Stilte.

'Alexandra, als ik dacht dat ik Rakel had gedood, zou ik dan nog zin hebben om weer op te staan uit de dood?'

Nog steeds stilte. Toen een zucht.

'Bedankt,' zei Harry. 'Herinner je je nog de laatste avond dat ik bij je was?'

'Ja,' zei ze snikkend. 'Of nee.'

'We lagen in bed. Je vroeg me een condoom te gebruiken omdat ik vast geen zin had weer vader te worden. Toen belde er een vrouw.'

'O, ja. Kaja. Lelijke naam.'

'Nou,' zei Harry. 'Nu moet ik je iets vragen waar je vast geen zin in hebt om op te antwoorden.'

'O?'

Harry stelde een vraag waarop ze alleen maar ja of nee kon zeggen. Hij kon Alexandra horen aarzelen. Dat was bijna al het juiste antwoord. En toen zei ze ja. En dat was wat hij nodig had.

'Bedankt. Nog één ding. De broek met het bloed. Wil je het bloed analyseren?'

'Rakels bloed?'

'Nee, mijn knokkels bloedden, dus er zit ook bloed van mij op de broek, herinner je je dat nog?'

'Jazeker.'

'Mooi, ik wil dat je mijn bloed analyseert.'

'Jouw bloed? Waarom dat?'

Harry legde uit wat hij wilde weten.

'Dat duurt even,' zei Alexandra. 'Geef me een uur. Waar kan ik je bereiken?'

Harry dacht na. 'Stuur een sms naar Bjørn Holm.'

Hij gaf haar Bjørns nummer en ze verbraken de verbinding.

Hij voedde de telefoon met meer munten, zag dat het met de munten harder ging dan met de gesprekken. Hij moest effectiever zijn.

Het nummer van Oleg kende hij uit zijn hoofd.

'Ja?' zijn stem kwam van ver. Misschien omdat de plek waar hij was ver weg was of dat zijn gedachten dat waren. Misschien allebei.

'Met mij, Oleg.'

'Papa?'

Harry moest slikken.

'Ja,' zei Harry.

'Ik droom,' zei Oleg. Het klonk niet als een protest, slechts als het nuchter vaststellen van een feit.

'Dat doe je niet,' zei Harry. 'Tenzij ik ook droom.'

'Katrine Bratt zei dat je in de rivier was gereden.'

'Ik heb het overleefd.'

'Je hebt geprobeerd je van het leven te beroven.'

'Ja,' zei Harry. 'Omdat ik dacht dat ik je moeder van het leven had beroofd. Maar op het allerlaatste moment begreep dat het de bedoeling was dat ik dat geloofde.'

‘Wat zeg je?’

‘Het duurt te lang om dat nu uit te leggen, ik heb niet voldoende munten. Je moet iets voor me doen.’

Stilte.

‘Oleg?’

‘Ik ben er nog.’

‘Jij hebt het huis overgenomen en dat betekent dat je toegang hebt tot de elektriciteitsmeter. Die laat het stroomverbruik van uur tot uur zien.’

‘En wat dan nog?’

Harry legde ‘wat dan nog’ kort uit en dat hij het resultaat in een sms naar Bjørn Holm moest sturen.

Toen hij klaar was, haalde hij diep adem en belde Kaja Solness.

De telefoon ging zes keer over. Hij wilde net ophangen en schrok bijna toen hij Kaja’s stem hoorde. ‘Kaja Solness.’

Harry maakte zijn lippen nat. ‘Met Harry.’

‘Harry? Ik herkende het nummer niet.’ Ze klonk gestrest en sprak snel.

‘Ik heb je meerdere keren met mijn eigen telefoon geprobeerd te bereiken,’ zei Harry.

‘Is dat zo? Ik heb niet op mijn telefoon gekeken, ik... moest op reis. Voor het Rode Kruis. Ik moest alles laten vallen, zo gaat dat als je stand-by staat.’

‘Hm. Waar ben je naartoe gestuurd?’

‘Naar... het ging zo snel dat ik me niet eens herinner hoe het hier heet. Aardbeving. Een eilandje in de Stille Oceaan, verdomd lange reis. Daarom heb ik je niet teruggebeld, ik heb vooral in een transportvliegtuig gezeten.’

‘Hm. Het klinkt alsof je dichtbij bent.’

‘De telefoonverbinding is vandaag goed. Zeg, ik ben net met iets bezig. Wat wil je?’

‘Ik heb een slaapplek nodig.’

‘In je eigen flat?’

‘Te groot risico. Ik moet me ergens verstoppen.’ Harry zag de rij munten kleiner worden. ‘Ik leg het je later uit, maar nu moet ik snel iemand anders bellen.’

'Wacht!'
'Ja?'
Stilte.
'Kom naar mij toe,' zei Kaja. 'Ik bedoel naar mijn huis. De sleutel ligt onder de deurmat.'
'Ik kan ook bij Bjørn gaan slapen.'
'Nee! Ik sta erop. Ik wil echt dat je naar mijn huis gaat.'
'Oké, bedankt.'
'Fijn, we zien elkaar snel, hoop ik.'
Harry bleef een poos voor zich uit staren toen hij had opgehangen. Zijn blik viel op een televisiescherm in de koffiebar van de stationshal. Hij zag een foto van zichzelf op weg naar de rechtbank. Ook een foto uit de Vampier-zaak. Harry draaide zich snel om naar de telefoon. Hij belde het nummer van Bjørn dat hij ook uit zijn hoofd kende.
'Holm.'
'Harry.'
'Nee,' zei Bjørn. 'Hij is dood. Wie ben je?'
'Geloof je niet in geesten?'
'Wie ben je, vroeg ik.'
'Ik ben de man aan wie je *Road to Ruin* hebt gegeven.'
Stilte.
'Ik vind nog steeds *Ramones* en *Rocket To Russia* beter,' zei Harry. 'Maar het was een verdomd goed gebaar.'
Harry hoorde een geluid. Het duurde even voor hij begreep dat het gehuil was. Geen babygehuil, maar van een volwassen man.
'Ik ben op het centraal station,' zei Harry en hij deed alsof hij het niet had gehoord. 'Ik word gezocht, heb een gewonde knie, geen rooie cent en ik heb gratis vervoer nodig naar de Lyder Sagens gate.'
Harry hoorde een zware zucht en er werd 'mijn god' gemompeld. Toen was Bjørn Holm er weer met een stem zo iel en bevend als hij nog nooit had gehoord: 'Ik ben alleen met de baby, Katrine heeft een persconferentie bij Kripos. Maar...'
Harry wachtte.
'Ik neem de baby mee, hij moet wennen aan de auto,' zei Bjørn. 'Om acht uur bij de uitgang naar het centrum?'

'Er zijn al twee mensen langsgelopen die me aandachtig hebben opgenomen, dus lukt het je om zeven uur?'

'Ik zal het proberen. Ga bij de tax...'

De stem werd afgebroken door een lange pieptoon. Harry keek op. De laatste kroon was weg. Hij stak zijn hand onder zijn jas en ging ermee over zijn borst en pijnlijke rib.

Harry stond in de schaduw naast de noordelijke uitgang van het centraal station toen Bjørns rode Volvo Amazon voorbij de armada van lege taxi's gleed en stilstond. Een paar chauffeurs stonden samen te praten en wierpen een kwade blik op de auto, kennelijk dachten ze dat ze met een illegale taxi te maken hadden of nog erger: met een Uber.

Harry liep hinkend naar de auto en stapte in.

'Hoi, geest,' fluisterde Bjørn vanuit zijn gebruikelijke half liggende positie. 'Naar Kaja Solness?'

'Ja,' zei Harry die begreep dat er gefluisterd moest worden vanwege de baby die in een zitje met de rug naar hen toe op de achterbank zat.

Ze zoefden over de rotonde langs Spektrum, waar Bjørn Harry vorig jaar zomer mee naartoe had genomen voor een Hank Williams-concert. Bjørn had Harry overigens op de ochtend van het concert gebeld en gezegd dat hij in de verloskamer was en dat de bevalling iets eerder was begonnen. En dat hij de baby ervan verdacht snel op te willen schieten zodat hij met zijn vader mee kon om zijn eerste Hank Williams-songs te horen.

'Weet juffrouw Solness dat je komt?' vroeg Bjørn.

'Ja, ze zegt dat de sleutel onder de deurmat ligt.'

'Niemand legt de sleutel onder de deurmat, Harry.'

'We gaan het zien.'

Ze reden langs het regeringsgebouw, langs de muurschildering *Skrik*, Blitz en de Stensberggate waar Bjørn en Harry doorheen waren gereden in de nacht van de moord op weg naar Harry's flat. Toen was Harry zo van de wereld geweest dat hij zelfs een bominslag niet zou hebben geregistreerd. Nu zat hij in diepe concentratie en hoorde elke verandering van de motor, elke kraak van de stoel en toen ze voor het stoplicht op de Sporveisgate voor de Fagerborgkerk stonden, hoorde hij de bijna geluidloze ademhaling van de baby.

'Je moet het me maar vertellen als de tijd daarvoor rijp is,' zei Bjørn zacht.

'Dat zal ik doen,' zei Harry en hij hoorde dat zijn stem vreemd klonk.

Ze reden Norabakken op en Lyder Sagens gate in.

'Hier,' zei Harry.

Bjørn stopte. Harry bleef zitten.

Bjørn wachtte even en zette de motor af. Ze keken naar de donkere villa achter het hek.

'Waar kijk je naar?' vroeg Bjørn.

Harry haalde zijn schouders op. 'Ik zie een vrouw van één meter zeventig voor me, maar verder is ze me in alles de baas: hogere intelligentie, hogere moraal en zelfs haar huis is hoger.'

'Heb je het nu over Kaja Solness of over de andere?'

'De andere?'

'Rakel.'

Harry gaf geen antwoord. Hij keek naar de zwarte ramen van het huis achter de kale takken die zich als heksenvingers naar de hemel uitstrekten. Het huis verraadde niets, maar het leek niet te slapen. Het leek wel of het de adem inhield.

Drie korte tonen. Don Helms' steel guitar in 'Your Cheatin' Heart'. Bjørn viste zijn mobiel uit zijn jaszak. 'Een sms,' zei hij en hij wilde de telefoon weer opbergen.

'Open het,' zei Harry. 'Het is een bericht voor mij.'

Bjørn deed wat Harry hem vroeg.

'Ik heb geen idee wat het is of van wie het komt, maar er staat: benzodiazepine en flunitrazepam.'

'Hm, oude bekenden uit verkrachtingszaken.'

'Ja, rohypnol.'

'Ja, kun je via een injectie bij een slapende man inbrengen en als de dosis hoog genoeg is, dan is hij gegarandeerd minstens vijf uur van de wereld. Hij zal het niet merken als er aan hem gesjord wordt, ergens naartoe wordt gesleept.'

'Of verkracht wordt.'

'Precies, maar wat flunitrazepam werkelijk tot de geniale verkrachtingsdrug maakt, is het feit dat het zorgt voor geheugenverlies. Totale black-out, het slachtoffer herinnert zich helemaal niet wat er is gebeurd.'

'Daarom wordt het ook niet meer geproduceerd.'

'Maar het wordt wel verkocht op straat. En een persoon die bij de politie heeft gewerkt zal precies weten waar je het kunt krijgen.'

De drie tonen klonken weer.

'Jezus, het gaat maar door,' zei Bjørn.

'Open dat bericht ook.'

Er klonk een kreetje van de achterbank en Bjørn draaide zich om en keek naar de rug van het kinderzitje. Toen werd de ademhaling weer rustig en Harry zag hoe de spanning uit Bjørns lichaam verdween. Zijn collega toetste iets op zijn telefoon in.

'Er staat dat het stroomverbruik tussen acht uur 's avonds en middernacht steeg met 17,5 kilowatt. Wat betekent dat?'

'Dat betekent dat de persoon die Rakel heeft vermoord dat deed rond de klok van kwart over acht.'

'Hè?'

'Ik heb onlangs met een man gesproken die dezelfde truc heeft uitgehaald. Hij had een meisje doodgereden terwijl hij dronken was. Hij legde haar in de auto en zette de verwarming hoog om haar lichaamstemperatuur te behouden. Op die manier zou de lijkschouwer denken dat ze later was overleden dan feitelijk het geval was. En op dat tijdstip zou hij niet meer te veel alcohol in zijn bloed hebben.'

'Nu kan ik je niet helemaal meer volgen, Harry.'

'De moordenaar is de eerste persoon die we op de beelden van de wildcamera zien. Hij is te voet gekomen en arriveerde om 20.03 uur bij Rakel. Hij doodt haar met een mes uit het messenblok, zet de thermostaat die gekoppeld is aan alle radiatoren op de begane grond hoger en vertrekt zonder de deur op slot te draaien. Hij vindt mij dronken in de bar en geeft me Rohypnol. De moordenaar stopt het moordwapen tussen mijn platen, vindt de autosleutels van mijn Ford Escort, brengt me naar de plaats delict en draagt me naar binnen. Daarom duurt het zo lang op de beelden voor hij binnen is. Het lijkt of het om een dik persoon gaat of een persoon die kromgebogen loopt, maar de moordenaar draagt me als een rugzak. "Zo dragen we onze gevallenen," vertelde Bohr me. Ik werd in de bloedplas van Rakel gelegd en aan mijn lot overgelaten.'

'Wel, verdomme.' Bjørn krabde in zijn rode baard. 'Maar op de opname zien we niet iemand de plaats delict verlaten.'

'Dat is omdat de persoon wil dat ik, wanneer ik wakker word, ervan overtuigd raak dat ik Rakel heb gedood. Wat betekent dat ik moet ontdekken dat beide sleutelbossen in het huis zijn terwijl de deur van de binnenkant op slot is gedraaid. Op die manier zal ik concluderen dat alleen ik de moord kan hebben begaan.'

'Een variant van mysterie van de gesloten kamer?'

'Precies.'

'Dus...?'

'Nadat de moordenaar me naast Rakel heeft gelegd, draait hij de deur aan de binnenkant op slot en verlaat de plaats delict via het kelderraam. Dat is het enige raam zonder tralies. De persoon weet niets van de wildcamera, maar hij heeft geluk. De camera wordt geactiveerd door beweging, maar er valt niets te zien omdat de moordenaar aan de andere kant van het erf in het donker loopt en de plek verlaat. Wij dachten dat het een kat of een vogel was en we dachten er verder niet meer aan.'

'Je bedoelt dat je... volkomen voor de gek bent gehouden?'

'Gemanipuleerd, zodat ik dacht dat ik de persoon had vermoord van wie ik hou.'

'Mijn god, dat is toch erger dan de doodstraf, dat is pure marteling. Waarom...'

'Omdat het precies is wat je zegt: straf.'

'Straf, voor wat?'

'Voor mijn verraad. Ik begreep het pas toen ik op het punt stond me van het leven te beroven en de radio aanzette. "*Farther along we'll know more about it...*"'

'*Farther along we'll understand why,*' zei Bjørn, langzaam knikkend.

'*Cheer up, my brother,*' zei Harry. '*Live in the sunshine. We'll understand it all by and by.*'

'Mooi,' zei Bjørn. 'Veel mensen denken dat het een nummer van Hank Williams is, maar het is een van de weinige covers die hij heeft gespeeld.'

Harry pakte het pistool. Hij merkte dat Bjørn onrustig heen en weer schoof op zijn stoel.

'Dit pistool staat niet geregistreerd,' zei Harry terwijl hij er de geluiddemper op schroefde. 'Het werd voor E14 aangeschaft, een opgeheven inlichtingendienst. Het kan niet opgespoord worden.'

'Ben je van plan om...' Bjørn knikte bezorgd in de richting van Kaja's huis. '...het te gebruiken?'

'Nee,' zei Harry en hij gaf het pistool aan zijn collega. 'Ik neem het niet mee naar binnen.'

'Waarom geef je het aan mij?'

Harry keek Bjørn lang aan. 'Omdat jij Rakel hebt vermoord.'

HOOFDSTUK 49

'Toen je vroeg in de moordnacht Øystein in de Jealousy Bar belde en te horen kreeg dat ik daar zat, begreep je dat ik daar nog wel een poosje zou blijven,' zei Harry.

Bjørn kneep in het pistool terwijl hij Harry aanstaarde.

'Dus toen ben je naar Holmenkollen gereden, hebt de Amazon een eindje verderop geparkeerd zodat de buren en eventuele andere getuigen zich de opvallende auto niet zouden herinneren. Je bent naar Rakels huis gelopen, hebt aangebeld, zij deed open, zag dat jij het was en heeft je uiteraard binnengelaten. Je wist niet dat het gefilmd werd door een wildcamera. Op dat tijdstip wist je alleen maar dat alles naar wens verliep. Er waren geen getuigen, er was niets onverwachts gebeurd. Het messenblok stond nog op dezelfde plek als de laatste keer toen je bij ons op bezoek kwam. En ik zat in de Jealousy Bar te drinken. Je pakte het mes en vermoordde haar. Effectief en zonder vreugde want je bent geen sadist. Maar hardvochtig genoeg dat ik zou weten dat ze pijn heeft geleden. Toen ze dood was, heb je de thermostaat omhoog gedraaid, heb je het moordwapen meegenomen, ben je naar de Jealousy Bar gereden waar je Rohypnol in mijn drinken hebt gedaan terwijl ik het druk had met het stompen van Ringdal. Je hebt me meegenomen in je auto en me naar huis gebracht. De Rohypnol werkte snel, ik was allang in dromenland toen je achter mijn flat naast mijn Ford Escort parkeerde. Je hebt de sleutels van mijn flat in mijn broekzak gevonden, klemde mijn hand rond het mes zodat daar mijn vingerafdrukken op stonden, bent mijn flat binnengegaan, stopte het mes in mijn platenverzameling tussen de Rainmakers en Ramones, alfabetisch op naam van Rakel. Hebt mijn autosleutels gezocht. En op weg naar beneden kwam je op de trap Gule tegen die thuiskwam van zijn werk. Dat was niet gepland, maar je hebt goed geïmproviseerd. Je zei dat je me in bed had gelegd en dat je nu naar huis ging. Vervolgens heb je me uit de Amazon getrokken, in de Escort gezet en zijn we naar Rakels huis gereden. Het kostte behoorlijk wat tijd om me uit de Escort te halen en op je rug te nemen. De voordeur was niet op slot. Je hebt me naast Rakel gelegd in de bloedplas en jouw sporen op de plaats delict verwijderd. Het huis heb je via het kelderraam verlaten. Natuurlijk kon je het raam niet weer op de haak zetten, maar ook daar had je aan gedacht. Je bent te voet naar huis gegaan, gok ik. Via de Holmenkollvei, Sørkendalsvei naar Majorstua misschien. Je hebt alle plekken met bewakingscamera's ontweken, hebt geen taxi genomen. Niets waardoor je op te sporen was. Toen was het een kwestie van afwachten. Je hebt naar de politieradio geluisterd en dat was de reden dat je als een van de eersten ter plekke was toen er werd gemeld dat er een dode vrouw op het adres van Rakel was gevonden, ondanks dat je ouderschapsverlof hebt. En je nam daar de leiding. Deed zelf een rondje door het huis om mogelijke andere vluchtroutes te checken. Je bent naar de kelder gegaan, hebt de haak van het raam weer gesloten, bent voor de show naar zolder gegaan en bij terugkomst heb je gezegd dat alles dicht was. Tot zover tegenwerpingen?'

Bjørn Holm antwoordde niet. Hij zat in elkaar gedoken met een glazige blik in Harry's richting te kijken, maar hij leek niets te zien.

'Je dacht dat je je doel had bereikt. Dat je de perfecte moord had gepleegd. Niemand zal zeggen dat de voorwaarden niet goed waren. Het was uiteraard een streep door de rekening toen je begreep dat mijn hersenen hadden verdrongen dat ik wakker was geworden bij Rakel. Verdrongen dat ik ervan overtuigd moest zijn dat ik haar had vermoord, aangezien de deur van de binnenkant op slot was gedraaid. Verdrongen dat ik mijn sporen had uitgewist, de wildcamera had verwijderd en het geheugenkaartje had weggegooid. Ik herinnerde me niets. Nou, dat zou me niet redden. Je had het moordwapen bij me thuis verstopt als een soort garantie. Een garantie voor het geval ik niet zelf zou inzien dat ik de moord op mijn geweten had en mezelf daarvoor zou straffen, als het erop ging lijken dat ik de dans zou ontspringen, dan zou je er discreet voor zorgen dat de politie op een bepaald moment een huiszoeking bij me zou doen en dan zou het mes gevonden worden. Toen je begreep dat ik me niets meer kon herinneren, dat ik ook geen bebloed mes bij Rakel had gezien, zorgde je ervoor dat ik zelf het mes vond dat jij had verstopt. Jij wilde dat ik mezelf martelde. Je gaf me een nieuwe plaat waarvan je precies wist waar ik die zou opbergen omdat je mijn systeem kent. *Road To Ruin* van de Ramones was precies wat de titel zei: mijn weg naar de ondergang. Ik neem aan dat je geen perverse vreugde had door me die tijdens de begrafenis te geven, maar...' Harry haalde zijn schouders op. 'Dat heb je gedaan. En ik vond het mes en toen kwamen de herinneringen.'

Bjørns mond opende en sloot zich weer.

'Maar toen kwam er een kink in de kabel,' zei Harry. 'Ik vond het geheugenkaartje met de opnames van de wildcamera. Je begreep dat er een reëel gevaar was dat je geïdentificeerd kon worden en ontmaskerd. Je vroeg me of de beelden al gekopieerd waren voordat je aanbood het fysieke kaartje te onderzoeken. Ik dacht dat je het vroeg omdat het simpeler was om de beelden via een dropbox te versturen. Maar je wilde er slechts zeker van zijn dat jij het enige origineel kreeg zodat je dat eventueel kon vernietigen of bewerken als je herkenbaar in beeld kwam. Toen je tot je opluchting ontdekte dat de beelden weinig opleverden, stuurde je het kaartje naar een 3D-expert, maar zonder dat je naam daarbij werd genoemd. Achteraf was het veel logischer geweest als ik het kaartje direct naar hem had gestuurd.'

Harry keek naar het pistool. Bjørn hield het niet bij de kolf vast met zijn vinger rond de trekker, maar bij de loop alsof het bewijsmateriaal was en hij geen vingerafdrukken wilde beschadigen.

'Heb je...' Bjørns stem klonk sloom alsof hij watten in zijn mond had. 'Heb je een recorder of zoiets bij je?'

Harry schudde zijn hoofd.

'Het maakt niet uit,' zei Bjørn en hij glimlachte flauwtjes. 'Hoe... hoe ben je erachter gekomen?'

'Door wat ons altijd met elkaar verbonden heeft, Bjørn. De muziek.'

'De muziek?'

'Vlak voordat ik tegen de trailer zou botsen zette ik de radio aan en hoorde ik Hank Williams en violen. Ik had hardrock moeten horen. Iemand had de radio op een andere zender gezet. Iemand anders dan ik had in de auto gereden. En in de rivier bedacht ik nog iets anders: er was iets met de stoel geweest. Pas toen ik in het vakantiehuisje van Bohr zat, kon ik het naar boven halen. De eerste keer dat ik na Rakels dood in de auto ging zitten was toen ik naar de bunker bij Nordstrand ging. Toen viel me ook iets op, er klopte iets niet. Ik beet zelfs in mijn vinger van titaan, dat doe ik af en toe als ik me iets probeer te herinneren waar ik nét niet bij kan, wat me steeds ontglipt. Nu weet ik dat het om de rugleuning van de stoel ging. Ik moest die rechterop zetten. Toen Rakel en ik de auto nog deelden, moest ik soms de stoel naar achteren schuiven, maar waarom moest ik nu de stoel verzetten? Alleen ik reed er nu immers in? En wie zet de stoel zo dat hij bijna ligt?'

Bjørn gaf geen antwoord. Alleen die afwezige blik alsof hij luisterde naar iets wat hij in zijn hoofd hoorde.

Bjørn Holm keek naar Harry, zag zijn mond bewegen, registreerde de woorden, maar ze drongen niet echt door. Het was het gevoel dronken te zijn, onder water. Jazeker, dit gebeurde, dit was echt, maar er was een filter, het leek wel of het hem niet aanging. Niet meer. Hij had het geweten sinds hij de dode Harry aan de telefoon had gekregen: hij was ontmaskerd. En dat was een opluchting. Ja, dat was het. Want terwijl het een marteling voor Harry was geweest te denken dat hij Rakel had vermoord, was het ook een hel voor Bjørn geweest. Want hij had niet alleen gedacht dat hij haar had vermoord, hij had het ook gewéten. En hij herinnerde zich elk detail van de moord, herleefde elke seconde ervan, zonder pauze, als een monotoon bonkende bastoon tegen zijn slaap. En bij elke dreun was er diezelfde schok: nee, het is geen droom, ik heb het gedaan! Ik heb gedaan waarover ik droomde, wat ik heb gepland, iets waarvan ik verwachtte dat het het leven weer in balans zou brengen. Daar was ik van overtuigd geweest. De persoon te doden van wie Harry het allermeest hield, zoals Harry alles had gedood, had kapotgemaakt, waarvan Bjørn hield.

Bjørn had uiteraard geweten dat Katrine zich aangetrokken voelde tot Harry, niemand op het werk die nauw met hen had samengewerkt was dat ontgaan. Ze had het niet ontkend, maar ze had gezegd dat Harry en zij nooit het bed hadden gedeeld. Ze hadden elkaar niet eens gekust. En Bjørn had haar geloofd. Was hij te goedgelovig geweest? Wellicht. Maar het was vooral omdat hij haar wílde geloven. Bovendien was het lang geleden en nu was Bjørn samen met haar. Had hij gedacht.

Wanneer had hij voor het eerst achterdocht gekregen?

Was dat toen hij Katrine had voorgesteld Harry te vragen of hij peter wilde worden van het kind en zij dat resoluut had afgewezen? Ze had als reden aangevoerd dat Harry een instabiel persoon was en dat ze niet wilde dat hij ook maar enige verantwoordelijkheid zou hebben voor de kleine Gert. Alsof de rol van peter meer zou zijn dan slechts een aardig gebaar van de ouders aan een vriend of een familielid. Katrine had nauwelijks familie en Harry was hun gemeenschappelijke vriend. Harry en Rakel waren als gewone gasten naar de doop gekomen. En Harry had zich gedragen zoals hij altijd deed: hij had in een hoek gestaan, de andere gasten die op hem afkwamen afwerend begroet, vaak op zijn horloge en regelmatig naar Rakel gekeken die geanimeerd stond te praten. Elk halfuur had hij Bjørn een teken gegeven dat hij buiten een sigaret ging roken. Het was Rakel geweest die Bjørns achterdocht had versterkt. Hij had gezien hoe haar gezicht vertrok toen ze het kind zag, hij had de lichte trilling in haar stem gehoord toen ze plichtmatig de ouders had verteld wat voor geweldig kind ze hadden geproduceerd. En, niet in de laatste plaats, had hij haar gekwetste gezicht gezien toen Katrine aan haar vroeg of ze even de baby wilde vasthouden terwijl zij iets moest pakken. Hij had gezien hoe Rakel haar rug naar Harry had gekeerd zodat hij noch het kind, noch haar gezicht kon zien.

Drie weken later had hij het antwoord gekregen.

Hij had een eenvoudig wattenstaafje gebruikt om een speekselmonster bij het kind af te nemen. Dat had hij naar het gerechtelijk laboratorium gestuurd en niet gezegd om welke zaak het ging, alleen maar dat het om een DNA-test ging in een vaderschapsonderzoek waarin de gebruikelijke zwijgplicht gold. In zijn kantoor van de technische recherche in Bryn had hij het resultaat gelezen dat bevestigde dat hij niet de vader van Gert was. Maar de vrouw met wie hij had gesproken, die nieuwe Roemeense, zei dat ze een hit hadden met iemand anders in de databank en dat de vader Harry Hole was.

Rakel wist het. Katrine wist het ook uiteraard. En Harry. Of misschien Harry niet. Hij kon niet toneelspelen. Hij was alleen een verrader. Een onbetrouwbare vriend.

Deze drie tegen hem. En van die drie kon hij één persoon absoluut niet missen. Dat was Katrine. Kon Katrine zonder hem?

Natuurlijk kon ze dat.

Want wat was Bjørn? Een mollige, bleke, aardige technisch rechercheur die iets te veel van muziek en film wist om vervolgens een bleke, aardige technisch rechercheur met overgewicht te worden die nog iets meer van muziek en film wist. Op dat tijdstip had hij zijn rastamuts ingewisseld voor een platte pet, droeg hij flannellen overhemden en probeerde tevergeefs een baard te laten staan. Een persoon die ervan overtuigd was dat het een individuele keus was, iets wat persoonlijke ontwikkeling uitdrukte, een idee dat bij hem, en bij hem alleen, was opgekomen. Omdat we allemaal anders zijn. Totdat hij bij een concert van Bon Jovi om zich heen keek en vele kopieën van zichzelf zag. Toen begreep hij dat hij tot een groep behoorde, de groep van mensen die meer dan anderen – in elk geval in theorie – iedereen verachtte die tot een groep wilde behoren. Hij was een hipster.

Als hipster verachtte hij hipsters en vooral mannelijke hipsters. Er was iets geleiachtigs, iets onmannelijks aan dat idealistische, gedroomde streven naar het natuurlijke, het oorspronkelijke, het authentieke van de hipster die eruit wilde zien als een houthakker die in een hutje woont en jacht maakt op zijn eigen eten, maar die nog steeds dat overbeschermde joch was dat met recht vond dat het moderne leven hem zijn mannelijkheid had afgenomen en hem het gevoel had gegeven dat hij een hulpeloos, zwak persoon was die als eerste zou instorten als een zonnestorm al onze apparaten en al onze technologie buitenspel zou zetten en we weer teruggeworpen zouden worden naar het stenen tijdperk.

Bjørn had die gedachten over zichzelf bevestigd gezien tijdens een kerstdiner met oud-klasgenoten thuis in Toten. Endre, de stoere zoon van de rector die sociologie in Boston had gestudeerd, had Bjørn een typisch geval van een *hipsterloser* genoemd. Endre had lachend zijn dikke, zwarte haar naar achteren gegooid en ene Mark Greifer in *The New York Times* geciteerd die had gezegd dat de hipster zijn gebrek aan sociale vaardigheden en goede carrière trachtte te compenseren door het zoeken naar culturele soevereiniteit.

'En dan hebben we jou, Bjørn, een rijksambtenaar, halverwege de dertig, met dezelfde baan als tien jaar geleden die denkt dat je door halflang haar te dragen en boerenkleding die wel van het Leger des Heils lijkt te komen, verheven bent boven je jongere collega's uit burgermilieus met kortgeknipte haren en een carrière waarvan jij alleen maar kunt dromen.'

Endre had dat in één lange zin gezegd zonder adem te halen en Bjørn had geluisterd en gedacht: is dit waar, is dit hoe ik gedefinieerd word? Was hij als boerenzoon gevlucht van de golvende akkers in Toten om dit te worden? Een geëmancipeerde, militante conformist en een loser? Een mislukte politieman zonder ambitie die zich ter verdediging een image had aangemeten? Die ouwe troep – zijn Amazon, Elvis en voormalige countryhelden, een kapsel uit de jaren vijftig, laarzen van slangenleer en zijn dialect – gebruikte om de indruk te wekken dat hij echt, aards, was terwijl hij feitelijk net zo weinig oprecht was als de politicus uit een villawijk uit Oslo die een verkiezingsspeech moest houden in een fabriek en daarom zijn stropdas afdeed, zijn overhemdsmouwen oprolde en zijn taal doorspekte met een aantal toelaatbare krachttermen. Misschien was dat wel zo. Of, als dat niet de hele waarheid was, dan was een deel ervan misschien waar. Maar werd hij hierdoor gedefinieerd? Nee, net zomin als het feit dat hij rood haar had hem definieerde. Wat hem definieerde was het feit dat hij een verdomd goede technisch rechercheur was. En nog iets.

'Misschien heb je gelijk,' had Bjørn geantwoord toen Endre eindelijk ademhaalde. 'Misschien ben ik een pathetische loser. Maar ik ben aardig tegen mensen en dat ben jij niet.'

'Nee maar, Bjørn, ben je nou chagrijnig?' had Endre schaterlachend gezegd. Hij had kameraadschappelijk een troostende hand op zijn schouder gelegd en veelbetekenend geglimlacht naar de omstanders alsof dit gewoon een spel was waarvan iedereen behalve Bjørn de regels kende. Bjørn had weliswaar een glas te veel van het thuis gestookte drankje gedronken dat geserveerd werd uit nostalgische en niet economische redenen, maar hij had toen gevoeld waartoe hij in staat was. Dat hij een vuist midden in die grijnzende sociologische kop van Endre kon planten, zijn neusbeen kon breken en genieten van de schrik in zijn blik. Bjørn had tijdens zijn jeugd nooit gevochten. Nooit. Dus hij kon er niets van toen hij aan de politieacademie begon. Daar had hij het een en ander geleerd over man-tot-mangevechten. Namelijk dat de beste manier om een gevecht te winnen was door met maximale agressie de eerste klap uit te delen. In negen van de tien gevallen was het gevecht dan al voorbij. Hij wist het, hij wílde het, maar kon hij het? Hoe hoog was voor hem de drempel om geweld te gebruiken? Hij wist het niet, hij was gewoonweg nog nooit in een situatie geweest waarin geweld de adequaatste oplossing van het probleem had geleken. En dat was nu ook niet het geval. Endre vormde geen fysieke bedreiging en het enige wat een dreun zou opleveren was een schandaal en mogelijk een aangifte. Maar waarom had hij het dan zo graag gewild? Het gezicht van de ander tegen zijn knokkels voelen, het dode geluid horen van bot tegen vlees, het bloed uit de neus zien spuiten en genieten van Endres angst.

Toen Bjørn die nacht in zijn oude jongenskamer in bed lag, kon hij niet slapen. Waarom had hij niets gedaan? Waarom had hij alleen maar wat gebromd en gezegd: 'Nee hoor, ik ben niet chagrijnig?' Hij had gewacht tot Endre zijn hand had weggehaald, had iets gemompeld dat hij nog wat te drinken ging halen, had even met een paar anderen gesproken en was daarna al snel vetrokken. Het was de juiste aanleiding. De alcohol kon gebruikt worden als excuus en dat je in een gevecht verzeild was geraakt, dat werd getolereerd in Toten. Bovendien zou het bij die ene dreun blijven. Endre was ook geen vechter. En als hij wel iets terug zou doen zou iedereen Bjørn toejuichen. Want Endre was een klootzak, dat was hij altijd geweest. En iedereen mocht Bjørn, zo was het ook altijd geweest. Alhoewel hem dat tijdens zijn jeugd niet echt had geholpen.

Pas op zijn vijftiende had Bjørn Brita mee durven vragen naar de bioscoop in Skreia. De directeur van de bioscoop had de sensationele stap genomen om de concertfilm van Led Zeppelin *The Song Remains The Same* te vertonen. Weliswaar vijftien jaar nadat die was verschenen, maar dat maakte Bjørn niet uit. Hij had Brita gezocht en haar uiteindelijk gevonden achter de meisjes-wc. Ze had Bjørn huilend verteld dat ze Endre in het weekend had toegestaan om met haar te vrijen. Maar nu had haar beste vriendin in de pauze verteld dat Endre en zij een stelletje waren. Bjørn had Brita zo goed als hij kon getroost en haar zonder verdere inleiding meegevraagd naar de bioscoop. Ze had hem vreemd aangekeken en gevraagd of hij niet gehoord had wat ze zei? Bjørn had bevestigd dat hij het had gehoord, maar dat hij zowel Brita als Led Zeppelin leuk vond. Eerst had ze snuivend nee gezegd, maar toen leek ze een helder moment te hebben en had gezegd dat ze graag meeging. In de bioscoop bleek Brita ook haar beste vriendin en Endre te hebben uitgenodigd. Brita had Bjørn gekust tijdens de film. Eerst tijdens 'Dazed and Confused' en toen tijdens een gitaarsolo van Jimmy Page in 'Stairway To Heaven'. Waarmee ze Bjørn een heel eind de trap op had gestuurd. Maar toch, toen ze weer alleen waren en hij haar na de film thuis had gebracht, had ze alleen maar kort 'goedenacht' gezegd. Een week later had Endre het uitgemaakt met de beste vriendin en was hij teruggekeerd naar Brita.

Bjørn had dergelijke gebeurtenissen met zich meegedragen, natuurlijk had hij dat. Het verraad dat hij had moeten zien aankomen. De klap die hij niet had uitgedeeld. En in zekere zin was het niet uitdelen van die dreun een bevestiging van wat Endre had beweerd: dat het enige wat groter was dan de schaamte van geen man te zijn, de angst was om een man te zijn.

Liep er een rode draad van toen naar het heden? Was er een oorzakelijk verband? Was dit geweld iets wat zich had opgebouwd en was er een nieuwe vernedering voor nodig om tot ontploffing te komen? Was de moord ook de vuistslag die hij Endre nooit had kunnen geven?

De vernedering, die was als een pendel geweest. Des te trotser hij was om vader te zijn, des te groter de vernedering toen hij begrepen had dat het niet zijn kind was. De trots toen zijn ouders en twee zussen moeder, kind en vader hadden bezocht in het ziekenhuis en Bjørn die hun stralende gezichten had gezien. Zijn zussen waren tante geworden en zijn ouders grootouders. Niet dat ze dat al niet waren, Bjørn was de jongste en was als laatste uitgevlogen, maar toch. Ze waren er niet gerust op geweest of hij ooit vader zou worden, begreep hij nu. Hij had zich altijd gedragen als een vrijgezel, had zijn moeder gezegd. Maar ze hielden van Katrine. In het begin was het tijdens de eerste bezoeken in Toten wel een beetje ongemakkelijk geweest. De praatgrage, directe Katrine uit Bergen die moest wennen aan deze mensen van Toten die weinig zeiden. Maar Katrine en zijn ouders waren naar elkaar toegegroeid en tijdens eerste kerstdag op de boerderij en toen Katrine de trap was afgekomen in haar prachtige feestjurk, had zijn moeder hem in zijn zij gepord en hem aangekeken met een blik van: hoe is het je gelukt om deze knappe meid aan de haak te slaan?

Ja, hij was trots geweest. Veel te trots. Misschien had zij het ook gemerkt. En die trots was zo moeilijk te verbergen geweest dat zij zich waarschijnlijk ook af ging vragen: hoe is het hém gelukt mij aan de haak te slaan? Ze was bij hem weggegaan. Dat waren niet de woorden die hij gebruikt had toen het gebeurde. Hij had het gezien als een denkpauze, een dip in hun relatie, tijdelijke claustrofobie. Iets anders was onverdraaglijk. En ze was teruggekomen. Dat gebeurde na een paar weken, misschien twee maanden, hij herinnerde het zich niet zo goed. Die hele periode had hij verdrongen, maar het was in elk geval kort nadat ze dachten de Vampier-zaak opgelost te hebben. En Katrine werd meteen zwanger. Het leek wel of ze seksueel uitgehongerd was en Bjørn had gedacht dat deze pauze misschien niet zo verkeerd was geweest. Soms moest je even uit elkaar om te weten wat je samen hebt. Een kind verwekt door de vreugde van het weerzien. Zo had hij het gezien. En hij was Toten rondgegaan met het kind. Familie, vrienden en verre verwanten had hij het kind laten zien als een bokaal, een bewijs van zijn mannelijkheid. Het was idioot geweest, maar iedereen mag een keer in zijn leven idioot doen.

En toen kwam de vernedering.

Het was niet te verdragen. Het was als zitten in een vliegtuig tijdens de *take-off* of de landing, de keren dat het hem niet gelukt was de druk op zijn oren te klaren en hij ervan overtuigd was dat zijn hoofd uit elkaar zou spatten. Zelfs half wenste dat het zou gebeuren om maar van de pijn af te zijn die steeds erger en erger werd. Tot je er gek van werd. Je was bereid uit het vliegtuig te springen, je door het hoofd te schieten. Een rekensom met slechts één variabele: pijn. En met de dood als bevrijdende constante. Jouw dood, de dood van een ander. Hij had in zijn verwarring gedacht dat zijn pijn – net als het drukverschil – gelijk kon worden getrokken door de pijn van een ander. Door Harry's pijn.

Hij had zich vergist.

Rakel vermoorden was makkelijker geweest dan hij had gedacht. Misschien omdat hij het zo lang had gepland. Net als een topsporter had hij het plan keer op keer afgespeeld in zijn hoofd, dus toen hij daar fysiek was en het realiteit werd, had het in zekere zin zo geleken dat hij het nog steeds in gedachten deed. Alsof hij het van buitenaf bekeek.

Hij was zoals Harry zei de Holmenkollvei afgelopen, maar had niet de Sørkedalsvei genomen. In plaats daarvan was hij in westelijke richting gelopen naar de Stasjonvei, daarna de Bjørnvei om vervolgens via kleine weggetjes naar huis te lopen. Hij had goed geslapen de eerste nacht en was niet wakker geworden van Gert, die volgens Katrine om vijf uur 's morgens had gekrijst. Hij was wel uitgeput geweest. De tweede nacht had hij niet zo goed geslapen. Pas op maandag, toen hij Harry op de plaats delict zag, was het tot hem doorgedrongen wat hij had gedaan. Geconfronteerd worden met Harry was als kijken naar een kerk die in brand staat. Bjørn herinnerde zich de beelden van de brand in 1992 van de Fantoftkerk. Een brand die om zes uur 's morgens op de zesde dag van de zesde maand was aangestoken door een satanist. Vaak zit er schoonheid in catastrofes, iets waardoor je je blik er niet vanaf kunt houden. Nadat de wanden en het dak waren afgebrand, was het skelet van de kerk, de eigenlijke vorm en identiteit, overgebleven. En datzelfde was gebeurd met Harry in de daaropvolgende dagen. En hij had zijn ogen niet van Harry af kunnen houden. Harry die gestript was tot zijn eigenlijke ik. Hij, Bjørn, was een pyromaan en was gefascineerd door zijn eigen vernietigende werk. Maar terwijl hij toekeek, leed hij ook. Ook hij stond in brand. Had hij van het begin af aan geweten dat dit zou gebeuren? Had hij bewust het restant benzine over zichzelf uitgegoten en was hij vlak bij Harry gaan staan zodat hij ook verteerd zou worden door de brand? Of had hij gedacht dat Harry en Rakel zouden verdwijnen en dat hij zelf verder zou leven, voor het gezin zou zorgen, Katrine en Gert tot zijn gezin maken zodat hij weer heel zou worden?

Heel.

Ze hadden de Fantoftkerk weer herbouwd. Dat was mogelijk. Bjørn haalde langzaam adem en zei met trillende stem: 'Het is je toch wel duidelijk dat dit allemaal een hersenspinsel van jou is, Harry? Een radiozender en de rugleuning van een autostoel die omhoog gezet moet worden, dat is alles wat je hebt. Wie heeft jou een drug toegediend? Met jouw verslaving is het niet eens onwaarschijnlijk dat je die zelf hebt genomen. Je hebt absoluut geen bewijzen.'

'Weet je het zeker? Hoe zit het met dat echtpaar dat midden in de nacht een man over de Holmenkollvei heeft zien lopen?'

Bjørn schudde zijn hoofd. 'Ze konden geen duidelijk signalement geven. En hun geheugen zou ook niet opgefrist worden als ze mij zouden zien, want de man die ze zagen had een zwarte baard, een dikke bril en liep een beetje mank.'

'Hm, goed.'

'Goed?'

Harry knikte langzaam. 'Als je er zeker van bent dat je geen sporen hebt achtergelaten, dan is het goed.'

'Wat bedoel je, verdomme?'

'Dan zijn er niet zoveel mensen die het hoeven te weten.'

Bjørn staarde Harry aan. Er was geen triomf in zijn blik. Geen spoor van haat tegen de man die de vrouw had vermoord van wie hij hield. Het enige wat hij in de glimmende ogen zag, was verdriet. Naaktheid. Iets wat op medelijden leek.

Bjørn keek naar het pistool dat hij had gekregen. Hij had het begrepen.

Zíj zouden het weten. Harry en Katrine. En dat was genoeg. Genoeg dat het niet meer mogelijk was om door te gaan. Maar als het hier stopte, als Bjørn hier stopte, dan zouden de anderen het niet te weten komen. Zijn collega's. Familie en vrienden in Toten. En de belangrijkste van allemaal: de jongen.

Bjørn slikte. 'Beloof je dat?'

'Dat beloof ik,' zei Harry.

Bjørn knikte. Hij moest bijna lachen bij de gedachte dat hij zou krijgen wat hij zich had gewenst. Dat zijn hoofd zou exploderen.

'Ik ga nu,' zei Harry.

Bjørn knikte naar de achterbank. 'Neem... neem jij de baby mee? Hij is van jou.'

'Hij is van jou en Katrine,' zei Harry. 'Maar ja, ik weet dat ik de vader ben. En dat niemand anders die geen zwijgplicht heeft dat weet. En zo zal het blijven.'

Bjørn keek door de voorruit. Er was een plek in Toten, een glooiend gebied waar in de lente de akkers in het maanlicht op een golvende gouden zee lijken. Waar jongens met een rijbewijs een meisje konden kussen in de auto. Of waar ze met een brok in hun keel alleen zaten om over een meisje te dromen.

'Als niemand het weet, hoe ben jij het dan te weten gekomen?' vroeg Bjørn zonder echt geïnteresseerd te zijn in het antwoord. Het was alleen uitstel van vertrek.

'Pure deductie,' zei Harry Hole.

'Uiteraard,' zei Bjørn en hij glimlachte mat.

Harry stapte uit, maakte het kinderzitje los en pakte het eruit. Hij keek naar het slapende kind. Dat van niets wist. Zoveel wat we niet weten. Zoveel wat ons bespaard blijft. Die korte zin die Alexandra had gezegd op die avond toen Harry nee zei tegen het condoom dat ze hem aanbood.

Je hebt vast geen zin om weer vader te worden.

Wéér vader te worden? Alexandra wist heel goed dat Oleg niet zijn biologische zoon was.

Wéér vader? Ze wist iets anders, iets wat hij niet wist.

Wéér vader. Het was haar ontglipt, het was een verspreking. In de jaren tachtig stelde de psycholoog Daniel Wegner dat het onderbewuste constant oplet dat we niet iets verraden wat we geheim willen houden. Maar als het geheim in het onderbewuste opduikt, dan zal het het bewuste deel van onze hersenen informeren en je dwingen eraan te denken. En dan is het slechts een kwestie van tijd voor het je in de vorm van een verspreking ontglipt.

Wéér vader. Alexandra had het wattenstaafje dat Bjørn had ingestuurd gecheckt in haar database, waar de profielen van alle politiemensen die op plaatsen delict werken zijn opgeslagen zodat er geen verwarring zou ontstaan als hun DNA werd aan getroffen. Dus had ze niet alleen Bjørns profiel waarmee ze kon uitsluiten dat hij de vader was. Ze had beide ouders en had een match vastgesteld: Katrine Bratt en Harry Hole. Het was een geheim waarvoor ze zwijgplicht had, en die verbood haar dat tegen iemand anders dan de opdrachtgever, Bjørn Holm, te zeggen.

Die nacht dat hij met Katrine Bratt seks had, in elk geval een soort gemeenschap, was hij zo dronken dat hij het zich later niet meer kon herinneren. Dat wil zeggen: hij herinnerde zich iets, maar dacht dat hij het had gedroomd. Later had hij een vermoeden gekregen omdat Katrine hem ontliep. En het feit dat Gunnar Hagen – en niet Harry Hole – gevraagd was om peter te worden van het kind terwijl Harry natuurlijk een veel betere vriend van Katrine en Bjørn was. Nee, hij had niet kunnen uitsluiten dat er die nacht iets was gebeurd, iets wat iets kapot had gemaakt tussen Katrine en hem. Net zoals het tussen Rakel en hem kapot was gegaan, en zijn leven op de kop werd gezet, toen ze hem na de doop kort voor kerst had gevraagd of hij het laatste jaar seks had gehad met Katrine en hij zo stom was om dat niet te ontkennen.

Harry herinnerde zich zijn eigen verwarring toen ze hem eruit had gegooid en hij met een tas met kleding en toiletartikelen in een hotelkamer zat. Rakel en hij waren toch volwassen mensen met realistische verwachtingen, ze hielden van elkaar met al hun fouten en eigenaardigheden, ze hadden het gewoon goed samen. Dus waarom wilde ze alles bij het vuilnis zetten op grond van een enkele misstap, iets wat gewoon was gebeurd en voorbij was, wat geen consequenties had voor hun toekomst? Hij kende Rakel en dit klopte gewoon niet.

Pas later had hij begrepen wat Rakel allang had begrepen, maar hem niet had uitgelegd. Dat die nacht wel consequenties had, dat Katrines kind het kind van Harry was en niet van Bjørn. Wanneer had ze dat vermoeden gekregen? Misschien tijdens de doop, toen ze het kind zag. Maar waarom had Rakel hem dat niet verteld, waarom had ze het voor zich gehouden? Simpel. Omdat de waarheid voor niemand goed zou zijn. Die zou alleen maar meer mensen dan alleen Rakel kapotmaken. Maar het was ook niet iets waarmee Rakel kon leven. Dat de man met wie ze tafel en bed deelde, maar van wie ze geen kind had, dat hij met een ander een kind had, een kind dat in hun midden leefde, dat ze regelmatig zouden zien.

De zaaier. Svein Finnes woorden die waren opgenomen voor de katholieke kerk hadden de laatste dag als een echo in Harry's hoofd rondgespookt. 'Want ik ben de zaaier.' Nee, hij was dat. Harry was de zaaier.

Bjørn draaide het contactsleuteltje om, deed in een automatische beweging de radio aan. De motor startte, het toerental nam af en er klonk een goedmoedig gebrom. En door de kier van het raam hoorde Harry Rickie Lee Jones' stem het duet zingen met Lyle Lovett in 'North Dakota'. De auto werd in de versnelling gezet en reed langzaam weg. Harry keek hem na. Bjørn, die niet kon rijden zonder naar country te luisteren. Als gin en tonic. Zelfs niet toen Harry onder invloed van drugs naast hem in de autostoel lag en ze op weg waren naar Rakel. Misschien niet zo vreemd. Bjørn had kennelijk gezelschap nodig. Want hij zal zich nooit eenzamer hebben gevoeld dan toen. Zelfs nu niet, dacht Harry, want hij had het in zijn blik gezien voor Bjørns auto wegzoefde. Opluchting.

HOOFDSTUK 50

Johan Krohn opende zijn ogen en keek op de wekker. Vijf over zes. Hij dacht dat hij zich had vergist en wilde zich omdraaien in bed toen hij het weer hoorde. De voordeurbel.

'Wie kan dat zijn?' mompelde Frida slaapdronken naast hem.

Dat is de duivel die komt opeisen wat van hem is, dacht Johan Krohn. Finne had hem weliswaar een deadline van achtenveertig uur gegeven om een bericht achter te laten bij de grafsteen en die verliep pas aan het eind van de ochtend. Maar er was niemand anders die aan kon bellen. Als het om een moord ging en ze hadden een advocaat nodig, dan belden ze. Was er een crisis op het werk, dan belden ze. Zelfs de buren belden als er iets was.

'Ik denk dat het met het werk te maken heeft,' zei hij. 'Ga maar weer slapen, lieverd, ik doe wel open.'

Krohn sloot zijn ogen een moment en trachtte rustig en diep adem te halen. Hij had niet geslapen, alleen maar in het donker voor zich uit liggen staren terwijl zijn hersenen koortsachtig zochten naar een antwoord op de vraag: hoe moest hij Svein Finne stoppen?

Hij, de grote tacticus in de rechtszaal, had geen antwoord gevonden.

Als hij ervoor zorgde dat Finne Alise voor zichzelf kreeg, dan was hij medeschuldig aan een misdrijf. En dat zou erg zijn voor hemzelf, maar ook voor Alise. En als hij medeschuldig zou zijn, dan zou dat Finne alleen maar betere kaarten geven wanneer hij – en dat ging gebeuren – nieuwe eisen ging stellen. Tenzij hij op de een of andere manier Alise zover kon krijgen om vrijwillig seks te hebben met Finne. Maar was dat mogelijk? En wat moest hij in dat geval Alise als tegenprestatie beloven? Nee, nee, dat was onmogelijk. Net zoals het spontane voorstel van Frida op zijn fictieve case dat was: een huurmoordenaar in de arm nemen die Finne zou uitschakelen.

Zou hij zijn bedrog bekennen aan Frida? De waarheid opbiechten. De straf accepteren. De gedachte eraan voelde bevrijdend. Maar slechts als een kort verkoelend briesje onder de stekende zon in een woestijn met een hopeloos vooruitzicht. Ze zou bij hem weggaan, dat wist hij. Het kantoor, de overwinningen in de rechtszaal, de krantenkoppen, de roem, de bewonderende blikken, de feesten, de vrouwen, de aanbiedingen: alles mocht naar de verdommenis gaan. Maar Frida en de kinderen, zij waren alles wat hij had, wat er altijd was geweest. En als Frida alleen was, wanneer ze niet langer de zijne was, had Svein Finne niet min of meer laten vallen dat hij haar dan zou nemen? Als je er zo naar keek, had hij dan niet de morele verplichting om dit zware geheim alleen te dragen en ervoor te zorgen dat Frida niet bij hem wegging voor háár eigen bestwil? Wat opnieuw betekende dat hij Alise aan Finne moest geven en dat Finne bij de volgende confrontatie… o, het was een gordiaanse knoop! Hij had een zwaard nodig. Maar hij had geen zwaard, alleen maar een pen en een vlotte babbel.

Hij zwaaide zijn voeten uit bed en stak ze in zijn pantoffels.

'Ik ben zo terug,' zei hij. Net zo goed tegen zichzelf als tegen Frida.

Hij liep de trap af door de gang naar de eikenhouten voordeur. En hij wist dat als hij de deur opendeed dat hij dan een antwoord klaar moest hebben voor Finne. Ik zeg nee, dacht Johan Krohn, en dan schiet hij me dood. Prima. Maar toen bedacht hij dat Finne een mes gebruikte en kreeg hij spijt.

Een mes.

Hij sneed zijn slachtoffers open.

Bovendien vermoordde hij ze niet, hij verwondde ze slechts. Als landmijnen. Verminkte ze voor de rest van hun leven, een leven dat geleefd moest worden, zelfs als ze de voorkeur gaven aan de dood. Op het balkon had Finne toegegeven dat hij een jong meisje uit Huseby had verkracht. De dochter van de bisschop. Was dat min of meer een dreigement tegen zijn kinderen geweest? Finne had niets geriskeerd met deze bekentenis, niet alleen omdat Krohn zijn advocaat was, maar ook omdat de zaak verjaard was. Krohn herinnerde zich de verkrachtingszaak niet, maar hij herinnerde zich bisschop Bohr wel van wie werd gezegd dat hij van verdriet was gestorven omdat zijn dochter zelfmoord had gepleegd door van een waterval te springen. Moest hij zich laten terroriseren door iemand die het tot zijn levensdoel had gemaakt anderen kapot te maken? Johan Krohn had altijd kans gezien om maatschappelijke, professionele en zelfs emotionele argumenten te vinden om zijn cliënten met hand en tand te verdedigen. Maar nu gaf hij het op. Hij haatte de persoon aan de andere kant van de deur. Hij wenste met heel zijn hart en hoofd dat dit ongedierte, deze destructieve persoon Svein Finne zo spoedig mogelijk een niet per se pijnloze dood zou sterven. Zelfs als dat zou betekenen dat hij meegetrokken zou worden in zijn val.

'Nee,' mompelde Johan Krohn voor zich uit. 'Ik zeg nee, jij verrekte klootzak.'

Hij dacht nog na over een andere krachtterm terwijl hij de deur opende.

Sprakeloos nam hij hem van top tot teen op. Hij voelde de bijtende ochtendkou tegen zijn blote, magere lichaam en hij bedacht dat hij geen ochtendjas aan had gedaan. Hij stond in de onderbroek die hij elke kerst van Frida kreeg en de pantoffels die hij van zijn kinderen had gekregen. Krohn moest zijn keel schrapen voor hij geluid kon voortbrengen: 'Nee maar, Harry Hole? Ben je niet...'

De politieman, als hij dat nog was, schudde zijn hoofd en glimlachte even. 'Dood? Niet helemaal, maar ik heb een verdomd goede advocaat nodig. En ik heb gehoord dat jij ook hulp nodig hebt.'

DEEL 4

HOOFDSTUK 51

Het was lunchtijd in het restaurant Statholdergaarden. Voor het raam blies een jonge straatmuzikant op zijn vingers voor hij begon te spelen. Een eenzaam bestaan, dacht Sung-min die naar hem keek. Hij kon niet horen wat hij speelde en of hij goed was. Eenzaam en onzichtbaar. Misschien hadden de oudere straatmuzikanten die de baas waren in de Karl Johans gate de arme man naar deze straat gestuurd waar hij waarschijnlijk minder zou verdienen.

Hij keek op naar de ober die de servet als een vlag in de wind uitsloeg voor hij het witte damast liet neerdalen op de schoot van Alexandra Sturdza.

'Ik had me erop moeten kleden,' zei ze lachend.

'Ik vind je er prachtig uitzien,' zei Sung-min glimlachend en hij leunde naar achteren terwijl de ober dezelfde beweging herhaalde met zijn servet.

'Dit?' ze wees naar haar strak zittende jurk. 'Dit is mijn werkkleding. Ik kleed me niet zo informeel als mijn collega's. Maar jij hebt je gekleed alsof je naar een bruiloft gaat.'

'Ik kom net van een begrafenis,' zei Sung-min en Alexandra schrok op alsof hij haar een klap had gegeven.

'Natuurlijk,' zei ze zacht. 'Het spijt me. Bjørn Holm toch?'

'Ja, kende je hem?'

'Ja en nee. Hij was technisch rechercheur, dus ik had via de telefoon af en toe contact met hem. Er wordt gezegd dat hij zelfmoord heeft gepleegd?'

'Ja,' zei Sung-min. Hij zei 'ja' en niet 'daar ziet het naar uit' omdat er eigenlijk geen twijfel was. Zijn auto was op een heuvel met uitzicht over het boerenland van Toten gevonden, niet ver van het huis waar hij was opgegroeid. De portieren zaten op slot en de sleutel zat in het contact. Iemand had het vreemd gevonden dat Bjørn Holm op de achterbank had gezeten waar hij zichzelf door het hoofd had geschoten met een pistool waarvan het serienummer niet was te achterhalen. Maar zijn weduwe, Katrine Bratt, had uitgelegd dat het idool van Holm, een of andere Williams, ook op die manier op de achterbank was gestorven. Het was ook niet zo vreemd dat een technisch rechercheur kon beschikken over een pistool dat geen geregistreerde eigenaar had. De kerk had vol gezeten met familie en collega's, zowel van het hoofdbureau als Kripos, Bjørn Holm had voor allebei gewerkt. Katrine Bratt leek zichzelf beter onder controle te hebben dan toen ze elkaar bij de waterval hadden gesproken.

Nadat ze effectief de rij met condolerende mensen had afgewerkt, was ze naar hem toe gekomen en had hem verteld dat er geruchten gingen dat hij niet happy in zijn werk was. Dat was het woord dat ze gebruikte. Happy. En dat ze moesten praten. Ze had een lege plek die ze moest opvullen. Het had even geduurd voor hij begreep dat ze het over de baan van Harry Hole had. En hij had zich afgevraagd of het niet dubbel ongepast van haar was om over haar werk te praten op de begrafenis van haar man en hem een baan aan te bieden van een man die nog vermist werd. Maar kennelijk had ze elke afleiding nodig die haar gedachten weg konden houden bij die twee mannen. Sung-min had gezegd dat hij erover na zou denken.

'Ik hoop dat Kripos hier een budget voor heeft,' zei Alexandra toen de ober het eerste gerecht op tafel had gezet en had uitgelegd dat het rauwe sint-jakobsmossel met pepermayonaise, ghoa cress en sojabotersaus was. 'Want het gerechtelijk laboratorium heeft dat niet.'

'O, ik geloof dat ik deze uitgaven wel kan verantwoorden als jij je houdt aan de belofte die je aan de telefoon deed.' Hij was de avond daarvoor door Alexandra Sturdza gebeld. Ze had zonder inleiding gezegd dat ze informatie had over de Rakel-zaak. En dat ze hem belde omdat het om delicate ontwikkelingen ging en ze, na hun eerste ontmoeting, besloten had dat hij te vertrouwen was. Ze besprak het echter liever niet via de telefoon.

Sung-min had voorgesteld samen te lunchen. Hij had een tafel gereserveerd in een restaurant dat inderdaad niet binnen het budget van Kripos viel. Hij betaalde dit uit eigen zak en had zichzelf wijsgemaakt dat het een verstandige investering was omdat professionele aandacht voor een contact bij het gerechtelijk laboratorium in de toekomst nuttig kon zijn als hij om een gunst wilde vragen. Een DNA-analyse bijvoorbeeld die haast had. Of? Een stemmetje in zijn hoofd zei hem dat het meer was dan dat. Maar wat dan nog? Hij had geen tijd daar diep over na te denken. Sung-min wierp een blik op de straatmuzikant die vol overgave speelde. Mensen liepen gehaast en ongeïnteresseerd aan hem voorbij. Hank, dat had zijn collega gezegd. Hank Williams. Hij ging die naam googelen als hij thuis was.

'Ik heb Harry Hole's bloed geanalyseerd dat op zijn broek zat die hij in de moordnacht droeg,' zei ze. 'Daar zaten sporen van Rohypnol in.'

Sung-min rukte zijn blik weg van de straatmuzikant en keek haar aan.

'Voldoende om een man zo'n vijf uur knock-out te laten zijn,' zei ze. 'Daardoor ging ik nadenken over het tijdstip van de moord. Onze gerechtelijk arts schatte dat ergens tussen tien uur 's avonds en twee uur 's nachts. Maar dat was gebaseerd op de lichaamstemperatuur. Er waren andere indicaties, de kleur van de doodsvlekken bijvoorbeeld, die erop kunnen,' ze hield een lange wijsvinger omhoog die nog langer leek door de lilagelakte nagel, 'en ik herhaal kúnnen duiden dat de moord eerder heeft plaatsgevonden.'

Sung-min herinnerde zich niet of ze de eerste keer nagellak had gedragen. Had ze haar nagels voor deze gelegenheid gelakt?

'Daarom heb ik contact opgenomen met de energieleverancier van Rakel Faukes huis. En wat blijkt? Het verbruik tussen acht uur 's avonds en middernacht is met 17,5 kilowatt gestegen. Dat stroomverbruik betekent meer warmte en in de woonkamer zal er dus een stijging in temperatuur van vijf graden zijn geweest. De forensisch arts zegt dat wanneer dat het geval was dat dan het tijdstip van overlijden tussen zes en tien uur 's avonds moet liggen.'

Sung-min knipperde met zijn ogen. Hij had ergens gelezen dat de menselijke hersenen slechts zestig kilobytes per seconde verwerken. Dus zo bekeken zijn de hersenen een verbazingwekkend zwakke computer. Dat het proces toch redelijk snel gaat, komt doordat de gegevens al georganiseerd opgeslagen liggen. De meeste besluiten zijn gebaseerd op het oproepen van herinneringen en patronen die weer opnieuw worden gebruikt. Misschien was het om die reden dat het zo lang duurde. Hij moest opnieuw nadenken. Helemaal opnieuw. Hij hoorde Alexandra's stem die van ver kwam.

'Uitgaande van wat Ole Winter in de kranten heeft gezegd, was Harry Hole tot tien uur in een bar met getuigen. Of niet?'

Sung-min staarde naar de sint-jakobsmossel die ongeïnteresseerd terugstaarde.

'Dus de vraag luidt: hebben jullie voor dat tijdstip nog andere mogelijke daders op het oog? Iemand die jullie hebben laten gaan omdat die in de uren waarin volgens jullie Rakel is vermoord, een alibi had, maar geen alibi heeft tussen zes en tien uur 's avonds?'

'Wil je me excuseren, Alexandra?' Sung-min stond op, zag dat hij zijn servet vergeten was waardoor die op de grond viel. 'Eet rustig door. Ik moet... Ik heb dingen te doen. Zullen we op een andere dag... zullen jij en ik...'

Hij zag aan haar lach dat ze dat konden.

Hij vertrok, gaf de gérant zijn visitekaartje, vroeg hem de rekening te sturen en liep gehaast het restaurant uit.

De straatmuzikant speelde een nummer dat Sung-min eerder had gehoord. Iets over een auto-ongeluk, een ambulance en Riverside, maar hij was niet geïnteresseerd in muziek. Teksten, namen, nummers bleven om de een of andere reden niet bij hem hangen. Maar hij herinnerde zich elk woord, elk tijdstip in het verhoor van Svein Finne. Hij was om halftien in de verloskamer gearriveerd. Svein Finne had met andere woorden drieënhalf uur de tijd Rakel Fauke te vermoorden. Het probleem was alleen dat niemand wist waar Finne zich nu bevond.

Dus waarom rende hij? Hij rende omdat het sneller ging. Wat had het voor nut sneller te lopen als iedereen al had geprobeerd Svein Finne te vinden? Dat was omdat Sung-min het nog harder zou proberen. En beter was. Plus extreem gemotiveerd.

Ole Winter, die aasgier, zou binnenkort een grote nederlaag door zijn strot geduwd krijgen.

Dagny Jensen stapte in Borgen uit de metro. Daar bleef ze een ogenblik staan om te kijken naar de begraafplaats Vestre-gravlund. Maar daar ging ze niet heen, ze wist niet of ze ooit nog een begraafplaats zou kunnen bezoeken. In plaats daarvan liep ze de Skøyenvei af, naar de Monolitvei waar ze rechtsaf sloeg. Ze liep langs drie witte houten villa's achter grote hekken. Ze leken verlaten. Ochtend en een werkdag. De mensen waren aan het werk, op school, ze namen deel, waren actief. Zelf stond ze geparkeerd. Ziekgemeld. Dagny vond dat niet nodig, maar dat vonden de psycholoog en de rector wel. Ze hadden gezegd dat ze het een paar dagen rustig aan moest doen, weer tot zichzelf moest komen, voelen hoe het écht met haar ging sinds het incident op het damestoilet. Alsof iemand dat kon! Nou, ze wist in elk geval dat ze zich vreselijk voelde.

Ze hoorde haar telefoon zoemen in haar tas. Ze pakte hem en zag dat het Kari Beal weer was, haar lijfwacht. Ze zochten haar. Ze drukte op negeren en toetste een sms in: 'Excuus, geen gevaar. Ik wil even alleen zijn. Ik meld me als het weer gaat.'

Twintig minuten geleden waren Dagny en Kari Beal in het centrum geweest, waar Dagny had gezegd dat ze tulpen wilde kopen. Ze had erop gestaan dat de politieagent buiten wachtte terwijl ze zelf de bloemenwinkel in liep waarvan ze wist dat die ook een achteruitgang had. Vervolgens was Dagny snel naar het metrostation achter het Storting gelopen en had ze de eerste metro naar het westen genomen. Ze keek op haar horloge. Ze had de opdracht gekregen er voor twee uur te zijn en wist op welke bank ze moest gaan zitten. En ze moest kleding aantrekken die ze normaal niet droeg zodat ze niet zo snel herkend zou worden. En er was haar gezegd waar ze naar moest kijken.

Het was idioot. Dat was het. Hij had haar gebeld van een onbekend nummer. Ze had opgenomen en was niet in staat geweest de verbinding te verbreken. En nu, als een gehypnotiseerd, willoos schaap deed ze precies wat hij haar had gezegd. Die man die haar had gebruikt en bedrogen. Hoe was dat mogelijk? Ze kon daar geen antwoord op geven. Alleen maar dat ze iets in zich moest hebben waarvan ze niet wist wat dat was. Een lelijk, dierlijk instinct. Ja, dat was het. Ze was een slecht mens, net zo slecht als hij, en nu liet ze zich met hem naar beneden trekken. Ze voelde haar hart sneller kloppen. O, ze verlangde er al naar, naar de plek waar ze gezuiverd zou worden in het vuur. Maar zou hij komen? Hij moest komen! Dagny hoorde haar eigen schoenen harder en harder op het asfalt bonken.

Zes minuten later was ze bij de bewuste bank.

Het was vijf minuten voor twee. Ze had uitzicht over Smestaddammen. Er dreef een witte zwaan over het wateroppervlak. De kop en de nek vormden een vraagteken. Waarom was dat?

Svein Finne liep met grote, rustige, terreinwinnende stappen. Zo te lopen, uur na uur in dezelfde richting, dat had hij het meest gemist in de jaren dat hij in de gevangenis zat. Nou ja. Bijna het meest.

Het kostte hem minder dan twee uur om van het hutje dat hij in Sørkedalen had gevonden naar het centrum van Oslo te lopen. Hij vermoedde dat de meeste mensen er drie uur over deden.

Het hutje lag boven op een klip. Aangezien er ringen in de bergwand zaten en hij karabijnhaken en touw in de hut had gevonden, nam hij aan dat het een overnachtingsplek voor bergbeklimmers was. Maar er lag nog sneeuw in de bergen, het dooide en het smeltwater liep langs het rode en grijszwarte graniet als de zon erop stond en hij had geen klimmers gezien.

Wel had hij sporen van een beer gezien. Zo dicht bij de hut dat hij gekocht had wat nodig was om een val te maken van struikeldraad met daaraan explosieven. Als de laatste sneeuw gesmolten was, zou hij verder het bos in trekken en een tipi bouwen. Op jacht gaan en vissen in de meertjes. Alleen voor zijn eigen voedsel. Meer te doden dan je nodig had, was moorden. En hij was geen moordenaar. Hij verheugde zich er nu al op.

Hij liep door de grijze, naar urine stinkende voetgangerstunnel onder Smestadkrysset, kwam weer in het daglicht en liep door naar het meer.

Hij zag haar direct toen hij in het park kwam. Niet dat hij haar, zelfs met zijn goede ogen, van deze afstand kon herkennen, maar hij zag de gedaante. De manier waarop ze zat. Wachtend, een beetje bang waarschijnlijk, maar vooral gespannen.

Hij liep niet direct naar de bank, maar nam een omweg om te checken of er geen politie in het gebied was. Dat had hij ook gedaan toen hij het graf van Valentin bezocht. Hij stelde al snel vast dat ze alleen was aan deze kant van het meer. Aan de overkant zat weliswaar iemand op de bank, maar die persoon was te ver weg om haar goed te kunnen zien of te horen wat er gebeurde. En zou ook niet in kunnen grijpen. Want dit zou snel gebeuren. Alles was klaar, het tafereel in orde en hij stond op scherp.

'Hoi,' zei hij toen hij bij de bank kwam.

'Hoi,' zei ze glimlachend. Ze leek minder bang dan hij had gedacht. Maar ze wist natuurlijk ook niet wat er ging gebeuren. Hij keek weer rond om er zeker van te zijn dat ze alleen waren.

'Hij is een beetje laat,' zei Alise. 'Dat gebeurt wel vaker. Topadvocaat, snap je.'

Svein Finne lachte. De jonge vrouw was ontspannen omdat ze dacht dat Johan Krohn ook bij deze ontmoeting aanwezig zou zijn. Dat was de uitleg die Krohn haar had gegeven voor het feit dat ze om twee uur op een bank bij Smestaddammen moest zitten. Dat Krohn en zij een ontmoeting zouden hebben met Svein Finne, maar omdat hun cliënt op het moment werd gezocht kon die niet plaatsvinden op kantoor. Het had allemaal in de brief gestaan die Svein Finne, vast gespietst met een mes in het bloemenbed, had gevonden voor het graf van Valentin. Ondertekend door Johan Krohn. Krohn had er trouwens een mooi mes voor gebruikt en Finne had het in zijn zak gestopt omdat die goed in zijn verzameling paste en van pas kon komen in de hut. Hij had de brief gelezen. En het was duidelijk dat Krohn aan het belangrijkste had gedacht: zowel Finne als Krohn zou vrijuit gaan. Afgezien van het feit natuurlijk dat hij Finne zijn vriendin had gegeven. Krohn wist het nog niet, maar hij zou nooit meer zo van haar kunnen houden als hij had gedaan. En nooit meer vrij zijn. Krohn had immers een pact met de duivel gesloten en iedereen weet wat er gebeurt als je je ziel aan de duivel verkoopt. Finne hoefde zich voor de toekomst geen zorgen te maken als hij iets nodig had, noch als het om geld ging, noch als het om genot ging.

Johan Krohn zat nog steeds in zijn auto op de parkeerplaats van Hegnar Media. Hij was te vroeg, hij mocht niet eerder dan vijf over twee bij het meer in het park zijn. Hij greep het pakje Marlboro Light dat hij zojuist had gekocht, stapte uit de auto omdat Frida er niet van hield dat er een rooklucht in de auto hing en trachtte een sigaret aan te steken. Maar zijn handen trilden te erg, dus gaf hij het op. Ook goed, hij was toch van plan te stoppen. Hij keek weer op zijn horloge. De afspraak was dat hij twee minuten zou krijgen. Ze hadden geen direct contact gehad, op deze manier was het veiliger, maar het bericht was dat hij maar twee minuten nodig had.

Hij volgde de secondewijzer. Ziezo. Nu was het twee uur.

Johan Krohn sloot zijn ogen. Het was uiteraard verschrikkelijk, hier moest hij de rest van zijn leven mee leven, maar uiteindelijk was dit de enige uitweg geweest. Hij dacht aan Alise. Waar zij nu doorheen moest. Ze zou het overleven, maar de nachtmerries zouden haar natuurlijk komen bezoeken. En dat allemaal omdat hij dit besluit had genomen, geen woord tegen haar had gezegd en haar voor de gek had gehouden. Hij was het, en niet Finne, die dit met Alise deed.

Hi keek weer op zijn horloge. Over anderhalve minuut zou hij het park in lopen, doen alsof hij gewoon een beetje laat was, haar troosten zo goed als hij kon, de politie alarmeren en spelen dat hij geschokt was. Correctie: hij zou dat nauwelijks hoeven te spelen. Tegenover de politie zou hij een verklaring afleggen die voor negentig procent waar was. En Alise zou een verklaring krijgen die voor honderd procent gelogen was. Johan Krohn keek in het zijspiegeltje naar zichzelf. Hij haatte wat hij zag. De enige persoon die hij meer haatte was Svein Finne.

Alise keek Svein Finne aan die naast haar op de bank was gaan zitten.

'Weet je waarom we hier zijn, Alise?' vroeg hij.

Hij droeg een rode zakdoek rond zijn zwarte haar waarin nog maar enkele grijze haren zaten.

‘Alleen in grote lijnen,’ zei ze. Johan had gezegd dat het om de moord op Rakel Fauke ging. Haar eerste ingeving was geweest dat ze het gingen hebben over een verzoek tot schadevergoeding aan de politie vanwege fysieke schade die hun cliënt in de bunker op Ekeberg had opgelopen door toedoen van Harry Hole. Maar toen ze het had gevraagd, had Johan kort geantwoord dat het om een bekentenis ging en dat hij nu geen tijd had het uit te leggen. Zo was hij de laatste dagen steeds geweest. Kortaf en afwerend. Als ze niet beter wist, dan zou ze hem ervan verdenken dat hij zijn belangstelling in haar begon te verliezen. Maar ze wist beter. Zo had ze hem eerder gezien in de korte momenten dat hij last had van zijn geweten en had voorgesteld dat ze hun relatie zouden verbreken. Uit respect voor zijn gezin en het kantoor. Jazeker, hij had het geprobeerd. En ze had hem tegengehouden. Mijn god, er was maar zo weinig voor nodig. Mannen. Of liever gezegd: jongens, want af en toe had ze het gevoel dat zij de oudste was van hen beiden, dat hij een uit de kluiten gegroeide padvinder was die was uitgerust met scherpe advocatenhersenen, maar verder niks. Hoewel Johan graag de rol van *master* speelde over haar, wisten ze beiden dat het omgekeerd was. Maar ze liet hem die rol spelen zoals een moeder de bange prinses speelt als het kind de trol wil zijn.

Niet dat Johan geen goede eigenschappen had, die had hij wel. Hij was aardig, attent, loyaal. Dat was hij. Alise had mannen gekend die zonder scrupules hun echtgenote bedrogen, zo was Johan niet. De vraag die Alise de laatste tijd bezighield was niet Johans loyaliteit tegenover zijn gezin, maar wat ze zelf won met deze relatie. Nee, ze had geen weldoordacht plan gehad toen ze een verhouding met hem begon, zo cynisch was het niet. Als pasafgestudeerde juriste was ze natuurlijk onder de indruk geweest van deze man die cum laude was afgestudeerd en al voordat hij zich elke dag moest scheren mocht pleiten in de Hoge Raad en partner was bij een van de beste advocatenkantoren in de stad. Maar Alise was zich er ook heel goed van bewust wat zij, met een gemiddelde van een zeven, een advocatenkantoor te bieden had en wat ze op haar jonge leeftijd en met haar uiterlijk een man te bieden had. Aan het eind van de dag (Johan was gestopt met het corrigeren van haar anglicismen en was ze zelf ook gaan gebruiken) was het de optelsom van de rationele en ogenschijnlijk irrationele onderdelen die maakte dat je een verhouding met iemand begon. (Johan zou erop wijzen dat het geheel meer is dan de som van de delen.) Wat het ook was, het viel moeilijk te zeggen en misschien was het ook niet zo belangrijk om te weten. Wat belangrijk was, was het feit dat ze er niet meer zo zeker van was dat de optelsom een positieve uitkomst had. Ze zou misschien een iets groter kantoor krijgen dan de anderen van haar niveau, misschien iets interessantere zaken als ze voor Johan werkte. Maar de jaarlijkse bonus bleef hetzelfde symbolische bedrag dat de niet-partners kregen. Er waren ook geen tekenen dat ze grotere opdrachten kon verwachten. En hoewel Alise wist dat getrouwde mannen vaak beloften deden over het verlaten van hun vrouw en kinderen, had Johan die niet eens gegeven.

'In grote lijnen,' zei Svein Finne lachend.

Bruine tanden, stelde ze vast. Maar ook dat hij niet rookte, want hij zat zo dicht bij haar dat ze zijn adem tegen haar gezicht kon voelen.

'Vijfentwintig jaar,' zei hij. 'W-weet je dat je gouden jaren om een kind te krijgen al voorbij zijn?'

Alise staarde hem aan. Hoe wist hij hoe oud ze was?

'De beste leeftijd is van eind tienerjaren tot en met je vierentwintigste,' zei Finne terwijl zijn blik over haar heen gleed.

Ja, gleed, dacht Alise. Als iets fysieks, als een slak die een spoor van slijm achterlaat.

'Vanaf je vierentwintigste nemen de gezondheidsrisico's toe en ook de kans op een spontane abortus,' zei hij en hij trok de mouw van zijn flanellen overhemd op en drukte een knopje van zijn digitale horloge in. 'Terwijl de kwaliteit van het mannelijk zaad het hele leven dezelfde blijft.'

Dat is niet waar, dacht ze. Ze had gelezen dat vergeleken met een man van haar leeftijd een man van eenenveertig een vijf keer groter risico loopt dat hij je niet zwanger kan maken. En de kans op het krijgen van een kind met een vorm van autisme is ook vijf keer groter. Ze had het gegoogeld. Ze had een uitnodiging van Frank gekregen om met hem en een paar andere studievrienden een huttentocht te maken. Toen Frank en zij een stel waren, was hij een feestbeest zonder duidelijke doelen en goede cijfers en ze had het uitgemaakt omdat hij een papa's kindje was zonder ambitie. Maar daar had ze zich in vergist, Frank deed het verrassend goed bij het advocatenkantoor van zijn vader. Ze had nog niet gereageerd op de uitnodiging.

'Dus zie het als een geschenk van Johan en mij,' zei Finne en hij deed zijn jas open.

Alise keek hem niet-begrijpend aan. Er schoot een gedachte door haar hoofd, dat hij van plan was zich aan haar te vergrijpen, maar onmiddellijk verwierp ze die gedachte weer. Johan Krohn kon hier elk moment zijn en ze bevonden zich immers op een openbare plek. Er waren weliswaar geen andere mensen te zien, maar ze zag wel iemand op een bank aan de andere kant van het meer zitten, zo'n tweehonderd meter van hen vandaan.

'Wat...' begon Alise, maar verder kwam ze niet. De linkerhand van Svein Finne had haar keel gegrepen en met zijn rechterhand duwde hij de flappen van zijn jas opzij. Ze probeerde adem te halen, maar dat lukte niet. De stijve penis had bij de eikel een lichte knik als een zwanenhals.

'Wees niet bang, ik ben niet zoals de anderen,' zei Finne. 'Ik ben geen moordenaar.'

Alise trachtte op te staan, de arm weg te slaan, maar zijn hand was als een klauw die zich rond haar keel klemde.

'Niet als je doet wat ik je zeg,' zei Finne. 'Maar kijk eerst.'

Hij hield haar nog steeds met één hand vast, zat wijdbeens met ontbloot kruis en het leek of hij wilde dat ze naar zijn geslacht keek zodat ze wist wat haar te wachten stond. En Alise zag het. Ze zag de witte zwanenhals met aderen en een rood, dansend puntje dat heen en weer bewoog.

Wat was dat? Wát was dat?

Toen explodeerde de eikel en gelijktijdig hoorde ze een doods geluid alsof een biefstuk met een hamer wordt platgeslagen. Ze voelde een warme regen op haar gezicht, kreeg iets in haar oog, moest haar ogen dichtdoen en hoorde een donder over hen heen rollen.

Alise dacht een ogenblik dat ze zelf schreeuwde, maar toen ze haar ogen weer opende, zag ze dat het Svein Finne was. Hij hield beide handen tegen zijn kruis gedrukt, het bloed pompte tussen zijn vingers door en met grote, beschuldigende ogen die zwart waren van de schrik staarde hij haar aan alsof zij dit had gedaan.

Toen was het rode puntje er weer, in zijn gezicht dit keer. Het gleed over het gerimpelde gezicht naar het oog. Ze zag het rode puntje in zijn oogwit. En misschien zag Finne het nu ook. Hij fluisterde in elk geval iets wat ze pas hoorde toen hij het herhaalde: 'Help.'

Alise wist wat er komen zou, sloot haar ogen en kon nog net een hand voor haar gezicht leggen voordat ze het geluid weer hoorde, als een zweepslag dit keer. En toen, met grote vertraging alsof het schot van grote afstand werd afgevuurd, kwam de rollende donder.

Roar Bohr keek door zijn kijker. Het laatste schot door het hoofd had het doelwit naar achteren geworpen waardoor hij van de bank viel en op het grind terechtkwam. Hij verplaatste de kijker en zag de jonge vrouw over het pad in de richting van Hegnar Media rennen met haar armen opgeheven naar een man die snel op haar af kwam. Hij zag dat hij zijn telefoon pakte en een nummer begon in te toetsen. Hij leek precies te weten wat hij moest doen en waarschijnlijk was dat ook zo, wat wist Bohr?

Niet meer dan hij wilde weten.

Niet meer dan Harry Hole hem vierentwintig uur geleden had verteld. Dat hij de man had gevonden op wie Bohr al deze jaren jacht had gemaakt. Svein Finne had in een gesprek met iemand die volgens Harry een zeer betrouwbare bron was, toegegeven dat hij jaren geleden de dochter van bisschop Bohr in Mærradalen had verkracht.

De zaak was natuurlijk allang verjaard, maar Harry had dit een oplossing genoemd. En hij had Bohr gegeven wat hij moest weten en niet meer dan dat. Precies als toen in E14. Tijd en plaats. Om twee uur bij Smestaddammen op dezelfde bank waarop Pia en Harry hadden gezeten. Roar Bohr zag door de kijker aan de andere kant van het meer een vrouw met snelle passen weglopen. Voor zover hij kon zien was zij de enige andere getuige. Hij sloot het kelderraam en zette zijn geweer neer. Hij keek op zijn horloge. Hij had Harry Hole beloofd dat het binnen twee minuten nadat het doelwit was gearriveerd was gebeurd. En hij had zich daaraan gehouden, hoewel hij wel had toegegeven aan de neiging om Svein Finne even een voorproefje te geven van zijn eigen dood toen hij zich ontblootte. Hij had de zogenaamde frangible bullets gebruikt, kogels zonder lood die exploderen in het lichaam van het slachtoffer. Niet omdat hij die nodig had om er zeker van te zijn dat hij overleed, maar omdat de ballistiekexpert van de politie geen projectiel zou kunnen vinden waarmee het wapen kon worden opgespoord en omdat er geen inslagpunt op de grond zou zijn waarmee de baan van de kogel vastgesteld kon worden. Ze zouden daar kort samengevat met lege handen staan en kijken naar een heuvel met duizenden huizen en geen enkel idee hebben waar ze moesten beginnen met zoeken.

Het was gedaan. Hij had de nerts gedood. Eindelijk had hij Bianca gewroken.

Hij voelde zich opgetogen. Ja, dat was de enige manier waarop hij dit gevoel kon omschrijven. Hij zette het geweer in de wapenkast en besloot te gaan douchen. Op weg naar de badkamer pakte hij zijn mobiel en belde een nummer. Er werd al na twee keer bellen opgenomen.

'Is er iets?'

'Nee,' zei Roar Bohr lachend. 'Ik vroeg me alleen af of je zin hebt om vanavond uit eten te gaan.'

'In een restaurant?'

'Het is zo lang geleden. Ik heb goede dingen over Lofoten gehoord, dat is een visrestaurant op Tjuvholmen.'

Hij hoorde haar aarzeling. Haar achterdocht. Waarschijnlijk gevolgd door de gedachte: waarom niet? Net zoals dat bij hem was gegaan.

'Oké,' zei ze. 'Wil jij...'

'Ja, ik zal een tafel reserveren. Wat vind je van acht uur?'

'Nou,' zei Pia. 'Dat klinkt goed.'

Ze hingen op en Roar Bohr kleedde zich uit, stapte onder de douche en draaide de kraan open. Heet, hij wilde een hete douche.

Dagny verliet het park op dezelfde manier als ze was gekomen. Probeerde erachter te komen hoe ze zich wérkelijk voelde. Ze had te ver weg gezeten om precies de details te kunnen zien. Ze had zich inderdaad nog een keer laten dirigeren door Harry Hole's wil die een haast hypnotiserende invloed op haar had. Maar deze keer had hij haar niet bedrogen en zijn belofte gehouden. Svein Finne was uit haar leven. Dagny Jensen dacht aan de zware, hese stem van Hole door de telefoon. Hoe hij haar had uitgelegd wat er ging gebeuren en waarom ze dat nooit, maar dan ook nooit aan iemand moest vertellen. En hoewel ze toen al een merkwaardig gevoel van opwinding had bemerkt en had geweten dat ze de verleiding niet zou kunnen weerstaan, had ze hem toch gevraagd waarom hij dacht dat ze het type persoon was die enthousiast werd van een openbare terechtstelling.

'Ik weet niet waar jij enthousiast van wordt,' had hij geantwoord. 'Maar je zei dat het niet genoeg was om hem dood te zien, dat hij je dan nog steeds in je nachtmerries zou blijven bezoeken. Je moest hem zien sterven. Ik ben je die mogelijkheid schuldig na alles wat je door mij hebt moeten doormaken. Besluit zelf of je die kans wilt pakken of niet.'

Dagny dacht aan de bijzetting van haar moeder, aan de jonge dominee die had gezegd dat er geen pasklare antwoorden waren op de vraag wat er aan de andere kant van de dood was, dat het enige wat we wisten was dat degene die vertrok nooit zou terugkomen.

Jazeker, Dagny wist het nu. Ze wist dat Finne dood was en hoe ze zich nu voelde. Ze voelde zich niet fantastisch, maar wel beter.

Katrine Bratt zat achter haar bureau en keek rond. Ze had allang de spullen gepakt die ze mee naar huis wilde nemen. De ouders van Bjørn waren in haar huis en pasten op Gert en ze wist dat iedere goede moeder zich zo snel mogelijk naar huis zou haasten. Maar Katrine wachtte nog even. Ze moest nog wat ademhalen. Ze moest de pauze van het verstikkende verdriet, de onbeantwoorde vragen, die knagende verdenkingen nog wat verlengen.

Het verdriet was makkelijker te verdragen als ze alleen was. Dan voelde ze zich niet bekeken, hoefde ze niet op te letten dat ze lachte om een kleinigheid, om iets wat Gert deed, dat ze iets verkeerds zei, bijvoorbeeld dat ze zich verheugde op de lente. Niet dat Bjørns ouders er iets van zouden zeggen. Ze waren verstandig en begrepen het. Ja, het waren geweldige mensen, maar dat was zij duidelijk niet. Het verdriet was er, maar ze kon het verdringen als anderen haar er niet permanent aan herinnerden dat Bjørn dood was. Dat Harry dood was.

De onuitgesproken verdenkingen waarvan ze wist dat ze die onbewust voelde. Dat zij op de een of andere manier de reden was dat Bjørn zich van het leven had beroofd. Maar ze wist dat het niet zo zat. Hoewel, aan de andere kant had ze moeten begrijpen dat er met Bjørn iets aan de hand was toen hij zo totaal instortte na het bericht dat Harry was omgekomen. Ze had moeten zien dat hij aan een zware depressie leed, dat Harry's dood de laatste druppel was geweest die er niet voor had gezorgd dat de emmer overliep, maar dat de dam doorbrak. Wat weet je eigenlijk van iemand met wie je tafel en bed deelt? Nog minder dan wat je van jezelf weet. Het was een onplezierige gedachte, maar de beelden die je van de mensen om je heen hebt, zijn dat ook precies: beelden.

Ze had alarm geslagen toen Bjørn zonder met haar te willen praten Gert aan haar gaf. Katrine was net thuisgekomen van die vreselijke persconferentie met Ole Winter. Het appartement was leeg en ze had gezocht naar een briefje waar Bjørn en Gert waren toen er werd aangebeld. Ze had de telefoon van de intercom opgenomen en Gert horen huilen. Ze was ervan uitgegaan dat Bjørn zijn sleutels was vergeten, dus ze had op de knop gedrukt om de deur te openen. Maar ze had geen gezoem van het slot gehoord, alleen maar het gehuil van het kind alsof het bij de microfoon werd gehouden. Toen ze Bjørns naam meerdere keren had gezegd en geen antwoord had gekregen was ze de trap afgerend.

Het autostoeltje van Maxi-Cosi met Gert erin had op de stoep voor de deur gestaan. Katrine had de straat afgekeken zonder dat ze Bjørn zag. Ook in de portieken aan de overkant van de straat had niemand gestaan, wat natuurlijk niet betekende dat er toch niet iemand in de schaduw kon staan. En even was door haar hoofd geflitst dat het Bjørn helemaal niet was geweest die had aangebeld.

Ze had Gert mee naar boven genomen en Bjørns nummer gebeld,

maar ze had het bericht gekregen dat zijn mobiel was uitgeschakeld of dat die geen bereik had. Op dat moment had ze al begrepen dat het niet goed was en ze had Bjørns ouders gebeld. En juist het feit dat ze hen belde, en niet zijn vrienden of collega's, deed haar beseffen dat ze bang was.

Zijn ouders hadden haar gerust proberen te stellen en gezegd dat ze vast snel iets van hem zou horen en dat er een goede verklaring zou zijn, maar Katrine had gehoord dat zijn moeder ook bezorgd klonk. Misschien had ze ook gemerkt dat Bjørn de laatste tijd niet zichzelf was.

Je zou denken dat je als moordrechercheur zo langzamerhand wel had geaccepteerd dat je op sommige vragen geen antwoorden krijgt en dat je verdergaat. Maar dat was haar, net als Harry, nooit gelukt. Katrine wist niet of je dat professioneel bekeken als een voordeel of een nadeel moest opvatten, maar één ding was haar duidelijk: in het dagelijks leven was het een nadeel. Ze zag nu al op tegen de weken en maanden dat ze 's nachts wakker zou liggen. Niet vanwege Gert, je kon er de klok op gelijkzetten wanneer hij sliep of wakker was. Het kwam door die rusteloze, dwangmatige zoektocht van de hersenen die ze niet kon stoppen.

Katrine trok de rits dicht van haar tas met dossiers en papieren die ze mee naar huis wilde nemen, liep naar de deur, deed het licht uit, wilde haar kamer verlaten toen de vaste telefoon op haar bureau overging.

Ze nam op.

'Met Sung-min Larsen.'

'Wat leuk,' zei ze toonloos. Niet dat ze bedoelde dat het leuk was dat hij belde, maar als dit telefoontje betekende dat hij haar aanbod voor een baan op de afdeling Geweld zou accepteren, dan was de timing wel beroerd.

'Ik bel omdat... Komt het gelegen dat ik bel trouwens?'

Katrine keek uit het raam naar het Botspark. Kale bomen, verdord gras. Over niet al te lange tijd zouden de bomen weer bladeren en bloemen krijgen en het gras weer groen zijn. En daarna zou het zomer worden, werd er beweerd.

'Ja,' zei ze, maar ze hoorde dat ze nog steeds niet enthousiast klonk.

'Er is zojuist iets merkwaardig toevalligs gebeurd,' zei Larsen. 'Eerder vandaag heb ik informatie gekregen die een ander licht werpt op de Rakel-zaak. En een minuut geleden belde Johan Krohn, de advo...'

'Ik weet heel goed wie Krohn is.'

'Hij zei dat hij bij Smestaddammen was waar hij en zijn assistent een ontmoeting zouden hebben met Svein Finne. Maar dat Svein Finne zojuist is neerschoten en overleden.'

'Wat?'

'Ik weet niet waarom Krohn nu juist mij belde, maar hij zei dat hij dat later zou uitleggen. Hoe dan ook, dit is in principe een zaak van de politie in het district Oslo en daarom bel ik je.'

'Ik zal het doorgeven aan de meldkamer,' zei Katrine. Ze zag een beest door het park in de richting van de gevangenis sluipen. Ze wachtte even en ze merkte dat Larsen ook wachtte. 'Wat bedoelde je "met merkwaardig toevallig", Larsen?'

'Ik bedoelde dat het merkwaardig is dat Svein Finne is doodgeschoten een uur nadat ik informatie heb gekregen dat Finne terug is als verdachte in de Rakel-zaak.'

Katrine liet haar tas op de grond zakken en ging in haar stoel achter het bureau zitten. 'Je zegt...'

'Ja, ik zeg dat ik beschik over informatie die erop wijst dat Harry Hole onschuldig is.'

Katrine voelde haar hart sneller gaan kloppen. Het bloed pompte door haar lichaam en haar huid prikte. En iets anders, iets wat had liggen sluimeren, ontwaakte.

'Als je zegt dat je over iets beschikt, Larsen...'

'Ja?'

'Dat klinkt alsof je die informatie nog niet hebt gedeeld met je collega's, klopt dat?'

'Niet helemaal, ik heb die gedeeld met jou.'

'Het enige wat je met mij hebt gedeeld is je eigen conclusie dat Harry onschuldig is.'

'Jij zult hetzelfde concluderen, Bratt.'

'O, ja?'

'Ik heb een voorstel.'

'Dat dacht ik al.'

'Jij en ik spreken ergens samen af en daar zullen we het bespreken.'

'Prima. Ik rij met de rechercheurs mee naar de plaats delict.'

Katrine belde de meldkamer en vervolgens haar schoonouders om te vertellen dat het laat zou worden. Terwijl ze wachtte op antwoord keek ze weer naar het Botspark. Het beest was weg. Haar overleden vader, Gert, had haar verteld dat dassen op alles jacht maken. Wanneer en waar dan ook. Ze eten wat ze tegenkomen. En dat sommige rechercheurs als dassen zijn en andere niet. Katrine voelde dat die das haar had wakker gemaakt uit haar winterslaap.

HOOFDSTUK 52

Sung-min Larsen was al op de plaats delict toen Katrine bij Smestaddammen arriveerde. Er stond een aangelijnde, jankende, trillende hond tussen zijn benen die een poging leek te doen zich te verstoppen. Ergens kwam een schel, doordringend piepgeluid vandaan. Het leek wel het alarm van een wekker.

Ze liepen naar het lijk dat op zijn zij op de grond naast de bank lag. Katrine stelde vast dat het piepgeluid van het lichaam kwam en dat het lijk Svein Finne was. Dat het slachtoffer in zijn onderlichaam en door zijn oog was geschoten, maar dat er geen uitgaande wonden waren, niet in de rug en ook niet in het achterhoofd. Misschien speciale munitie. Hoewel Katrine wist dat het niet het geval was, leek het of het monotone, elektronische geluid van het horloge van de overledene steeds luider werd.

'Waarom heeft niemand...' begon ze.

'Vingerafdrukken,' zei Sung-min. 'Ik heb een voorlopige getuigenverklaring, maar het is belangrijk uit te sluiten dat niemand anders aan het horloge heeft gezeten, toch?'

Katrine knikte en gebaarde dat ze iets verderop wilde gaan staan.

De politieagenten begonnen afzetlint rond de plaats delict te spannen terwijl Sung-min Katrine vertelde wat hij van Alise Krogh Reinertsen en haar baas Johan Krohn, die aan de andere kant van het water met een paar nieuwsgierigen stonden, gehoord had over het verloop van de gebeurtenissen. Sung-min legde Katrine uit dat hij iedereen naar de overkant had gestuurd omdat het niet volledig was uit te sluiten dat Svein Finne een toevallig slachtoffer was en de dader op zoek was naar een ander.

'Tja,' zei Katrine en ze tuurde naar de heuvel. 'Jij en ik staan precies in de schootslijn, dus we gaan daar niet echt van uit.'

'Nee,' zei Sung-min.

'Dus wat denk jij?' vroeg Katrine en ze boog voorover om de hond een klopje op zijn rug te geven.

'Ik denk niets, maar Krohn heeft een theorie.'

Katrine knikte. 'Is je hond zo geschrokken van het lijk?'

'Nee, hij werd aangevallen door een zwaan toen we hier kwamen.'

'Arm beest,' zei Katrine en ze kriebelde hem achter zijn oor. Ze kreeg een brok in haar keel alsof er iets bekends was aan die trouwe hondenblik waarin ze keek.

'Heeft Krohn uitgelegd waarom hij nu juist jou heeft gebeld?'

'Ja.'

'En?'

'Volgens mij kun je beter zelf met hem gaan praten.'

'Oké.'

'Bratt?'

'Ja?'

'Zoals ik je heb verteld, is Kasparov een voormalige politiehond. Is het goed als hij en ik alvast het spoor van Finne gaan volgen?'

Katrine keek naar de trillende hond. 'Ik kan de hondenpatrouille hier binnen een halfuur hebben. Ik neem aan dat er een reden is dat Kasparov met pensioen is gestuurd.'

'Hij heeft versleten heupen,' zei Larsen. 'Maar ik kan hem dragen als het te ver is.'

'O, ja? Maar is het niet zo dat de reukzin van een hond, en eigenlijk alle zintuigen, met de jaren minder wordt?'

'Een beetje,' zei Larsen. 'Maar ook voor mensen geldt dat.'

Katrine Bratt nam Sung-min Larsen op. Had hij nu Ole Winter in gedachten?

'Ga je gang,' zei ze en ze aaide Kasparov op zijn kop. 'Goede jacht.'

En alsof de oude hond begreep wat ze zei begon de staart, die al die tijd treurig naar beneden had gehangen, te kwispelen.

Katrine liep rond het water.

Zowel Krohn als zijn assistente zag er bleek en verkleumd uit. Er stond een zwakke, maar ijskoude noordenwind, zo'n wind die de hoop van de inwoners van Oslo op voorjaar voorlopig een halt toeriep.

'Ik ben bang dat jullie weer alles vanaf het begin moeten vertellen,' zei Katrine en ze pakte een opschrijfboekje.

Krohn knikte. 'Het begon ermee dat Finne me een paar dagen geleden bezocht. Ineens stond hij op mijn balkon. Hij vertelde me dat hij Rakel Fauke had vermoord en wilde dat ik hem zou helpen als jullie hem op het spoor kwamen.'

'En Harry Hole?'

'Na de moord heeft hij Harry Hole gedrogeerd en hem achtergelaten op de plaats delict. Hij gebruikte de truc met de thermostaat zodat het zou lijken of Rakel was overleden nadat Hole het huis was binnengekomen. Finnes motief was dat Harry Hole zijn zoon tijdens diens arrestatie had doodgeschoten.'

'O?' Katrine wist niet waarom ze dit verhaal niet onmiddellijk slikte. 'Heeft Finne verteld hoe hij het huis van Rakel Fauke heeft verlaten? Aangezien het huis van de binnenkant op slot was gedraaid, bedoel ik.'

Krohn schudde zijn hoofd. 'Door de schoorsteen? Ik heb geen idee. Ik heb die man op de onverklaarbaarste manieren zien komen en gaan. Ik had deze ontmoeting voorgesteld omdat ik wilde dat hij zich zou aangeven bij de politie.'

Katrine stampte met haar voeten op de grond. 'Wie heeft Finne doodgeschoten, denk je? En hoe?'

Krohn haalde zijn schouders op. 'Een man als Svein Finne die zich vergrepen heeft aan kinderen, heeft vele vijanden in de gevangenis. Hij lukte hem om die in de nor van zijn lijf te houden, maar ik weet dat meerdere ex-gedetineerden zaten te wachten op het moment dat Svein Finne zou worden vrijgelaten. Dergelijke lui beschikken helaas vaak over wapens en sommigen weten ook hoe ze die moeten gebruiken.'

'Dus wat je zegt is dat we te maken hebben met een heel stel potentiele verdachten die gezeten hebben voor zware misdaden, waaronder moord?'

'Dat is wat ik zeg, Bratt.'

Krohn was iemand die een verhaal overtuigend kon brengen, daarover bestond geen twijfel. Misschien was Katrines scepsis slechts het resultaat van al die sprookjes die ze Krohn in de rechtszaal had horen vertellen. Ze keek Alise aan. 'Ik heb een paar vragen, is dat oké?'

'Nog niet,' zei Alise en ze sloeg haar armen over elkaar. 'Pas na zes uur. Nieuw onderzoek wijst uit dat het risico om getraumatiseerd te worden groter is als je binnen zes uur de dramatische gebeurtenissen herbeleeft.'

'En wij hebben een dader die met elke minuut die verstrijkt moeilijker in zijn kraag te vatten is,' zei Katrine.

'Dat is niet mijn verantwoordelijkheid, ik ben advocaat,' zei het meisje met een stuurse blik, maar met een trilling in haar stem.

Katrine had medelijden met haar, maar ze had geen tijd haar met fluwelen handschoenen aan te pakken.

'In dat geval heb je slecht werk geleverd, want je cliënt is dood,' zei ze. 'En je bent geen advocaat, je bent een meisje dat rechten heeft gestudeerd en met haar baas neukt in de hoop dat het haar voordeel oplevert. Maar dat zal niet gebeuren. Net zomin als het je iets oplevert om te doen alsof je stoer bent. Dus?'

Alise Krogh Reinertsen staarde Katrine aan en knipperde met haar ogen. De eerste traan zocht zijn weg al op haar wang door de poeder.

Zes minuten later had Katrine alle details. Ze had gevraagd of Alise haar ogen wilde sluiten, het eerste schot wilde herbeleven en 'nu' wilde zeggen toen de kogel zijn doelwit raakte en weer 'nu' toen ze de donder hoorde. Er zat meer dan een seconde tussen. De kogel was dus van minstens vierhonderd meter afstand gekomen. Katrine dacht aan de inslagwonden. In de genitaliën van de man en zijn oog. Dat was geen toeval. De dader moest kampioen scherpschieten zijn of hij had een speciale opleiding in het leger gehad. Er waren niet veel van dergelijke schutters die gelijk met Svein Finne hadden gezeten. Niemand eigenlijk, gokte ze.

En een verdenking, haast een hoop – nee, zelfs dat niet, het was slechts ijdele hoop – schoot door haar hoofd. En verdween weer. Maar een glimp van een alternatieve waarheid liet iets warms en troostends achter, zoals de troost die religieuze mensen zoeken door zich vast te klampen aan het geloof terwijl hun verstand iets anders zegt. En een paar seconden voelde Katrine de noordenwind niet, maar zag ze het park dat voor haar lag in de zomer, het eilandje met de wilg, de bloemen, de insecten die zoemden, de vogels die zongen. En dat ze het over niet al te lange tijd aan Gert zou laten zien. En er schoot een andere gedachte door haar hoofd. Het verhaal dat ze Gert zou vertellen over zijn vader. Hoe ouder hij werd, hoe meer hij hem zou gaan zien als een deel van zichzelf, als de bouwstoffen waaruit hij was opgebouwd. Iets wat hem trots zou maken of vervullen van schaamte.

Het klopte dat de das in haar was wakker geworden en dat de das in theorie in de loop van zijn leven dwars door de aarde kon graven. Maar hoe diep zat haar wens om te graven eigenlijk? Misschien had ze al gevonden wat ze zocht.

Ze hoorde een geluid. Nee, het was geen geluid. Het was de stilte. Het horloge aan de overkant was stil. Het was gestopt met piepen.

De reukzin van een hond is honderdduizend keer gevoeliger dan van een mens. En volgens de nieuwste inzichten konden honden meer dan alleen maar ruiken, had Sung-min gelezen. Het orgaan van Jacobson, dat in het gehemelte van een hond zit, stelt het dier in staat ook geurloze feromonen en andere geurvrije informatie op te snuiven en te interpreteren. Samen zorgen deze ervoor dat een hond – als de omstandigheden perfect zijn – het spoor van een persoon die een maand geleden ergens heeft gelopen kan oppikken. Maar de omstandigheden waren niet perfect.

Het ergste was dat het spoor dat ze volgden over het trottoir liep, wat betekende dat er in de tussentijd andere mensen en dieren hadden gelopen en er een gecompliceerd geurpalet was ontstaan. En er was weinig vegetatie die de geurdeeltjes vast konden houden.

Aan de andere kant was zowel de Sørkedalsvei als het trottoir in vergelijking met het centrum niet erg druk. En het was fris, iets wat bijdroeg aan het bewaren van de geur. Maar wat het belangrijkste was: hoewel er dikke wolken vanuit het noordwesten het land binnendreven, had het niet geregend sinds Svein Finne daar had gelopen.

Sung-min was er bij elke bushalte die ze naderden zeker van dat het spoor zou eindigen, dat Finne daar uit de bus was gestapt, maar Kasparov bleef lopen en lopen. Hij trok aan de halsband, leek zijn pijnlijke heupen te zijn vergeten en terwijl ze de heuvel in de richting van Røa opliepen, kreeg Sung-min spijt dat hij zijn kostuum niet had omgewisseld voor een trainingspak.

Maar ondanks dat hij zweette, werd hij steeds vrolijker, want Finne leek geen gebruik te hebben gemaakt van het openbaar vervoer en had de hele weg te voet afgelegd.

Harry staarde over de Porsangerfjord naar de zee, naar de Noordpool, naar het eind en het begin, naar waar op heldere dagen de horizon moest zijn. Maar vandaag vormden zee, lucht en land één geheel. Het leek of ze onder een enorme, grijswitte koepel zaten en het was zo stil als in een kerk. Het enige wat hij hoorde, was af en toe een kreet van een meeuw en het trage geklots van de zee tegen de roeiboot waarin de jongen en de man zaten. En Olegs stem: '...en toen ik thuiskwam en aan mama vertelde dat ik in de klas mijn hand had opgestoken en had gezegd dat Old Tjikko niet de oudste boom van de wereld was, maar de oudste wortels van de wereld had, toen lachte ze zo dat het leek of ze huilde. Later zei ze dat wij drieën dergelijke wortels hadden. Ik zei het niet tegen haar, maar ik vond dat dat niet kon kloppen omdat jij niet mijn vader bent zoals de wortels de vader en moeder zijn van Old Tjikko. Maar in de loop der jaren ging ik begrijpen wat ze bedoelde. Dat wortels iets zijn wat groeit. Als we samen spraken over... ja, waarover eigenlijk? Over tetris, schaatsen, bands die we allebei goed vonden...'

'Hm, of beiden...'

'...of haatten.' Oleg lachte even. 'Toen groeiden onze wortels, zo werd jij mijn vader.'

'Hm, een slechte vader.'

'Onzin.'

'Vind je me een doorsneevader?'

'Een vader die anders is. Op sommige gebieden slechte cijfers, op andere de beste vader van de wereld. Je hebt me gered toen je terugkwam uit Hongkong. Maar het is vreemd, de kleinste dingen herinner ik me het best. Zoals die keer dat je me voor de gek hebt gehouden.'

'Voor de gek gehouden?'

'Toen ik eindelijk jouw tetris-record had gebroken, schepte jij op dat je alle namen uit de wereldatlas in de boekenkast kende. En je wist precies wat er zou gebeuren.'

'Nou...'

'Het kostte me een paar maanden en mijn klasgenoten gingen me vreemd aankijken toen ik zei dat ik wist waar Djibouti lag: ik kende alle landen, vlaggen en hoofdsteden van de wereld uit mijn hoofd.'

'Bijna allemaal.'

'Allemaal.'

'Niet. Jij dacht dat San Salvador een land was en El Salvador...'

'Begin nu niet weer.'

Harry lachte. En hij voelde het. Een lach die de eerste zonnestraal in de donkere tijd betekende. Hoewel er nog donkere tijden zouden volgen nu hij eindelijk wakker was geworden, konden die niet erger zijn dan de tijd die achter hem lag.

'Ze vond het heerlijk,' zei Harry. 'Om ons te horen praten.'

'Is dat zo?' Oleg keek naar het noorden.

'Ze nam vaak haar boek of breiwerk mee en ging in de buurt van ons zitten. Ze onderbrak ons gesprek niet en nam er ook geen deel aan, het maakte haar zelfs niet uit waar we het over hadden. Ze zei dat ze hield van het geluid. Ze zei dat het het geluid was van de mannen in haar leven.'

'Ik hield ook van het geluid,' zei Oleg en hij trok zijn hengel naar zich toe waardoor de punt zich eerbiedig boog naar het wateroppervlak. 'Van jou en mama. Als ik in bed lag, deed ik vaak mijn slaapkamerdeur open om jullie te horen. Julie spraken zacht en het klonk alsof het meeste tussen jullie al was gezegd, dat jullie elkaar begrepen. Dat jullie elkaar al met een enkel woord begrepen. Maar je kreeg haar vaak aan het lachen. En dat was zo veilig, het was het beste geluid om mee in slaap te vallen.'

Harry bromde iets en hoestte. Het geluid in dit weer droeg ver, misschien wel helemaal tot de kust. Plichtmatig trok hij aan zijn hengel.

'Helga zegt dat ze nog nooit twee mensen had gezien die zo verliefd op elkaar waren als jij en mama. En ze hoopt dat wij ook zo worden.'

'Hm, misschien moet ze hopen op meer.'

'Meer van wat?'

Harry haalde zijn schouders op. 'Nu ga ik een zin uitspreken die veel mannen zeggen: je moeder verdiende een betere man dan ik.'

Oleg lachte even. 'Mama wist wat ze kreeg en ze wilde jou. Ze had alleen die pauze nodig om dat weer te beseffen. Tot jullie allebei de wortels van Old Tjikko zouden voelen.'

Harry kuchte. 'Luister, misschien wordt het tijd dat ik je vertel...'

'Nee,' onderbrak Oleg hem. 'Ik wil niet weten waarom ze je eruit heeft gegooid, als je het goed vindt. En ik wil over dat andere ook niks horen.'

'Oké,' zei Harry. 'Jij bepaalt hoeveel je wilt weten.' Dat zei hij ook altijd tegen Rakel. Zij gaf de voorkeur aan minder informatie in plaats van meer.

Oleg ging met zijn hand over de rand van de boot. 'Want de rest van de waarheid is erg, of niet?'

'Ja.'

'Ik hoorde je vannacht in de logeerkamer. Heb je eigenlijk wel geslapen?'

'Hm.'

'Mama is dood en er is niets wat dat kan veranderen en voorlopig is het voldoende voor me te weten dat iemand anders dan jij verantwoordelijk is voor haar dood. Als ik heb besloten wat ik wil weten, dan kun je me dat misschien later vertellen.'

'Je bent slim, Oleg. Net als je moeder.'

Oleg grinnikte en keek op zijn horloge. 'Helga wacht op ons, ze heeft kabeljauw gekocht.'

Harry keek naar de lege emmer die tussen de bankjes stond. 'Pientere dame.'

Ze haalden hun hengels binnen. Harry keek op zijn horloge. Hij had voor vanmiddag een retourticket naar Oslo. Wat er hierna zou gebeuren, wist hij niet, het plan dat hij samen met Johan Krohn had opgesteld ging niet verder dan tot hier.

Oleg legde de riemen in de dollen en begon te roeien.

Harry nam hem op. Dacht aan de tijd dat hij zelf roeide met zijn grootvader tegenover zich die lachte en kleine aanwijzingen gaf. Dat hij zijn bovenlichaam moest gebruiken en met rechte armen moest roeien. Vanuit zijn buik en niet met zijn biceps. Dat hij het rustig aan moest doen, een ritme moest vinden omdat een boot die gelijkmatig door het water gleed sneller ging hoewel je minder energie gebruikte. Je moest je zitspieren voelen op het bankje. Alles ging om balans. Hij moest niet naar de riemen kijken, hij moest ze voelen. Naar het kielzog kijken. Dat alles wat er aantoonbaar was gebeurd, je vertelde waarnaartoe je op weg was. Maar, zei grootvader, het vertelde verrassend weinig over wat er stond te gebeuren. Dat werd beslist door de volgende slag. Grootvader had zijn zakflacon gepakt en gezegd dat als we aan land komen we dan op de reis terugkeken alsof het een samenhangende streep was vanaf het vertrekpunt naar de aankomstplaats. Eén verhaal met een doel en een richting. We denken dat het precies op die plek is waar de boot op het land stuit. Maar aankomstplaats en bestemming zijn twee verschillende dingen. Niet dat het ene noodzakelijkerwijs beter is dan het andere. We komen aan waar we aankomen en het kan immers ook goed en troostrijk zijn te denken dat we hier naartoe wilden of dat we daar de hele tijd naar op weg waren. Maar ons armzalige geheugen is als een lieve moeder die ons vertelt dat we zo knap zijn, dat de afzonderlijke slagen met de riemen foutloos waren en zich ontwikkelden tot een logisch, gewenst deel van het verhaal. De gedachte dat we op een bepaald moment van onze koers waren afgeweken, dat we niet meer wisten waar we waren of waar we naar op weg gingen, dat het leven een wirwar was van verkeerde, onhandige slagen en dat het zo onprettig was dat we naderhand het verhaal opnieuw schreven. Als aan succesvolle mensen wordt gevraagd om daarover te vertellen, dan zeggen ze graag dat dit de droom was waarover ze van kleins af aan hadden gedroomd en dat het uiteindelijk allemaal was gelukt. Dat was vast naar waarheid verteld. Ze waren alleen al die andere dromen vergeten, die niet waren vervuld en verdwenen waren. Je zou denken dat als we beter hadden gekeken naar de chaos van toevalligheden we dan in plaats van autobiografieën te schrijven juist hadden opgeschreven wat de verwachtingen van ons leven waren. Vervolgens zouden we dat vergeten en later in ons leven zouden we het herlezen en zien waar we eigenlijk over hadden gedroomd.

Ongeveer bij dat punt nam grootvader vaak een flinke slok uit zijn zakflacon en keek hij de jongen, Harry, aan. En Harry had de zwaarmoedige ogen van de oude man gezien, zo zwaarmoedig dat het leek of ze uit zijn schedel vielen. Toen had Harry het niet gedacht, maar nu dacht hij het wel. Grootvader had gehoopt dat de zoon van zijn zoon het beter zou krijgen dan hijzelf. De fouten zou vermijden die hij had gemaakt. Maar misschien ook dat als de jongen op een dag volwassen was, dat hij ook zo zou zitten en zijn zoon, dochter of kleinkind zou zien roeien. En dat hij dan advies zou geven. Zien dat zijn raad soms werd opgevolgd en hielp en soms werd genegeerd en vergeten. En voelen dat je borst zwol, dat je een brok in je keel kreeg in een merkwaardig mengsel van trots en medelijden. Trots omdat het kind een betere uitgave van jezelf was, medelijden omdat het meer pijn voor zich dan achter zich had en roeide met de overtuiging dat iemand, hijzelf of in elk geval grootvader, wist waarheen ze moesten.

'We hebben een zaak,' zei Oleg. 'Twee buurmannen en jeugdvrienden kregen ruzie op een feest. Er was nooit iets tussen hen tweeën voorgevallen, ze waren allebei stabiele personen. Ze gingen uit elkaar, maar de volgende ochtend stond de ene, een wiskundeleraar, met een krik in zijn hand voor de voordeur van de ander. Later deed de buurman aangifte van een poging tot moord door de wiskundeleraar, hij zei dat hij nog net de voordeur kon dichtslaan voor de krik op zijn hoofd landde. Ik heb de wiskundeleraar verhoord. En ik dacht: nee, als hij in staat is om te doden, dan zijn we dat allemaal. Of niet?'

Harry gaf geen antwoord.

Oleg rustte op de riemen. 'Ik dacht hetzelfde toen Kripos me vertelde dat ze bewijzen tegen jou hadden. Dat het niet waar kon zijn. Ik weet dat je in je werk hebt moeten doden om je eigen leven of dat van een ander te verdedigen, maar een geplande moord, een moord met voorbedachten rade, waarvan je naderhand alle sporen hebt gewist, nee, dat kon je toch niet hebben gedaan?'

Harry keek Oleg aan die zat te wachten op zijn antwoord. De jongen, een volwassen man bijna, met de reis nog voor zich, met de kans op een beter leven dan hijzelf. Rakel had altijd een beetje bezorgd geklonken als ze hem vertelde dat Oleg erg naar hem opkeek, zelfs de kleinste details probeerde te kopiëren. Hoe hij, een beetje als Charlie Chaplin, liep met zijn gespreide voeten. Dat hij Harry's karakteristieke woorden en uitdrukkingen gebruikte, zoals het archaïsche 'alleszins'. Hij kopieerde de manier waarop Harry in zijn nek kon wrijven als hij diep nadacht. Hij herhaalde Harry's argumenten over de principes en beperkingen van de rechtsstaat.

'Natuurlijk had ik dat niet kunnen doen,' zei Harry en hij trok een pakje sigaretten uit zijn zak. 'Het is een speciaal type mens dat een koelbloedige moord kan plannen en jij en ik zijn niet zo.'

Oleg glimlachte en zag er bijna opgelucht uit. 'Zou ik een...'

'Niks daarvan, je rookt niet. Roei door.'

Harry stak een sigaret aan. De rook steeg recht omhoog en verdween naar het oosten. Hij tuurde naar de horizon die er niet was.

Krohn had er tamelijk verward uitgezien toen hij slechts in onderbroek en op pantoffels de voordeur opendeed. Een ogenblik had hij geaarzeld voor hij Harry binnen vroeg. Ze gingen in de keuken zitten waar Krohn een smakeloze espresso uit een indrukwekkend apparaat serveerde terwijl Harry zich kort liet informeren over zwijgplicht. Daarna had hij het verhaal geserveerd.

Toen hij klaar was, stond Krohns koffie nog steeds onaangeroerd.

'Dus je wilt jouw naam zuiveren,' zei Krohn. 'Maar zonder dat jouw collega Bjørn Holm wordt ontmaskerd.'

'Ja,' zei Harry. 'Kun je me helpen?'

Johan Krohn had nadenkend zijn kin gekrabd. 'Dat is moeilijk.

De politie zal, zoals je weet, niet zomaar een verdachte laten gaan zonder dat ze een andere hebben. Wat we hebben is een analyse van het bloed op een jeans waaruit blijkt dat je gedrogeerd bent met Rohypnol en we kunnen aantonen dat het stroomverbruik van de thermostaat op een bepaald moment flink is toegenomen en later weer afgenomen. Jouw bloed kan van een andere dag zijn en het stroomverbruik kan een andere ruimte betreffen. Het bewijst allemaal niets. Wat we nodig hebben is... een zondebok. Iemand die geen alibi heeft. Iemand die een motief heeft. Iemand die iedereen zal accepteren als dader.'

Het was Harry opgevallen dat Krohn al van 'wij' sprak, alsof ze al een team waren. En er vond ook een verandering in Krohn plaats. Hij had meer kleur in zijn gezicht gekregen, haalde dieper adem en zijn pupillen waren groter. Als een roofdier dat een prooi in het oog had gekregen, had Harry gedacht. Dezelfde als ik.

'Het is een wijdverbreid misverstand dat een zondebok schuldig moet zijn,' zei Krohn. 'De functie van een zondebok is niet om schuldig te zijn, maar om de schuld op zich te nemen, ongeacht of hij het nu gedaan heeft of niet. Zelfs in moderne rechtsstaten zien we bij misdaden die door de burgers met afschuw worden bekeken en waarvoor we slechts randfiguren hebben gearresteerd, dat de veroordeelden deze strengere straffen krijgen opgelegd.'

'Zullen we recht op ons doel afgaan?' had Harry gevraagd.

'Op welk doel?'

'Op Svein Finne.'

Krohn had Harry aangekeken en kort geknikt ten teken dat ze elkaar begrepen.

'Met deze nieuwe informatie,' zei Krohn, 'heeft Finne geen alibi meer voor het tijdstip van de moord. Hij was nog niet in de verloskamer. En hij heeft een motief: hij haat je. Jij en ik kunnen ervoor zorgen dat een actieve verkrachter achter slot en grendel komt. En hij is geen onschuldige zondebok. Denk aan al het leed dat hij mensen heeft berokkend. Weet je, Finne bekende, nee, hij schepte op dat hij zich vroeger heeft vergrepen aan de dochter van bisschop Bohr die hier een paar honderd meter vandaan woonde.'

Harry had een pakje sigaretten uit zijn zak getrokken en daar een geknakte sigaret uitgehaald. 'Vertel me wat Finne tegen jou heeft.'

Krohn had gelachen en het kopje naar zijn mond gebracht in een poging de valse lach te camoufleren.

'Ik heb geen tijd voor koketterie, Krohn. Vooruit, geef me alle details.'

Krohn had geslikt. 'Natuurlijk, excuus, ik heb niet geslapen. Neem je koffie mee, we gaan naar de bibliotheek.'

'Waarom dat?'

'Mijn vrouw... het is daar minder gehorig.'

Het geluid werd gedempt door alle boeken van plafond tot vloer en weggezonken in een diepe leren stoel had Harry geluisterd. Nu raakte hij zijn koffiekopje niet aan.

'Hm,' zei hij nadat Krohn klaar was. 'Zullen we ophouden met om de hete brij heen te draaien?'

'Graag,' zei Krohn, die een jas had aangetrokken waardoor hij Harry deed denken aan de exhibitionist die tijdens Harry's jeugd actief was in een bos rond Oppsal. Øystein en Harry waren daarheen gegaan en hadden met een waterpistool op de potloodventer geschoten. Wat Harry zich nog het best herinnerde, waren de hondenogen van de natte, passieve man voordat ze wegrenden. En dat hij later spijt had gekregen zonder dat hij precies wist waarom.

'Je wilt Finne niet achter slot en grendel hebben,' zei Harry. 'Dat zal hem er niet van weerhouden je vrouw alles te vertellen wat hij weet. Je wilt Finne uit de weg hebben. Helemaal uit de weg.'

Dus...' had Krohn gezegd.

'Dat is jouw probleem als we Finne levend pakken,' had Harry hem onderbroken. 'Mijn probleem is dat als we hem al vinden, dat hij een alibi kan hebben voor de periode tussen acht en tien uur 's avonds. Stel dat hij de uren voordat ze naar de verloskamer vertrokken, samen zijn geweest. Ik verwacht overigens niet dat ze zich zal melden als we Finne hebben vermoord.'

'Vermoord?'

'Geliquideerd, omgebracht, geëlimineerd.' Harry trok aan zijn sigaret die hij zonder te vragen had aangestoken. 'Ik geef de voorkeur aan 'vermoorden'. Lelijke zaken verdienen lelijke woorden.'

Krohn lachte kort en verbluft. 'Je praat als een koelbloedige moordenaar, Harry.'

Harry haalde zijn schouders op. 'Moordenaar klopt, koelbloedig niet. Maar als we willen dat het lukt, dan moeten we de thermostaat naar beneden draaien, als je begrijpt wat ik bedoel?'

Krohn had geknikt.

'Mooi,' zei Harry. 'Laat me even nadenken.'

'Kan ik een sigaret van je bietsen?'

Harry had hem het pakje gegeven.

De twee mannen zaten zwijgend te kijken hoe de rook naar het plafond steeg.

'Als...' begon Krohn.

'Sst.'

Krohn zuchtte.

De sigaret was al bijna tot het filter gekomen toen Harry weer iets zei: 'Wat ik van je nodig heb, Krohn, is een leugen.'

'O, ja?'

'Jij moet zeggen dat Finne de moord op Rakel heeft bekend. En ik zal twee andere personen inlichten. Eentje werkt bij het gerechtelijk laboratorium. De andere is een scherpschutter. Geen van jullie zal de naam van de anderen te horen krijgen. Is dat goed?'

Krohn had geknikt.

'Prima, we zullen de uitnodiging schrijven waarin we Finne vertellen waar en wanneer hij jouw assistente zal ontmoeten en die moet je vastmaken aan het graf met iets wat ik je zal geven.'

'Wat dan?'

Harry nam een laatste trek van zijn sigaret en liet die in het koffiekopje vallen. 'Een Trojaans paard. Finne verzamelt messen. Als we geluk hebben, dan zal dat alle andere speculaties laten verdwijnen.'

Sung-min hoorde een kraai tussen de bomen terwijl hij omhoog keek naar de kale bergwand. Het smeltwater tekende zwarte strepen op het grijze graniet dat dertig meter steil omhoogging. Kasparov en hij hadden bijna drie uur gelopen en het was duidelijk dat Kasparov het zwaar had. Sung-min wist niet of het loyaliteit of jachtinstinct was wat de hond verder dreef, maar zelfs toen ze aan het eind van een modderig bospad hadden gestaan en naar een gebrekkige touwbrug over een rivier hadden gekeken, had hij aan zijn halsband getrokken omdat hij verder wilde. Aan de andere kant van de brug zag Sung-min voetsporen in de sneeuw, maar hij zou Kasparov moeten optillen en zich tegelijkertijd met een hand vasthouden aan de brug. En dan? De handgemaakte Loake-schoenen waren allang doorweekt en vernield, maar de vraag was hoe ver hij kwam op gladde leren zolen door het besneeuwde, ruige terrein aan de overkant.

Sung-min was op zijn hurken voor de hond gaan zitten, wreef zijn koude handen tegen elkaar en keek in de vermoeide ogen van de oude hond.

'Als jij het kan, dan kan ik het ook,' had hij gezegd.

Kasparov had gepiept en gesparteld terwijl Sung-min hem optilde en hem naar hun natte ondergang had gedragen. Maar op de een of andere manier waren ze eroverheen gekomen.

En nu, na twintig minuten geploeter, versperde deze bergwand de weg. Maar was dat wel zo? Hij volgde het spoor dat naar links liep en daar zag hij iets hoger tegen de steile wand een versleten, nat touw hangen dat vastgeknoopt was aan een boomstam. En dat was slechts een verankering halverwege, want het touw ging verder tussen de bomen. En uiteindelijk kwam er een pad dat als traptreden naar boven liep. Maar hij kon zich niet gelijktijdig omhoogtrekken aan het touw en Kasparov in zijn armen dragen.

'Het spijt me, vriendje, dit zal vast pijn doen,' zei Sung-min, hij knielde, legde Kasparovs voorpoten rond zijn nek, draaide zich om en bond vervolgens de voorpoten met zijn sjaal stevig aan elkaar. Als we boven niets vinden, gaan we terug,' zei hij. 'Dat beloof ik.'

Sung-min greep het touw en zette zijn voeten stevig neer. Kasparov jankte omdat hij nu hulpeloos als een rugzak aan zijn baasje hing. Hij trappelde met zijn achterpoten tegen het colbert.

Het ging sneller dan Sung-min had gedacht en plotseling stonden ze op de top van de klif waarachter het bos zich verder uitstrekte.

Twintig meter van hen vandaan stond een rood hutje. Sung-min maakte Kasparov los, maar in plaats van het spoor direct naar het hutje te volgen, ging Kasparov tussen de benen van zijn baas staan en begon te janken en te piepen.

'Nou, nou, je hoeft niet bang te zijn,' zei Sung-min. 'Finne is dood.'

Sung-min zag een dierenspoor, eigenlijk behoorlijk grote afdrukken. Reageerde Kasparov daarop? Hij deed een stap in de richting van de hut. Voelde de draad tegen zijn been, maar het was al te laat en hij wist dat hij in een val was getrapt. Er klonk een sissend geluid en hij zag een lichtflits van het voorwerp gevuld met explosieven dat voor hem langs flitste. Automatisch sloot hij zijn ogen. Toen hij ze weer opendeed, moest hij zijn hoofd in zijn nek leggen om het voorwerp te zien dat de lucht in vloog terwijl het een dunne staart van rook achter zich aan trok. Toen klonk er een dof *ka-bof* op het moment dat de raket explodeerde en zelfs in het daglicht zag hij gouden, blauwe en rode vonken als een feestelijke big bang in miniatuur.

Iemand wilde duidelijk gewaarschuwd worden als hij bezoek kreeg. Eventueel iets wegjagen. Hij voelde Kasparov trillen tussen zijn benen.

'Het is maar vuurwerk,' zei hij en hij klopte de hond op zijn buik. 'Maar bedankt voor de waarschuwing, vriend.' Sung-min liep naar het houten terras voor de hut. Kasparov had weer moed gekregen en rende hem voorbij, naar de deur.

Sung-min zag aan de versplinterde deurpost dat hij niet hoefde in te breken, dat die klus al was geklaard.

Hij duwde de deur open en stapte naar binnen. Onmiddellijk constateerde hij dat er geen elektriciteit of water was in de hut. Er hingen touwen aan haken in de wand, misschien om ervoor te zorgen dat muizen niet opaten wat er hing.

Maar op de tafel voor het raam dat naar het westen keek stond eten. Brood en kaas. En een mes. Niet zo'n korte dolk als hij bij het doorzoeken van de zakken van het lijk bij Finne had gevonden. Dit mes had een lemmet van ongeveer vijftien centimeter. Sung-min voelde zijn hart verwachtingsvol kloppen, net als toen hij Alexandra Sturdza het restaurant Statholdergaarden binnen had zien komen.

'Weet je, Kasparov?' fluisterde hij terwijl hij zijn ogen over het eikenhouten heft en bolster van waterbuffelhoorn liet gaan. 'Ik geloof echt dat de winter snel voorbij is.'

Want er was geen twijfel mogelijk: dit was een universeel mes van Tojiro. Dit was hét mes.

HOOFDSTUK 53

'Wat zal het zijn?' vroeg de barman die in het wit was gekleed.

Harry liet zijn blik gaan over de flessen aquavit en whisky op de planken achter hem voor hij weer naar het stomme televisiescherm keek. Hij was de enige gast in de bar en het was merkwaardig stil. Veel te stil voor een vliegveld. Uit een gate verderop klonk een slaapverwekkende stem die een bericht omriep. Dit was het geluid van een vliegveld dat op het punt stond te gaan sluiten voor de nacht. Er waren nog steeds alternatieven. Hij was een uur geleden via Tromsø met het vliegtuig uit Lakselv gekomen en met alleen een tas als handbagage was hij naar de vertrekhal gelopen, in plaats van naar de aankomsthal. Harry tuurde naar het grote scherm naast de bar waarop de vertrektijden stonden. De alternatieven waren Berlijn, Parijs, Bangkok, Milaan of Lissabon. Er was tijd genoeg, de ticketverkoop van de SAS was nog steeds open.

Zijn blik ging terug naar de barman die nog steeds wachtte op een bestelling.

'Nu je het vraagt, zou je het geluid even willen aanzetten?' zei Harry wijzend naar het televisiescherm waarop Katrine Bratt en perschef Kedzierski, een man met grote krullen, op het podium zaten van de Parolezaal, de vaste plek voor persconferenties op de vierde verdieping van het hoofdbureau. Onder hen gleed een tekstbericht dat voortdurend werd herhaald: 'Moordverdachte Svein Finne in Smestad doodgeschoten door onbekende schutter'.

'Sorry,' zei de bartender. 'Alle televisies op het vliegveld mogen het geluid niet aan hebben.'

'We zijn alleen.'

'Dat zijn de regels.'

'Vijf minuten, slechts dit stukje. Ik geef je honderd kronen.'

'En steekpenningen mag ik al helemaal niet aannemen.'

'Hm, het is in elk geval geen omkoping als ik een Jim Beam bestel en je een tip geef omdat ik zo tevreden ben over de bediening?'

De barman lachte even en keek Harry aandachtiger aan. 'Ben jij niet die schrijver?'

Harry schudde zijn hoofd.

'Ik lees niet, maar mijn moeder vindt je goed. Mag ik een foto van ons beiden maken?'

Harry knikte naar het scherm. 'Oké,' zei de barman, hij leunde voorover op de bar met zijn telefoon in zijn hand en maakte een selfie voordat hij op de afstandsbediening drukte. Het geluid had slechts een paar decibel en Harry moest naar voren leunen om iets op te vangen.

Katrine Bratts gezicht leek bij elke foto met flits op te lichten. Ze luisterde geconcentreerd naar een vraag uit de zaal die de microfoon niet kon opvangen. Haar stem was helder en beslist toen ze de journalist antwoordde: 'Ik kan niet in details treden, slechts herhalen dat het politiedistrict Oslo in het onderzoek naar de moord op Svein Finne bewijzen heeft gevonden dat Finne achter de moord op Rakel Fauke zat. Het betreft het moordwapen dat we hebben gevonden op de plek waar Svein Finne zich verborgen hield. En Finnes advocaat heeft tegenover de politie verklaard dat Finne hem heeft verteld hoe hij Rakel Fauke heeft vermoord en vervolgens ervoor heeft gezorgd dat Harry Hole als verdachte werd gezien. Ja?' Katrine wees naar iemand in de zaal.

Harry herkende de stem van Mona Daa, de misdaadjournaliste van VG: 'Moet Ole Winter hier niet zitten om uit te leggen hoe hij en Kripos om de tuin zijn geleid door Finne?'

Katrine boog zich naar het woud van microfoons. 'Dat kan Winter eventueel doen tijdens een persconferentie die geleid wordt door Kripos. Wij zullen wat we weten over Finnes connecties met de Rakelzaak doorsturen naar Winter en we zijn hier primair om verslag te doen van het onderzoek naar de moord op Finne, aangezien dat alleen onze zaak was.'

'Maar hoe kijken jullie aan tegen de manier waarop Winter de zaak heeft behandeld?' ging Daa verder. 'Kripos en hij hebben toch een onschuldige, overleden politieman die hier op de afdeling Geweld heeft gewerkt ten onrechte beschuldigd van moord?'

Harry kon zien dat Katrine even een pauze nam voordat ze kon antwoorden. Ze slikte en beheerste zich. Toen klonk haar heldere stem weer: 'Het politiedistrict Oslo en ik hebben geen kritiek op Kripos. Integendeel, een van de rechercheurs van Kripos, Sung-min Larsen, is bijzonder mededeelzaam geweest toen we de moordenaar van Rakel Fauke meenden te hebben gevonden. Een laatste vraag. Ja?'

'*Dagbladet.* Jullie zeggen dat jullie geen verdachten hebben in de zaak van Finnes moord. We hebben bronnen die beweren dat hij bedreigd werd door ex-delinquenten. Onderzoekt de politie dat ook?'

'Ja,' zei Katrine Bratt en ze keek naar de perschef.

'Dank voor uw komst,' zei Kedzierski. 'Er staat geen nieuwe persconferentie gepland, maar als we...'

Harry gaf een teken aan de barman dat hij genoeg had gehoord.

Hij zag dat Katrine opstond. Waarschijnlijk moest ze naar huis. Iemand had op Gert gepast. Het kind dat klaarwakker en lachend in het draagbare autostoeltje had gelegen dat Harry door de straten van Oslo had gedragen. Hij had aangebeld bij Katrines appartement en iets rond zijn wijsvinger gevoeld. Kleine, witte babyvingertjes hadden zich rond zijn vinger geklemd alsof hij een honkbal vasthield. De intens blauwe blik leek te zeggen dat Harry niet mocht vertrekken, hem niet op deze manier mocht verlaten. Dat Harry hem nu een vader schuldig was. En toen Harry in het donker in een portiek aan de andere kant van de straat stond en Katrine naar buiten had zien komen, had hij op het punt gestaan om in het licht van de straatlantaarn te stappen. Haar alles te vertellen en haar te laten beslissen wat er ging gebeuren. Voor hen alle drie.

Harry richtte zich weer op. Hij zag dat de barman een glas met bruine vloeistof naast hem op de bar had gezet. Harry keek ernaar. Eén glas maar. Hij wist dat het de stem was waarnaar hij niet moest luisteren. De stem die zei: 'Je verdient een feestje, vooruit!'

Nee.

'Nee? Oké, als je niks wilt vieren, toon dan respect voor de doden en proost op hun nagedachtenis, jij harteloze, oneerbiedige klootzak.'

Harry wist dat als hij in discussie met deze stem ging dat hij dan zou verliezen.

Hij keek naar de vertrektijden. Naar het glas. Katrine was onderweg naar huis. Hij kon hier weggaan en een taxi nemen. En bij haar aanbellen. Dit keer wachten in het licht. Opstaan uit de dood. Waarom niet? Hij kon zich niet eeuwig verstoppen. Er schoot hem een gedachte te binnen. In de auto, onder het ijs in de rivier, was er iets geweest wat weer was verdwenen. De vraag was wat hij Katrine en Gert te bieden had. Of de waarheid en zijn aanwezigheid niet eerder schadelijk waren dan een geschenk. De duivel mocht het weten. De duivel wist dat hij deze excuses bedacht om ertussenuit te knijpen. Hij dacht aan die vingertjes rond zijn wijsvinger. Die commanderende blik. Zijn gedachten werden onderbroken doordat hij zijn telefoon voelde trillen.

'Met Kaja.' Ze klonk nog steeds dichtbij, misschien was de Stille Oceaan toch niet zo ver als je het goed bekeek.

'Hoi, hoe gaat het?'

'Ik werk me kapot. Ik ben net wakker na veertien uur geslapen te hebben. Ik sta voor mijn tent op het strand. De zon komt net op als een rode luchtballon die omhoog wordt geblazen om zich spoedig los te kunnen maken van de horizon.'

Hm,' zei Harry, kijkend naar het glas.

'Hoe is het met jou? Hoe vind je het om weer wakker te zijn?'

'Nou, slapen was makkelijker.'

'Het wordt zwaar, dat rouwproces waar je doorheen moet. En nu ben je Bjørn ook nog kwijt. Heb je mensen om je heen die...'

'Jazeker.'

'Nee, die heb je niet, Harry.'

Hij wist niet of ze merkte dat hij lachte. 'Ik moet alleen een paar beslissingen nemen,' zei hij.

'Heb je daarom gebeld?'

'Nee, ik heb gebeld om te zeggen dat ik de sleutel heb teruggelegd. Bedankt voor het lenen.'

'Lenen...' herhaalde ze zuchtend. 'De aardbeving heeft veel van de weinige bebouwing vernield, maar het is hier echt fantastisch, Harry. Mooi en kapot. Mooi en kapot, begrijp je?'

'Begrijp ik wat?'

'Ik hou toch van mooi en kapot. Mensen zoals jij. En zelf ben ik ook een beetje kapot.'

Harry had een vermoeden van wat er nu komen ging.

'Kun je niet hierheen vliegen, Harry?'

'Naar een eiland in de Stille Oceaan dat getroffen is door een aardbeving?'

'Naar Auckland in Nieuw-Zeeland. We moeten vandaaruit de internationale hulp coördineren en ze hebben me de leiding over de beveiliging gegeven. Vanmiddag vertrek ik daarheen met een transportvliegtuig.'

Harry keek weer naar het schema. Bangkok. Misschien ging er vandaaruit nog steeds een directe vlucht naar Auckland.

'Laat me er even over nadenken, Kaja.'

'Goed, hoelang wil je er over...'

'Een minuut. Dan bel ik je terug, oké?'

'Eén minuut?' Ze klonk blij. 'Ja, dat gaat me lukken.'

Ze verbraken de verbinding.

Hij had nog steeds het glas voor zich niet aangeraakt. Hij kon verdwijnen. Wegzakken in het donker. En nu kwam de gedachte weer terug, de gedachte die sinds hij in de auto onder het ijs had gezeten regelmatig in hem opkwam en weer verdween. Nee, het was geen gedachte, het was een gevoel. Het was koud geweest, beangstigend en eenzaam. Maar er was ook iets anders geweest. Het was stil, zo vredig stil.

Hij keek weer naar het vertrekschema. Plaatsen waar iemand kon verdwijnen.

Van Bangkok kon hij naar Hongkong vliegen. Hij had daar nog steeds contacten en hij kon er zelfs een legale baan krijgen. Of hij kon de andere kant op gaan. Zuid-Amerika, Mexico-City, Caracas. Echt verdwijnen.

Harry wreef in zijn nek. Over zes minuten ging de ticketverkoop dicht.

Katrine en Gert. Of Kaja en Auckland. Jim Beam en Oslo. Nuchter in Hongkong of Caracas.

Harry ging met zijn hand in zijn zak en haalde er het kleine, blauwgrijze metalen blokje uit. Hij keek naar de ogen op alle kanten en haalde diep adem. Van zijn handen maakte hij een kommetje en schudde de dobbelsteen die vervolgens over de bar stuiterde.